Esperando
al diluvio

Dolores
Redondo

Esperando al diluvio

Dolores Redondo

Ediciones Destino
Colección Áncora y Delfín

Para Luisa Vareiro, por compartir con todos tus vecinos, lo quisiéramos o no, tu pasión por Mocedades y, en particular, por Amor de hombre. *En muchos momentos fuiste la persona más divertida de mi vida. Gracias.*

A mi amigo el escritor Domingo Villar, que se fue mientras yo terminaba esta novela. También creo que al otro lado hay sol, tiene que haberlo para personas como tú.

Para Neme, Bego y Olatz, ya sabéis por qué.

Para Eduardo, mi amor de hombre, que jamás me harás llorar, salvo si se te ocurre marcharte antes que yo.

La historia es mi musa. Reescribir la historia bajo mis propios requisitos es mi trabajo como novelista. Yo distorsiono, reviso, reimagino y saqueo la historia, y la vuelvo a recomponer como una pintura a gran escala.

JAMES ELLROY, en el epílogo de
La Dalia Negra

No es una lección de historia.

BENEDICT CUMBERBATCH, contestando a Sam Elliott por sus críticas a
El poder del perro

Desaparecer significa a menudo sufrir una pérdida de identidad o una pérdida del lugar; a veces supone perder una vida.

ANDREW O'HAGAN, en
Los desaparecidos

Sobre *Esperando al diluvio*

Entre los años 1968 y 1969, el asesino al que la prensa bautizaría como John Biblia mató a tres mujeres en Glasgow. Jóvenes, morenas, de edades que iban entre los veinticinco y los treinta y dos años. A todas las había conocido en la discoteca Barrowland. El asesino nunca fue identificado y el caso todavía sigue sin resolución. Constituyó una de las persecuciones más extremas de la historia criminal de Escocia.

Sin embargo, la alargada sombra de Biblia no cayó en el olvido, ni para la sociedad escocesa ni para la investigación policial.

En 1996, Donald Simpson, en su libro *Power in the Blood*, afirmaba haber conocido a un hombre que le confesó ser John Biblia. Asimismo, contó que ese hombre había intentado matarlo y que tenía pruebas de que siempre había operado en Glasgow. Es un hecho que en ese lapso hay crímenes sin resolver que podrían atribuírsele, algunos en la costa oeste escocesa y dos en Dundee, en 1979 y 1980; en todos ellos las víctimas aparecieron desnudas y estranguladas como las de John Biblia. En aquellos tiempos, el *Scotland on Sunday* afirmó que la policía de Strathclyde tenía nuevas pruebas en la investigación sobre Biblia basadas en el ADN extraído del semen hallado en la tercera víctima (y preservado gracias al buen hacer de un oficial que en los años sesenta recolectó la prueba, a pesar de que entonces los análisis de ADN eran ciencia ficción). La policía puso en marcha una operación para comparar el ADN con el de todos los posibles criminales violentos conocidos por el sistema. Uno de esos criminales, John Irvine McInnes, se había suicidado en 1980, por lo que se usó una muestra facilitada por un familiar para la comparativa. El resultado arrojó los suficientes datos como para exhumar el cadáver. Sin embargo, no se obtuvo una coincidencia total (tengamos en cuenta que, en 1996, los análisis de ADN todavía no habían alcanzado el nivel de precisión de los de hoy). Pero ya entonces planteó una enorme duda sobre el perfil del delincuente. Los periódicos de la época sugerían que John Biblia pudo asustarse por la investigación, pero, con los conocimientos criminalísticos actuales, sabemos que esto era muy poco probable, como lo era que un asesino dejara de matar durante los once años anteriores a su suicidio. Pero es que, además, John Irvine McInnes formó parte de la rueda de reconocimiento inicial frente a la hermana de Helen Puttock, una de las víctimas, que no lo reconoció, a pesar de que pasó gran parte de la noche junto a Helen y al hombre que terminaría matándola, e incluso hizo un tramo del viaje de regreso a casa con ellos en el mismo taxi. En 1996 volvió a repetir lo mismo que dijo en la primera ocasión: que aquel hombre no era John Biblia. La policía lo descartó.

A finales de la década de los años 2000 se comenzó a especular con la posibilidad de que un asesino en serie violador llamado Peter Tobin fuera John Biblia. Tras las pertinentes analíticas y estudios de personalidad, la policía también lo descartó. En enero de 2022, la BBC emitió un documental titulado *The Hunt for Bible John*. En la actualidad el caso John Biblia continúa abierto y, para nosotros, sigue vivo.

El verano de 1983 yo tenía catorce años. Había viajado a Galicia con mis tíos por primera vez en mi vida y, para mí, fue el verano de la música. Como a menudo sucede con los recuerdos, soy incapaz, y además me niego, a ponerles fechas demasiado ajustadas. ¿Qué más dará si aquello que me marcó tanto sucedió un mes antes o después? ¿O si Nik Kershaw había publicado ya su álbum o no? ¿O si al final *Wouldn't It Be Good* se convirtió en un himno para mí?

Fue el inicio de mi adolescencia, el primer verano sin mis padres, tomar consciencia del interés que despertaba en los chicos... y la música. Hasta entonces la música provenía de lo que escuchaban mis padres, de la colección de casetes de mi abuelo y del repertorio de las verbenas en Trincherpe. Alguien me preguntó aquel verano: ¿qué música te gusta? Pasé buena parte de las vacaciones pensando la respuesta. El día que subí al tren para regresar al País Vasco, llevaba en mi maleta un par de vinilos comprados en Vázquez Lescaille, en Pontevedra, con la paga que un familiar me dio al conocerme. A partir de ese instante la música se convirtió en algo fundamental en mi vida.

La otra cosa que recuerdo de aquel agosto de 1983 fue el viaje de regreso a casa en tren. Iba sola, pero a cargo de unos conocidos de mis tíos, que iban a trabajar al puerto de Santurce. Hasta Burgos todo fue bien, pero en cuanto entramos en el País Vasco la velocidad del tren comenzó a ralentizarse hasta casi detenerse en algunos tramos. La gente se agolpaba en los pasillos tratando de ver algo por las ventanas. Yo me hice con un buen sitio y observé algo muy llamativo. Según nos acercábamos a Bilbao, había una gran cantidad de objetos de todo tipo prendidos en las copas de los altísimos árboles de las orillas del río Nervión. Objetos que entonces me parecieron harto absurdos: sábanas, abrigos, guantes, zapatos, bidones de plástico, bolsas, ropa de todo tipo. No sé por qué recuerdo particularmente un pijamita de bebé. Quizá porque entonces mi hermana solo tenía dos años y medio. Había muchos operarios trabajando en las vías, recuerdo sus impermeables amarillos. Cuando el tren trazó una gran curva, pude ver cómo aquellos hombres se afanaban, reforzando con sacos terreros los costados donde el agua había arrastrado parte del aglutinado que sostenía las vías. Conforme avanzábamos, el panorama se iba tornando más desolador. La gente murmuraba algo sobre una gran riada que, vista la altura de los árboles donde los objetos habían quedado prendidos, tenía que haber sido fabulosa. Bastante antes de entrar en la ciudad el tren se detuvo y, como compensando su inmovilidad, los rumores comenzaron a circular por el interior a toda velocidad. Hablaban de muertos, de desaparecidos, de una gran destrucción, de un diluvio bíblico. Yo me mantenía firme, aferrada al pasamanos bajo la ventana, escuchando todo aquello y rezando para que no fuera verdad. Entonces el tren volvió a moverse lentamente y, poco a poco, fuimos entrando en Bilbao.

Cuando lo recuerdo me parece estar viendo una de esas fotografías de la Segunda Guerra Mundial en las que todo es gris, solo una escala entre el blanco y el negro. La destrucción era grandiosa, todo aparecía cubierto de una pátina parduzca de barro. Toneladas de ramas de árboles arrancadas de cuajo, plásticos y más ropa robada por la fuerza del agua de tendales y tiendas, o de los cuerpos que había arrastrado. Una mezcolanza de objetos que aún me parecieron más absurdos. Juguetes, maniquíes que mantenían su pose elegante tirados entre el lodo y los escombros, guantes de trabajo, hierros retorcidos, coches ruedas arriba. Aquello era el gran Bilbao. Yo conocía la ciudad y recuerdo que la primera vez que la vi pensé que era terrible por grande, por oscura, por potente, y, sin embargo, ahora la tenía delante con sus vergüenzas expuestas, llena de lodo, triste y vencida. Era agosto, pero recuerdo el frío de la desolación. La angustia de ver aquella titánica ciudad en aquel estado fue aplastante. Comencé a llorar. Si la poderosa Bilbao estaba así, ¿cómo estaría mi casa?

En 1983 no existían los teléfonos móviles. La última vez que había hablado con mi madre fue justo un día antes de salir de viaje. Entonces, cuando estabas de vacaciones, se llamaba a casa como mucho una vez por semana. Quizá deberíamos recuperar esa buena costumbre. El resto de los viajeros del tren no parecía tener noticias más frescas que yo. Una mujer que iba hasta Irún se dio cuenta de que yo lloraba y trató de consolarme mientras instaba a los demás a que se callaran para no angustiarme más. Me dijo que ella había llamado a su casa la noche anterior y que allí las lluvias no habían ocasionado tantos daños, aunque había zonas de Guipúzcoa muy afectadas. «Seguro que en tu casa están bien, no te preocupes.»

Estuvimos varias horas detenidos en las inmediaciones de Bilbao, allí descendieron los que iban a Santurce ante la imposibilidad de llegar a la estación. Los operarios que trabajaban en las rías hablaban de docenas de muertos, desaparecidos, animales ahogados, edificios destruidos, empresas barridas de la faz de la Tierra. Cuando el tren por fin se puso en marcha, regresamos por la vía por la que habíamos venido, en medio de un paisaje de campos anegados, torrenteras abiertas en cualquier parte, y lo que habían arrastrado las riadas repartido por doquier.

Cuando llegué a Donostia, todo estaba bien, mi familia estaba a salvo y ni siquiera se habían enterado de que lo de Bilbao fuera tan grave. A mediodía vimos el informativo territorial de Televisión Española y, aunque sí que dieron la noticia, usaron imágenes de archivo, ya que las comunicaciones estaban tan afectadas que conseguir las reales había sido imposible.

Aquel fue el verano de la música y fue también el verano en que comencé a escribir.

Escribir esta novela me ha costado treinta y nueve años. Sé que empecé a fraguarla aquel día en el tren. Hoy vuelvo a Bilbao para terminar esta historia, que, como veréis, no es un tratado histórico ni una guía de calles. Me he tomado licencias, ya os avisé de que me niego a ser exhaustiva con los recuerdos: la mitad son reales, la otra mitad son fruto del amor a mi tierra, de la necesidad de música en mi vida, del miedo que pasé aquel día y del placer que sigue produciéndome seguir sometida a la dulce tortura de salir indemne de todas las catástrofes que mi mente se empeña en imaginar para robarme el sueño. Soy una escritora de tormentas.

El niño

Harmony Cottage

El niño se detuvo en el umbral. Tembló al sentir el intenso frío del exterior. Extendió su mirada sobre la superficie quieta de las aguas del lago, que brillaban bajo la luz de la luna llena, y, después, hacia el cielo. El llanto incipiente le nubló la vista. No quería hacerlo. Quería regresar dentro, junto a la estufa, quería leer un cuento y dormirse allí. Cuando se quedaba dormido en el suelo frente al fuego, nadie se molestaba en llevarlo a la cama, y así él podía descansar.

Desde el interior le llegaron las voces apremiantes.

—Cierra la puerta de una vez y haz tu trabajo, pequeño Johnny, si no quieres que vaya y te dé una tunda.

Afianzó la puerta a su espalda para dejar de oírlas. Cerró los ojos y dos gruesas lágrimas rodaron por su piel, que ya comenzaba a perder el calor. Con la mano libre se las apartó del rostro casi con saña. De nada servía llorar. Se lo repetía siempre, pero cada vez que tenía que hacerlo, el llanto aparecía de nuevo. Avanzó sosteniendo el pesado cubo de madera hacia un lado de la casa. Había allí un pequeño lavadero de piedra bajo el caño de un grifo antiguo. Colgaba de una tubería medio suelta que descendía por la pared de la casa desde la colina. Apoyada en el costado, una vieja tabla de lavar la ropa, un cepillo de madera de cerdas duras y una lata que contenía el jabón de sosa que ellas fabricaban con los restos de la grasa de cocinar. Dejó el cubo en el suelo y tuvo que usar las dos manos para abrir la canilla herrumbrosa. Todavía resultaba posible hacerlo allí, según avanzase el invierno y fueran descendiendo las temperaturas, la cantidad de agua que brotaba de la espita se iría haciendo más escasa, hasta que terminara por helarse. Entonces tendría que irse a la orilla del lago, y sería aún peor.

La pila era profunda. Aunque se alzara de puntillas no llegaba a tocar el fondo con su brazo estirado. Cuando era más pequeño, en alguna ocasión y durante el verano, lo habían bañado en ella. A veces pensaba que, si alguien con problemas para moverse, como la tía Emily, que había tenido la polio de pequeña, cayera de cabeza en el pilón, era probable que muriera. Imaginarla pataleando mientras se ahogaba le produjo una pequeña satisfacción.

Cuando consiguió abrir el grifo hasta el tope, dejó que el agua corriese abundantemente, golpeando contra el fondo de piedra del lavadero. Se remangó el jersey muy por encima de los codos asegurándose de que las mangas quedaban bien sujetas. Tomó la tabla de madera, tan usada que los pequeños resaltes redondeados destinados a frotar la ropa aparecían romos y casi igualados al resto del madero. La apoyó en el borde.

Se inclinó sobre el cubo y apartó la tapa. El olor era nauseabundo y aún no lo había tocado. Sabía que en cuanto moviese su contenido, el hedor impregnaría sus fosas nasales metiéndose en su boca y pegándosele al paladar, donde permanecería durante horas. Hiciera lo que hiciese no podría despegárselo de los dientes, de la lengua, y cada bocanada de aire llevaría adherida aquella pestilencia. Un nuevo arrebato de llanto sacudió al niño agitando su cuerpo menudo, y tuvo que agarrarse al pilón, doblegado por la náusea. Tosió y le ardieron los ojos mientras un rictus de sufrimiento curvaba su boca como la de un payaso triste.

Miró hacia el costado de la casa, seguro de que nadie

vendría. Daba igual cuánto tiempo le llevase aquella labor, una hora o cinco. Lo único que sabía con certeza era que no podía volver al interior hasta que hubiera terminado. Intentando mantener la cara lo más alejada posible del cubo, volvió a inclinarse y a tientas metió la mano dentro hasta que rozó la tela, tiró de ella y de inmediato una vaharada putrefacta se expandió a su alrededor. Pero lo peor era tocarlo. Estaba ligeramente templado. Siempre lo estaba, daba igual que lo hubieran mantenido en la cornisa o en un rincón del retrete, donde la ventana desgajada de su marco permanecía siempre abierta. Se estaba pudriendo. Él era un niño de campo, sabía qué sucedía cuando algo se pudría. Sin mirarlo, lo arrojó sobre la tabla y dejó que el chorro de agua corriese arrancando de la superficie los cuajarones negros, y en ocasiones tan gruesos que parecían pequeñas criaturas descompuestas. Con las puntas de los dedos tomó una porción de jabón de sosa y el cepillo de madera y, ya completamente arrebatado por el llanto y las náuseas, comenzó a limpiar la sangre.

John Biblia

Glasgow, 1983

John se demoró aposta ante el gran espejo que había junto a los baños. Mientras fingía arreglarse la ropa, observó a la mujer a través del reflejo.

Había muchos hombres en la discoteca aquella noche, pero no le preocupaba: dejarla sola en la barra después de invitarla a beber era un riesgo calculado. Mientras tiraba suavemente de los puños de su camisa, vio a la chica rechazar la compañía de un par de tipos que se le acercaron y dirigir una mirada esperanzada hacia la zona de aseos. Lo esperaba a él.

Era consciente de que ella también podía verlo, al menos de forma parcial, por eso de vez en cuando se giraba un poco a la derecha como si hablase o estuviese escuchando lo que alguien, invisible para ella, le decía.

Había dicho que se llamaba Marie, y hasta podría ser cierto, en aquellos lugares nunca se sabía; en varias ocasiones había descubierto más tarde, por la prensa, que el nombre que le habían dado no era el verdadero.

En su caso, siempre que le preguntaban su nombre, respondía: «John, me llamo John». Y lo manifestaba con seguridad y la voz ligeramente más alta de lo normal. No hacía gran cosa por destacar, así si por casualidad alguien recordaba al hombre con el que se fue la chica, quizá un camarero o las parejas que se sentaban más cerca, diría:

«Creo que oí al tipo decir que se llamaba John, sí, estoy seguro, dijo que se llamaba John».

Le gustaba imaginar la cara de los policías al oír el nombre. Era una travesura y otro riesgo calculado, pero no se exponía mucho más. Se afanaba en que todo lo que pudieran recordar de él no sirviera para nada.

Repasó su aspecto en el espejo. Los zapatos limpios, los vaqueros planchados, la americana azul marino y la camisa blanca. El cabello castaño tenía matices rojizos según cómo le daba la luz y lo llevaba peinado con un corte sencillo. Pulcro. Le encantaba aquella palabra. *Pulcro*. Así era como lo habían descrito años antes los pocos testigos que lo recordaban: un joven alto, delgado, cabello castaño, aspecto pulcro, nada más... Bueno, sí, quizá mencionaran algún diente algo torcido. Una nimiedad que ya había corregido tiempo atrás.

Forzó una sonrisa ante el espejo y observó satisfecho sus dientes blancos y alineados. Con dedos hábiles retiró una mota invisible de polvo de la hombrera de su chaqueta y, a través del reflejo, volvió a centrarse en la joven.

John tenía una estrategia sagaz y discreta que consistía en apostarse en algún lugar de la barra cerca de la entrada del local. Así fue como la vio. Llegó con un par de amigas que formaban parte del grupo que acababa de desembarcar del autobús. Observó cómo caminaba. Por experiencia sabía que las chicas tenían un modo distinto de moverse en «esos días». Llevaba pantalones oscuros y había elegido una blusa larga y holgada que le cubría la cadera, lo que contrastaba con sus amigas, que vestían top y minifalda. John era un gran observador del mundo femenino y sabía que a menudo los grupos de amigas solían vestir de forma parecida. Pero la ropa no era el único indicio. La siguió a distancia mezclándose entre la gente que abarrotaba el local. La vio salir a bailar con las otras chicas, aunque después de un rato abandonó la pista y se apostó junto a una columna sorbiendo su cocacola y sonriendo a sus amigas, que seguían bailando.

La oscuridad y el estruendo de la discoteca permitieron a John colocarse tras ella para poder olerla mientras fingía observar la pista. Aspiró su aroma. Percibió el sudor suave de sus axilas, mezclado con una colonia de notas dulces que parecía estar de moda entre las chicas, y aquel otro olor, metálico, salobre y ácido. Frunció un poco el labio superior sin poder contener una mueca de asco. Y casi a la vez notó la erección tensando su miembro bajo la tela de los vaqueros.

Sin perderla de vista se alejó unos pasos y metió la mano derecha en el bolsillo de la chaqueta. Con la punta de los dedos acarició el raso del lazo rojo que llevaba allí. Pensó en Lucy y, reconviniéndose, se mordió el interior de la mejilla hasta que el dolor anuló la otra sensación y recuperó la compostura.

Después fue fácil, siempre lo era. La fórmula funcionaba a la perfección desde hacía años, con leves diferencias. Se detendría a su lado y comenzaría a hablar, le diría que a él tampoco le apetecía bailar y que estaba pensando en tomar algo, ¿querría acompañarlo? Ella lo miraría y vería lo que veían todos: un hombre joven, pero no un crío. Limpio, bien vestido aunque sin ostentación, educado, amable. Pulcro. Y que se había fijado, con toda probabilidad, en la única chica que vestía pantalones y una blusa amplia en toda la discoteca.

Él hablaría de cualquier cosa, evitando temas conflictivos. Le haría un par de cumplidos nada exagerados y dejaría caer que tenía trabajo, que en realidad no le gustaban mucho los lugares como aquel, que lo que le encantaba era charlar y que, con aquel estruendo, era casi imposible, que tenía un coche en el aparcamiento y que podían ir donde ella quisiera. Y añadiría rápidamente, y antes de que ella pudiera objetar nada, que, por supuesto, estaría encantado de llevarla a casa si era eso lo que ella quería. Y la chica aceptaría porque él era encantador, porque ella había venido en autobús, porque todas querían un novio con vehículo propio. Aceptaría, aunque en los periódicos se hablara constantemente de la cantidad de jóvenes que habían desaparecido y aunque, con seguridad, habría escuchado mil veces las advertencias de no subir a coches de desconocidos. John sabía lo que respondería cuando se lo propusiera, a pesar de todo y aunque en «esos días» no debería hacerlo. Hasta era probable que la muy cerda aceptase tener relaciones sexuales cuando él se lo insinuara. Entonces la golpearía con saña, borrando con cada golpe el maquillaje y la sonrisa. Le arrancaría la ropa y haría jirones con ella y, con sus propias medias, su cinturón o su sostén, la estrangularía hasta que dejase de gritar mientras la violaba. Y después se la llevaría a casa, a dormir junto a sus hermanas, a dejar que el lago purificase a aquella dama. Era un engorro, pero debía hacerse así. En otro tiempo la habría dejado tirada en la calle o en un parque, habría buscado en su bolso los tampones o las compresas higiénicas y las habría colocado sobre el cadáver para recordar a aquellas cerdas que no debían acercarse a un hombre mientras estaban menstruando.

Solo pensarlo le provocó un intenso hormigueo en la zona genital. Mordió con fuerza el interior de su mejilla mientras la miraba a distancia en el espejo y, cuando estuvo preparado, volvió a su lado.

I got it bad
Lo tengo mal

Glasgow, 1983

El inspector Noah Scott Sherrington llegó al paso a nivel cuando el semáforo se ponía rojo y las luces a los lados de las vías comenzaban a parpadear. Conocía aquel lugar a las afueras de Glasgow, había conducido cada noche por allí los últimos quince días y sabía que la valla aún tardaría una eternidad en bajar, suficiente para que los cuatro coches que lo separaban del que seguía tuvieran tiempo de pasar. Uno, dos, tres, y...

—No, no, no, no... —susurró mientras el conductor que llevaba delante detenía su vehículo.

Scott Sherrington frenó bruscamente y el capó del viejo coche quedó a escasos centímetros de la trasera del vehículo que le precedía. Las luces de frenado se unieron a las intermitencias rojas de la vía arrancando miles de reflejos sangrientos de la carrocería mojada. Scott Sherrington sintió un leve mareo al mirarlas.

Contrariado, se llevó las manos al rostro y lo encontró cubierto de sudor frío. El aire del interior del vehículo se le antojó de pronto irrespirable. Buscando la tecla del elevalunas, manoteó la puerta hasta que tropezó con la manija manual y la accionó maldiciendo. Por un instante había olvidado que no iba en su coche. Aquel era un Escort que, estaba seguro, había sido uno de los primeros en salir de la factoría de Halewood en Knowsley, cuando en los buenos tiempos aún lo fabricaban allí. Un coche encubierto, y, desde luego, nadie podía negarle que cumpliera su papel. Tan viejo y gris, en todos los aspectos, que era difícil que alguien reparase en él o lo mirase dos veces.

El frescor de la noche entró por la ventanilla, helando el sudor sobre su piel. Sintió un ligero alivio al aspirar profundamente el aire frío que la tormenta empujaba tierra adentro desde el mar del Norte, alejando el calor de los últimos días, en aquel extraño verano escocés. Asomó un poco la cabeza, justo a tiempo de ver cómo el coche que había estado siguiendo superaba la zona del paso y sus luces traseras se perdían en la oscuridad de la noche. Pensó por un instante en adelantar al coche para ir tras él. Mientras suspiraba extenuado, dejó que la lluvia le mojase el rostro y casi de inmediato se sintió mejor y más calmado. La lluvia siempre había tenido ese efecto en él. Volvió a sentarse erguido y subió un poco la ventanilla. Reparó en que el agua que se había colado dentro del vehículo le había mojado la manga de la chaqueta y comenzaba a formar un charquito sobre la alfombrilla de goma, a sus pies. Lo miró hastiado pensando que daba igual. Ya todo daba igual. Sabía de sobra dónde podía encontrar a Angus Bennett. Llevaba diez días siguiéndolo y cada noche había hecho exactamente lo mismo.

Bennett trabajaba en una empresa de extintores náuticos. Cuando salía del trabajo se dedicaba a conducir dando vueltas por los almacenes del puerto del río Clyde y del polígono colindante a una hora en la que la mayoría de los talleres estaban ya cerrados y las prostitutas tomaban el lugar. Unos pocos coches dispersos aparcados aquí y allá, y las chicas apostadas entre ellos envueltas en guardapolvos que abrían al paso de los posibles clientes, mostrando que debajo solo llevaban ropa interior. A veces reducía la marcha y pasaba más despacio frente a alguna, pero no se detenía. Después de hacer eso, más o menos durante una hora, salía de la zona de almacenes y, siguiendo la misma ruta, atravesaba aquel paso a nivel para detenerse dos millas más adelante en una discoteca que había a las afueras de la ciudad. Permanecía allí una hora, a lo sumo dos. Nunca tomaba más de un par de copas, después regresaba conduciendo cuatro millas y media hasta la casa donde vivía solo.

Noah Scott Sherrington tomó aire y lo expulsó lentamente. Se sentía muy cansado. Aquello no llevaba a ninguna parte y lo sabía.

En los últimos dos meses había seguido a dos tipos, además de a Bennett. Tres sospechosos. Cientos de horas. Charles MacLaughlin, otro merodeador de discotecas, con la mano un poco ligera en su trato con las jovencitas, había resultado tener dos esposas y andar por lo visto en busca de la tercera. Y Daniel Garrat. El más desconcertante de los tres. El que mejor cuadraba con el perfil de John Biblia. Tenía algo más de cuarenta años, lo que encajaba con la teoría de que, a pesar de su rostro aniñado, pudiera haber tenido los veintitrés o veinticuatro que le suponían en la época de los crímenes de la sala Barrowland. Al principio había pensado que vivía con su madre, pero descubrió que eran su madre y el novio de esta los que vivían con él, quizá porque contribuían a pagar la renta, ya que a Garrat le duraban poco los empleos. Scott Sherrington averiguó que no era mal trabajador, pero, sin duda debido a su gusto por la noche y las discotecas, a menudo llegaba tarde a su puesto, lo que le había valido el despido, al menos en sus dos últimos empleos. Aun así, Garrat se las arreglaba para cambiar de coche con cierta frecuencia y tener en el bolsillo lo suficiente para salir cada noche a recorrer las discotecas de Glasgow. Sin embargo, no se le conocían novias, las chicas no se le daban bien. Lo habían detenido un par de veces por altercados dentro del hogar, peleas con su madre y con el novio de esta. Un mes y medio siguiendo su pista. Nada.

Lo que le había parecido turbio de Bennett, el merodeo por los polígonos frecuentados por prostitutas, limitándose a mirar para acabar en una discoteca y seguir mirando, había quedado revelado aquella misma noche cuando lo vio detenerse frente a la puerta de un taller de reparación de autorradios. El sospechoso repitió su rutina conduciendo lentamente entre las naves vacías, dedicando miradas furtivas a las prostitutas que, cuando lo veían acercarse tan despacio, salían a su paso para ofrecerse. Un observador que no lo conociera como lo conocía Scott Sherrington podría haber pensado que estaba buscando algo o a alguien, pero el policía sabía que aquella era su rutina. Mirar sin comprar. Quizá buscaba calentarse lo suficiente, observando a las que cobraban por el servicio, para después descargar su furia con la joven que accediera a acompañarlo al salir de la discoteca. Pero en aquellas dos semanas no lo había visto hablar con ninguna mujer nunca, ni con las que cobraban, ni con las que observaba de lejos en la pista de baile. Así que, cuando lo vio detenerse y bajarse del coche, pensó que, como en otras ocasiones, el tipo iba a mear. Reparó entonces en que la puerta del taller de autorradios se abría un poco. Un intercambio rápido de palabras con el fulano que estaba dentro mientras se dirigía a la trasera del vehículo y sacaba un saco de arpillera que delataba la forma rectangular y afilada de cuatro o cinco radiocasetes, a todas luces robados. Nada, una vez más.

Scott Sherrington miró con fastidio hacia fuera. Las luces rojas continuaban parpadeando a los lados de las vías. Alcanzó a ver por encima del coche las vallas que seguían en alto.

Se llevó la mano a la boca del estómago y, por un momento, pensó que tenía una indigestión. Se sentía lleno, empachado, aunque lo más probable era que fuese hambre, las dos sensaciones se parecían bastante, y no había probado bocado desde el mediodía. Miró el reloj y se dijo que quizá no era tarde para acercarse al pub a comer algo. Eso lo llevó a pensar en el sargento detective Gibson. Frunció el ceño al hacerlo. Se lo había cruzado cuando salía de la comisaría, justo a tiempo de ver cómo sacaba a un detenido de la sala de interrogatorios y cedía su custodia a dos policías de uniforme.

Gibson, la corbata floja, el cuello de la camisa algo torcido, el faldón a punto de salirse de uno de los lados bajo la incipiente barriga.

—Aquí el amigo Billy ha cantado. Es el atracador de licorerías que andábamos buscando.

El amigo Billy no iba mucho más aliñado que Gibson. El rostro enrojecido, especialmente la nariz. No llevaba corbata, pero el cuello de su camisa también aparecía torcido y abierto hasta la mitad del pecho, le faltaban un par de botones y, en la pechera, cuatro o cinco manchas de sangre, muy rojas, ovaladas, como un racimo de uvas tintas.

La mirada de Scott Sherrington se detuvo un par de segundos más en aquellas manchas mientras pensaba: «Gravitacionales, por goteo». Gibson se dio cuenta y se apresuró a explicar:

—Ha tenido una hemorragia nasal, por el calor... —Se ladeó un poco para preguntar al detenido—. ¿Verdad, amigo?

El hombre respondió con un gesto cansado, parecido a un asentimiento.

Noah continuó su camino mientras pensaba que había sido mala idea estrenar zapatos ese día. Le dolían los pies.

—Sherrington —lo detuvo Gibson utilizando, como siempre, la mitad más inglesa de su apellido. Empujó a la vez con el tacón del zapato la puerta a su espalda para que se abriese del todo y el detective McArthur, que seguía dentro, pudiera oírlo.

Desde el interior de la sala de interrogatorios, a la que algunos llamaban «la galletera», le llegó el olor nauseabundo a sudor, gases y aliento viciado que salió como niebla flotando en el humo de cigarrillos.

—Vamos a ir a celebrarlo al pub. El sargento McArthur, los chicos de Robos y algunos patrulleros, ¿por qué no te vienes?

—No puedo, lo siento —respondió Noah sin que su tono dejase traslucir que lo sintiera en absoluto—. Hoy tengo cosas que hacer —añadió dirigiéndose a la salida.

Gibson lo alcanzó ya en la calle y se le acercó hasta casi rozarle. Aunque no llovía de momento, la temperatura había descendido por debajo de los dos dígitos tras una jornada templada para Escocia. El frescor del exterior arrancó de la piel de Gibson el vapor viciado que llevaba adherido. Apestaba como un perro mojado.

—¿Y qué es eso tan importante que tienes que hacer? ¿Perseguir a John Biblia?

—Nunca he dicho que fuera John Biblia —contestó Noah.

El detective Gibson intentó sonreír mientras le ofrecía un cigarrillo, que Scott Sherrington aceptó.

—Claro que no —dijo con sorna—, porque John Biblia está muerto.

Scott Sherrington lo miró a los ojos mientras daba una profunda calada.

—No hay pruebas de eso.

Esta vez la sonrisa le salió magnífica al sargento detective Gibson.

—O sea que sí, que persigues a John Biblia —dijo volviéndose a mirar atrás, como si esperase público—. Pues voy a decirte todo lo que haces mal.

Scott Sherrington negó con la cabeza y se armó de paciencia mientras miraba hacia el coche. Los pies lo estaban matando.

—Hay tres errores en lo que haces —explicó Gibson

blandiendo ante su cara sus dedos manchados de nicotina—. Primero, John Biblia está muerto y no se puede atrapar a un fantasma. Segundo, te crees capaz de conseguir lo que no logró toda la policía escocesa investigando durante años.

Percibió la intención al decir «escocesa», era *vox populi* que Noah Scott Sherrington se había formado en Londres. Algunos no se lo perdonaban. Le daba igual. Dejó salir el aire por la nariz demostrando su desdén, pero no dijo nada.

—Pero el tercero y más grave —continuó Gibson— es que pareces olvidar que estás en «La Marina», y la ofensa que eso supone.

Noah levantó la mirada hacia la recia construcción que parecía cernirse sobre ellos. El viejo edificio de Anderson Street, en Partick, recordaba a una escuela estatal de los años cuarenta. Era el cuartel de la policía de la ribera del río Clyde, conocida como División Marina. A finales de los sesenta y principios de los setenta se convirtió en el centro de investigaciones de la operación para capturar a John Biblia: interrogatorios, rondas de reconocimiento, declaraciones de testigos, retratos robot...

Y no, no era casualidad que Scott Sherrington hubiera requerido trasladarse allí, aunque entendía que resultase incomprensible que un inspector pidiese la incorporación a una destartalada y vetusta comisaría que ya lucía en sus paredes el aviso gubernamental de «propiedad condenada», que era como llamaban a los edificios que se iban a derribar, objeto del gran proyecto urbanístico de Glasgow. Pero lo que a la mayoría se les escapaba era que seguía manteniendo en sus sótanos una docena de insanos calabozos de azulejos rayados con miles de nombres y la mayor recopilación de documentación sobre el caso John Biblia. Noah sintió una gota de agua en el rostro.

Alzó la mirada, el aire estaba revuelto y cargado de

humedad. El mes de agosto había comenzado con una promesa de verano que había durado unos días, pero aquella mañana el cielo empezó a cubrirse al poco de amanecer. Al principio no le habían dado importancia porque las nubes se desplazaban desde las islas Shetland, pero por radio llegaban noticias de que en Aberdeen diluviaba.

Quizá Gibson advirtió entonces la diferencia de temperatura del exterior y comenzó a colocarse la ropa, remetiendo el faldón de su camisa dentro de los pantalones y enderezándose la corbata. Fue en aquel instante cuando Scott Sherrington percibió las pequeñas manchitas oscuras en la pechera. Casi microscópicas, por aspersión, formando una hilera ascendente y con tal fuerza que el mayor cúmulo de sangre se había concentrado en la parte superior de las gotículas. La clase de salpicadura de alta velocidad que se produciría al propinar un puñetazo contra la nariz del amigo Billy, por ejemplo.

Gibson pareció haber adecentado sus modales, además del atuendo, cuando volvió a hablar.

—Noah, deberías venir, es un momento de celebración. Esta es la clase de cosas que crea compañerismo.

«¿Compañerismo o pandillerismo?», pensó Scott Sherrington, consciente de que en esta ocasión Gibson había utilizado su nombre de pila.

—Quizá otro día... —contestó avanzando hacia el coche.

—No hay otro día, es hoy. Hazme caso...

En aquel momento Gibson no le pareció tan mal tipo, incluso era posible que tuviera buen fondo.

—No es nada personal, tengo cosas que hacer —dijo mientras abría el coche.

—Llevas tres meses aquí. Al principio podía hacer gracia que llegaras con tu apellido rimbombante, tus camisas planchadas y tus técnicas de Scotland Yard, pero la gente empieza a hablar.

Noah se volvió a mirarlo.

—¿Y qué dicen?

—Ya sabes cómo son estas cosas, no es solo que crean, como yo, que pierdes el tiempo con toda esa teoría tuya del depredador, John Biblia, o lo que sea... Hay otros que opinan que es un cuento chino. No tienes nada, Sherrington, no hay denuncias, ni sospechosos, no hay víctimas, no hay caso.

—Es Scott Sherrington, como el premio Nobel de Medicina —respondió con calma—, y están todas esas chicas que faltan de sus casas...

—¡Joder, Noah! Estarán trabajando de putas en Aberdeen, haciendo negocio con los trabajadores de las plataformas petrolíferas o en Londres. Todo el mundo sabe que ahora las crías se pirran por ser estrellas del pop.

Scott Sherrington bajó la cabeza mientras negaba, pero Gibson continuó:

—Estamos en los ochenta, ¡joder! Todas quieren ser Bonnie Tyler o Cyndi Lauper, *Girls Just Want to Have Fun*. No hay un depredador. Esas chicas se han escapado de casa, se han teñido el pelo de rosa o de violeta y hacen coros en un grupo, como esa Fredrica Bimmel: tanto revuelo y estaba con esos Dancing Pigs o como mierda se llamen.

Scott Sherrington apuró su cigarrillo. Sí, la chica Bimmel se había unido a un grupo de perdularios que presuntamente hacían música.

—Nunca incluí a Fredrica en mi lista, no encajaba en el perfil y ya se había escapado de casa en otras ocasiones. En todos los casos de las desapariciones que investigo, las chicas eran morenas, no muy altas, delgadas, con compromisos familiares. —Omitió ante Gibson que todas tenían la menstruación en el momento de desvanecerse, como las víctimas de John Biblia—. Pero es que, además, no se ajustan en absoluto al tipo de chicas que se escapan de casa.

—Eso es porque la imagen que tienes de ellas es la foto que sus padres llevan en la cartera: modositas, con las uñas limpias y la falda del largo que manda mamá.

—¿Y Clarissa O'Hagan? —preguntó mirando a Gibson y fingiendo calma.

Clarissa tenía dieciséis años. Era la mayor de las tres hijas de Peter y Marisa O'Hagan. Marisa había fallecido de cáncer un año atrás. Peter no era mal tipo, trabajaba en la zona portuaria del río Clyde en Glasgow, y se decía que los fines de semana empinaba el codo un poco de más, pero era un borracho tranquilo, un poco llorón, pero no violento. Clarissa, que seguía estudiando en el instituto, había ejercido de madre de sus dos hermanas pequeñas. Un sábado, tres meses atrás, acudió a una discoteca con dos amigas. Clarissa no quiso bailar, aún estaba de luto por su madre. Desde la pista, sus amigas vieron que un hombre se le acercaba, estuvieron hablando un rato; cuando volvieron a mirar, habían desaparecido.

Gibson se mordió el labio superior y parte de los largos pelos de su bigote pelirrojo se le introdujeron en la boca.

—Sí —admitió—, la chica O'Hagan.

—Adoraba a sus hermanas, aún estaba en duelo por la muerte de su madre, era responsable, sacaba buenas notas...

—¿Qué quieres que te diga? Es verdad que parecía buena chica, pero a lo mejor estaba harta de tanto esfuerzo, era mucho para alguien tan joven. O vete a saber, a lo mejor uno de los días en que su padre llegó un poco borracho se propasó con ella, ya sabes, sustituta de su madre para todo...

Scott Sherrington negó asqueado arrojando a sus pies el cigarrillo.

—Me parece repugnante que puedas insinuar algo tan asqueroso sin pruebas. O'Hagan es un buen hombre que está destrozado por la pena, y, de haber ocurrido lo que dices, Clarissa nunca hubiera dejado solas a sus hermanas en esa situación. Estoy seguro.

—Sus amigas dijeron que el tipo con el que hablaba iba bien vestido y que no parecía de la zona —replicó Gibson—. Créeme, las chicas de Glasgow llevan toda la vida intentando como locas cazar a uno de esos tipos que trabajan en las plataformas petrolíferas, para que las saquen de aquí y les compren una bonita casa en Saltcoats. —Dijo lo último mirando alrededor, como si él mismo estuviera harto de la ciudad—. Todo el mundo quiere irse de aquí, Sherrington, todo el mundo menos tú, por lo visto. Y eso es otra de las cosas que levanta sospechas.

Noah alzó una ceja, extrañado.

—¿Te sorprende? —Gibson arrojó la colilla de su cigarrillo entre los coches aparcados y apoyó las manos en las caderas antes de hablar—. Mira, amigo, yo creo que estás equivocado, no eres mal tipo, pero soy de los que opinan que demasiada formación no es buena para un policía. Tienes la cabeza llena de pájaros, pero se te pasará, he visto a otros como tú, y los pájaros saldrán volando en cuanto pases un par de años en «La Marina» y veas que todas las técnicas, ciencias y teorías aquí no sirven para nada. Y por eso, porque creo que no eres un mal tipo, te insisto en que hagas las cosas bien. Estoy tratando de ayudarte porque creo que estás equivocado, pero hay otros que empiezan a pensar que todo esto de tu investigación secreta es solo una excusa.

Noah entornó los ojos mientras negaba.

—No, no es secreta, y no es eso...

—No, si no hablo de que seas un antisocial, que también lo creo...

Scott Sherrington miró a Gibson sin comprender. El detective tensó la camisa sobre su pecho y observó ambos lados de la calle antes de susurrar:

—Creen que eres de Asuntos Internos, creen que puedes estar aquí por el caso McArthur, por lo de Alfred «el Carcasas».

El caso «Carcasas». Noah entendió entonces el empeño de Gibson en que McArthur escuchase la conversación cuando sacaban a Billy, el atracador de las hemorragias nasales. Un mes antes de ser trasladado allí, un detenido, Alfred Galt, alias «el Carcasas», un ladrón que debía su apodo a su trabajo como despiezador de pollos en el matadero municipal de Glasgow, había fallecido en los calabozos después de pasar más de seis horas con McArthur en la sala de interrogatorios, aquel cuchitril que los policías no tenían reparo en llamar «la galletera».

—Eso es una estupidez —sentenció.

—Lo que no es una estupidez es que Graham te puso aquí de la noche a la mañana. ¿Quién en su sano juicio pediría el traslado del DIC de Edimburgo a «La Marina» en Partick? Te coloca en Homicidios, pero sin asignarte a ningún grupo; das vueltas por la comisaría, pero sin ningún caso concreto, persiguiendo fantasmas, y eres más antisocial que un topo. —Debió de hacerle gracia su ocurrencia, porque sonrió un poco antes de repetir—: Eso es, como «un topo».

—Una soberbia estupidez —volvió a decir Noah caminando hacia los coches aparcados.

—Pues si lo es, ¿por qué no demuestras...? Ven al pub con los chicos, come algo, ¡por todos los santos! ¡Estás pálido como un muerto! Y luego, emborráchate como un hombre normal.

La lluvia arreció y Gibson retrocedió dos pasos hasta quedar cubierto por la marquesina de la comisaría.

Scott Sherrington aprovechó la retirada y subió al coche.

—Ya hablaremos, Gibson —dijo mientras cerraba la puerta.

Las luces rojas seguían parpadeando y las vallas comenzaron a temblar.

¿Estaba persiguiendo a John Biblia?

Su sola mención levantaba ampollas en cualquier policía escocés jubilado o en activo, y más en «La Marina».

A finales de los años sesenta el asesino al que la prensa bautizó como John Biblia, y al que jamás capturaron, se cobró tres vidas de mujeres que había conocido en la sala Barrowland. Patricia Docker fue la primera, después le seguirían Jemima McDonald y Helen Puttock. Para los mayores de veinticinco la noche de los jueves era la noche perfecta para ligar, pasar un rato divertido con hombres que siempre se llamaban John o con mujeres que siempre se llamaban Jane. Era uno de esos lugares discretos en los que podías deslizar tu alianza en el interior del bolsillo, conocer a una chica o a un chico, bailar y, quizá, hasta consentir que te acompañara a casa, sin que nadie esperase que dieras demasiadas explicaciones sobre tu vida. Se suponía que así era como había sucedido. Las tres habían aparecido muertas, con signos de gran violencia, en el trayecto que llevaba a sus domicilios. Cuando la policía comenzó a considerar y a admitir que había un asesino en serie en las calles de Glasgow, John Biblia se detuvo. O quizá no... Excepto por las mujeres desaparecidas, que Noah había incluido en su perfil victimológico, no había rastro evidente de nuevas actuaciones de John Biblia, aunque hubo unos crímenes extraños en la costa oeste y dos más en Dundee, en el estuario del Tay, en 1979 y 1980, que tenían cierto tufo a los asesinatos de Biblia. ¿Intentos que habían salido mal? La gestión de las investigaciones no había sido modélica, pero Noah pudo constatar que, aunque los cadáveres fueron abandonados aún con ropa, y al menos en uno de los casos la víctima no fue estrangulada, todas las chicas tenían la menstruación en el momento de su muerte.

Las vallas comenzaron a bajar.

Un coche cruzó a toda velocidad en sentido contrario. Las barreras estuvieron a punto de rozar el techo del vehículo. El vivo color naranja del Ford Capri le resultó familiar y, aunque pasó como una exhalación junto a los coches detenidos, Scott Sherrington tuvo tiempo de volverse y reconocer la matrícula. John Clyde. Había formado parte de su lista de sospechosos el año anterior mientras estuvo asignado en Edimburgo. Lo que hizo recaer la sospecha sobre él fue descubrir, al revisar casos antiguos, que dos chicas, que encajaban perfectamente en el perfil victimológico que había desarrollado, habían desaparecido en los años setenta en el mismo campus donde Clyde estudiaba. No había podido llegar a establecer que John las hubiera conocido allí, ni siquiera si habían coincidido en las mismas clases, pero Clyde estaba en la lista de los que abandonaron los estudios en los meses previos o posteriores a la desaparición de las jóvenes. Myriam Joyce y Helena Patrickson. Morenas, delgadas, no muy altas. Las dos tenían la menstruación cuando se desvanecieron. Igual que en los recientes casos de Glasgow, las desapariciones se trataron como fugas. A ambas les iban mal los estudios y en algún momento habían hecho pública su intención de abandonarlos.

También tenían una relación complicada con sus novios, que las llevaba a salir solas de vez en cuando. Ambas lucían una preciosa melena oscura, coincidencia o no. La última vez que se las vio iban acompañadas por un joven agradable, no tan guapo como para ser inolvidable, ni tan feo como para ser recordado. Un joven normal de aspecto confiado, de esos con los que una chica hablaría sin temor.

Scott Sherrington hizo las comprobaciones rutinarias con todos los nombres de la lista. En el caso de Clyde, pidió referencias a la policía de Killin, la localidad donde siempre había vivido. John Clyde: hijo de madre soltera, se había criado junto con ella y sus dos tías. Después de abandonar sus estudios de Filología en la Universidad de Edimburgo justo antes de terminar la carrera, había regresado a su pequeño pueblo junto al lago, y desde entonces no había trabajado de manera seguida ni dos meses. Constaba algún trabajillo como guía en los barcos para turistas donde estaba empleada una de sus tías y una temporada como recepcionista en el hotel local, donde la otra limpiaba y su madre era gobernanta. El trabajo no estaba hecho para John Clyde. Scott Sherrington presentía que era uno de esos jóvenes que creen que nada es demasiado bueno para ellos y que, de alguna manera misteriosa, llegan a convencer de que es así a los que doblan el espinazo para mantenerlos. De otro modo no tendría explicación que su madre y sus tías siguieran cuidando de él como si fuera un crío.

Noah rememoró su rostro en la foto del permiso de conducir que acompañaba el informe de la policía de Killin. Según aquel documento, acababa de cumplir treinta y siete años, pero conservaba uno de esos rostros aniñados que le hacían parecer más joven de lo que era. Vestía bien, era aseado y un buen conversador. Se mostraba cordial con los vecinos y educado con las mujeres. Sin embargo, nunca se le había conocido una novia, aunque eso no significaba nada. Scott Sherrington tardó poco en descartar a Johnny Clyde: le bastaron un paseo por las cercanías de su casa, una noche observándolo de lejos en una discoteca y la lectura del informe de la policía de Killin. Johnny Clyde era la indolencia personificada. En ese tiempo jamás lo vio propasar la velocidad permitida, saltarse un stop o beber una gota de más. Así que verlo ahora atravesando las vías cuando las vallas comenzaban a bajar le resultó sin duda llamativo.

Observó los pilotos traseros del Capri alejándose en la noche. Sintió cómo se le aceleraba el pulso, dejó salir todo el aire de sus pulmones mientras intentaba tranquilizarse y tomó la decisión. Dio marcha atrás lo suficiente para poder maniobrar y cambiar de carril para seguir a John.

Se mantuvo a una distancia prudencial, dejando un par de coches entre ellos, aunque pudo constatar que el modo de conducir de Johnny no era el habitual aquella noche. A lo de atravesar las vías cuando las vallas comenzaban a bajar y las señales rojas estaban encendidas, se sumaban otros aspectos llamativos. No volvió a saltarse un semáforo, pero condujo por encima del límite, reduciendo un poco cuando se acercaba a una zona poblada y volviendo a acelerar de inmediato. El Ford Capri no tenía bandeja trasera, la luna del portón se prolongaba hasta la línea de los intermitentes dándole aquel peculiar corte deportivo que lo caracterizaba. Le dio la sensación de que John Clyde transportaba en el maletero de su Capri una carga grande y desmadejada. Al pasar un pequeño resalte a las afueras de una urbanización, Scott Sherrington estuvo seguro de haber llegado a percibir cómo lo que fuera que llevaba allí se tambaleaba y asomaba, durante unos segundos, por el cristal trasero del coche. Noah presintió que el nerviosismo de John estaba directamente relacionado con la naturaleza del fardo que había en el maletero. Una carga que, a pesar de estar cubierta con una lona o una manta, era lo suficientemente comprometedora como para poder alterar al calmoso Johnny Clyde.

En el mismo instante en que vio el Capri rebasando el paso a nivel, Noah tuvo la corazonada de que algo extraordinario estaba sucediendo. No habría sabido explicarlo, no habría podido. Pero en su pecho, en su cuello, en sus muñecas, en todas las partes de su cuerpo donde podía sentir el pulso palpitaba la sensación todopoderosa de haber olfateado a la presa, de haber hallado la fracción, de estar a una pieza de completar el puzle. Intentó contenerse haciendo respiraciones profundas que llenaban de vaho los cristales del coche. La lluvia helada que llegaba desde el noreste seguía arreciando con gotas tan densas y cargadas que, aun con los limpiaparabrisas puestos a su máxima velocidad, solo alcanzaba a ver la carretera apenas un segundo en cada pase. Con el envés de la mano limpió el empañado de la luna delantera en un par de ocasiones, y al hacerlo sintió el frío del exterior aliviando la fiebre que ardía en su piel.

Sabía a dónde iba. John se dirigía a casa. Killin era un bucólico pueblo turístico de apenas setecientos vecinos, enclavado en una de las preciosas zonas de *glens* boscosos, perteneciente al concejo de Stirling y atravesado por las cascadas del río Dochart a orillas del lago Katrine, en los Trossachs. Este era el nombre común que se usaba para referirse a toda la zona que abarcaba los bosques, los *lochs*, con sus numerosos brazos de agua, sus lagos recluidos y sus pequeñas islas. Clyde seguía viviendo allí, mantenido por su madre y sus tías, en medio de aquel edén. Alejada del pueblo, pero aún perteneciente a la localidad, era la suya una casa solitaria y destartalada, que alguien con bastante humor había bautizado como Harmony Cottage.

Cuarenta minutos después, el Capri llegó a las proximidades del lago Katrine y, aunque las carreteras se volvían allí mucho más sinuosas, Johnny Clyde no redujo la velocidad. Aquel era su territorio, lo conocía como la palma de su mano. Scott Sherrington no podía decir lo mismo. Había explorado la zona cuando hizo la comprobación rutinaria de Johnny Clyde un año atrás, pero su conocimiento distaba mucho de dominar los cientos de senderos y la variabilidad de un paisaje tan cambiante.

Clyde solo frenó un poco la velocidad en los tramos en que la carretera atravesaba las pequeñas poblaciones que circundaban el lago, y Scott Sherrington estuvo seguro de que simplemente evitaba el celo de algún policía local que pudiera pararle para echarle una reprimenda.

Harmony Cottage estaba a menos de una milla de allí girando hacia la derecha. Superaron la zona de embarcaderos donde los pantalanes se extendían hacia el agua, los botes amarrados a los costados apenas se percibían con la escasa luz de los faroles del muelle empañados por la lluvia que arreciaba.

Por un instante la duda planeó sobre Noah: ¿cabía la posibilidad de que Clyde solo estuviera volviendo a casa?, ¿de que por alguna razón tuviera prisa por llegar? ¿Quizá le había prometido a su madre estar a una hora determinada? A pesar de que Johnny era un mimado por las mujeres de su familia, ese tipo de relaciones a menudo suelen estar sujetas a normas de servidumbre inexplicables para los demás.

Scott Sherrington jadeó sintiendo que se ahogaba de puro agobio, y para su sorpresa Johnny tomó la carretera que ascendía la colina en dirección contraria y se internó en el bosque.

No había ninguna población por allí. Para ir a la localidad más cercana era más lógico dar la vuelta al lago que atravesar los bosques en plena noche. Algunos tramos de aquella carretera descendían hasta la orilla por zonas inundables que a menudo, durante la primavera, con las grandes lluvias que llegaban desde el mar del Norte, eran impracticables. Y aquella noche el mar del Norte estaba cayendo sobre sus cabezas. Según las previsiones meteorológicas, el pico de la tormenta alcanzaría Glasgow en apenas media hora, pero ya estaba allí con toda su fuerza.

Scott Sherrington comenzó a preocuparse. Era consciente de que desde aquella carretera se abrían infinitos ramales que conducían a zonas de cuevas y riscos boscosos, y en sentido contrario, a pequeñas calas naturales que formaba el lago. Perseguir a alguien por una sinuosa carretera en mitad de la noche complicaba mucho las cosas. Los faros del coche destellaban entre los árboles como estrellas fugaces, y Scott Sherrington temió que lo delatasen. La escasa luz de la luna menguante desaparecía por momentos entre los oscuros nubarrones, pero ni con un cielo despejado habría sido capaz de atravesar la arboleda que se cerraba más según avanzaban. La opción de conducir a oscuras quedaba totalmente descartada si no quería acabar sepultado en el lago llevando como ataúd aquel viejo coche. Apagó las luces largas dejando solo las de posición y se concentró en seguir de lejos los pilotos traseros del Capri, que perdía en cada curva y volvía a recuperar un poco más adelante. Bajó la ventanilla para poder seguir la difusa línea blanca que delimitaba la carretera a los costados y que a veces desaparecía entre los líquenes y el musgo que pugnaban por ocultarla.

Aumentó la distancia cuando vio que el entramado que formaban los árboles sobre la carretera se cerraba tanto que producía la sensación de estar atravesando un oscuro túnel ferroviario, pero a la vez tenía la ventaja de guarecerlos de la lluvia y su estruendo, permitiendo que Scott Sherrington pudiera oír el ronroneo del motor trucado del Capri. De no haber sido por eso, quizá no habría llegado a percatarse de que John disminuía la velocidad antes de cambiar de marcha y comenzar un lento avance por una pista en la que la hierba había crecido hasta borrar las huellas de rodada. Un sendero descendente que hubiera pasado inadvertido para cualquiera que no lo conociera como Clyde. Los árboles que habían cerrado el camino en el último tramo se abrieron por el lado de la pista diseminándose hasta desaparecer en la orilla abierta del lago. Las nubes moviéndose a toda velocidad allá arriba abrían claros por los que se asomaba la luna iluminando la superficie plomiza y rizada del Katrine. Las aguas oscuras se parecían aquella noche a un mar tormentoso que empujaba fuera de sus límites su contenido. El Capri se detuvo a diez metros de la orilla, bajo la copa del último gran árbol. No había a donde ir. Scott Sherrington apagó las luces de su coche y lo echó a un lado del camino mientras notaba que el terreno bajo las ruedas comenzaba a ceder ablandado por la intensa lluvia. «Es imposible —pensó— que las ruedas del Capri no se estén sepultando ya en la orilla reblandecida del lago.»

El detective Scott Sherrington palpó su arma bajo la chaqueta, la sacó de la pistolera y, a oscuras, extrajo el cargador y deslizó la yema del pulgar por la punta redondeada de la munición mientras contaba las balas. Con un clac certero y un golpe seco con la palma de la mano, deslizó de nuevo el cargador, alzó el arma y se la acercó al rostro hasta sentir el frío del acero para infundirse valor. Suspiró. El corazón le latía a toda prisa. Intentando tranquilizarse, repasó mentalmente todo lo que sabía sobre John Biblia mientras lo extrapolaba a John Clyde y enumeraba las razones por las que un año atrás lo había descartado de entre los sospechosos.

Clyde tenía ahora treinta y siete años, así que debía tener veintitrés, como mucho veinticuatro, en 1969.

Scott Sherrington pensaba que John Biblia solo había tenido suerte en sus inicios. Clyde estudiaba en aquel tiempo en Edimburgo (en la universidad en la que desaparecieron dos chicas un par de años después) y no tenía coche. Trasladarse de una ciudad a otra habría sido un problema, esa fue una de las razones para descartarlo. Pero cuando el año anterior Noah incluyó el perfil de las dos chicas del campus de Edimburgo en su lista de posibles víctimas, descubrió que Clyde solía conducir el Morris oscuro de una de sus tías. Scott Sherrington tenía grabadas a fuego en su memoria cada una de las declaraciones de los dispersos testigos de los crímenes de John Biblia. Aunque no estaba dispuesto a jurarlo, uno de ellos creyó ver fugazmente a Patricia Docker la noche de su muerte cerca de la entrada de Queens Park, junto a una parada de autobús. Vio como un Morris 100 Traveller se detenía frente a ella, pero no estaba seguro de si la chica había subido al coche o no.

Un indicio y un montón de aspectos en contra, la razón principal para descartar a Johnny Clyde fue cuestión de carácter. Johnny Clyde simplemente le había parecido demasiado pueril como para tener el buen criterio de parar, de tomar distancia de sus crímenes, de no regresar una vez más a aquel territorio de caza que le había sido tan propicio, pero sobre todo de evolucionar, de llevar sus actos a otro nivel. John Biblia había evolucionado desde su primer crimen. A su primera víctima la había abandonado en la calle, frente a un garaje; para la segunda había elegido un parque oscuro y silencioso en la noche donde no pudiera ser hallada hasta la mañana siguiente; a la tercera la había abandonado en una «propiedad condenada». Tardaron veinticuatro horas en encontrar el cadáver. A la primera la había estrangulado con sus propias medias, con la segunda y la tercera se había garantizado el arma llevando un trozo de cuerda común de tender. Aprendía rápido y sobre la marcha.

Tres mujeres captadas en la misma discoteca, que fueron vistas con un hombre que casi nadie recordaba demasiado bien, ni siquiera la hermana de la última víctima, Helen Puttock, que pasó parte de la noche con ellos y los acompañó un tramo en taxi; aunque a partir de su descripción se realizó el primer retrato robot. El resto de los testigos estaba de acuerdo en que había dicho que se llamaba John. El apodo Biblia fue, como suele serlo casi siempre, un invento de la prensa basado en que uno de los testigos recordaba vagamente haberle oído citar las Escrituras (aunque no estaba muy seguro). Pero la posibilidad de que lo hubiera hecho, unida a la descripción de un hombre educado, correcto y tan relamido como para citar los salmos, dio con el nombre «John Biblia», y esa fue la otra razón de peso para descartar a Johnny Clyde. No encajaba con un asesino como John

Biblia la temeridad de presentarse con su verdadero nombre.

Los periódicos de la época los habían catalogado de «crímenes salvajes». Las tres víctimas tenían la menstruación. En un análisis de lo más simplista, este aspecto llevó a los investigadores a pensar que de algún modo eso irritaba al asesino; que era el mismo hecho de que tuvieran la regla lo que motivaba que acabaran muertas, quizá porque se negaban a tener sexo por esa razón, y eso lo enfurecía.

Scott Sherrington había revisado casi todo el material relativo a John Biblia. Cientos de policías habían terminado trabajando en aquel caso, pero era un hecho que a finales de los sesenta la recogida y custodia de pruebas no era el fuerte de la policía escocesa, ni de la de ningún lugar. Los restos biológicos no se habían conservado debidamente en un tiempo en el que realizar un análisis de ADN era menos probable que viajar a la Luna. Los pocos objetos recuperados habían permanecido años abandonados y mohosos en el sótano de «La Marina» hasta que, al cierre de aquella comisaría, fueran trasladados a las oficinas del DIC de Edimburgo a seguir criando moho. Por suerte había fotos. No eran magníficas, pero Scott Sherrington las había estudiado al milímetro y lo que había visto en ellas trascendía bastante más allá de los crímenes violentos, salvajes e irracionales que aparentaban ser a primera vista.

Entre el anárquico caos que reinaba en las escenas de los crímenes, con los objetos de los bolsos desperdigados a veces más cerca, a veces más lejos de los cuerpos, sin ningún sentido, Scott Sherrington había hallado el ritmo, la cadencia. Todo aquel desbarajuste escondía una intención, una búsqueda, la de un objeto: una toalla sanitaria, una compresa o un tampón. A pesar del desorden reinante habían aparecido cuidadosamente colocados bajo la espalda o en las axilas de las víctimas, de un modo tan estudiado que para un ojo no entrenado era simplemente aleatorio. Nadie se percató hasta la tercera víctima. A Scott Sherrington no le gustaban las leyendas del crimen, jamás iba a alimentarlas, pero había algo que le fascinaba en John Biblia y tenía que ver con haber descubierto que tenía un propósito. Que las tres estuvieran menstruando en el momento en que fueron asesinadas no podía ser una casualidad. Noah era consciente de que, en los ochenta, igual que en los sesenta, la menstruación era, para la mayoría de los hombres de la época, un impedimento transitorio para tener relaciones sexuales esos días en que las esposas estaban doloridas e irritables y, en algunos pocos casos, la garantía de soslayar un embarazo.

Había una cosa en la que el detective Gibson tenía razón: Noah Scott Sherrington creía que John Biblia seguía vivo y que seguía matando, pero también estaba seguro de que en aquellos catorce años había evolucionado lo suficiente como para ser consciente de los avances de la ciencia forense. Cualquier delincuente sabía que un cadáver era un testigo y que, con los medios con los que se contaba en 1983, las huellas, los restos y los indicios que dejó desperdigados alrededor de las tres mujeres que asesinó en 1968 y 1969 habrían llevado muy probablemente a detenerlo.

Abrió la puerta del coche y salió al exterior. Retrocedió hasta rodear la parte trasera del Escort. Se desvió de la vereda y caminó agachado entre los árboles que iban tornándose más frondosos, aunque más escasos, mientras descendían hacia el *loch*. Avanzó ocultándose tras los troncos y buscando entre la espesura los exiguos rayos de luz de luna, que de vez en cuando se colaban entre las densas nubes de la borrasca. El estruendo de los árboles era fabuloso. Las ramas se golpeaban unas contra otras y Scott Sherrington tuvo la sensación de que por doquier caían trozos del ramaje roto por la furia del viento. Trató de concentrarse; si no lo hacía, corría el riesgo de caminar en cualquier dirección y terminar al otro extremo del bosque. Como si alguien hubiera escuchado sus plegarias, las luces traseras del Capri brillaron en la oscuridad como los ojos de un monstruo legendario. El terreno formaba allí una planicie, y la frondosidad del árbol bajo el que había aparcado Clyde parecía haber mantenido razonablemente compacto el suelo a su alrededor, pero por la ladera inclinada a su espalda el agua bajaba formando un pequeño regato natural de agua lodosa. Las luces delanteras del coche se proyectaban hacia la orilla iluminando las rachas de lluvia, que como cortinas mecidas por el viento ondeaban frente a los faros del Capri.

Scott Sherrington se sobresaltó. Sin darse cuenta se había acercado mucho, demasiado. Dio un paso atrás precipitado, intentando guarecerse tras el tronco de un árbol y maldiciendo el modo en que las ramas crujían bajo sus pies. Una de las luces traseras del Capri se oscureció cuando Johnny se interpuso ante ella para abrir el portón trasero. Tomó algo del interior y, sin cerrarlo, se dirigió a la orilla del lago. En un primer instante Scott pensó que era un arma, una escopeta de caza, de las que abundaban en la zona. Pero cuando Clyde pasó ante los faros del coche, Scott Sherrington pudo ver que era una pala. Johnny avanzó hasta quedar a unos trece pies de la orilla. Se detuvo mirando al lago y alzó el rostro como si los rayos, los truenos o la inmensa cantidad de agua helada que ya lo había calado hasta los huesos formasen parte de él. Levantó los brazos abiertos en cruz, emulando a Freddie Mercury, y Scott Sherrington observó incrédulo el espectáculo que ofrecía ante sus ojos y bajo la lluvia. John estuvo así unos segundos, como si en su mente escuchase una gran ovación, después bajó los brazos y comenzó a cavar.

Lo vio palear el lodo reblandecido de la orilla. Trabajaba a buen ritmo ayudado por la blandura del terreno.

Noah se agachó cuanto pudo para evitar que la luz roja del portón trasero delatase su presencia y se acercó al coche.

No abultaba mucho. El fardo estaba cubierto por una manta con estampado de tartán escocés y ribetes de plástico negro. Incluso en el pequeño maletero del Capri su presencia resultaba insignificante. Scott Sherrington se arrodilló y sintió cómo la tierra se hundía bajo su peso como mantequilla reblandecida. Asomó la cabeza por un lado del coche para asegurarse de que Johnny seguía cavando. Deslizó los dedos ateridos por debajo del fardo en el lugar en el que Clyde lo había remetido para evitar que accidentalmente se le escapase. Las puntas de sus dedos rozaron la piel tersa y gélida del cuerpo que estaba debajo, como un resorte apartó la mano, aprensivo. Ya no hacía falta, pero aun así retiró la manta. Una mujer pequeña, pero no era una niña. Siguiendo el protocolo, Noah buscó el pulso poniéndole dos dedos en el cuello y después palpó la mandíbula, que comenzaba a mostrar los primeros signos del *rigor mortis*. La piel del rostro aparecía avejentada por el maquillaje estropeado y los golpes recibidos, su vientre era una colina abierta que delataba esa forma abolsada común en las mujeres que han gestado más de una vez. Tenía tatuados tres nombres en el brazo que quedaba a la vista. Probablemente los de sus hijos: Sam, Gillian y Andrew, orlados de flores y mariposas. En el hueco de sus piernas Johnny Clyde había dejado hecha un ovillo toda la ropa de la chica. Sobre el montón, unas braguitas de un color claro indeterminado aún delataban la mancha oscura de sangre menstrual. «Como todas las víctimas de John Biblia.» Ese había sido uno de los grandes misterios para los estudiosos del perfil de aquel asesino, ¿cómo se las arreglaba para sonsacar a mujeres a las que acababa de conocer una información tan sensible como esa? ¿Quizá cuando les proponía tener relaciones íntimas? ¿Era, como habían pensado los inves-

48

tigadores de la época, la frustración ante su negativa lo que disparaba su ira? Noah no lo había creído ni por un instante.

Sintió cómo el mareo invadía su cabeza, entornó los ojos tratando de vencerlo sin perder el equilibrio y notó cómo aquella enorme bola que se había ido formando en su estómago ascendía por su pecho abundando de nuevo en aquella sensación de empacho que lo había acompañado desde la tarde. Pensó que iba a vomitar, pero era imposible, hacía horas que no comía. La náusea le atenazó la garganta y Scott Sherrington contuvo el aliento intentando no toser, aunque estaba seguro de que, en medio de aquel estruendo extraordinario, John no habría podido oírlo ni aunque gritase su nombre. Esperó paciente a que la angustia cediese y, en un gesto de infinito respeto, volvió a tapar el cadáver.

La tormenta arreció, las nubes cubrieron por completo el cielo y solo los relámpagos iluminaban de vez en cuando, sobre las colinas, la noche más oscura. Noah avanzó de costado hacia campo abierto evitando que las luces de los faros del coche delatasen su presencia. Caminaba medio agachado, estaba calado hasta los huesos, el agua le resbalaba por el rostro y se le metía en los ojos obligándolo a parpadear y entorpeciendo su escasa visión. Jadeó. Los nervios le estaban jugando una mala pasada. Era consciente de su situación, del peligro que corría, pero había algo más. Era como si aquellas luces rojas de las vías siguieran parpadeando en los extremos de sus ojos, en el límite hasta donde llegaba su vista periférica. Una señal de aviso, de alarma, de la que no había conseguido deshacerse desde el momento en que el Ford Capri de John Clyde había cruzado la vía a toda velocidad, ¿o había sido antes? Usó la manga empapada de su chaqueta para enjugarse el rostro. La fuerza del agua en dirección al lago arrastraba el suelo bajo sus pies, sentía cómo se hundía a cada paso que daba. La suave tierra de la pradera que se había acumulado frente a la orilla del lago había pasado a formar parte de él, y la leve inclinación de la ladera a su espalda contribuía a que el agua descendiese a toda prisa llevándose la tierra oscura hacia las profundidades.

Estaba a unos diez metros de la fosa que Johnny intentaba abrir cuando lo oyó gritar. Fue casi un rugido, pura frustración. Instintivamente, Scott Sherrington se echó al suelo. Levantó la cabeza muy despacio y vio que Clyde se había desplazado catorce o quince pies a su izquierda fuera del ámbito de los faros. Paleaba la tierra allí, pero entonces se desplazó otros seis pies hacia delante, más cerca de la orilla, y comenzó de nuevo a cavar. Noah no entendía nada, se suponía que estaba abriendo una fosa para enterrar a aquella pobre chica. Johnny volvió a gritar y el aullido de ira fue audible en medio de la tormenta. Como un loco, sin sentido ni dirección, Johnny comenzó a dar vueltas arriba y abajo, a izquierda y a derecha, moviendo paletadas de barro aquí y allá, por la inmensa ribera lodosa que era la orilla del lago. Desde la vertiente de la colina seguían llegando oleadas de agua hacia la ensenada inundada, que se juntaban con las olas que el viento empujaba hacia tierra, como si tratase de vaciar el lago. Johnny estaba hundido en el lodo hasta las pantorrillas y seguía paleando secciones de barro casi líquido que se escurrían de la pala. Cayó de rodillas como si uno de los rayos que cruzaba el cielo lo hubiera fulminado y, abandonando la pala, usó sus propias manos para amontonar el barro formando un cúmulo redondeado que era visible a distancia. Un inmenso relámpago iluminó la noche y Scott Sherrington estuvo seguro de que, de haber tenido la cabeza alzada, Johnny lo habría visto. Pero Johnny solo tenía ojos para aquello que emergía de la tierra. Era un cráneo. Debía de llevar tiempo allí, porque al iluminarlo la luz del rayo arrancó fulgores blanquecinos de los huesos lavados por la lluvia. Clyde se puso en pie y avanzó intentando tapar con sus manos el horror que brotaba desde otra fosa que se abría.

Scott Sherrington volvió a oírlo gritar.

—Noooooo, no, no...

Cayó de nuevo al suelo.

Clyde se desplazó de lado sin siquiera intentar ponerse de pie, arrastrándose por el lodo hasta arrodillarse frente a otra tumba que emergía. Continuó empujando con las manos porciones líquidas de barro que arrojaba sobre los cráneos de sus víctimas intentando infructuosamente volver a enterrarlas. Su particular cementerio se abría aquí y allá mostrando sin misericordia su contenido. Noah contó tres. Tres flores oscuras brotando del lodo. Tembló aterrado ante la fuerza de la prueba, Johnny Clyde era John Biblia y aquel, su cementerio particular. Sujetó con las dos manos el arma mientras se ponía en pie y se cercioraba una vez más de haber quitado el seguro. Avanzó chapoteando ruidosamente, aunque en medio de aquel estruendo ni él mismo podía oírse. Se colocó detrás de John, que seguía gimoteando mientras arrojaba barro sobre los restos grisáceos de un cuerpo que ya casi afloraba sobre las aguas. Scott Sherrington gritó.

—¡Policía! ¡No se mueva!

John continuó echando sobre el cadáver el lodo que extraía del suelo con sus manos, como si no lo hubiera oído.

—¡John Clyde, quedas detenido! —gritó tocando su cabeza con el cañón del arma—. ¡Tírate al suelo! ¡Al suelo!

Pero John no se tiró al suelo, John continuó cavando en el barro en un vano intento por cubrir el rostro del cadáver. John parecía ajeno al mundo, John deliraba ensimismado. Entonces, cuando Noah comenzaba a pensar que tendría que derribar a aquel enajenado, este se giró de lado golpeando las piernas del policía con la pala que había estado rebuscando entre el barro mientras fingía cavar. Scott Sherrington cayó al suelo y perdió el arma mientras John se le echaba encima cruzando la pala sobre su pecho. Noah fue de inmediato consciente de la situación. Sin duda era más fuerte que John, pesaba al menos cuarenta y cinco libras más que él, pero el lodo lo lastraba dificultándole mover las piernas, que se le atoraban en el barro. John no soltaba la pala, y las oleadas de agua que bajaban por la colina le cubrían por momentos la cara impidiéndole respirar. Noah intentó erguirse para tomar aire y, luchando contra el instinto de agarrar los extremos de la pala, soltó la mano derecha y con el puño cerrado golpeó con todas sus fuerzas el rostro de John Clyde, que, a pesar de su ventaja, cayó de lado como un muñeco. Noah se incorporó hasta quedar de rodillas mientras buscaba desesperado el arma entre el lodo y el agua. No veía nada. Se olvidó del arma y se lanzó sobre John, que, aturdido, se agarraba la cabeza donde Noah le había golpeado. Intentó revolverse, lo que le valió un par de puñetazos más, uno en la cara y otro en el costado, que lo dejó tendido boca abajo. Sin darle tiempo a reaccionar, Noah se sentó a horcajadas sobre él, consciente de que ahora era John el que luchaba desesperadamente por sacar la cara del lodo. Le retorció los brazos hacia atrás y, mientras lo sujetaba, buscó con la otra mano las esposas que llevaba prendidas en su cinturón. Lanzó el grillete contra su muñeca y llegó a oír el peculiar cras al cerrarse sobre la carne. Y solo entonces se incorporó y tiró de John hasta dejarlo de rodillas para permitirle respirar.

La lluvia amainó un poco, las nubes abrieron un claro y la luna iluminó a los dos hombres.

Primero fue como un leve hipar, como cuando alguien presa de la angustia toma aire de modo profundo y entrecortado; después, el gemido fue perfectamente audible. Un llanto hondo y tenebroso que parecía venir de todas partes. Ambos se detuvieron al percibir el movimiento a su alrededor, y Noah volvió la cabeza hacia las luces del Capri mientras se preguntaba cómo era posible. La mujer del coche llevaba horas muerta. Un movimiento más cercano reclamó su atención. Los cuerpos de las damas del lago, las señoras de aquel cementerio particular, liberados por la fuerza de la tormenta, salían flotando arrastrados fuera de sus tumbas hacia los amorosos brazos de agua de los Trossachs.

Todo un espectáculo.

John jadeaba de rodillas. Noah también necesitaba respirar. Inhaló profundamente, y esa fue la última vez que lo hizo. El infarto que le había estado rondando en las últimas horas, que le había mandado mensajes durante toda la tarde, lo fulminó con la misma velocidad con que brilló el rayo que cruzaba el cielo en ese mismo instante. El inspector Noah Scott Sherrington estaba muerto cuando llegó al suelo.

John Biblia

John tenía el rostro lleno de barro y las manos esposadas a la espalda. Jadeaba por el esfuerzo intentando recuperar el aliento cuando el cuerpo cayó a su lado.

En un primer momento pensó que el tipo había resbalado en el lodo y que se incorporaría de inmediato, pero cuando fueron pasando los segundos y vio que seguía inmóvil, lo miró con atención.

Había quedado ligeramente de costado, con el cuello torcido colgando sobre el hombro izquierdo.

John lo empujó con la rodilla y el cuerpo se venció desmadejado quedando boca arriba con los ojos en blanco y la boca abierta, como si la muerte lo hubiera sorprendido en mitad de un suspiro.

Lo miró, incrédulo ante su suerte. De no haber tenido las manos esposadas a la espalda le habría tomado el pulso, pero ante la imposibilidad de hacerlo se inclinó sobre el rostro hasta que su nariz y su boca quedaron sobre las del policía. Permaneció así unos segundos hasta comprobar que no respiraba. Estaba muerto. John no estaba demasiado seguro de qué era lo que había pasado. Había leído mucho sobre la muerte y sabía que existían casos en los que se podía sucumbir súbitamente. Ignoraba si era eso o si un rayo lo había alcanzado, pero había una realidad que se imponía: el tipo estaba muerto. Le costó un poco recuperar la llave de los grilletes del bolsillo del cadáver. Con ella apretada en el hueco de su mano se incorporó. Se le complicaría regresar hasta Harmony Cottage por las laderas enfangadas, pero no iba a arriesgarse a intentar quitarse las esposas allí: si la llave resbalaba de su mano, no la encontraría jamás. Con la punta del pie empujó la cabeza del policía, que osciló volviéndose hacia el lado contrario. A la escasa luz de los faros del Capri, observó el rostro. Empapado, lleno de barro y limo, era difícil recordar haberlo visto alguna vez. El movimiento en las tumbas, que seguían abriéndose a su alrededor como flores del mal, lo sacó de su abstracción.

Aunque lo lógico para cualquiera habría sido apresurarse presa de la urgencia, John sabía que precisamente en los momentos de máxima premura era cuando más atención debía prestar a los signos, y él se había convertido en un experto en descifrar señales cuando Dios le mandó la primera el día en que cumplió trece años.

Se detuvo unos instantes para mirar en rededor y tomar consciencia de lo que las señales significaban.

La tormenta que se alejaba encendiendo luces fugaces tras las colinas que encerraban el lago. Las inmundas mujeres flotando fuera de sus tumbas hacia las aguas encabritadas. La luna que se abría paso entre las nubes que se desplazaban a toda velocidad, iluminando las orillas del Katrine. Y el policía muerto a sus pies.

Aspiró profundamente el aire cargado de electricidad y ozono, levantó la cabeza, orgulloso, y sonrió. Sabía a la perfección lo que debía hacer. Entonces volvió a oír aquel gemido, que parecía proceder de todas partes. El llanto agónico se clavó en sus oídos. La sonrisa se le borró de los labios. Aquello también era una señal. Temblando de miedo se alejó del lago corriendo hacia el interior del bosque.

El niño

El niño no sabía por qué, pero era importante que, al terminar de lavar los trapos, los dejase bien estirados sobre la hierba y bajo la luz de la luna para que los refrescase el rocío de la mañana. Aquella parte también le llevaría un rato. Uno a uno los fue estrujando, intentando eliminar el agua después de sacudirlos con un golpe seco, que sonaba como un latigazo, y tendiéndolos sobre el heno. Solo podría regresar a la casa cuando se hubiera cerciorado de que el trabajo estaba bien hecho. Entonces ya sería muy tarde y ellas dormirían, pero la estufa todavía estaría encendida, alimentada por la última carga que siempre colocaban antes de irse a la cama para mantener templada la casa hasta el amanecer.

El niño estaría extenuado y tendría mucho frío. Sin embargo, no entraría inmediatamente. Siempre debía tomarse un tiempo para conseguir sosegarse lo suficiente y dejar de llorar. Si se despertaban al oírlo sollozar, se enfadaban.

Empujando la puerta observaría el interior: la única luz en la estancia era la del fuego ardiendo lentamente en la estufa. Escucharía con atención durante un par de minutos hasta confirmar que solo él estaba despierto en aquella casa y, entonces, aseguraría la puerta a su espalda. Evitando las tablas que crujían en el suelo, se acercaría despacio para calentarse. Extendería una manta raída que usaban para cubrir la leña y allí se postraría, acercando sus manitas ateridas al hierro colado de la estufa hasta quedarse dormido. Durante el invierno, el agua del lavadero llegaba a estar tan helada que a menudo amanecía con los dedos enrojecidos e hinchados por los ardientes sabañones, pero le daba igual.

Soñando con el calor de la estufa y el olor a musgo y madera que desprendía la manta sobre la que dormiría, sacudió uno de los paños y, volviéndolo por ambos lados, se cercioró de que no quedase ni una sola mancha. Era fácil: la sangre era negra a la luz de la luna. Estiró el último trapo sobre la hierba y al alzar las manos vio las líneas oscuras que manchaban sus dedos bajo las uñas y hasta las cutículas. Exhaló todo el aire de sus pulmones y sintió que el mareo avanzaba por sus entrañas y trepaba caliente a su cabeza. Emitió un gemido, un gañido, como el de un cachorro herido. Y, exponiendo las manos bajo la luz de la luna, casi gritó al ver la sangre coagulada tiñéndole la piel hasta formar parte de él mismo. Como por ensalmo, el olor a pescado podrido, oveja muerta, a cadáver y podredumbre penetró en su nariz como si, en lugar de unos restos oscuros de sangre coagulada, tuviese sus manos sumergidas en el cubo. Jadeando de puro pánico corrió hacia el pilón, abrió el grifo, clavó sus dedos en la masa informe de jabón de sosa y con el cepillo de cerdas de madera frotó sus pequeñas manos intentando desprenderse de aquella inmundicia, de aquel horror. El niño siguió frotándolas con todas sus fuerzas hasta que las manchas negras que había bajo sus uñas se fundieron con la sangre que brotaba de los lugares donde se arrancaba la piel. Pero el niño continuó restregando y gritando horrorizado, y supo que ya no podría parar nunca cuando, al exponer de nuevo sus manos bajo la luz plateada de la luna, vio que se habían teñido completamente de negro.

You don't know how bad I got it
No sabes lo mal que lo tengo

—Señor, señor, ¿me oye?

La voz llegaba desde muy lejos.

—¿Cómo se llama? El nombre de pila.

Otra voz le contestó.

—Noah, se llama Noah.

—Noah, abra los ojos —ordenó la primera voz.

Los abrió, aunque no pudo ver nada. La luz era blanca e hiriente y se sentía muy cansado. Quería dormir. Cerró los ojos y se dejó arrastrar a la inconsciencia.

Pero la voz insistió. Hablaba muy alto, y su tono era imperioso.

—Noah, sé que está despierto, abra los ojos y míreme. No intente hablar o le dolerá. Abra los ojos despacio, confíe en mí. —Había algo en su voz que le recordó al señor Parks, su profesor de primaria.

Obedeció, y esta vez pudo ver algo más. Un rostro masculino, aunque muy borroso. Se mareó y sintió que la náusea atenazaba su garganta. Intentó abrir la boca, pero no pudo. Lo invadió el pánico.

—Noah, está en el servicio de vigilancia intensiva del hospital de Edimburgo. Soy el doctor Handley. Escúcheme con atención, tiene un tubo endotraqueal en la garganta. Si me ha entendido, parpadee dos veces.

Apretó los ojos con fuerza.

—Está conectado a un respirador, pero creemos que ya

puede hacerlo solo. —Y dirigiéndose a alguien que Noah no podía ver preguntó—: ¿Ha respondido bien a las pruebas de respiración espontánea?

—Ni arritmia, ni fiebre.

De nuevo el rostro ante sus ojos.

—De acuerdo, sujétenle las manos. Vamos a destetarlo.

Oyó el gorgoteo que emitía el aspirador mientras sentía el tubo subiendo por su garganta y el doctor Handley le ordenaba:

—¡Respire!

Lo hizo. El aire tenía sabor a alcohol, a metal, y estaba templado.

—¿Cuánto tiempo llevo...? —La voz se le rompió, el médico tenía razón: le dolió tanto que instintivamente intentó llevarse las manos a la garganta. No pudo. Oyó el tintineo metálico de las barras de la cama al sacudirlas.

—Dos días —respondió el médico.

—Jefe Graham, tengo que hablar con él —susurró, intentando así contener las cuchillas que rasgaban su garganta.

—Aún no puede recibir visitas, pero no se preocupe, el jefe de policía ha estado ahí fuera todo el tiempo. Ya lo sabe todo.

Seguía notando la presencia del tubo en la tráquea, aunque sabía que ya no estaba allí.

—Es John Clyde, dígaselo.

—Lo sabe todo, descanse —repitió terminante el médico.

Noah cerró los ojos. Se durmió inmediatamente.

El doctor Handley entró en la habitación, cerró con cuidado la puerta a su espalda y se detuvo allí durante unos segundos para observar al hombre que ocupaba la cama junto a la ventana. Noah se había incorporado, estaba sentado con las piernas flexionadas y rodeadas por los brazos.

En el informe ponía que tenía cuarenta y dos años. Delgado y nervudo, su palidez contrastaba con el cabello oscuro y abundante que se le ondulaba en la nuca y sobre la frente. Miraba pensativo hacia la ventana a su derecha. Aun en reposo, su postura tenía algo de urgencia y de dinamismo, que Handley, que llevaba media vida siendo cardiólogo, interpretó como algo negativo. Apretó los labios, contrariado, antes de llamar la atención de su paciente mientras se acercaba a la cama.

—Noah Scott Sherrington.

Noah se volvió hacia él expectante. De nuevo aquella energía.

—Supongo que es el cardiólogo —contestó tendiendo una mano que el médico estrechó—: ¿Cuándo cree que podría recibir visitas, o al menos hablar por teléfono? Es importante que hable con mi jefe. Ni siquiera me han dejado ver la prensa —dijo mirando incrédulo a su alrededor.

—No se preocupe, el señor Graham ha estado al corriente desde que usted ingresó. Nos dijo que no tenía más familia y se le permitió que lo viera en la unidad de cuidados intensivos.

Handley hizo un gesto señalando la superficie de la cama y Noah se apartó un poco para permitirle sentarse.

—¿Cómo te encuentras, Noah? ¿Puedo llamarte Noah?

Scott Sherrington asintió con seguridad.

—Sí, bien, muy bien.

El médico sonrió indulgente.

—¿No notas ninguna molestia?

—Bueno... —Puso una sonrisa de circunstancias—. Estoy un poco cansado, me duelen la garganta y las costillas —dijo llevándose una mano al costado—, pero la enfermera me ha dicho que es normal, por las maniobras de... —Se detuvo sin terminar la frase.

—Reanimación —dijo el doctor Handley.

—Creo que la enfermera dijo resucitación...

A Handley no se le escapó la carga oscura con la que Noah revistió la palabra.

—¿Qué recuerdas de ese día, Noah? Cuéntame todo lo que puedas recordar, con detalle, es importante.

Noah elevó la mirada arriba a la izquierda en claro gesto de intentarlo.

—Estaba persiguiendo a un sospechoso. Me paré en un paso a nivel. Y entonces vi un coche que cruzaba las vías en sentido contrario, de un modo... Bueno, reconocí la matrícula y decidí seguirlo.

Se notaba su experiencia presentando informes. El doctor Handley reparó en que se limitaba a narrar hechos, no sensaciones.

—Enseguida me di cuenta —continuó— de que se dirigía a la zona de los lagos, a su casa. Conduje unas veinticinco millas tras él hasta la orilla del Katrine. Sorprendí al sospechoso..., digamos, en una acción delictiva. Peleamos, peleamos un buen rato, conseguí esposarlo... y... nada más. —Noah se detuvo, abandonó el tono profesional que había mantenido durante todo el relato y desconcertado añadió—: Después nada. —Desvió la mirada hacia la ventana y allí la dejó vagar. Triste.

Handley lo trajo de vuelta con su pregunta.

—¿No recuerdas haber sentido ningún síntoma raro durante el día? Cansancio extremo, falta de aliento, inquietud.

—No.

El médico lo miró suspicaz.

—¿Y las piernas o los pies hinchados? ¿Notaste alguna molestia?

—Sí, pero llevaba zapatos nuevos. Creí que era por eso —dijo encogiéndose de hombros.

—Deja que adivine. Te compraste un nuevo par porque los otros te apretaban.

—Sí.

—Probablemente un número más, pero también te apretaban, ¿no es cierto?

El doctor Handley escribía algo en su informe.

—¿Sudor sin causa aparente, calor o frío repentino, palpitaciones, sensación de urgencia o de peligro...?

Noah fue asintiendo a cada una de sus palabras.

—Y empacho —añadió—. Tuve una sensación parecida al hambre todo el día, pero sabía que no podría tragar nada, como si hubiera comido hasta hartarme.

—¿Y no pensaste que era raro? ¿Que podía estar ocurriéndote algo?

—Sí, una corazonada.

—¿Qué? —se sorprendió Handley.

—Instinto, un pálpito, un presentimiento. Es difícil de explicar, ya lo había sentido otras veces, y siempre ha tenido que ver con algo que estaba a punto de ocurrir. Cuando las luces rojas del paso a nivel comenzaron a parpadear tuve ese presentimiento tan claro que podía haberlo agarrado con las manos, y cuando vi el Capri atravesando la vía a toda velocidad lo supe, una certeza manifiesta y tan evidente que no me cupo ninguna duda.

—Una corazonada —repitió el médico— o los síntomas de un ataque al corazón.

Noah buscó su mirada demandando respuestas.

—Entonces no hay duda, ¿verdad? ¿Ha sido un infarto? Conocí a un tipo aquí en Edimburgo, un patrullero, Joe Chambers, le dio un infarto mientras iba con su compañero en el coche. Tuvo suerte, estaba muy cerca de un hospital, puede que este mismo. Cuando volví a verlo había adelgazado sesenta y seis libras y ya no bebía ni fumaba. Ahora trabaja en oficinas.

Handley lo miró compasivo. Tal y como había esperado nada más verlo: primero fingía que no había pasado nada, ahora intentaba negociar.

—Noah, hoy te repetiré los análisis, pero incluso en los que te hicimos cuando llegaste, los niveles de colesterol, glucemia y glóbulos rojos eran normales. Mírate, no te sobran ni dos libras. Tus funciones renal y hepática son correctas, y aunque sé que fumas, tus resultados no me hablan de una vida de excesos. Hay una gran diferencia entre lo que le pasó a tu conocido, quizá una obstrucción por grasa, y lo que te ha ocurrido a ti.

—Pero me ha dado un infarto, ¿no? —preguntó confundido.

—Has tenido un ataque, sí, pero por otras razones. Tu corazón está enfermo, Noah, muy enfermo, y aunque el modo de vida puede influir, lo que te pasa no es lo mismo que lo que le ocurrió a ese tipo. Se llama miocardiopatía dilatada.

Noah lo miró fijamente.

—Suena muy grave.

—Porque lo es, Noah, me gustaría no tener que ser tan directo, pero es imprescindible que lo sepas cuanto antes. Tu vida va a cambiar desde este instante y debes tener toda la información. ¿Estás de acuerdo?

Noah asintió lentamente.

—De acuerdo —susurró—. Cardiomio...

—Miocardiopatía dilatada —se apresuró Handley sacando de la carpeta que llevaba varios pliegos de papel—. Seguramente ocurrió en ese instante, mientras peleabas, debido al sobreesfuerzo que estabas realizando. Temor, nervios, fatiga física, pero habría sucedido de igual modo en cualquier otro instante. Iba a ocurrir. ¿Lo entiendes?

Noah volvió a apretar los labios, contrariado.

—Pero no recuerdo nada, ni dolor, ni caer, pensaba que un infarto avisaba y que dolía muchísimo.

—Es un mecanismo de defensa, el cerebro bloquea momentos de gran sufrimiento, pero en tu caso, además, fue muy rápido, un ataque masivo, lo que se conoce como un infarto fulminante que provocó que entraras en parada. Una muerte súbita.

Noah se llevó una mano a la boca. Entre los dedos surgió su voz abatida.

—¿Así que es verdad? Estuve muerto.

El médico asintió.

—Sí, es verdad.

—¿Y entonces cómo es posible...?

—Concurrieron varias circunstancias que te fueron propicias; que uno de los cazadores que te encontraron hubiera sido enfermero en el ejército y recordara la técnica de reanimación. No lo consiguió, pero sus maniobras mantuvieron el corazón funcionando en mínimos. La baja temperatura del agua sin duda jugó a favor. Cuando llegaste al hospital estabas aún muy frío y eso protegió tu cerebro de los daños por falta de oxígeno, y fue una de las razones por las que apostamos por la reanimación. Pero estuviste en parada un buen rato.

Handley le puso ante los ojos una gráfica.

—El electrocardiograma es claro. Presentas lo que llamamos un bloqueo de rama izquierda, pero aquí lo verás mejor —dijo desplegando un rollo de papel continuo que extendió por toda la cama—. Es un ecocardiograma en modo M, y muestra tu corazón cortado en un solo plano. Es la prueba diagnóstica más precisa con la que contamos hoy en día. —La impresión en papel mostraba las cavidades del corazón. El médico había trazado segmentos para medir los diámetros de las cavidades.

Noah estaba mareado. Tragó saliva procurando prestar toda su atención.

—Mira, el diámetro telediastólico del ventrículo izquierdo es de dos pulgadas y media —dijo Handley señalando—. Lo normal está en torno a un poco más de una pulgada y media. Y una fracción de eyección, que es la fuerza con la que tu músculo proyecta la sangre, del veinticinco por ciento. Lo normal es que estuviera por encima del sesenta por ciento. Esto, Noah, significa que la fuerza de contracción del músculo cardíaco es de dos a tres veces menor de lo normal. La enfermedad ha provocado que tu músculo se dé de sí, como una bolsa de plástico que ha sido forzada hasta hacerse más grande y ahora es incapaz de volver a su estado inicial. Es una disfunción severa.

—Ya lo entiendo —respondió rápidamente, casi como si quisiera dejar el tema atrás, pero sin quitar los ojos de los oscuros huecos del ecocardiograma de su corazón—. ¿Y cuál es el tratamiento?

El médico suspiró.

—Noah, no hay tratamiento. Por supuesto, hay algunos medicamentos que pueden ayudar para hacerte la vida más fácil; diuréticos para la retención de líquidos, para evitar esa hinchazón en los pies, y tendrás que eliminar la sal de tu dieta. Y digitalina, un tónico que ayudará a mantener el ritmo de tu corazón. Te recetaré también nitroglicerina por si en algún momento te sientes más ahogado... Son unas pastillitas que se ponen debajo de la lengua, te explicaré con detalle la posología cuando te vayas a casa. Pero la labor más importante la tendrás que hacer tú, adaptando tu modo de vida a tu nueva circunstancia.

Noah interrumpió la explicación.

—¿Qué quiere decir con que no hay tratamiento? ¿Y todos esos medicamentos que ha nombrado?

—Noah, la miocardiopatía dilatada es una enfermedad mortal.

—Mortal —repitió Noah sorprendido—. ¿En cuánto tiempo?

—Es imposible saberlo. Unos meses...

Noah lo miró asombrado.

—¿Cuántos meses?

—Todavía eres un hombre joven y fuerte. Cuatro, seis... Algo más si te cuidas.

—Algo más... —Noah ensayó una mueca que un observador ajeno podría haber tomado por una sonrisa, y el doctor Handley supo que era la desesperación abriéndose paso.

—¿Y qué se supone que es cuidarse? ¿Qué clase de vida voy a llevar?

Handley se demoró un par de segundos antes de contestar.

—No podrás volver al trabajo, no debes hacer ningún esfuerzo, como levantar pesos, subir muchas escaleras o correr. Todo deberá ir más despacio. Evitar el sobreesfuerzo psicológico, el sufrimiento. Tendrás que modificar tu dieta y tus costumbres; el alcohol es veneno para tu corazón, por supuesto el tabaco, las comidas copiosas, nada de sal...

Noah lo escuchaba entre incrédulo y enfadado, hasta negó con la cabeza antes de levantar las manos, se cubrió los ojos y las dejó descender poco a poco, casi con saña, como si en un acto de impotencia quisiera arrancarse la consternación del rostro. Cerró los puños junto a su boca y abrió lentamente los ojos.

—¿Y qué me lo ha provocado? Ha dicho que mis análisis están bien.

—A estas alturas es imposible saberlo. En ocasiones está relacionado con ciertas enfermedades o sus tratamientos, pero he revisado tus informes médicos y no aparece nada destacable. Un simple virus, como el que provoca un catarro, puede haber sido el causante. Algunos de mis compañeros mantienen que la enfermedad tiene ciertos aspectos hereditarios, pero el señor Graham me explicó que tus padres fallecieron hace años, tengo entendido que en un accidente doméstico..., así que es imposible establecer la relación.

Pero Noah ya no escuchaba. Murmuraba algo en voz baja.

—Unos meses.

—Noah. —Handley dijo su nombre como una llamada de atención, consciente del momento de confusión que vivía.

—¿Y los trasplantes? He leído algún artículo sobre eso.

El médico suspiró contrariado.

—Es ciencia ficción, Noah. En Francia y Estados Unidos han conseguido algunos avances con animales, pero en los contados casos en que se ha llevado a cabo con humanos no se consigue supervivencia más allá de dos o tres días después del trasplante.

—¿Entonces no hay ninguna salida? Quiero la verdad. ¿Me muero?

Handley odiaba aquella parte.

—Lo siento, Noah.

You got it easy
Lo tienes fácil

Noah sabía que estaba soñando, porque en los últimos tres días aquella pesadilla se presentaba una y otra vez. Fue consciente de que estaba en una mezcla de sueño y recuerdo muy vívido. Volvía a sentir el agua helada bajando por su rostro, los pies hundidos en el cieno del lago Katrine. Oía de nuevo, incluso por encima del estruendo del viento, el crujido de las esposas cerrándose en torno a las muñecas de John Clyde, y hasta experimentaba el esfuerzo de incorporarse tirando de John para evitar que aquel desgraciado se ahogase en el lodo de su cementerio. Sentía la bocanada de aire húmedo, tan necesario, entrando en sus pulmones mientras un rayo iluminaba las aguas rizadas del lago. Y entonces dejaba de ser un sueño y se convertía en un recuerdo. Un golpe, como una onda expansiva cálida y seca, que ahora sabía que era el ataque que lo estaba matando. Y nada más. Notaba cómo el calor se desvanecía rápido, las tinieblas lo envolvían. Y a continuación, nada... Permanecía rodeado por la gélida oscuridad que se pegaba a su piel de un modo obsceno, tanto que enseguida comenzaba a penetrar por su nariz, por su boca, por sus ojos... Y entonces despertaba.

Noah Scott Sherrington abría los ojos enseguida, porque cada vez que regresaba a la consciencia su primer objetivo era asegurarse de que seguía vivo, y el único modo era comprobar si al despegar los párpados podía ver la luz. Pero lo que vio al abrir los ojos fue el estuche azul que Graham le había traído el día anterior. Incómodo, se volvió hacia la ventana para no verlo mientras rememoraba la conversación.

Debió darse cuenta cuando Graham lo abrazó. Los hombres escoceses de su generación solo abrazaban a otros hombres, a sus hijos, sus padres y sus hermanos, cuando estaban muy borrachos o en los funerales. Graham había sido su jefe los últimos doce años y, durante los últimos diez, también su mejor amigo, y en todo ese tiempo Noah no recordaba que hubiera ido más allá de darle la mano o palmearle la espalda. Pero ayer, cuando entró en la habitación, lo abrazó. Eso debió darle una pista, pero estaba tan sediento de noticias que se centró en escuchar todo lo que Graham tenía que contarle.

—¿Y John Clyde? —preguntó en cuanto el jefe lo soltó.

—Eres una puta leyenda, muchacho —sonrió Graham—. En todo el país no se habla de otra cosa, y en la comisaría todo el mundo sigue asombrado por tu empeño para perseguir durante tanto tiempo a John Biblia. Pasarás a la historia, Scott Sherrington.

—John Clyde o John Biblia, me da igual, solo quiero saber si ha hablado —insistió.

—Y el maldito bastardo se llama John, John. ¡Qué osado! —dijo Graham incrédulo.

—¿Qué ha declarado?

Graham lo miró con cara de circunstancias.

—Noah, quería ser yo mismo quien te lo contara. Cuando quedaste inconsciente, Clyde huyó. De momento no tenemos ninguna pista.

Noah dejó salir todo el aire de sus pulmones mientras alzaba la mirada hacia el techo.

Graham se apresuró a paliar su decepción.

—Pero lo atraparemos. Después de catorce años has conseguido identificar al puto John Biblia. Noah, ahora sabemos quién es y cómo se llama. Hemos puesto controles en las estaciones y en los aeropuertos. Los del Yard apuestan a que pueda seguir escondido en la zona de los Trossachs. Estamos batiendo los bosques buscándolo, aunque está resultando muy complicado debido a los destrozos que produjo el temporal; hay carreteras cortadas, árboles derribados, corrimientos de tierra... Caminar por la orilla del Katrine sin hundirse en el cieno hasta las rodillas es imposible. Su coche y el tuyo siguen atascados en el lodazal junto al lago. Aunque, por otra parte, hemos descubierto que falta el automóvil de una de las tías de Clyde.

—Por eso no me han dejado ver los periódicos —razonó Noah.

Y fue en ese instante cuando se produjo la segunda señal. Cuando Graham respondió a su comentario con aquella inclinación de cabeza dubitativa, y el modo en que apretó la boca mientras tomaba aire por la nariz, que en el fondo significaba «Sí, pero no solo por eso», y, por supuesto, lo rápido que se agarró a la siguiente observación de Noah para evitar decirle la verdad «de momento».

—Maldita sea. ¿Habéis distribuido su foto?

Graham dudó.

—Ese es el otro problema. Solo tenemos la copia que tráfico guarda de su permiso de conducir.

—Eso es imposible. Tiene que haber fotos.

—Ni una, y las que aparecen en documentos oficiales son tamaño carnet y en blanco y negro, hasta hace poco todavía las admitían.

—Buscad en su casa, es hijo único y sobrino único. Ahora todo el mundo tiene una Polaroid, su madre debe de tener cientos de fotos.

Graham negó con la cabeza.

—Hay una grupal del colegio y un par de apariciones en la prensa local con el equipo de natación de cuando era adolescente, pero una vez aumentadas son poco más que un cúmulo de gránulos. De hecho, había pensado mandarte al dibujante si te parece bien, con tu descripción...

Noah se tapó el rostro con las manos. Cuando las apartó estaba consternado.

—Apenas lo vi en la oscuridad mientras peleábamos, solo estaban encendidos los faros del Capri. No podía ver nada, la lluvia, la tormenta. Si cierro los ojos, a mi mente viene el retrato robot de John Biblia que tenía colgado en mi salón.

—Pero lo investigaste...

—Lo investigué como a todos los estudiantes que abandonaron el curso el año en que desaparecieron las chicas de la universidad. Hablé con la rectora, pedí referencias a la policía de Killin y ellos me enviaron su foto del carnet. Me di una vuelta por su casa, llegué a verlo de lejos. —Noah hizo una pausa y se llevó la mano a la boca, como si odiase lo que iba a decir—. Lo descarté. Me pareció demasiado pusilánime, un vago. Había abandonado sus estudios, no trabajaba, seguía en casa con su familia... —Noah miró a su jefe y compuso un gesto cercano a la admiración—. ¿Te das cuenta? Siempre estuvo preparando una eventual huida. Está claro que borró sus huellas. Estamos en 1983, todo el mundo tiene fotos; pero lo que es imposible es que en el ámbito administrativo no existan imágenes. Bibliotecas, colegios, institutos... —dijo casi para sí mismo—. ¿Qué sabemos de las víctimas?

—Encontramos seis cadáveres en el agua, dos más enterradas en la orilla y la del coche. Suman nueve.

—La del coche —repitió Noah mientras en un flash recordaba la imagen de los nombres tatuados, seguramente los de sus hijos, que adornaban su piel. Era curioso, no recordaba nada de los últimos días, pero a sus labios afloraron esos nombres tatuados sobre la piel de la mujer—: Sam, Gillian y Andrew —murmuró.

—¿Qué? —preguntó Graham.

—No, nada —respondió—. Solo que... ¿habéis hallado algún indicio de que pudiera haber allí alguna mujer viva?

—No, claro que no, ¿viste a alguien?

—No, pero la oí, la oí llorar y gemir, sollozando.

—¿Estás seguro? En medio de la tormenta... quizá pudo ser el viento. Nada apunta a que pudiera haber una mujer viva, tampoco encajaría con su modo de actuar, ¿no?

Noah lo pensó. Ese llanto era de lo poco que recordaba con claridad de aquella noche.

—Fue justo cuando la tormenta amainaba, ya había esposado a Clyde, un instante antes de...

Graham lo miró entre conmovido y aprensivo.

—¡Joder, Noah!

Scott Sherrington bajó la mirada sacudiendo levemente la cabeza.

—Contando a la del coche, son nueve cadáveres, de momento —continuó el policía intentando recomponerse—. No descartamos excavar en las riberas de las calas cercanas a su casa para ver si hay más.

Noah negó con la cabeza mientras lo pensaba.

—No. Aquella noche cuando llegó al lugar, lo vi hacer algo muy raro, como si escuchase una ovación. Creo que las habrá enterrado a todas juntas, como una colección de hermanas en la muerte. Debéis seguir buscando allí.

Graham lo miró consternado. Lo hacía siempre que lo escuchaba exponer el comportamiento de un asesino de aquella manera.

—Los cadáveres presentan distintos estados de descomposición —continuó Graham—, de los más antiguos no quedan más que unos pocos huesos. Los de Londres creen que podrían llevar allí más de diez años. Hay mucho trabajo por delante, pero ya damos por hecho que será imposible establecer la identidad de algunos de los cadáveres. Todos los cuerpos estaban desnudos y no conservaban collares, ni pendientes, ningún objeto que sirva para identificarlos. Se los quitó y los guardó. Durante el registro los encontraron metidos sin ningún orden en una caja. La única esperanza en esos casos es que exista una radiografía dental.

Noah escuchaba atentamente, casi como si atesorase cada dato que Graham le daba.

—Han venido forenses de todo el país. Hay investigadores de todos los grupos trabajando en ello, de la policía galesa, irlandesa y hasta el puto Scotland Yard, porque las características del crimen encajan con mujeres desaparecidas por todo el Reino Unido, entre ellas las estudiantes de Edimburgo que contabilizaste en tu perfil de víctimas. —Graham se detuvo y hasta pareció un poco incómodo—. El sargento detective Gibson hace de enlace. Habló con la familia de Clyde. McArthur y él llevaron el primer interrogatorio bajo mi tutela.

Noah suspiró. Gibson podía ser tan malo como cualquier otro.

—De acuerdo, quiero hablar con él.

—Recopilaron todo el material que había en tu mesa, pero enseguida supusieron que eso solo era la punta del iceberg. Yo mismo autoricé que entraran en tu piso. Espero que lo entiendas.

Noah asintió mientras pensaba en las paredes de su salón y de su cocina cubiertas de mapas y recortes, y en lo que habrían pensado al ver los distintos retratos robot que se habían hecho de John Biblia durante aquellos catorce años. El primero databa de noviembre de 1969 y lo publicó la prensa a partir de la descripción de Jeannie Puttock, la hermana de Helen Puttock, la última víctima de la sala Barrowland. Cajas de cartón llenas de declaraciones de testigos. Montones de carpetas, miles de fotocopias, y el contenido de su congelador. Esperaba que no hubieran mirado allí.

A Graham debió de parecerle que era entonces, cuando estaba tan pensativo, el mejor momento para ir dándole alguna explicación.

—Noah, quiero hablarte sobre eso, lo de leer todo tu material y entrar en tu casa. No fue solo porque fuera imprescindible para la investigación.

Noah lo miró de hito en hito.

Graham volvió a apretar la boca dejando salir el aire por la nariz con aquel gesto suyo que delataba lo difícil que le estaba resultando hablar.

—Me consta que el médico te explicó en qué estado llegaste aquí. Unos cazadores te encontraron de madrugada. Por suerte, uno de ellos sabía practicar maniobras de resucitación. Pero el tipo le contó a todo el mundo que cuando te subieron al helicóptero del cuerpo forestal de los lagos estabas más muerto que mi abuela.

Noah lo miraba sin comprender a dónde quería llegar.

—Eso es lo que ha trascendido a la prensa. Que falleciste en el lago mientras intentabas detener a John Biblia.

—Oh —musitó Noah pensativo—. Puede que obre en nuestro favor, si John Clyde tiene acceso a la prensa pensará que he muerto, y, según me has dicho, parece que hoy por hoy yo sería la única persona capaz de identificarlo.

Una gran sonrisa se dibujó en el rostro de Graham. Después de todo, no había salido tan mal como creía.

—Eso mismo pensé yo. Que no se sentirá tan acosado y puede que eso lo lleve a cometer algún error. Los de Scotland Yard quieren enviar a alguien a hacerte una entrevista para ver si hay algo más que puedas añadir que no aparezca en los informes. Quieren saber qué fue lo que te condujo hacia un sospechoso que ya habías descartado; por supuesto dependerá de que te encuentres con fuerzas.

—Hablaré con Gibson.

—Gibson es solo un enlace. Noah, ya sabes cómo van

estas cosas, es el puto Yard, hay unos protocolos que cumplir, y tu método sentará precedente. Ya nos han llamado del FBI para documentar e indagar en los pormenores de esa teoría tuya de la victimología.

—Has dicho que Gibson interrogó a la familia, solo hablaré con él.

—Noah, te conozco, y por tu bien te lo digo...

—Si queréis vuestro informe para el FBI o para el Yard, él será mi intermediario, o me encontraré tan mal que no podré recibir a nadie.

Graham resopló sonriendo.

—Vendrá a hablar contigo en cuanto estés con ánimo.

—Cuanto antes.

—Gracias, Noah, seguramente nadie sabe tanto de John Biblia como tú. Yo tenía claro que eras concienzudo, pero el equipo de Londres ha admitido que jamás había visto una investigación planteada desde ese ángulo.

—¿Cuándo registrasteis su domicilio?

—El mismo día en que tú llegabas al hospital. En la casa no había nada, pero en el patio trasero hay un cobertizo que adaptaron cuando era estudiante para que tuviera un lugar tranquilo para sus libros y su música, ya sabes. Allí encontramos la cajita donde guardaba algunas cosas de las chicas. Docenas de pendientes, pulseras, collares sin identificar ni marcar, en su mayoría baratijas, algunas incluso de plástico. Todas juntas, revueltas, como tiradas allí sin ningún cuidado. Hemos comenzado a mostrárselas a los familiares, imagino que algunos podrán reconocer si pertenecían a sus hijas, aunque no servirá para identificarlas.

—Les servirá para saber que alguna de ellas es su hija y que por fin pueden dejar de buscar.

—A propósito de eso, Noah, el padre de Clarissa O'Hagan ha identificado su cuerpo. Su cadáver estaba entre los que salieron flotando hacia el lago, aún se la podía reconocer.

Noah asintió apenado. Había llevado la foto de aquella chica en su cartera durante los últimos meses, y aunque estaba seguro de que algo malo le había ocurrido, había momentos en que albergaba la esperanza de que Gibson tuviera razón y la pobre Clarissa se hubiera fugado con un hombre capaz de rescatarla de su vida.

—¿Qué habéis sacado de la familia de Clyde?

—Estaban en shock, bastante sobrepasadas. Colaboraron, pero creemos que no sabían nada. Las retuvimos cuarenta horas, separadas. Las apretamos, créeme, ya te he dicho que Gibson y McArthur realizaron los interrogatorios. No sabían nada.

—No sabrían nada, pero una de ellas tuvo que prestarle el coche. Has dicho que el Capri seguía junto al lago y que en la casa faltaba un coche.

—Sí, el Ford Fiesta de una de sus tías, lo estamos buscando. Ella dice que suele dejarlo en el sendero con las llaves puestas y que cualquiera pudo llevárselo del camino de acceso... Esa parte de la pista no se ve desde la casa, así que tampoco sabe decir exactamente desde cuándo falta.

Scott Sherrington levantó una mano mientras evocaba la imagen de Harmony Cottage, la casa que John Clyde compartía con su madre y sus tías. Puso sus pensamientos en orden y, mientras se tocaba los dedos, fue enumerando.

—Necesitamos una lista de todas las personas con las que se relacionaba, todos los lugares a los que haya viajado alguna vez en su vida o con los que él o los miembros de su familia pudieran tener relación. No contaba con que esto ocurriera, ha tenido que huir, pero no creo que un tipo como él lo dejase al azar, el hecho de que no haya fotos ya nos da una pista de que hasta cierto punto tenía esta eventualidad prevista. Además...

Graham comenzó a negar con la cabeza mientras escuchaba. Noah se detuvo.

—¿Qué ocurre?

—Déjalo.

—¿Dejar qué?

—Deja esa manera de hablar, «necesitamos»... Como si dirigieras o fueras a dirigir la investigación. Sé cuántos años le has dedicado a esto, sé lo importante que es para ti y por eso te he contado todo lo que sabemos, pero ahora lo primero es tu salud...

—Mi salud está bien —contestó Noah cortante.

—No, no lo está.

—Deja que de eso me ocupe yo, con todos los respetos, Graham, no es asunto tuyo.

—Sí que lo es. He hablado con tu médico y sé que te ha explicado con detalle lo grave que es tu enfermedad. Noah, decirte esto es muy duro para mí, pero estás fuera de la investigación. No puedes volver.

Noah lo miró muy serio durante un par de segundos y después chascó la lengua.

—¿Así que te lo ha dicho? ¿Qué hay de la confidencialidad médico-paciente?

—Además de tu superior soy tu mejor amigo, y no se trata de esconder una venérea o de que seas diabético. Me dijo que hablasteis y que le pediste que fuera sincero.

Noah miró de soslayo hacia la mesilla donde descansaban dos libros sobre gestión del duelo que el doctor le había traído, y a los que él había dado la vuelta para que nadie pudiera leer los títulos.

—No tenía derecho —protestó indignado.

La incomodidad de Graham iba en aumento.

—Desde el comisionado lo van a considerar herida en acto de servicio. Te darán una buena compensación y toda la paga. Además, te he propuesto para dos medallas y ya han sido aprobadas, eso te deja bien cubierto. Podrás llevar una vida decente hasta...

—Hasta que me muera.

—No iba a decir eso —contestó Graham alarmado.

Se puso en pie y fue hasta el maletín que había dejado sobre una silla junto a la entrada. Sacó una cajita del interior, suspiró casi resoplando y se acercó de nuevo a la cama—. Lo siento en el alma, siempre te he tenido en gran estima y he apostado por tu modo de hacer, pero no estoy aquí para informarte de cómo va la investigación...

En ese instante Noah deseó haber muerto en el lago. Los ojos se le llenaron de lágrimas y los cerró apretándolos con fuerza para no tener que verlo. No le hacía falta, supo lo que había en la caja en el instante en que vio el estuche azul. Un reloj chapado en oro, el regalo de jubilación que tradicionalmente recibían todos los policías su último día de trabajo.

You don't know when you've got it good
No sabes cuándo lo tienes bien

Igual que había hecho el doctor Handley, el sargento Gibson se detuvo en la entrada de la habitación y observó largamente a Scott Sherrington, y quizá por idénticas razones. La diferencia estribaba en que Gibson era bastante más transparente y directo que el médico. Cuando Noah percibió su presencia y se giró hacia él, Gibson dijo:

—No digas nada, sé que te debo una disculpa, amigo. Bueno... lamento haber insinuado que podías ser un topo. Te aseguro que todo el mundo en «La Marina» está impresionado con tu investigación, y cuando fuimos a tu casa y vimos lo que tenías allí... Bueno, me quito el sombrero, todos lo hacemos.

Scott Sherrington lo miró sin parpadear, como si esperase mucho más.

Gibson pareció entenderlo.

—Quiero decir que espero que aceptes nuestras disculpas, ya sabes, los de Asuntos Internos están hechos unos auténticos cabrones de un tiempo a esta parte.

—Es que de un tiempo a esta parte se os están muriendo demasiados detenidos y se os empiezan a acumular las denuncias por agresión.

—Sobre eso, McArthur también te envía sus disculpas. Al final los de Asuntos Internos se lo han follado, pero no ha salido tan mal como habría cabido esperar.

No lo van a suspender, pero tendrá que ir a consulta con el loquero hasta que le dé el alta.

—Poco me parece.

—¿Qué quieres que te diga? —soltó Gibson encogiéndose de hombros mientras se acercaba más a la cama—. Los tipos como McArthur son buenos polis, de la vieja escuela, se dejan el culo por su trabajo, y en ocasiones el matrimonio y la salud.

—Nadie discute eso.

—Ya, pero hay cosas que nunca cambiarán.

—Tendrán que cambiar, Gibson; esa manera de hacer está caducada, créeme.

—Puede que sí, pero de momento funciona.

Noah iba a replicar, pero de pronto se sintió demasiado cansado. Miró el estuche azul que reposaba sobre la mesilla. Quizá Gibson tenía razón y algunas cosas siempre serían igual.

Gibson también se fijó en el estuche.

—Pensábamos celebrar una fiesta en tu honor en la comisaría o en el pub, pero el jefe Graham dice que no puedes beber ni fumar, y solo te haríamos sentir incómodo, además ahora con todo el lío que tenemos habría sido imposible. «La Marina» parece haber retrocedido catorce años en el tiempo. Hay pizarras, cajas, fotocopias, fotos y policías por todas partes.

—Graham me dijo que tú interrogaste a las mujeres —interrumpió Noah.

—A la madre y a las tías, a la esposa no, por ser menor.

Noah miró a Gibson asombrado.

—Espera, ¿has dicho la esposa? Debe de ser un error, el otoño pasado estuve investigando a Clyde y no había ninguna esposa, ni una novia, ni siquiera una amiga especial.

Gibson se rascó la cabeza.

—Sí, ya hemos visto que en tus notas no aparecía. No estábamos seguros de si no lo habías actualizado o no lo sabías. Por lo visto no llevan mucho tiempo casados, algo más de seis meses. Fue ella quien me abrió la puerta, al verla pensé que era una de sus tías, Graham me había dicho que con él y con su madre vivían las hermanas pequeñas de esta, casi de la misma edad que el propio John.

—¿Hablaste con ella?

—No, porque cuando iba a hacerlo aparecieron la madre y las tías y me advirtieron de que era la esposa de John, y además menor, que estaba bajo la tutela del marido y, en su ausencia, de la madre de él; así que no podíamos hablar con ella de ninguna manera.

—Una menor, no lo entiendo... —repitió Scott Sherrington mirando fijamente a Gibson como si él guardase la respuesta—. Una esposa no cuadra para nada en el perfil, y menos una cría. ¿La habéis investigado?

—Sí, Maggie Davidson, de una población bastante cercana al otro lado del lago. Y, en efecto, tiene diecisiete años. Huérfana de padre y madre desde muy temprana edad. Siempre ha vivido con su hermano, diez años mayor que ella, que es pescador de bacalao en Canadá, por lo que pasa fuera largas temporadas, mientras dura la campaña, de siete a ocho meses. Así que la chica solía estar sola la mayor parte del tiempo. Una prima lejana le echaba un ojo de vez en cuando. Dice que el hermano autorizó la boda la Navidad pasada, y que en el fondo se quitó un peso de encima cuando la chica se mudó con la familia de Clyde.

—No encaja en absoluto —dijo Noah saliendo de la cama y dirigiéndose a la pequeña taquilla que hacía de armario ropero. Miró dentro. De una percha pendía el traje que Graham le había traído de casa. Una bolsa de plástico con el logo del hospital contenía la ropa aún llena de barro que llevaba cuando ingresó, la cartera con su documentación y los zapatos, cubiertos por una película de polvillo mate, como si alguien los hubiera pasado bajo el grifo. Tomó la cartera, los zapatos y la percha con el traje y cerró la puerta.

—Tengo entendido que algunos asesinos de mujeres estaban casados... —sugirió Gibson.

—Sí, por una cuestión de reputación social. Una mujer normal, una vida respetable, no sobresalir, ser del montón. Pero aquí no encaja una menor, huérfana... —Mientras extendía la ropa sobre la cama se detuvo como alcanzado por una idea—. ¿Cómo es físicamente?

—Agradable, risueña, pálida, cabello oscuro por los hombros —dijo colocándose cuatro dedos a mitad del cuello—, bastante rellenita...

—¿En serio?

Gibson puso los brazos a los lados del cuerpo y los separó de las caderas considerablemente.

—Eso cuadra menos todavía. Es un depredador que vive con su madre y sus tías, no necesita una esposa para pasar desapercibido, ya pasaba desapercibido. Y lo que menos me cuadra es por qué ha escogido una mujer tan distinta a las que le atraen —dijo.

—Quizá para que sea una esposa tolerable tiene que ser diferente, así no hay tentación —sugirió Gibson.

Noah miró pensativo al sargento.

—No es mala teoría, pero no me cuadra, no en un momento en que estaba tan activo y tan confiado. No levantaba sospechas, había conseguido un lugar seguro para coleccionar sus víctimas y tenía un sistema para llevarse a las mujeres que la policía no había detectado.

—Pero tú sí.

Noah no contestó.

—Pero es cierto que controlaba los pasos de los investigadores —continuó Gibson—. Estaba suscrito a cuatro periódicos, y estoy seguro de que conseguir que se los llevaran hasta ese pueblo debía costarle bastante. No se deshacía de ellos, los amontonaba en pilas en el granero que usaba como estudio.

Noah se desató la lazada que sujetaba el camisón hospitalario y se despojó de él.

—Necesitaba los periódicos para mantenerse informado, para estar al día de las denuncias, las desapariciones, las nuevas investigaciones que se ponían en marcha, y así estar seguro de que seguía siendo invisible a ojos de la policía. El tipo de relación que mantenía con su familia apuntaba más al hombre que se queda soltero con su madre y sus tías que a alguien que se casa de pronto con una menor para llevarla a vivir con él. Ella es solo un problema más, alguien más a quien rendir cuentas. No entiendo por qué lo haría porque, aunque ella sea muy joven ahora y relativamente fácil de manejar, en unos años una joven esposa puede ponerse pesada y querer saber a dónde vas, con quién has estado y esas cosas...

Gibson asintió alzando los ojos al techo como si supiera a la perfección a qué se refería.

—Al principio de mi matrimonio, mi mujer olisqueaba mis camisas. Era capaz de detectar un perfume femenino mejor que un perro.

—A eso me refiero; una esposa, en el caso de Clyde, es comprar problemas.

Noah se puso su camisa.

—Querría hablar con ella, o al menos verla en persona.

—¡Oh!

—¿Qué pasa?

Gibson comenzó a rascarse la nuca y Noah se percató de que lo hacía siempre que se sentía incómodo.

—Bueno, después de interrogar a la familia las dejamos ir, no sabían nada. Y hoy la policía de la zona ha informado de que han abandonado la casa.

—¿Cómo es posible?

—Bueno, nadie pensó en esa posibilidad, no les prohibimos viajar, ni las conminamos a permanecer en su pueblo. La verdad es que no imaginamos que fueran a largarse. Las tres mujeres tenían trabajos fijos y, desde hacía muchos años, la finca en propiedad, la casa familiar de toda la vida, nada apuntaba a...

—Y no sabéis dónde están...

—Algunos vecinos dicen que han cruzado el charco.

Hemos hablado con compañeros de trabajo y con el jefe de la madre, dicen que por lo visto tenían familia, tíos paternos o primos que emigraron hace tiempo a Nueva York, pero allí es a donde va todo el mundo, ¿no? Luego vete a saber dónde se establecieron.

Noah lo miró desolado.

—Hemos puesto una patrulla de guardia en la casa por si regresaran, se ha dado aviso a todos los aeropuertos y no consta que compraran billetes. También está el hermano de la joven esposa en Canadá, aunque la prima dice que no cree que hayan ido allí, por lo visto los hermanos no estaban demasiado unidos.

—¿Habéis mirado en los puertos? —preguntó Noah.

—¿Tú irías a Estados Unidos en barco?

—Bueno, el médico me ha avisado de que no puedo volar si no quiero que el corazón me estalle en pleno vuelo. Si tuviera que ir, sería la única manera.

Gibson sacudió la cabeza como si desechase la imagen mental del corazón de Scott Sherrington estallando.

—Ya nadie cruza el charco en barco.

—¿Por qué no?

—Pues porque como mínimo son ocho o diez días en medio del mar, puede que incluso más —dijo Gibson.

—Esto es Glasgow, llevamos cientos de años mirando al mar e imaginando América al otro lado. Es importante que establezcamos a dónde han ido, seguramente se reunirán con él.

Comenzó a abotonarse la camisa y fue entonces cuando Gibson se dio cuenta de que se estaba vistiendo.

—¿Se puede saber qué haces?

—Vestirme. ¿No te lo han dicho? Me han dado el alta, y hoy tendrás que hacerme de niñera.

—¡Oh, claro! Te llevaré a casa, por supuesto...

—Pero primero vas a llevarme a Killin, al lago, a ver la casa de la familia Clyde.

El rostro de Gibson se descompuso.

—¡No, joder! No puedes pedirme eso, el jefe Graham me matará.

—No te matará si no se entera. ¿Vas a chivarte?

—¡Joder! Ha dicho que estás muy grave. Si te pasa algo estando conmigo, me colgará por los huevos.

—Tranquilo por eso, no tengo pensado morirme hoy —respondió Noah inclinándose para atarse los cordones de los zapatos, que comprobó que ahora le quedaban un poco flojos. Al incorporarse sintió un leve mareo que disimuló mientras fingía sacudir una mancha invisible en la pernera de su pantalón.

—Tampoco lo tenías pensado el otro día y mira... —respondió Gibson—. Lo siento. —Se disculpó de inmediato rascándose la nuca y sin saber dónde meterse.

Noah terminó de vestirse, puso en el bolsillo interior de su americana las recetas de sus medicamentos y el sobre con el membrete del hospital que una enfermera le había traído y echó una rápida mirada alrededor. Los libros sobre la gestión de la propia muerte y el estuche azul seguían en la mesilla. Se dirigió hacia la puerta. Al pasar junto a Gibson le puso una mano en el hombro.

—No te preocupes, tienes razón, pero me ha dicho el médico que, sin alteraciones ni disgustos, puedo aguantar seis meses. Además, ¿cómo te la ibas a cargar por alguien que ya está muerto? ¿O es que no te has enterado? Noah Scott Sherrington falleció a orillas del lago Katrine mientras intentaba detener a John Biblia. Viene en todos los periódicos. —Noah se detuvo. Se sintió fatal. Había tratado de hacer una broma, pero las palabras pesaban, y aquella frase tenía toda la carga de una losa sobre su tumba.

Gibson lo miraba con cierto aire de perplejidad. Lo retuvo sujetándolo por el brazo.

—Espera, el jefe nos lo dijo. Lo de que moriste y eso... —explicó torpemente—. Siempre me lo he preguntado, supongo que los policías lo hacemos con más frecuencia que el resto del mundo: ¿qué se siente?

Noah se libró de la mano de Gibson y suspiró molesto.

—No recuerdo nada de aquel momento, estaba esposando a Clyde, oí el cras de los grilletes y nada más. Desperté en el hospital —dijo dirigiéndose hacia la puerta.

—Bueno, el jefe Graham dice que oíste a la *caoineag*.

—¿Qué?

Gibson se rascó de nuevo la cabeza.

—Ya sabes, la *caoineag*, la llorona, el demonio del agua que llora en la oscuridad cuando alguien va a morir.

Scott Sherrington se volvió de frente.

—Conozco la leyenda, y no oí llorar a un espíritu, oí a una mujer, o puede que fuera el viento, pero no era un demonio. Si fue el viento, no creo que se me pueda censurar que lo confundiese, en ese instante los cadáveres de varias mujeres asesinadas estaban saliendo de su tumba.

El sargento detective bajó la cabeza. Se rascaba a dos manos.

Noah salió al pasillo sin comprobar si Gibson iba tras él. Había bastante actividad en el hospital a esa hora de la mañana. Los carros de limpieza arrimados contra las paredes se mezclaban con otros repletos de sábanas limpias, y con los médicos y sus comitivas de estudiantes, que realizaban su ronda matinal por las habitaciones de los pacientes.

Vio venir al doctor Handley con su equipo de jóvenes cardiólogos. Tenían un aire de guardia pretoriana o de senadores romanos rodeando al césar. La mayoría lo seguía inclinando el cuerpo hacia delante para escuchar lo que decía, pero incluso los que caminaban más cerca de él lo hacían un paso por detrás. Handley se detuvo al verlo y con un gesto indicó a los médicos que continuasen. Como en una acción espejo, Scott Sherrington hizo lo propio, se detuvo ante el médico y ambos esperaron hasta que Gibson los hubo superado antes de hablar.

—Tienes buen aspecto —lo saludó cordial el doctor Handley.

Scott Sherrington sonrió irónico, con aquella sonrisa que tanto había ensayado en los últimos días y que no llegaba a subir a los ojos.

—Pues será lo único que tengo de bueno.

El doctor Handley negó con la cabeza y, sin atisbo de la sonrisa inicial, le dijo:

—Escucha, Noah, esta actitud no te hace ningún bien. Te lo digo en serio.

Noah iba a replicar, pero el médico lo interrumpió:

—Sí, ya sé lo que me vas a decir, que da igual, que vas a morir pronto, pero todos vamos a morir pronto.

Scott Sherrington lo miró resentido.

—Todos vamos a morir, Noah, y siempre nos parecerá pronto. Si un año antes nos revelasen cuándo va a suceder, inevitablemente tendríamos la sensación de que se nos ha escapado el tiempo. Lo que quiero decir es que pudiste haber muerto en ese lago la otra noche, pero no fue así. He visto morir a mucha gente, jóvenes con toda la vida por delante y ancianos que se suponía que ya lo habían hecho todo, y en el último instante todos se agarran a la vida desesperadamente. El único secreto de esta vida es vivir hasta el último segundo, Noah. Aprovecha tu tiempo.

Scott Sherrington bajó la cabeza como si las palabras de Handley le hubieran calado o se sintiera avergonzado. Cuando volvió a hablar lo hizo en un tono mucho más bajo.

—Es sobre eso. He tenido recuerdos de aquel instante.

—Sí, ya te expliqué que el cerebro bloquea los recuerdos traumáticos, suelen ir volviendo poco a poco.

—No me refiero al ataque, sino a un momento después. —Levantó la cabeza y miró al doctor Handley—. Cuando estaba muerto.

—Comprendo..., te estás refiriendo a la muerte súbita.

—Me refiero al tiempo en que estuve muerto. Dices

que has conocido a otros como yo. ¿Qué te contaron ellos? ¿Recordaban algo?

—Ya. —Lo miró con interés renovado, como si lo entendiera todo—. Muchos refieren la paz, la ausencia de dolor, la sensación de acogida, un túnel oscuro, una luz al final, los familiares que murieron antes. Algunos incluso han llegado a describir a todas las personas que los asistieron en urgencias, como si las hubieran observado desde el exterior de su cuerpo, y a repetir palabra por palabra lo que dijeron.

—Pero es una alucinación, ¿verdad? Por la privación de oxígeno o por los medicamentos.

—Bueno, es verdad que hay quien te dirá que es el efecto de las drogas o de la anestesia, pero en tu caso esto habría que descartarlo, ya que la parada no se produjo durante una intervención. En mi opinión esa teoría de las alteraciones cerebrales dice muy poco sobre el conocimiento de la consciencia por parte de quien la esgrime, la actividad cerebral está profundamente ligada a la consciencia, y tú estabas inconsciente. Reunías dos de los tres requisitos para estar muerto. —Alzó tres dedos—. Sin latido, sin respiración, sin actividad cerebral.

Noah, que había escuchado con la mirada baja, la alzó, miró fijamente los largos dedos del médico y suspiró desolado.

—Gracias por todo, doctor Handley —dijo tendiendo la mano al hombre y dando la conversación por terminada. Pero el médico preguntó:

—¿Qué fue lo que viste, Noah?

Intentó huir, pero el médico fue firme.

—¿Viste algo?

Asintió demudado, mientras sentía cómo el calor huía de sus mejillas.

El doctor Handley trató de retenerlo demandando respuestas, pero Noah se soltó de su mano y, girándose hacia el pasillo, caminó hasta los ascensores, donde lo esperaba Gibson.

It's getting harder
Se está poniendo difícil

Las calles de Edimburgo le parecieron ajenas a pesar de que apenas unos meses atrás, y durante los dos años anteriores, había residido allí. Tenía un piso moderno en el barrio financiero, de alquiler, por supuesto, con su sueldo habría sido imposible comprar una vivienda en una ciudad en la que los pisos de un par de habitaciones ya alcanzaban las seis cifras. Se había acomodado como copiloto en el coche de Gibson, después de apartar del asiento envoltorios de comida, algunos con restos pegados. Una selección de azúcares, sales y grasas constitutivas de la dieta escocesa por antonomasia, y que justificaban sin duda la incipiente barriga del sargento detective, que a aquel ritmo pronto se vería en la disyuntiva de atarse el cinturón por encima o por debajo de la panza. Noah miraba pensativo a través del sucio cristal mientras cruzaban la capital escocesa por calles que le parecieron extrañas, iluminadas por aquel sol de agosto. Se sentía un poco mareado, y la sensación fue en aumento cuando intentó leer algún artículo de la pila de periódicos que llenaban el asiento trasero y que Gibson le había traído, por fin, desde Glasgow. No dijo nada, no quería asustar a Gibson, permaneció en silencio durante casi todo el trayecto pensando a ratos en John Biblia y a ratos en la conversación que había tenido con el doctor Handley. Dejó que los rayos de sol, que se colaban tamizados por la polvorienta luna delantera, le templasen el cuerpo. Se había puesto la chaqueta, pero aun así tenía frío.

Tardaron menos de dos horas en completar las ochenta y ocho millas que separaban Edimburgo del lago Lomond y los Trossachs, concretamente, de Tarbet. En el centro de la ciudad no había observado ninguna señal de que la tormenta hubiera causado problemas. Según iban alejándose de la zona urbana comenzaron a ser más evidentes los daños producidos por el agua, y al llegar a las proximidades del lago los efectos destructivos de la tormenta ya se veían por todos lados. Gibson parecía querer compensar el incómodo silencio entre ellos y no dejó de hablar en todo el trayecto.

—He leído en el periódico que se trata de una gota fría, que ocurre cuando llega una gran masa de agua fría desde el mar y choca con otra más cálida en tierra... Y claro, en los días previos había estado haciendo tanto calor..., el caso es que cayeron más de doscientos litros por metro cuadrado en esta zona, y en solo unos minutos. En Tarbet no ha causado grandes daños, más allá de unos cuantos botes hundidos en el lago, ramas rotas y barro por todas partes; pero en Killin varias laderas de las colinas se vinieron literalmente abajo, hay muchos tramos de carretera cortados por tierra, piedras y árboles caídos. La zona donde te encontraron está tan cubierta de fango que todavía no ha sido posible rescatar el Capri ni el Escort de allí. Tuviste suerte de que aquellos cazadores tuvieran una barca, si llegan a tener que desalojarte por carretera todavía estarías allí.

A Noah no le pareció tan mala opción.

—Nuestros forenses estuvieron trabajando con el lodo hasta la cintura, pero en los últimos días no ha vuelto a llover y el légamo se está secando. Cuando llegaron los de Scotland Yard hicieron traer un montón de tablones y construyeron una especie de pasarela que impide que se hundan mientras trabajan.

El Bay Tarbet Hotel había sido elegido como centro de operaciones. Al entrar en el pueblo vieron las características almenas que lo coronaban y los coches policiales que llenaban el aparcamiento.

—¿Quieres? —preguntó Gibson, apuntando su mandíbula hacia las distintivas almenas del edificio.

Noah no dijo nada, pero hizo un gesto indicando que continuasen.

La carretera hasta Killin estaba despejada, aunque a los lados del camino se veían amontonadas ramas y piedras, y el asfalto había desaparecido bajo una fina capa de barro que el sol había secado, tiñéndolo todo de un color amarillo pajizo, que solo la próxima lluvia acabaría por llevarse.

Gibson mostró su identificación en los controles. En el último, uno de los patrulleros les informó.

—La prensa está obsesionada por llegar hasta el cementerio del loco ese. Además de buscar a Clyde, nos pasamos el día desalojando a periodistas y fotógrafos del monte —explicó el uniformado—. Y acaban de aparecer dos cuerpos más... La cosa se va a poner muy difícil.

Cuando llegaron a la intersección en la que se aproximaban al lugar donde Noah había dudado de si John se dirigiría a casa o continuaría hacia el interior de los bosques, Gibson detuvo el coche.

—Tú dirás —exclamó echándose hacia delante y dejando colgar del volante las manos laxas.

—A la casa.

—¿Estás seguro de que no quieres ir allí? Todo el equipo estará encantado de verte, el mérito es tuyo. Si han encontrado esos dos cuerpos, es porque ayer le insististe al jefe.

No, no necesitaba regresar a aquel lugar, lo hacía cada vez que cerraba los ojos.

—A la casa —respondió Noah señalando la carretera hacia el lago.

Un vehículo policial vacío cerraba el estrecho sendero hacia la vivienda. Dejaron el coche y siguieron el resto del camino a pie. Scott Sherrington nunca había estado tan cerca de Harmony Cottage. Cuando investigó a John, meses atrás, llegó a pasar por el camino a unas cincuenta y cuatro yardas, fingiendo ser un senderista. Si desde lejos la construcción ya le había parecido destartalada, de cerca y tras la tormenta parecía amenazar ruina.

El buzón que había en el camino de acceso debía de ser el único elemento de la propiedad que había recibido una mano de pintura en los últimos veinticinco años. El nombre de la casa estaba repasado con letras blancas, pero el poste se apoyaba en un vallado que se veía derribado en algunos tramos y faltaba en otros. La casa, de una sola planta, estaba construida junto a un talud natural que formaba la colina en su descenso al lago y que, a la vez, le proporcionaba protección y la ocultaba en parte. Noah observó que un trecho de unos seis pies de la ladera se había derrumbado llenando de tierra el patio trasero. En el costado había un viejo lavadero de piedra. La parte delantera miraba al lago, y en la entrada crecía un macizo de lavandas bastante cuidadas, aunque se veían hojas y hierbajos enredados entre las flores moradas. Al acercarse a la puerta sorprendieron al policía que hacía guardia. Se había sentado en el suelo apoyado en la fachada deslavazada, en la que eran visibles restos de las distintas capas de pintura que la habían cubierto en algún tiempo. El hombre sostenía la gorra de su uniforme entre las manos mientras dejaba que el sol de agosto le templase el rostro. El sargento detective Gibson esperó a estar cerca antes de toser sonoramente. El patrullero se levantó como accionado por un resorte, indeciso entre ponerse la gorra o saludar.

—Señor, lo siento, señor, sargento, inspector —dijo atropelladamente.

Gibson sacó un bolígrafo del bolsillo interior de su

chaqueta y firmó la pegatina del precinto antes de que el policía de uniforme abriera la puerta.

No era ningún palacio, pero en comparación con el exterior Noah se sorprendió por el buen estado de la casa. Desde la entrada principal se accedía a una sala donde confluían las puertas de las habitaciones. La de la cocina estaba abierta y desde allí les llegó un olor diluido, una mezcla de galleta, col hervida y té. La sala era una mezcolanza de demasiados muebles nuevos y viejos arrimados contra las paredes. Profusión de tazas y platillos, algunos bastante antiguos, en vitrinas, plateros y estantes. Cojines con motivos florales y tapices baratos que reproducían escenas de caza y ninfas. Presidía el salón un cuadro bordado que representaba una zarza ardiendo y el lema en latín de la Iglesia presbiteriana: «*Nec Tamen Consumebatur*, Éxodo 3,2».

—«Y aun así no se consumía» —recitó Noah mientras asumía la carga de la frase y el peso que, para un hombre como John Clyde Biblia, habría tenido criarse rodeado de las mujeres de su familia y bajo la magnitud de un lema así.

Entrenado como estaba para asistir a escenas de registros policiales, Scott Sherrington fue capaz de distinguir el desorden que habían dejado los detectives y el polvoriento paso de los de Huellas, y hacerse una idea de cómo estaba la estancia antes. «Inútil», pensó. Recoger huellas solo servía si conseguían compararlas con las originales. La dactiloscopia, seguramente el avance más importante en la historia de la ciencia aplicada a la investigación policial, no había progresado demasiado en los últimos años. En cada congreso de policías se hablaba de la creación de un registro nacional de huellas y datos que llamarían «Holmes», pero eso era lo único que tenían, el nombre. Todo lo demás era un sueño. Interpol hacía enormes esfuerzos por avanzar en aquel campo, pero la resistencia del Gobierno británico para compartir con sus colegas europeos información sobre delincuentes era palmaria.

El mismo salón servía como distribuidor hacia las otras estancias. Había además un baño de buen tamaño y tres dormitorios, dos de ellos bastante pequeños, uno sin ventana lleno de armarios, lo que le hizo pensar que quizá en otro tiempo los dos fueran uno.

No le sorprendió comprobar que el mayor había sido el de John. Una personalidad hedonista y vanidosa no podía optar a menos. Una cama grande y un gran armario ropero repleto de prendas de calidad. Colores neutros, sobrios, de buen corte y bastante atemporales. No parecía faltar nada. Noah observó el gran espejo del interior de la puerta. Había otro de cuerpo entero en la pared frente a la cama. Imaginó a John detenido allí observando su aspecto, y de pronto se vio a sí mismo. La palidez se extendía desde la frente hasta el cuello, profundas ojeras oscuras circundaban sus ojos, parecía haber perdido al menos once libras en los cinco días que había pasado en el hospital.

El contenido de las mesillas aparecía volcado sobre la cama. Nada de interés. Agendas, medicamentos, notas, tiques de compra y cosas por el estilo, que habían sido fotografiados y etiquetados, ya estarían ocupando varias mesas de la sala principal de homicidios de «La Marina». A un lado de la cama, una pequeña librería completamente vacía. Seguro que los del Yard estaban interesados en saber qué leía. A Noah también le habría gustado saberlo.

—El tipo tenía un buen montón de libros —apuntó Gibson.

—No podían ser tantos, por el tamaño de la librería.

—Aquí solo tenía unas docenas, pero el cobertizo estaba repleto.

—¿Habéis hablado con los vecinos?

—Sí, lo de siempre, que parecía un buen tipo, que era

educado, aunque bastante reservado. Su madre y sus tías, muy trabajadoras. La madre es la mayor y tuvo a John de soltera; en su momento fue una vergüenza para la familia, la echaron de casa y estuvieron años sin dirigirle la palabra, muy de pueblo. Cuando falleció la abuela, las dos hermanas pequeñas se vinieron a vivir con ella. Esa es la versión oficial, un par de mujeres me contaron otra. Que el viejo se propasaba con la hija mayor, cuando la chica se quedó embarazada su madre la echó de casa, y a las pocas semanas el viejo salió a comprar tabaco y nunca regresó.

Noah echó una breve ojeada al dormitorio que habían compartido las tres mujeres y se sorprendió al ver que habían añadido a las tres camas individuales un cuarto camastro. Eso solo podía tener una explicación: la joven esposa de Clyde dormía con ellas. Se percató en ese instante de que no había visto ropa de mujer en el dormitorio de John, ni nada que delatase que hubiera habido allí un objeto personal de la esposa. La habitación más pequeña estaba casi copada por la presencia de dos armarios antiguos. Los roperos mostraban la prisa con la que habían sacado su contenido dejando algunas prendas atrás, una caja grande de cartón que contenía algunos bolsos, anticuados y mohosos, y varias prendas pasadas de moda. Sin duda, lo más llamativo era un vestido de novia barato, que colgaba como un fantasma de su percha.

—¡Eso es! —exclamó Noah dirigiéndose a Gibson—. Fotos de boda. Si se ha casado recientemente, tiene que haber fotos de boda; ninguna mujer en el mundo consentiría no tener aunque fuera una sola fotografía del enlace. Pregunta a los fotógrafos locales, en la parroquia o el juzgado.

Antes de salir del pequeño cuartucho volvió atrás y repasó el contenido de la caja de cartón. Abrió con dificultad la cremallera de uno de los bolsos. El cierre, completamente estropeado por la humedad, se veía verdoso, pero los adornos metálicos del exterior aún relucían. Sacó de su interior un puñado de papeles apelmazados por la humedad y comprobó la etiqueta. Con cuidado desplegó un par de cuartillas. Eran viejos programas de actividades de la parroquia a la que pertenecía la familia de Clyde. Volvió a dejarlos en su sitio.

El cobertizo era de madera y parecía sepultado entre la fachada trasera de la casa y el talud medio desmontado por la tormenta. Vio que alguien había extendido una lona azul sobre el barro para poder acceder a la entrada del granero.

Tres de las cuatro paredes de la construcción estaban ocupadas por estanterías, ahora vacías. Una mesa, una lámpara de metal, un sofá viejo cubierto por una manta y una silla de cuero. La única nota de color, que contrastaba con la madera grisácea de las paredes, la ponían una vieja alfombra de lana y una estufa de queroseno de color naranja brillante.

—¿Dónde encontrasteis el joyero en el que guardaba los pendientes?

Gibson se dirigió hacia la parte más baja de la construcción y señaló un hueco en la viga.

—Bueno, no era un joyero, era una vieja lata de té. Había pendientes, collares, pulseras, anillos, pasadores de pelo, todo revuelto. Y ni siquiera estamos seguros de que conservara todos. El padre de Clarissa O'Hagan rebuscó entre ellos después de identificar a su hija. El día en que la chica desapareció llevaba los únicos pendientes buenos de su madre. No estaban. Estamos buscando en las tiendas de empeños, quizá se sacó unas libras...

—¿Identificaciones, bolsos, ropa, bragas...?

—Nada.

—Solo una vieja lata de té... —musitó Scott Sherrington mientras negaba suavemente con la cabeza.

—¿Y qué es lo que no te cuadra? —preguntó escamado Gibson.

—La ausencia de método. Ya has visto cómo está su habitación, cómo está organizado este lugar. Los norteamericanos dividen a los tipos como él en dos grupos: organizados o desorganizados; estos últimos son muy caóticos, hasta el extremo de que pueden guardar un dedo humano en un bote de pepinillos y después dejarlo en la nevera durante años, incluso olvidar que lo tienen ahí. En el extremo contrario están los que son absolutamente ordenados, como Clyde. La vida, la ropa, la habitación, este granero. Todo alrededor de John Clyde habla de orden y pulcritud. Esa lata es un lugar de desecho, no una colección de trofeos. En el caso de las víctimas de 1968 y 1969, se llevó los bolsos y, en otros casos, toda la ropa. Según me dijo Graham, los cuerpos hallados en el lago también estaban desnudos, les había quitado cualquier cosa que pudiera identificarlos, pero hay una diferencia entre eso y guardarse un trofeo. Sus trofeos deben estar en alguna parte.

Gibson lo escuchaba con la boca entreabierta y las manos apoyadas en las caderas. Dejó salir todo el aire por la nariz mientras confesaba.

—No he entendido ni una palabra.

Salieron del cobertizo y tras despedirse del patrullero recorrieron a la inversa el acceso al camino principal. Subieron al coche, que se había templado con el sol. Scott Sherrington abrió la ventanilla y se giró para disimular la leve capa de sudor que le había cubierto la frente por el escaso esfuerzo de recorrer el sendero hasta el vehículo. Se encontró mirando al vacío mientras pensaba en si aquello iba a ser así cada día. La brisa que soplaba desde la superficie del lago arrastró hasta el camino principal una polvareda fina que se elevó desde la pradera colindante con la finca.

—Para el coche.

Gibson lo hizo mientras preguntaba:

—¿Qué te pasa? ¿Estás bien?

—¿No has visto eso?

—¿Te refieres a esa polvareda? Aquí todos los caminos son de tierra.

Scott Sherrington abrió la puerta y se bajó del coche.

—Pero la tierra está empapada... ¿Cómo explicas que se levante así?

Hallaron los restos de la hoguera unos seiscientos pies más allá del límite de la propiedad, oculta tras una roca y bordeada de piedras redondeadas. No era muy grande, menor que un fuego de campamento. Los residuos blanquecinos demostraban que era posterior a las lluvias. No había restos de leña. Noah se agachó y tomó entre los dedos una fina voluta de papel calcinado que se deshizo al tocarlo. La tierra aún desprendía el característico olor del queroseno, procedente, casi con seguridad, del depósito de aquella estufa naranja del estudio de John Clyde. Mientras Gibson regresaba al coche para dar el aviso por radio al equipo de Rastros, Noah estudió la dirección del viento y el modo en que las cenizas se elevaban. Siguiendo el recorrido avanzó por el campo examinando los polvorientos restos adheridos a las hojas de hierba alta peinada por la brisa. A lo lejos le pareció distinguir algo y al acercarse vio que se trataba de un trozo de papel, grueso, casi de cartón. Estaba teñido de un suave color sepia que no supo si atribuir al efecto del fuego o del tiempo. Por una cara, aparecían dos líneas paralelas de color indeterminado y, por la otra, la impresión lateral distintiva de una postal. Si alguna vez hubo algo escrito, se había consumido por las llamas. Pero en la parte de la impresión reservada para la descripción de la fotografía aún se podían ver las palabras «... Andrew, *Printed in Eng...*».

Oyó a su espalda los jadeos de Gibson, que avanzaba por la colina, e instintivamente ocultó el papelito en su puño.

—¿Crees que la hizo él antes de irse? —preguntó Gibson señalando los restos de la hoguera.

—No, creo que la hicieron la madre y las tías, hasta puede que esa joven esposa que tiene. Él no podía saber si yo estaba solo o si toda la policía de Escocia corría tras su pista. Creo que, aunque no esperaba que sucediese ahora, tenía contemplada esta posibilidad desde hacía tiempo. Cuando llegó el momento supo con exactitud qué hacer. —Miró a Gibson asintiendo, casi como si la idea fuera suya—. Eso significaría que ellas también lo sabían. No creo que estuvieran necesariamente al tanto de todo el plan, pero estoy seguro de que de alguna manera recibieron las instrucciones precisas, y una vez asumidas destruyeron el mensaje. No fue un gran fuego, pero no se arriesgaron a hacerlo en la chimenea de casa.

—Los de Huellas y Rastros vienen para aquí. ¿Has encontrado algo?

—No, solo ceniza —contestó Noah.

Mientras descendía la ladera hacia el coche, deslizó el cartoncillo en el bolsillo interior de su chaqueta.

Just keeping life and soul together
Tan solo manteniendo la vida y el alma juntas

Las ventanas de su apartamento daban a un callejón adyacente a Earl Street, no recibían sol directo ni siquiera durante el verano. Agradeció el frescor al entrar. Subir los dos pisos que lo separaban de la calle le había cubierto la frente de sudor, a pesar de que se había detenido unos minutos a descansar en el primer rellano. Sin embargo, apenas hubo traspasado la puerta, comenzó a sentir frío. La estancia se veía desolada. Una fina capa de polvo cubría los muebles. Noah se percató de que alguien había dejado una ventana abierta, probablemente alguno de los policías que había estado allí. Un error que él había aprendido a evitar en el tiempo que llevaba viviendo en el piso. El tráfico constante en Earl Street levantaba una mezcla aceitosa de polvo y humo de motores que se adhería a todas las superficies. Cerró la ventana, lo que redujo notablemente el ruido en el interior, y se volvió a mirar la habitación. Sin las carpetas, los recortes y las fotocopias que tapizaban la mesa del comedor y la pared frente al sofá, solo había un paquete de tabaco, un cenicero lleno de colillas y media botella de Laphroaig de diez años. «A eso se reduce mi vida», pensó suspirando. Se inclinó para tomar la cajetilla de tabaco y la sacudió, comprobando que aún quedaban cigarrillos. «Muy considerados los chicos», pensó. De haber sido un registro normal, la media botella y los cigarrillos hubieran desaparecido.

Se las arregló para echar a Gibson después de que

dejara sobre el sofá la pila de periódicos, una bolsa de papel con el logo de una farmacia, otra grasienta con algo para comer, que Gibson había insistido en comprar en el ultramarinos de abajo, y el estuche azul con el reloj.

—Te lo olvidaste en el hospital, estaba sobre la mesilla. Lo cogí después de que salieras.

Scott Sherrington lo miró fijamente durante unos segundos. Sin duda Gibson tenía buenas intenciones, pero había un dicho sobre las buenas intenciones y el camino al infierno. Se percató entonces de que aún sostenía en la mano el paquete de cigarrillos. Agarró la botella de whisky y, dando las gracias a Gibson, le puso ambas cosas en las manos mientras lo acompañaba a la puerta.

En cuanto hubo cerrado se dirigió a la cocina, abrió el frigorífico y la puertecilla interior que separaba el congelador. Comprobó que una fina capa de escarcha cubría la caja de empanadillas de atún que había al fondo. Nadie la había tocado.

Se sentó en el sofá frente a la pared, ahora vacía. Todavía era capaz de recordar la disposición de cada uno de los recortes de los diarios *The Scotsman* y *The Glasgow Herald*, con los vistosos titulares propios de los años sesenta «Capturen al monstruo», «John Biblia mata de nuevo», «El asesino con cara de niño» puestos al lado de los retratos robot, de los rostros de las víctimas tiradas en el suelo y de cuando aún estaban llenas de vida. Ahora apreció los colores brillantes del papel pintado, que simulaba gruesas serpentinas horizontales que recorrían ondulantes la estancia, y el modo en que en solo unos meses había amarilleado alrededor del lugar donde estaban los artículos, fruto del tabaco consumido mientras miraba aquella pared.

Sacó el trocito de papel del bolsillo de su chaqueta. Se acercó a la pared y tuvo que agacharse para tomar una de las chinchetas rojas desperdigadas por el suelo. Al levantarse sintió un leve mareo. Respiró profundamente y, antes de fijar el cartoncillo en la pared, lo miró por ambos lados mientras decidía cuál de ellos contenía más información. El sentido en el que estaban impresas las letras le permitió adivinar la posición correcta del retazo de fotografía que permanecía intacto. Copió en un papel el texto del reverso y lo colocó al lado de la postal con el dibujo de dos líneas paralelas y horizontales hacia el frente. Retrocedió unos pasos y se sentó. Las náuseas iban en aumento. Era la hora de su medicación, pero recordó que no había comido nada desde el desayuno en el hospital. Alcanzó la grasienta bolsa de papel y abrió los envoltorios. Pescado, patatas fritas y *black pudding*, muy del estilo de Gibson. Recordando la advertencia del doctor Handley sobre las digestiones pesadas, optó por el *fish and chips*, que aún estaba templado, y pensó que llegado el momento podría matarse con el *black pudding*.

No tenía apetito. Tragar se había convertido en todo un ejercicio de control. Aún tenía las vías irritadas por efecto del respirador, pero además desde el día del ataque cada bocado descendía a su estómago como una enorme bola que iba creciendo por su tracto digestivo. La sensación era de una saciedad absoluta, como si los alimentos ingeridos multiplicaran allí su tamaño aplastando los pulmones e impidiéndole respirar. Extrajo los medicamentos de la bolsa y leyó los prospectos con cuidado; era irónico que aquellas pócimas que iban a mantenerlo vivo fueran en su origen venenos capaces de matarlo. Tragó las grageas del diurético empujándolas con dos cucharadas del tónico. Cerró los ojos y esperó mientras escuchaba en su oído interno el latido de su corazón acompasándose como el tambor de una galera de esclavos.

La náusea fue cediendo. La impresión de empacho cesó, y fueron aminorándose el dolor de cabeza, el zumbido en los oídos y la sensación de pánico que tenía. Miró aprensivo el estuche azul y lo dejó sobre la mesita al lado del sofá. Se puso a examinar los periódicos.

El caso John Biblia ocupaba la primera plana en todos. A falta de un buen retrato de John, muchos de ellos habían optado por fotos de su madre y sus tías saliendo de «La Marina» con las chaquetas sobre la cabeza en un infructuoso intento por ocultar sus rostros, y de Harmony Cottage vista desde lejos. Los titulares no se diferenciaban mucho de los de los sesenta: «John Biblia al descubierto», «Descubierta la identidad del asesino más famoso de Escocia», «John Biblia identificado»... Solo había uno distinto y le pareció de mal gusto: «Las damas del lago», se titulaba, emulando el inmortal poema de Walter Scott inspirado en el lago Katrine. Lo acompañaba una de las fotos a las que debía de referirse Gibson cuando le había hablado de los problemas con la prensa. En ella, y aunque era en blanco y negro, se veía una pradera lodosa que no pudo identificar (a pesar de que había muerto allí), con las cintas policiales dispuestas alrededor de varias fosas abiertas y de otros tantos cadáveres cubiertos con sábanas, todos alineados junto a la orilla. Derribó la pila de periódicos y dejó que se desmadejasen en el suelo. Estaba agotado y somnoliento. Un escalofrío le recorrió el cuerpo. Fue a taparse con la manta de lana que usaba a tal efecto y reparó en ese momento en que el dibujo del tartán escocés era muy parecido al de aquella otra manta, la que cubría a la madre de Sam, Gillian y Andrew. Ni siquiera sabía su nombre.

Fue hasta el dormitorio y por un instante cruzó por su mente la idea de quitarse la ropa, meterse en la cama y dormir; evadirse del miedo, de la debilidad, de la fatiga constante y la desorientación con las que tenía que luchar a cada momento para mantener el control de su mente. Pero mientras acariciaba la idea, tuvo también la certeza de que si lo hacía no volvería a levantarse, moriría allí. Agarró la colcha con flores de la cama, una herencia del anterior inquilino, y tirando de ella regresó al sofá. Arrojó la manta detrás, donde no pudiera verla, se envolvió en la colcha y, mirando la pared vacía, cerró los ojos.

El agua le caía por los ojos a mares. Las pestañas empapadas pesaban y se pegaban unas con otras cada vez que parpadeaba. No veía nada. A cada segundo se esforzaba por vislumbrar la presencia de Clyde frente a los faros encendidos del Capri. Pero era inútil, como si la mayor de las migrañas lo estuviese acuciando, veía todo a través de un prisma de múltiples caras, todas borrosas. Oía el fragor de la tormenta, los truenos retumbaban a lo lejos y los rayos partían árboles sobre las colinas que bordeaban el Katrine. Volvía a tener el rostro hundido en el lodo, pugnando por respirar; el corazón le latía tan fuerte que dolía. En su oído interno la cadencia del tambor sonaba como latigazos, zas, zas, zas. Levantaba a John Clyde del suelo. La lluvia ya no importaba. La garganta le quemaba, necesitaba aire. Inhalaba profundamente y llegaba a percibir el olor del lago, el de la tierra arrastrada hasta la orilla, el del ozono perforado por la tormenta, el del sudor de John Clyde, el del mohoso cadáver junto al que se desplomaba. Y en ese instante supo que lo último que había visto había sido el rostro descarnado de una víctima de John Biblia. Sintió una enorme tristeza, pero aun así decidió no despertar. Decidió quedarse allí, esperar un poco más, esperar para ver. Pero no se veía nada. La oscuridad lo fue envolviendo con su capa fría de gelatina, en la misma medida en que el terror se iba apoderando de él mientras constataba que allí no había nada. Desde muy lejos oyó el teléfono.

Abrió los ojos y sintió cómo una ola de calor lo envolvía, bañando su cuerpo de sudor. Apartó la colcha en el instante en que el teléfono dejaba de sonar. Jadeando, se incorporó para quitarse la chaqueta y miró alrededor como un astronauta que ha aterrizado en un planeta desconocido. La luz de la mañana entraba por aquella ventana en la que jamás daba el sol. Todo le resultó ajeno. El paisaje, el ambiente. Fijó la mirada en los restos quemados de la postal y pensó que parecía una pequeña barca navegando en aquel mar psicodélico de serpentinas marrones. Mientras se quitaba el resto de la ropa se dirigió a la ducha.

Perder una sensación grata era de las cosas que más le disgustaban. La lluvia formaba parte de él como de la ciudad de Glasgow. Se jactaba, como muchos escoceses, de no tener paraguas, y el efecto de la lluvia en el rostro había significado siempre libertad. Recordó a John alzando los brazos bajo la lluvia como una estrella del rock en comunión con la tormenta, como si él mismo la hubiera provocado o como si de algún modo fuese su cómplice. La sensación de libertad se había perdido para Noah. Desde que despertó en el hospital, el agua en el rostro se había convertido en el preludio de la muerte, y ni siquiera mientras se duchaba podía huir de la ominosa sensación que le provocaba. Inclinó la cabeza hacia atrás para lavarse el pelo y, al cerrar los ojos, volvió al lago. Los abrió, aterrado, y terminó de ducharse evitando mojarse la cara. Pensó en cómo se habría sentido John Biblia al verlo caer fulminado. Estaba seguro de que aquello habría contribuido notablemente a elevar su carácter narcisista. Debió de sentirse invencible. No obstante, como le había dicho a Gibson, John Biblia no podía saber si era solo él o toda la policía de Escocia los que le pisaban los talones. ¿Cuánto habría tardado en llegar a la casa y coger lo imprescindible? Era probable que incluso lo tuviera preparado, como el petate de un soldado en retén. La cuestión de las fotos, el que no hubiera ninguna suya, evidenciaba que lo tenía todo previsto. Scott Sherrington se convenció de ello mientras calculaba cuánto costaría borrar la huella fotográfica de cualquier persona. Fotos de infancia, fotos escolares, fotos de la parroquia, con amigos, de juventud, en la universidad. Eso le recordó que él había visto una foto de John Clyde; no era una foto reciente, pero Clyde no había cambiado apenas. En 1969, y basándose en las vagas descripciones de los testigos, *The Glasgow Herald* lo había llamado «el asesino con cara de niño» y eso fue lo que Noah pensó cuando vio su fotografía por primera vez.

Su imagen le vino a la mente con tal claridad que fue como tenerla delante. Había sido el año anterior, cuando estaba asignado al DIC en la capital y revisaba de forma rutinaria aquellas desapariciones de dos estudiantes ocurridas diez años atrás. Ambas chicas pertenecían al campus de la Universidad de Edimburgo y encajaban con el perfil de las víctimas de John Biblia. De entrada no se había prestado mucha atención a las desapariciones: las dos eran jóvenes alocadas, no iban demasiado bien en los estudios y en repetidas ocasiones habían hablado de dejar la carrera, pero daba la casualidad de que una de ellas era además la nieta de una de las grandes benefactoras de la ciudad, lo que provocó que toda la prensa se hiciera eco. Noah solicitó al rectorado la lista de estudiantes que habían abandonado el curso tras la desaparición de las chicas. Cuatro personas: dos chicos y una chica además de Clyde, con el matiz de que, al contrario que a los otros, a John le iba bien en los estudios. Se reunió con la rectora y con el tutor, y a pesar de que habían transcurrido más de diez años, mostraron toda su colaboración para arrojar cualquier tipo de luz sobre la desaparición de las dos jóvenes, aunque Scott Sherrington presintió que un poco más por la de apellido ilustre. Puesto que no tenía una orden no podían dejarlo a solas con los expedientes, pero no había ningún problema en que se los mostrasen estando ellos presentes. Según el tutor, la razón que adujo Clyde para su abandono fue un problema de salud de un familiar, la madre, creía recordar. Mientras hablaban, el tutor manoseaba el expediente académico de Clyde y lo abrió frente a Noah. En la primera página y sujeta con una grapa había una foto a color y de buen tamaño.

Salió de la ducha y tardó lo justo en vestirse y en hacer una llamada al campus de Edimburgo. Tomó la chaqueta y fue hasta la puerta. Dudó un instante sobre si llevarse lo que guardaba en aquella caja de empanadillas en su congelador, pero decidió que, si no lo habían encontrado durante la primera búsqueda, allí estaba seguro. Sin embargo, en un último impulso volvió hasta la pared, tomó el resto medio quemado de la postal y el apunte que había hecho, no fuera a ser que a Gibson le diera por regresar y, al ver que no abría, decidiera entrar. No sería la primera vez que la policía de Glasgow husmeaba en su casa en los últimos días.

I'm sick of fighting even though I know I should
Estoy harto de pelear, aunque sé que debería

Scott Sherrington era un observador nato, se jactaba de ser capaz de analizar y prever con bastante acierto las acciones de los demás, pero, en cuanto a los comportamientos románticos de las mujeres, siempre dudaba.

La rectora lo estaba esperando. Ya en su anterior visita, un año atrás, había tenido la sospecha de que la señora Ferguson coqueteaba un poco con él. Le había preguntado si estaba casado y sonrió de un modo especial cuando él contestó que no. Hoy observó que, a pesar de que no llevaba ni rastro de otro tipo de maquillaje, se había pintado los labios, quizá precipitadamente. Intentó recordar si los llevaba así en la anterior visita y estuvo seguro de que no.

—Inspector, me alegro de verlo, los periódicos publicaron que había fallecido. Me complace comprobar que se equivocaban, tiene buen aspecto y está aquí, deduzco que no fue nada grave —dijo sosteniendo su mano un par de segundos más de lo preciso.

—No, nada importante —contestó él evasivo.

—Su llamada ha sido una sorpresa porque casualmente hoy he pensado en ponerme en contacto con su división —dijo mientras se sentaba tras su mesa y le señalaba una silla para que hiciera lo propio.

—Ah, ¿sí?

—En su anterior visita me dijo que si recordaba algo

más respecto a los exalumnos por los que me preguntó lo llamase. —Hizo una pausa mirándolo directamente a los ojos.

—Y ha recordado algo...

—No he sido yo. Pero tras el revuelo que ha montado la prensa con John Biblia, un profesor vino a verme y me dijo que recordaba a John Clyde de su clase, a la que casualmente también asistían las dos chicas desaparecidas hace ahora once años. Fue toda una sorpresa para mí, porque, como le dije en su anterior visita, no constaba en su expediente que el señor Clyde hubiera compartido ninguna asignatura con aquellas chicas.

El interfono emitió un zumbido y ella respondió.

—Señora rectora, el profesor Martínez está aquí.

—Bien, que pase.

Martínez rondaba los sesenta años y todo su aspecto decía «profesor» a gritos: chaqueta de tweed, camisa beige, corbata marrón, zapatos Oxford del mismo color. Se sentó en la otra silla junto a Scott y esperó el gesto de la rectora, que lo invitó a hablar.

—Lo primero que tengo que decirle es que no quisiera perjudicar a nadie con lo que voy a contar. ¿Están ustedes seguros de que el señor Clyde es John Biblia?

—Sin ninguna duda —respondió Scott Sherrington.

Satisfecho con la respuesta, el profesor Martínez miró a la rectora y asintió varias veces antes de hablar.

—No lo habría recordado de no ser por las noticias que han aparecido en los periódicos. Por supuesto, para mí son imposibles de olvidar las estudiantes que desaparecieron, una de ellas era nieta de una filántropa favorecedora de la universidad y, en su momento, su desaparición fue bastante sonada en Edimburgo. Aunque, si tengo que serle sincero, siempre creí que la huida había sido voluntaria. Es una carrera difícil y son muchos los alumnos que abandonan, incluso en el último año, y a esas dos chicas no les iba especialmente bien. Entonces me tomaron declaración, y eso es exactamente lo que les dije, aunque supongo que la luz de los últimos acontecimientos lo cambia todo. Claro que antes habría que saber si esas dos muchachas están entre las pobres víctimas que han encontrado...

Scott Sherrington se dio cuenta de que el profesor Martínez divagaba, era una de esas personas a las que les encanta oírse hablar.

—La rectora me ha dicho que recuerda a Clyde, aunque no consta que usted le diese clase, según tengo entendido.

—No, él estaba en Filología Inglesa, y yo soy profesor de Hispánicas.

Noah lo miró esperando a que continuase.

—Pero al ver su nombre en la prensa he recordado que en el semestre en que desaparecieron mis alumnas ese joven vino a verme a mi despacho y me pidió asistir a algunas clases como oyente.

—¿Por qué no consta en su expediente académico?

—No consta porque no llegó a inscribirse en el curso. Hispánicas es muy difícil, muchos alumnos me piden asistir a unas cuantas clases para ver si les convence. No pongo impedimentos.

—¿A cuántas clases asistió John Clyde?

—No puedo precisarlo. No presto especial atención a los oyentes, pero no llegó a completar un trimestre.

—Debo suponer que no se le daba bien la filología hispánica...

—Todo lo contrario. Solo hablé con él una vez más: vino al final de una de mis clases y me señaló que había cometido un error en un tiempo verbal.

—¿Lo corrigió?

El profesor apretó los labios y tomó aire por la nariz. Lo que dijo a continuación debió de costarle.

—Y tenía razón. Mi padre era español. Le aseguro que John Clyde hablaba en español como un nativo.

Noah valoró la información.

—Yo lo hablo bastante bien, mi madre estudió algunos años en España, daba clases particulares y en casa solía hablarme en español de pequeño. ¿Le contó cómo lo había aprendido? —dijo Noah en español.

El profesor Martínez lo miró como si hubiese proferido una blasfemia y hasta inclinó un poco el cuerpo hacia atrás en su silla para mostrar su repulsión.

—Mucha gente cree que sabe hablar un idioma, pero la mayoría de las veces su pronunciación lo vuelve incomprensible. Y no, no le pregunté nada. He de reconocer que su tono me pareció vanidoso y petulante. No incitaba a la conversación. Busqué la forma verbal en una gramática y tuve que reconocer que tenía razón. Sonrió, se dio la vuelta y se fue. No regresó a mis clases.

—Entiendo por qué lo recuerda.

Sin contestar, el profesor se puso en pie. Y dirigiéndose solo a la rectora dijo:

—Y ahora, si me disculpa, tengo que dar una clase.

«Vanidoso y petulante», pensó Scott Sherrington. Martínez también tenía algo de eso. Cuando el profesor hubo salido, Ferguson le tendió una carpeta de tapas de cartón que le resultó familiar.

—Este es el expediente de John Clyde del que me habló por teléfono.

Al estirar la mano para cogerlo ella alargó la suya propiciando un roce que no pasó inadvertido para ninguno de los dos. Ella sonrió, y Noah aparentó que no había ocurrido nada prestando toda su atención al expediente. Abrió la tapa de cartón, pero el recuadro destinado a la foto estaba vacío.

—Recuerdo que había una fotografía a color.

El asombro de la rectora fue genuino.

—Sí, debería estar ahí —dijo señalando el recuadro—. Aunque puede que se haya caído. Ahora las pegamos, pero hace años solo se sujetaban con una grapa en la parte superior. Voy a pedir a mi secretaria que solicite que lo comprueben en los archivos —dijo poniéndose en pie y saliendo del despacho.

Noah inspeccionó la carpeta de cerca. Una porción diminuta de papel fotográfico había quedado aprisionada bajo la grapa cuando la foto fue arrancada de su lugar. Levantó la mirada pensativo y la fijó en el lienzo que había sobre la chimenea, tras la mesa de la rectora. Una reproducción bastante buena de la goleta *Bounty* navegando a toda vela por aguas tranquilas, aunque, en lontananza, el cielo plateado entre las nubes oscuras amenazaba tormenta. Le pareció una opción curiosa para el despacho de la rectora de una universidad escocesa, o quizá estaba elegida con toda la intención.

La rectora regresó.

—Van a buscarla, pero el archivo es enorme y el documento tiene más de diez años, puede que se desprendiera y se haya perdido.

Scott Sherrington la miró pensativo.

—Fueron muy estrictos a la hora de mostrarme el expediente en mi anterior visita. Supongo que tendrá un registro de todas las personas que acceden al archivo.

—Así es, tenemos un protocolo muy escrupuloso respecto a la información. Como le dije entonces, se pueden consultar algunos datos, como confirmar que un alumno estudió en nuestro campus o los relativos a las titulaciones, por ejemplo. Constantemente nos los piden desde otras universidades y desde empresas que quieren verificar un currículum, pero el protocolo obliga a informar al interesado cada vez que alguien realiza una consulta relativa a su expediente.

Scott Sherrington abrió la boca incrédulo.

— ¿Quiere decir que tras mi anterior visita informaron a todas esas personas de que la policía había consultado sus expedientes académicos?

La rectora se echó hacia atrás en su sillón. No le gustaban las connotaciones que tenía aquella pregunta.

—Le recuerdo que usted no trajo una orden. Nosotros colaboramos, y por supuesto la naturaleza de la conversación que mantuvimos sigue siendo privada, pero se cumplió el protocolo de informar a los alumnos de que su expediente había sido consultado.

Scott Sherrington no pudo ocultar su disgusto. Bajó la cabeza y se conminó a ser paciente antes de volver a hablar. Más le valía no ofender a aquella mujer, necesitaba su colaboración.

—Rectora Ferguson, ¿podría decirme si alguien consultó este expediente después de mi visita?

Ella lo miró de hito en hito. Sin sonreír esta vez. Levantó el teléfono, marcó un número, realizó la consulta y pidió a una tal Addison que se presentara en su despacho. Tardó un par de minutos, que, ante el creciente disgusto de la rectora Ferguson, Scott Sherrington pasó mirando el cuadro que tenía enfrente.

La mujer se quedó de pie junto a la puerta.

—Addison, dígale al inspector Scott Sherrington lo que me ha dicho a mí.

—Al día siguiente de comunicárselo, el señor Clyde solicitó ver su expediente. Pidió hacer fotocopias de algunas de las páginas. Es un procedimiento habitual, muchos exalumnos lo solicitan.

—Hizo usted las fotocopias.

—No, también es un procedimiento habitual que las hagan ellos mismos. Hay una fotocopiadora de uso público en la recepción de Secretaría.

—¿Comprobó que estaban todos los documentos cuando él se los devolvió, echó en falta la fotografía del dosier?

La mujer enrojeció.

—No lo comprobé —dijo dirigiéndose a la rectora—. Era su expediente, ¿por qué iba a llevarse ningún documento?

—Está bien —cortó Ferguson indicándole que saliera—. Lo lamento —dijo cuando se quedaron a solas—. No sé cómo ha podido... —Se detuvo al darse cuenta de que el inspector no le prestaba atención y su mirada seguía fija en el cuadro. Ella misma lo miró con curiosidad.

Noah alzó la mano colocando los dedos índice y pulgar ante sus ojos y guiñando el derecho para entrever la pequeña porción del cuadro que se vislumbraba entre sus dedos. Una franja de madera vista recorría el casco negro de la nave dibujando otra franja horizontal.

—Es un barco... —murmuró.

Ferguson se volvió extrañada.

—Sí, es la goleta *Bounty*, la del famoso motín —dijo confusa ante la obviedad.

—No —respondió él—, es la línea de flotación de un barco.

La rectora no contestó, aunque frunció los labios molesta. Noah no pudo evitar sonreír al darse cuenta de que, ahora sí, había perdido cualquier oportunidad con ella. Miró el teléfono que reposaba sobre la mesa de caoba.

—¿Me permitiría hacer una llamada?

The cold is biting through each and every nerve and fiber
El frío muerde a través de cada nervio y fibra

Mientras conducía de vuelta a Glasgow, el cielo se fue oscureciendo hasta volverse gris. Cuando entraba en la ciudad de la lluvia, las primeras gotas gruesas y limpias cayeron sobre la luna delantera del coche.

Se encontraba bien. Cargado de una energía que no había vuelto a sentir desde la noche en que casi detuvo a John Biblia. Echó una mirada furtiva a la bolsa de la farmacia que había colocado en el asiento del copiloto para tenerla cerca mientras pensaba. Debía acostumbrarse a su presencia, era consciente de que la necesitaba para vivir, pero supo también que la voluntad que lo sostenía era tan enérgica como una dosis de digitalina.

La llamada a Tráfico y Comercio no había sido muy esclarecedora de entrada. Brown, su contacto, había salido a almorzar y el tipo que cogió el teléfono fue bastante pesimista.

—Andrew es un nombre muy común. Debe de haber cientos de barcos que se llamen *Andrew* o que lo contengan en su nombre.

—Puede descartar los pesqueros. Creo que podría tratarse de un barco de pasajeros, lo suficientemente importante como para que impriman una postal con su estampa.

—Aun así... —respondió desganado su interlocutor.

Scott Sherrington supo que no sacaría nada de él.

—Escuche, estaré localizable en este número durante los próximos quince minutos, si regresa Brown dígale que me llame. Si no, dígale que yo lo llamaré, que no llame a comisaría, estoy fuera. ¿De acuerdo?

Esperó mientras su interlocutor tomaba nota.

Estuvo seguro de haber acabado con la paciencia de la rectora Ferguson. En el instante en que sonó el teléfono, ella trataba de explicarle que no tenía más tiempo y que tendría que esperar su llamada junto al cubículo de su secretaria. Pero descolgó el auricular y se lo pasó.

Scott Sherrington le expuso a Brown su teoría del barco de pasajeros.

—Pues siento decirte que mi compañero tiene razón. *Andrew* es un nombre muy común, pero el tema de la postal lo acota bastante. Si no tienes prisa puedo mirar en los registros de comercio. Si han hecho postales estarán en los ficheros, claro que solo las de los últimos dos años, lo anterior aparece en libros de asiento. Puede llevarme semanas.

—No puedo esperar. Necesito una pista que seguir, lo que sea. ¿Qué se te ocurre?

—Bueno, se me ocurre que si hacen postales tiene que ser una gran compañía. Si nos limitamos a barcos de pasajeros puedo tener la respuesta para mañana. Aunque...

—¿Qué?

—¿Estás seguro de que el barco se llama *Andrew*?

—No del todo, es lo que pone en la postal, pero falta la mayor parte —dijo cambiándose el teléfono de oreja para poder sujetarlo con el hombro mientras buscaba el cartoncillo en el bolsillo interior de su chaqueta. Lo puso sobre la mesa.

—Sí, Andrew es lo que se ve.

—Si cabe la posibilidad de que parte del nombre no se vea, se me ocurre que podría ser MacAndrews.

—MacAndrews... —repitió Noah.

Recorrió la mesa con la mirada y localizó la lupa que

reposaba junto al abrecartas a juego. La señaló mirando a Ferguson, que se la alcanzó sin ocultar su incomodidad. Estudió el reverso de la postal y apreció que, en el extremo quemado, antes de la A de Andrews había una pequeña impresión en negro. Podría ser la cola de la letra C.

—Háblame de ese MacAndrews.

—De esos. MacAndrews no es un barco, es la mayor compañía británica de transporte marítimo —explicó Brown— y probablemente la más antigua. Pero no se dedican al transporte de viajeros, aunque no descartaría que hiciesen postales promocionales para sus clientes.

—¿Los de los contenedores?

—Los mismos.

—¿Dónde está su sede?

—La principal en Liverpool, aunque también salen cargueros desde Greenock. Transportan sobre todo acero de British Steel, que cargan en Liverpool, y whisky desde el puerto de Greenock.

—¿Sabes si van a España?

—Van a todo el mundo.

Apuró con ahínco el último tramo de escaleras porque desde el portal oyó sonar el teléfono. Cuando levantó el auricular estaba jadeando.

La voz de Gibson sonó genuinamente preocupada.

—Joder, amigo, ¿te encuentras bien?

—Sí, no te preocupes —dijo intentando recuperar el resuello.

—Pero ¿qué diablos has hecho para estar así?

—Levantarme del sofá —mintió.

Oyó suspirar a Gibson.

—Escucha, Graham me matará si sabe que te lo he dicho, pero tenías razón. Hemos encontrado los nombres de la madre, las tías y la esposa en el registro de pasajeros de un barco que partió ayer hacia Nueva York. Ya hemos dado el aviso y la policía portuaria las estará esperando cuando desembarquen. Les hemos pedido que simplemente controlen dónde van. A efectos de la ley no han cometido ningún delito. Nadie les dijo que debían quedarse aquí, pero al menos sabremos dónde están. Con tu permiso, me apuntaré este tanto, me parece alucinante que supieras que se iban a ir en barco.

No habría sabido explicarlo, pero había en la herencia de la gente de Glasgow una inclinación natural hacia el océano abierto, a mirarlo, a soñar con lo que había al otro lado y a cruzarlo en busca del sueño americano de las películas de Hollywood. Y también a hacerlo del mismo modo en que lo habían hecho sus antepasados, tomando en un hatillo sus pocas pertenencias y cruzando el mar, como si el tiempo de travesía fuese una especie de incubación uterina necesaria para renacer al vislumbrar la isla de Ellis. Y de pronto se encontró pensando en esa incubación, en ese proceso necesario para desaparecer y volver a nacer, y en John Biblia. Desaparecer supone a menudo una pérdida de identidad...

—Hemos localizado al fotógrafo que reveló las fotos de la boda. Por lo visto el propio Clyde las tomó con una cámara sencilla. Cree recordar, porque le llamó la atención, que solo había una foto de la pareja, todas las demás eran de la chica y de las otras mujeres. Se llevó los negativos junto a las copias reveladas. Es lo habitual. Pero el fotógrafo se quedó una copia de una de las fotos. Bastante buena, de la novia sola. Hizo una ampliación y la exhibió unos días en el escaparate de su tienda. Te he mandado una copia por un mensajero. Debería haber llegado ya.

Scott Sherrington gruñó como respuesta. Tenía prisa y no demasiado interés en seguir escuchando al sargento detective, quería colgar el teléfono y darle otra vuelta a lo del renacimiento, la nueva identidad, la nueva vida. Pero Gibson lo interpretó de otro modo.

—Si estás pensando en ir a Nueva York, quítatelo de la cabeza, es mala idea. Además, ya hemos valorado la posibilidad de enviar a alguien allí.

—¿Cómo se llama el barco?

—*Isabella*, ¿por qué?

Scott Sherrington sonrió antes de contestar.

—Te doy mi palabra de honor de que no iré a Nueva York —respondió mientras pensaba «John Biblia no está allí».

—Y hay otra cosa... —titubeó Gibson—. Eso que dijiste sobre los trofeos y el modo en que John Biblia los coleccionaría.

Scott Sherrington esperó en silencio.

—Ya te dije que tenía muchísimos libros, documentos, cartas, pliegos. En el interior de un archivador de acordeón han hallado una colección de sobres, de esos acolchados forrados de plástico por dentro. Todos marcados con lugar y fecha, y archivados en orden alfabético. Los lugares están repartidos por todo el Reino Unido, pero no hay un solo nombre de mujer. En el interior de cada uno había una compresa, en algunos un tampón, todos estaban manchados de sangre.

—¡Dios mío! —susurró Noah.

—Y eso no es todo, te dije que habíamos encontrado nueve cadáveres de mujeres: dos enterrados, seis en el lago y el del coche. Y con los dos nuevos que han aparecido esta mañana suman once.

—Sí.

—Hay diecinueve sobres.

Cuando colgó el teléfono miró alrededor. De nuevo aquella sensación de astronauta en un planeta polvoriento, desconocido y hostil. Un pensamiento copó por entero su mente: «No quiero morir aquí».

Fue a la cocina, abrió el frigorífico y el compartimento del congelador, y sacó la caja de empanadillas cubierta de escarcha. La sacudió sobre el fregadero antes de extraer una agenda negra de tamaño mediano y un revólver envuelto en un trapo aceitado. Con mucho cuidado dejó el arma sobre la repisa, después abrió la agenda y pasó las hojas comprobando la prieta caligrafía con la que había escrito todo lo que sabía sobre John Biblia. Con la agenda en la mano, se dirigió al dormitorio, arrojó sobre la cama una bolsa de viaje y fue metiendo en su interior unas cuantas prendas de ropa, escondió la agenda entre los calcetines. Antes de salir de la habitación tomó de la mesilla el marco que contenía la fotografía de sus padres, la miró durante unos instantes, plegó la patilla que la sostenía en pie y la colocó con cuidado entre la ropa. De vuelta en la cocina, comprobó el revólver. Era un Smith & Wesson 10, discreto y fiable, estaba en buen estado. Sin querer fijó la mirada en la placa que en unos días le reclamaría Graham. Se la guardó. Del armario del pasillo sacó cinco cajas de munición. Arrojó dentro del macuto las recetas que le habían dado en el hospital y la bolsa de la farmacia que ahora lo acompañaba a todas partes.

Cerró la cremallera y miró a la que había sido su casa en los últimos meses. Igual que en la boca de un pozo, se sintió atraído hacia el hueco vacío en la pared en la que relucía colorido el papel pintado, donde la nicotina no había apagado su lustre.

«No quiero morir aquí», escuchó dentro de la cabeza. La madera del suelo crujió en algún lugar como un paso detenido. Miró una vez más alrededor, aprensivo.

—Adiós —susurró.

Cerró la puerta a su espalda, y la corriente de aire provocada le rozó en la nuca como un suspiro. Tuvo en ese instante una de sus corazonadas y supo que estaba destinado a morir allí. Una visión de Gibson forzando la puerta del apartamento cuando una mañana no abriera. Lo encontraría muerto frente a aquella pared vacía en la que solo él era capaz de ver la historia de un asesino, su cadáver ovillado en la colcha de flores, quizá reseco por el calor que en aquellos días asolaba Escocia o mohoso por la humedad del río Clyde, pero cubierto por aquel polvo blanquecino y extraterrestre que terminaría por sepultarlo todo. Se dio cuenta de que de algún modo estaba cambiando el destino, y al destino no le gustaba. Casi percibió la presencia ominosa de la muerte que dejaba a su espalda, y tuvo que contener el impulso de echar a correr escaleras abajo. No se volvió a mirar atrás, al llegar a la entrada se detuvo lo justo para dejar la llave en el buzón y recoger el sobre con la foto que Gibson le había mandado. Llovía cuando salió a la calle, pero no le importó mojarse el rostro.

Tardó algo más de cuatro horas y media en recorrer las doscientas diecinueve millas que separaban Glasgow de Liverpool. Hasta en dos ocasiones tuvo que buscar una gasolinera en la que parar para usar el servicio. Los diuréticos no le daban tregua, cada dos horas la necesidad de orinar era imperiosa. De entrada, cualquiera podría pensar que la digitalina, siendo un veneno, sería la que le produciría más desórdenes. Advertido por el cardiólogo de que bebiera mucho, había comprado una botella de agua mineral en una gasolinera, pero aun así los calambres en las piernas se sucedían, los diuréticos sumaban más fatiga a la que ya era propia de la miocardiopatía dilatada, y dada su situación y sus perspectivas de vida, tampoco podía estar seguro de que la depresión y la irritabilidad pudieran adjudicárseles únicamente a las grageas diuréticas.

En comparación con Glasgow, Liverpool le pareció desierta a primera hora de la tarde. Condujo por el centro hacia el puerto dudando entre continuar o pararse a un lado para echar un vistazo al mapa. Noah había estado tres veces en aquella ciudad; la primera de pequeño, con sus padres; las otras dos, ya de adulto, en el estadio para ver un encuentro de fútbol de su equipo, el Celtic de Glasgow, que en ambas ocasiones ganó. Noah no era un gran aficionado, pero en aquellos años la magia del Celtic había hecho soñar a muchos. Las fechas de los partidos no podría olvidarlas, eran los tiempos de John Biblia, pero también los de Jock Stein al frente del Celtic. «Glasgow, capaz de todo lo mejor y todo lo peor.» En la temporada 1966-1967 se habían ganado que Europa entera los llamase los «Leones de Lisboa». Y en la de 1969-1970 estuvieron a punto de repetir su hazaña si no los hubiera frenado el Feyenoord. Fueron buenos y malos tiempos.

Mientras se acercaba a la zona del Royal Albert Dock, volvió con más fuerza su memoria de aquella primera visita con sus padres. Como con casi todos los recuerdos que guardaba de su infancia, le era imposible establecer la fecha, pero recordaba el modo en que los edificios de ladrillo rojo, acero y piedra se habían quedado grabados en su memoria. Casi evocaba a su padre explicándole que eran el primer sistema de almacenes incombustibles del mundo. Al pasar frente a uno de los hangares vio a un grupo de jóvenes sucios y desganados que se amontonaban junto a la puerta. Algunos estaban sentados en el suelo, otros se movían adelante y atrás, sin desplazarse, casi como si se meciesen con ese característico caminar de zombi de los heroinómanos.

—Incombustibles —susurró Noah, refiriéndose a medias a los viejos depósitos rojos y abandonados y a una generación entera sepultada en vida bajo las patas del caballo.

Había leído en alguna parte que el ayuntamiento proyectaba remozar toda aquella zona, esperaba que no fueran tan salvajes como en Glasgow, mientras se preguntaba en qué momento Liverpool había dejado de ser la cuna de los Beatles para convertirse en la caverna incombustible.

La terminal marítima se veía silenciosa y desangelada, como si hubiera sido concebida para albergar a un volumen de usuarios mucho mayor que el real. Había un largo mostrador de mármol, pero atendía al público una sola persona, una joven que llevaba rasurados los costados de la cabeza, y el pelo rubio, teñido de morado en las puntas, recogido en una coleta. Contrastaba con el peinado la chaqueta azul demasiado gruesa para agosto y la camisa blanca del uniforme, que se adornaba con un pequeño pañuelo al cuello, al estilo de las azafatas de vuelo.

Se dirigió directamente hacia ella y sintió cierta incomodidad mientras la chica le estudiaba desde su sitio. Delante de ella y sobre la repisa había una placa de plástico que indicaba su nombre: Lisbeth.

—Hola, Lisbeth, necesito información sobre los barcos que salen hacia España.

—Claro, señor, ¿a qué puerto quiere arribar?

—Quiero información sobre las compañías que viajan a España.

—¿Mercancía o pasajeros?

—Pasajeros.

—Hay un servicio de ferry con viajes semanales a distintos puertos que le permiten viajar con su coche.

—¿A qué puertos?

—Pasajes, Bilbao, Vigo...

—¿Y cuándo salió el último barco de pasajeros hacia España?

—El miércoles pasado a las doce de la noche. Fue el ferry Liverpool-Vigo.

«El miércoles pasado a las doce de la noche John Clyde estaba enfangado hasta las rodillas en el lodo del lago Katrine.» No había tenido tiempo.

—¿Está segura de que no ha salido otro barco hacia España?

—Completamente. Es un servicio semanal, el próximo sale mañana por la noche, a las doce.

Le dio las gracias, pero permaneció en el mismo lugar con las manos apoyadas sobre el mármol del mostrador mientras pensaba cuál sería su siguiente paso. La chica debió de interpretar que estaba decepcionado.

—Siento no haber podido ayudarlo.

—Oh —respondió él sonriendo por primera vez en muchos días—, no se preocupe, sí que me ha ayudado.

—Se giró para apartarse del mostrador y casi se da de bruces con un hombre que había entrado en la terminal corriendo. Portaba un macuto de grandes dimensiones cargado a la espalda, se disculpó torpemente y se dirigió a la chica.

—Tengo que llegar lo antes posible al puerto de La Rochelle —dijo lanzando su documentación sobre el mostrador. Ella consultó un registro, miró la hora en su reloj y le contestó:

—El *Marianne* zarpa para Marruecos hoy a las diez de la noche, hace escala en La Rochelle.

—Me salva la vida —celebró el hombre visiblemente aliviado.

Escuchó cómo la joven le proporcionaba el número de dársena y el nombre del capitán ante el que debía presentarse.

Scott Sherrington, que había retrocedido hasta el grupo de sofás de escay de la sala de espera, aguardó hasta que el hombre terminó de recoger sus papeles. Al pasar a su lado, el tipo volvió a disculparse.

—Siento lo de antes.

Noah levantó una mano mientras meneaba la cabeza.

—No ha sido nada.

Regresó al mostrador.

—Señorita, dígame, ¿qué acaba de pasar? ¿Por qué le ha dado un billete a ese hombre si a mí me ha dicho que hoy no salen barcos?

—Usted me ha preguntado por los barcos de pasajeros.

—¿Puede un pasajero viajar en otra clase de barco?

Ella sonrió.

—Oh, no, ese hombre es un marino. Puede que su barco haya zarpado sin él, o deba llegar para embarcar a tiempo en otro puerto. Todos los cargueros reservan un par de plazas para estas eventualidades.

—¿Y accederían a llevar a otra persona que no fuese un marino?

—Bueno, eso depende del capitán, pero la normativa se aplica solo a profesionales del mar y sus familiares directos. Es una especie de consideración del gremio.

—¿Y si alguien se presentara diciendo que es un marino que debe llegar a un puerto?

Ella inclinó un poco la cabeza hacia un lado, desconfiada, aunque sin dejar de ser amable.

—Para eso debería tener la documentación que lo acreditase, una libreta marítima es imprescindible para efectuar el embarque.

—¿Y con ese documento podría llegar a cualquier puerto?

—Sí, es una identificación internacional.

—¿Lleva el registro de todas las personas que solicitan viajar de ese modo?

Estuvo seguro de que en ese momento la chica había comenzado a pensar que podía tratarse de un inspector de la empresa. Vio cómo erguía los hombros y se ajustaba la chaqueta antes de responder.

—Por supuesto.

Scott Sherrington sacó su placa y se la enseñó brevemente. Era consciente de que estaba fuera de su jurisdicción.

—Necesito ver ese registro.

—Oh, voy a avisar al señor McGinlay.

La joven recorrió todo el mostrador hasta el extremo opuesto. Llamó a una puerta e inmediatamente se asomó un hombre de unos cuarenta años vestido igual que ella, a excepción del pañuelo al cuello. Miró a Scott Sherrington mientras la escuchaba y le hizo un gesto para que se acercara.

Noah fue hacia él. Cuando alcanzó el extremo del mostrador, el hombre levantó una parte abatible de tablero.

—Pase por aquí —dijo indicándole su despacho.

Volvió a sacar la cartera con su identificación. Pero el hombre lo detuvo.

—No es necesario —dijo señalando una silla frente a su mesa—. Usted dirá.

—Lisbeth me ha explicado que es posible viajar en un barco de carga como pasajero si se tiene una libreta de navegación.

—Así es, es una deferencia entre marinos.

—Tengo la sospecha de que un delincuente podría haber embarcado de ese modo.

El hombre ladeó la cabeza mientras lo pensaba.

—Podría si es un marino y aporta su libreta de navegación.

—Dígame, ¿cómo se obtiene ese documento?

—Bueno, no es cosa de un día. Primero hay que acreditar formación básica en marinería, salvamento y seguridad marítima; se obtiene en un instituto náutico, de pesca o un politécnico de formación. Es una especie de certificado de competencia y se expide en la Capitanía de Marina del puerto que corresponda.

—Lisbeth lo llamó libreta, ¿es una libreta?

—Se llama libreta marítima o de navegación, aunque es más bien como un pasaporte —dijo McGinlay abriendo un cajón—. Le mostraré la mía.

En efecto, parecía un pasaporte, aunque era algo más grande.

—¿Me permite? —dijo Noah tomándola para verla, y la abrió por la primera página. Una fotografía de frente en blanco y negro y una chocante descripción física:

color de pelo, castaño; color de ojos, azules; color de piel, blanco: tatuajes, bíceps derecho; complexión media, estatura metro ochenta y peso ochenta kilos; además de la nacionalidad, el cargo y una parte disponible para apuntar la lista de embarques. Noah pensó que, excepto por el tatuaje, él mismo podría encajar en aquella descripción, o al menos antes de perder tanto peso—. Es curioso lo de la descripción física —apuntó Scott Sherrington.

—Bueno, no es tanto para distinguir a un hombre como para poder identificar un cuerpo en caso de... —Se puso en pie, fue hasta la puerta y desde allí pidió a Lisbeth que trajese el registro.

—Oh, ya entiendo —dijo mirando la libreta de navegación pensativo. Hasta donde llegaba lo que sabía de Clyde, este no se había acercado jamás a la costa. Obtener aquel salvoconducto habría requerido dar pasos que dejaban demasiado rastro.

Lisbeth regresó con un libro de asiento de tapas duras. Lo puso sobre la mesa y señaló una página.

—Recientemente solo hemos tenido dos solicitudes, además de la que acaba de presenciar. Dos marinos solicitaron viajar en un carguero a España, a Bilbao concretamente. John Murray y Robert Davidson. Viajaron en el *Lucky Man*, un carguero de gran tonelaje.

—¿De qué compañía?

—MacAndrews Containerships.

Miró a Lisbeth y sonrió. MacAndrews de nuevo.

—¿Atendió usted a esos hombres? ¿Los recuerda?

—Bueno, está todo en el libro. Murray era un trabajador de la propia empresa que debía incorporarse en Bilbao; el otro llegó a última hora, aunque eso no es raro, ya ha visto al de antes. A Davidson lo recuerdo porque hubo un problema con su documentación. La foto se había emborronado, por lo visto la cartilla se había mojado.

Noah se estrujó el cerebro. Davidson, le sonaba, estaba seguro de haberlo escuchado en alguna parte, pero no podía recordar dónde. Aquella maldita medicación cubría su mente con un halo de frustrante confusión.

—Descríbalo. ¿Cómo era?

—No sé... —dudó ella—, tampoco me fijé mucho. Normal, supongo.

—Haga un esfuerzo, es importante.

—Pues... veintitantos, puede que treinta, quizá alguno más, no sé... Alto, delgado, sin barba, pelo castaño, o puede que pelirrojo, no recuerdo el color de los ojos, nada fuera de lo común.

Noah asintió comprensivo.

—Nada fuera de lo común —susurró—. Pero dice que al final embarcó, y usted —dijo dirigiéndose al encargado— me ha dicho que hay que presentar varios certificados para obtener la libreta de navegación.

—Las libretas de navegación se pierden, se mojan, se extravían. Pueden renovarse justificando la identidad de otro modo, y si ocurre en el extranjero se renueva en la oficina consular más cercana, del mismo modo en que se obtendría un pasaporte en una embajada si ha perdido el suyo. Hacer una nueva es un procedimiento relativamente sencillo. También puede usarse para obtener otros documentos de identificación.

—Y más si está presto a embarcar y tiene el documento original —apuntó Lisbeth—. Le indiqué dónde estaba la Capitanía de Marina y el fotomatón más cercano. En menos de una hora regresó.

—Así que la Capitanía de Marina está cerca...

—Aquí al lado —contestó McGinlay haciendo un gesto hacia la pared a su espalda.

—¿Y qué necesitaría para renovar la libreta?

—La propia libreta en caso de tenerla; si no la tuviera, un documento que acreditase la identidad y dos fotos de carnet.

—Bien, creo que voy a hacer una visita a la Capitanía

de Marina, pero antes dígame cuál es el próximo barco que sale para Bilbao.

Lisbeth sonrió.

—No tengo ni que mirarlo, es un carguero que hace esa ruta de forma regular desde hace dos años. Zarpa hoy de madrugada y es el *Lucky Man*, el mismo barco que llevó a esos marinos a España.

Les dio las gracias y no le pasó inadvertido el modo en que se miraron al ver el trabajo que le costaba levantarse de la silla. Ya había traspasado el mostrador cuando se volvió de nuevo hacia ellos.

—Perdonen, ¿saben si la empresa MacAndrews distribuye tarjetas postales de su compañía?

Lisbeth sonrió.

—Hay un expositor lleno junto a la entrada.

Noah sacó de su bolsillo el trozo de cartón y lo comparó con las tarjetas expuestas. Colocó el fragmento quemado sobre una de las postales y vio que coincidía perfectamente.

My broken spirit is frozen to the core
Mi espíritu roto está congelado hasta la médula

El capitán del *Lucky Man* se llamaba Lester Finnegan y era el vivo ejemplo del laconismo que se espera de un lobo de mar. McGinlay lo había avisado por radio y esperaba tieso como una estaca en el exterior del puente. Scott Sherrington había tardado lo justo para realizar una breve visita a la Capitanía de Marina. Comprobó que un hombre, que podía encajar en la descripción de John Clyde, había solicitado la renovación de su libreta de navegación a nombre de Robert Davidson. El funcionario no lo recordaba, un marino más que renueva su libreta. Cediendo ante la insistencia del inspector, accedió a buscar la copia del registro. A Noah no le extrañó que faltara la foto.

El capitán le autorizó a subir al barco con un movimiento de cabeza y estudió su aspecto sin quitarle la vista de encima, mientras lo veía ascender penosamente por las escalerillas de una cubierta a otra. Tras un rápido y fuerte apretón de manos lo invitó a entrar en el puente. Noah tardó un poco en recuperar el aliento y eso pareció llamar de nuevo la atención del capitán, pero después, mientras hablaban, evitó mirarlo a los ojos entreteniéndose en quitar invisibles motas de polvo de las pantallas y los aparatos del puente de mando. A Noah le daba igual, había conocido a otros como él.

—Capitán Finnegan, creo que ya le han adelantado que necesito información relativa a los dos hombres que llevó en su barco en su anterior viaje a Bilbao. Tengo entendido que uno era un trabajador de la propia compañía que debía incorporarse a su puesto en esa ciudad, y el otro, un marino, viajero de última hora.

—Uno —respondió el capitán.

Noah lo miró sin entender.

—No sé a qué se refiere.

—A que solo llevé a uno hasta Bilbao.

—Entonces... Solo embarcó uno.

—No, señor, embarcaron los dos. Pero usted ha dicho que llevé a dos hombres hasta Bilbao, y a Bilbao solo llegó uno.

Noah suspiró.

—Porque... —dijo invitándolo a hablar.

—Hicimos escala en La Rochelle, era una parada técnica para desembarcar unos contenedores. Nadie estaba autorizado a bajar a tierra, pero aun así uno de ellos lo hizo.

—¿Cuál de los dos?

El capitán no respondió. Se acercó al pañol del puente y de su interior extrajo una libreta de navegación, la abrió por la primera página. Era la de Robert Davidson. Faltaba la fotografía.

—¿Alguna idea de lo que pasó con la foto?

—No, solo sé que cuando me la entregó estaba en su sitio.

—Y sobre la descripción, aquí dice que medía un metro setenta y cinco, pelo y ojos castaños, complexión media. ¿Diría que se ajustaba a esto?

—Me pareció algo más alto. En los ojos no me fijé. Llevaba gafas de sol y después no volví a mirarlo de frente.

Scott Sherrington suspiró. ¿Por qué no le extrañaba?

—¿Por qué la tiene usted? —dijo haciendo un gesto hacia el documento.

—Es la costumbre, el capitán custodia las libretas de navegación de todos los tripulantes y profesionales que van en el barco, aunque no estén enrolados, y aquí seguirá hasta que alguien la reclame. —Para que quedara de manifiesto, la llevó hasta el pañol y la guardó de nuevo.

—¿No le pareció raro que decidiera desembarcar en La Rochelle dejando aquí su documentación?

—No es la primera vez que un marinero se queda en tierra por decisión propia o por despiste, liado con una mujer, borracho o detenido. El barco tiene su hora de partida y no espera a nadie, pero parece que en este caso se arrepintió de su intención de llegar a Bilbao. Cambió de idea.

—¿Por qué cree eso, alguien lo vio bajar del barco?

—El otro hombre, el tal Murray. Él avisó de que Davidson no iba a volver.

—¿Habló con él?, ¿le dio alguna razón? ¿Quizá le contó sus planes?

—Habló con el contramaestre, le dijo que Davidson había bajado a tierra y no iba a regresar.

—¿Y a usted le pareció creíble?

—¿Y por qué no iba a serlo? Compartían camarote y los vi en cubierta hablando y fumando durante toda la travesía, se notaba que habían hecho buenas migas.

—¿Qué puede contarme de John Murray, el otro hombre? Por lo visto es un trabajador de MacAndrews, ¿lo conocía usted?

—No, acababa de ser contratado y viajaba a Bilbao para incorporarse a su nuevo puesto de trabajo. Una semana antes la empresa me notificó que debía llevarlo hasta allí.

—¿Y sabe qué puesto era ese?

—No se lo pregunté, y él era un tipo de pocas palabras.

«Mira quién habla», pensó Noah.

—¿Diría que Davidson y él se parecían?

—Podría ser, eran más o menos de la misma altura, pero Murray era más corpulento, como un peñón —dijo permitiéndose la pequeña broma, pero sin dejar que su gesto lo delatase, y continuó tal cual—. El pelo oscuro, con barba. Los ojos, no sé...

—Ya —contestó Noah haciéndose una idea.

Y por primera vez en toda la conversación y sin que tuviera que sonsacarle, el capitán Finnegan siguió hablando.

—Pero no era un marino, supongo que tenía una libreta de navegación porque es obligatorio pasar las pruebas de seguridad y competencia para trabajar en las plataformas petrolíferas. Ese había sido su último empleo. La libreta estaba expedida en la Comandancia de Aberdeen. —Cruzó los brazos sobre el pecho dando por concluida su vasta exposición y miró hacia lo lejos en una pose que debía de ser la habitual en él.

Noah dirigió la mirada a través del parabrisas del puente adoptando una postura y un gesto muy parecidos a los del capitán Lester Finnegan. Comenzaba a anochecer y las luces rojas y verdes que indicaban las maniobras en el puerto empezaban a ser visibles a los costados de los muelles.

Le dolía la cabeza. Alzó la mano y se la llevó a la frente, notó entonces que la tenía helada. Dejó que la punta de los dedos reposase allí aliviando la sensación mientras ponía orden a sus ideas. John Biblia había embarcado bajo el nombre de Robert Davidson en el primer barco que partía hacia España. Tenía todo el sentido, dado su amplio conocimiento del idioma. Sería su mejor opción si había decidido salir del país, pero había desembarcado en La Rochelle. ¿Por qué? ¿Se había sentido amenazado en algún momento? ¿Habría decidido bajar a tierra solo para despistar, tomar allí una nueva identidad y seguir entonces hasta España? ¿Por qué dejaría atrás una documentación recién expedida? ¿Tenía más documentos con aquel nombre? Lisbeth y McGinlay le habían dicho que sería fácil renovarla en un consulado si contaba con la original. Noah sabía algo sobre la falsificación de identidades, y era que pocas veces se construían sobre la nada. Las identidades falsas eran en su gran mayoría usurpaciones de identidad a partir de documentos legales robados, o del uso de identidades de personas fallecidas, o recién fallecidas antes de que la confirmación llegase al sistema.

—Capitán, ¿me deja ver de nuevo esa libreta de navegación?

El capitán fue hasta el pañol, lo abrió y se la tendió. Noah pasó la primera página y leyó la relación de compañías navieras en las que Robert Davidson había prestado sus servicios. Embarcó por primera vez apenas cumplida la mayoría de edad, y toda su vida laboral, hasta entonces, la había pasado navegando en compañías anglo-canadienses.

Señalando una página con el dedo la colocó ante los ojos de Lester Finnegan.

—Dígame, capitán, ¿le suena alguna de estas empresas navieras?

—Sí, ya me fijé en su momento, son todas compañías de pesca de altura, bacaladeras en su mayoría.

Entonces cayó en la cuenta.

—Ya sé quién es Robert Davidson —dijo en voz alta.

El capitán Finnegan dirigió una mirada a la libreta y de nuevo a Scott Sherrington.

—¿Y no es el tipo que llevé en mi barco?

Scott Sherrington negó. Esta vez le tocaba a él ser lacónico. Ni con esas Finnegan se inmutó.

Zarpar en plena noche es como abandonar el mundo en un viaje a ninguna parte. Desde la cubierta superior observó cómo el *Lucky Man* iba maniobrando para dejar a babor las luces rojas y a estribor las verdes, mientras enfilaba hacia la bocana del puerto.

Respiró la brisa cálida que se desplazaba sobre la superficie del mar hacia la costa y se sintió refrendado por la efervescente sensación de haber hallado la pista. Todo encajó en el instante en que recordó dónde había escuchado el apellido Davidson antes. Era el de soltera de la esposa adolescente de John Clyde, la que tenía un hermano pescador de bacalao allá en Saint-Pierre-et-Miquelon, en Terranova, frente a las costas canadienses.

No descartaba que John le hubiese sustraído la libreta de navegación a su cuñado sabiendo las posibilidades que aquel documento le ofrecía. Cuando echase de menos la antigua, el auténtico Davidson solo habría tenido que solicitar una nueva usando su documentación. Aunque también era posible que la libreta hubiera llegado hasta sus manos en forma de uno de esos hallazgos casuales mientras curioseaba en casa de su novia, ahora esposa, y Clyde lo aprovechó.

En contraste con la euforia que había experimentado al dejar su piso de Glasgow, una inmensa melancolía lo inundó según se alejaba de la costa británica. Decidió permanecer en cubierta hasta que las luces del litoral se perdieron en el horizonte, como si realizase una especie de homenaje. Iba a morir, y seguramente ese momento le llegaría lejos de su tierra. Lo abatió en ese instante una gran pesadumbre por algo que había relegado de manera solo a medias consciente. Desde que supo que seguiría los pasos de John Clyde pensó que debería haber ido a despedirse a la necrópolis de Glasgow. Cumplir siempre a pie el ritual de atravesar el puente de los suspiros, por el acceso junto a la catedral de Saint Mungo, y visitar la tumba de su familia para despedirse de sus padres. Sin embargo, subyacía en el hecho la convicción de que no regresaría, de que la muerte lo hallaría lejos de casa, de que de algún modo moriría en los próximos días, lo que le impidió hacerlo. Suspiró y sintió cómo el corazón latía acompasado, en unos días se había hecho experto en escuchar el motor de su vida, en ser capaz de percibir el mínimo cambio en su ritmo, con la consciencia de que en cualquier momento se pararía.

Contempló el cielo en aquella noche sin luna. Aparecía cuajado de estrellas que se extendían hasta los costados del barco, y a la vez se veían frías y lejanas en medio de aquella desoladora oscuridad. La proa del barco horadaba la infinita noche hacia alta mar, y cuando ya no hubo una sola luz delatora de la presencia del resto del mundo, Noah se sintió más mortal que nunca en toda su vida. De modo inconsciente retrocedió hasta pegar la espalda al portillo, donde la oscuridad no pudiera alcanzarlo.

Percibió el olor del café recién hecho que salía por los respiraderos junto al puente, se mezclaba con el del salitre, y le hizo desear uno de aquellos potes metálicos lleno de café negro hasta arriba y un cigarrillo que se fumaría en calma mirando aquel cielo. La evocación lo llevó a imaginarse a John Biblia fingiéndose amigo de su compañero de viaje; charlando, fumando, compartiendo quizá intimidades, falsas en el caso de John Biblia, auténticas en el del otro. Aquel interés en establecer lazos lo preocupaba. No era la actitud de alguien que abandona su país huyendo de la justicia. No podía estar seguro, claro que no, pero no en vano se había pasado años tras la pista, casi invisible, de un depredador. Alguien así no iría entablando relaciones sociales si podía evitarlas.

Scott Sherrington estaba acostumbrado a lo impalpable, a lo invisible. Había sido capaz de adivinar la presencia subrepticia de un asesino sin tener ni un cadáver y de establecer que ese asesino era el mítico John Biblia, y lo había hecho con un solo dato y una corazonada; todas las mujeres que formaban su colección tenían la menstruación en el momento en que desaparecieron.

Las corazonadas no tienen fundamento científico, no se sustentan con pruebas, son puro instinto, tan solo eso, un leve cambio en la cadencia del latido que un hombre que ha estado muerto puede percibir como nadie más. Hacía mucho tiempo que había aprendido que las corazonadas son algo que solo sirve a cada uno y que deben mantenerse en secreto.

En todas las comisarías en las que había trabajado sabían que Noah sostenía la teoría de que había un gran depredador activo en Escocia, pero se había cuidado de decir que creía que era John Biblia. La mayoría de los investigadores mantenían que John Biblia estaba muerto, pero Noah sabía que era más el deseo de aquellos policías para justificar que, después de catorce años y tras la mayor operación a la caza del hombre de la historia de la policía escocesa, no solamente no hubieran logrado su detención, sino que ni siquiera supieran quién era. Y ahí residía el peligro según el criterio de Scott Sherrington, en que, sin saber quién era, optasen por la salida fácil de decidir que estaba muerto. A él no le gustaban las salidas fáciles, y cuando en alguna ocasión había sugerido que quizá Biblia había cambiado su *modus operandi* evolucionando hacia otros comportamientos, lo habían mirado como lo hacían siempre. Así que sugerir que había un asesino en serie, cuando no había constancia de cadáver alguno, era tan peregrino como viajar a otra galaxia.

Era curioso, porque aquella creencia generalizada entre la policía no había calado del mismo modo en la población. Entre los años 1969 y 1974, los retratos robot de John Biblia se habían publicado en los periódicos de forma regular. En los primeros años docenas de policías trabajaron en el caso. «La Marina» se convirtió en el centro de operaciones. Se tomaron cientos de declaraciones, se habló con todos los posibles testigos, familiares, amigos de las víctimas, clientes de la Barrowland, taxistas, conductores de autobús, hasta el punto de que casi no quedó nadie en el barrio que no hubiera pasado en uno u otro momento por «La Marina».

La obsesión entre la población llevó a que muchos creyeran haber reconocido el rostro del retrato; en el puerto, en el estadio, en el Marks & Spencer, en cualquier pub de la ciudad... Y a que la policía llegara a facilitar un carnet que garantizaba que el portador no era John Biblia para evitar los linchamientos, o las molestias, en el mejor de los casos. «Por el presente la policía de Glasgow certifica que el portador de este documento no es John Biblia.» A principios de los setenta, Hugh Cochrane presentó en la BBC un terrorífico documental sobre John Biblia y la naturaleza de sus crímenes. Terminó su intervención con una cita de la Biblia, el versículo veinticuatro del capítulo veintitrés del libro de Jeremías: «¿Se esconderá alguno en un lugar secreto donde yo no lo vea?, dice Yavé». John Biblia seguía vivo en el imaginario de los escoceses, y paseguía entre los habitantes de Glasgow, de un modo real y cotidiano. Las denuncias sobre los presuntos avistamientos se extendieron durante casi diez años, mucho tiempo después de que desde la policía se lo considerase muerto.

Las luces que habían iluminado la cubierta se apagaron dejando solo una pequeña luminaria en la proa y a los costados. Sobre los palos, las de posición y un pequeño foco cuyo haz caía justo sobre su cabeza. Noah se giró hacia el puente y vio que el capitán Finnegan lo observaba. Lacónico hasta la muerte. Si había sentido alguna curiosidad cuando le reveló que sabía quién era Davidson, lo ocultó perfectamente. Pero no era ningún estúpido. En el acto dio por hecho que querría seguir la pista de aquel tipo y que querría hacerlo en el *Lucky Man*. Solo le preguntó si iba a desembarcar en La Rochelle o los acompañaría hasta Bilbao.

Noah lo pensó y se dejó llevar de nuevo por su corazonada.

—No, iré a Bilbao.

—De todas formas, llegaremos a La Rochelle mañana por la tarde, estaremos poco tiempo en puerto, el preciso para descargar cuatro contenedores. Tiene dieciocho horas para pensarlo.

El interior del barco olía a gasoil, a café y a tabaco. Descendió por la escalerilla principal hasta la sala que ocupaba el comedor, junto a la cocina. El contramaestre, al que Murray había informado de que Davidson había bajado a tierra en La Rochelle, le dijo que no recordaba nada llamativo de ninguno de los dos hombres. En la primera parte del viaje, Davidson solo salió a cubierta para acompañar a Murray. Davidson abandonó el buque en La Rochelle. No, él no lo vio, Murray se lo comunicó cuando zarpaban.

—Tuvimos buen tiempo en la primera parte de la travesía, pero al salir del puerto francés nos afectó una marejada en la zona del golfo de Vizcaya. Murray pasó el resto de la travesía sin salir del camarote. Me acerqué unas cuantas veces a ver si se encontraba bien o necesitaba algo. Lo oí vomitar a través de la puerta. Lo pasó mal el pobre diablo. Cuando llegamos a Bilbao estaba tan ronco que salió con una bufanda al cuello. Apenas podía hablar.

—Supongo que por eso el capitán Finnegan dijo que no era un marino.

—No lo era, de eso puede estar seguro.

Condujo a Scott Sherrington por un estrecho pasillo hasta el camarote que en el anterior viaje habían ocupado aquellos dos hombres y en el que ahora él viajaría solo. Las colchonetas de espuma estaban enrolladas como fardos de grasa amarilla sobre las literas, que llenaban toda la estancia. Al fondo había dos taquillas de metal que iban hasta el techo y que Noah podía tocar con la mano. Tenía un ojo de buey que quedaba un poco por encima de la línea de flotación sobre el agua, que a ratos salpicaba el cristal perlándolo de gotas. Cuando el contramaestre encendió la luz del flexo enganchado a la litera, las salpicaduras brillaron produciendo la sensación de que el cristal estuviera roto. Fuera todo era oscuridad. Miró aprensivo el camastro empotrado mientras pensaba en los hombres que decidían vivir su vida así y le vino a la cabeza qué pensarían las asociaciones pro derechos de los presos y sus demandas sobre el tamaño de las celdas si viesen aquel camarote. Se hizo la cama con las sábanas que le había proporcionado el contramaestre y, agotado, se tumbó en la litera encajonada. Aspiró la tela de la almohada, olía bien, pero la colchoneta guardaba un ligero aroma a salitre y humedad, y no quiso pensar si también a sudor. Escuchó el motor del barco vibrando a través de los mamparos metálicos. Apoyó la mano en la pared y vio que había un dibujo infantil pegado en la esquina con cinta adhesiva. Se notaba que llevaba mucho tiempo allí. Un barco rojo y verde surcaba una mar de un azul imposible plagada de peces de colores, incluida una ballena azul que nadaba en superficie lanzando su chorro al aire, como si saludara. En la proa, un monigote señalado con una flecha que indicaba: «*Daddy*».

No fue consciente de cómo se quedó dormido; después, con excepción de los pocos ratos en los que salió al comedor para tomar un bocado, y las horas en las que durante la noche se dedicó a mirar hacia aquel cielo de leyenda, solo durmió. Era como si todo el esfuerzo por sobrevivir de los últimos días le pasara factura. Cuando se despertaba, sentía que emergía de un lugar incierto. Abría los ojos como lo hacen los niños en mitad de la noche y veía el círculo, ora luminoso, ora oscuro, del ojo de buey, que como una luna de atrezo vigilaba su letargo. Aquel runrún del motor y el suave balanceo, algo tranquilizador y básico, lo sumieron en un sueño del que apenas salió durante las treinta horas que duró la travesía. Regresaba de cubierta convencido de que era imposible que pudiera dormir más, pero con solo tumbarse en el camastro y apoyar la palma de la mano contra la pared metálica para sentir el motor, volvía a dormirse con una facilidad propia de la infancia.

El niño

El niño adora las volutas de vapor que flotan sobre la piscina, la luz fluorescente que lo torna todo blanco, el modo en que el agua se desliza sobre su piel; pero sobre todo adora el olor del cloro y la sensación de higiene, de limpieza, que siente en la piscina clorada.

El niño saca la cabeza del agua. Allá arriba en la grada percibe la presencia de Lucy Cross, que lo mira enfurruñada sin perderlo de vista.

El niño está furioso. Sumerge la cabeza de nuevo y da una serie de fuertes brazadas con las que consigue descargar parte de su frustración mientras repite en su cabeza: «Absteneos de lo sacrificado, de sangre, de ahogado y de fornicación». «Absteneos...» De todas las palabras, el niño solo conoce el significado de dos, *sangre* y *ahogado*. Pero recita mentalmente la letanía hasta que se tranquiliza. Es el cloro, está seguro.

Al niño le gusta nadar, le ha gustado siempre, desde que siendo muy pequeño aprendió con mamá en el lago. Cuando todo estaba bien, cuando vivía solo con ella y le enseñaba a bracear en la orilla. Antes de todo lo malo, antes de que llegaran ellas. El niño se da cuenta de cuánto ha perdido; los tiempos felices junto a su madre, su infancia, la tranquilidad de dormir una noche entera, y nadar en el lago. Lo invade una gran pena al pensar en el pasado, por eso el niño suele evitar pensar, se siente muy desgraciado si lo hace y está cansado de sentirse así. Pero en la piscina es libre. Está seguro de que tiene algo que ver con el cloro. El desinfectante se mete en sus ojos, en sus orejas, y a través de sus poros penetra en todos los recovecos de su cuerpo purificándolo. Es el único momento en que llega a sentirse limpio. Nadará durante horas hasta que le duela todo el cuerpo, los ojos enrojecidos y la piel tirante y reseca por efecto del ácido. Sentirá picores durante horas y su dermis se volverá blanquecina y se irá descamando como la piel de un pez muerto al sol, pero no le importa.

Saca la cabeza y vislumbra de nuevo Lucy. Nota sus ojos clavados en la piel cada vez que una porción de su cuerpo asoma sobre la superficie del agua. Su presencia lo pone furioso. Está furioso por haberla perdido. Lucy Cross ha sido su amiga desde el parvulario. Le gustaba su risa clara, sus dientes un poco separados, su pelo en bucles rojos, sus ojos entre el verde y el gris. Durante años otros niños se burlaron diciéndoles que eran novios. El niño fingía enfadarse, pero en el fondo se sentía orgulloso, porque Lucy era la niña más bonita de toda la demarcación de Tarbet, y era su amiga...

Ahora ya no. Ya no puede ser, ni podrá serlo nunca más, porque Lucy ha cambiado. El niño es consciente de su maldición, sabe de dónde proviene y por eso las maldice. Es por ellas, es por su culpa por lo que ya nunca más se podrá acercar a Lucy sin que le produzca náuseas, náuseas y esa otra sensación..., anhelo.

Solo con pensarlo nota una enorme excitación y su órgano sexual se tensa dentro del bañador. Siente asco de sí mismo. Sumerge la cabeza y da otra serie de fuertes brazadas con intensos tirones que le recorren desde el hombro hasta la cadera. Cuando llega al extremo de la piscina está exhausto, asoma la cabeza y se permite mirarla, solo para ponerse a prueba.

Ella está dolida. Hace tres días que acude a diario a sus entrenamientos. Se queda allí cargada de frustración y reproche, mirándolo nadar. Esperándolo.

Al verlo, ella alza la mano y lo saluda, como si fuera posible que en los tres cuartos de hora que lleva allí no la hubiera visto.

No contesta al saludo con la esperanza de que ella se rinda. ¿Cuántos desprecios está dispuesta a soportar antes de dejarlo en paz? El niño espera que no muchos más, confía en que se canse y se vaya. Sin embargo, sabe que no lo hará, que permanecerá allí. Cuando el niño sale del agua, ella se dirige a la salida de los vestuarios y lo aborda.

—Hola, te he visto nadar. ¿Cómo estás? ¿Qué te pasa? ¿Por qué no me hablas? ¿Qué te he hecho? Si he hecho algo que te ha molestado, deberías decírmelo. No puedes ignorarme para siempre...

Lucy extiende una mano y sujeta al niño por el antebrazo. Se coloca a su lado. Y entonces, él la huele. Hay en su aroma algo que recuerda a la chica que conoció, jabón de rosas, pan y galletas. Y sangre. Casi la puede imaginar caliente, salobre, oxidada, casi negra, fluyendo entre sus piernas. Aprieta los ojos y de un tirón se suelta de su mano.

—No vuelvas a acercarte a mí, nunca. Me das asco —casi escupe.

El niño avanza por el pasillo lo más rápido que puede, aun así escucha su llanto, que penetra en su cerebro como un clavo de culpabilidad. El niño se odia por tratarla así, pero cree que es la única manera de alejarla de él y, además, ha dicho la verdad. Lucy le da asco, pero hay algo más, algo que solo ella le produce, una sensación nueva, algo que no había sentido antes. Vuelve a notar la tensión de su pene dentro de los pantalones. Oye un murmullo a lo lejos. Un grupo de padres con los niños de un cursillo avanza de frente por el pasillo.

El niño ve la puerta de los servicios, se mete allí, se encierra en un cubículo, se baja los pantalones y mientras mira su sexo recita mentalmente: «Absteneos de lo sacrificado...».

I *don't want to be here no more*
Ya no quiero estar aquí

Scott Sherrington oyó unos golpes en la escotilla y el chasquido como de cámara frigorífica al abrirse el portón compensando la presión. Antes que la voz del contramaestre le llegó el aroma del café, que lo llevó como por ensalmo de vuelta a la realidad.

—Señor, el capitán quiere verlo.

El capitán Finnegan le dedicó una mirada de soslayo cuando lo vio aparecer en el puente. Con un gesto, que era poco más que un leve asentimiento, lo invitó a entrar. Noah no dijo nada. Se limitó a esperar, empezaba a gustarle el modo de conducirse de Lester Finnegan.

—He recibido un mensaje por radio de la Capitanía de Marina de La Rochelle. Solicitan mi presencia como representante de MacAndrews, y he pensado que quizá a usted le interese acompañarme.

Noah se limitó a seguir mirando en silencio hacia el horizonte, esperando a que continuase.

—Un inspector portuario que revisaba los contenedores reparó esta mañana en que el precinto de uno de los nuestros había sido alterado. Se trata de uno de los que descargamos en el anterior viaje, que hoy debían embarcar en un tren hacia Marsella. Procedieron a abrir el contenedor para una inspección más minuciosa y dentro hallaron un cadáver.

Esta vez el capitán Finnegan había conseguido sorprenderlo. Se volvió asombrado.

—¿Va a tener problemas, capitán?

Lester Finnegan meneó suavemente la cabeza.

—No. Siempre se comprueban los precintos antes de que cada contenedor embarque o descienda del barco. Esos contenedores suelen llevar acero de la mejor calidad, o veinte toneladas de whisky embotellado y etiquetado, en palés, y listo para su consumo. Los robos de cargamentos son más habituales de lo que nos gustaría. Dependiendo de la marca de whisky, por ejemplo, la carga de un barco puede alcanzar millones de libras en el mercado negro. Por supuesto, la mercancía está asegurada, y el control de los precintos garantiza que estaba intacta cuando descendió del barco. Sea lo que fuere lo que ocurrió con ese contenedor, sucedió una vez que estaba bajo la custodia del puerto de La Rochelle. En treinta años solo una vez he tenido problemas con un par de contenedores, fue durante una tormenta, y sé muy bien dónde están, en el fondo del océano.

Un vehículo de la Autoridad Portuaria de La Rochelle los esperaba en el muelle. Noah pensó que irían a la Capitanía de Marina o a la Junta del Puerto, pero en lugar de eso los trasladaron a las dependencias de los bomberos portuarios. Un coche oficial con la insignia de la Capitanía estaba estacionado frente a la entrada.

Scott Sherrington no hablaba francés y se perdió un poco mientras el comandante, un oficial y el jefe de bomberos, acompañado por un cabo, conversaban con Finnegan. El capitán respondía escuetamente, en francés. Aun así, quedó patente que los dos oficiales conocían a Finnegan y lo tenían en consideración. Los condujeron por un pasillo y a través del garaje donde estaban dispuestos los equipos de extinción náutica, y de nuevo a través de otro corredor. Finnegan le dijo a dónde iban casi en el instante en que Noah reconoció la estancia por su aspecto inequívoco.

—Quieren que ayude en la identificación del cadáver, al menos para descartar que se trate del pasajero que abandonó el *Lucky Man*. Por lo visto no llevaba documentación.

Se dirigieron a uno de los frigoríficos y Noah se percató de cómo los dos bomberos que los acompañaban retrocedían al abrir el portón.

El hedor era nauseabundo. Incluso antes de abrir la bolsa que contenía el cuerpo refrigerado, Noah distinguió que se encontraba en un estado muy activo de descomposición. Vibrante, picante, dulzón, como el vómito, el queso fermentado, la leche amarga, la hiel o la diarrea. El olor era propio de la primera fase, la más activa.

Uno de los bomberos abrió la cremallera. El aspecto del cuerpo coincidía con las señales olfativas. Desecado en unas partes y parcialmente licuado en otras, inflamado e infestado de fauna cadavérica.

Todos los presentes se cubrieron la nariz y la boca con la mano. El capitán Finnegan sacó del interior de su chaqueta la libreta de navegación que Davidson se había dejado en el *Lucky Man* cuando abandonó el barco y se la tendió al oficial de mayor rango. Sin acercarse demasiado echó una ojeada al cadáver, miró al oficial y negó con la cabeza, después preguntó en francés:

—¿Una semana? ¿Está seguro?

Eso lo entendió, y sabía a qué se refería, y sí, podía quedar así en apenas una semana. Un contenedor metálico una semana al sol durante el mes de agosto en el puerto de La Rochelle podía alcanzar temperaturas cercanas a los sesenta grados durante el día. Finnegan le había dicho que esos contenedores tenían rejillas de ventilación para facilitar el enfriamiento durante la noche, lo que explicaba la presencia de insectos. El cuerpo mostraba todos los síntomas de dos acciones conjuntas: desecación parcial y una ingente actividad por insectos. Por un lado, la acción del calor en las horas centrales del día había hecho que la piel se oscureciera y tomara un aspecto amarronado, aunque perfectamente podía distinguirse a un varón blanco. Los pelos oscuros de una abundante barba cubrían el rostro en buena parte, pero la sequedad había contraído los labios dejando a la vista la lengua hinchada y oscura. Lo mismo había ocurrido en el pene y la bolsa escrotal, desecados hasta casi desaparecer, algo que una mirada menos entrenada podía haber llegado a confundir con lesiones en los genitales. Y, por otro lado, el cadáver presentaba una exagerada plaga de insectos. Sin duda las altas temperaturas habían actuado como incubadora para los huevos, que ya eran larvas en la mayoría de los casos, incluso distinguió alguna pupa aletargada por el frío de la cámara frigorífica. La actividad de los gusanos bajo la capa más externa de la piel le otorgaba una curiosa sensación de movimiento reptante a toda su dermis, como un corazón fibrilando. Noah hizo un esfuerzo por apartar aquella imagen de su cabeza.

Pidió con un gesto un guante y la linterna que llevaba al cinto uno de los bomberos. La encendió sobre el rostro del cadáver y agradeció que los ojos más bien desecados hubieran escapado a la acción de los necrófagos, muy probablemente porque el momento de la muerte lo había sorprendido con ellos cerrados. La córnea había perdido la transparencia y se había formado una telilla albuminosa, el signo de Stenon-Louis, o lo que los forenses castrenses llamaban ojos de pescado, pero debajo era perceptible la mancha esclerótica de Sommer-Larcher, casi ovalada, que se extendía a ambos lados del globo ocular, de modo transversal, formando un segmento de elipse; aun así eran visibles las petequias conjuntivales de un rojo brillante bajo los párpados. Noah apagó la linterna y retrocedió un paso.

El jefe de bomberos habló y el capitán Finnegan le fue traduciendo.

—La piel se ha oscurecido tanto que resulta difícil

apreciar lesiones. La autopsia está prevista para mañana; el forense podrá confirmarlo, pero creen que se quedó encerrado y murió por efecto del calor. Quería saber si podía reconocer al hombre que abandonó mi barco en el viaje anterior. Pero me temo que no puedo identificarlo en este estado —se disculpó—. En otras circunstancias se inclinarían a pensar que podría tratarse de un polizón que intentase llegar a Marsella, pero los despista el hecho de que el cadáver apareciera completamente desnudo; podría ser que al subir tanto la temperatura en el interior del contenedor él mismo se quitase la ropa, pero de momento no la han encontrado.

Noah negó.

—Fue asfixia con lazo y desde atrás, con una prenda bastante gruesa, por eso no son visibles las marcas, puede que una bufanda, un pañuelo grande, incluso un jersey. Seguro que perdió primero la consciencia, pero tardó un rato en morir y fue por privación de oxígeno. La persona que lo mató le quitó la ropa para que no se pudiera establecer su nacionalidad con las etiquetas de sus prendas.

El capitán se lo tradujo a los franceses, que ya lo miraban de un modo extraño.

—Preguntan si es usted forense —le transmitió Finnegan.

Noah volvió a encender la linterna sobre el rostro del cadáver y con un gesto de la mano los conminó a acercarse.

—¿Ven esas pequeñas manchas rojas alrededor de la córnea? Si pudiéramos llevar hacia atrás el párpado, veríamos muchísimas más. Son pequeños capilares que explotan por la privación de oxígeno. Y dígales que no soy forense. —Y en un susurro añadió—: Ya casi no soy nada.

John Biblia

Bilbao era Glasgow. John Biblia sonrió mientras observaba la calle Bidebarrieta, que se extendía ante sus ojos. Húmeda, sucia y amoral como Glasgow. Se respiraba ya cierto ambiente festivo, a pesar de que aún faltaban unos días para el comienzo oficial de los festejos de la Semana Grande. Casi a la vez que John, habían comenzado a llegar a la ciudad los feriantes, los mercaderes y los vendedores, los vagabundos que viajaban todo el verano de fiesta en fiesta y una caterva de medio punkis, medio hippies a los que la gente llamaba «pies negros». Dormían, follaban y defecaban en cualquier parte, escandalizando a la conservadora sociedad bilbaína, y mantenían a la policía local entretenida con sus numerosos altercados con el resto de la ciudadanía. Eran el tema de conversación en la calle, en los bares y los mercados, y cualquiera te diría que portaban tantos piojos y garrapatas que se rumoreaba que las autoridades estaban pensando en detenerlos solo para darles una ducha. Como en Glasgow, la prostitución, el menudeo y los robos de radiocasetes ligados a los toxicómanos copaban la atención policial, y, por si fuera poco, el clima político recogía el testigo de los enfrentamientos por «la guerra de las banderas» de otros festejos del País Vasco; cada tarde se provocaban altercados entre manifestantes y policía en la zona de las Siete Calles y los alrededores de la Ribera. John oyó sonar a lo lejos, cada vez más espaciados, los impactos de las pelotas de goma que lanzaban los antidisturbios. El enfrentamiento con la policía en unas calles contrastaba con el ambiente, casi de normalidad, del resto del Casco Viejo: cuadrillas *txikiteando*, parejas de novios cogidos de la mano, familias con niños pequeños que salían de cenar de los restaurantes...

Y las mujeres... John Biblia se detuvo ante el escaparate de una tienda, que a aquellas horas estaba cerrada, solo para contemplar su reflejo en el cristal. Le sentaba bien el cabello más corto y oscuro, realzaba su piel y el azul de sus ojos. Se preguntó por qué nunca se le había ocurrido llevarlo así. Le daba un aire más duro, más de marino y menos aniñado que su modo habitual de peinarse, pero sobre todo tenía que ver con el color. A pesar de que tanto en las descripciones que habían publicado los periódicos como en los retratos robot siempre mencionaban el pelo castaño rojizo, o pelirrojo, nunca se había decidido a cambiarse el color, quizá porque habría sido más llamativo y chocante que él no tuviera aquel castaño rojo del resto de su familia. John sabía que ser como todos era fundamental para pasar inadvertido, pero ahora podía permitírselo. Sonrió. Se gustaba a sí mismo, le gustaba Bilbao, pero sobre todo le gustaban las mujeres de aquella ciudad, y él les gustaba a ellas.

Bilbao había sido una opción en su plan de huida; pero a menudo, llegado el momento de la verdad, todo se precipita, sucede demasiado rápido. Aunque confiaba como nadie en el destino, y en lo que el devenir le tenía reservado, le habían asaltado algunas dudas. En Bilbao sería un inglés en una ciudad española, porque allí todo el que venía de la Gran Bretaña era inglés. El dominio del idioma era un punto a su favor, y su aspecto, pulcro y fiable, siempre lo había ayudado; pero no estaba seguro de si eso encajaría en los gustos de las jóvenes vascas. Después, durante el viaje en el *Lucky Man*, aquel solitario marino había aparecido de modo providencial para completar el plan y disipar las dudas que le planteaba el porvenir.

Observó a un grupo de chicas que pasaban riendo. Las bilbaínas eran generosas en sonrisas y en miradas admirativas cuando se cruzaban con él. Bastante más desinhibidas que las chicas de Glasgow. Ligar parecía el deporte de moda en aquella ciudad, y encontrar la mirada de una mujer dispuesta a reír, y a aceptar tomar una copa, era infinitamente más fácil que en Escocia. Bilbao era pura efervescencia en agua sucia; de faldas de volantes, de tops de color rosa fucsia, verde pistacho, amarillo canario. Las chicas llevaban los labios pintados de rosa y aros de colores neón colgando de las orejas, y los hombres las invitaban a sanfranciscos, cocolocos o champán... y mientras, a dos calles, la policía contenía los disturbios por la guerra de las banderas. Y tres bares más allá, los traficantes hacían su agosto sin que a nadie pareciera importarle. Al otro lado del río salían los trenes, y en Las Cortes las putas fumaban tranquilas a la puerta de los antros mientras esperaban a los caldereros y a los estibadores. Horas robadas a la noche, en la que la ciudad se transformaba. Al amanecer, las sirenas que llamaban al trabajo sonarían como las trompetas del juicio final y todos, como almas en pena, volverían a comenzar una jornada que solo tenía un propósito: que llegara una nueva noche.

Reanudó su paseo caminando tras un grupo de mujeres jóvenes para poder aspirar el aroma de la colonia de moda entre las chicas vascas; bergamota, mandarina y tomillo en el azur que usaban las más jóvenes, y lavanda y heno en las más mayores. Llevaba horas sin llover, y los perfumes de los que salían arreglados a vivir la noche bilbaína se mezclaban con los orines amoniacados de los borrachos de la noche anterior. Los apestosos grupos de punkis que comenzaban a llegar a la ciudad para pasar las fiestas, los alientos de los *txikiteros* que apestaban a vino y los de los adolescentes que olían a menta de chicle Cheiw. A John Biblia le gustaba Bilbao, porque Bilbao era Glasgow. «No, era mejor que Glasgow, era el Glasgow de los sesenta, cuando aún no había perdido la esperanza», pensó. Bilbao presentaba las dos vertientes. Hay lugares donde sabes que has tocado fondo y otros donde puedes estar seguro de haber logrado el éxito. En los últimos años la ciudad escocesa se percibía entristecida y deprimida de un modo insoslayable. Todo aparecía cubierto de una pátina de fracaso, de tristeza contagiada por la aluminosis de los edificios, la humedad y el moho negro, que hacía difícil imaginar un futuro. El plan urbanístico que había llenado de solares vacíos lo que antaño fueron animadas calles, el índice de paro, los pisos cada vez más caros, los jóvenes hastiados y aburridos formando parte de bandas que se entretenían intimidando a las ancianas del barrio cuando salían a la compra o quedaban para golpearse entre ellos en los solares vacíos. Las prostitutas pálidas y famélicas, medio desnudas bajo abrigos pasados de moda que habían pertenecido a sus madres, se arremolinaban alrededor de hogueras alimentadas con basura. Definitivamente, prefería Bilbao. Era uno de esos extraños lugares tan cargados de oportunidades como de desdichas, todo dependía de tu habilidad y de tus dotes de observación, y John era un observador nato.

Salió a la avenida y cruzó bajo la arboleda. Se apoyó en la barandilla sobre el río. Se fijó en una pareja de yonquis que se chutaban al cobijo del muro en una de las estrechas escaleras que bajaban hasta las aguas sucias de la ría y giró la cabeza, asqueado. La heroína estaba haciendo estragos allí lo mismo que en su país. De vez en cuando alguna drogadicta ofrecía sexo a cambio de lo que le costaba un chute, en Somera o en las inmediaciones de San Francisco; pero las profesionales del sexo estaban localizadas en Las Cortes, en la otra margen del río, y ejercían la prostitución en locales de alterne con su distintiva luz roja sobre la puerta o en discretos pisos de lujo en la Gran Vía de don Diego López de Haro. No le gustaban las putas, las odiaba y le daban miedo a partes iguales. Con su violento ofrecimiento, la voz quebrada y ese olor a perro mojado y semen rancio, le provocaban arcadas. En Bilbao, a pesar de todo, y de que era un hervidero inclinado al vicio, se había conseguido una suerte de equilibrio entre la miseria de los chabolistas recién llegados a la ciudad, las pensiones para obreros y los locales de lujo. Bilbao parecía regirse por estadios, como si de una gran gradería se tratase, una escalera con distintos niveles por los que, si eras listo, podías ascender rápidamente, porque lo que diferenciaba Bilbao de Glasgow era el dinero.

En Bilbao sobraba el trabajo. Las acerías, las fundiciones, los astilleros, el puerto y las exportaciones daban sustento a miles de hombres que salían cada noche a la ciudad con el bolsillo lleno de «pasta» caliente, que gastaban con alegría de marinero borracho. Bilbao estaba pensada para satisfacer las perversiones y antojos de todos los gustos y bolsas; pensiones y hoteles de cinco estrellas; bingos, loterías, taxis y coches de alquiler; restaurantes para tomar el menú del día o los platos más caros y selectos; bares, pubs, colmados, ultramarinos, suministros náuticos y ropa de trabajo junto a tiendas elegantes en las que comprar la moda de París o Londres, los bolsos más caros; el menudeo de hachís y probablemente la mayor entrada de heroína de Europa, junto con Galicia. Iglesias, ermitas, licorerías, ejecutivos y estibadores, armadores y herreros; niñas de papá y chicas del servicio, todas confluían en los mismos lugares: las discotecas. Había comprobado que las salas de fiestas y los pubs donde ponían música alta y las chicas acudían cada noche a bailar proliferaban por toda la ciudad. Ya las había recorrido casi todas. Arizona, Chentes, Ovni, La Jaula, Garden...

Era temprano, así que esa noche visitaría al menos un

par. Bilbao era un perfecto territorio de caza, pero todavía no le brindaba un modo seguro de deshacerse después de «lo sacrificado». No conocía suficientemente la ciudad y tenía aún que explorar todas sus posibilidades. Volviéndose de nuevo hacia el río, aspiró el tufo viciado del agua, que con la subida de la marea traía notas de sal y olía a sentina. En la otra orilla percibió el rastrero movimiento de las ratas que campaban a sus anchas entre la basura que se descomponía en la playa de vías, cerca de Abando. La colza y el caldo pestilente que rezumaban de los vagones, detenidos durante días bajo el sol, habían teñido el suelo, que se veía ennegrecido de un modo que le recordó al limo de la orilla del lago Katrine. Los metales pesados, la grasa y el óxido, arrastrados por la ría durante años, se habían ido posando en las orillas espesando los márgenes en una especie de sedimento reseco y compacto que hacía imposible cavar en él. Las aguas de la ría bajaban hoy lentas y tan inmundas que cualquier objeto lastrado habría sido invisible y con el tiempo habría quedado sepultado en el fondo lodoso o quizá arrastrado hasta su desembocadura en Santurce. Pero el constante tráfico marino del río removía los fondos y las aguas y habría hecho flotar los cuerpos.

Solo en sus inicios había sido tan imprudente como para abandonarlas en mitad de la calle. Con el tiempo se dio cuenta de que alguien como él no tenía necesidad de correr el riesgo de dejar una pista con cada una de ellas. No era uno de aquellos asesinos depravados de los que hablaba la prensa norteamericana. Retrasados, impulsivos y desconocedores de lo que la ciencia podría hacer con las huellas, los pelos, la saliva o la sangre. Pero, sobre todo, no lo necesitaba. No tenía nada que demostrar, nadie a quien retar. «Más vale ser paciente que ser valiente, dominarse uno mismo que conquistar ciudades.» John había aprendido a ser valiente cuando entendió que tenía un propósito, que el deseo impulsivo que lo había movido inicialmente se debía a un mandato superior. Esa era la razón por la que jamás lo habían capturado, por la que había ido sabiendo en cada momento qué debía hacer, cómo debía obrar. Su guía superior en su infinita sabiduría le había mostrado cómo debía actuar. Alzó la mirada al cielo buscando la señal y, a pesar de la contaminación lumínica de la ciudad, pudo ver brillar alguna estrella. No había rastro de nubes. Apenas habían caído cuatro gotas la mañana anterior, el cielo no daba pistas de que fuera a llover pronto, y el río bajaba demasiado lento. Debía esperar. El resplandor de las luces azules a su espalda le hizo volverse hacia el Casco Viejo. Las furgonetas de la policía se retiraban cruzando el puente frente al Arriaga. Las farolas iluminaban el Arenal con sus halos anaranjados, y la ciudad bullía con las ganas de fiesta. Vio pasar otro grupo de chicas y se giró hacia ellas aspirando el aroma con el que perfumaban la noche bilbaína. Echando un último vistazo al cielo se conminó a no preocuparse más, él le daría la señal cuando fuese el momento indicado; mientras tanto, el lugar donde ellas esperaban aún tenía capacidad para unas cuantas más.

Bilbao. Jueves, 18 de agosto de 1983

Noah oyó los golpes como si el sonido llegara de muy lejos. No se sobresaltó. Despertó poco a poco, como si emergiese desde las profundidades abisales. Muy despacio, se sentó en la litera oyendo el motor de fondo. Al poner los pies en el suelo de metal, la vibración ascendió por sus huesos como un latido ajeno. Permaneció así unos minutos mientras valoraba su estado físico en la penumbra, apenas rota por la escasa luz que entraba por el ojo de buey. Obvió el leve mareo. Se sentía mejor que en los últimos días. Tras el portón de su camarote oyó el trasiego de la marinería que se preparaba para arribar a tierra. Amanecía cuando enfilaron la entrada al puerto de Bilbao por Santurce.

Noah obtuvo su primera impresión de aquel lugar desde la proa del *Lucky Man*. La temperatura era buena, pero una fina llovizna caía constante mientras remontaban la ría. Respiró profundamente tomando una bocanada de un aire húmedo y ferroso que le trajo aromas familiares. Alzó la mirada al cielo cubierto y plomizo que prometía perdurar mientras el agua, que caía casi invisible, comenzaba a pesar sobre su ropa. Sintió un escalofrío al notar la humedad en el rostro. Con inmensa rabia apartó el gorro del impermeable que le había prestado el capitán y cerró los ojos obligándose a apaciguar los nervios y a reconciliarse con aquella sensación que siempre había sido de gozo. Se mantuvo firme en proa, junto a la amura de estribor, sabiéndose observado por el capitán Finnegan, que no le quitaba ojo desde el puente de mando.

Noah prestó atención a cada detalle que le brindaba el ascenso de la ría hacia el interior de la ciudad. Esperaba que aquella sensación inicial le proporcionara un indicio para entender la razón que lo había llevado allí. Dejó la mente en blanco y trató por un momento de ser John Biblia, de pensar como él, de ver por sus ojos. Y mientras remontaban el río estuvo seguro de que Biblia no había llegado allí sin más, había escogido ese lugar, y el motivo era simple: Bilbao era Glasgow, y el Nervión, el río Clyde. Su fango removido por las hélices de los barcos, los desagües del alcantarillado vertiendo al río sus aguas, entre marrón y rojo, por aliviaderos de piedra enclavados en los muros que contenían la ciudad. Las acerías y los talleres que abundaban en la orilla aparecían humeantes y gigantescos entre las playas de vías y los vagones de mercancías y pasajeros. El trabajo, la ciudad, la gente, las mercaderías, la grasa y las ratas, las imponentes fachadas de los edificios y el fango de las márgenes. Todo se mezclaba en Bilbao de un modo obsceno, impúdico, como si la ciudad, sin saber hacia dónde crecer, simplemente hubiera supurado lo bueno y lo malo en todas direcciones.

Las grúas, como esqueletos de caballos mitológicos dotados de vida por ensalmo, se desplazaban por las orillas del río levantando sus quijadas metálicas sobre las bodegas abiertas de los cargueros. Y las fachadas impresionantes y cubiertas de hollín de algunos edificios sombreaban de oscuro las volutas neobarrocas de los palacios. Hasta la niebla resbalaba perezosa por las colinas.

«Bilbao es Glasgow», pensó. Y Glasgow había sido el primer territorio de caza de John Biblia, un territorio al que solo había renunciado cuando, tras el tercer crimen, la presión policial fue insoportable. Se preguntaba cuánto soportaría Bilbao.

El *Lucky Man* echó la amarra en un muelle que llamaban la «Campa de los Ingleses» y que comprendía toda una llanura de arcilla amarilla y prensada que se extendía hacia el interior desde los embarcaderos y estaba a lo lejos bordeada por una zona de hierbas y arbustos. Cientos de coloridos contenedores con el logo de MacAndrews se acumulaban en la orilla. Noah dedujo que de no haber llegado allí atravesando la ciudad habría imaginado que estaba en un lugar muy distinto. El Nervión ascendía a partir de aquel tramo entre orillas llenas de árboles y, aunque las fachadas de las casas eran visibles entre las hojas de las acacias, producía al observador la impresión de una ciudad limpia, sosegada y relajada que nada tenía que ver con la que había dejado atrás según remontaba el río.

El paso por la aduana se redujo a un rápido vistazo a su documentación por parte de un carabinero portuario al que evitó enseñar sus credenciales policiales. Rebasó la Campa de los Ingleses hasta unos viejos edificios y vio que a los extremos había un par de desvencijadas porterías, de tamaño oficial, pero con la red de nailon rota en varios lugares donde había sido sustituida por otra de color azul. Apretaba en la mano el papelito en el que el capitán Lester Finnegan le había escrito la dirección de las pensiones donde solían alojarse los marineros y los tres billetes de cien pesetas que le había dado sin aceptar ni una libra a cambio. Subió a un taxi que lo llevaría el escaso kilómetro hasta las Siete Calles de Bilbao. Sería por dinero.

Miró alrededor. El Arenal no tenía arena. «Quizá la había tenido en otro tiempo y de ahí el nombre», dedujo. Era el corazón del paseo, que apenas ocupaba medio kilómetro y luego se extendía hacia la Universidad de Deusto. De un lado, una iglesia de portada barroca y las fachadas del Casco Viejo; del otro, y junto a un palacio que después sabría que era el teatro Arriaga, un puente sobre el agua ferrosa. En la otra orilla, la estación de tren La Naja y la de autobuses, constituida por un par de marquesinas y unos bancos, emitían un murmullo sordo de voces humanas audible incluso sobre el rumor del río, y extendiéndose hacia la derecha, una playa de vías cenagosa y sucia que relucía mitad por efecto de la lluvia, mitad por el de la grasa acumulada en el suelo cárdeno. Vio un tren de pasajeros que se movía lentamente y a dos hombres con ropa de aguas amarilla que caminaban junto a él, casi a la misma velocidad. Eran las siete y media de la mañana y la calle hervía de actividad, gente que iba y venía, algunos bajo sus paraguas; la mayoría, como los escoceses, prefería cubrirse la cabeza con gorros de agua o con las capuchas de sus abrigos. Le pareció demasiado temprano para buscar pensión, aún corría el riesgo de cruzarse con los inquilinos rezagados durante el desayuno.

Entró en el café Boulevard. Todas las mesas y los taburetes que rodeaban la barra estaban ocupados. Observó que a los parroquianos no parecía importarles, alzaban su mano para llamar la atención de los camareros y pedían sus cafés. Muchos se los tomaban sorbiendo de la taza mientras sostenían el platillo con la otra mano. Había una mezcla de humedad prendida en la ropa, aroma de café y ambiente de trabajo que le gustó de inmediato y le hizo sentirse en casa.

Localizó un taburete libre y se sentó con la bolsa entre sus piernas. Estaba cansado.

—*Arrantzale*, ¿qué va a ser?

Noah miró confundido al camarero que le acababa de hablar.

—Discúlpeme... —murmuró.

—*Arrantzale*, eres pescador, ¿no?

Noah se dio cuenta de que con aquel impermeable verde y el petate era justo lo que parecía. Asintió sonriendo.

—Tomaré café. Y uno de esos —dijo con su mejor acento español posible, señalando una fuente repleta de bollos de leche y azúcar.

—Buena elección, caballero.

Cuando le pareció que ya había transcurrido un tiempo prudencial pidió otro café y otro bollo, hasta dejar que en el reloj dieran las nueve de la mañana. Tras pagar su consumición con el dinero del capitán Finnegan, tomó su macuto y salió a las calles del Casco Viejo dejando atrás la cafetería tan concurrida como cuando había llegado. Había dejado de llover.

Buscó un banco donde cambiar libras por pesetas. Encontró una sucursal del Banco de Vizcaya en la que debían de estar acostumbrados a cambiar divisa, porque no le pusieron ninguna pega. Solucionado el problema del dinero avanzó sin prisa, prestando atención al nombre de las calles y tomando nota mental de toda la información que el lugar le proporcionaba. En la calle Bidebarrieta los negocios comenzaban a levantar sus persianas: sastrerías, zapaterías, comercios de ropa para niños. La gente iba y venía. Había grupos que se detenían a hablar delante de las tiendas. Vio mujeres solitarias con sus carritos de la compra o sus bolsas de colorida arpillera aún vacías, y otras, más madrugadoras, que regresaban del mercado con verduras y pescado.

Preguntó a un hombre que abría en ese instante la puerta de un estanco. Lo encaró hacia la calle Víctor y le explicó cómo llegar hasta la plaza Unamuno, desde allí era todo recto. Sin estar demasiado seguro de haber entendido bien las indicaciones, siguió caminando, consciente finalmente de que le daba igual y de que casi prefería dejarse llevar. Hacerse una idea clara de un lugar era una mezcla de recopilar datos objetivos y sensaciones subjetivas. Observó cómo según penetraba en las Siete Calles los muros se cubrían de pintadas, algunas hacían alusión a ETA; otras, suponía, estaban escritas en euskera, porque le resultó imposible descifrarlas. Las fachadas de las casas se veían tan oscuras y astrosas como las del Arenal; la estrechez de las calles y el cielo todavía muy cubierto no contribuían a que la luz llegase hasta allí. Faltaban adoquines en el empedrado, los charcos de la reciente lluvia eran oscuros por el hollín que había arrastrado el agua al bajar por las paredes; en las esquinas las tuberías desaguaban directamente en el suelo. En contraste, la barriada exhibía detalles que denotaban un pasado glorioso y un presente desordenado en el que se había medrado sin tutela, como un adolescente desgarbado con demasiado dinero en los bolsillos. Sin saber cómo, se encontró frente a la catedral. Y al alzar la cabeza, aspiró profundamente impactado por la belleza del templo. Lo rodeó parcialmente arrimado a las fachadas de los comercios para poder admirar la factura de sus torres, de sus ventanucos emplomados, la contundencia de la piedra viva. Y, de pronto, se vio ante los escaparates de una confitería que, según el cartel de la fachada, había abierto sus puertas en 1910. Se detuvo allí mirando los adoquines de caramelo envueltos a mano y que no supo identificar, porque desconocía lo que era el malvavisco. Al buscar en las confluencias la referencia de la calle en la que se encontraba, descubrió que había llegado. Calle Tendería.

Vislumbró desde lejos un cartel que sobresalía de la fachada y anunciaba la pensión Toki-Ona. Tuvo que retroceder unos pasos en la angosta calle para poder ver el aspecto del edificio: estrecho, de tres plantas y contraventanas granates. Una mujer se asomó a la puerta.

—¿Busca pensión? —preguntó haciendo un gesto hacia Noah y el equipaje que portaba.

—Sí, gracias —respondió él acercándose.

—¡Oh! Es inglés —contestó ella al reconocer el acento—. Pues tiene suerte, justo hoy han quedado habitaciones libres, y además tenemos a tres huéspedes de su país. Seguro que le agradarán —añadió al ver la reacción de Noah.

—¿Cuánto tiempo llevan aquí sus huéspedes?

—Hay uno que meses, los demás, una semana más o menos; pero se quedarán tiempo, han venido a trabajar en el puerto, ¿usted también?

—Algo así —contestó Noah mientras retrocedía un par de pasos y pensaba que tenía que deshacerse de aquella ropa de aguas—. Perdóneme, me he equivocado, estoy buscando otra dirección.

La sonrisa de la mujer se transformó en una mueca mientras Noah continuaba calle adelante. La segunda pensión recomendada por el capitán se encontraba en la acera de enfrente en la misma calle, solo dos números más allá. Cuando Noah llegó a la entrada vio que la mujer de la pensión Toki-Ona aún lo miraba disgustada desde el portal. Había tres placas de latón en el vano de la puerta: J. Vidaurreta, un abogado mercantil en el segundo piso; N. Elizondo, un psiquiatra en el quinto, y la pensión La Estrella, en el primero. Llamó al timbre. Le abrieron sin preguntar.

La vieja escalera de madera estaba visiblemente inclinada hacia el interior del edificio, como si el vórtice de un tornado girase en el hueco o como si toda la casa se combase hacia un pozo en el centro de la construcción. Olía a iglesia. Pulsó varias veces el interruptor de la luz, pero no surtió ningún efecto, así que emprendió el ascenso iluminado por la escasa luz lechosa que llegaba desde arriba a través de una claraboya. Subió con dificultad, mientras pensaba que la sensación debía de ser terrible cuanto más ascendiese, pues a medida que alcanzaba el primer piso iba teniendo la impresión de que se precipitaría hacia la grieta oscura del espacio entre las balaustradas.

Le abrió la puerta una mujer de unos cincuenta años delgada, con el pelo recogido en un moño apretado y vestida de un color indeterminado, oscuro. Encima de su atuendo llevaba un incongruente peto, como un mandil de alegres flores blancas y azules. La mujer esperó con aire de impaciencia hasta que él alcanzó el rellano.

Noah no tenía fuerzas para saludar y la mujer no lo hizo. Le franqueó la entrada echándose a un lado. Después cerró la puerta y avanzó por el pasillo cerciorándose de que él la seguía.

—La habitación es individual, el baño, compartido, está al final del pasillo. Media pensión: desayuno y cena. Limpieza diaria de la habitación, lavandería y plancha una vez por semana, cambio de sábanas y toallas también una vez por semana. Podrá usar la ducha dos veces a la semana. El precio son doscientas cincuenta pesetas por día, porque no creo que a usted le interese por horas... Si es por semanas, doscientas veinticinco al día, si se va a quedar más de un mes, solo doscientas.

La mujer sacó del bolsillo de su delantal una llave con la que abrió la puerta. Era una habitación interior. Tenía una ventana grande con portillos de madera, pero daba a un patio cubierto por una claraboya, extensión de la que constituía la única iluminación del portal. Noah se asomó. Docenas de cuerdas a todas las alturas, que se extendían varios metros de ventana a ventana, repletas de sábanas y ropa azul de trabajo. Olía a detergente y lejía. Desde algún piso ascendió el sonido de un transistor que daba las señales horarias. Como la señora había advertido, la habitación no tenía baño, pero sí un lavabo y un bidet que le dio a Noah pistas de por qué también alquilaba las habitaciones por horas.

Como si le hubiera leído el pensamiento, la mujer replicó:

—Esta es una casa decente. Todos mis inquilinos están en Bilbao para trabajar. Se acuestan y se levantan muy temprano, no han venido para las fiestas.

—¿Las fiestas?

—Las fiestas patronales comienzan el sábado y duran una semana, pero, aun así, no se admiten visitas femeninas en las habitaciones, y no me gustan los inquilinos ruidosos. Espero que lo recuerde.

—¿Se hospeda algún inglés?

—No, ¿es eso un problema?

—Todo lo contrario.

—¿Se la queda?

—Sí.

—Acompáñeme a la cocina para que le tome los datos. La primera semana se paga por adelantado.

Noah iba a dejar el petate en el suelo, pero la mujer le apremió.

—Primero se paga.

—¿Por qué La Estrella? —preguntó mientras seguía a la mujer por el pasillo.

—No lo sé, se lo puso mi marido, mi difunto marido.

La cocina estaba limpia y despejada. No había nada sobre las superficies, y Noah observó que todos los armarios, así como la nevera, tenían cerradura. La ventana daba a la calle por la que había venido y casi cuadraba frente a la pensión Toki-Ona.

—¿No tiene otra habitación que dé a la calle?

—Ahora no, pero el señor que la ocupa se marchará en unos días. Si quiere puedo cambiarlo entonces, pero es más cara.

—De acuerdo, avíseme cuando quede libre. De momento le pagaré una semana, aunque es probable que me quede más —dijo tendiéndole cuatro billetes de quinientas pesetas, y consciente de que ella no quitaba ojo al apretado rollo de billetes. La mujer los tomó y se los guardó en el mismo bolsillo de su extraño delantal, del que extrajo las vueltas. Noah extendió la mano para cogerlas, pero ella las dejó sobre la mesa. A su lado colocó un juego de llaves.

Al pasar de nuevo hacia su habitación, Noah vio por una puerta entreabierta una habitación que daba a la calle. Señalándola, preguntó.

—¿Y esta?

—Esta es mi habitación, señor Scott.

Él se volvió a mirarla. Había notado algo extraño en el modo en que lo había dicho. ¿Estaba coqueteando? Decidió no hacer caso.

—¿Tiene una guía telefónica?

—Está ahí —contestó ella indicando un taquillón en el pasillo.

Noah tomó la guía y miró alrededor desconcertado.

—¿Y el teléfono?

—Para llamar a su país, ¿verdad? —dijo suspicaz—. Hay uno, desde luego, pero es para urgencias. No se permite hacer llamadas desde el hostal. Tiene una cabina justo al salir, en la esquina.

Noah entró en la habitación, cerró la puerta a su espalda y dejó el macuto en el suelo junto a un antiguo armario de dos cuerpos que parecía un ataúd doble. Se sentó en la cama, que sonó metálica al moverse el jergón. Abrió sobre sus rodillas el listín y buscó. Todas las guías telefónicas del mundo tenían un mapa callejero. Sacó una pequeña navaja de su bolsillo y con una pasada limpia separó el mapa y comprobó que el expolio era indetectable. Después buscó varios números que fue apuntando en la pequeña agenda recuperada de su congelador. Cuando terminó, devolvió la guía a su lugar en el pasillo, regresó a la habitación y colocó sus escasas pertenencias dentro del armario. Tomó dos grageas del diurético, midió con el tapón del frasco la dosis de digitalina y la empujó tras las pastillas. Puso la foto de sus padres sobre la mesilla y dedicó unos segundos a mirar alrededor familiarizándose con el lugar y evitando responder a la pregunta que atronaba en su cabeza y que repetía incesantemente qué estaba haciendo allí. Sacó de la bolsa de viaje la placa que lo identificaba como inspector, se la metió en el bolsillo interior de la chaqueta y después se acomodó el arma sobre la cadera, en el costado derecho. Tomó las llaves que le había dado su patrona y salió de nuevo a la calle.

La cabina de teléfono tenía una puerta plegable que estaba trabada y permanecía abierta. Le llevó un rato interpretar cuántas monedas necesitaría y llegó a la conclusión de que no tenía suficientes. Entró en el primer bar que vio, frente a la pensión Toki-Ona. Bar Casino.

En Glasgow se decía que nunca era demasiado temprano para tomar la primera. Conocía a unos cuantos policías que madrugaban para tener tiempo de conseguir el nivel alcohólico adecuado antes de ir a trabajar, pero ni por asomo pensó que en Bilbao pudiera encontrar algo similar. A pesar de que a primera hora había visto las cafeterías repletas de gente desayunando, le sorprendió comprobar lo concurrido que estaba el bar, aunque eran poco más de las diez y media de la mañana. Una mujer de unos treinta y cinco años atendía a unos bebedores al otro extremo de la barra, pero vino hacia él en cuanto lo vio. Vestía pantalones beige y una blusa de rayas azules. Llevaba las mangas recogidas hasta los codos, y como única joya un reloj de acero. El cabello oscuro y ondulado le llegaba un poco más abajo de los hombros. Sonreía.

—Buenos días, ¿qué va a ser?

—Lo siento, ¿podría cambiarme un billete en monedas? Es para el teléfono —se creyó obligado a explicar.

—Claro que sí —dijo ella tomando el billete. Fue hasta la caja y regresó sonriendo con la calderilla. A diferencia de la mujer de la pensión, se la dio en la mano y se quedó mirándolo hasta que él salió del local.

Desde la cabina llamó a todos los hostales que había ubicado en el plano con ayuda de la guía. En tres más se alojaban ciudadanos ingleses o irlandeses. Noah comprobó que en la mayoría de los casos sus interlocutores no estaban muy seguros de la diferencia. Por supuesto, evitó preguntar directamente por Murray o por trabajadores de MacAndrews, ya que eso sí que podría provocar la curiosidad del hostelero y comentárselo después a sus huéspedes. No intentó disimular su acento, que un ciudadano inglés desease hospedarse en una pensión donde hubiese otros compatriotas no despertaba ninguna sospecha. Descartó a los que llevaban más de una semana hospedados, y no dejó de asombrarle la facilidad con la que obtuvo aquella información. Después de colgar llamó a la oficina de MacAndrews en Bilbao y preguntó por el horario. «De ocho a una y de dos y media a cinco y media.» Preguntó por John Murray. Desoyendo la petición de la telefonista, que le pidió que no colgara mientras pasaba la llamada, apoyó la mano en la horquilla y cortó la comunicación. Buscó la ubicación de la oficina en el mapa y calculó que aún tenía tiempo de descansar un poco y darse una ducha antes de que los trabajadores de MacAndrews salieran a comer.

El cielo se había ido despejando según avanzaba la mañana y la temperatura había aumentado notablemente. En cuanto estuvo en la calle se dio cuenta de que su americana, sobre la camisa de manga larga, era demasiado gruesa para aquel clima. Aun así le resultó soportable mientras caminaba entre las calles sombrías cerca de la catedral. Consultó el mapa y calculó que tardaría unos quince minutos hasta la calle Bertendona. Tuvo que salir de las Siete Calles hasta el teatro Arriaga y, cruzando el puente, llegar a la estación hasta la zona llamada Abando. Cuando llegó allí ya no soportaba la chaqueta. Disimulando, se recolocó el arma, se quitó la americana de mezclilla y la dobló con cuidado sobre el brazo derecho. Se internó en la zona de detrás del apeadero del ferrocarril, callejeó observando el comercio local y estudiando su propio reflejo en los escaparates mientras volvía a pensar que tenía que comprarse ropa. Caminaba despacio para cansarse lo menos posible. Llegó a la puerta de las oficinas poco después de las doce del mediodía. Aún era temprano, pero había preferido tomarse tiempo para conocer esa parte de Bilbao y estar seguro de que John Murray no salía antes del trabajo.

Durante la siguiente hora por lo menos, una docena de hombres entraron y salieron de la oficina. Repartidores, carteros, operarios. A la una en punto se abrió la puerta y apareció un hombre de mediana edad con un imponente bigote blanco. Una joven vestida con un pantalón marrón y una blusa beige se colocó a su lado, servicial. Esperaron unos segundos mientras el hombre apremiaba a las secretarias que quedaban dentro. Tres mujeres jóvenes, que llevaban vestidos de colores pastel muy parecidos, melenas rizadas y aros en las orejas. El hombre del bigote cano cerró la puerta con llave, dijo algo que Noah no pudo oír y, alzando la mano como despedida, enfiló la calle hacia el norte. Las mujeres se dirigieron apresuradas en sentido contrario hasta la puerta de una cafetería. Allí tres de ellas se despidieron y entraron en el local, la del pantalón marrón continuó caminando. Noah observó que las tres mujeres se habían sentado en torno a una mesa junto a la cristalera y observaban a la cuarta a través de los visillos de la cafetería. También vio que la chica se volvía una vez a mirar.

Noah dudó entre regresar a la cafetería y procurarse un lugar cerca de las secretarias o centrarse en la que seguía caminando sola. Podía ser que viviera cerca, que fuera a comer a casa..., pero hubo algo en su gesto cuando se volvió a mirar hacia la cafetería que lo decidió a ir tras ella.

Cuando estuvo más cerca advirtió que, a pesar de que inicialmente había pensado que las otras chicas parecían más jóvenes, era muy probable que aquella lo fuese aún más. Sin duda lo había despistado su manera de vestir: la ropa marrón en contraste con los colores de las otras chicas, la amplia blusa adornada con un lazo, el pelo recogido en una coleta y unos zapatos bajos y demasiado cerrados para la época del año y para una chica de su edad.

La joven caminó a buen paso hasta que torció en la siguiente calle, allí frenó el ritmo y hasta se detuvo en un par de tiendas a estudiar los escaparates con verdadero interés. La mayoría de los comercios había cerrado ya a esa hora, pero Noah vio cómo se demoraba ante una zapatería y una tienda de bolsos. Había en el modo en que estudiaba el contenido de los escaparates un anhelo callado. Oteaba hacia el interior oscuro de los locales como un niño ante una confitería, y Noah la vio arreglarse la ropa ante el reflejo de su propia imagen en los cristales apagados mientras suspiraba. La joven continuó su paseo hasta llegar a una avenida principal, la Gran Vía. Noah la alcanzó mientras esperaba paciente en el paso de cebra para cruzar a la otra acera. Allí se dirigió a un gran quiosco de prensa que estaba junto al rascacielos del Banco de Vizcaya. Saludó al quiosquero y este, al verla, tomó de los estantes dos revistas, *Jazmín* y *Bianca*. Ella le ofreció un billete y esperó a recibir el cambio apretando las revistas contra su pecho. Después se giró para volver por donde había venido, pero, incapaz de contenerse, se puso a hojearlas mientras esperaba a que cambiase el semáforo en el paso de cebra.

Noah no conocía las publicaciones, pero al acercarse al quiosco vio que se trataba de fotonovelas románticas. Reparó también en que tenían una variedad más que decente de prensa inglesa. *The Times*, *The Sun*, *The Guardian*. Pensó que más tarde tendría que volver por allí y apuró ahora el paso para alcanzar a la joven que ya cruzaba la calle desandando el camino y haciendo pensar a Noah que se dirigía de nuevo hacia las oficinas de MacAndrews. En una de las calles la chica giró hacia el río, cerca de la estación ferroviaria. Localizó un banco vacío, se sentó y, tras mirar a los lados como si se dispusiese a hacer algo ilegal, extendió una de las revistas sobre sus rodillas, sacó del bolso un bocadillo, que desenvolvió solo parcialmente, y comenzó a comer mientras leía.

Noah volvió a ponerse la chaqueta, aunque la dejó suelta, abrochada evidenciaba más la pérdida de peso de los últimos días. Se acercó decidido.

—Perdone, ¿me permite sentarme?

—¡Oh! —Ella casi se atraganta. La revista se le escurrió hasta el suelo mientras con una mano se cubría la boca y con la otra sujetaba el bocadillo.

—No pretendo molestarla, ¿sería tan amable de dedicarme unos minutos?, querría hablar con usted.

Ella asintió sonriendo tímidamente mientras recogía la revista.

—Es usted inglés, ¿no?

—Sí. Querría hacerle unas preguntas relacionadas con su trabajo; trabaja usted en MacAndrews, ¿verdad?

Ella pareció de pronto decepcionada y Noah echó una mirada a la revista que sostenía sobre las rodillas. En la portada, un hombre vestido con un elegante esmoquin abrazaba a una joven envuelta en un vaporoso traje de noche. Noah se dio cuenta de que la joven había supuesto que sus intenciones eran románticas. Sacó su placa y, tras mirar a los lados de un modo muy parecido a como lo había hecho ella antes, se la mostró discretamente.

—Me llamo Gibson y soy detective privado —mintió sonriendo levemente al suplantar el nombre del sargento detective.

—¡Oh, un detective, como en las películas!

Noah volvió a sonreír mientras se daba cuenta de que aquello satisfacía, al menos en parte, la necesidad de aventura de la joven.

—Estoy en Bilbao investigando un caso y creo que usted podría ayudarme.

Sus ojos se abrieron como platos y su labio inferior
tembló un poco.

—Me llamo Olga —dijo tendiéndole la mano. Él se
la estrechó brevemente.

—Bien, Olga, investigo a uno de los empleados de
MacAndrews que acaba de incorporarse.

—¿El señor Murray?

—Exacto.

—Parece amable y tiene buenos modales —explicó
ella suspicaz, como si dichas aptitudes de algún modo lo
hicieran más perverso—. ¿Por qué lo investiga? ¿Es un
ladrón?, ¿un asesino?

—Mucho peor...

Ella abrió los ojos y se inclinó un poco hacia Scott
Sherrington demandando la confidencia.

—Es un seductor.

Ella aspiró una bocanada de aire sonoramente.

—Sedujo a una rica heredera inglesa, se casaron y consiguió que ella pusiera todas las propiedades a su nombre,
pero al poco ella descubrió que él ya había estado casado
dos veces más, siempre con mujeres muy ricas; de hecho,
cuando contrajo matrimonio con ella, aún seguía casado
con la anterior. Al destaparse el escándalo, huyó. Creemos
que el señor Murray y el seductor son el mismo hombre.

Olga se cubrió la boca con la mano.

—Increíble, y las chicas comentando que era majo...
A mí no me lo ha parecido tanto, educado sí, quizá un
poco tímido.

—Olga, necesito su ayuda. Dígame, ¿ha quedado alguien en la oficina?

—No, salimos a comer todos a la vez. El señor Goñi
abrirá a las dos y media —dijo ella mirando su reloj y,
con cierta pena, el almuerzo a medio terminar.

—Continúe si quiere —la animó él señalando el bocadillo—. Es su tiempo para comer y yo se lo estoy ro-
bando.

Ella negó, envolvió el resto y lo guardó cuidadosamente en el bolso, que se veía bien conservado pero algo gastado en las asas y por la parte inferior. Sacó una manzana y la fue mordisqueando mientras Noah hablaba.

—¿Quizá es que el señor Murray ha salido antes? Esta mañana he llamado a la oficina preguntando por él y la persona con la que he hablado se ha ofrecido a pasarme la llamada.

—¡Así que fue usted! —dijo sonriendo—. Habló conmigo, yo cojo todas las llamadas del exterior y las paso a quien corresponda. Lo que ocurre es que el señor Murray está en las nuevas oficinas del puerto. Es allí donde trabaja. Su misión es actuar como enlace con las aduanas. Las oficinas de la calle Bertendona son algo antiguas, de cuando toda la actividad estaba centrada en el interior de Bilbao, pero el plan es que se termine trasladando toda la gestión al nuevo puerto de Santurce. Se habló de reubicar toda la empresa allí, pero de momento mantienen las oficinas porque tenemos aquí los ficheros de clientes que se remontan al año mil ochocientos y pico.

Noah estaba decepcionado.

—Entonces el señor Murray no comparte oficina con usted, aunque es usted quien le pasa las llamadas entrantes.

—Las salientes también pasan por mí, la empresa tiene una política de privacidad muy estricta, somos una de las más antiguas de Europa y la más antigua del Reino Unido, nuestros envíos son prestigiosos y seguros, y los cargamentos valen millones y millones de pesetas.

Noah sonrió. Olga era una empleada entregada. Se lo dijo y ella lo miró satisfecha.

—Mi trabajo es importante, solo llevo dos meses aquí, pero el señor Goñi dice que está muy contento conmigo.

—No lo dudo.

—Yo soy su enlace con la empresa y con el exterior y hablamos muchas veces al día, aunque el señor Murray tiene un pequeño cubículo en los muelles porque, por su trabajo, se pasa todo el día de acá para allá, entre Santurce y la Campa de los Ingleses, donde descargan algunos de los contenedores, en los barcos, en las aduanas... Viene a la oficina a última hora para solucionar temas de papeleo con el señor Goñi. Entrega los albaranes y se va.

—¿Y eso a qué hora es?

—Hacia las siete de la tarde.

—¿Sabe si tiene vehículo propio?

—Pues no lo sé, pero tiene un coche asignado por la empresa.

Noah tomó nota mental.

—Claro que, como todos los inspectores navales, también usa las motoras.

Noah la miró interrogante.

—Son unas lanchas pequeñas para remontar la ría desde el puerto de Santurce hasta la Campa de los Ingleses, en ocasiones sirven para llegar hasta los barcos o para acceder a los remolcadores, pero sobre todo para ir más rápido de un punto a otro de la ría.

—Campa de los Ingleses... —repitió Noah—. ¿Sabe por qué lo llaman así?

—Dicen que antiguamente había allí un cementerio donde se enterraba a sus compatriotas. Pero, si lo hubo, no queda huella. Lo que siempre ha habido y sigue habiendo es un campo de fútbol. También dicen que la afición que hay en Bilbao llegó con los marineros ingleses.

Noah sonrió, aquella chica era un tesoro.

—Olga, necesito que me haga un favor.

Ella asintió persuadida.

—Antes tengo que saber cómo afectará la fiesta grande de la ciudad a la actividad de su empresa.

—Se refiere a la Aste Nagusia... Eso es fácil, la actividad portuaria no entiende de festivos. El señor Goñi se cogerá el día grande. Las secretarias harán jornada reducida, pero todo el personal de dársenas, y por supuesto yo, cumpliremos con nuestra jornada laboral normal a puerta cerrada, excepto mañana, que es el chupinazo, y el fin de semana. La empresa nos compensa, no vaya a pensar usted.

Scott Sherrington asintió satisfecho.

—Esto es lo que necesito que haga. Es muy importante para mí dirimir si el señor Murray y el seductor que persigo son la misma persona. Me sería de gran ayuda contar con referencias de Murray, dónde trabajaba antes, cómo fue contratado, quién lo entrevistó y todos los datos relativos a su lugar de nacimiento y familia. Si se está haciendo pasar por otra persona, será fácil descubrirlo. Manténgase atenta a lo que se dice de él. Estoy seguro de que a sus compañeras les gusta bastante el chismorreo.

Ella asintió muy lentamente.

—Quiere que le cuente de qué se habla...

Noah se apresuró a puntualizar:

—Comprendo la política de privacidad de su empresa. No estoy interesado en absoluto en ninguna actividad relacionada con el trabajo que desempeñan, por lo que su lealtad para con MacAndrews no entrará en conflicto. Pero quiero que me diga si lo llama alguna mujer o si dejan mensajes para él, sobre todo si lo hacen desde Estados Unidos. ¿Cree que puede hacerlo?

—Oh, claro que sí, de hecho, ya ha recibido unos cuantos —contestó ella.

—¿Ah, sí?

—El señor Murray me advirtió el primer día de que recibiría mensajes personales, de su familia, dijo. Me pidió que le diera los avisos. Y ahora que lo dice siempre son llamadas de mujeres, distintas mujeres. No tengo modo de saber si lo hacen desde Estados Unidos porque no dejan ningún mensaje, solo que han llamado, pero las mujeres que llaman hablan inglés.

—¿Recuerda los nombres?

—No dan ningún nombre, dicen: «Él sabe quién soy,

solo dígale al señor Murray que he llamado». Y es lo que hago. Al final del día le paso el aviso: «Le ha llamado una mujer», y tienen razón: él nunca me pregunta por sus nombres, así es que debe de saber quién lo llama.

—¿Devuelve las llamadas desde la empresa?

—No.

Noah pensó.

—Y otra cosa: el tipo al que busco cambia de aspecto muy a menudo. Como seductor timador que es, no permite que le hagan demasiadas fotos, apenas hay imágenes de él. Sabemos que en diversas ocasiones se ha cambiado el peinado, se ha puesto gafas, barba, bigote... No sé qué aspecto tiene ahora.

—Bueno, no es nada del otro mundo, tampoco feo, no quiero decir eso. Más bien del montón, aunque viste bien y tiene un aspecto...

—Pulcro —terminó él.

Ella asintió maravillada.

—¿Qué puedo hacer para ayudarlo?

—Esta tarde, cuando Murray salga de la oficina, acompáñelo a la puerta con cualquier pretexto y despídalo allí. Yo estaré observando y sabré que es él.

Olga asintió nerviosa, mordisqueándose el labio inferior. Tenía que regresar a su puesto.

Noah comprobó la hora en su reloj. Sacó un billete de cinco mil pesetas de su cartera y se lo tendió discretamente. Ella lo miró casi asustada.

—La familia de su esposa es muy rica y pagan muy bien, así es que, si se va a convertir en una colaboradora, esto es lo justo.

Olga tomó el dinero y lo apretó en el puño.

—Es solo un adelanto, le pagaré por cada información que reciba. Llamaré a la oficina todos los días para ver si hay alguna novedad. Hable solo si es seguro. Si no lo es, conteste simplemente «no» y yo la esperaré aquí a la salida del trabajo.

—Esto es muy emocionante —dijo ella sonriendo.

—Una cosa más: bajo ninguna circunstancia salga con él.

Olga negó con la cabeza.

—Tampoco creo que fuera a fijarse en mí, soy lo contrario a una rica heredera.

Noah volvió a reparar en su bolso gastado, la ropa un poco anticuada pero perfectamente limpia y planchada, en el modo en que había guardado para más tarde los restos del bocadillo y cómo la habían mirado las otras secretarias.

—Pero es usted muy guapa, e incluso los tipos como él obran en ocasiones por impulso.

La joven bajó la mirada y él se despidió haciendo un gesto hacia el billete que ella seguía apretando, con una frase que jamás pensó que diría a una mujer.

—Olga, cómprese algo bonito.

Ella asintió sonriendo.

Noah regresó hasta el quiosco de la Gran Vía y compró *The Times*, *The Sun* y *The Guardian*. No tenían *The Scotsman* ni quedaban diarios franceses, pero, a cambio de pagar por adelantado el suministro de periódicos para una semana, el quiosquero le prometió hacer todo lo posible por conseguir los diarios escoceses para el día siguiente.

—No sé qué pasa últimamente, en la vida he vendido un periódico escocés y esta semana no hacen más que pedírmelos.

Se vio tentado de preguntar quién más compraba periódicos escoceses, pero le pareció que llamaría demasiado la atención.

De camino a la pensión y con los periódicos bajo el brazo, se dio cuenta de que no había comido nada desde el café y los bollos de la mañana. Entró en la estación de tren y en la cafetería pidió un bocadillo de tortilla de patata y una caña de cerveza, se los tomó mientras hojeaba los periódicos ingleses. En todos seguían apareciendo artículos dedicados a John Biblia. Retratos robot, fotos de la pequeña población de Killin y alguna mención a la gran tormenta que había caído sobre Escocia. *The Guardian* dedicaba un monográfico a las víctimas. Aun en blanco y negro, Noah distinguió el rostro de niña de Clarissa O'Hagan. Para aquella fotografía se había peinado ahuecando el pelo de un modo que no la favorecía, como si fuera un postizo. Recordó en ese instante que todavía llevaba su fotografía en la cartera. Abrió la billetera y rescató del fondo de un compartimento una pequeña foto de carnet. El rostro de una adolescente tímida que intentaba sonreír, con la melena lisa suelta hasta los hombros y peinada con raya al medio. La guardó de nuevo y dejó el resto del bocadillo, de pronto había perdido el apetito.

A pesar de la frugalidad de la comida sintió un intenso sopor mientras caminaba hacia la pensión y especulaba sobre si había comido demasiado rápido o era debido a la cantidad de horas que había dejado pasar entre ingestas. La temperatura, que iba en aumento, no ayudaba. Al pasar por el puente volvió a quitarse la chaqueta. Se entretuvo un minuto observando las aguas turbias de la ría, que corría bajo sus pies, ahora con el sol de primera hora de la tarde. La acera lo llevó hasta la puerta principal del teatro Arriaga. El primor de la fachada oscurecida por el humo de las acerías quedaba parcialmente escondido por una estructura de madera. Sobre la entrada principal, y ocupando el frontis, a la primera planta se le había añadido una galería de madera como un mirador bastante tosco, que le daba aspecto de estar en obras. El lugar se veía abandonado y sobre algunas de las ventanas se habían clavado tableros con anuncios deslavazados por la lluvia. Imaginó que en su momento habría constituido un espacio único para observar la ciudad —ocurrencia de algún prohombre de la época—, seguramente muy concurrido y exclusivo, hoy decadente y abandonado.

Provocaba un efecto de tristeza, amplificado por la visión parcial de los restos de algunos cortinajes blancos, pero agrisados de polvo y tiempo. Los tableros, que habían sido de un verde botella brillante, se habían oscurecido, y el conjunto se veía tan postizo en el edificio como el pelo de estopa en una muñeca.

Volvió a pensar en Clarissa O'Hagan y en aquel peinado que no la favorecía. Miró apenado hacia el teatro Arriaga y se internó hacia las Siete Calles.

El interior de la pensión estaba fresco y silencioso. Noah se quitó los zapatos y los calcetines y examinó sus pies. Apenas percibía la presencia de los tobillos y los dedos aparecían abotargados. Dejó abierta la ventana que daba al patio y desde el piso de abajo flotó la música procedente de un transistor con el volumen demasiado alto. Se asomó y vio que la mayoría de las ventanas estaban abiertas, pero con las cortinas echadas. La corriente del patio que se colaba bajo aquella claraboya translúcida las hacía ondear hacia el exterior abolsándolas como las velas de un barco. Le gustó la idea, echó las cortinas y dejó la ventana abierta de par en par, mientras le llegaban las señales horarias de Radio Nacional con los pitidos de rigor. «Son las tres de la tarde, las dos en Canarias.» Escuchó las noticias tumbado sobre la cama mientras se miraba los pies y prestó especial atención cuando al final del parte la voz del locutor dijo: «Servicio de emergencias de Radio Nacional. Falta de su domicilio la joven bilbaína Elena Belastegui, se ruega que se ponga en contacto con su familia».

Noah se incorporó y fue descalzo hasta la ventana. Había más avisos: a personas que se encontraban de viaje, por asuntos familiares graves, por enfermedades, peticiones para que llamaran a su domicilio o a hospitales de todo el país, pero, sin duda, las que más le llamaron la atención eran las que solicitaban ayuda. «Falta de su domicilio la joven..., se ruega a quien pueda dar pistas sobre su paradero se ponga en contacto con este número de teléfono o con la comisaría de policía más cercana.» En algunos casos el aviso iba acompañado de una descripción física y hasta de la ropa que llevaba en el momento de su desaparición.

El dueño del transistor cambió de emisora por una que emitía música. Noah regresó a la cama mientras pensaba que tenía que comprarse un aparato de radio, ya. Se estiró, aspiró el olor a ropa limpia que venía del patio y hojeó los periódicos separando algunas páginas y desechando el resto. Recortó dos retratos de John Clyde que aparecían en distintos periódicos con sus propios dedos. Uno era un montón de manchas borrosas, resultado de ampliar una foto de carnet en blanco y negro. Noah dedujo que era la del permiso de conducir de Clyde, de la que le había hablado el jefe Graham, tomada años atrás y de tan mala calidad que Noah llegó a la conclusión de que ni siquiera se parecía al hombre que él había conocido. La segunda era un retrato robot más claro y pulido, pero volvía a presentar todos los problemas y desajustes de ese tipo de recreaciones. El texto que lo acompañaba indicaba que, ante la falta de imágenes fotográficas de John Clyde, presunto John Biblia, muchos artistas de todo el país se habían ofrecido a realizar retratos basados en las descripciones de los pocos vecinos que habían tenido trato con él y que lo recordaban. Y este volvía a ser el aspecto más generalizado, porque al igual que en 1968 y 1969, todas las personas que habían tenido algún tipo de relación con John Clyde parecían sufrir amnesia. Sus descripciones eran tan vagas e imprecisas, en algunos casos incluso contradictorias, que el resultado era, por ende, borroso y equívoco.

La música cesó y un locutor que dijo llamarse Ramón García saludó en tono festivo a los oyentes que llamaban para dedicar canciones a sus amigos, a sus hermanos, a sus compañeros de trabajo, a los chicos de la escuela y al propio locutor. Las dedicatorias se extendieron durante minutos, y mientras escuchaba aquellas voces miró hacia la ventana y se concentró en la hipnótica cadencia con la que las cortinas se combaban hacia el exterior, para volar de nuevo hacia dentro unos segundos más tarde, como si todas aquellas telas corridas frente a las ventanas abiertas fueran la pleura pulmonar de una gran criatura que respiraba desde el mismo corazón del edificio. El sopor lo fue ganando, se recostó y se durmió, aunque no muy profundamente, hasta estuvo seguro de haber oído las señales horarias de la radio por lo menos en una ocasión.

La criatura que respiraba en el patio había contenido el aliento abombando las cortinas hacia el exterior, pero las soltó justo en el instante en que Noah abría los ojos. El tejido de poliéster se deslizó sobre el marco de la ventana y volvió a su sitio con un suave siseo. El reloj marcaba las seis de la tarde. Noah se miró los pies. Se inclinó hacia delante y se masajeó los tobillos, que volvían a presentar su aspecto habitual. Se calzó, fue hasta el ropero y puso sobre su lengua un par de grageas del diurético. No tenía vaso, así que se inclinó sobre el lavabo y bebió directamente del grifo un trago suficiente para empujar las pastillas. El agua traía un sabor dulzón y un ligero olor a lodo que lo trasladó como por ensalmo a las oscuras orillas del lago Katrine.

Alzó la cabeza demasiado deprisa y de inmediato sintió que el mareo lo sacudía. Agarrado al lavabo tardó unos segundos en recuperar el equilibrio y poder abrir los ojos. Cuando lo hizo, encontró su imagen en el espejo. La barba de tres días le oscurecía el rostro, pero las ojeras purpúreas, que se habían quedado como recuerdo de su estancia en el hospital, parecían haber cedido a la cura de sueño que había supuesto la travesía en el *Lucky Man*. En general, tenía bastante mejor aspecto del que cabría esperar en alguien que vive sus últimos días sobre la Tierra. Fijó la mirada en el fondo de sus ojos: el azul había recuperado la profundidad y el azogue del espejo le devolvió la intensidad turbia de la desesperación, que mantenía a raya encadenada en lo más hondo de su alma. Apartó la vista, decidido a no ver. Se pasó los dedos por el pelo ondulado y oscuro y tomó la chaqueta de mezclilla, quizá válida para el verano escocés pero inadecuada para Bilbao, y salió a la calle.

A las siete menos diez minutos, Noah se apostó en un portal frente a las oficinas de MacAndrews. A las siete menos cinco minutos, John Murray apoyó la mano en el pomo interior de la puerta de la oficina. Noah observó que se detenía, como si alguien lo hubiera llamado desde el interior. Vio a Olga acercarse preguntándole algo. Él se asomó fuera como si comprobase la temperatura y se giró de nuevo hacia dentro para contestar. En ese lapso, ella ya había llegado hasta la entrada y se colocó a su lado. El hombre salió a la calle y ella se despidió regresando tras el mostrador de recepción y desapareciendo de la vista de Noah.

Observó al hombre que se hacía llamar John Murray. Detenido frente a la entrada de las oficinas, se entretuvo en encender un cigarrillo. Noah se asomó un poco renunciando al cobijo que le prestaba el portal para asegurarse de lo que estaba viendo. Estaba seguro de que Clyde no fumaba. Nunca lo había visto hacerlo. Repasó mentalmente sus recuerdos hasta convencerse de que no había un solo cenicero en Harmony Cottage. Podría ser que no fumara en casa por respeto a las mujeres de su familia, pero tampoco recordaba ceniceros en su refugio tras la casa, aunque podría ser que los de Rastros se los hubieran llevado. Quizá era un hábito relativamente reciente, incluso parte de su nuevo camuflaje. Noah estaba demasiado lejos para estar seguro de si se tragaba el humo o solo fingía fumar. Murray dio un par de caladas a su cigarrillo mirando a ambos lados de la calle, como si no supiera muy bien hacia qué dirección dirigirse, pero Noah supo que simplemente se tomaba tiempo para poner en orden su mente. Estaba pensando. Se volvió durante tres o cuatro segundos a mirar pensativo hacia el interior de las oficinas y al lugar que ocupaba Olga. Un escalofrío recorrió la espalda de Scott Sherrington mientras se preguntaba si había hecho bien implicando a la chica y si no la habría puesto en peligro. Murray arrojó el cigarrillo al suelo y emprendió la marcha en dirección al río.

Noah salió del portal y lo siguió, aunque se detuvo un segundo para comprobar la marca del cigarrillo de la colilla que Murray había arrojado. Embassy, la misma que según los testigos fumaba John Biblia en 1969.

Mientras caminaba a cierta distancia trató de recordar cómo se movía John Clyde, pero en su mente parecían confluir los recuerdos de todos los tipos que había estado siguiendo en los últimos dos años. Recordaba que Clyde llevaba el cabello bastante largo y de color castaño rojizo. El hombre al que seguía por las calles de Bilbao lo tenía cortado a cepillo e, incluso al sol en declive de las siete de la tarde de aquel agosto, se veía bastante oscuro. Quizá lo más característico de John Clyde había sido el cuidado que ponía en vestirse. Noah repasó mentalmente el ropero de Clyde en Harmony Cottage. Las prendas de buen corte, actuales, sobrias y de colores neutros no tenían nada que ver con los pantalones ajustados y las cazadoras moteras que vestían algunos jóvenes. El hombre que se hacía llamar John Murray vestía ahora pantalón de trabajo, calzado de seguridad y una camisa y un chaleco con el logo de Mac-Andrews. Podía ser John Clyde hasta donde Noah podía recordarlo, pero sin duda estaba más cerca del John Biblia de los retratos robot de 1969 que del retrato de John Clyde que publicaban los periódicos escoceses.

Murray no se entretuvo. Se dirigió al Casco Viejo atravesando el puente y entrando en la zona por la calle

Correo. Caminaba a buen paso, como si tuviera prisa, y Noah sintió cómo su corazón se aceleraba mientras intentaba por todos los medios no perderlo de vista. Oteaba por encima de las cabezas de la multitud, que a aquella hora parecía haberse puesto de acuerdo para salir a la calle. Lo alcanzó porque se detuvo a comprar tabaco en el mismo estanco en el que Noah había pedido indicaciones por la mañana. Lo esperó vuelto de espaldas, fingiendo mirar un escaparate mientras vigilaba el reflejo en el cristal. Murray giró hacia la catedral y avanzó por la calle Tendería hasta la entrada de la pensión Toki-Ona y se introdujo en el portal.

Noah pasó de largo, pero aún tuvo tiempo de ver cómo subía las escaleras. Mientras celebraba la feliz casualidad, continuó hacia la entrada de su pensión. Llamó al timbre del portero automático, esperó a que se abriera y se apostó en el interior oscuro del portal sin perder de vista la entrada del Toki-Ona.

Apenas diez minutos más tarde Murray volvió a bajar.

Al salir del portal se detuvo y encendió un cigarrillo del mismo modo en que lo había hecho ante las oficinas de MacAndrews. Solo unos cuatro metros lo separaban de él, y Noah pudo observarlo bien. Se había cambiado de ropa. Unos vaqueros planchados y una camisa azul cuyos puños había doblado con cuidado hasta el antebrazo. El cabello también se veía distinto, húmedo o quizá engominado. Dio una profunda calada al cigarrillo, cruzó la calle y entró en el bar Casino, justo enfrente. Noah lo siguió.

Por la mañana no se había fijado en que el local fuera tan alargado. Tenía una barra que hacía esquina justo junto a la puerta de entrada y que se extendía hacia el fondo, donde estaban ubicados el almacén, la cocina y los baños. Si por la mañana le había parecido animado, ahora le pareció abarrotado.

Vio que Murray se detenía en la barra, casi a la entrada, junto a dos hombres que bebían cerveza. Uno de ellos lo recibió palmeándole la espalda. Noah se dirigió hacia el fondo para poder observarlos con discreción. Al pasar a su lado, e incluso sobre el estruendo del bar, reconoció el innegable acento irlandés del hombre que saludaba a Murray.

Noah localizó uno de los escasos taburetes y se sentó al final de la barra junto a la entrada de la cocina y una pila de periódicos que se apoyaban contra la pared. Un espejo inclinado ocupaba todo el fondo de la barra, y bajo él las botellas aparecían alineadas en estantes escalonados. También un equipo de música del que procedía la tonada que sonaba de fondo, y que era casi inaudible debido al alboroto de las conversaciones y las risas, y una talla pequeña de una santa frente a la que ardía una candelita. Noah reparó en que atendía la barra la misma mujer de la mañana. Llevaba unos tejanos azules, y las mangas de la camisa recogidas bajo los codos le daban un aspecto resuelto y enérgico, la melena ondulada le rozaba los hombros y Noah vio cómo la apartaba hacia atrás con un movimiento de cabeza. Se acercó sonriendo.

—Hola otra vez.

Noah la miró, sorprendido de que lo recordase.

—Esta mañana necesitabas cambio para el teléfono...

Noah asintió incómodo y ella sonrió de nuevo.

—Tengo buena memoria, ¿qué vas a tomar?

Noah se quedó desconcertado. No había pensado en tomar nada. Se encontró preguntándose qué podía beber. La última vez que había entrado en un pub en Glasgow había pedido cerveza o whisky. Una ojeada a la superficie de la barra fue suficiente para comprobar que la mayoría tomaba vino en vasos pequeños.

La mujer seguía sonriendo cuando le dijo:

—Oye, que si te lo quieres pensar, yo no tengo prisa.

—Vino tinto —contestó tímidamente.

—¿Un especial o un chiquito?

Él señaló haciendo un gesto hacia el grupo de bebedores más cercano y sus vasos pequeños. Ella dispuso un vaso en un canal metálico adosado a la barra. Escanció un vino corto y rápido y se lo colocó delante sin dejar de sonreír.

—Inglés, ¿verdad?

Noah asintió sin dejar de lanzar furtivas miradas al otro extremo de la barra, esperando que los hombres no pudieran oír desde allí lo que ella decía.

—Hay muchos compatriotas tuyos en Bilbao. Como esa cuadrilla de ahí —dijo señalando hacia la entrada—. Michael y sus amigos, no sé si los conoces. Se diría que os habéis puesto de acuerdo para venir a pasar la Semana Grande.

Noah no sabía qué hacer. Lo último que deseaba era poner de manifiesto su presencia, y mucho menos tener que saludarlos o hablar con ellos. Reparó en ese instante en el modo en que todo se había precipitado en los últimos días. Estaba en Bilbao siguiendo una corazonada y había obrado de un modo tan intuitivo e instintivo que no había tenido tiempo de pensar en nada. No sabía qué pedir en un bar, no sabía cómo justificar su presencia en Bilbao y no había contado con que hubiera tantos británicos en la ciudad. Lo más desconcertante era el carácter de aquel lugar, el hecho de que, a pesar de estar en el gran Bilbao, las Siete Calles parecían latir como una aldea en la que todo el mundo se conocía, hablaba o pedía explicaciones. Bajó un poco la cabeza casi ocultándose entre los parroquianos mientras negaba discretamente. Ella pareció entender.

—Oh —exclamó mientras la sonrisa se esfumaba de su rostro. Y en ese momento otro cliente reclamó su atención.

—Maite, por aquí otra ronda.

Noah memorizó su nombre mientras alargaba la mano hacia el montón de periódicos apoyados contra la pared y abrió uno sin importarle por dónde, solo quería bajar la cabeza y fingir el suficiente interés en las noticias como para escapar del escrutinio y las preguntas de la mujer de la inmensa sonrisa a la que los parroquianos llamaban Maite. El grupo de la entrada escuchaba a uno de ellos: el más bajo, el irlandés que debía de ser Michael, contaba algo que hacía reír a los demás. Gesticulaba y hablaba muy alto. Incluso entre la algarabía del bar, Noah llegó a distinguir alguna de sus palabras. Sí, irlandés, sin duda.

Un chico se detuvo junto a Noah y lo miró largamente, con descarado atrevimiento. Al principio lo ignoró, pero viendo que no cejaba en su actitud, lo observó con disimulo valiéndose del espejo de la barra. Era tan alto como Noah y muy delgado. El cabello oscuro y muy corto y el rostro alargado. Se dio cuenta de que era muy joven, un adolescente, pero observó también que había en su gesto un interés e inocencia genuinos, de niño mucho más pequeño, una curiosidad que al principio había tomado por insolencia. Unos hermosos ojos oscuros y los dientes del arco superior ligeramente proyectados hacia fuera de un modo que le impedía cerrar del todo la boca. Uno de sus brazos parecía paralizado, un poco girado hacia atrás desde el codo rígido. También tenía crispados los dedos de la otra mano, con la que sostenía una bolsa de la compra con dos barras de pan. Rendido ante la evidencia de que el chico no se iría, lo miró interrogante. Reparó entonces en que al muchacho lo acompañaba un perro mediano, blanco y negro. Un cruce de pastor escocés, quizá, con una raza más pequeña. El animal se había sentado a su lado y solo tenía ojos para el chaval.

El chico aspiró ruidosamente el aire antes de hablar.

—¡A-aúpa leones! —dijo con un ligero tartamudeo.

Hablaba con un poco de dificultad, pero creía haberlo entendido y eso lo dejó del todo desconcertado.

—¿Qué? —contestó mientras su mente intentaba establecer el vínculo por el que aquel chico desconocido le mencionaba al equipo de fútbol de Glasgow.

El muchacho señaló el periódico que Noah sostenía entre las manos. Reparó en ese instante en que era un periódico deportivo. Había una foto de un equipo vestido de blanco y rojo. Como los pósteres que adornaban el bar...

«El equipo local, Athletic de Bilbao», pensó rápidamente, mientras a la vez el chico le respondía señalando al periódico.

—El Athletic, los le-eones.

Noah sonrió mientras asentía mirando al chico, sorprendido por la casualidad de que el equipo de Bilbao, como el de Glasgow, fuera conocido como «los leones».

No tuvo tiempo de decir nada. Maite salió por la puerta lateral que daba a la cocina y se dirigió al muchacho.

—Gracias por hacerme el recado, Rafa. No sabes lo bien que me vienes —dijo tomando la bolsa de sus manos—. ¿Te apetece un mosto?

El chico asintió mirando la moneda que Maite había deslizado en su mano. Noah vio entonces que el grupo del irlandés con el que bebía Murray estaba saliendo del bar. Murmuró una disculpa, dejó sobre la barra unas monedas y salió tras ellos.

Todas las dificultades que podía haber entrañado seguirlos por los pubs de Glasgow quedaban diluidas en Bilbao. La calle estaba atestada de gente, como en una fiesta mayor, aunque eran hombres en su mayoría, en grupos o en solitario. Comprendió enseguida que aquellos pequeños vasos, que apenas contenían dos tragos de vino, y que no sin razón llamaban *txikitos*, constituían el motor de un modo de relacionarse que impedía que la gente se quedara mucho tiempo en el mismo bar. Pedían una ronda, charlaban un rato y en pocos minutos habían terminado de beber. Salían a la calle y caminaban tranquilamente los pocos metros que los separaban del siguiente local. Observó que los que iban en grupos se turnaban para pagar las rondas y eran, en general, bebedores más sociables que los escoceses. Reían y hablaban, algunos grupos cantaban en la calle, incluso dentro de los bares, coplas que sus amigos coreaban. Pero también había hombres solos, más al estilo de Glasgow. Entraban en los establecimientos, se acodaban en la barra y arrojaban sobre el mostrador unas monedas, en algunos casos sin mediar palabra. Noah comenzó a entender que era el ritual acostumbrado, algo cultural.

El grupo de Michael se detuvo en un bar que daba a la plaza Unamuno y que distaba escasos cincuenta metros del bar de Maite. Cualquier atención que hubieran podido prestarle se disimulaba por la cantidad de parroquianos que había en cada taberna. En uno de los locales hubo un pequeño altercado cuando el propietario salió de detrás de la barra y comenzó a aporrear con los puños la puerta del baño mientras gritaba al que estaba dentro que saliese. Noah miró interrogante a su vecino de barra.

—Yonquis —susurró el otro con desprecio—. Se meten en los váteres a chutarse. Hace unos días uno apareció muerto en el retrete del bar Las Cortes. Son una plaga.

Al salir del local, los irlandeses enfilaron una calle adyacente y estrecha que se internaba en el Casco Viejo, hacia el norte. En las siguientes dos horas su recorrido los llevó por ocho bares distintos, en cada uno pidieron una ronda de vino. Cuando llegaron al tercero, Noah ya había desarrollado una técnica para pasar desapercibido. Sin levantar demasiado la cabeza dejaba sobre la barra el importe exacto del vino y musitaba «tinto», como había visto hacer a otros. En cada taberna el camarero escanciaba el *txikito* en uno de aquellos vasitos y Noah observó que, en la mayoría, solo los enjuagaban con agua entre un cliente y el siguiente. La cantidad era siempre parecida, apenas dos dedos de vino, pero la calidad variaba. El primero, en el bar Casino, el de Maite, le había parecido decente, pero no supo muy bien si era debido a su poca costumbre de beber vino o a que la calidad de los caldos iba empeorando a medida que se internaba en aquella calle, ya que cada vez le supieron más ácidos. Al principio le había preocupado que se fijaran en él, pero se dio cuenta enseguida de que los bebedores hacían casi el mismo recorrido, en muchos de los bares coincidió con hombres que reconoció del bar anterior. Aun así, y para no evidenciar su presencia, evitó entrar en alguno limitándose a esperar junto a la entrada del siguiente bodegón, que en muchos casos estaba separado del anterior tan solo por el tabique que dividía los locales.

Murray y el grupo de Michael pidieron comida en alguno de los bares. Pequeñas raciones que sacaban en recipientes de barro humeantes y que comían a rancho. No era mala idea. No había ingerido nada desde el bocadillo del mediodía, pero también había observado que los hombres que bebían solos jamás pedían comida. Como en Glasgow.

Aunque había bebido poco y las porciones de vino eran de apenas un par de tragos, las consecuencias comenzaban a tener derivaciones que no había previsto. Un dolor sordo iba en aumento en la boca del estómago, quemaba como si hubiera ingerido lejía. Se encontraba mal. Los zapatos volvían a apretarle y las ganas de orinar se hicieron muy acuciantes. Suspiró aliviado al ver que el camarero ponía una ración de calamares fritos ante el grupo de Murray. Rezando para que no se fueran durante su ausencia, no tuvo más remedio que ir al baño. Frunció la nariz al comprobar que los urinarios de los bares de Bilbao eran tan asquerosos como los de Glasgow. Un mingitorio de porcelana amarillenta lleno de salpicaduras que era poco más que una letrina en el suelo y, cubriendo el piso, una masa infecta, mezcla de serrín y orines, donde se le hundieron los zapatos. No había espejo, pero habría jurado que tenía el rostro ardiendo. En los dos siguientes bares se limitó a fingir que bebía mojando apenas los labios, pero la acidez, el creciente dolor de estómago y el mareo fueron en aumento.

En torno a las diez y media de la noche, Noah advirtió que había menos gente por la calle. Probablemente porque se iban a casa a cenar. A las once, y tras haberlos seguido por diez bares sin salir de la misma calle, el grupo se rezagó en la puerta de la última taberna mientras se despedía.

Noah se había internado en la travesía confundiéndose entre el gentío que charlaba en la puerta de otro bar cuando los vio salir. Se demoraron unos minutos conversando hasta que el irlandés llamado Michael y el tipo más serio se dirigieron calle arriba, hacia donde Noah se encontraba. Murray lo hizo en sentido contrario, desandando el camino. Noah se apresuró tras él mientras notaba cómo los bordes de los zapatos le mordían la piel inflamada de los tobillos. Murray alcanzó la plaza Unamuno, cerca de las pensiones, pero continuó calle abajo rodeando la plaza Nueva hasta salir al Arenal. La clientela, que empezaba a escasear en los bares de *txikiteo*, no parecía regirse por las mismas normas de las cafeterías y los restaurantes del paseo, que se veían tan animados como por la mañana.

Al salir a la arteria principal, Murray se sumergió de pronto entre la marea de gente, y durante unos segundos Noah creyó haberlo perdido hasta que volvió a localizarlo caminando apresurado cerca de la iglesia de San Nicolás. Apretó el paso y casi se colocó a sus espaldas, justo en el momento en que Murray sacaba un llavero del bolsillo y se inclinaba para abrir la portezuela de un vehículo aparcado junto al muro lateral del templo. Noah retrocedió hasta la calle principal mientras comprobaba el sentido de circulación de aquella vía y se cercioraba de que tendría que salir por donde se encontraba él. Analizó el nuevo dato con urgencia. Tenía un vehículo. ¿Cómo no? Si John Murray era John Biblia, un vehículo era imprescindible para su puesta en escena.

Jadeando, Noah volvió atrás. El rostro le ardía como si se hubiera dormido al sol. Los pies lo mataban y sentía que el cinturón se le clavaba en las caderas, apretando el arma contra su cuerpo; además, regresaba la acuciante necesidad de orinar. Viendo el vehículo de Murray maniobrar para dirigirse lentamente hasta la boca de la calle, Noah se apresuró hacia un grupo de taxis detenidos junto a la acera, abrió la puerta del primero de la parada frente al teatro Arriaga.

—Quiero que siga a ese coche.

El taxista lo miró de hito en hito: el rostro enrojecido y sudoroso, la acidez de su aliento, el acento inglés y la pronunciación, que seguramente se había visto bastante afectada por los vinos.

—No voy a llevarte a ninguna parte, amigo —contestó el taxista—. Vete a casa a dormir la mona —dijo inclinándose hacia un lado para agarrar la manija de la puerta. De un tirón la cerró frente al rostro descompuesto de Scott Sherrington, que sin rendirse se inclinó de nuevo para hablarle a través de la ventanilla abierta.

—No estoy borracho.

Y mientras lo decía se dio cuenta de que sí, de que estaba borracho, o al menos lo parecía, pero además estaba muy enfermo. Se quedó allí de pie, viendo cómo el vehículo de Murray se incorporaba a la circulación y atravesaba el puente junto al teatro en dirección a Abando.

John Biblia

Conducía por una iluminada y solitaria avenida. John Biblia estaba en paz. Siempre lo estaba después de hacerlo. Era consciente de que no debía dejarse arrastrar por aquella plácida sensación, no hasta que hubiera terminado el trabajo. Miró hacia atrás para ver el bulto amorfo que formaba el cuerpo de la mujer muerta bajo la manta. No tenía de qué preocuparse, Bilbao le era propicia. Introdujo la mano en el bolsillo para rozar el suave raso del lazo de Lucy. Se sintió mejor de inmediato. Bajó la ventanilla y aspiró el olor de la ciudad. Óxido, aguas fecales, humo de chimeneas y un ligero aroma salobre remontaban la ría desde el mar. Asomó la mano izquierda fuera de la ventana y mientras aceleraba sintió el aire pestilente acariciándole la piel; en un arranque de optimismo encendió la radio del vehículo y subió el volumen permitiendo que la música de David Bowie reafirmara su confianza. Acarició de nuevo el lazo de Lucy y, como por ensalmo, volvió a pensar en ella.

El niño

El niño atravesaba el bosque cargado con su cartera escolar, debía darse prisa, una gran masa de agua proveniente del océano descargaría aquella tarde en las colinas haciendo impracticable el camino. En primavera, cuando arreciaban las lluvias, todas las vertientes hacia el lago se cubrían de numerosas cascadas, fuentes y regatos, que corrían a depositar sus aguas en el lago Katrine. El camino de tierra, que transitaba junto a la orilla y llevaba hasta su casa, quedaba entonces inundado, y el único modo de llegar hasta Harmony Cottage era a través del bosque, atravesando la zona de *glens* boscosos en los Trossachs, donde los numerosos regatos aún corrían encajonados entre las rocas y el musgo de los *glens*. El niño amaba vivir junto al lago. Cuando era pequeño, en una ocasión le había preguntado a su madre por qué no vivían en una de las casitas del centro del pueblo. Ella le había contestado: «La vergüenza vive a las afueras». El niño no lo había entendido entonces, pero le había dado igual porque le gustaba vivir allí. El lago era bello todo el año, excepto las noches sin luna, en las que le daba un poco de miedo. Su estación favorita era el verano, porque podían nadar en el lago, incluso a principios del otoño. Después, las aguas estaban tan oscuras y heladas que parecían de plomo, pero aun así era en primavera cuando resultaban más peligrosas. Las numerosas tormentas que llegaban desde el mar del Norte, y que los bosques de los Trossachs atraían como un imán, eran capaces de cambiar la configuración de todos los alrededores del lago en una sola noche, arrastrando laderas enteras a su interior, sepultando en el fondo árboles centenarios que quedaban enterrados entre el lodo. Las torrenteras se llenaban de caudal y hacían rodar por las colinas rocas milenarias, que formaban los famosos lagos recluidos propios de la zona, con docenas de nuevos *lochs* con sus numerosos brazos de agua, creando y haciendo desaparecer pequeñas islas.

El niño ascendió un poco la colina para pasar sobre un agitado arroyo por la zona más estrecha encajonada entre dos grandes rocas. Le encantaba cómo olía el bosque después de la lluvia. La madera mojada, el musgo verde, los líquenes plateados que cubrían las rocas y la parte norte de las cortezas de los árboles. El olor era mineral, poderoso y fresco. No llovía ahora, pero la suave brisa que de vez en cuando agitaba las copas de los árboles dejaba caer sobre el niño las gotas plateadas que las hojas habían sostenido hasta ese instante. Un trueno retumbó a lo lejos. El niño alzó la cabeza. Lucy Cross lo esperaba allí.

—Hola —dijo tímidamente ella.

A lo largo de los años recordaría en tantas ocasiones ese momento que a fuerza de analizarlo sabía que al verla se había sentido feliz. ¿Cómo podría haber sido de otro modo si la amaba?

Estaba seguro de haber sonreído, y quizá fue eso mismo lo que animó a la chica a acercarse hasta casi rozarlo.

—No sé qué te pasa, no sé por qué estás tan enfadado, pero no te creo, Johnny Clyde.

El niño la miraba extasiado. Ella se había recogido parte del cabello rojo con un lazo brillante del mismo color, ¡estaba tan bonita! Aspiró profundamente el aire a su alrededor. Añoraba su perfume de galletas y rosas. Sonrió.

Lucy Cross dio otro paso.

—No puedo creer que me odies, pero si así fuera me daría igual, porque yo te quiero, Johnny Clyde.

El niño no podía moverse, no quería moverse, pero no hizo falta, ella avanzó hasta que sus cuerpos se tocaron, y entonces lo besó. Cuando en el futuro lo recordase, sería inevitable llevarse dos dedos a la boca. Sus labios estaban calientes, contrastaban con el frescor del bosque. Se quedó muy quieto, como si temiese que el milagro de aquel beso se rompiese si se movía, y, mientras, en su mente atronaban cuatro palabras: «Yo también te quiero».

La víctima

Primero escuchó la música de la radio. David Bowie cantaba *Let's Dance*. Hasta tuvo tiempo de pensar cuánto le gustaba aquella canción antes de oler la acidez dulzona del vómito que se derramaba, resbalando por las mejillas, por su cuello y por sus hombros desnudos, como una sopa caliente. Boqueó buscando algo de aire y supo que tenía que tragarse todo lo que no había llegado a salir por su boca si quería volver a respirar. Fue como tragar cristales. Sintió un intenso ardor en el estómago, allí donde él la había golpeado, y la sensación de náusea la atenazó de nuevo, pero nada comparable al dolor en el cuello y la garganta. Abrió los ojos y, a través del tejido áspero de la manta que la cubría, llegó a vislumbrar una suerte de ovnis luminosos que pasaban cadencialmente sobre su cabeza. Intentó mover los brazos y descubrió que el derecho estaba aprisionado bajo su cuerpo, probablemente dislocado.

Casi podía percibir, sin verlo, el bulto inflamado que formaba el hueso apoyado contra el asiento trasero del vehículo. Sintió la humedad que se había derramado entre sus piernas y que comenzaba a enfriarse haciendo patente su presencia. Consciente de cada golpe recibido, se sentía apaleada, cansada y muy triste. De alguna manera supo que estaba muriéndose y eso le produjo una honda pena, una insoportable sensación de desperdicio, de afrenta y de ofensa. Bajo el brazo izquierdo notó la aspereza tosca de las alfombrillas. Elevó la mano buscándose el rostro y lo halló tumefacto, hinchado, pegajoso de sangre, mocos y lágrimas. Aterrada, palpó con dedos torpes hasta encontrar la ligadura apretada en torno a su cuello, y hasta reconoció por el tacto el suave satén del pañuelo que aquella noche se había puesto como adorno. Esa era la única prenda que conservaba. Estaba desnuda. Notó la presencia de su ropa amontonada en el suelo a su lado y la correa de su bolso incrustándosele en la piel. Se apartó la manta del rostro. Y comprobó que los ovnis luminosos que volaban sobre su cabeza eran en realidad las luces de las farolas de las avenidas, que iluminaban el paso del vehículo en el que el hombre, que la había dado por muerta, transportaba su cuerpo. Desde el ángulo en el que tenía colocada la cabeza, alcanzaba a ver el techo, parte del cristal de la ventanilla y la manija plana de la puerta. Intentó girar el cuello, pero notó el tirón de su propio cabello.

Sentía tanta pena, tanta lástima por su propia muerte, que apenas era capaz de contener el llanto. Pensó en su hogar. En su hermana pequeña, con la que compartía habitación, y el modo en que la niña dejaba, cada vez que ella salía, uno de sus peluches sobre su cama, esperándola. Supo que no volvería a verla y eso la entristeció tanto que su mente viajó a casa, a la presencia bajo un plato de la tortilla de patatas que su madre habría dejado en el horno para que comiera algo al volver, al aroma de la pipa de su padre, que daría cabezadas con la radio encendida hasta que la oyera llegar. Pensar en ellos la armó de un valor que no creía posible. Levantó la mano derecha hasta tocar la pieza plana de la manija de la puerta, deslizó los dedos por debajo y tiró con todas sus fuerzas. No ocurrió nada. La puerta seguía en su sitio. Quizá el hombre que acabaría con ella la había asegurado cerrándola desde fuera. Con la vista nublada por el llanto y por los golpes, apretó los ojos y tiró de nuevo. Percibió entonces un leve movimiento y abrió la boca buscando aire mientras comprendía que no era una puerta batiente, sino una de aquellas que se desplazaban sobre un carril lateral. La empujó levemente y la puerta se deslizó silenciosa y lenta hacia la trasera del vehículo, permitiendo que el frescor de la noche bilbaína se llevase el olor del vómito y la sangre y le revolviera el pelo. Con un atisbo de sonrisa dejó caer desmayada la mano, que quedó fuera del vehículo, al igual que su larga melena que no estaba aprisionada bajo su cuerpo, sino pillada por el portón. Sintió una enorme felicidad, una gratitud inmensa por poder acariciar el aire de su ciudad, que olía a óxido y a la promesa de lluvia; por tener aquel último indicio de vida. Dirigió la mano hacia el montón de ropa que reposaba a su lado, tiró de la correa del pequeño bolso rojo, lo levantó pasándolo sobre su rostro y lo arrojó fuera del vehículo. La puerta llegó al final de su recorrido y se ancló con un sonoro clac. El vehículo frenó. Ella no pudo evitar el gemido de dolor al sentir su cuerpo proyectado contra el bulto tumefacto que formaba su hombro. Comenzó a llorar.

El borracho

Juanito Mendi era un borracho. También había sido, junto con su hermano, el heredero de una de las casas armadoras más importantes del puerto de Pasajes. Su familia, los Mendi, había levantado un imperio con los barcos bacaladeros que iban al Gran Sol. Saturnino Mendi «el Viejo» había quedado viudo el día en que nació Juanito y, desde ese momento, dirigió la crianza de sus dos hijos con la misma mano dura, el mismo espíritu de trabajo y la misma austeridad con la que había levantado los cimientos de su empresa. Cuando consideró que ya tenían edad suficiente, los puso al frente de distintas secciones de la empresa, con la esperanza de que aprendieran algo. Pero los hermanos Mendi se interesaban más por lo que había en el fondo del vaso que por regentar una armadora tan prestigiosa de la historia del pueblo. Decía Saturnino que no tenían honor ni dignidad ni amor propio. A veces decía cosas peores. Hasta en un tiempo en el que ver a hombres borrachos por la calle era algo habitual, las borracheras de los Mendi se convirtieron en el hazmerreír de Pasajes, y en la vergüenza de su padre. Los marineros, que apenas se atrevían a saludar al viejo, se mofaban de sus hijos en los bares, incapaces de entender que aquellos niños ricos tuvieran la necesidad de buscar el abismo en el fondo de la botella. Los borrachos Mendi dejaron de ser dos. Juanito Mendi «el Borracho» había enterrado a su hermano la primavera anterior, y dos días más tarde su padre había vuelto a desheredarlo por vigésima vez. Siempre era igual. Saturnino Mendi gritando, insultando, desgañitándose a un palmo de su rostro mientras maldecía el momento en que llegó al mundo y el modo feroz en que su vida inútil se había llevado la de su amada esposa. «Se fue en sangre», siempre lo decía así. Después rompía a llorar, caía de rodillas ante el despojo que era su hijo y decía lo más cruel: «Eres un mierda». Juanito Mendi «el Borracho» no decía nada. Cruzaba las manos como si rezara, como si estuviese inmerso en un remanso de paz que hasta le permitía cerrar los ojos. Sabía que el viejo detestaba que hiciera aquello. Pero Juanito no podía hacer más. Se levantaba y se iba, decidido como siempre a no volver.

Hacía tiempo que se había aburrido de San Sebastián, del Donosti de la gente bien de Madrid y los señoritos. Para él, una mezcla remilgada de jesuitas meapilas y puteros bien vestidos. Huyendo de todo aquello había adoptado la costumbre de desplazarse de fiesta en fiesta. Una práctica habitual entre los vagabundos, los carteristas y los borrachos. Juanito Mendi era un borracho, pero no dormía en la calle, no era un vagabundo. Le gustaba pensarlo, imaginaba que de algún modo le confería cierta dignidad. Con la pequeña asignación que aún no le había retirado su padre, tenía suficiente para pagar una mísera pensión y dedicar el resto al alcohol. Aun así, pasaba muchas horas en la calle. Antes, mientras vivía en Pasajes, solía beber en los bares, pero desde que adoptó aquella nueva vida había pasado del vaso a la botella directamente. Durante el día solía buscar un banco tranquilo, a la sombra, donde no hubiera niños. Por la noche prefería las zonas de verbena o las inmediaciones de las avenidas principales. Juanito «el Borracho» había aprendido que era peligroso alejarse de la protección de las farolas, porque cualquier grupo de desalmados podía darte una paliza y arrojarte a la ría. Había pasado la última hora sentado sobre el césped de un parterre, al abrigo de un arbusto florido, mientras daba cuenta de la última botella del día. Era una zona tranquila, alejada del jolgorio del centro y del Casco Viejo. El bar más cercano, que solía proveerle de vino, acababa de echar la persiana. Juanito Mendi pensó que ya era hora de retirarse. De hecho, acababa de ponerse en pie cuando, desde el interior de un vehículo que pasaba a su altura, arrojaron casi a su lado un pequeño bolso rojo de mujer. Quedó tirado en la calzada mojada, muy cerca del borde. No venía ningún coche más, así que Juanito salió de entre los matorrales y se paró en la acera, justo al lado del bolso. Miró a ambos lados. La calle estaba desierta. Vio entonces que un vehículo blanco se había detenido unos veinte metros más adelante. La puerta delantera se abrió y el conductor salió. Juanito se inclinó, no sin cierto trabajo para mantener el equilibrio, y, agarrando el bolso por la correa, lo levantó tendiéndolo hacia el hombre del coche. Pero en vez de venir hacia él, el tipo rodeó el vehículo. Entonces fue cuando Juanito vio la mano. De mujer, muy pálida, crispada, y unos cabellos oscuros y largos que colgaban fuera del vehículo de una manera que en ese instante le pareció muy rara. Más tarde, aquella misma noche, cuando no pudiera dejar de pensar en ello, deduciría que debía de estar tumbada en el suelo del vehículo para que su cabello colgara así. El conductor empujó la mano de la mujer hacia dentro y recogió los cabellos como si solo se tratase de una carga. Corrió el portón lateral y miró a Juanito Mendi, que, incluso borracho como estaba, se dio cuenta de que aquella era una situación peligrosa. Quizá fue solo un par de segundos, el tiempo en que el conductor estimó si valía la pena recorrer los escasos veinte metros que los separaban. Finalmente, y tras un gesto de valoración, el hombre volvió al vehículo y siguió su camino. Juanito Mendi «el Borracho» había visto aquel gesto en otras ocasiones: el del profundo desprecio, de bah, no eres más que un borracho, un mierda.

Abrió el bolso y revisó el interior: un carnet de identidad, un pintalabios, cosas propias de chicas, doscientas pesetas en billetes y veinticinco más en monedas. Cogió el dinero, se lo guardó en el bolsillo y después, con todo el cuidado, colgó el bolso del arbusto florido por la parte en que era más visible desde la acera. Porque Juanito Mendi era un borracho, pero no era un mierda.

Bilbao. Viernes, 19 de agosto de 1983

Noah ignoraba cómo había regresado a la pensión. En su mente imperaba un vacío que duraba desde el momento en que perdió los pilotos traseros del vehículo de Murray, entre el fluido tráfico de la noche bilbaína, y el instante en que el primer chorro de agua sobre el rostro lo trasladó como por ensalmo a aquella otra noche bajo la lluvia en la orilla del lago Katrine.

Era consciente a medias de haber entrado en la pensión oscura y silenciosa, de haber llegado hasta su habitación y de haberse arrancado la camisa de la piel febril y enrojecida; de vencer el impulso de arrojarse sobre la cama donde lo habrían encontrado muerto al día siguiente y del pensamiento que, como una orden urgente, clamaba en su mente gritando que, a cualquier precio, tenía que bajar aquella fiebre y calmar aquella sed. Tambaleándose y vestido tan solo con los zapatos y los pantalones, había llegado hasta el baño al final del pasillo. Echó el pestillo y tuvo el tiempo justo de arrodillarse frente al váter. El vómito viscoso y oscuro parecía sangre, pero olía a vinagre. Tardó un rato en poder ponerse en pie. Abrió el grifo de la ducha y se sentó en el borde de la bañera para quitarse los zapatos. El nudo de los cordones estaba tenso y apretado por la inflamación de los pies, y aunque intentó quitárselos a tirones, solo lo consiguió con uno, y, al levantar el pie para tratar de desatar el otro nudo, perdió el equilibrio y cayó de espaldas dentro de la bañera golpeándose el hombro con el saliente de una hornacina de obra, destinada al jabón. Fue consciente, incluso en aquellas circunstancias, de lo cerca que había estado de desnucarse. Hasta pensó en lo humorístico de la muerte, después de todas sus preocupaciones sobre la posibilidad de que su corazón se detuviera en cualquier instante, había estado a punto de romperse la crisma contra la jabonera vacía de un hostal inmundo. El chorro de agua le golpeó el rostro, y el viaje a aquella otra noche fue tan rápido y terrorífico que se obligó a abrir los ojos para asegurarse de que seguía vivo.

Imposible calcular cuánto estuvo así, recostado en la bañera, con los pantalones aún puestos y un solo zapato. De vez en cuando abría la boca para dejar que se llenase de agua templada, que tragaba con esfuerzo, en un intento de redimirse por dentro. Podían haber sido solo unos minutos, o el par de horas que al día siguiente juraría la dueña de la pensión. Y aunque se había prometido a sí mismo que bajo ninguna circunstancia cerraría los ojos, en algún momento debió de hacerlo. Se había quedado dormido. El agua fría, helada, lo despertó. Aturdido, tuvo tiempo de reconocer, por las baldosas de color verde deslavazado, que se encontraba aún en el hostal, y en ese instante se fue la luz. Permaneció así, con los ojos abiertos a la oscuridad y dejando que el agua helada le cayese por encima, hasta que reunió la fuerza suficiente para incorporarse. Sacó un pie, aquel en el que todavía llevaba un zapato, fuera de la bañera, y se inclinó para manotear el conmutador de la luz. Fue inútil. Era un apagón general. Regresó a su postura original bajo el chorro de la ducha. «Todo igual que en Glasgow», pensó.

No le gustaba la oscuridad, pero hubo de reconocer que el agua helada había disipado la sensación de ardor en su piel, la presión tras los ojos, e incluso, en vertical y a oscuras, había recobrado el sentido del equilibrio. Pasados unos minutos y cuando su vista se acostumbró a la penumbra, percibió una suave línea de luz que se dibujaba bajo la puerta. Concentrado en aquel pequeño reducto de seguridad permaneció bajo el chorro de la ducha permitiendo que, como en un bautismo en el Jordán, aquella agua lo purificase.

El dragón respiraba. Su aliento sonaba como un siseo de poliéster. Abrió los ojos y lo primero que vio fue la pleura hinchada de la bestia que desde el interior del patio bostezaba inflando todas las cortinas. Estuvo así unos segundos, atrapado en la cadencia de inhalación y exhalación que combaba el cortinaje a su antojo volviéndolo hacia la habitación o aspirándolo hacia el patio. Había mucha luz. Alzó la muñeca izquierda para comprobar la hora en su reloj. Un dolor lacerante le sacudió el hombro en el lugar donde se había golpeado, y casi a la vez las señales horarias de las tres de la tarde sonaron en el perpetuo transistor del vecino de la planta baja. Tenía mucha sed. Tragó saliva y acompañó el movimiento colocando la mano en el pecho para escucharse el corazón. Seguía allí, a pesar de todo. Alzó las cejas y suspiró con disgusto cuando al incorporarse comprobó que aún llevaba puestos los pantalones y el zapato, por cuya causa había estado a punto de morir. Haciendo palanca con los dedos del otro pie consiguió sacarlo sin esfuerzo del pie ahora desinflamado. Una mirada a la superficie de la mesita de noche le recordó que no había estado tan afectado como para olvidar tomar su medicación. El tarro de grageas diuréticas aparecía volcado y el tapón de rosca, que no había sido capaz de volver a colocar en su sitio, junto al frasco de digitalina. Las pastillas de nitroglicerina seguían intactas en su envase. Se metió un par de diuréticos en la boca y los empujó con un trago del brebaje que tomó directamente del frasco. Esperó un par de minutos, con la mirada puesta en la pleura del dragón, antes de ponerse en pie. Terminó de quitarse la ropa todavía húmeda mientras se miraba en el espejo. Las ojeras de sus primeros días de hospital habían regresado: entre el rosa y el rojo, se dibujaban perfectas e inflamadas bajo sus ojos. La palidez y la barba de tres días no contribuían a mejorar su aspecto. Revisó el exiguo contenido del neceser mientras volvía a recordar que tenía que comprar productos de higiene, unas cuchillas con las que afeitarse y botellas de agua para ahorrarse tener que beber directamente de aquel grifo herrumbroso.

«Ah, y camisas», pensó a la vez que apartaba con un pie dos botones perdidos de la que se había arrancado la noche anterior. Se envolvió en una toalla mientras lanzaba una mirada profesional a la habitación valorando qué quería que viese la dueña de la pensión cuando entrase a hacer la cama. Metió en el neceser la pistola, la cartera con su identificación, el dinero y los medicamentos. Salió al pasillo. Iba a tener que dar la razón a esa mujer, los clientes de La Estrella eran tan discretos, o madrugadores, que aún no se había cruzado con ninguno de ellos.

No llevaba ni un minuto bajo el chorro de la ducha cuando se fue de nuevo la luz. Quizá porque sabía que era de día, o porque se encontraba mucho más consciente, esta vez no le importó. Pero sí que, al momento, el agua comenzase a salir helada. Probablemente, la baja temperatura había sido su salvación la noche anterior, pero ahora le dolía todo el cuerpo, se sentía magullado como si hubiera recibido una paliza, tenía agujetas en cada músculo y sabía que solo el agua caliente conseguiría aliviarlo un poco. La dueña de La Estrella comenzó a aporrear la puerta.

—Míster Scott, ¡salga de ahí inmediatamente! —chilló autoritaria—. Se lo dije bien clarito: dos duchas semanales y, desde luego, no puede quedarse dos horas cada vez.

Tras la perorata volvió a golpear la puerta en secuencias de siete golpes que Noah identificó como el modo tradicional de llamar de las fuerzas de la ley. Solo le había faltado gritar «policía» al final. Acompañaba los gritos con aquella sucesión de golpes tan seguidos que a Noah le resultaba muy difícil entender lo que decía. Era algo sobre el gasto de agua caliente.

Scott Sherrington miraba incrédulo hacia la puerta. La luz volvió y se fue, volvió y se fue de nuevo, mientras resolvía que era la propietaria del hostal la que la encendía y apagaba desde fuera y, probablemente, quien la había cortado la noche anterior. La última vez la dejó encendida el tiempo suficiente para que Noah comprobase cómo la puerta se tambaleaba con cada uno de los golpes que la propietaria de La Estrella propinaba desde el otro lado, mientras pensaba que era imposible que estuviese asestando aquellos golpes tan solo con las manos.

Noah cerró los ojos en un intento de poner sus pensamientos en orden. El dolor en el hombro se intensificaba bajo el chorro de agua fría, y las imágenes de sus pesadillas regresaban con fuerza cada vez que se iba la luz.

—Escúcheme, señora, estoy muy enfermo, necesito que vuelva a poner el agua caliente o no podré salir de aquí —habló dirigiendo su voz hacia la puerta.

La mujer continuó gritando y golpeando la puerta como si no lo hubiera oído.

Noah probó a tomar aire más profundamente, pero le fue imposible.

—Por favor —intentó alzar la voz, que le salió ahogada.

Otra salva de golpes por respuesta.

Sentía que el pulso se le aceleraba en la medida en que el pánico crecía. Iba a darle un infarto. Probó a tragar un poco de agua en un intento de despejar la garganta, pero la presión en el pecho era enorme, y, aunque no tenía nada en el estómago excepto los medicamentos que acababa de ingerir, estuvo seguro de que iba a vomitar, y si lo hacía vomitaría sus propias entrañas, vomitaría su corazón, que latía desacompasado presionando su esófago y su tráquea como si fuese a salirse por la boca. Comenzó a temblar mientras los ojos se le llenaban de lágrimas ardientes de terror y pura rabia.

—Escuche, hablaremos cuando salga —intentó negociar él—. *I'm sick. I'm not feeling well, I need a few minutes.*

—Me da igual qué mierda diga. ¡No lo entiendo! ¡Que no lo entiendo! —chilló ella.

¿Había hablado en inglés? Debía de haberlo hecho, aunque no estaba seguro, apenas podía pensar con claridad. Solo quería que volviera la luz, que los golpes se detuvieran, que la mujer dejase de gritar, y poder respirar de nuevo.

—*I'm sick* —repitió jadeando, consciente esta vez de que lo había dicho en su lengua materna.

—No lo entiendo, ¿cómo se lo tengo que decir? No entiendo su idioma —gritó ella aporreando de nuevo la puerta.

Temblando, salió de la bañera. A tientas, sacó su cartera del neceser y extrajo un billete, uno grande, imposible saber de qué valor en la oscuridad. Con las pocas fuerzas que le quedaban lanzó sus puños contra la puerta provocando que tanto los golpes como los gritos desde el otro lado cesasen súbitamente. Se agachó y deslizó el billete bajo la puerta. Los dedos ágiles de la propietaria de La Estrella tiraron del otro extremo.

—*You know what I mean now? Damn witch!* —gritó con todas sus fuerzas.

Un segundo de silencio, dos...

La luz regresó a la vez que la voz de nuevo templada de la propietaria.

—Perfectamente, míster Scott.

Desnudo, jadeante y apoyado en la puerta del baño,

Noah alcanzó el neceser que permanecía sobre la tapa del váter y lo vació a su lado. Tomó el frasco de diminutas perlas de color marfil, introdujo una pastilla de nitroglicerina bajo su lengua y, escurriéndose hasta quedar sentado, esperó mientras trataba de abstraerse del escenario de angustia que se desarrollaba a su alrededor: la toalla arrugada en el suelo, el exiguo contenido de su neceser esparcido, el temblor que sacudía sus miembros, el castañeteo de sus dientes y la certeza de que iba a morir. Se concentró en visualizar la información que había memorizado del prospecto de aquel veneno, que había tenido la vana esperanza de no tener que usar jamás; la relajación de la musculatura vascular, la dilatación de los lechos venosos y arteriales, los vasos sanguíneos abriéndose para permitir el flujo de sangre. Esperó y esperó, un minuto, otro, y poco a poco llegó la calma como una ola suave y otra, y otra. El chorro de la ducha volvió a humear por efecto del vapor mucho antes de que Noah estuviese listo para volver a intentarlo.

De vuelta en el dormitorio estudió su aspecto en el espejo: no era mucho mejor que antes de la ducha. Había permanecido más de una hora bajo el chorro sentado en la bañera, dejando que el agua caliente apaciguase el dolor muscular y la sensación de deshidratación que le hacía percibir su piel tan tensa que parecía que en cualquier momento podría agrietarse como el esqueleto de una esponja muerta. Dejó caer la toalla y observó su cuerpo. Nunca en la vida se había sentido tan cansado, tan frágil y vulnerable. Reblandecidos por el agua caliente, los músculos le pesaban y persistía en ellos un hormigueo cercano a las agujetas. La piel, de natural pálida, se veía enrojecida por efecto del calor y dibujaba ronchas como pétalos rojos aquí y allá. Un intenso cardenal amoratado se extendía desde la parte superior del omóplato derecho hasta casi la mitad de la espalda, en el lugar donde se había golpeado la noche anterior. Y a las ojeras se sumaba ahora la irritación en los ojos por el agua caliente. Colocó los cuatro dedos de la mano derecha sobre su pecho, casi como si se auscultase con ellos, y percibió la cadencia acompasada de la máquina de la vida. Miró los tres frascos de medicamentos ahora alineados sobre la repisa del lavabo e, inconscientemente, buscó con la punta de su lengua la pequeña úlcera que se le había formado en el lugar donde había colocado la pastilla de nitroglicerina, aquella pequeña perla venenosa le había brindado una experiencia caótica y terrorífica a la vez, porque el pánico y la sensación certera de que iba a morir le habían hecho estar presente de un modo que no recordaba en su primera experiencia con la parca junto al lago Katrine. Estudió un instante más la figura patética que le devolvía el espejo y de la que apenas quedaba nada del hombre que había sido tan solo quince días atrás. Apretó la boca y los ojos para reprimir el sollozo, pero las lágrimas escaparon bajo sus pestañas y resbalaron por su rostro. Desdeñándolas, mantuvo los ojos cerrados hasta ahogar por completo el llanto. No había tiempo para eso.

Cuando abrió los ojos miró a su alrededor agobiado, tenía que salir de allí. Su aventura con el vino barato del día anterior había estado a punto de costarle la vida, pero, además, le había hecho perder un tiempo precioso. Tenía que llamar a la secretaria de MacAndrews, comprar los productos de higiene que necesitaba y estar listo a la hora en que Murray salía de trabajar para seguirlo de nuevo. Hoy tendría que renunciar a los periódicos ingleses, se le había hecho tarde. Pero la razón principal era que no se sentía con fuerzas para ir hasta allí. Tendría que economizar recursos porque esta noche no podía permitir que Murray se le escapase ante sus narices.

Usó la última camisa limpia y los pantalones que permanecían secos. A través de la ventana abierta del patio le llegó de nuevo la voz de Ramón García, el locutor que atendía las peticiones de los oyentes que a aquella hora dedicaban canciones a sus amigos y familiares. De pronto se encontró pensando a quién le habría dedicado una canción él. Sus padres habían muerto diez años atrás, el único amigo al que podía llamar así era el jefe Graham y ni siquiera le había contado que se iba del país. Había tenido novias, en un pasado tan lejano que parecía otra vida. Con una de ellas hasta llegó a barajar la posibilidad de formar un hogar, de que fuera quien lo esperase en casa. Pero cuando tuvo que elegir entre seguir en Londres o trasladarse a la capital de Escocia para continuar con su investigación, él no tuvo dudas. Ella tampoco. Escuchó los primeros compases de una canción que muchos oyentes habían pedido y prestó atención a la letra cuando Ramón García dijo el título: *Poker para un perdedor*.

> Brindaré por ti,
> recordando cómo y cuándo me fui,
> huracán sin timón,
> mi pasado en el espejo se hundió.
> Del ayer ya no queda nada
> solo un juego aún por terminar,
> ese poker que nunca se acaba,
> poker para dos, poker para dos,
> poker para un perdedor.

Él perdería aquella partida, eso lo sabía, pero la suya sí que se acababa. Entonces pensó que lo más lamentable de todo no era no tener a quién dedicarle una canción, sino saber que jamás nadie pediría una para él.

Inmóvil ante el espejo repasó el aspecto de su ropa. La camisa estaba un poco arrugada, pero la americana de mezclilla conservaba su prestancia y disimulaba el astroso aspecto general. Guardó la placa y el dinero en el bolsillo interior y colocó su revólver junto al riñón derecho. Miró pensativo los frascos de medicamentos tratando de decidir cómo se los iba a llevar. Finalmente, optó por dejar el frasco del tónico, y deslizó en el bolsillo derecho de su americana dos grageas del diurético y una de aquellas perlas venenosas que hoy lo habían traído de vuelta. Concluyó que sin duda se sentiría mucho mejor si lograba comer algo y tomar un café dulce y cargado, quizá en el bar de abajo. Sin querer se encontró pensando en el modo de sonreír de Maite, lo que provocó que una sonrisa aflorase también a sus labios.

Como si una voz lo hubiera llamado desde el frente, se miró en el espejo y el gesto se le heló en el rostro.

—¿Qué demonios estás haciendo? —susurró al hombre del reflejo. Su imagen le devolvió una mirada perpleja cargada, sin embargo, de comprensión y de silenciosas respuestas que Noah no quiso escuchar. Chascó la lengua con desagrado mientras movía la cabeza negando toda posibilidad a la turbadora imagen del espejo.

Bajó al portal arrimado a la pared y evitando tocar la balaustrada; aun así, no fue capaz de eludir la sensación de que la inclinación de las escaleras hacia el hueco abierto había aumentado desde el día anterior, de que el despeñadero imaginario, que él era capaz de percibir entre las sombras de la oquedad, se abría hacia un abismo infinito, quizá hacia los intestinos del dragón. Al salir a la calle se obligó a pasar de largo ante el bar de Maite, aunque no pudo evitar mirar hacia el interior y vislumbrar de refilón el cabello oscuro de la mujer.

«¿Qué estás haciendo?», volvió a preguntar la voz en su cabeza.

En la calle Bidebarrieta localizó una tienda de ropa de caballero y a un amable vendedor que, al principio, no puso muy buena cara al verlo entrar en su negocio, pero la mejoró sustancialmente tras estudiar su atuendo y valorar la calidad de las prendas que vestía. A pesar de no estar en su mejor momento, aún delataban la buena factura de su procedencia. Compró dos pantalones, cinco camisas, calcetines, calzoncillos y una americana bastante ligera como para no pasar calor, pero sobradamente estructurada para ser capaz de disimular el arma de la que ya no se separaría jamás. Al pasar frente al estanco vio entre los productos para fumador una pequeña petaca plateada, que compró tras comprobar que cabía en el bolsillo interior de su chaqueta. En la calle paralela, entró en la zapatería Ayestarán y adquirió dos pares de zapatos: unos mocasines clásicos y unos náuticos de suave piel que le recomendó el vendedor. Preguntó dónde podía comprar artículos de higiene.

—Hay varias droguerías en esta misma calle, y si no, al final de la Ribera, cerca de la iglesia de San Antón, tiene el supermercado Simago. Pero si va a ir para allá, no se entretenga mucho, hoy habrá jaleo.

Noah no entendió lo de *jaleo* hasta que pasó por las Siete Calles. Todas paralelas, formaban un conjunto de travesías estrechas y algo inclinadas, nombradas en euskera de un modo que le pareció harto complicado y lioso, pues entre el nombre de una y el de otra apenas difería una sílaba. La notoria estampa medieval delataba que seguramente habían sido en origen el germen arquitectónico del antiguo Bilbao. En la bocana de Barrencalle, la calle que partía muy cerca de la catedral y llegaba hasta el río, vio los furgones de color marrón claro de la Policía Nacional bloqueando la salida a la Ribera. Se respiraba una calma tensa, como una de esas tardes de verano en las que el aire se llena de electricidad estática antes de una tormenta. La mayoría de la dotación policial debía de permanecer en el interior de los vehículos, pero cuatro policías equipados con todo el material antidisturbios, incluidos cascos y escudos, montaban guardia a la entrada de la travesía. Había mucha gente en la calle a aquella hora: mujeres que volvían de la compra cargadas con bolsas de Simago, cuadrillas de *txikiteros* que comenzaban a reunirse para su ronda por los bares, parejas jóvenes con niños en brazos o empujando carritos... Todos transitaban entre ellos fingiendo una osada normalidad, casi provocativa. Como mucho lanzaban una mirada despectiva hacia los furgones, pero después, al pasar, lo hacían muy cerca de los policías, como si fueran invisibles, o fingiendo que el impresionante equipo antidisturbios no los intimidaba, resueltos a continuar con sus vidas.

Noah había hecho el servicio militar en Irlanda. Reconoció de inmediato los mismos gestos, la calma tensa, las miradas cargadas de irreverencia de la población civil, hasta el modo audaz e insolente en que algunos pasaban rozando a los policías en un alarde de derecho y libertad, como si en su paso reclamasen la calle para ellos y a la vez pusieran de manifiesto que eran sus cascos, sus escudos y sus armas los que sobraban en aquel retrato.

Del conflicto vasco sabía lo poco que había leído en la prensa inglesa, que siempre lo comparaba con la contienda irlandesa; incluso el brazo armado, ETA, era a menudo relacionado con el IRA. Una guerra que duraba más de veinte años, nacida como respuesta al régimen militar que había gobernado en el país hasta hacía relativamente poco, y que reclamaba la independencia de la región vasca, poco más. Una misteriosa cúpula dirigente oculta en Francia, atentados, coches bomba, asesinatos, enfrentamientos armados, robo de armas y explosivos; y en los últimos años, y con mayor frecuencia, altercados callejeros y escaramuzas con las fuerzas policiales en una guerrilla, cada vez más eficaz, que se extendía por las arterias de todo el País Vasco. Noah sabía que era allí donde se encontraba la verdadera amenaza, que el mensaje bizarro que los ciudadanos mandaban al pasar rozando a los policías vestidos de antidisturbios era el mismo que había conocido en las calles de Belfast, y que desdeñarlo era un error que el Gobierno inglés había cometido, y que parecía estar cometiendo el Gobierno español. Que ni todos los policías ni los militares con sus cascos, sus fusiles y sus escudos eran tan intimidantes como una anciana con su collar de perlas y su bolso bueno de piel al salir de misa, o una joven madre empujando la sillita de su bebé. Y que con su gesto de infinito desprecio constituían la más afilada punta de lanza que una sociedad podía cerner contra su Gobierno. Que el modo en que reclamaban la calle, con orgullo y silencio, solo era un aviso, porque en unas horas cederían su espacio a los que venían detrás. Noah también los reconoció, como si estuviese viendo una moviola de sus recuerdos en las zonas más conflictivas de Irlanda. Grupos de jóvenes calzados con deportivas y prendas neutras comenzaban a concentrarse en el extremo de las Siete Calles, y Noah observó que en muchos casos llevaban al cuello pañuelos palestinos o fulares con los que más tarde se cubrirían la cara.

Entró en el supermercado y compró dos botellas de agua, una caja de galletas, una brocha y espuma de afeitar en barra, hojas de recambio para su maquinilla y una pastilla de jabón. Cuando se dirigía a la caja, y en un último impulso, añadió a su compra una colonia para hombre, sin saber siquiera cómo olía, y un ejemplar de *El Correo Español-El Pueblo Vasco*, el periódico local. Ojeó la portada, los titulares se centraban en el conflicto por «la guerra de las banderas» entre los grupos con representación en el ayuntamiento de la ciudad. El alcalde se declaraba decidido a no ondear bandera alguna en el ayuntamiento durante la Aste Nagusia, la fiesta mayor de Bilbao, «para evitar problemas y tensiones durante las fiestas», y el grupo socialista amenazaba con no asistir a los actos oficiales si, junto a la bandera vasca y a la de la ciudad, no ondeaba también la enseña española. La foto principal era para la contienda en Irak, y otra más pequeña para el cartel de la corrida de toros que abriría los festejos. Había una mención al caso del hijo de un diplomático ruso que había escrito directamente al presidente de Estados Unidos, Ronald Reagan, pidiéndole asilo político. Nada de aquello le importaba a Noah. Mientras esperaba a que le cobrasen, abrió el diario por la página de sucesos y revisó con atención las noticias hasta que llegó su turno.

Al salir del supermercado la situación en la calle se había transformado. La gente caminaba más cerca de los edificios dejando vacío el centro del paso y se apresuraban mientras los comerciantes bajaban las persianas de sus locales e, incluso, protegían los escaparates con tableros. «Como si se avecinase una gran tormenta», pensó Noah.

Los jóvenes se arremolinaban en el extremo interno de las Siete Calles caminando de un lado a otro, evitando detenerse, pero sin desplazarse demasiado lejos. Cruzaban alguna palabra entre ellos, pero no se miraban, toda su atención estaba puesta en no perder de vista la otra punta de la travesía y lo que allí ocurría.

Decidió dirigirse hacia la ribera del río, donde cada vez se agrupaban más furgones policiales. Quería ver de cerca el material antidisturbios que utilizaban en Bilbao. Caminó por la orilla de la ría pasando casi al lado de las «conejeras» que se concentraban en las bocanadas de las Siete Calles taponando las posibles salidas hacia el río. Vio cómo llegaban tres tanquetas UR-416, una adaptación del Thyssen Henschel UR-416 alemán. Debían esperar que las cosas se pusieran muy tensas, eran vehículos para el transporte de agentes antidisturbios: nueve milímetros de chapa y ruedas antipinchazos. Al pasar junto a los vehículos oyó el familiar repiqueteo de la radio policial, mientras la trasera de un furgón se abría y bajaban ocho policías. Portaban cascos con pantalla, mosquetones, máuseres y defensas de goma de cincuenta centímetros, caucho virgen forrado de acero. La mayoría ya tenían colocadas las bocachas con las que lanzar bolas de caucho y granadas fumígenas. Se rezagó quizá más de lo debido ante un furgón abierto. Al ver los gases lacrimógenos le sorprendió que aún usasen gas CN. El cloruro de fenacilo había sido prohibido en muchos países por su gran toxicidad. Vio que llevaban además lanzagases de mochila LGM/12 y reconoció la máscara protectora S-61. Si lanzaban aquella mierda, las máscaras no serían suficientes ni para los policías. Le llamaron la atención las bolsas portamaterial con el emblema de la Policía Armada serigrafiado en su frontal. Un agente se dirigió a él.

—¿Qué está mirando? ¡Circule! —ordenó.

Noah obedeció bajando la vista mientras pasaba entre los agentes, que estudiaron su aspecto, las bolsas de compra que llevaba, su atuendo y el periódico que sostenía bajo el brazo, mientras decidían si solo era un transeúnte curioso o algo más. Giró hacia el interior del callejón pasando junto a los policías que montaban guardia allí y esperaban lanzando inquietas miradas hacia la creciente concentración de gente en el otro extremo de la calle.

Entró en Barrencalle y avanzó consciente de que los policías que lo observaban aún no habían decidido si su presencia allí era del todo inocua. Caminó con la mirada baja y pegado a los comercios del lado izquierdo, que se apresuraban a bajar las persianas. El periódico que había sostenido bajo el brazo se deslizó y cayó al suelo, Noah se inclinó para recogerlo y entonces reparó en el titular de uno de los sucesos. Una noticia muy escueta, apenas una nota: «La Policía Nacional admite a trámite la denuncia por desaparición de la joven Sandra Arcocha».

Dejó las bolsas en el suelo y elevó el periódico para leer los detalles.

«La denuncia presentada por la familia en la misma noche de ayer ha sido admitida como posible desaparición involuntaria de la joven Sandra Arcocha, al ser hallado su bolso y documentación por los servicios de limpieza de la ciudad. La joven fue vista por última vez en la discoteca Yoko Lennon's de Bilbao.»

Nada más. Scott Sherrington reconoció el aspecto de la típica noticia de sucesos incrustada en rotativas a última hora, seguramente debido a la «amable y desinteresada» llamada de un policía desde la propia comisaría. Y sin embargo sintió cómo se le aceleraban el pulso y la respiración. Una corazonada. Levantaba la cabeza justo en el momento en que un chaval que venía, cabizbajo también, en sentido contrario, chocaba con él. El golpe en el hombro le hizo perder el equilibrio, precipitándolo contra un escaparate; aunque el joven, en un gesto rápido, lo sujetó por la cintura ayudándolo de inmediato a recuperar la estabilidad. El tipo farfulló una disculpa sin levantar apenas la mirada y se metió en la entrada del edificio más cercano. Noah se detuvo un instante valorando lo que acababa de pasar, y mientras repartía de nuevo el peso de las bolsas que acarreaba, aprovechó para cerciorarse de si el tipo lo vigilaba desde el interior del portal.

Regresó al hostal. Leyó de nuevo la escueta noticia en el periódico, la recortó y la introdujo en su cartera junto a la foto de Clarissa. Después organizó las compras sobre la cama. Se quitó la ropa arrugada y con la toalla envuelta a la cintura se dirigió al baño al final del pasillo. Pasó parsimonioso frente a la puerta abierta de la cocina, consciente de que la propietaria de La Estrella no le quitaba ojo desde allí. Ella lo saludó con una leve inclinación de cabeza antes de que Noah se metiera en el baño.

Fue una ducha breve, pero esta vez con jabón. De regreso en la habitación llenó de agua tibia el lavabo y se afeitó. La música flotaba por el patio entre la ropa tendida y Noah estuvo seguro de reconocer los acordes de una canción que ya había escuchado antes. La tarareó mientras elegía una de las camisas nuevas, que combinó con los pantalones de tejido más fresco y los mocasines de piel. Mientras se ponía de nuevo el reloj calculó que Murray debía de estar saliendo de trabajar en ese instante... Tomó la nueva americana, traspasó sus objetos personales a los bolsillos y vertió la mitad del tónico de digitalina en la petaca plateada, que, curiosamente, una vez colocada en el bolsillo interior le quedaba a la altura del corazón. Se miró en el espejo. Había adelgazado y recién afeitado era más evidente. Las ojeras seguían allí, pero la rojez en los ojos se había mitigado. Por primera vez en muchos días, Noah se reencontró con una imagen de él mismo que conservaba cierta similitud con el hombre que había sido. Antes de salir abrió el frasco de colonia, echó unas gotas en la cuenca de su mano y las aplicó por el rostro y el cabello terminando de secarlas contra la chaqueta. Tomó su pistola y, mientras la colocaba en su lugar habitual, sobre la cadera, supo perfectamente por qué aquel joven lo había empujado en la calle.

Antes de apagar la luz dedicó una última mirada al vaivén de las cortinas onduladas por la exhalación de la criatura del patio.

Noah se asombró del modo en que la ciudad había aprendido a convivir con el conflicto. En la calle Tendería, y en las proximidades de la plaza Unamuno, la rutina de *txikiteros* y cuadrillas se desarrollaba con pasmosa normalidad, pese a que, a lo lejos, en los accesos de Belosticalle y Carnicería Vieja, resonaban los impactos de las pelotas de goma. Al pasar vio volar de vuelta piedras y adoquines, junto a los gritos de los que desde el interior de las calles exhortaban a la policía.

El grupito de los irlandeses capitaneados por el ruidoso Michael ya ocupaba su lugar habitual en la esquina de la barra al lado de la entrada. Murray aún no había llegado, pero Noah apostó a que lo haría pronto y optó por esperar en el interior. Entró silencioso, con la cabeza gacha, y se dirigió al fondo del local, que ya estaba bastante concurrido. Vio que Maite se inclinaba sobre la barra para besar a una adolescente, delgada, el pelo castaño le llegaba hasta la cintura, vestía pantalones blancos y un jersey rosa de hilo. Estaba junto a otra chica de la misma edad que podía haber pasado por escocesa: la piel blanca adornada de pecas y una melena roja y ondulada. El hombre que las acompañaba tendría unos cuarenta. Se despidieron alzando la mano y se cruzaron con Noah mientras se dirigían a la puerta del local. El hombre se detuvo como si hubiera olvidado algo, volvió atrás y se inclinó sobre la barra para decirle algo a Maite. Ella lo miró negando y alzó los ojos con gesto resignado. Se dirigió a la caja registradora, la abrió, sacó un par de billetes que arrugó entre sus dedos, regresó junto al hombre y se los puso en la mano. Él musitó un agradecimiento breve y salió alcanzando a las adolescentes, que lo esperaban en la calle.

Noah ocupó su lugar al lado de la puerta de la cocina. La canción que había creído reconocer por la radio sonaba de fondo.

> Ay, amor de hombre,
> que estás haciéndome llorar una vez más.
> [...]
> Nube de gas,
> que me impulsa a subir más y más...

Maite sonrió al verlo de un modo que lo dejó encandilado. Noah no pudo quitarle los ojos de encima mientras terminaba de atender a los clientes, fascinado por la fuerza y la calidez que emanaban de sus movimientos. Era evidente que disfrutaba con su trabajo, y toda ella desprendía un dinamismo que parecía suficiente para mantener encendido el alumbrado de Bilbao. Al pasar frente al aparato de música subió el volumen y tarareó la canción mientras se acercaba.

Le fascinó oírla cantar. Había algo en su voz que se le antojó íntimo y muy sensual. La deseó en ese instante. Sonrió. Continuaba haciéndolo cuando Maite se detuvo frente a él.

—Esa canción está por todas partes —dijo Noah a modo de saludo.

—¿Te gusta? Es de Mocedades, un grupo de aquí, de Bilbao. Amaya Uranga, la solista, tiene la voz más bonita que he escuchado nunca.

—No lo sabía... —se disculpó él—, la gente la pide a todas horas en la radio.

Maite rio.

—Soy culpable, llamo todos los días para pedir que la pongan. ¿Escuchas a Ramón García?

—Bueno, no exactamente, hay un vecino que pone la radio para todo el edificio. Por cierto, ¿quizá puedas decirme dónde podría comprar un aparato?

—En El Corte Inglés, por supuesto, pero yo iría a Radio Ortega, es un comercio de toda la vida, y son especialistas. —Tomó una servilleta de papel y le escribió las señas.

Noah repitió la dirección memorizándola.

Ella lo miraba divertida.

—¿Y qué te apetece hoy con lo elegante que vas? ¿Un vino?

Sorprendido, Scott Sherrington bajó la mirada hacia su ropa nueva. Maite se había dado cuenta. La miró con renovado interés mientras respondía.

—¡Oh, no! Ni hoy, ni nunca más. Creo que tomaré un café y algo de comer, aunque no sé qué...

—Déjame a mí —contestó ella dirigiéndose a la cocina, de la que regresó pasados un par de minutos con una de aquellas humeantes cazuelitas, que parecían ser la forma habitual de comer en todos los bares.

—Un café y unas deliciosas albóndigas para el inglés que vino a Bilbao —dijo disponiendo el pedido ante Noah.

Él la miró sin comprender muy bien lo que había dicho, pero sonrió también. Había algo en el modo en que Maite sonreía que resultaba cálido y contagioso, como la bienvenida a una fiesta.

—*Un inglés vino a Bilbao* es una copla que cantan los *txikiteros* desde hace muchísimos años, habla de un hombre de tu país que llegó a esta ciudad a ver la ría y el mar, pero se enamoró de las mujeres de Bilbao y ya no se pudo marchar.

Él bajó la mirada sonriendo e inmediatamente preguntó.

—¿Y es así como piensas llamarme?

—Es que tú ya sabes cómo me llamo, pero yo de algún modo tendré que hacerlo, ya eres un cliente habitual, y aún no sé cómo te llamas.

—Me llamo Noah.

—¡Oh! Qué bonito, suena muy bien. ¿Tiene traducción al español?

—Sí, como Noé.

—¿Noé el del diluvio?

Él asintió.

—¿Y qué haces en Bilbao, Noah?

Él lo pensó un instante. Se entristeció al hacerlo.

—Supongo que estoy esperando al diluvio.

—Bueno, en Bilbao llueve mucho, eso te lo puedo asegurar, pero de ahí a que acabe en diluvio...

La miró y volvió a sonreír, no podía evitarlo.

—El próximo diluvio siempre está a punto de llegar.

—Es horrible que pienses eso —contestó ella más seria.

—¿Por qué?

—Los diluvios son destrucción.

El rostro de Noah se oscureció mientras a su mente retornaba la imagen de los cuerpos saliendo a flote de sus tumbas y aquel sonido similar a un sollozo que había escuchado mientras caía desplomado.

—O purificación... —opinó él.

Ella volvió a sonreír señalando las manos de él.

—No llevas alianza, Noah. ¿Hay una señora de Noé esperándote en el arca?

Él miró sus manos, sorprendido por su interés. «Manos vacías», pensó entristecido.

—No, no estoy casado. ¿Y tú? —dijo haciendo un gesto hacia la puerta del local y refiriéndose al hombre que acababa de irse.

Ella miró hacia allí como si aún perdurase una presencia.

—¿Lo dices por ese? —contestó resuelta y algo divertida—. Estuvimos casados. Es el padre de mi hija, Begoña, esa chica tan guapa de pelo largo, seguro que la has visto al entrar. Éramos muy jóvenes, estábamos enamorados y cuando me quedé embarazada nos casamos, porque era lo que todo el mundo hacía, pero éramos unos críos, no teníamos ni idea de lo que suponía el matrimonio. Kintxo no estaba preparado para ser marido, pero es un buen padre. ¿Tú tienes hijos?

Su interés le devolvió la sonrisa, aunque también lo desconcertó. El mero hecho de que Maite tuviera el mínimo interés hacia él lo asombraba.

—No, no me he casado nunca y tampoco he tenido hijos. —Sin querer, sonó cargado de aflicción.

Ella lo miró con interés creciente.

—¿Y por qué?

—¿Cómo? —preguntó, intentando ganar tiempo.

—Que ¿por qué? ¿Por qué un hombre como tú no está casado?

Hacía unos meses habría contestado que no lo sabía, pero en los últimos días había tenido la ocasión de aprender más sobre sí mismo que en toda su vida. No se había casado, no había comprado una casa en la costa, no había tenido hijos, no había disfrutado de vacaciones. Había pasado las últimas Navidades en casa del jefe Graham y la fiesta de Hogmanay trabajando. No podía recordar la última vez que había celebrado su cumpleaños, y los objetos más valiosos de su vida eran la foto de sus padres fallecidos, el arma que llevaba en la cadera y un cuadernillo de notas sobre un asesino en serie. La respuesta era que había desperdiciado su vida. Ahora lo sabía, pero eso no podía decírselo. Ojalá hubiera podido...

Al ver que no respondía, Maite apretó los labios y se encogió levemente de hombros, turbada.

—Perdona, Noah, no quería molestarte. Me dijiste que preferías ser discreto —dijo dirigiendo una mirada hacia el grupo de la entrada—, y yo no hago más que interrogarte. Por supuesto, un hombre no tiene por qué casarse, hay muchas razones... Quizá es que eres... ¿Te gustan...? —dijo haciendo un leve gesto hacia los parroquianos del bar.

No entendió muy bien al principio lo que quería decirle, pero con el gesto quedó claro.

—No. —Sonrió de nuevo, aunque Maite se dio cuenta de que no lo hacía tan abiertamente como antes—. No, no es eso.

Un cliente impaciente le hizo señales a Maite desde el otro extremo de la barra para que le cobrara. Ella fue hacia el hombre y lo atendió mientras Noah no dejaba de mirarla. Cuando regresó, Noah dijo:

—¿Puedo hacerte yo una pregunta?

—Sí, claro, pregunta lo que quieras —contestó Maite, de nuevo animada.

Noah no podía evitar sonreír cuando la miraba. Consciente de que estaba pareciendo un imbécil, bajó los ojos para tratar de controlarse.

—Es muy simple, Maite —dijo volviendo a mirarla—. Si me das una buena respuesta prometo pensarlo, hallaré una contestación sincera y satisfactoria para ti.

—¡Trato hecho! —exclamó ella sorprendiéndole de nuevo mientras le tendía la mano por encima de la barra.

Noah la agarró. La mano de una mujer trabajadora, fuerte y fría por el agua con la que constantemente fregaba los vasos. Sin soltarla la miró a los ojos y le dijo:

—La pregunta es: ¿por qué me preguntas eso, Maite? Si la respuesta no me parece una frivolidad, prometo contestarte.

Fue ella la que bajó la mirada mientras retiraba la mano, ruborizada. Noah no podía creérselo, estaba encantado. Aquella mujer era simplemente maravillosa. Ella pareció pensarlo, pero solo un segundo. Le sostuvo la mirada y le dijo:

—Porque eres muy guapo, Noah el inglés, es sorprendente que un hombre como tú esté solo.

Desde la esquina de la barra el grupo de los irlandeses reclamaba la atención de Maite. Murray acababa de reunirse con ellos.

—Es una buena respuesta —concluyó Noah mientras ella se alejaba—. Cumpliré mi promesa.

Dio cuenta del platillo estudiando con disimulo los gestos de Murray y cotejándolos con sus recuerdos de John Clyde. Después, mientras sorbía poco a poco el aromático café, dedicó una mirada al resto de los parroquianos. A su derecha, más o menos hacia la mitad de la barra, un hombre que le resultó familiar lo estaba mirando. Bajó súbitamente la cabeza cuando Noah puso su vista sobre él. Lo reconoció de inmediato. El joven que había tropezado con él en la calle, de modo quizá no tan accidental. Tomó de la pila a su izquierda uno de los periódicos deportivos y fingió leer las noticias hasta que otro hombre entró en el bar y se unió al grupo de los irlandeses. Noah quedó desconcertado. De la misma edad indefinida, complexión y altura que John Murray. El cabello algo más claro, entre castaño y pelirrojo. El parecido con Murray era innegable, no lo suficiente como para confundirlo a plena luz del sol, pero sí como para concordar con la descripción del retrato robot.

Permanecieron en el bar unos minutos más, pero cuando Noah vio que pedían a Maite que les cobrase, se adelantó y salió antes que ellos. Suponiendo que se dirigirían hacia la calle de los bares en la que habían estado el día anterior, caminó apresurado cruzando la plaza Unamuno y esperó mezclado entre los integrantes de una cuadrilla que cantaba frente a un bar una copla sobre una mujer muy bella llamada Lola.

Su joven perseguidor fue el primero al que vio. Venía apurado, buscando entre la gente. Cuando lo localizó, se detuvo junto al escaparate de una tienda y encendió un cigarrillo disimulando. Unos metros por detrás apareció el grupo del irlandés. Vio que pasaban de largo frente al primer bar de la calle en el que habían estado el día anterior. Noah tuvo que elegir. Arriesgó y entró en el siguiente, pidió un vino que no se tomó y esperó cabizbajo en la barra. Unos segundos más tarde Michael y su grupo entraban en el bar. Noah se percató de que el mayor y el nuevo integrante hacían un rápido barrido sobre las cabezas de los parroquianos reconociendo a algunos y descartándolos en el mismo gesto. Unos segundos después, el tipo que se había convertido en la sombra de Noah entraba en el bar. Increíble. O era un pardillo o el colmo del descaro. Tan alto como Noah, le calculó veintitrés, a lo sumo veinticuatro años. Atlético, no demasiado fornido, aunque se dio cuenta de que el gesto que adoptaba, medio encogido, mientras trataba de disimular su presencia, era lo que le hacía parecer menos corpulento. Llevaba una *bomber* demasiado abrigada para la tarde bilbaína, y Noah supo que solo había una buena razón para eso: la misma por la que él vestía americana a pesar del calor. Iba armado. En ese instante decidió que tendría que ocuparse de él antes de poder centrarse en John Murray y sus nuevos amigos.

Arrojó unas monedas sobre la barra y salió del bar. Había anochecido y las farolas recién encendidas tenían aún ese halo mortecino de los primeros momentos. Desandando el camino regresó a la plaza Unamuno y desde allí aceleró el paso para tratar de obtener cierta ventaja. Hizo un esfuerzo para no mirar atrás, seguro de que su sombra lo perseguía. Estaba pensando en girar hacia la calle Tendería, pero vio que la calle Cueva Altxerri, que llevaba hacia la plaza, estaba más despejada. Se dirigió hacia allí, casi de frente al café Bilbao, giró a la derecha, se resguardó en el soportal que trazaba el arco de acceso a la plaza Nueva y esperó.

Noah era consciente de que estaba en desventaja. Podía ser que su perseguidor no fuera muy hábil tratando de pasar desapercibido, pero era joven y más fuerte de lo que dejaba entrever; cuando había tropezado con él en la calle lo había sujetado impidiendo que cayera sin denotar demasiado esfuerzo, y Scott Sherrington sabía de sobra que no se encontraba en su mejor momento.

Al llegar junto al arco donde Noah se cobijaba, el joven frenó su paso hasta casi detenerse mientras oteaba hacia el interior de la plaza tratando de localizarlo. Noah dio un paso adelante saliendo de la oscuridad a su espalda y tirando de él lo arrastró a la parte cubierta apoyando el cañón de su Smith & Wesson en el cuello del joven. Sin decir nada amartilló el gatillo para que el otro pudiera oírlo. No hizo falta más. El joven levantó las manos discretamente, sin alzarlas demasiado, y con voz queda dijo:

—No dispare, soy policía.

Noah deslizó su mano por la cintura del joven buscando el arma que había intuido. Allí estaba. Hasta en la penumbra pudo reconocerla. Una Star de nueve milímetros. Se la colocó en su propia cintura.

—Así que policía, ¿eh? ¿Y tu identificación?

—En mi bolsillo derecho.

Noah lo pensó. Podría ser una trampa. Deslizando el cañón por la espalda del hombre lo apoyó sobre su cintura y percibió que temblaba.

—Usa dos dedos. Sácala del bolsillo con cuidado y no hagas ninguna tontería o te volaré los riñones.

El tipo obedeció. Sacó una billetera y la abrió mostrando una placa dorada con esmalte azul y rojo. Decía «Ertzaina 1269».

—¿Qué cuerpo es ese?

—Ertzaintza.

—¿De la Policía Nacional, de la Guardia Civil?

—De la Ertzaintza. Policía autonómica del País Vasco —dijo el joven. Hablaba rápido, sin elevar el tono, tratando de que los temblores que agitaban su cuerpo no llegasen a su voz.

Noah miró de nuevo la placa.

—Mikel Lizarso. Ertzaina. ¿Es en vasco? ¿Qué significa?

—Algo así como «cuidador del pueblo».

Noah lo aceptó. Recordaba haber leído en la prensa que había un nuevo cuerpo de policía, y solo unos independentistas chalados como los vascos, o los irlandeses, pondrían a su policía un nombre tan fabuloso como cuidadores del pueblo.

—De acuerdo, voy a enseñarte algo, pero no te muevas.

El joven asintió mientras Noah cambiaba de mano el arma para sacar su propia identificación. La abrió ante los ojos del joven.

—Inspector Scott Sherrington, policía escocesa.

Esta vez el joven no pudo reprimirse. Se dio la vuelta y lo miró sorprendido.

—¿Policía?

Scott Sherrington volvió a clavarle el cañón de la pistola en la cintura.

—No hemos terminado, ¿por qué me estás siguiendo?

—No sabíamos que eras policía, y tu comportamiento desde que llegaste ha sido sospechoso.

—¿Desde que llegué? ¿Me sigues desde que llegué?

El ertzaina se limitó a mirarlo sin contestar.

—¿Sospechoso por qué?

—Llegaste en el *Lucky Man*. Tenemos información que apunta a que el capitán Lester Finnegan podría estar sacando de Irlanda a miembros del IRA que actuarían de puente con ETA.

—Llegar a bordo del *Lucky Man* no me parece razón suficiente.

—Además, te has dedicado a seguir al grupo de irlandeses, y lo de esta tarde, acercarte tanto a los policías nacionales, era evidente que estabas controlando el armamento.

—¿Y el empujón en la calle?

—Necesitaba comprobar si ibas armado y pude ver que sí —dijo engreído.

Noah suspiró. Guardó su arma. El joven se giró lentamente hasta mirarlo de frente.

—¿Me devuelves ahora mi arma y mi identificación? —preguntó extendiendo una mano, que aún temblaba levemente.

—Me parece, «cuidador del pueblo», que aún tienes muchas cosas que explicarme y creo que te vendría bien un trago —dijo apuntando con la barbilla hacia la entrada del café Bilbao—. Es la primera vez, ¿no?

El joven miró hacia el bar y mientras asentía preguntó:

—¿La primera vez de qué?

—La primera vez que alguien te apunta con un arma. No te avergüences, lo normal es temblar. Te vendrá bien ese trago —dijo poniendo la mano en su cintura, casi en el mismo lugar donde antes le apuntó con el arma, y empujándolo suavemente hacia la puerta del local.

Dejó que el joven eligiera mesa y lo observó desde la barra mientras el camarero servía los dos whiskies con hielo que había pedido. El ertzaina Mikel Lizarso había dominado sus temblores y eligió para sentarse un lugar cerca del ventanal, que a la vez le permitía ver la puerta del local y el acceso a los baños.

«Quizá no tan pardillo», pensó Noah valorando su actitud. Tomó los dos vasos y se sentó frente a él en silencio, esperando a que comenzase a hablar. El joven no lo hizo. Era evidente que no se fiaba del todo. Puede que hubiera recibido un buen susto y que estuviera en una situación complicada, pero no iba a largar sin más.

—¿Qué es lo que quieres saber?

Noah sonrió levemente. Según lo que preguntase establecería cuánto sabía. A Noah le daba igual.

—Comienza por los irlandeses, ¿qué sabes de ellos y qué relación tienen con el *Lucky Man*?

Mikel Lizarso asintió condescendiente antes de empezar a hablar.

—Pues comencemos por Michael Connolly, «el Leprechaun».

Noah alzó una ceja al oír el mote.

Lizarso sonrió un poco.

—Es así como lo llaman. Pequeño y ruidoso como un duende irlandés, fue el primero en llegar hace tres meses. La policía británica nos puso sobre aviso. Vino en el *Lucky Man*. Miembro del IRA desde hace años, es sin embargo un peón no demasiado importante. Se supone que lo enviaron como avanzadilla para establecer los primeros contactos con miembros de ETA. No se le considera demasiado peligroso, no va armado y, como habrás podido apreciar, la discreción en él brilla por su ausencia. Esa clase de tipo demasiado hablador que acaba chismorreando de más. Creemos que en el fondo lo mandaron aquí para quitárselo de en medio, y el tipo está encantado. Sale todos los días a beber y acaba borracho como una cuba, eso sí, los domingos va a misa sin falta. Trabaja en el puerto como operario de grúa. Hace quince días llegó Cillian Byrne, «el Oscuro», es el más alto y más serio, se aloja en la misma pensión que los demás y se supone que es un soldador que está buscando trabajo. Creemos que accedió en coche a través de la frontera de Irún. Después está John Murray, llegó apenas una semana antes que tú en el *Lucky Man*, y el último del grupo es el que guarda un gran parecido con Murray, de este solo sabemos que se llama Collin. Apareció ayer a última hora por la misma pensión. La policía inglesa aún no nos ha mandado datos, pero creemos que todos están aquí por lo mismo. Supongo que estás al tanto del conflicto que se está gestando estos días, la «guerra de las banderas» se va a tensionar bastante más de lo que se preveía. En San Sebastián ya hubo graves enfrentamientos, pero creemos que aquí se agravarán. Mañana comienzan las fiestas patronales, el alcalde ha hecho pública su intención de no exponer ningún símbolo ni bandera en el balcón consistorial, ni siquiera la enseña de Bilbao.

—Lo he leído en el periódico.

—Espera así contener las protestas que se dan cada vez que en un ayuntamiento del País Vasco se exhibe la bandera de España. Pero nuestros informantes dicen que el gobernador civil planea ordenar a la policía del Estado que entre en el ayuntamiento, si es necesario por la fuerza. Y que icen la bandera española en el balcón justo en el momento en el que se tira el cohete de inicio de las fiestas. Se juntarán miles de personas frente al consistorio para celebrar ese momento, y ya prevemos que habrá altercados en la calle. Los cuerpos de seguridad del Estado también se están preparando. Ahora mismo vienen hacia Bilbao dotaciones de la Policía Nacional desde varios acuartelamientos de España. Sabemos que habrá un punto de inflexión después de esto. El alcalde es la mayor autoridad de la ciudad, y que el gobernador ordene a la policía entrar por la fuerza en un ayuntamiento, que representa la autoridad del pueblo de Bilbao, ¡es la hostia!

Hizo una pausa negando, como si él mismo no lo creyese. Y continuó:

—Algo así podría hacer estallar la caldera entre los políticos, pero también en la calle. Hemos detectado la presencia de miembros históricos de ETA en las proximidades de la frontera, en Francia. Y se ha localizado en Bilbao y alrededores a varios individuos expertos en guerrilla callejera provenientes de toda Europa. Creemos que lo de San Sebastián será una anécdota en comparación. Los altercados pueden durar días. Las Siete Calles de Bilbao son como una fortaleza, como la mayoría de las ciudadelas, y además el caldo de cultivo perfecto para contactos entre los miembros de ETA y del IRA.

Noah apenas había mojado los labios en su whisky.

—¿Por qué creéis que el capitán del *Lucky Man* está implicado?

—Bueno, Lester Finnegan es de origen irlandés...

—Eso es tanto como suponer que tú, por ser vasco, eres de ETA —adujo Noah.

—No es lo mismo. Varios de esos tipos llegaron en su barco, es suficiente para que sea sospechoso.

—Eso no significa nada. Yo mismo vine en ese barco y comprobé que es relativamente fácil obtener un billete si se tiene una libreta de navegación.

—Te cae bien el capitán Finnegan, ¿no?

Noah volvió a mirar al joven ertzaina con interés. Era avispado.

—No tenemos nada concreto contra Finnegan, pero desde hace semanas nuestros informadores apuntan a que un cargamento de armas procedente de Irlanda puede llegar a Bilbao en cualquier momento. Como un presente de buena voluntad del IRA hacia ETA antes del encuentro que se prepara en el sur de Francia. La frontera está muy controlada, no se arriesgarán a pasarlo por allí. Creemos que llegará por vía marítima.

—Y creéis que lo hará en el *Lucky Man*.

—No tenemos modo de saberlo, pero no lo descartamos.

—¿Qué sabéis de John Murray?

—Irlandés, huérfano de padre y madre, lo crio su abuelo ya fallecido en Escocia. A la policía inglesa no le consta su militancia directa en el IRA. Trabajó varios años como enlace postal en las plataformas petrolíferas en Aberdeen. Sin embargo, hace un mes tuvo contacto con un dirigente del IRA. Se los vio juntos, cenando durante uno de los periodos de descanso de Murray en tierra. Quince días después optó a un puesto en MacAndrews en Bilbao y, como te he dicho, llegó en el *Lucky Man*. Se alojó en una pensión en el Arenal, al día siguiente el grupo de Michael lo contactó y se mudó con ellos al hostal Toki-Ona.

Hizo una pausa mientras pensaba.

—Ahora que sé que eres policía, imagino que para vosotros también es sospechoso.

Noah eludió el comentario.

—¿Es todo lo que tenéis sobre él?

—Sí, una vida anodina. Si la policía inglesa no llega a detectar ese contacto con el IRA, habría pasado completamente inadvertido. ¿Por qué te interesa tanto? ¿Creéis que puede ser más importante de lo que pensamos?

—No sé nada del IRA ni de ETA más allá de lo que publican los periódicos. No estoy en antiterrorismo, soy detective de homicidios.

—¿Y vienes tras Murray?

—Escucha, ertzaina Mikel Lizarso: otro hombre, el hombre que yo persigo, salió de Liverpool a bordo del *Lucky Man* a la vez que Murray. El nombre es lo de menos porque viajaba con documentación robada, falsificada o ambas cosas. Los dos hombres tenían previsto llegar a Bilbao, pero solo lo hizo uno.

—John Murray —apuntó Lizarso.

Noah asintió.

—En el transcurso de mi viaje hasta aquí, las autoridades portuarias de La Rochelle le pidieron al capitán Finnegan que identificara un cadáver que apareció en uno de los contenedores de MacAndrews en el puerto francés. Debido al estado del cadáver fue imposible reconocerlo, pero coincidía en edad, talla y descripción física con John Murray. El caso es que Murray aseguró al capitán que el otro viajero había decidido abandonar el barco sin previo aviso en La Rochelle.

Lizarso, que escuchaba con la boca entreabierta, asintió comprendiendo.

—Crees que Murray puede ser realmente el otro tipo...

—Creo que de tratarse del tipo que persigo habría hecho cualquier cosa para ocultar su rastro, y matar no le es ajeno.

—Entonces, si no es un terrorista, ¿qué es?

—¿Sabes qué es un asesino en serie?

Lizarso se encogió de hombros.

—¿Como un asesino en masa?

—No, es algo más complicado, un asesino en masa lo es por cometer muchos crímenes, sin más, a veces todos a la vez, como en una matanza. Los asesinos en serie no tienen por qué tener un vínculo con sus víctimas, y entre un crimen y otro siempre hay un intervalo de tiempo que puede ir entre un día, un mes o incluso años. No matan como consecuencia de la ira. Sus actos están pensados y calculados. Un agente del FBI, un tal Robert Ressler, lleva unos años intentando catalogar comportamientos mediante el estudio de tipos que están en la cárcel.

—En la academia estudiamos varios casos, la mayoría en España. Romasanta, el Arropiero, envenenadoras como Campins... Eran casi retrasados, a la mayoría los declararon inimputables porque estaban locos.

—El tipo de asesino del que te hablo no tiene nada que ver; es inteligente, puede haber estudiado una carrera universitaria, es bien parecido y conduce un buen coche. Un tipo agradable.

—Entonces... te refieres a un asesino como el del zodíaco, el de California.

Noah asintió.

—¿También mata parejas?

—Mujeres.

Lizarso entornó los ojos y frunció el ceño.

—¿Y por qué no nos ha informado la policía escocesa de que tenemos a un individuo así en nuestro país?

—Porque la policía escocesa no sabe que está aquí. De hecho, yo tampoco lo sé con seguridad. Estoy aquí siguiendo una corazonada.

Lizarso abrió de pronto los ojos sorprendido.

—¿No se tratará de ese asesino que consiguió huir mientras lo detenían? El asesino santo, el asesino de las Escrituras, o algo así. Lo leí en la prensa inglesa.

—¿Lees la prensa inglesa?

—¿Qué crees? Estoy investigando a presuntos terroristas ingleses.

—Irlandeses —puntualizó Noah.

—Irlandeses —concedió el otro.

Noah sacó su cartera y del interior un recorte con el retrato robot de John Biblia que no era más que una versión de aquel que durante los años setenta se publicó casi a diario en los periódicos escoceses, solo que un poco más viejo. Lo puso sobre la mesa.

—Biblia. John Biblia.

—Eso es, John Biblia —dijo Lizarso tocando el recorte mientras lo estudiaba—. Se parece a Murray, se parece a Collin, incluso se parece a uno de mis compañeros de trabajo. De hecho, me recuerda una versión más joven de varias personas que conozco.

Noah suspiró hastiado como respuesta.

—¿Y crees que está aquí?

Noah asintió.

—¿Y por qué no has informado a la policía escocesa?

—Ya te lo he dicho, ellos llevan la investigación oficial, yo no tengo ninguna prueba de lo que sospecho, es solo un pálpito. Por supuesto, les informaría si tuviese algo, pero por ahora no es más que una apuesta personal. En cuanto a las policías de aquí, en este momento oficialmente soy un turista, digamos que no estoy en activo en la policía.

—¿Cómo es eso, estás suspendido?

—Estoy convaleciente...

Lizarso abrió mucho los ojos, comprendiendo.

—Eres el policía que lo perseguía...

Noah asintió.

—¿Te hirió?

Asintió de nuevo. Odiaba mentir, pero era así de algún modo.

Lizarso lo valoró.

—Ya, un perro es un perro. Supongo que cuando se va detrás de alguien así es imposible dejarlo ir.

—Supongo que sí —admitió Scott Sherrington.

El ertzaina debió de sentirse identificado y seguro en ese momento, porque se atrevió a sugerir:

—Bueno, y ahora que ya nos hemos sincerado, ¿vas a devolverme por fin mi placa y mi pistola?

—Claro, pero, a cambio de que nunca se sepa que te desarmé y te quité la identificación, tendrás que hacer algo más por mí.

El ertzaina Lizarso enrojeció hasta la raíz del cabello.

Noah evitó mirarlo para no avergonzarlo más. Mientras, sacó de su cartera el recorte de prensa que había guardado por la tarde.

—Esta chica, Sandra Arcocha, desapareció de una discoteca en Bilbao. La Policía Nacional ha admitido a trámite la denuncia, porque los servicios de limpieza han encontrado su bolso y sus cosas tirados por ahí. También he escuchado en el servicio de emergencia de Radio Nacional que falta otra chica. —Sacó del bolsillo interior de su chaqueta una pequeña agenda negra y leyó el nombre—. Elena Belastegui. Hay dos cosas que necesito saber: si han desaparecido más chicas en circunstancias similares, aunque no se haya admitido la denuncia, y lo que sin duda te será más complicado averiguar: si estaban menstruando en el momento de su desaparición.

John Biblia

John había pasado veinticuatro horas en el infierno.

Estaba rayando el amanecer cuando llegó a su pensión, asustado, agotado, empapado en sudor frío y enfermo de angustia. Se había metido en la cama, aunque faltaban menos de dos horas para que sonase el despertador. Le dolían los hombros y las caderas, le dolían las manos y los ojos, y se sentía físicamente enfermo cada vez que pensaba en la chica llorando en el interior del contenedor. John tomó una almohada y se la llevó al rostro mientras jadeaba rápidamente en un intento de calmar la ansiedad y los temblores que sacudían todo su cuerpo, y de evitar que los demás inquilinos del hostal lo oyeran. Estaba tan cansado como no lo había estado jamás en su vida, y habría dado cualquier cosa por poder cerrar los ojos, aunque fuera un minuto; pero cada vez que lo intentaba volvía a ver el rostro sucio de sangre, mocos y vómito, y oía de nuevo sus sollozos. Durante un instante, casi al amanecer, había conseguido relajarse lo suficiente como para sentirse de nuevo en calma. Y fue entonces cuando el recuerdo que llevaba sepultado en su mente desde el día de su decimotercer cumpleaños regresó. Aquel pensamiento recurrente había llegado a convertirse en una pesadilla vívida tras la desaparición de Lucy. Cada vez que cruzaba el bosque, y a diario antes de dormirse, evocaba la imagen de la niña meciéndose en las aguas rápidas del arroyo, el modo en que sus cabellos se expandían como las varillas de un abanico y cómo el agua la iba desplazando ladera abajo hasta el lago mientras se metía en sus ojos abiertos, que miraban hacia el cielo plomizo. En los días que transcurrieron desde la desaparición de Lucy hasta su decimotercer cumpleaños, pensaba en ello a cada momento, llegó a obsesionarse tanto con aquel pensamiento, que su mente iba adornando, que la paranoia llegaba en forma de ataques de pánico que se sucedían, y él mismo provocaba de un modo masoquista y autoinfligido, y que crecían hasta estar a punto de matarlo.

El día antes de su cumpleaños, nadaba en el lago. Sus movimientos eran amplios, precisos, desplazando el agua que resbalaba sobre su piel. Sumergía la cabeza en cada brazada y abría los ojos al fondo abisal y oscuro del Katrine, después emergía de costado, tomando profundamente el aire que llenaba sus pulmones. Todo era calma y control. Hubo un segundo en el que pensó que todo estaba en orden, y esa fue la señal para que el otro John que vivía en su mente llamase a Lucy. El nombre le subió a los labios como si brotase desde su alma. «Lucy», musitó consciente de que era él mismo quien convocaba al fantasma, y de que lo volvería a hacer, desoyendo a la voz que gritaba en su cabeza, enloquecido por el miedo. Luego oyó el gemido que llegaba desde lejos, como si viajara sobre la superficie del lago. Era tan consciente de que no era real como de que de algún modo lo era. El niño se detuvo. Pataleaba suavemente para mantenerse a flote mientras aguzó el oído, permitiendo que el pánico se adueñase de él. Un hondo suspiro se oyó a su espalda y el niño se giró veloz en el instante en que un potente tirón lo arrastró hacia el fondo. El eco del llanto viajaba por el agua como si una criatura submarina sollozase sepultada en las profundidades. El niño no veía nada más que la luz allá arriba, perdiéndose en un enorme túnel que recorría en modo inverso mientras una inmensa fuerza tiraba de él hacia abajo. Entonces el niño bajaba la mirada y alcanzaba a ver una mano descarnada que, con sus dedos largos como espinazos rotos, aprisionaba su tobillo. El niño gritaba, y la boca se le llenaba del agua negra del lago, entonces se abandonaba al pánico y emprendía un regreso atropellado y enloquecido, en el que su único objetivo era llegar a la orilla antes de ver a Lucy, que lo arrastraba con ella al fondo del Katrine.

No había vuelto a recordarlo desde el día en que cumplió trece años. Aterrado, se sentó en la cama hundiendo con fuerza sus manos en las sábanas empapadas y comenzó a temblar, acababa de interpretar la primera señal.

Una larga ducha caliente hizo que se sintiera mejor. Sin embargo, el alivio le duró poco, vomitó el primer café de la mañana nada más tragarlo, y desde aquel momento no fue capaz de retener nada en su estómago, ni siquiera agua. Aun así, se había presentado a trabajar en un intento de obrar con la máxima naturalidad. De poco había servido. A media mañana comenzó a sentir intensos y dolorosos retortijones de tripas. Pasó más de dos horas sentado en el váter sin poder levantarse de allí, aunque estaba seguro de que no podía quedarle nada dentro. Finalmente, tuvo que pedir permiso para abandonar su puesto y regresó al hostal. Allí encerrado, vomitando cada líquido con el que intentaba vencer la deshidratación, se había sentido todavía peor, ni siquiera acariciar el lazo de Lucy había conseguido apaciguar su alma, reviviendo una y otra vez cada detalle, cada error de la noche anterior.

Conducía tranquilamente su coche en dirección al embarcadero, Bowie sonaba en la radio. Había bajado la ventanilla para dejar que el aire de la noche bilbaína se llevase en parte el olor de los fluidos que emanaban del cadáver, y ahora comprendía que eso le había restado un par de segundos de reacción antes de darse cuenta de que el portón lateral estaba abierto. Al oír el clac, el primer pensamiento fue que por descuido no lo había cerrado bien. Detuvo el vehículo en la calle desierta, bajó del coche y rodeándolo vio que el brazo de la chica colgaba laxo por fuera. John lo empujó hacia dentro para volver a cerrar la puerta y en ese instante se dio cuenta de que aún estaba viva. Un movimiento reclamó su atención a lo lejos, y vio a aquel tipo que desde la orilla de la carretera sostenía el bolso de la chica que seguramente había caído al exterior al abrirse el portón. Le costó menos de un segundo catalogarlo. Un mierda. Había conocido a docenas como él. En el tiempo en que llevaba ejecutando su labor se había cruzado con muchos, borrachos que volvían a casa de madrugada, trabajadores legañosos que salían temprano, conductores de autobús amargados, taxistas que se metían en sus asuntos, porteros de discoteca que miraban hacia otro lado; montones de mierdas que terminaron con su desgana como silenciosos cómplices.

El resto del trayecto hasta la zona de contenedores en la Campa de los Ingleses había sido un infierno. Por alguna razón seguía viva y de alguna manera había conseguido aflojarse lo suficiente el pañuelo que apretaba su cuello. Su respiración era entrecortada, gutural y burbujeante, un profundo resuello, como el de un enorme animal moribundo. Estaba llegando al final de la avenida y giró a la izquierda para adentrarse en la zona portuaria. Para acceder hasta el sector donde se almacenaban los contenedores, debía dar toda la vuelta hasta el acceso y conducir por los diques bajo las grúas. John pasó a distancia de la caseta de los carabineros del puerto, que a aquella hora se veía oscura. Desde que un comando terrorista de ETA había ametrallado uno de los puestos de acceso al puerto de Pasajes, las garitas de vigilancia evitaban encender las luces interiores. Sujeto en el parabrisas delantero llevaba el distintivo que lo autorizaba a entrar a la zona portuaria. Como inspector tenía rango y autoridad suficiente para acceder a las propiedades de su empresa a cualquier hora del día y de la noche, pero prefería no tener que dar explicaciones, era mejor que nadie supiera que estaba allí. Redujo la velocidad, aunque era imposible saber si había alguien observando desde dentro. En ninguna de sus anteriores visitas para dejar su carga había detectado el más mínimo movimiento en los muelles, no había ninguna razón para pensar que hoy fuera a ser distinto; pero John tenía un pálpito, un terrible presentimiento, porque cuando las cosas comenzaban a salir mal, salían mal. Y como si solo con mentarla hubiera convocado a la mala suerte, la chica empezó a llorar. Y al contrario que aquellas respiraciones guturales y ahogadas, propias de un caballo bronco, el llanto brotó claro, agudo, audible; y, como si fuera un viajero del tiempo, lo llevó a aquella noche a orillas del lago Katrine, al mismo instante en que John estaba medio ahogado, el policía tiraba de él para sacarle la cabeza del lodo, y un relámpago furioso cruzaba el cielo. Aquel llanto. El mismo que volvía a oír ahora.

Aterrorizado, John frenó en seco y paró el motor. Temblando se giró hacia la parte trasera y apartó la manta que cubría el rostro de su víctima, la miró y no vio más que un bulto informe. Toda la zona de contenedores de la Campa de los Ingleses carecía de iluminación. Las grúas contaban con potentísimos focos que funcionaban mientras trabajaban y que, por supuesto, estaban apagados. Escuchar aquel llanto surgir de la oscuridad le puso los vellos de punta. Con dedos nerviosos manipuló sobre su cabeza la luz de cabina, que se encendió amarillenta e insuficiente. El rostro y el cuello de la chica se veían inflamados. El pañuelo con el que la había asfixiado casi había desaparecido sepultado entre su piel. La barbilla, el pecho y parte de su pelo estaban sucios de vómito. La boca abierta dejaba entrever los dientes manchados de sangre. Los ojos casi cerrados por los golpes que John le había propinado y arrasados en lágrimas que habían resbalado por su piel limpiando algunas franjas, formando regueros como ríos en un mapa. Un profundo lamento brotó de su boca acompañado de aquel horrible sonido que producía al intentar inhalar. La miró asombrado y aterrado a la vez. Y ella redobló su llanto. Desesperado, John Biblia se giró de nuevo hacia delante para mirar hacia fuera a través del parabrisas. Estaba muy cerca del lugar, y si llegaba hasta allí estaría más seguro, pero no podía arriesgarse a sacarla del vehículo llorando así. Se llevó las manos al rostro, consternado, intentando pensar, tratando de entender las señales. ¿Qué significaba todo aquello? El lloro de la mujer se clavaba en su cerebro como un taladro, y el eco de lo que aquello significaba lo mortificaba.

John jadeaba, su aliento acelerado y la respiración de la chica habían empañado los cristales y tuvo que frotarlos con las manos para conseguir ver algo afuera. Todo parecía tranquilo, como las otras noches. Ni un movimiento. Decidido y furioso, se volvió hacia la mujer y cruzó entre los dos asientos colocándose a horcajadas sobre su cuerpo. Ella gimió en puro lamento y siguió hipando y suspirando a través de su tráquea medio rota, como un anillo de plástico barato. Asqueado se inclinó sobre ella para poder alcanzar los extremos del pañuelo que habían quedado atrapados en la nuca de la muchacha. El olor acre del vómito mezclado con la sangre lo enloquecía. Halló al fin las dos puntas de seda, las envolvió en sus dedos... Y no hizo nada, se quedó paralizado mirándola mientras ella seguía llorando, con aquel quejido hondo, roto... Permaneció así, inmóvil, horrorizado, muerto de miedo. Soltó los extremos del pañuelo y se llevó las manos a la boca apretadas en crispados puños que mordió con fuerza. Temblando de pura indignación, regresó al asiento del conductor. Arrancó el motor y condujo los escasos quinientos metros que lo separaban de uno de los contenedores, vacío y en desuso desde hacía mucho tiempo. Le había servido hasta entonces para guardar allí lonas, cuerdas y plásticos, que necesitaba para envolver los cadáveres hasta que solo parecieran un fajo de carga más; y también un lugar en el que dejar oculto el coche mientras se llevaba los cuerpos en la motora hasta el escondite en el río. Detuvo el vehículo y se bajó resuelto a dejar de oír aquel horrible llanto. Esperó veinte minutos, sintiendo cómo el pánico le calaba hasta la piel, y torturado por la estúpida cobardía que le impedía volver al coche. Esperaría hasta que estuviese muerta. ¡Porque, por Dios bendito que no iba a volver a tocarla! Estaba seguro de que la chica no podría aguantar mucho más. Había oído perfectamente el característico sonido de la tráquea al quebrarse. Se estaba muriendo, ¡joder!, ¿por qué no se moría?

Pero veinte minutos más tarde, cuando volvió a abrir la puerta del vehículo, ella seguía sollozando. Impotente, sin saber bien qué hacer, se había obligado a alejarse lo suficiente para que la influencia de aquel llanto maldito le dejara pensar. No funcionó, aún en la distancia seguía oyéndolo como si se hubiera grabado en su cerebro para siempre. Caminaba furioso entre los charcos, intentando ocultarse amparado por los contenedores, tentado de golpearlos con los puños y sabiendo que ceder a la furia, que ya lo cercaba, era un error. Agotado, se dejó caer de rodillas en el suelo, juntó las manos y elevó una plegaria. No fue una plegaria al uso, entre John Biblia y Dios nunca lo era; desde que a los trece años Dios había obrado un milagro y le había indicado lo que tenía que hacer, John Biblia nunca había vuelto a rezar como antes. Levantó las manos entrelazadas hasta su rostro y mirando al cielo preguntó: ¿qué quieres que haga?

Dios no había contestado. Estuvo allí, esperando, nunca sabría cuánto tiempo. Aterrado y vacío, con esa soledad que solo puede sentir el hijo abandonado. John ya había experimentado aquel terrible silencio en otras ocasiones, cuando durante años clamó al cielo al frotar los paños sangrientos en el pilón, sin recibir contestación, hasta que dejó de hacerlo. Asintió lentamente mientras comenzaba a comprender el designio y que, en ocasiones, cuando no había respuesta, esa era la respuesta. Se desabrochó la camisa y con los dientes desgajó un trozo de tela del faldón, después tiró hasta arrancarlo, volvió a usar los dientes para arrancar dos pequeños trozos que humedeció de saliva antes de introducírselos en los oídos. Dándose tanta prisa como podía, abrió los portones del contenedor y regresó al vehículo. Arrancó el motor, lo condujo marcha atrás y lo metió en el interior del contenedor hasta que sintió un golpe. Miró por el retrovisor cerciorándose de que aún no había alcanzado el fondo, y por un instante sintió pánico al imaginar que las ruedas hubieran quedado trabadas por uno de los bloques de chatarra abandonados dentro y que no pudiera salir de allí. Puso la primera y muy suavemente comprobó que el coche se movía. Bajó, abrió la puerta lateral del vehículo y tiró de los brazos de la chica hasta que el cuerpo cayó fuera. Después arrojó una lona sobre ella y salió rápidamente cerrando el portón y ahogando sus sollozos, que aun así persistieron en su oído interno hasta que se hubo alejado varios kilómetros.

Wouldn't it be good to be in your shoes?
¿No sería bueno estar en tus zapatos?

El ertzaina Mikel Lizarso estudió a Scott Sherrington con interés mientras el inspector volvía a doblar cuidadosamente el retrato robot de John Biblia.

—¿Puedo quedármelo?

Noah se lo tendió.

—Claro, lo publican a diario en los periódicos escoceses. De Escocia, no de Inglaterra —puntualizó—. Por cierto, yo los consigo en un quiosco que está junto al Banco de Vizcaya, en la Gran Vía; el quiosquero dejó caer que recientemente más gente se ha interesado por los periódicos escoceses. Habría quedado muy descarado que le preguntara yo, pero vosotros podéis daros una vuelta por allí para enteraros.

—No es tan extraño, hay muchos extranjeros en Bilbao.

—No estamos hablando de periódicos de actualidad política o financiera, son tabloides cuyo ámbito se limita a Escocia, y en algunos casos solo a Glasgow. Creo que hay muy pocas posibilidades de que un grupo ligado al IRA se interese lo más mínimo por lo que ocurre en Escocia, y a nosotros nos daría una pista bastante certera.

Lizarso lo miró pensativo.

—No vas a dejar de seguirlo, ¿verdad?

Noah suspiró y respondió en voz baja:

—No. No puedo. Y esta noche por tu culpa he tenido

que abandonar, pero, si es el tipo que creo que es, no perderá el tiempo, volverá a matar si no lo ha hecho ya, y eso no puedo permitirlo.

El joven suspiró como armándose de paciencia.

—Pues entonces tendrás que buscarte una coartada.

—¿Coartada? No entiendo.

—Una coartada, una excusa para no levantar sospechas. Es habitual la presencia de ciudadanos ingleses en Bilbao, pero no tanto para que puedas pasar desapercibido. Hablas muy bien, pero tu acento inglés te delata.

Noah suspiró molesto.

—Soy escocés, y ya me he dado cuenta.

Lizarso siguió como si nada.

—Bilbao es un pueblo grande en un valle tranquilo, la gente se preguntará y te preguntará qué haces aquí, a qué te dedicas. Entablar conversación e interesarse por los demás forma parte de la tradición del *txikiteo*. A la tercera ocasión en que entres en el mismo bar, te pondrán el vino en la barra sin pedirlo, sabrán si tomas blanco, tinto o clarete. Si bebes solo o esperas a tu cuadrilla, si acostumbras a llevar el importe justo o si pagas en billetes, y en cuatro días, cómo te llamas y dónde trabajas.

—Sí, también me he dado cuenta.

—Además, a Maite le gustas, es normal que se interese por ti.

Noah alzó una ceja y lo miró sorprendido.

Lizarso sonrió asombrado y encantado a partes iguales al darse cuenta de que ahora era él quien dominaba la situación.

—¿Cómo? ¿Un poli tan sagaz y no te has dado cuenta? ¡Por el amor de Dios! Si en cuanto entras se va a hablar contigo.

—Habla con todo el mundo.

—Pero no como contigo.

—Yo no le veo nada de raro —replicó Noah incómodo—. Además, creo que tiene un marido que sigue merodeando por ahí.

—¿Kintxo? ¡Qué va! Hace años que están separados. Ella no, pero él ha tenido incluso otras relaciones, aunque nunca le duran mucho. Supongo que en parte es porque no nos ha salido muy trabajador el hombre. Ha estado en el puerto, en la metalurgia, hasta probó en la marina mercante o en las plataformas petrolíferas, estuvo un par de años fuera, pero regresó. Se ocupa de su hija, y de vez en cuando se pasa por el bar y le saca algo de dinero a Maite, pero no tienen nada.

—Estás muy informado.

—Ya te he dicho que llevo tres meses siguiendo a los irlandeses, soy habitual de ese bar y, créeme, a mí también me preguntaron en su día. Oficialmente soy estudiante de cuarto de Derecho en Deusto, y ya te digo que nunca había visto antes que Maite se tomase tanto interés en nadie.

—No, no es verdad —contestó Noah evasivo.

Mikel sonrió encogiéndose de hombros.

—Como quieras, pero será mejor que tengas preparada una buena respuesta para cuando te pregunten. Maite lo hará, pero los demás también. O mejor, ve sembrando pistas. A la gente no le cuesta convencerse de lo que han creído adivinar, y no hay nada que guste más que ver confirmadas tus sospechas. Así que yo que tú iría dejando miguitas.

—¿Miguitas?

—Ya sabes, como en el cuento, señales para que vayan sacando sus conclusiones. Pero algo tienes que hacer. Los irlandeses están confiados y lo último que queremos es que, por empezar a hacerse preguntas sobre ti —dijo señalándole—, se fijen en nosotros. —Amplió el gesto hacia él—. Llevamos meses con esta operación, nos encontramos en un momento muy delicado y creemos que en los próximos días puede producirse un contacto que llevamos semanas esperando. ¿Estás al tanto de la situación político-social que se vive ahora aquí?

Noah se encogió de hombros.

—Eso a mí no me interesa.

Lizarso se irguió en su silla y se inclinó un poco hacia delante antes de hablar. En ese instante pareció mayor, como si de golpe le hubieran caído encima cinco o seis años.

—A ver, Scott Sherrington. Esta es mi tierra, mi patria, y lo que pasa aquí es muy grave. Vivimos un momento histórico, la creación de la Ertzaintza va a cambiarlo todo, llevamos años intentando parar esta guerra, pero hay muchos intereses de por medio, tanto desde la banda terrorista como desde algunos elementos del Estado, gente interesada en que esto no cese. Ya has visto lo calentito que está el ambiente en la calle con el tema de las banderas. Pues que no te engañen, eso es solo el artificio. Si por orden del gobernador la policía toma a la fuerza el ayuntamiento, se va a interpretar políticamente como una gran ofensa que tendrá respuesta en la calle, y en medio de ese río revuelto se espera un encuentro entre las cúpulas de ETA y del IRA, ¿o te crees que nuestros amigos irlandeses están aquí solo para beber cerveza? Llevamos meses vigilándolos, tenemos pinchado el teléfono de la pensión donde se alojan, y los sigo a diario. Así que me da igual si te interesa o no la política, no me incumbe si eres inglés o escocés; si quieres que te ayude, te buscarás una buena coartada, una explicación creíble de por qué estás aquí, algo que no haga sospechar a nadie, porque si no lo haces me va a importar poco que te presentes en Arkaute y grites por un megáfono que me desarmaste. No te ayudaré.

Noah levantó ambas manos y le mostró las palmas en señal de paz.

—Está bien. Busquemos esa coartada. Y para tu tranquilidad, no tengo ni idea de qué es Arkaute.

El joven ertzaina suspiró y relajó su gesto apoyándose de nuevo en el respaldo de la silla.

—Arkaute es la sede de la academia de la Ertzaintza. Donde todos los ertzainas nos formamos para ser la mejor policía para nuestro pueblo.

Noah asintió sin dejar de mirarlo. Su idealismo resultaba casi cómico.

El joven retomó su idea.

—Necesitas una coartada que no puedan desmontar con cuatro preguntas. La gente que trabaja en el puerto, las acerías o los astilleros se conocen entre ellos, por lo menos de vista. Y si no, resulta muy fácil enterarse.

—¿Y no ocurre lo mismo con los estudiantes? ¿Nadie se pregunta por qué no vas a clase?

—Es que sí que voy a alguna, también hacemos vigilancia dentro de las universidades, así que me he ido ganando fama de mal estudiante, ya sabes, mucha fiesta y poco libro. De todos modos, ahora estamos de vacaciones y hasta octubre no empieza el curso.

Noah asintió pensativo.

—Tendría que ser una ocupación que me permitiese libertad de horarios...

—Siempre estás leyendo la prensa deportiva —observó Lizarso.

—No la leo, créeme. Hojeo los periódicos para evitar hablar con los parroquianos.

—Pero sabes que el Athletic ha ganado la liga de fútbol española.

—Sí, es imposible no darse cuenta —dijo Noah señalando un póster con el título de campeones que había sobre la barra del bar.

—Lo que quizá no sabes —advirtió Lizarso— es que el segundo equipo, el Athletic B, también ha quedado campeón. Ha sido una verdadera proeza. En el partido del 8 de mayo, y a falta de dos jornadas para que acabase el campeonato, se proclamaron campeones de segunda B.

—Vaya, es impresionante —admitió Noah sin demasiado interés—, pero no veo cómo eso...

—Desde que se terminó el torneo se rumorea que han llegado ojeadores a fichar a nuestros canteranos.

—¿Y?

Lizarso alzó las manos ante la obviedad.

—Eres inglés.

—Escocés.

—Inglés para el caso —dijo sonriendo.

Tiró de una servilleta de papel del dispensador sobre la mesa, sacó del interior de su cazadora un bolígrafo y comenzó a escribir. Le llevó apenas un minuto. Dio la vuelta al papelito colocándolo ante Scott Sherrington.

Era una lista de nombres, o más bien apellidos.

Iru, Murúa, Bakero, Salinas, Andrinúa, Azpiazu, Kortajarena, Eguileor, Arrien, Rastrojo, Oskar.

Noah lo miró interrogante.

—Es la alineación del partido del 8 de mayo —contestó el ertzaina—. Memorízala, y de vez en cuando pide prestado un bolígrafo en un bar, escribe un par de nombres o tres en una servilleta, como he hecho yo, y luego la estrujas y la abandonas sobre la barra. No hay un camarero en todo Bilbao que no reconozca esos nombres, y tampoco uno tan tonto como para no sacar conclusiones y además estarse callado con un chismorreo tan jugoso como ese.

—No está mal —admitió Noah poniéndose en pie.

—No te has tomado el whisky —dijo Lizarso mirando el vaso con su líquido ambarino intacto.

—Ya no bebo, además es muy tarde, y por tu culpa hoy he perdido la oportunidad de seguir a mi hombre —le recordó de nuevo fastidiado.

Lizarso no hizo caso del reproche y poniéndose en pie fue tras él.

—Y si no bebes, ¿por qué lo pides?

Noah se volvió un segundo para decirle:

—Un perro siempre es un perro.

Bilbao. Sábado, 20 de agosto de 1983

Esa noche el inspector Scott Sherrington volvió a soñar que moría. Ser consciente de que era un sueño no mitigaba, en absoluto, el horror de la sensación. Volvía a oír el pesaroso llanto que era audible sobre el fragor de la tormenta. El instante en que el lloro era tan claro y angustioso que lo obligaba a volverse hacia el coche de Clyde, seguro de haber oído sollozar a aquella desdichada. El modo en que John Biblia alzaba el rostro cubierto de barro. Después llegaba la ola, como un golpe de calor y de frío en el plexo solar. Todo se apagaba sumiéndolo en la más absoluta oscuridad. Entonces las tinieblas comenzaban a moverse, a licuarse como algo orgánico e informe que se ha ido descomponiendo hasta ser poco más que gelatina. Primero notaba cómo trepaba sobre él envolviendo con una delgada capa sus manos, sus piernas, su torso, su nariz y su boca. La oscuridad penetraba en él intentando adueñarse de todo su ser, y en ese instante el pánico era tal que se despertaba.

Abrió los ojos, consciente de la fuerza con la que el corazón le latía en el pecho, y a pesar de que el sentido común lo conminaba a que olvidase el sueño, hizo esfuerzos para rememorarlo, hasta se obligó a cerrar los ojos para retener los recuerdos que ya se evaporaban como un vampiro a la luz del sol. Las doncellas separadas de sus tumbas, el fragor de la tormenta, los rayos iluminando las colinas que rodeaban el lago, John Biblia alzando la cabeza para respirar, el sonido del llanto que llegaba desde todas partes. Y el modo en que Biblia se giró, justo en ese instante. En su cama del hostal La Estrella, Scott Sherrington abrió los ojos a la blancura del techo mientras susurraba:

—Él también lo oyó.

La certeza lo había acompañado el resto de la mañana, como una información que entendía valiosa, pero no sabía cómo utilizar.

Entre la plaza Moyúa y la calle Marqués del Puerto, el escaparate de Radio Ortega era una exposición colorista de la tecnología de la época; máquinas de escribir Olivetti de todos los colores, colocadas en escalera en un expositor coronado con el nombre de la marca. Tocadiscos portátiles en maletines de color naranja, verde y azul. Cadenas de alta fidelidad encastradas en muebles tan grandes como una lavadora. Radiocasetes normales y dobles, y transistores de todos los tamaños. Entre los aparatos, las carátulas de los vinilos de moda. Leyó los nombres con interés: Francisco, Camilo Sesto, Julio Iglesias, Mari Trini, Tino Casal. Solo vio un disco en inglés y era un single. Nik Kershaw, *Wouldn't It Be Good*. Sobre todos ellos reinaba Mocedades. Al menos una docena de copias formaban un altar al grupo local, que alguien había espolvoreado de confeti dorado y serpentinas del mismo color. Los seis integrantes posaban en la portada vestidos de negro y tan elegantes como si fueran a la ópera. De hecho, en la carátula trasera se los veía en una escalera que bien podría haber pertenecido a La Scala de Milán. Al entrar en la tienda reconoció los graves del inconfundible violonchelo de los primeros acordes de aquella canción. El sonido provenía de un magnífico equipo situado estratégicamente frente a la puerta. Noah se detuvo a escuchar mientras un dependiente trajeado se acercaba sonriendo y satisfecho. Tuvo que reconocer que la música era magnífica, toda una orquesta sinfónica acompañaba la voz de Amaya Uranga. La letra era una suerte de versos potentes, pasionales y algo mortificantes, pero la música era grandiosa.

—Suena maravilloso, ¿verdad? —exclamó el vendedor al detenerse ante él.

Noah asintió.

—La música... —acertó a decir.

—Bueno, la música no es de ellos, es el intermedio de la zarzuela *La leyenda del beso*, poca gente lo sabe.

Estudió la expresión de Noah, buscando quizá decepción.

—Magnífica música —susurró.

—Eso digo yo, qué más da, si al final se consigue algo bello.

Scott Sherrington asintió sin saber muy bien a qué se refería el vendedor.

—Si es usted una de esas personas que sabe apreciar las cosas buenas, quizá esté interesado en adquirir un buen equipo como este.

Noah salió de su ensimismamiento.

—Oh, no. Solo quiero un transistor para escuchar la radio.

El vendedor dedicó una última mirada al equipo de música, quizá algo decepcionado, se giró haciendo un gesto y lo guio hasta el interior del local.

Regresó caminando tranquilo al fresco de la mañana, que comenzaba a levantar después de haber amanecido bastante nublada. Hizo una parada en el quiosco. Su aventura con el tinto peleón de la otra noche no solo le había impedido seguir a su sospechoso: las consecuencias a la mañana siguiente le habían complicado llamar a la secretaria de MacAndrews y recoger sus periódicos. Diez, ya que, aparte de los que le interesaban, ahora también necesitaba tres periódicos deportivos. Aunque todavía no se había atrevido a indagar sobre quién más compraba la prensa escocesa, no descartaba que el quiosquero lo comentase con otros clientes, lo mismo que lo había hecho con él. Y si era así, prefería que el interés por las cuestiones futbolísticas predominase. Viendo el montón se preguntó si la información que tenía que darle Olga también se habría acumulado así. Aunque no albergaba ninguna esperanza de que hubiera nadie en MacAndrews el sábado por la mañana, llamar a Olga había sido lo primero que había hecho nada más salir de casa. Le había respondido un contestador automático con un número para emergencias y la invitación a dejar un mensaje. Mientras volvía a pensar en su error, movió negativamente la cabeza observando la pila de periódicos. El quiosquero los había repartido en dos bolsas, y Noah acomodó en una de ellas el paquete con el transistor. Cargado con los bultos comenzó a bajar por la avenida en dirección a las Siete Calles; casi en el Casco Viejo, empezó a sentirse débil. Sin aliento, tuvo que detenerse dos veces fingiendo interés por los escaparates de los comercios que encontró en su camino. Su respiración se fue volviendo más profunda y rápida, casi jadeaba, y ya sabía lo que venía después. Cuando notó la primera señal de mareo entró en una cafetería. En el interior, tanto el personal que atendía la barra como la clientela, todo eran mujeres. Encontró una mesa al fondo y se sentó casi de espaldas a la entrada fingiendo leer sus periódicos para disuadir las miradas curiosas. Pidió un café a la camarera; mientras esperaba abrió la petaca y volviéndose hacia un lado pegó un trago disimuladamente.

Cuando regresó la camarera, se encontraba mucho mejor.

—Señor, puedo ponerle unas gotas de coñac o de whisky en el café, si quiere...

Scott Sherrington se dio cuenta de lo que parecía.

—Oh, no. Es una medicina, gracias.

—Sí, claro —respondió ella cortante mientras regresaba a su lugar tras la barra.

Aunque apenas tomó un sorbo de café, estuvo allí un buen rato mientras recuperaba las fuerzas. Uno a uno fue repasando los periódicos buscando noticias relacionadas con él mismo, con John Biblia o con los avances de la investigación. Fue separando las páginas de los diarios, y cuando terminó tenía poco más de una docena de hojas que volvió a meter en la bolsa junto a la radio. Aligerado de su carga, dejó sobre la mesa una pila de periódicos ingleses, un café casi intacto y una generosa propina.

Llevaba apenas diez minutos en su habitación, el tiempo justo para desembalar el transistor, conectar el cable y, tras el penoso esfuerzo de desplazar la mesilla para encontrar un lugar donde enchufarlo, conseguir encenderlo. Sintonizó aquella emisora a la que la gente llamaba para pedir canciones. Se sintió un poco tonto al comprobar la extraña alegría que le produjo escuchar al locutor en su habitación. La preciosa voz rasgada de Bonnie Tyler y los primeros acordes de *Total Eclipse Of The Heart* fueron suficientes para hundirle en la más absoluta melancolía.

—*Total eclipse...* —susurraba en el momento en que creyó oír unos golpes en la puerta. Bajó el volumen del transistor y los oyó con claridad.

—Míster Scott, un amigo suyo ha venido a verlo —le llegó la voz de la propietaria de La Estrella a través de la puerta. Cuando abrió interrogó con la mirada a la mujer al comprobar que allí solo estaba ella.

—Su amigo lo espera en el portal —dijo con toda la amabilidad de la que era capaz—. Ya sabe que están prohibidas las visitas, aunque tratándose de usted podría hacer una excepción.

La mujer hizo una mueca. Scott Sherrington estuvo seguro de que trataba de sonreír. No lo consiguió. Pasó ante ella cerrando la puerta de la habitación a su espalda.

—No se preocupe, de todos modos iba a salir ya.

—Como guste —respondió ella repitiendo aquel mo-
hín. Scott Sherrington no estuvo seguro de si lo irritaba
más cuando era una bruja hostil o cuando trataba de ser
agradable.

El ertzaina Lizarso lo esperaba en el descansillo. Ni
siquiera lo saludó. Su respiración estaba calmada, pero el
rostro le brillaba de un modo que hizo pensar a Scott Sherrington que había llegado corriendo hasta allí.

—Encontraron tampones en el bolso de la chica.

Había tres locales comerciales en las proximidades del
lugar donde el servicio de limpieza había encontrado
el bolso: una mercería, cuya propietaria no sabía nada del
asunto; un ultramarinos, regentado por una pareja joven,
que tampoco había visto nada; y el bar Avenida, un establecimiento sin gracia iluminado por fluorescentes que
repartían su luz mortuoria sobre los clientes. El suelo
aparecía cubierto de sobres de azúcar vacíos y colillas
aplastadas. La barra estaba revestida de azulejos verdes
y la superficie de madera brillaba bajo su capa de barniz.

Pidieron dos cafés mientras esperaban a que el bar se
despejase. Mikel sacó su placa y se identificó como ertzaina.

—El servicio de limpieza encontró un bolso rojo colgado en un seto frente a su bar. ¿Lo vio usted o tiene idea
de cómo llegó hasta ahí?

El propietario del bar Avenida cruzó los brazos y se
apoyó en la barra.

—Fue hace un par de días, puede que tres. Ya habíamos
cerrado. Solemos dejar las persianas a medias para que se
seque el suelo después de fregar. Me agaché para tirar el
agua fuera y vi a un cliente que colgaba el bolso en el arbusto de ahí enfrente —dijo apuntando con su barbilla hacia la
calle.

—¿Un cliente de su bar?

El hombre dudó.

—Bueno, un cliente habitual no, es un borrachín de esos que llegan a pasar las fiestas. Me compra vino por botellas y se va a beberlo por ahí. No molesta, no da problemas.

—¿Sabe cómo se llama?

—Bueno, sé lo que él dice, pero es un borracho —dijo encogiéndose de hombros ante la obviedad—. A veces se pone a hablar solo sin que nadie le pregunte. Se llama Juanito y cuenta que su padre es un rico armador de Pasajes, vete a saber. La ropa que lleva es buena, pero le falta un baño, ya sabe, hasta puede que sea verdad esa historia.

—¿Suele andar por esta zona?

—Para en una pensión... ¡Mari! —gritó volviéndose hacia la cocina—. ¿En qué pensión dijo que se alojaba Juanito «el Borracho»?

Una mujer de cara colorada se asomó entre unas cortinas de abalorios del mismo color que los azulejos de la barra.

—En una cerca del muelle de los ingleses, en la pensión Mazarredo, o puede que en casa Sánchez... —respondió la mujer mientras volvía a la cocina.

Estaban entrando clientes y al dueño le urgía terminar.

—Gracias por su ayuda, solo una cosa más, ¿miró usted qué había en el bolso?

—Cuando salimos mi mujer lo abrió. Tenía dentro la documentación, y cosas de chicas, ya sabe, maquillaje y esas cosas. No había dinero. Pensamos que alguna chavala lo había perdido y lo dejamos allí, la gente suele volver sobre sus pasos cuando ha perdido algo. Lo mejor es dejarlo a la vista y ya está.

Era casi mediodía cuando localizaron la pensión, y aunque subieron hasta la entrada, no tenían esperanzas de que a esa hora tan avanzada de la mañana el hombre se encontrase allí. Una mujer joven les abrió la puerta y los invitó a pasar. Juanito Mendi los recibió en la cocina del hostal. Un puchero hervía en el fuego y el aroma acebollado de los puerros y las zanahorias llenaba el aire.

—Porrusalda —murmuró Mikel.

El hombre los invitó a sentarse y señaló el tazón de café que tenía delante disculpándose.

—Siento no poder invitarlos, el café es solo para los huéspedes y la dueña lo tiene medido.

Noah observó al hombre. Aún joven, no más de treinta, y el dueño del bar Avenida tenía razón: su ropa era buena, pero le quedaba holgada, como si hubiese perdido peso rápidamente. Scott Sherrington reconoció todas las señales del alcoholismo avanzado. La musculatura floja, la piel gris, los ojos acuosos, los movimientos lentos, la profunda tristeza. Supo que aquel hombre era un moribundo, igual que él, la única diferencia estribaba en que Noah no quería morir y Juanito Mendi sí.

Mikel le explicó que los servicios de limpieza habían encontrado el bolso que él había dejado colgado en el seto. Ni siquiera le dio la opción de negar este hecho.

—Nos interesa saber cómo llegó a sus manos. ¿Dónde lo encontró?

Mendi se tomó unos segundos mientras apuraba su taza de café. Después habló poco, pero todo lo que dijo fue valioso.

—Iba a regresar a la pensión, ya era tarde. No sé qué hora, el bar ya estaba cerrando. El bolso cayó a mis pies. Lo recogí y me asomé a la carretera. Un coche blanco se había detenido unos metros más adelante. El conductor bajó y creí que vendría a por él, pero entonces fue hasta el otro lado del vehículo y cerró la puerta lateral que estaba abierta. Asomaba una mano y el cabello largo de una mujer. La empujó hacia dentro, cerró la puerta y se me quedó mirando... de un modo... —Hizo una pausa y fijó sus ojos tristes en los dos hombres.

—¿Podría reconocerlo si volviera a verlo?

Juanito Mendi casi sonrió.

—Era tarde, ya llevaba todo el día por ahí —dijo a modo de explicación, aunque los dos hombres entendieron que a esa hora Juanito Mendi ya tenía el cupo diario de alcohol más que completado—. Y el tipo era normal, corriente, parecía joven, aunque también podría haber sido más mayor...

Noah negó mientras pensaba en que esa había sido siempre la mejor baza de John Biblia, ser normal, corriente.

Pero entonces Juanito «el Borracho» dijo algo sorprendente:

—Si volviera a verlo lo reconocería sin ninguna duda.

—¿Por qué? —preguntó Noah.

—Porque cuando me miró pensó en matarme. —Observó a los dos hombres, como si los retase a contradecirlo—. Luego cambió de idea, pero lo pensó. —Lo dijo con una serenidad aplastante. Y Scott Sherrington estuvo seguro de que, de algún modo, Juanito Mendi lamentaba que no hubiera sido así. Un suicida vocacional.

De regreso al Casco Viejo, Noah insistió en recorrer los alrededores de la iglesia de San Nicolás, donde dos noches atrás había visto a John subirse a un coche blanco. Hallaron al menos cuatro vehículos que podían encajar en los recuerdos nublados de Noah y en la descripción que había dado Juanito Mendi, y un quinto aparcado frente al café El Tilo.

Al entrar en el bar de Maite observaron un silencio inusitado por parte de la parroquia. Desde la radio las noticias de los altercados del ayuntamiento hablaban de una entrada por la fuerza de la policía, por orden del gobernador, para colocar la bandera española en el balcón consistorial. Se había suspendido el pleno y se hablaba de escaramuzas en las proximidades del ayuntamiento, pero del mismo modo que el día anterior, el espíritu de fiesta parecía imponerse a la tensión política y en el Arenal, en Bidebarrieta, la calle Correo o Artecalle, el ambiente invitaba al vermú del sábado a la espera de que aquella tarde se lanzase, todavía no se sabía desde dónde, el cohete que daría inicio a la Aste Nagusia.

Maite sonrió fingiendo sorpresa al ver a Noah entrando en el bar junto a Lizarso.

—¡Hombre! El inglés que vino a Bilbao y el futuro abogado, ¡cuánto bueno por aquí!

Azorado, Noah se dirigió al fondo del local seguido por el ertzaina, Maite fue hacia ellos, aunque por el camino se entretuvo cambiando la emisora por una con música y encendiendo la candelita que había frente a la pequeña talla de madera.

—¿Qué santa es esa? —susurró Noah a Lizarso.

En lugar de responder, Mikel se dirigió a Maite.

—Maite, ¿ya lo oyes? Que qué santa es esa, dice el míster.

—¿Qué santa? ¿La *Amatxu*? —dijo fingiendo indignación—. Es la Virgen de Begoña, la patrona de Bilbao y de Vizcaya. Mi hija, como muchas chicas y mujeres de Bilbao, lleva su nombre, aunque en casa la llamamos Bego. Y lo de *Amatxu* es porque los bilbaínos la llamamos así cariñosamente, algo parecido a mamaíta. Pero ahora que sois cuadrilla —dijo dirigiéndose a Mikel— deberías llevarlo a la hucha de los *txikiteros*.

—La basílica está en una colina sobre las Siete Calles —explicó el ertzaina—. Hay un punto en la esquina de la calle Pelota con Santa María en que se puede ver Begoña, y está marcado por una estrella en el suelo. Tiene mucha tradición, hay allí una hucha de los *txikiteros*, donde las cuadrillas ofrecen donativos a la *Amatxu* y le cantan en su día, el 11 de octubre.

—¿Y le enciendes una vela para pedirle algo? —preguntó Noah sin dejar de mirar a Maite.

—Claro —respondió ella mirándolo directamente a los ojos y sonriendo.

—¿Y qué le pides? —replicó Noah.

Ella rio echando la cabeza para atrás. Su risa fue clara, cálida. Una sonrisa subió a los labios de Noah mientras la miraba reír. Lizarso los observaba divertido.

—Esas son cosas privadas, Noah el inglés —dijo con retintín.

—Pues no sé —intervino Mikel—, pero dicen que muchas bilbaínas le rezan así:

> Virgen de Begoña,
> dame otro marido,
> porque el que tengo,
> no duerme conmigo.

—¿Sí? —la interrogó Noah.

—Yo no pido maridos, yo pido amor —dijo ella retirándose tras servirles dos cervezas.

En cuanto la mujer se hubo alejado fue como si toda la buena energía se hubiera esfumado con ella.

Noah se dedicó a jugar con su vaso, Lizarso observó el gesto cargado de melancolía con el que de vez en cuando miraba a la mujer, que seguía trabajando de un lado a otro de la barra. Scott Sherrington era un tipo extraño, parecía un gran policía, uno de esos comprometidos a fondo con su trabajo. Pero había algo más, algo que no le estaba contando y que a Mikel se le antojaba de vital importancia. Tenía que ver con el modo en que hablaba y miraba a Maite. Era evidente que le gustaba, pero, ahora mismo, mientras la observaba, lo hacía como si ella fuese a desaparecer en cualquier momento, como si pesase sobre ella una sentencia ineludible, como si por alguna razón que solo él conocía no pudiera amarla. Como si de algún modo aquello le estuviera vetado. Pensó entonces que había visto ese gesto aquella misma mañana en los ojos de Juanito Mendi.

El ertzaina Lizarso acercó un poco más su banqueta a la de Noah e, inclinándose hacia delante para evitar que los demás clientes pudieran oírlo, susurró:

—¿Crees que, como él dice, Mendi sería capaz de identificar a ese hombre en una rueda de reconocimiento?

Noah lo pensó.

—El caso no es si lo reconocería o no, es quién lo tomaría en serio. Ya lo has visto. Puede que hoy lo hiciera, pero ¿y dentro de tres días? Es un alcohólico, y si algo sé distinguir es cuando alguien está en las últimas. Dentro de tres días puede que esté muerto. —Noah bajó los ojos consciente de que podía estar hablando de él mismo.

Lizarso lo miró un poco confundido. De nuevo aquella señal, de nuevo aquella mirada. Mikel llegó a pensar en preguntárselo, pero Noah lo atajó.

—Esa ha sido siempre la habilidad de John Biblia, el asesino gris, el monstruo invisible. Estuvo en lugares públicos en compañía de cientos de personas, y nadie pudo dar una descripción más allá de vaguedades.

—Ni siquiera tú.

Noah abrió la boca y tomó aire profundamente. No contestó.

—No quería insinuar nada, es solo que... No te lo he contado todo.

Noah lo miró de frente reclamando respuestas.

—He hecho los deberes. Supongo que no sabes que algunos de los mandos que tenemos en la Ertzaintza proceden del Ejército o de la Policía Nacional. Bueno, es algo temporal, hasta que vayan ascendiendo los ertzainas de nuestro remplazo..., pero al menos tenemos comunicación con otros cuerpos de policía, porque lo que es la Guardia Civil no nos da ni agua...

—Resumiendo —apremió Noah.

—Falta al menos una chica más.

—¿Qué? —Noah se dio cuenta de que había hablado muy alto, llamando la atención de los parroquianos que estaban más cerca. Se percató en ese instante de que en algún momento los irlandeses habían entrado en el bar. Ni John Murray ni el llamado Collin se les habían unido aún. Se inclinó hacia delante y bajó la cabeza para escuchar a Lizarso.

—Una seguro. Delia Vázquez, veintitrés años. Una chica de servicio de una buena casa de Bilbao, de esas que tienen muchos sirvientes. Los señores presentaron una denuncia en la Policía Nacional. Por lo visto trabaja desde hace dos años en esa casa y es una chica de fiar. Falta desde su día libre, y no se ha llevado ni su equipaje ni ninguna de sus pertenencias. Se la vio por última vez con sus amigas en la discoteca Arizona. Es una sala que a menudo frecuentan las chicas del servicio, muy grande y muy famosa en Bilbao. Sus amigas dicen que la vieron hablar con un chico. Por eso te decía lo de la ronda de reconocimiento. Si alguien pudiera apuntarle con el dedo.

—¿Han dado sus amigas una descripción del hombre que vieron?

El ertzaina sopló antes de responder.

—Sí, no lo vieron muy bien, un tío normal. Pelo corto, altura normal, peso normal...

—Has dicho que una era segura, ¿y la otra?

—La otra está aún sin confirmar. Esta mañana antes de ir a verte me he acercado a la casa donde trabajaba la primera chica, y otra de las doncellas me ha dicho que algo raro está pasando últimamente, que Delia no era la primera chica que desaparecía de la discoteca Arizona. A la policía no le constan más denuncias. Quizá esta noche podríamos darnos una vuelta por allí y preguntar.

Noah lo miró afectado y dijo muy bajo.

—Es él, lo está repitiendo paso por paso, ¿te das cuenta?

Mikel meneó la cabeza como si le resultase inconcebible.

—Pero es que es tan increíble, ¿dos veces seguidas, y en la misma discoteca?

—Es así como le gusta cazar. En Glasgow se llevó a tres víctimas de la discoteca Barrowland.

Lizarso hizo un gesto hacia la entrada. John Murray y Collin acababan de unirse a Michael y «el Oscuro», pero no se quedaron en el bar. Pagaron la ronda y salieron a las calles de Bilbao. Lizarso se adelantó asomándose a la entrada del bar para asegurarse de qué dirección tomaban, mientras Noah esperaba a que Maite le cobrase.

Ella se inclinó para que solo él pudiera oírla, y él imitó el gesto.

Estaba muy cerca, Noah podía oler el perfume del jabón en su piel, sus cabellos lo rozaron brevemente, y tuvo que cerrar los ojos ante la oleada de sensaciones que eso le produjo.

—Invita la casa —susurró Maite.

Noah la miró sorprendido. En los últimos tres meses en «La Marina» había frecuentado a diario el mismo pub y el dueño jamás lo había invitado.

—¿Por qué? —preguntó, aunque de inmediato sintió que esa no era la respuesta acertada.

—Porque me apetece —dijo ella resuelta—. ¿O eres de esos que no puede aceptar la invitación de una mujer?

Noah sonrió encantado. Le gustaba tenerla cerca, hasta se permitió pensar cómo sería tocarla.

—Pues no me lo había planteado, porque si te soy honesto es la primera vez que me sucede. Ni siquiera sé qué debo hacer, además de darte las gracias, claro.

—No puedo creerlo. —Rio ella—. Si te sientes en deuda, puedes remediarlo invitándome tú.

No lo pensó, la respuesta acudió sincera a sus labios.

—Me gustaría mucho, Maite.

Hubo algo en el modo en que lo dijo que no dejó lugar a dudas. Sí, le gustaría, sí, lo deseaba, sí.

Ella se apartó un poco y lo miró a los ojos. Entonces Noah supo que había cometido un error. ¿Qué estaba haciendo?

Se despidió torpemente y salió tras Lizarso, que lo esperaba fuera.

Los irlandeses tiraron en esta ocasión hacia la calle María Muñoz. Había cantidad de bares a ambos lados, y la gente se repartía entre el interior de los locales y la calle, con los vasos en la mano. Brindaban entrechocando sus vinos y se turnaban para sostener un plato con croquetas o calamares rebozados. A Noah lo sorprendió comprobar que, hacia la mitad de la calle, había una comisaría de la Policía Nacional. Al pasar por delante, Lizarso le señaló un bar ahora cerrado.

—El Mikeldi, emplazado justo ante la puerta de la comisaría de la entonces Policía Armada, fue durante los años del franquismo reducto de resistencia, y se cuenta que, entre las innumerables irreverencias del propietario del Mikeldi hacia sus vecinos de enfrente, la más famosa le valió un arresto y seis meses de cierre disciplinario de su local. El día del atentado contra Carrero Blanco, el presidente del Gobierno de Franco, en plena dictadura, puso en la puerta de su bar un cartel que decía: «Hoy solo vendemos vino tinto, el blanco está por las nubes».

Lizarso rio recordando la ocurrencia y tuvo que explicarle las circunstancias políticas de aquel momento. Noah no terminó de verle la gracia al chiste, más allá del talento del dueño del Mikeldi para las metáforas.

—No me extraña que los irlandeses se sientan tan cómodos aquí, en el fondo sois muy parecidos, vascos e irlandeses —contestó Noah.

—¿Ah, sí? ¿En qué nos parecemos?

—Por ahora en el sentido del humor, y en esa pretensión vuestra de la independencia.

Lizarso levantó las cejas sorprendido.

—A ver, explícame eso.

—Puedo entender perfectamente la represión durante una dictadura militar. Pero eres un policía, en un momento me das un discurso sobre la importancia de detener la mano negra que opera tras el terrorismo en tu tierra, llevas orgulloso en tu cartera una placa que dice que eres el cuidador del pueblo, y al minuto siguiente pareces justificar, casi hablando con respeto, una presunta resistencia de tu pueblo contra «el enemigo». Hice el servicio militar en Irlanda, hasta tuve una novia allí. Me harté de escuchar el discurso patriótico de los que defendían al Ejército Republicano Irlandés, lo llamaban *ejército*, se autodenominaban *resistencia*, pero solo son un grupo terrorista, igual que ETA. No pongas esa cara —dijo viendo el gesto de desaprobación del joven—. Aprecio el idealismo, creo que en el fondo reside un poco en todos los policías del mundo, hasta en los que acaban corrompiéndose. Si no, es imposible que alguien quiera ser policía. Pero déjame que te recuerde algo que tú me dijiste: «Un perro es un perro». Y eso somos para ellos.

—No es así en el caso de la Ertzaintza. El pueblo nos quiere y nos respeta, somos una policía creada precisamente para reducir la tensión policial a la que las fuerzas del orden gubernamentales tienen sometido a nuestro pueblo. No sé cuánto tiempo vivirías en Irlanda, pero no puedes imaginar lo que es para la gente normal estar bajo un Estado policial, en el que todas las personas son tratadas como sospechosas, en el que las faltas de respeto se suceden a diario y en el que la gente ve a los policías como enemigos, personas poco fiables, violentas, salvajes, hostiles; no como protectores, sino como delincuentes.

—El mismo discurso que en Irlanda —sentenció Noah.

—Escucha, Scott Sherrington, en el País Vasco la policía del Estado da miedo. No están para proteger y servir, están para perseguir y machacar. Detenciones arbitrarias, cacheos irrespetuosos, situaciones de abuso, burlas cuando los ciudadanos se dirigen a una comisaría a poner una denuncia. Y, sobre todo, violencia desatada contra civiles evidentemente pacíficos, justificada por la persecución a los que montan bronca. Sin salir de las Siete Calles te podrán contar cientos de historias de cómo la policía armada ha entrado a saco en los bares repartiendo leña a todo el que estaba dentro, hombres, mujeres, ancianos y hasta niños; historias de policías borrachos que sacaban su arma, la ponían encima de la barra y pedían una copa más, de chavales obligados a permanecer horas contra una pared y con los brazos en alto mientras la policía hacía una identificación rutinaria de su DNI, que lleva minutos a lo sumo.

—No es algo que se limite a Irlanda o al País Vasco, he conocido en Escocia a policías así —dijo Scott Sherrington mientras pensaba en el detective McArthur de la comisaría de «La Marina»—. Gente que se mete en el cuerpo cuatro whiskies antes de ir a trabajar por la mañana, policías a los que se les va la mano con demasiada facilidad. En la última comisaría en la que estuve llamaban a la sala de interrogatorios «la galletera», ¿por qué crees? Esa forma de proceder es un mal endémico en las policías de todo el mundo.

—Algo que tiene que cambiar.

—Hay cosas que no cambian —respondió dándose cuenta de pronto de que estaban reproduciendo casi palabra por palabra la conversación que había tenido con Gibson. Negó asqueado con la cabeza—. Perdóname —dijo de pronto mirando a Lizarso—. Tienes razón, yo mismo tuve esta conversación en un tono muy similar con uno de mis compañeros. Solo que en aquella ocasión yo era el que blandía ideales, y él el que defendía que la vieja escuela era eficaz y que algunas cosas nunca cambiarían.

El joven ertzaina Lizarso asintió comprensivo.

Scott Sherrington continuó:

—Es solo que tu idealismo me resulta tan peligroso...

—No te entiendo —contestó de nuevo a la defensiva el ertzaina.

—Creo que está bien querer cambiar las cosas, querer ser un policía mejor, proteger y servir, y todo eso...

—Y todo eso —repitió Lizarso con sorna.

—A lo que voy es a que es un pensamiento casi infantil

imaginar que los que se saltan la ley harán distinciones entre tú y otro tipo de policía, que te verán de un modo distinto. ¿Crees que si multas a alguien por una infracción de tráfico, esposas a un tipo que ha pegado a su mujer o disuelves una célula terrorista te mirarán de modo distinto por ser el cuidador del pueblo? ¿De verdad crees que esos tipos no te llamarán «madero», te lanzarán un puñetazo, o te pegarán un tiro, dependiendo del uniforme que vistas?

—No lo entiendes, nosotros somos la policía de este pueblo. Somos el pueblo, no vamos a ir nunca contra nuestra propia gente.

—Pero antes que nada eres policía. No lo olvides. Cuando estuve en Irlanda me tocó disolver a grupos hostiles formados por gente no muy diferente a la que tomaba cervezas en el pub conmigo. ¿Cómo crees que actuarías si te ordenan cargar en una manifestación contra gente que está tirando piedras, que creen que eres un perro enemigo? ¿Irías y les dirías «por favor, soy el cuidador del pueblo, vete a tu casa tranquilamente»?

Lizarso bajó la cabeza. Pareció de pronto muy ofendido.

—No quiero continuar con esta conversación, no entiendes nada.

Estuvieron en un incómodo silencio en el siguiente bar, mientras oían reír a los irlandeses que brindaban a cada rato. Noah no podía evitar mirar a Mikel. Su gesto era el de un niño disgustado, y Noah se sintió fatal por ello. ¿Por qué le había dicho todo aquello? ¿Qué cojones le importaba a él? Al fin y al cabo, Lizarso era un buen chico, que llegaría a ser un gran policía en un escenario que se encargaría de darle sus propios golpes y cobrarse los impuestos que todo buen policía acaba pagando; el descreimiento frente a la sociedad, la inevitable pesadumbre que produce tener que tratar a diario con la parte oscura del mundo y la sensación irremediable, que terminaría por alcanzarle un día u otro, de que todo se va a la mierda. Pero eran batallas a las que cada policía debía enfrentarse en solitario, y tras filtrarlas por sus propias entrañas, decidir si aún le quedaba un poco de fe en el género humano o, por el contrario, se pasaba al otro lado para bajar una noche a los calabozos a dejar salir al demonio alimentado con la abyección del mundo. Dar salida al odio, al fracaso como padre y como marido, a la vergüenza de aceptar sobornos, a la lamentable decadencia de follar solo con putas; dejar salir toda aquella bilis contra un desgraciado, como Alfred «el Carcasas», y abrir así un abismo en el que estás condenado a mentir con la cabeza bien alta a los de Asuntos Internos, y a solo ser capaz de dormir tras ingerir media botella de whisky.

Lizarso no era rencoroso. En el siguiente bar pidió un bolígrafo al camarero y conminó a Noah a dejar una de aquellas listas destinadas a forjar su coartada identitaria. Scott Sherrington escribió de memoria varios de los nombres de la plantilla del equipo B y se la mostró al ertzaina, que asintió y sonrió antes de dejarla bajo el vaso vacío.

Al salir del bar, Noah vio al chico que hacía los recados para Maite acompañado por su perro en la puerta de una de las tabernas, y supuso que se dedicaba a hacer mandados para los bares de la zona, pero Mikel le advirtió:

—Creo que Rafa nos está siguiendo.

—En ese caso es bastante mejor sombra que tú —se burló Noah.

El chico caminaba tranquilo entre la gente. Se detenía de vez en cuando a mirar con aquel descaro propio de la infancia, observando los detalles, parándose extasiado junto a un grupo que charlaba, escuchando las conversaciones ajenas, acompañado siempre del perro mediano de pelo sedoso que no se separaba de su pierna. Reconoció entonces aquello de lo que le había hablado Juanito Mendi, la mirada en la que se juzgaba y se cataloga de un plumazo, y decidió que decirle algo al muchacho ni siquiera valía la pena. Un mierda. Un pobre tonto. No supo por qué, pero ser consciente de aquel juicio le provocó una honda melancolía.

Potear en cuadrilla cambiaba totalmente la perspectiva del *txikiteo*. Los irlandeses parecían estar en su salsa y, tras un rato, Noah comenzó a desentrañar el atractivo que tenía aquella tradición para los varones vascos. Como era sábado, muchos hombres estaban hoy acompañados por sus esposas, no tantas como habría el domingo, según Lizarso, pero muchas más de las que había visto durante los días anteriores. Las fiestas darían comienzo en pocas horas y el número de personas en las calles pareció doblarse pasada la franja de la una y media del mediodía. Las cuadrillas cantaban delante de los bares, en plena calle. Eran canciones en euskera de las que no podía reconocer ni una palabra, pero que, sin embargo, sonaban tan dulces y melancólicas que estuvo seguro de que hablaban de separación, de soledad y lejanía. Descubrió por Lizarso que la calle de los bares que había frecuentado mientras seguía a los irlandeses en los últimos días, y que subía desde la plaza Unamuno, se llamaba Iturribide. Pero que todo el mundo la conocía como la senda de los elefantes, «por las trompas que se veían por allí», explicó el ertzaina. Noah asintió reconociendo ante un incrédulo Mikel Lizarso que, en su primera experiencia en «la senda», él mismo había contribuido a la leyenda con una trompa de la que no había sido consciente hasta que un taxista se lo señaló en el Arenal. Remató la anécdota con un «creí que me moría», que Lizarso se tomó a risa, y que terminó por hacerle reír a él también, ante lo absurdo de aquella situación en que solo él conocía la verdad.

Fueron probando las especialidades de cada bar para acompañar el vino. La comida era gustosa, sabrosa, caliente y perfumaba las calles frente a los establecimientos, abriendo el apetito de los transeúntes con el aroma de las gambas asadas y las croquetas de jamón. Noah dudó ante el vino de Rioja que Lizarso proponía: el alcohol y su medicación no se llevaban bien. Pero, tras probarlo, apreció la diferencia con el vino peleón de su primera incursión en el *txikiteo* y pidió uno. Con cada bocado y cada sorbo se sintió mejor, más cerca, como si siempre hubiera formado parte de aquellas calles, de aquella vecindad. Las Siete Calles de Bilbao tenían aquel poder, el de hacerte desear formar parte de todo lo que significaban. Alguien deslizó en su mano un panfleto con las letras de las coplas que cantaban los *txikiteros*. Sonrió mientras hombres que no conocía pasaban los brazos sobre sus hombros para hacerle formar parte de sus cánticos, contoneándose al vaivén de sus voces de barítono.

Avanzaron siguiendo a los irlandeses hasta la parte más estrecha de la calle y allí degustaron los pinchos morunos y los «champis» del bar Fez y Melilla, y un poco más adelante los mejillones bravos de La Mejillonera, muy cerca del colegio de los Maristas.

Noah se sentía bien, el vino de Rioja no tenía nada que ver con aquel brebaje que había tomado el primer día y, acompañado de los gustosos pinchos, su estómago estaba tan estable como no lo había estado en los últimos tiempos. Sintió el calor arrebolándole las mejillas, y de no haber llevado el arma se habría quitado la chaqueta nueva, que, a pesar de su tejido más ligero, comenzaba a molestarle. Remataron con un café que, aunque solo tomó un par de sorbos, le pareció el mejor que había probado en su vida, en el café Altuna, en la calle paralela a la senda de los elefantes.

Eran las cuatro y media de la tarde cuando Noah regresó a La Estrella. Los irlandeses acababan de retirarse a su pensión y Lizarso se había despedido hasta unas horas después, prometiendo conseguir un vehículo con el que pudieran seguir a Murray aquella noche. Scott Sherrington se sentó en la cama pensativo mientras escuchaba el frufrú del tejido provocado por el vaivén de las cortinas aspiradas hacia el interior del patio. Con la mano izquierda alzada ante el rostro observaba las líneas que surcaban su piel. Las yemas de los dedos parecían arder con una energía que brotaba desde dentro y notó cómo las lágrimas que brotaban de sus ojos contribuían a hacerlas arder aún más.

Sintió que todo se rompía a su alrededor, la sensación placentera que lo había acompañado durante horas se hacía añicos con la energía frustrada que brotaba de su mano. A pesar de aquel pequeño encontronazo con Lizarso, la experiencia de salir a *txikitear* con él había sido extraordinaria para Noah. Aunque oficialmente no hacían otra cosa que seguir a los irlandeses, aquella usanza adoptada le había hecho pensar y, por momentos, no pensar, lo que en la última semana se había convertido en todo un lujo. Ser capaz de mantener la mente en blanco, de crearse la ilusión de que podía ser un hombre más tomando vino por las calles de Bilbao, saboreando los pinchos morunos o las gambas a la plancha, intentando seguir las letras de las coplas que las cuadrillas cantaban por la calle, sonriendo, olvidando que era un cadáver que caminaba. Había abrazado el espejismo porque necesitaba un poco de aquello, de la ilusión de estar vivo, de la confianza ignorante con la que todos vivimos nuestras vidas sin pensar que la muerte acecha.

Había regresado hacia la pensión con el estómago templado, y esa sensación de galbana que invita a la siesta despreocupada en una tarde cualquiera de agosto. Charlando tranquilo con Mikel de benditas tonterías, que por fin no tenían que ver con su profesión, ni con la posibilidad de que los grupos terroristas negociasen, ni con la opresión de los pueblos, ni con el deseo de justicia o con el monstruo que andaba suelto por las calles de Bilbao. Se habían despedido frente a la catedral, pero al pasar frente al bar de Maite, Noah la había visto en la puerta. El local estaba vacío, la persiana medio echada y ella barría amontonando en la entrada servilletas de papel usadas y colillas aplastadas. Maite detuvo su tarea al verlo parado ante el portal de la pensión. Lo había mirado de un modo sereno, con la sonrisa contenida y un gesto en el que Noah había creído descubrir una mezcla de anhelo y prudencia. Con la llave a medio camino frente a la cerradura, él también se detuvo. Deseó haber deslizado la llave de vuelta a su bolsillo, haber recorrido los escasos diez metros que separaban la puerta de la pensión de la entrada del bar. Deseó haberse plantado ante ella, que siempre parecía más bajita cuando estaba fuera de la barra. Deseó haber podido admirar de cerca el modo en que su cabello se ondulaba y el gesto con que ella lo recogía con los dedos, colocándolo detrás de la oreja. Deseó una de aquellas sonrisas suyas e imaginó el honor de ser, por una vez, el único destinatario de aquel gesto.

Pero, en lugar de eso, había girado la llave dentro de la cerradura. Y se había despedido de Maite alzando silencioso una mano, viendo cómo ella repetía el saludo lentamente, casi con un punto de tristeza, que se había extendido hasta rozar los dedos de Noah como una ola provocada por el deseo insatisfecho de sus manos por tocarse. Se internó en la penumbra fresca del portal mientras la puerta hacía su recorrido hasta cerrarse, llevándose la escasa luz que entraba desde el exterior.

Maite

Detenida junto a la entrada de su local, Maite vio desaparecer a Noah tras la puerta de la pensión mientras se preguntaba, perpleja, qué acababa de suceder.

Era la primera vez que se veían sin que la barra del bar los separase, y aunque no se tenía por una experta en comportamiento masculino, algo había sucedido entre ellos aquella mañana, algo pequeño, el inicio de alguna cosa, estaba segura. Y ahora, la reacción de Noah era lo último que le habría cabido esperar. ¿Se había equivocado tanto?

Miró hacia el portal y vio que la puerta hacía lentamente el recorrido de cierre. Apoyó la escoba contra la pared y cediendo al impulso salió tras él.

Llegó justo a tiempo de impedir que se cerrase. La empujó hacia el interior y vio cómo él se volvía sorprendido al verla.

—Maite...

—Noah, quería hablar contigo —dijo avanzando hasta situarse ante él.

Noah asintió muy serio.

—Es que no sé, quizá te parezca raro, o yo me estoy equivocando, pero antes, por la mañana, cuando has estado en el bar, bueno, me ha parecido que estabas muy diferente..., y me ha sorprendido que ahora casi ni me saludes...

Noah continuó en silencio, mirándola entre el asombro y la duda.

—Bueno —siguió ella nerviosa, mientras se peinaba con los dedos mechones de cabello—, que a lo mejor son cosas mías, pero quería estar segura de que no es por algo que he hecho, o he dicho, que te haya podido molestar.

Un atisbo de sonrisa triste se dibujó en los labios de Noah mientras negaba.

—No, Maite, tú no has hecho nada, es imposible que tú me molestes.

Ella dio un paso colocándose ante él.

—¿Estás seguro?

Él iba a contestar, pero en lugar de hacerlo suspiró profundamente, incapaz de decir nada más. Tampoco habría podido, porque alzándose de puntillas sobre sus pies, Maite lo besó.

Fue un beso pequeño tierno y prudente, que ella sostuvo tres segundos antes de que Noah la abrazase devolviéndoselo, durante uno, dos, tres, cuatro, cinco segundos, antes de apartarse.

Maite lo miró y de nuevo no comprendió nada. Noah mantenía los ojos cerrados y en su rostro una expresión cercana al llanto, que trató de ocultar con las manos.

—¿Qué pasa? —preguntó ella alarmada viéndolo sollozar, dolido—. Dime qué pasa, Noah —exigió intentando tomarle de las manos para apartarlas de su rostro.

Él retrocedió, evitando que lo tocara, mientras veía el dolor que se dibujaba en la cara de la mujer.

—Lo siento, Maite, no puede ser, es un error.

—Pero ¿por qué? ¿Qué estás diciendo? —preguntó subiendo el tono de voz.

—No te convengo, Maite, no soy para ti, no soy para nadie.

Ella no contestó. En su rostro se reflejaba la decepción, y tal vez la incredulidad. Dejó caer las manos a los costados del cuerpo y, dándose la vuelta, retrocedió hasta la puerta y salió.

Doctora Elizondo

Noah entró en su habitación, que se le antojó más vacía y triste, se sentó en la cama y lloró en silencio durante mucho rato.

Después se lavó la cara con agua fría para intentar borrar el rastro del llanto de sus ojos. Tomó su chaqueta, los medicamentos, la llave de la pensión y salió al rellano. Asomándose al hueco de las escaleras alzó la mirada hacia la luz que entraba por la claraboya y hacía brillar el barniz de la balaustrada en los pisos de arriba. Comenzó a subir, sorprendido al comprobar que, tal y como había temido, en cada piso los escalones se inclinaban un poco más hacia el hueco abierto de la escalera. La sensación quedaba sin embargo compensada por la luminosidad creciente según ascendía. En el quinto piso había dos puertas. Sobre una de ellas lucía una placa de latón con el nombre del psiquiatra que, al contrario que la de la entrada del portal, aún no había perdido su brillo. Apretó el timbre y escuchó el sonido viajando por el interior de la casa. Un hombre de unos sesenta años le abrió la puerta. Vestía de traje, el pelo canoso. Una sonrisa amable pero no excesiva. No le dio opción a hablar.

—Pase y espere en la sala, ya casi hemos terminado. Me quedan cinco minutos.

Noah entró en la habitación que el hombre le indicaba. Había un par de sillones y media docena de sillas desparejadas. En el centro, una vieja mesita de café repleta hasta los topes de revistas. En lugar de sentarse, Noah esperó junto a la ventana que daba al patio. Calculó que aquella habitación cuadraba probablemente con la suya cuatro plantas más abajo, pero era magnífico el modo en que la luz entraba allí, a pesar de que el día se había ido nublando, produciéndole la sensación de que se encontraba en otro sitio, en otro edificio, incluso en otra ciudad.

El hombre cumplió su promesa y regresó pasados cinco minutos.

—La doctora lo recibirá ahora.

Noah lo miró sorprendido.

—¿La doctora? Pensé que usted...

El hombre pareció divertido por la ocurrencia.

—Oh, no. Soy un paciente. Pase, lo está esperando —dijo indicando la puerta abierta en el corredor.

Acompañando a sus palabras, una figura femenina apareció en el umbral, pero la luz del fondo de la habitación en contraste con la penumbra del pasillo impidió que Noah pudiera distinguir sus facciones hasta que estuvo a su lado. Tan alta como él, su rostro era serio pero amable. Vestía mocasines y pantalones grises con una camisa masculina que, sin embargo, no lograba apagar su atractivo. Se había recogido el pelo rojizo en un moño del que escapaban algunos mechones que apenas le llegaban a los hombros. Llevaba unas gafas de montura oscura que —Noah estuvo seguro— se ponía para aparentar que era mayor, porque los cristales no le parecieron graduados. Saludó a Noah tendiéndole una mano fuerte, mientras le señalaba dos sillas de confidente frente a su mesa de despacho.

—Soy la doctora Elizondo. ¿Quiere pasar, señor...?

Noah le tendió la mano mientras musitaba su nombre, pero dudó antes de entrar a la consulta.

—No se preocupe, no tiene que quedarse —dijo ella

al advertir su duda—, pero ya que ha venido hasta aquí, podríamos al menos hablar un poco.

—Lo siento —se disculpó él sentándose—. Si le he parecido... Es solo que no esperaba que fuera usted así.

—¿Se refiere a que fuera una mujer o a que fuera joven? —preguntó ella tranquila.

Noah suspiró poniéndose en pie.

—Perdone, esto ha sido un error, no quisiera parecer maleducado, es simplemente que esperaba..., no sé qué esperaba.

—No, no se preocupe. Siéntese, por favor. Dígame, ¿qué quería encontrar?

—No lo sé. ¿Puede atenderme ahora? ¿No tiene más pacientes? Pensé que tendría que pedir una cita.

Ella señaló un reloj que había sobre la mesa volviéndolo hacia él y le indicó.

—Es la hora del chupinazo. No tengo más consultas esta tarde. Así que si quiere contarme qué le trae aquí...

Noah volvió a sentarse, aunque lo hizo en el borde de la silla con las manos en los apoyabrazos. Volvió a suspirar antes de hablar.

—El inicio de las fiestas —murmuró—. Quizá la estoy entreteniendo, ¿no quiere asistir?

—Con todo el follón que ha habido esta mañana en el ayuntamiento parece que finalmente el alcalde ha decidido tirar el cohete desde la explanada de Begoña, junto a la basílica. Pero no estoy segura de que todo se vaya a desarrollar con tranquilidad, y no soy partidaria de los jaleos, así que, si decide quedarse, puedo atenderlo ahora.

Noah creyó percibir cierto reproche en su voz.

—No ha sido mi intención molestarla, es solo que no se parece usted a los psiquiatras que he conocido hasta ahora. Supongo que esperaba a un hombre, y alguien más mayor.

Ella obvió la referencia a su sexo y a su edad y se interesó de inmediato por el resto de la información.

—¿Cuántos psiquiatras lo han tratado, señor Scott?

—Es Scott Sherrington, es un apellido compuesto. —Sonrió incómodo mientras ella tomaba nota del nombre—. No, no me he explicado bien. En mi trabajo, en ocasiones, estamos obligados a asistir a terapia después de pasar por situaciones llamémoslas «traumáticas».

—¿Bombero, policía?

—Policía.

—¿Y usted se ha visto «obligado» a asistir a terapia en alguna ocasión?

—Hace seis años. Mi compañero falleció durante un tiroteo estando fuera de servicio. Yo no estaba con él.

—¿Cree que lo ayudó entonces asistir a terapia?

—No —contestó tajante.

—¿Por qué?

—No se ofenda, pero en aquel momento solo necesitaba comprender lo que había pasado.

—Y ¿por qué cree ahora que necesita un psiquiatra?

—Necesito respuestas para cosas que me están ocurriendo y que no puedo explicar.

—Y en esta ocasión es distinto; no solo necesita comprender, sino que además cree que necesita ayuda.

Él movió lentamente la cabeza.

—¿Quiere que hablemos de alguna de esas «cosas», señor Scott Sherrington?

Noah la miró largamente antes de contestar.

—Doctora Elizondo, ¿qué sabe de la muerte?

Pareció a la vez sorprendida y reconfortada por la pregunta. Sin dejar de mirarlo se inclinó hacia atrás recostándose en su sillón mientras se llevaba al rostro una mano con la que se acarició suavemente la mandíbula. Permaneció un par de segundos en silencio y cuando respondió su semblante había cambiado.

—Señor Scott Sherrington, soy una experta.

Noah la miró de nuevo, estudiándola. ¿Se había precipitado en su juicio? ¿Era válida la corazonada que lo había conducido hasta su puerta?

Suspicaz, preguntó:

—¿Cómo podría serlo? ¿Cuántos años tiene? No creo que llegue a treinta, a su edad todavía pesa más lo de este lado.

—¿Lo de este lado? ¿Cuál es el otro? Explíqueme eso.

En algún instante había comenzado a sentirse menos incómodo. Se echó hacia atrás en la silla apoyando la espalda.

—El peso de los muertos —dijo lentamente. Decirlo en voz alta fue como una catarsis, como si hubiera abierto un grifo. Miró hacia la inmensa luz que entraba por la ventana y comenzó a hablar—: Es como si al nacer la balanza estuviera totalmente inclinada del lado de la vida, mientras eres pequeño todas las personas que conoces, tus padres, tus hermanos, tus amigos, los padres de tus amigos, todos están de este lado. Del lado de los vivos. Incluso en la juventud, cuando empiezas a ser consciente de la muerte, siempre es la de alguien que no te toca demasiado cerca. Luego fallecen tus padres, los amigos de tus padres, los padres de tus amigos, un amigo, tus profesores, y la balanza empieza a inclinarse hacia el otro lado. Es el peso de los muertos.

—¿Es eso lo que lo tortura? ¿Hay más muertos que vivos en su balanza?

—Supongo que ya hace tiempo que eso es así, nunca lo había pensado. Hasta ahora.

—¿Y qué ha cambiado?

La mirada de Noah abandonó la ventana y se posó con infinita tristeza sobre los ojos de aquella mujer tan joven.

—Me estoy muriendo.

Ella se sorprendió, inclinó un poco la cabeza, atenta a sus gestos.

—¿En sentido figurado...? ¿Porque está sufriendo mucho?

—En sentido literal. Tengo una enfermedad cardíaca. Miocardiopatía dilatada. Me han dado cuatro meses de vida si tengo suerte, porque lo cierto es que puedo morir en cualquier momento, en este mismo instante.

La doctora Elizondo asintió lentamente mientras asimilaba las circunstancias.

—Lo lamento mucho. Sin duda es una situación delicada para cualquiera que deba enfrentarse a ese trance. El duelo, ya sea propio o ajeno, es una de las situaciones más desequilibrantes que puede experimentar un ser humano. La confusión, el choque de sentimientos, el lógico miedo, son solo algunas de las situaciones que deben enfrentarse al ir sucediéndose las distintas fases que a menudo atraviesan las personas que viven su situación. Creo que es muy cabal por su parte buscar ayuda. No podemos evitar lo inevitable, pero podemos ayudar a que el trance sea menos doloroso.

—No me ha contestado, doctora.

—No comprendo.

—Mi cardiólogo me dio unos cuantos libros sobre el proceso. Conozco todas las fases del duelo. La negación, la negociación, la etapa de ira, la depresión y la aceptación. Soy consciente de que no tengo demasiado tiempo, y quizá por eso en apenas una semana ya he pasado por todos los estadios del duelo. La negación me duró poco, apenas cinco minutos en el hospital entre el momento en que mi médico me lo decía y la evidencia del ecocardiograma. Lo mismo que la negociación. Lo devastador de mi estado físico no deja lugar a negociar nada, en cuanto bajo la guardia, la muerte me acecha de una manera tan salvaje y evidente que admitir que voy a morir no tiene nada de aceptación, y todo de imposición. La ira es lo que mejor controlo. Soy policía y lo he hecho bien toda mi vida, he aprendido a encauzarla en la búsqueda, dándole así un objetivo. En cuanto a la depresión... —Suspiró profundamente antes de continuar—: Estoy en ese pozo desde el primer día, y lo cierto es que ante la inminencia de mi muerte también he aceptado que me acompañará hasta el final.

Ella asintió muy despacio, invitándolo a continuar.

—Pero no es de eso de lo que quiero hablar. Antes de proseguir necesito que responda a mi pregunta. ¿Qué sabe de la muerte, doctora Elizondo? ¿Qué sabe de las experiencias cercanas a la muerte? ¿Y de las personas que han estado muertas y han regresado?

—¿Es eso lo que le pasó?

—Un ataque de corazón fulminante me causó la muerte súbita hace unos días. Zas, una inmensa ola de calor y de frío, como si el viento atravesara mi cuerpo, y un segundo después estaba muerto. Morí, y aún estaría muerto de no ser porque unos tipos, probablemente furtivos que buscaban caza y pesca en las aguas revueltas tras la tormenta, me encontraron entre el lodo helado y me trasladaron a un hospital que cuenta con un excelente cardiólogo. Morí, estuve muerto oficialmente, sin pulso, sin latido. Durante muchos muchos muchos minutos.

Apartando la solapa de su chaqueta, Noah extrajo del bolsillo interior las pastillas y el frasquito de digitalina.

—¡Oh! —exclamó ella en verdad sorprendida mientras examinaba las cajas de los medicamentos. A Noah no se le escapó que hasta abrió la petaca y olisqueó el contenido.

—Si llega a haber próxima consulta, le traeré los informes del hospital —dijo él recogiendo de nuevo las medicinas—. Pero bueno, hasta ahí es todo más o menos normal, un muerto como cualquier otro, con la diferencia de que yo resucité, como el puto Lázaro. Si el amigo de Jesús pasara consulta de psiquiatría, créame que iría a hablar con él. Pero no conozco a nadie que haya estado muerto, y por supuesto no espero tanto de usted, solo necesito saber cuánto discierne, qué está decidida a admitir sobre este tema, incluso si está dispuesta a aceptar que hay algo de lo que hablar, o va a darme una conferencia sobre alucinaciones producidas por el cerebro. Tiene que aclarármelo antes de que podamos empezar siquiera a plantearlo, porque no tengo tiempo para perder. La mujer permaneció quieta unos segundos mirándolo. Después asintió lentamente mientras apretaba los labios y tomaba una decisión. Separó un poco su silla de la mesa. Se inclinó y abrió un cajón de la parte baja. De su interior sacó un retrato en su marco, lo apoyó en su soporte girándolo para que Noah pudiera verlo. Era una foto familiar en blanco y negro. Una familia posando frente a una casa de campo. En ella aparecían un hombre y una mujer, bastante jóvenes, y cuatro críos. Tres niñas y un bebé que la mujer sostenía en los brazos. Parecían felices.

—Esta es mi familia, y esta de aquí —señaló a una de las niñas en la fotografía, la más pequeña— soy yo. Cumplía cuatro años el día en que se tomó esta foto, mis tíos de San Sebastián, que habían venido a pasar el día con nosotros, tenían una cámara nueva e hicieron la foto frente a nuestro caserío. Recuerdo que unos días antes, y de manera inexplicable, yo había comenzado a negarme a ir a la cama. Remoloneaba en el salón hasta que me quedaba dormida en el sofá y mi padre tenía que cargarme hasta la habitación que compartía con mis hermanas, y, aun así, si llegaba a despertar en mitad de la noche, bajaba al salón y dormía hasta la mañana en el sofá junto a la entrada. Justo una semana después de hacernos esta foto, una noche mientras todos dormían desperté zarandeada y oyendo una voz femenina que me llamaba apremiante. «Despierta, despierta.» Abrí los ojos. Sentada a mi lado había una gata, seguramente se había colado por la ventana de la cocina, o eso creo que pensé en aquel momento. Era pequeña y flaca, de pelo negro y brillante y ojos verdes. Me gustaban mucho los animales y me alegré de verla, aunque también me sorprendió porque sabía que mi madre no nos dejaría tenerla. Me incorporé para mirarla mejor y entonces lo sentí. Un rumor como si el viento del norte soplase en el interior de la casa, y, acompañándolo, el calor. Como si en alguna parte hubiera un secador de pelo funcionando a toda marcha o como si acabasen de abrir la puerta del horno frente a mi rostro. Respiré profundamente y sentí que el interior de mi nariz se secaba hasta doler, como si se resquebrajase la piel de dentro en el mismo acto. Y entonces volví a oír la voz: «Sal de aquí, vete». Sonó junto a mis oídos como si quien hablaba estuviese situado a mi lado. La orden no dejaba lugar a discusión. Una voz adulta que jamás había oído antes y que sin embargo se dirigía a mí con la confianza de un familiar. Tomé a la gatita en brazos, atravesé la estancia hasta la entrada principal y abrí la puerta. En el mismo instante en que cruzaba el umbral el techo de madera de la segunda planta se hundió, y fue como si la casa entera explotase con un ruido infernal de viento ardiente y maderos en llamas, que me proyectaron despedida al prado que había frente a la casa. Mi padre, mi madre, mis dos hermanas mayores y mi hermanito bebé murieron calcinados en aquel incendio.

»Aunque años después volví para preguntarles, los vecinos que me encontraron recordaban muchos detalles, pero no a la gata pequeña y negra. A partir de aquel día viví con mis tíos en San Sebastián. Eran muy buenos y se portaban muy bien conmigo, pero cuando fueron pasando los años, vi que insistir en la historia de la gata que me despertó para sacarme del incendio dejaba de parecerles la fantasía de una niña muy pequeña o el reducto en el que se escondía la culpabilidad de haber sido la única que se había salvado. No sé cuántos años tenía, pero un día me di cuenta por primera vez del intercambio de miradas entre ellos cuando contaba aquella historia. Así que dejé de hacerlo. Pero jamás lo olvidé, y aquella gata que nunca más volví a ver se convirtió en la razón por la que estudié psiquiatría.

La doctora Elizondo suspiró hondamente antes de añadir:

—Así que, señor Scott Sherrington, espero que mi proporción de muertos en la balanza, y mi discernimiento sobre el proceso de morir o no hacerlo, le resulte satisfactorio.

Noah asintió y hasta se permitió una broma.

—No tengo mucho tiempo, así que espero que no me cite para la semana que viene.

Ella sonrió.

—Noah, ¿qué te parece si vuelves mañana a la misma hora? —dijo tuteándolo por primera vez.

Él se puso en pie y dio dos pasos hacia la puerta, pero se detuvo antes de abrirla.

—Sería un truco muy sucio que te hubieses inventado una historia como esa solo para ganarte mi confianza.

La mujer no respondió. Comenzó a desabotonarse la camisa hasta la altura del ombligo, se volvió de espaldas a Noah y dejó resbalar la prenda hasta que uno de sus hombros quedó completamente al descubierto. La cicatriz medía dos palmos. La piel se veía rugosa, blanca y nacarada, como el interior de una ostra, y cruzaba desde el hombro al omóplato, en el lugar donde los restos ardientes de su casa habían impactado contra ella proyectándola al exterior y salvándole la vida.

Even if it was for just one day?
¿Aunque solo fuera por un día?

A las ocho y media, Mikel lo esperaba en el portal de La Estrella. Durante las siguientes dos horas repitieron prácticamente el mismo recorrido que durante la mañana los había llevado tras los irlandeses. Después estos entraron a cenar a Víctor Montes en la plaza Nueva y permanecieron en el local hasta bien pasada la una de la madrugada. Cuando salieron todo el grupo mostraba los efectos de haberse bebido buena parte de las reservas de whisky por las que el local era famoso. Michael, «el Leprechaun», hizo varios intentos de detenerse en distintos bares que encontraron en el camino de vuelta a la pensión, pero «el Oscuro» le susurró algo al oído y el pequeño irlandés obedeció. Juntos, como buenos chicos, regresaron al Toki-Ona. Mikel y Noah esperaron en el interior oscuro del portal de La Estrella y veinte minutos después vieron salir a Murray. Se había cambiado de ropa y llevaba el pelo engominado hacia atrás. Miró brevemente a los lados de la calle y salió en dirección a la catedral y después al Arenal. Tuvieron que hacer un esfuerzo para seguirlo. Todavía había mucha gente en la calle, pero Murray caminaba decidido sorteando a los grupos, como cualquiera que ha quedado para una cita a la que llega tarde. Al salir al Arenal decidieron separarse. Noah esperó en la esquina junto a la bocana que entraba hacia el lateral del templo, donde había aparcado Murray la otra noche y a donde el hombre se dirigió como un buen animal de costumbres. Mikel aceleró el paso hacia la Ribera para recoger el Renault 6 que le habían prestado, maniobró entre el gentío que se dirigía a las *txosnas* junto al Arriaga, y Noah entró en el coche justo en el instante en que Murray se cruzaba por delante conduciendo hacia el puente.

Primero fueron hacia la zona de Deusto. Murray aparcó casi en la puerta de la discoteca Garden. Se acercó a la entrada, pero comprobó que aquella noche había una actuación en directo y ni siquiera llegó a entrar.

Subió al coche y se dirigió a otro local nocturno de la zona. Aparcaron a dos coches de distancia de Murray en la misma avenida Madariaga, pero esperaron hasta ver que entraba en el local para seguirlo.

—No es un lugar al que vengan precisamente las jovencitas —comentó Mikel Lizarso—. Hay de todo, pero en general la media de edad es de gente más mayor, y el ambiente algo más «turbio», por llamarlo de algún modo, que el de un lugar como el Arizona.

No, Noah no esperaba que John Biblia regresara al Arizona. Aquello habría sido demasiado inmaduro y previsible. Si no habían podido atraparlo en todos aquellos años era porque había aprendido, o como lo llamaba Ressler, aquel investigador norteamericano del FBI, «había evolucionado». El enorme riesgo que había corrido a principios de los setenta, repitiendo como coto de caza la Barrowland, debía ser sin duda una de las variantes que había tenido que introducir en su *modus operandi*. En 1983 ya había cámaras de vigilancia en las puertas de muchos locales, y Noah estaba seguro de que, en salas grandes como la Arizona, en la que a menudo había actuaciones en directo, habría un sistema de vídeo para grabar las sesiones. Si más chicas desaparecían allí, era probable que la policía pidiera las grabaciones, y Biblia no era tonto.

La entrada del Holiday Gold no se veía ni muchísimo menos tan grandiosa como la de la discoteca Barrowland de los sesenta en Glasgow. Ocupaba una pequeña sección de la fachada con puertas de madera oscuras flanqueando el nombre del local escrito a dos colores. Una porción de la puerta metálica que era visible sobre la entrada hizo pensar a Noah que no podía ser demasiado grande, quizá por eso lo sorprendió más encontrar un espacioso local con un gran escenario, y bastante más moderno de lo que había podido imaginar.

Comprendió rápidamente por qué Lizarso había empleado la palabra *turbio* para describir a la clientela del Holiday. La media de edad era de más de treinta, puede que incluso más de treinta y cinco. Se veía alguna mujer más joven, pero la mayoría eran grupos de amigas, muy sonrientes, muy arregladas, que se sentaban juntas muy cerca de la pista. Observó que dedicaban miradas apreciativas a los hombres que pasaban, mientras cuchicheaban, inclinándose hacia sus amigas, comentarios que las hacían estallar en carcajadas. Noah no había estado en la sala Barrowland de Glasgow durante los primeros asesinatos de John Biblia, pero le resultó fácil deducir que el perfil de aquellas mujeres que acudían con sus amigas a pasar una noche divertida, que deslizaban su alianza en el bolsillo y que siempre se llamaban Jane, no difería mucho del de la clientela del Holiday. Murray dio una vuelta por el local antes de encontrar un lugar que lo convenciese en la barra. Noah había pedido un par de cocacolas a un camarero que lo había mirado bastante sorprendido, y que hasta había insistido en que se animase a tomar su refresco con «algo más». Le tendió una a Lizarso, y se apoyaron contra una de las grandes columnas fingiendo contemplar a los grupos que bailaban en la pista. Acodado en la barra, Murray se dedicó a sorber poco a poco lo que desde lejos parecía un whisky. En un par de ocasiones lo vieron hablar brevemente con mujeres que se acercaban a la barra a pedir sus consumiciones, pero sus avances no prosperaron. Después de un rato se levantó y paseó con su vaso en la mano hasta la pista. Y fue entonces cuando Noah vio a Collin. Observaba a Murray desde lejos, medio oculto por otra de las grandes columnas que rodeaban la pista.

—¿Crees que tal vez han quedado aquí? —preguntó Lizarso.

—No, hace un rato que lo ha visto. Si hubieran quedado, ya se habría acercado. No creo que tenga interés en que lo vea. Lo ha seguido, igual que nosotros. Por alguna razón sospecha de él.

—¿Crees que como tú piensa que realmente no es Murray?

Noah reflexionó sin dejar de observar al irlandés.

—No, aún no sabe qué es lo que no cuadra. Pero desde la primera vez que vi a Collin entrando en el bar de Maite, y el modo en que estudió y clasificó a todos los presentes, me di cuenta de que sin ninguna duda es el más peligroso de todo ese grupo. ¿Aún no os ha llegado ninguna información sobre él?

Lizarso negó.

—Como si fuera un fantasma.

Permanecieron en el Holiday algo más de hora y media. Murray abandonó sobre una mesa su vaso casi intacto y salió de la sala seguido a cierta distancia por Collin. No se dirigió hacia su coche, echó a andar por la avenida, y Lizarso estuvo seguro de que iba a otra de las salas de la zona de Deusto.

Murray pagó su entrada en la puerta de la sala Chentes, y Collin hizo lo mismo a los pocos minutos. Mientras hacían tiempo antes de seguirlos al interior, vieron a un hombre que llegaba apresurado y se ponía a hablar con uno de los porteros en la entrada, Noah le dio un codazo a Lizarso.

—¿No es...?

—Sí, es Kintxo, el exmarido de Maite.

Observaron mientras negociaba durante poco más de un minuto con el portero, que finalmente le permitió entrar.

Chentes era un lugar cosmopolita, con una clientela muy del estilo del Holiday, quizá con algo más de dinero. Había hombres trajeados, como si el inicio de las fiestas los hubiera sorprendido con la misma ropa que se habían puesto para acudir a las notarías, a los bufetes de abogados o a las consultorías mercantiles. Botellas de champán sobre algunas mesas y copas sofisticadas de muchos colores. Mujeres bien vestidas y perfumes caros. Murray encajaba con sus vaqueros planchados, su camisa blanca y su americana azul marino, pero la ropa negra de Collin le daba cierto aspecto punk que desentonaba en el local. La sala era algo más pequeña que la anterior y Collin permaneció sentado en una zona oscura sin quitar ojo a su camarada. Más de lo mismo. Noah y Lizarso pidieron un par de refrescos con los que disimular y Murray, que permaneció todo el tiempo acodado en la barra, pidió un whisky que no se bebió. En un par de ocasiones pareció que se interesaba más de la cuenta por alguna chica, pero dos horas más tarde salió del local, se dirigió a su coche, condujo hasta la zona de las Siete Calles y aparcó de nuevo cerca de la iglesia. Lizarso rodeó el templo para aparcar en la misma zona, después de haber dejado a Noah en el Arenal frente a la calle Correo, mezclado con un nutrido grupo de chicos y chicas que venía de la zona de las *txosnas* instaladas en toda la ribera junto al teatro Arriaga. Noah cruzó mientras aceptaba el vaso de plástico lleno de cerveza que una chica le ofrecía. Se rezagó hablando con ellos frente a un cajero automático mientras esperaba a que Lizarso se le uniera.

—Collin ha llegado casi a la vez. Debe de tener un coche en alguna parte.

Se apresuraron torciendo hacia la derecha y aparecieron por la calle Tendería. Tuvieron que refugiarse junto al escaparate de Santiaguito para observar desde lejos cómo primero Murray entraba en el portal, y Collin esperaba en la puerta hasta pasados quince minutos antes de subir al hostal.

—No sé cuál me escama más de los dos, si Murray o Collin —dijo Lizarso pensativo cuando vio que por fin Collin entraba en la pensión—. Si no fuera porque sé que es improbable, diría que se comporta como un policía. Noah se volvió a mirar el escaparate apagado. Los envoltorios blancos de los dulces refulgían, incluso bajo la escasa y amarillenta luz de las farolas de la catedral.

—No es un policía —dijo mientras inspeccionaba el contenido de la vitrina—. Pero es, de todo ese grupito, el que más me preocupa. El único que se comporta como un soldado. —Señaló los envoltorios del escaparate—. ¿Qué es malvavisco? —preguntó Noah de pronto.

Lizarso sonrió sorprendido por su interés.

—Oh, es una planta medicinal, creo que para elaborar los caramelos emplean solo la raíz. Son buenos para la garganta, porque tienen alguna propiedad calmante. Mi abuela los llevaba a bendecir en la festividad de San Blas en febrero, y después nos los daba como si fuese una medicina cada vez que nos veía toser. Siempre que la veía me ponía a toser como un loco.

—¿Y Santiaguito, por qué?

—Pues no lo sé con seguridad, dicen que el fundador, el señor Santiago, era un hombre de baja estatura. Pero vete a saber...

Cuando Noah entró de nuevo en su habitación de La Estrella se sentía agotado y huérfano de sueño. Decidido a ser sincero consigo mismo admitió que toda su melancolía procedía de no haber visto de cerca a Maite más que aquel momento en el portal. Giró el conmutador que con un leve clic y una luz verde le indicó que la radio estaba encendida. Se quitó la ropa y se metió en la cama a oscuras dejando que el piloto verde fuese la única luz en la habitación. Tomó el pequeño aparato y se lo apoyó en la oreja para escuchar con atención la letra de la canción.

Ven a radio madrugada
si estás sola en la ciudad
sin moverte de tu habitación.
[...]
No estás sola,
alguien te ama en la ciudad,
no tengas miedo
que la alborada llegará.
No estás sola,
te queremos confortar,
sal al aire,
cuéntanos de lo que vas.

Por primera vez en muchos días, ni tuvo que hacer un esfuerzo para lograrlo, ni fue consciente de cuándo se quedó dormido.

Maite

Llevaba horas en la cama. A lo lejos, como un eco, la música de la verbena sonaba retumbando sobre los tejados de Bilbao, no tan fuerte como para impedirle oír los sonidos de su propia casa en silencio. Su hija dormiría en casa de su amiga cuando regresasen de las fiestas, y su ausencia aquella noche la hizo sentirse especialmente sola. A su lado, sobre la mesita de noche, el transistor que mantenía encendido en un intento de escuchar algo que le sacase de la cabeza su encuentro con Noah.

Sin poder evitarlo repasaba una y otra vez cada una de sus palabras, lo que había dicho ella, lo que había contestado él; volvía a ella la furia que la había dominado al salir de aquel portal sintiéndose como una imbécil. De entre todas las estúpidas razones que podía dar un hombre para rechazar a una mujer, la más insultante era sin duda la de la conveniencia. ¿Quién diablos se creía nadie para decirle a ella qué le convenía?, ¿acaso tenía seis años?

Era una mujer adulta, podía tomar sus propias decisiones. Por supuesto que había relaciones que no le convenían, pero para rechazarlas o terminarlas ya estaba ella, y por desgracia le sobraba experiencia.

Dejó salir todo el aire por la nariz mientras controlaba el enfado.

Pero había algo más, algo que había estado dando

vueltas en su cabeza durante todo el día, y no tenía nada que ver con lo que se dijo. Si eliminaba del encuentro las malditas palabras, si se quedaba con los gestos, las miradas, las sonrisas, y volvía a repasar la escena como una película del cine mudo, la lectura era muy distinta.

Y como en aquellas películas antiguas, la clave estaba en el beso.

Reconoció las notas de una canción de Miguel Ríos y subió un poco el volumen de la radio para poder escucharla y, mientras lo hacía, se llevó los dedos a los labios y los acarició rememorando cada instante de aquel beso.

«Puedes decir lo que quieras, Noah el inglés, pero ya lo dijo Betty Everett: si un hombre te quiere, lo sabrás por sus besos.»

Bilbao. Domingo, 21 de agosto de 1983

Existe una fase del sueño denominada sueño paradójico. Había leído que, de modo natural o mediante aprendizaje, algunas personas podían no solo ser conscientes de lo que les ocurría mientras soñaban, sino que llegaban a controlar el contenido y el desarrollo de sus sueños, sueños lúcidos, se llamaban. No había llegado a aquel proceso de un modo fortuito, y distaba mucho de ser capaz de dominar lo que soñaba, pero en los últimos días había ido desarrollando cierto control para ralentizar cada una de las imágenes que se sucedían en su mente cuando volvía a revivir su tragedia.

Cuando soñaba era consciente de estar viviendo una pesadilla. A veces se daba perfecta cuenta de estar oyendo una voz procedente de la radio, las señales horarias, e incluso aquel otro pitido, como de monitor cardíaco, que no estaba seguro de que fuera del todo real. Estaba soñando, lo sabía, pero eso no había sido suficiente para rebajar el pánico que le provocaba aquel llanto que era el preludio de la misma muerte. Ignoraba si había oído gemir a un fantasma mítico, a las almas de las víctimas de John Biblia o era el clamor de su propio espíritu que gritaba enloquecido cuando el abismo de la nada se abría ante sus pies. Pero todo había cambiado desde el instante en que se había dado cuenta de que John Biblia lo había oído con la misma claridad que él. Ese horror se había convertido en el clavo ardiendo, en la última esperanza, en lo que deseaba creer con todas sus fuerzas, en lo que necesitaba creer, porque si aquello, lo que fuera, que ambos habían oído provenía del otro mundo, quizá había una esperanza para él. Era esta presunción la que lo hacía regresar una y otra vez a vivir aquella tortura y a intentar detenerla antes del último instante.

El agua helada caía sobre su cabeza, las gotas golpeaban tan fuerte en los ojos que dolía. La tormenta rugía feroz y, sin embargo, sobre todo aquel estruendo su latido sonaba como un flagelo atronando en sus tímpanos, ensordecedor. Y entonces una voz se coló en su sueño...

—Buenos días, Bilbao. Soy Ramón García y te hablo desde Los 40 Principales FM Radio Bilbao. Aprovecho para saludar a todos los bilbaínos que celebramos el segundo día de esta Aste Nagusia 1983, que en esta jornada llega cargada de actos como el tradicional encierro, deporte rural, gigantes y cabezudos y, para todos los aficionados a los toros, gran corrida esta tarde en Vista Alegre. Los cielos están nublados sobre la ciudad del Nervión, y aunque en este momento no llueve, un chubasco madrugador nos ha acompañado desde muy temprano pasando por agua el encierro al que tantos bilbaínos son aficionados. En unos minutos abriremos nuestros micrófonos para que todos los que queráis podáis dedicar vuestras canciones favoritas a vuestros amigos o a vuestros seres queridos. Os dejo con Donna Summer y su *She Works Hard For The Money*, que ocupa esta semana el número uno de nuestra lista de Los 40 Principales.

Noah abrió los ojos a la escasa claridad que se colaba entre los portillos de madera que cubrían las hojas de su ventana por fuera. Giró levemente la cabeza y vio a su izquierda la luz verde del aparato de radio brillando como una pequeña esmeralda. Subió el volumen para escuchar la música e hizo el recuento habitual de daños al despertar. Una leve náusea lo acompañaba cada mañana, y se mantendría hasta que orinase y tomase algún líquido. Se incorporó despacio intentando eludir el mareo que lo sacudía si cometía el error de incorporarse demasiado rápido. Lo hizo apoyándose en los codos primero y estirándose hacia delante lentamente hasta tocarse los tobillos. Los pies estaban normales, sin rastro de inflamación. Los puso en el suelo y aún esperó unos segundos antes de ponerse de pie. Caminó hasta la ventana y abrió los portillos dejando que la luz grisácea que se filtraba desde la claraboya y el olor de detergente y lejía se colasen en la estancia mezclados con el aire templado del patio. Al volverse vio en el suelo una nota que alguien había colado por debajo de la puerta. La dueña del hostal firmaba la misiva, que le sorprendió por su cuidada caligrafía, en la que le deseaba un buen día, se disculpaba porque tenía que ir a misa y le informaba de que dejaba el desayuno en la cocina. Entreabrió la puerta de la habitación y escuchó. La casa estaba en silencio y en el pasillo flotaba un agradable olor a café que le abrió inmediatamente el apetito. Lo cierto es que en todos los días que llevaba allí todavía no se había cruzado con ninguno de los huéspedes. Estaba pensándolo cuando a su espalda oyó la voz de Maite diciendo:

—Hola, buenos días.

Se volvió maravillado, casi esperando verla. Pero no había nadie allí, tan solo las voces que flotaban en el aire desde el aparato de radio apoyado en la almohada de su cama.

—Hola, ¿quién eres? —preguntó el locutor.

—Soy Maite. De aquí, de Bilbao.

Noah cerró la puerta a su espalda y, sonriendo emocionado, caminó hacia la cama.

—*Egun on*, Maite, ¿qué tal llevas la Aste Nagusia?

—Bueno, Ramontxu, a mí me toca trabajar...

—Pues para eso estamos nosotros, para acompañarte mientras trabajas y desearte que en algún momento puedas disfrutar de nuestra Aste Nagusia.

—Sí, seguro que sí —contestó ella.

Noah se sentó en la cama, junto a la almohada, sonriendo incrédulo mientras miraba el aparato. Se sentía inexplicablemente nervioso.

—A ver, Maite, ¿qué canción quieres que te pongamos? —preguntó Ramón García.

—Pues mira, quería *Amor de hombre* de Mocedades.

El locutor rio divertido.

—¡Pero, Maite, qué romántica! Y ¿para quién va a ser?

Noah contuvo la respiración mientras sentía que el estómago se le encogía como si viajase en una montaña rusa.

—Pues para el chico que me gusta.

—¿Y no nos vas a decir su nombre, Maite?

Noah tomó el receptor en sus manos, sus dedos vibraban con la voz de ella.

—Él ya sabe quién es...

El locutor volvió a reír.

—Danos alguna pista, Maite, para que no le quede ninguna duda si te está escuchando.

Ella dudó.

—Bueno, él está esperando al diluvio.

Noah cerró los ojos y dejó salir todo el aire de sus pulmones mientras una sonrisa inmensa subía a su rostro.

—Pues está de suerte, Maite —respondió locuaz Ramón García—. Porque las previsiones apuntan a que esta tarde ya la tendremos pasadita por agua. Así que para ti y para el chico que te gusta, allá va Mocedades y su *Amor de hombre*.

Escuchó cada nota, cada inflexión de la voz de Amaya Uranga. Intentando vislumbrar entre la letra y la música un mensaje que fuera solo para él. Cuando la canción hubo terminado siguió unos minutos sosteniendo el aparato en las manos. Ansiando volver a oír la voz de Maite y mirando confuso alrededor mientras sonreía decidiendo si aquello era verdad o había sido solo un sueño.

Se duchó, se afeitó, se vistió, sin dejar de sonreír y repitiendo cada una de las palabras que ella había dicho, como si solo así pudiera creerse que eran ciertas. Todo el tiempo llevó a cuestas el aparato de radio, resistiéndose a separarse de él, consciente de que era improbable que ella volviese a llamar, pero incapaz de alejarse del lugar de donde había brotado su voz. Cuando estuvo listo entró por fin en la cocina y se sorprendió al ver una mesa bastante arreglada, en la que había dispuestos varios platillos con pastelitos, bollos, una jarrita de leche y una retorta de café que seguía enchufada para mantener el brebaje caliente, y que era la causa del aroma que se expandía por toda la casa. Se sirvió en una taza y, mientras mordisqueaba uno de los pastelitos, apartó las cortinas de la ventana para ver la calle.

Michael y «el Oscuro» salían en ese momento de su pensión. Se dirigieron decididos hacia la esquina de la plaza Unamuno con la calle Correo. Noah tuvo una corazonada. Dejó la taza sobre la mesa y abrió la ventana asomándose todo lo que pudo. El ángulo no era muy bueno, porque parte del retranqueo del propio edificio impedía ver todo el ancho de la calle, pero habría apostado a que habían entrado en la cabina telefónica. Cerró la ventana y salió al pasillo del hostal. Fue probando todas las puertas del lado derecho hasta que llegó a la del dormitorio de la propietaria. Movió la manija, que cedió ante su empuje. La habitación estaba arreglada, la cama hecha y la colcha perfectamente estirada, hasta hacerla parecer casi un monumento. Dedicó una mirada preocupada hacia la puerta de la calle y entró en la habitación. Abrió la ventana que cuadraba sobre la cabina. Desde el ángulo que le ofrecía su perspectiva de visión, llegaba a ver las perneras de los pantalones de uno de los hombres apoyado contra la puerta. Estuvieron en el interior de la cabina algo más de diez minutos, después salieron y volvieron hacia el hostal donde se alojaban. Noah iba a cerrar la ventana cuando vio a Rafa, el chico que hacía los recados para Maite y para otros bares. Llevaba una bolsa de plástico de la que asomaban dos barras de pan. Se había detenido en la esquina y movía nervioso los brazos hacia alguien que Noah no podía ver. El chico avanzó unos pasos y entonces Noah comprobó que un grupo de cuatro críos, de entre diez y doce años, lo perseguían increpándolo. Uno de los chavales se acercó y dio un manotazo a uno de los panes, que primero se torció y quedó medio colgando y después cayó al suelo mojado. Incapaz de controlarse, Noah gritó desde la ventana:

—¡Eh! ¡Vosotros! ¡Dejadlo en paz!

Todos los chicos, incluido Rafa, se volvieron a mirar hacia arriba. El que había roto la barra de pan hizo un puño con la mano y sacó el dedo medio.

Noah se volvió arrebatado hacia el interior de la habitación y se dio de bruces con la propietaria de La Estrella, que sonreía.

—¡Vaya, míster Scott! No voy a decir que no me sienta halagada al encontrarlo en mi dormitorio. Ya veo que está mucho mejor.

Noah la miró sorprendido y trató de explicar que quería ver algo que ocurría en la calle, que solo por eso había entrado allí, mientras a la vez se percataba de la sonrisa insinuante de la señora y se iba horrorizando por momentos. Sin siquiera cerrar la ventana murmuró una disculpa que luego no estuvo muy seguro de haber dicho en español o en inglés, abrió la puerta del hostal y salió escaleras abajo.

Jadeaba cuando llegó junto a Rafa, mezcla del esfuerzo por darse la máxima prisa y del bochorno que le suponía solo pensar lo que habría pasado por la cabeza de aquella mujer. Pero al ver el estado en el que estaba el chaval se le olvidó todo. Había retrocedido hasta apoyarse en la pared. Tenía la cabeza gacha, las manos crispadas y recogidas contra el pecho y miraba los restos de pan, que dos de los chavales estaban pisoteando en el suelo hasta reducirlos a una pulpa mojada y sucia de barro y hollín. Otros dos reían divertidos mientras uno de los que pisoteaba el pan le decía:

—¿Te gusta así, idiota?

—¡Eh! —gritó Noah. Los cuatro críos salieron corriendo hacia la calle Iturribide mezclándose entre la gente.

Noah se colocó ante Rafa obligándolo a mirarlo.

—Rafa, ¿estás bien?

El chaval asintió.

—¿Estás seguro? ¿Te han pegado?

Era evidente que estaba nervioso y también enfadado. Aspiró sonoramente el aire antes de hablar. Alzaba la cabeza y al instante siguiente la dejaba caer sobre el pecho. Boqueó como si fuera a decir algo, aspiró profundamente y por fin habló.

—Me-e han... roto el pan.

—No te preocupes por eso ahora —intentó tranquilizarlo.

—Hss, sí, pero me han roto el pan. —Tenía los ojos llenos de lágrimas—. Es para la «catofueros».

—¿Para quién?

El chico lo repitió con mucha dificultad, debido a una mezcla de lágrimas y nervios. Noah dedujo que había dicho algo parecido a Cantón Fueros. Le sonaba de un bar en el Arenal.

Metió la mano en el bolsillo y sacó unas monedas.

—No te preocupes, vamos a comprar de nuevo el pan. Yo te acompañaré.

Trató de poner las monedas en las manos del chico mientras retrocedían hacia la plaza, pero las retorcía y las agitaba de un modo tan nervioso que hasta la bolsa se le habría caído de no llevarla sujeta en la muñeca. Incapaz de conducirlo dentro, dejó a Rafa junto al escaparate de la tienda, seguía lanzando nerviosas miradas hacia el lugar de la calle donde habían quedado los restos pisoteados del pan. Compró una barra mientras lo observaba a través de los cristales, regresó a su lado y la metió con las otras en la bolsa que llevaba el chico. El chaval pareció inmediatamente aliviado.

—Graciasss —dijo levantando la cabeza. Por el modo en que aspiraba el aire antes de cada palabra, Noah supo que aún estaba muy nervioso.

—Tengo qu-ee llevar el p-pan. Me están esperando.

Noah echó a andar a su lado.

—¿Suelen molestarte esos chicos?

—A-A-Al-gunas veces —dijo muy despacio—. Cuando no está Euri. —Su andar era firme, pero caminaba como si al final de cada paso se pusiera un poco de puntillas.

—¿Quién?

—Mi-i p-perra E-Euri.

Noah asintió.

—Sí, vi que te acompañaba el otro día.

—Euri es-s la perra de la lluvia. M-mi madre la encontró b-bajo la lluvia... Por eso se llama Lluvia. Ss-i está Euri n-oo ss-e atreven.

—¡Malditos cobardes! —se indignó Noah.

—Euri ess buena, no muerde —explicó el chico un poco preocupado.

—Claro que no —contestó Noah conmovido por la lealtad del chico hacia su perra.

—Pero... ellos no lo ss-aben...

Noah se paró en seco y miró al chico. Había hecho un chiste. Estaba sonriendo. Sonrió a su vez y le tendió una mano.

—¿Quieres que lleve yo la bolsa?

—Puedo solo.

Noah siguió caminando en silencio a su lado.

—No ss-oy idiota —dijo entonces el chico.

—No, claro que no —contestó Noah no demasiado seguro de si por alguna razón lo estaba haciendo sentir incómodo.

—Me llaman idiota. —Irguió la cabeza echándola un poco hacia atrás mientras aspiraba ruidosamente el aire—. Pero no ss-oy idiota. —Dejó caer la cabeza y dijo muy despacio—: Parálisis cc-erebral. —Aspiraba el aire cada dos golpes de voz.

Noah lo miró sorprendido.

—¿Qué?

—Parálisis cc-erebral. —Hizo una pausa y aspiró sonoramente el aire—. Me pasó al nacer, mi madre dice que esss un accidente, le puede pasar a cualquiera. No ss-oy idiota.

—No lo he pensado ni por un instante —le dijo muy serio Noah.

—E-sss porque hablo mal —dijo convencido.

Noah esperó consciente del esfuerzo que el chaval estaba haciendo.

—Algunos creen qq-ue ss-oy tonto... porque hablo mal.

Noah se detuvo y lo miró.

—Rafa, yo también hablo mal, y tengo que ir a hacer pis cada hora y no puedo correr sin que me dé un ataque, supongo que hay gente que pensaría que soy tonto.

Rafa sonrió.

—Es verdad, hablas muy mal —dijo divertido—. Pero no eresss tonto.

—No lo soy —contestó Noah sonriendo.

—Ni míster —soltó de pronto el chaval riéndose.

Noah se quedó petrificado mirándolo.

—En los bares-ss dicen que eres míster, pero no shs-abías quiénes eran los leones —explicó recordando el momento en el que vio a Noah en el bar de Maite por primera vez y le hizo un comentario sobre el equipo local de fútbol.

—¡Tú eres un listillo! —dijo Noah riéndose.

—Sh-sé un montón de cosas.

Noah le siguió el juego.

—¿Ah, sí?

—Que no eress un míster y que a Maite le gustas.

—Pues a lo mejor sí que soy un poco idiota, porque todo el mundo parece haberse dado cuenta menos yo.

Rafa estaba mucho más tranquilo y Noah aprovechó para preguntarle.

—¿Le has contado a alguien que crees que no soy un míster?

El chaval negó.

—Detective —dijo en voz muy baja.

—¿Eso es lo que crees que soy?

El chaval bajó aún más la voz.

—Detective inglés. Hostal La Estrella investigando. Y llevass pistola, y tu amigo también.

Noah lo miró con auténtica admiración.

—¿Cómo sabes dónde me alojo?

—También hago los re-recados para los hostales... Aaa-demás estabas asomado en la ventana.

Noah se llevó una mano a la frente. Sonrió.

—Rafa, voy a pedirte un favor. No debes decírselo a nadie, porque soy un detective secreto. Para poder resolver el caso que estoy investigando es importante que nadie sepa a qué me dedico.

—No ss-se lo diré a nadie —dijo muy serio—. Y ss-eré tu ayudante.

Noah lo miró de hito en hito consciente de que tenía un problema.

—¿Eso es lo que hacías ayer mientras me seguías?

—Ayudante —repitió y casi a la vez comenzó a balancearse adelante y atrás, de nuevo nervioso, mientras señalaba el local abarrotado de gente a sus espaldas—. Tengo que llevar el pan —dijo saliendo disparado hacia el interior del local.

Noah entró tras él envuelto de inmediato en una atmósfera de humo que olía a marisco asado. Una gruesa capa de servilletas grasientas y cáscaras de gambas cubrían el suelo varios centímetros. En El Cantón de los Fueros la gente elegante de Bilbao pelaba los crustáceos con las puntas de los dedos y hacían entrechocar sus copas de martini los domingos.

Vio cómo Rafa se introducía en la puerta lateral de la cocina. Así que pidió una ración de gambas y un vino, y esperó paciente a que saliera. Si la conversación hasta allí había sido interesante, debía prepararse para la de vuelta.

Mikel Lizarso

Sentado en el camastro donde había pasado parte de la noche tras dejar a Noah en su pensión, el ertzaina Mikel Lizarso miró a su alrededor. El local ocupaba la mitad de los bajos del edificio de la calle María Díaz de Haro asignado a la sede de Tráfico de la Ertzaintza en Bilbao. En la parte pública estaban los vehículos de patrulla, parte del taller mecánico y el almacén, y escamoteada tras una puerta sin ningún tipo de identificación se encontraba la estancia que ahora ocupaba Lizarso, a la que se accedía por el cuarto de limpieza al fondo del garaje. Debía medir unos tres metros de alto, tenía un par de respiraderos y dos estrechos ventanucos que daban a la parte de atrás de la fachada exterior, y oficialmente no estaba allí. Su existencia era tan reservada que ni siquiera podían comunicarse con el mismo edificio más que mediante interfonos. Su unidad simplemente no existía, cuando los políticos se referían a ellos los llamaban «Departamento Adjunto a Presidencia». Administrativamente estaban destinados a la protección personal del *lehendakari* y sus consejeros, pero en secreto constituían una suerte de Departamento del Interior, cuya creación oficial no se habría admitido de ninguna de las maneras en un cuerpo de policía con apenas un año de trayectoria. La mayoría de los mandos de la Ertzaintza provenía del ejército o de otras policías, las posibilidades de obtener información del Ministerio del Interior del Gobierno de Madrid o la colaboración de las áreas de antiterrorismo de los otros cuerpos de policía eran inexistentes. Estaban tan limitados que desde Presidencia del Gobierno vasco se había visto urgente crear un grupo de fieles, de patriotas idealistas, recabados entre los policías de la primera promoción; veintidós hombres y dos mujeres, con el espíritu suficiente como para llevar a cabo una labor en la sombra, que sería vital para el futuro de Euskal Herria, y que se organizó en cinco secciones: contrabando, drogas, armas, ETA y explosivos, sobre todo Goma 2, el explosivo más utilizado por la banda y cuyo rastro constituía un reguero directo a ETA. Lizarso se había sentido feliz y orgulloso de ser llamado a esta causa, eran el germen del futuro Departamento del Interior, creado al amparo del director de Tráfico, que venía de la clandestinidad del Partido Nacionalista Vasco y que ya tenía experiencia en permanecer en la sombra.

Lizarso era consciente, como todos los integrantes de aquella unidad, de que sobrevivían jugando en las tinieblas, con más empeño que formación, poco conocimiento y una gran voluntad de hacerlo bien, porque sostenía realmente cada una de las palabras que le había expuesto a Scott Sherrington. Pero desde su conversación con este algo había cambiado. Algo que le hacía mirar con nuevos ojos el lugar donde había trabajado los últimos seis meses. Ocho mesas se repartían a ambos lados contra las paredes; en una de estas, la foto del *lehendakari* Carlos Garaikoetxea; en la otra, una ikurriña de grandes dimensiones; un pequeño tabique separaba esta zona de la de las literas de campaña para las noches de guardia, había también un televisor con un vídeo VHS que los acompañaba en las jornadas de dieciséis horas que se pegaban de guardia. Tras el murete —la razón por la que siempre debía haber allí al menos un policía—, varias estanterías y baldas sostenían treinta y cinco teléfonos de mesa, de góndola y hasta uno de pared, y una maraña de cables que atravesaban el suelo hasta otras tantas grabadoras colocadas enfrente. Un mueble lleno de cintas de cromo destinadas a las grabaciones, una torre de listines telefónicos, una papelera desbordada del celofán que cubría originalmente las cintas y otra estantería donde se iban colocando en orden las cintas grabadas. A un lado, una mesa y dos sillas, varios juegos de auriculares para escuchar las grabaciones y un montón de cuadernos para tomar notas.

Por primera vez en los meses que llevaba allí, había comenzado a preguntarse qué pasaría después, qué papel desempeñaba realmente en todo aquello, qué pasaría cuando su misión dejara de ser casi un juego a hurtadillas y tuviera consecuencias en la vida real de su pueblo. ¿Qué pasaría si de entre aquellos cientos de horas de escuchas se extrajera un mensaje capaz de cambiar el curso de los acontecimientos políticos y sociales? ¿Qué pasaría si tuvieran que dar un paso al frente que los obligase a dejar de ser meros apuntadores de la obra de teatro que se desarrollaba fuera?

Mikel Lizarso lo sabía, lo había sabido todo el tiempo y esa era la razón por la que había aceptado formar parte de aquel equipo, y lo que más le jodía era que Scott Sherrington había sido capaz de entrever la debilidad de Lizarso escondida tras el idealismo que esgrimía.

Tenía varios periódicos del día extendidos sobre el camastro. *El Correo* titulaba «Bilbao quiere ser una fiesta» y acompañaba la noticia con una foto del alcalde en la puerta de la basílica de Begoña junto a la chupinera mientras lanzaba el cohete de fiestas. A un lado, una muñeca rota entre los escombros ilustraba la noticia de un atentado con Goma 2 en la casa cuartel de Laredo, en el que habían resultado heridas una niña y su hermana pequeña. Al pie se destacaba que el líder de la OLP había sido asesinado en Atenas, y que en Argentina cuarenta mil personas se manifestaban contra la ley de amnistía. Lizarso se sentía disgustado y enfadado. Sostenía sobre las rodillas un ejemplar de un periódico escocés de ocho días atrás que le había costado bastante conseguir. Había releído una y otra vez la noticia en la que se relataba cómo el inspector Scott Sherrington había fallecido durante el intento de detención de John Clyde, sospechoso de ser el mítico asesino John Biblia. El teléfono sonó sobre su mesa, Lizarso iba a levantarse para cogerlo, pero un policía que acababa de entrar y que sería su relevo en la guardia se adelantó, y tras escuchar a su interlocutor se dirigió a Lizarso:

—Un tipo con acento inglés pregunta por ti.

En cuanto Lizarso se acercó el auricular, Noah lo apremió.

—Perdéis el tiempo con el teléfono de la pensión, hace cosa de una hora he visto a Michael y a «el Oscuro» usando la cabina desde la que te estoy llamando, en la esquina de mi calle.

—¿Hace cosa de una hora? ¿Y qué has estado haciendo durante todo ese tiempo?

—He estado ocupado. ¿Te acuerdas de Rafa, el chico que nos seguía ayer? No se ha tragado lo de que sea un míster. De hecho, sospecha que soy policía y que tú también lo eres.

—¿Se lo ha dicho a alguien?

—No, no lo creo.

—Pues hay que tratar de quitárselo de la cabeza, sea como sea.

—Me temo que ya es tarde para eso, el chaval no es tonto, te lo aseguro. Se había percatado de cosas que a la mayoría se le habrían pasado por alto. He tenido que admitirlo, no hacerlo habría sido muy arriesgado. Le he dicho que estoy en una misión secreta, y a cambio ahora tengo un ayudante. ¿Qué te parece? Al chico le encantan las historias de detectives.

—Lo que me parece es que se te da bastante bien contar historias, detective Scott Sherrington. ¿Le has contado a él que oficialmente estás muerto? ¿O le has dicho que estás haciendo turismo?

Doctora Elizondo

Después de llamar a Lizarso, Noah había dudado un instante al pasar cerca del bar de Maite, y el solo hecho de pensarlo había conseguido ponerlo tan nervioso que sintió cómo se le humedecían las palmas de las manos. Aún no estaba preparado, quería verla, sí, pero ni siquiera sabía qué le diría.

Era evidente que algo estaba sucediendo, algo que escapaba por completo a su control. ¿Qué podía hacer? Las circunstancias no habían variado un ápice y, sin embargo, las palabras de Maite, aquella canción, lo cambiaba todo. Apretó los labios y aspiró el aire por la nariz mientras trataba de tranquilizarse y tomaba conciencia de lo caótico de sus sentimientos, que lo empujaban a ir en su busca cuando por otro lado solo deseaba volatizarse y desaparecer de la faz de la Tierra. Sintiéndose cobarde como nunca en su vida, optó por postergarlo y abrazó con alivio su habitual paseo para recoger la prensa. Los titulares que ocupaban la portada de los periódicos escoceses lo habían obligado a detenerse allí mismo, junto al quiosco, para leer la noticia. El retrato robot de John Biblia aparecía en la portada de todos ellos. «La policía detiene a un sospechoso», «John Biblia detenido», «La policía tiene al monstruo».

Leyó y releyó con cuidado el contenido de los artículos, que eran una repetición de todo lo que ya se había escrito los días anteriores. En algunos lugares volvían a mencionarlo como el inspector que había fallecido mientras intentaba detener a John Biblia. Parecía que, en efecto, la policía custodiaba a un hombre indocumentado que se negaba a identificarse y que coincidía con el retrato robot que se había realizado a partir de las descripciones de los conocidos de John Clyde; las palabras *custodiaba*, *siendo interrogado en dependencias policiales*, *retenido* y *todas las líneas de investigación siguen abiertas* guardaban un eco que para Scott Sherrington podía traducirse como «no tenemos nada». Aun así, aquellas palabras le hicieron pensar, hasta llegó a valorar la posibilidad de llamar a Gibson y preguntarle. Guardó las páginas que le interesaban y, mientras arrojaba el resto de los periódicos a una papelera, apostó por esperar, pero dando cabida a las dudas. ¿Era admisible que se estuviera equivocando?, ¿que hubiera errado en su corazonada? ¿Podría ser que el hombre muerto en La Rochelle no fuera más que un ladrón de contenedores que había acabado asesinado a manos de un socio de fechorías?, ¿que Murray solo fuera otro idealista buscando la libertad de su pueblo y arrimándose a las peores compañías?, ¿que las chicas que faltaban de Bilbao estuvieran de fiesta por el País Vasco?, o ¿que aquel borracho se equivocase sobre la mirada del hombre del coche blanco?

Noah comenzó a preocuparse. Había abandonado su país, su patria y el único lugar que podía llamar casa para perseguir una quimera. ¿Quizá en su desesperación, al ver que su vida se acababa, había fundamentado su propia huida hacia delante sobre la idea de que Biblia se hubiera fugado a España? ¿Eran todas sus suposiciones una huida de su propia realidad? ¿Un intento kamikaze de escapar de la muerte?

Noah subió hasta la consulta de la doctora Elizondo casi rozando las paredes que daban a la escalera. Seguramente era un efecto de la luz grisácea que se colaba hoy sin fuerza por la claraboya, porque otra cosa era imposible, pero habría jurado que las escaleras estaban un poco más inclinadas hacia el hueco que la tarde anterior.

Fue ella quien le abrió la puerta, y al entrar en la consulta Noah se dio cuenta de que hoy la doctora había dejado el retrato familiar sobre la mesa.

Mientras se dirigía a su silla le dijo:

—He pensado mucho en nuestra conversación de ayer. Me llama la atención hasta qué nivel eres consciente de los distintos estadios por los que atraviesas tras saber que vas a morir.

Noah tomó aire en un respingo al escucharlo.

—¿He sido demasiado brusca? ¿Podemos hablar en plata? ¿O prefieres que evitemos la palabra *muerte*?

—Usemos la palabra —concedió Noah.

—Me refiero a que cada una de esas fases, la negación, la depresión, la ira, la aceptación, la negociación, están cargadas de sensaciones y experiencias propias, anómalas y asombrosas, incluso alucinantes, me atrevo a decir. Vivencias que la mayoría de las personas no llega a experimentar jamás y que son en sí mismas extraordinarias en psiquiatría. Sin embargo, tú quieres ir un paso más allá, y tengo que admitir que me despierta mucha curiosidad saber de qué quieres que hablemos.

Noah desvió la mirada hacia la ventana huyendo de los ojos inquisitivos de la doctora y comenzó a hablar.

—Sueño cada noche con el momento en que morí. Sé que es menos un sueño que un recuerdo. Vuelvo a sentir todas las sensaciones con la misma claridad que si las estuviera experimentando. Las primeras veces me daba mucho miedo, pero ahora casi siempre consigo despertarme antes del final.

—¿Lo has experimentado también estando despierto?

Noah asintió.

—Sí, cuando la lluvia me cae por el rostro, como en

aquel momento, y un par de ocasiones estando en la ducha. Con solo cerrar los ojos todo vuelve a ocurrir.

La doctora tomó unas notas.

—Continúa —le instó.

—¿Qué has escrito ahí? —quiso saber Noah.

Ella giró el cuaderno para que pudiera verlo.

—Estrés postraumático. Es un trastorno desencadenado por una situación aterradora que suele incluir pesadillas y angustia. Aunque Kardiner ya lo definió en los años cuarenta, creo que el término psiquiátrico es oficial desde 1980. Se acuñó en Estados Unidos a partir de los trastornos que presentaban los excombatientes de la guerra de Vietnam.

—No sé quién es Kardiner..., pero me parece normal tener pesadillas después de haber entrado en combate.

—Abram Kardiner fue un psiquiatra estadounidense a quien le debemos mucho —dijo la doctora Elizondo—. No se trata solo de tener pesadillas. La definición de Kardiner señala que las personas que lo padecen siguen viviendo en el mismo ambiente emocional del acontecimiento traumático, con pensamientos recurrentes en los que se llega a sentir o actuar como si se repitieran sucesos traumáticos.

—¿Crees que es eso lo que pasa?

—Puede que en parte.

—Pero independientemente del modo en que llego al recuerdo, hay una cosa que ocurrió aquella noche que escapa a toda lógica. Ya te he contado cómo sucedió, pero lo que no te he dicho es que un instante antes de que sobreviniera el ataque pasó algo extraño..., oí llorar a una mujer.

La doctora Elizondo lo miró como si no hubiera comprendido.

—Te aseguro que era del todo imposible, porque la tormenta se cernía sobre nuestras cabezas, estábamos en una zona despoblada y apenas podía oírme a mí mismo mientras le gritaba al tipo que intentaba detener. Y, sin embargo, la oí con toda nitidez. Un llanto sostenido, un quejido. Muy triste, pesaroso, y con tanta claridad que estuve seguro de que había una mujer llorando allí. Hasta me volví a mirar hacia el lugar donde había visto el cuerpo de la última víctima. Yo había comprobado que estaba muerta, y no era reciente. Pero, aunque hubiera estado viva, habría sido imposible que la oyera llorar a aquella distancia y con aquel estruendo. Fue como si estuviese en el interior de mi cabeza. Y eso fue lo último que oí.

—Entiendo por tus palabras que descartas un origen humano para lo que oíste.

—Fue lo primero que pregunté cuando desperté en el hospital: si alguien lo había presenciado, si había un testigo, hasta si era posible que la mujer que yo había tomado por muerta aún estuviese con vida y hubiera sido ella la que lloraba. ¿Sabes qué me contestaron?

La doctora Elizondo esperó en silencio hasta que Noah continuó.

—Existe una leyenda en Escocia llamada *caoineag*. Un demonio de agua escocés, que adopta forma femenina, habita en las cascadas y en las corrientes. Llora en la oscuridad sin dejarse ver nunca, aunque se la puede oír con claridad. Dicen que quien tiene la mala fortuna de escucharla sufrirá una gran catástrofe o morirá.

—La llorona —dijo la doctora asintiendo—. Es una espiritualidad mitológica que se repite en muchas culturas. No he conocido a nadie que lo haya experimentado, pero, entre los relatos de pacientes que han vivido experiencias cercanas a la muerte, hay muchos que dicen haber oído un llanto pesaroso antes del final. Quizá te interese saber que en algunas culturas mitológicas creen que solo lo oyen los asesinos cuando está llegando su hora. Ese llanto es el de las víctimas que se han cobrado, que no descansan y que los advierten de que los estarán esperando al otro lado.

Noah alzó las cejas.

—Hay otra cosa que no te he contado: en la medida en la que el sueño se ha ido repitiendo, he podido rememorar más detalles. Y lo más llamativo es que sé con toda seguridad que el hombre al que yo estaba deteniendo también lo oyó.

Ella se removió en su silla, inquieta.

—Noah, ¿por qué crees que la oísteis los dos? ¿Por qué crees que la oyó él?

—¿Quieres decir que quizá él era el destinatario? —lo pensó un instante—. No, no era para él, puedo asegurarte que ese tipo está vivo.

—Tú también lo estás, puedo dar fe.

Noah negó.

—¿Y por qué lo oí yo si el que iba a morir era él?

—Quizá ibais a morir los dos... —dijo ella con tranquilidad.

Noah la miró durante un par de segundos fijamente a los ojos, se puso en pie y caminó hasta la ventana. Fuera había comenzado a caer una débil lluvia. Se volvió a mirarla de nuevo.

—¿Has diagnosticado alguna vez a un paciente sin verlo? Quiero decir, ¿alguna vez has recibido una consulta sobre alguien que no viniera en persona a terapia?

—Sí, es bastante común. En ocasiones vienen los familiares al darse cuenta de que su ser querido presenta alteraciones de conducta, cuando sospechan adicciones o alcoholismo, o en los casos en que el paciente se niega a recibir ayuda. Casi siempre se les da una pauta para intentar reconducir los comportamientos y establecer de nuevo un canal de confianza suficiente como para que acepten venir a terapia. Los llamo «pacientes enigma».

—Y, sin tener delante a esa persona, ¿eres capaz de diagnosticar solo por lo que te cuentan que le pasa?

—No es ni mucho menos un diagnóstico preciso. Se necesitan meses para eso, en ocasiones años. Pero si consiguiera reunir suficiente información por parte de la familia podría aproximarme, por lo menos, en cuestiones relacionadas con la conducta.

—¿Querrías hacerlo?

—¿Hacer qué? —preguntó ella recelosa.

Noah se dio cuenta de que no sería fácil convencerla, debía ser prudente con sus palabras. Y notaba que en situaciones como esta le fallaba el idioma.

—Llevo mucho tiempo persiguiendo a este tipo. He repasado cada una de las líneas de investigación que se han seguido durante catorce años y sigo teniendo la sensación de que hay algo que no está bien. Tiene que ver con la motivación. Siempre he sospechado que, si pudiera entrar en su mente, saber cómo piensa y por qué lo hace, podría detenerlo.

—Es muy interesante, Noah, pero tú eres mi paciente, no ese tipo. ¿Te das cuenta de lo raro que es lo que me pides?

Él no se rindió.

—Hay un policía norteamericano que se ha dedicado a recabar las historias de muchos asesinos encarcelados con la intención de establecer una base común de actuación entre ellos. Él lo llama perfil de comportamiento y sostiene que, si podemos establecer de dónde surge su pulsión, podríamos adelantarnos a su próximo paso y detenerlo.

La doctora inclinó la cabeza a un lado mientras lo escuchaba. Suspicaz, Noah continuó:

—Me consta que fue una psiquiatra la que lo ayudó a establecer el tipo de pregunta que debía formular, a comprender de dónde surgían sus aberrantes instintos. Pensé en pedir ayuda al psiquiatra asignado a «La Marina» en Glasgow, pero... digamos que su experiencia con polis borrachos a los que se les va la mano no me pareció la más adecuada para el caso.

Ella contestó después de unos segundos. Su voz denotaba la prudencia ante lo que se avecinaba.

—Sé qué es. Nunca lo he hecho con un delincuente, yo lo llamo «estudio de personalidad probable».

Noah bajó la cabeza. Ella estaba estableciendo las reglas: «Nunca lo he hecho con un delincuente». Cuando levantó la mirada trató de ser todo lo directo que podía.

—Me estoy muriendo. He podido pensar en el modo en que he vivido mi tiempo en este mundo, créeme que lo he pensado mucho. Y, aun así, he dejado mi casa y he venido hasta aquí tras un asesino. Y lo he hecho porque siento que atraparlo es lo único que puede dotar de sentido no ya mi vida, mi vida la he desperdiciado, pero al menos mi muerte: que sirva para detenerlo.

Ella negaba, como si se resistiera a ceder a su discurso.

—Tengo una pregunta, Noah, y necesito que seas absolutamente honesto; sabré si me mientes. ¿Es esa la razón que te trajo a mi consulta? Porque creo que podías haberte ahorrado...

La interrumpió.

—Vine a esta consulta porque tenía miedo. Tengo miedo y no sé nada, doctora. Necesito poder irme en paz, y para eso hay un par de cosas que debo entender. Vine a tu consulta porque no tengo a nadie con quien poder hablar de esto y presiento que es la clase de cosa que solo puede hablarse con un amigo íntimo, con una mujer que te ame o con un completo desconocido. Mi mejor amigo sería perfecto, porque también es un profesional con mucha experiencia, pero ni siquiera sabe dónde estoy, y para el amor voy tarde. Aquí solo conozco al chico que hace los recados en los bares y a un joven ertzaina cargado de ideales. Tú eres mi única oportunidad.

Ella sonrió levemente.

—No es muy halagüeño.

—He dicho profesional con mucha experiencia... —se permitió bromear.

—¿Y ese joven policía que has conocido? ¿No sería

más lógico que te ayudase un policía en una cuestión policial?

—Le falta experiencia, pero, además, es que no se trata de una cuestión policial. Los mejores policías de Escocia trabajaron durante catorce años en el caso. No es técnica policial lo que necesito, es una ventana a la mente de ese tipo.

—¿Y crees que eso te ayudaría a tener paz, Noah?

Él asintió con la cabeza.

—Sí, sí. Me ayudaría. ¿Lo harás?

—¿Me dejas otra opción?

Él negó.

—Está bien, te ayudaré, pero solo porque creo que, en efecto, tu obstinación por atraparlo, en una situación tan extrema como la que vives, es algo que debemos trabajar en terapia. Y lo haré con la condición de que al menos dediquemos la mitad de la sesión exclusivamente a ti.

Noah se inclinó hacia delante y le tendió la mano.

—Trato hecho.

La doctora Elizondo se la estrechó y no se le escapó la súbita agitación, incluso el brillo en el rostro, hasta entonces apagado, de su paciente.

—¿Por dónde crees que tendríamos que empezar?

—Justo por donde no comenzaron los que me precedieron. Por las primeras víctimas y por las circunstancias que rodearon sus muertes. Te traeré información de las tres para que la estudies. Verás que aparentemente no tienen mucho en común, excepto el lugar del que se las llevó, el modo en que murieron y que tenían la menstruación en ese momento. La policía no se percató de que estaban ante el mismo agresor hasta la tercera víctima.

—Increíble.

—Ten en cuenta que en aquella época ni siquiera había agentes femeninas. El desconocimiento de aquellos detectives del mundo de la mujer era total. La cuestión de la menstruación les pareció casual. Y cuando la empezaron a considerar llegaron a la conclusión de que las agresiones podían estar motivadas por la negativa de ellas a tener relaciones por la menstruación.

—Una teoría bastante pueril. Parece sustentada por la frustración del detective de turno. Puedo imaginarlo cuando llegaba a casa animado y su mujer le salía con esas. No digo que no pueda ser frustrante y hasta enfurecer a algún tipo de hombre, pero de ahí a convertirse en asesino de mujeres por eso...

—Opino lo mismo.

La doctora Elizondo pareció pensarlo.

—La motivación tendría que estar más elaborada. La pregunta es: ¿de dónde proviene su rabia? ¿De que su esposa se negase a tener sexo esos días? Entonces tendríamos que dar por hecho que los demás días sí que aceptaría, porque, si no, nos quedamos sin motivación. Si supuestamente estamos ante un hombre frustrado porque nadie quiere tener relaciones sexuales con él, daría lo mismo que tuvieran la menstruación o no, de lo que inferimos que está directamente ligado.

Noah estuvo de acuerdo. La doctora continuó.

—Además, es una leyenda lo de que las mujeres estén inapetentes esos días. Es cierto que en algunos casos se presenta dolor, inflamación, malestar, un sangrado importante, pero en muchos otros esas molestias solo duran unas horas. Para muchas parejas se convierte en una cuestión puramente higiénica. Incluso algunas mujeres encuentran que el sexo es muy satisfactorio durante esos días, quizá por la relajación que supone la certeza de no quedar embarazadas.

—No lo sabía —comentó Noah.

—Yo diría que nuestro paciente enigma odia la menstruación. ¿Las penetraba durante la violación? Quiero decir con...

—Sí.

—Lo aclaro porque que obtenga excitación sexual no es raro. He leído casos de violadores que tienen varios orgasmos sin penetración. Es la violencia lo que los excita. Pero llegar a tener sexo habla de otra cosa. ¿Vivas o muertas?

—Las autopsias de la época no lo aclaran demasiado. Dejaba sus tampones y sus toallitas sanitarias sobre los cuerpos, o colocados como sin sentido, pero los tampones y las compresas usados se los llevaba.

—Bueno, eso ratifica lo que pensamos: está directamente ligado con la menstruación. Pero yo diría que el vínculo que establece con la sangre menstrual nos habla de algo con más calado.

—Eso he pensado siempre. No creo que las ataque porque tengan la regla. Las elige por esa razón.

—Eso es muy interesante —admitió ella.

—Pero ¿por qué? Y, sobre todo, ¿cómo? ¿Cómo lo sabe? La mayoría de los investigadores está de acuerdo en que es un tema sensible. Ni siquiera ahora es normal que una chica admita que tiene la menstruación ante un hombre que acaba de conocer.

La doctora Elizondo tomó unas notas, consultó su reloj y dijo:

—Tengo unas cuantas teorías, pero debo hacer un par de consultas y, antes de seguir, necesito leer todo lo que tengas. Continuaremos mañana. Ahora preferiría que siguiéramos hablando de ti y de tus motivaciones.

Noah miró afuera. Permaneció en silencio hasta que la doctora volvió a preguntarle.

—Noah, me gustaría que me contases por qué estás aquí en realidad.

Él se volvió un instante a mirarla, pero dirigió la vista hacia el exterior otra vez. Ella continuó.

—Eres un investigador, una mente científica. Te muestras del todo cabal frente a una situación como la propia muerte, que sería capaz de desequilibrar a la mayoría de las personas. Incluso en esta circunstancia decides emprender un viaje que te ha traído hasta Bilbao, aceptas lo inevitable de cada una de las situaciones que te toca vivir sobreponiéndote a ellas de una manera admirable. Pero sé que algo ha tenido que ocurrir, algo que te ha hecho cambiar o dudar... —Noah se volvió de nuevo a mirarla mientras la doctora lo apuntaba con un dedo—. Y creo que va bastante más allá del hecho de que creas que experimentaste un fenómeno paranormal unos segundos antes de morir.

—¿Qué opinas de las corazonadas, doctora Elizondo?

—¿Es otra pregunta destinada a que yo te explique hasta qué punto me parecen aceptables? La psiquiatra soy yo, yo hago las preguntas, señor Scott Sherrington.

Él se encogió de hombros, sonriendo.

—Toda la vida me he fiado de las corazonadas. Estoy en Bilbao debido a una. Solo quiero saber qué opinas.

—Opino que son parte de la inteligencia universal. Instinto y comportamientos establecidos para situaciones extremas, peligrosas, arriesgadas. Creo que lo que resulta llamativo es que afloran de modo espontáneo y sin un razonamiento previo. Eso es lo que nos hace percibirlas como algo casi mágico, pero, en el fondo, es una interpretación de información que recibimos de modo inconsciente.

—¿Y hasta qué punto las consideras fiables?

—Depende. En tu caso deben serlo, puesto que llevas años persiguiendo asesinos. Estoy segura de que lo has desarrollado. Pero sería un error tomar todas las decisiones por lo que te sugieran los pálpitos.

—¿Los pálpitos? —preguntó Noah.

—Se han escrito muchas memeces sobre el instinto femenino, por ejemplo. Se tiene que ser muy crítico para evitar caer en un sesgo cognitivo y terminar confundiendo la intuición con las ganas de mear.

Noah rio de buena gana mientras regresaba a la silla frente a la doctora y volvía a sentarse.

—No te preocupes, las distingo a la perfección: últimamente no aguanto más de una hora sin tener que ir al baño gracias a los dichosos diuréticos. De cualquier modo, no entiendo lo de los sesgos cognitivos.

—Son una trampa, un vericueto que toma nuestro cerebro para evitar que nos llevemos la contraria a nosotros mismos y, básicamente, sirven para que pensemos que siempre tenemos razón. Tener razón es muy grato, así es que lo aceptamos sin remilgos. Si se plantean dudas, si piensas en algún momento que puedes estar equivocado, es que lo estás haciendo bien.

—¡Menudo alivio! —contestó desalentado—. Porque empiezo a dudar de mi instinto. Puede que me haya equivocado y no solo en lo de ese tipo.

—¿A qué te refieres?

—Digamos que las cosas no están resultando como las había previsto. Las noticias que llegan desde Escocia, las personas que he conocido aquí... Lizarso, el chaval, ya te he hablado de ellos, y... hay una mujer —dijo en voz muy baja.

La doctora Elizondo se irguió en su sillón.

—Nunca había conocido a nadie así. Ha sido directa desde que la conocí, no me ha dado tregua, no me deja opción, es tenaz. —Sonrió un poco al decirlo.

La doctora se apoyó en la mesa, lo miró a los ojos y muy seria dijo:

—¿Estás enamorado?

Noah la miró desconcertado.

—Por supuesto que no, eso es imposible. Yo no puedo enamorarme.

—¿Por qué no?

—¿Por qué no? ¡No seas absurda! ¡Porque me estoy muriendo!

—Pero aún estás vivo, Noah.

Él se echó atrás en la silla, como poniendo distancia.

—No has entendido nada, doctora. Podría morir en cualquier momento. Ahora mismo.

La doctora se encogió de hombros.

—Y yo, y ese joven policía, el chaval y esa mujer que te hace sentir —rebatió ella.

Indignado, se puso en pie incapaz de contenerse.

—Ya sé lo que tratas de decirme, todos vamos a morir, mi cardiólogo me dijo lo mismo, pero vosotros tenéis la suerte de vivir en la ignorancia y no saber cuándo será eso, y yo sé que es inminente. No tengo opciones.

—Además de ser psiquiatra soy médico, sé distinguir un cadáver cuando lo tengo delante, y tú estás vivo; mientras se está vivo, se tienen opciones.

Pareció que iba a contestar, pero se quedó callado mirándola enfadado.

Ella señaló la silla y esperó para continuar hasta que se hubo sentado.

—¿No te has parado a pensar que quizá el destino te está compensando de alguna manera? No debes renunciar a vivir cada segundo de la vida que te quede. ¿Y si es tu última oportunidad?

—¿Y no crees que es profundamente egoísta de cara a los demás? ¿Con qué derecho puedo entrar en la vida de nadie si no me puedo quedar?

—Noah, lo que es profundamente egoísta es no dar a los demás la oportunidad de decidir. Cada cual debe hacer su camino y me da la sensación de que tus nuevos amigos no son de los que dejan que los demás decidan por ellos. Si no, prueba y cuéntamelo en la próxima sesión. Mañana a la misma hora.

Wouldn't it be good if we could wish ourselves away?
¿No sería bueno si pudiéramos desearnos desde lejos?

Al entrar en el bar de Maite vio que Lizarso ya estaba sentado en su lugar habitual, al fondo. Noah consultó el reloj, no se había dado cuenta de lo tarde que era, y dedujo por el semblante serio del ertzaina que llevaba un buen rato esperando. Maite sonrió al verlo, pero cuando se sentó junto a Lizarso le puso delante el café que había pedido y se fingió ocupada observándolo desde la distancia. Noah vio que la candelita a los pies de la Virgen de Begoña seguía encendida, y eso le hizo sentir bien de una manera que no podría explicar y, sin quererlo, se encontró de nuevo rememorando aquel breve beso, hasta que se percató del gesto serio de Lizarso, que no dijo una palabra en ese lapso de tiempo.

Estaba enfadado, y con razón, pero al verlo Noah casi sonrió. De nuevo aquel idealismo que le recordaba una versión más joven de sí mismo, una versión con toda la vida por delante.

—No tenía intención de mentirte. —Noah bajó la cabeza y se inclinó hacia el ertzaina para evitar que nadie más pudiera oír lo que decía—. Te acababa de conocer, aún no sabía cuáles eran tus intenciones y no mentí abiertamente, digamos que omití información. Me preguntaste si resulté herido, y te dije que sí, y es verdad, aunque no del modo que cabría imaginar.

Lizarso escuchaba atento, pero sin dar muestras de que lo que oía lo conmoviese lo más mínimo.

—De acuerdo, voy a contarte lo que pasó. Lo perseguí, lo encontré cavando una tumba, con un cadáver en el maletero de su coche, le di el alto, peleamos y acababa de ponerle los grilletes cuando me dio un ataque al corazón.

Esta vez Lizarso alzó la cabeza mirándolo asombrado. Noah le indicó que volviera a acercarse y cuando el ertzaina lo hizo continuó:

—El tipo aprovechó para huir, unos cazadores me encontraron y eso me salvó la vida. Desperté en un hospital. Los periódicos dijeron que había muerto y mis mandos opinaron que era mejor que el tipo que buscábamos siguiera creyéndolo. Se había tomado muchas molestias para evitar que hubiera imágenes actuales de él y, si el único policía que lo había visto brevemente estaba muerto, no tendría nada que temer, y esa era nuestra mejor baza. Si no te lo dije en el momento es porque estoy aquí siguiendo una corazonada, seguro de que el tipo que persigo se hace llamar ahora John Murray, pero mis jefes no saben nada del asunto, de hecho no saben dónde estoy, ni que sospecho que Biblia está aquí.

Lizarso levantó ambas manos mientras dejaba salir el aire de sus pulmones.

Noah vio que Maite lo miraba desde el otro extremo de la barra. Se moría por hablar con ella y se encontró pensando cómo había sido capaz de provocar tantos frentes abiertos a la vez.

Lizarso se inclinó de nuevo hacia Noah.

—Esas pastillas que tomas a todas horas —dijo casi para sí mismo—. ¿Cómo puede darle un infarto a alguien como tú? No sé, aún eres joven, estás delgado. ¿Un infarto?

Noah miró a Maite, que pasaba cerca de ellos hacia la cocina, e hizo una seña a Lizarso indicándole que bajase la voz.

—Puedo entender —continuó el ertzaina— que de cara a la galería dejarais que pensasen que falleciste, pero lo que no me cuadra es que no informes a tu superior, ¿qué más da si estás de baja? De acuerdo, es probable que no estuvieras autorizado a venir, pero ya estás aquí, y estás bien. Lo que cuenta es que haya avances en la investigación. Entiendo que si le has perseguido durante muchos años, te resistas a que ahora sea otro quien lo detenga, pero es del todo irregular que no informes a tu superior. Creo que con la desaparición del marinero que venía en el *Lucky Man*, y los casos de las chicas que faltan de sus casas en Bilbao, hay más que suficiente como para que te tomen en serio.

Noah sonrió escuchando a Lizarso. No era un idealista, era un romántico.

—Es más complicado que todo eso.

—¿Qué es lo que no me cuentas?

Lizarso podía ser un romántico, pero no era idiota.

Noah volvió a inclinarse acercándose al ertzaina.

—No he dicho que fuera un infarto, he dicho que fue un ataque al corazón. Es otro tipo de enfermedad, mucho más grave, y no estoy de baja.

Lizarso se encogió de hombros sin entender.

—Estoy fuera.

—¿Cómo fuera?

—Mi enfermedad me incapacita totalmente, estoy fuera de la policía.

—¡Estás de coña! —lo miró incrédulo.

Noah le devolvió la mirada sin contestar.

—Pero ¿tan grave es como para no poder hacer labores administrativas?

Noah alzó la cabeza para ver dónde estaba Maite. Ella atendía un grupo de gente al otro lado de la barra. Noah volvió a inclinarse hacia Lizarso. Tocaba poner a prueba la teoría de la doctora Elizondo.

—Mi esperanza de vida no es muy larga.

Lizarso volvió a erguirse para verle los ojos. En su mirada había asombro, preguntas y, sobre todo, pena.

—¿Pocos años?

Noah cerró los ojos, emocionado. ¡Por el amor de Dios, estaba negociando!

Noah le puso una mano en el hombro y volvió a acercarse a él.

—Pocos meses. —Sin darle tiempo a reaccionar lo retuvo sujetándolo por el hombro—. Tienes que entender que ellos nunca lo habrían permitido. Si supieran que estoy aquí, mandarían a alguien a apartarme de inmediato. No puedo permitirme el lujo de que John Biblia vuelva a huir. No hay nada contra Murray, y antes de que nos diéramos cuenta habría desaparecido. Créeme si te digo que para él es muy fácil enrolarse en un barco y salir de aquí, o simplemente cruzar la frontera a Francia y desde allí a Sudamérica. Y aunque llegaran a detenerlo, de qué iban a acusar a Murray: un huérfano que ha pasado la mitad de su vida adulta aislado en una plataforma petrolífera, sin antecedentes, sin familia. Mi teoría es que Biblia intimó con el auténtico Murray durante el viaje, y cuando el tipo le habló de sus circunstancias, vio que su identidad era perfecta para pasar desapercibido, sin riesgo de familiares, antiguos amigos o antiguas novias. Creo que lo único con lo que no contaba es con que pudiera tener alguna filiación con el Ejército Republicano Irlandés. No hace falta que te diga cómo funcionan las colaboraciones entre las policías de Europa, y sabes lo que harían con una información así en un sistema policial en el que la preferencia se la lleva el terrorismo. Hazme caso, nuestra mejor baza es que crea que yo estoy muerto, se siente seguro aquí, por eso ha vuelto a cazar.

Miró a Mikel a los ojos para hacerle partícipe de su pregunta.

—¿Qué crees que harían tus jefes si les decimos que creemos que un tipo que puede formar parte de un comando del IRA en el País Vasco es también sospechoso de ser un asesino de mujeres? ¿A qué crees que le darían prioridad?

Lizarso bajó la mirada y dejó salir todo el aire.

Noah no le soltó el hombro.

—Estoy echando el resto en esta historia, el resto de mi vida, el resto de lo que soy, y ahora dependo de ti. Llevo en mi cartera la foto de una chica muy joven que debería estar en su casa cuidando a sus hermanas y que apareció enterrada en la orilla lodosa de un lago, solo porque tenía la menstruación el día que Biblia se cruzó en su camino. Quiero parar a ese tipo y es probable que sea lo último que haga. —Soltó el hombro de Lizarso y lo miró a la cara—. Ya tienes toda la verdad. Estoy en tus manos.

Lizarso negó con la cabeza, y de entre todas las cosas que podía haber dicho en ese momento, mil pegas, muchas complicaciones, por no mencionar el incumplimiento de los protocolos de actuación; de entre todas solo planteó una, y Noah tuvo que dar la razón a la doctora Elizondo. Lizarso tomaba sus propias decisiones.

—No sé, ¿no deberías estar en un hospital o algo así?

Noah sonrió un poco y lo miró como un padre orgulloso de su hijo.

—No hay nada que puedan hacer por mí en un hospital.

Lizarso se quedó un rato en silencio y Noah temió que estuviese contemplando nuevas objeciones, por eso se sorprendió cuando dijo:

—Según el investigador del que me hablaste, Robert Ressler, estos tipos suelen llevarse un recuerdo de cada crimen. Él los llama «trofeos», como los de caza, o las copas que ganan los deportistas. ¿Nuestro hombre también se llevaba trofeos?

Noah asintió mientras a su mente acudía la descripción que Gibson le había hecho del archivador de acordeón lleno de sobres. Bajó la voz y se acercó todavía más a Lizarso para decir:

—Compresas, tampones, toallitas higiénicas. Siempre manchadas de sangre. En los tres primeros crímenes dejó compresas y tampones sin usar tirados alrededor de los cadáveres. Ahora sabemos que los usados se los llevaba. Los guardaba en sobres numerados en los que solo estaba indicado el lugar donde había cobrado su presa.

—También he leído que Ressler dice que siempre tienen sus trofeos cerca para poder recrear una y otra vez el crimen.

—Ya sé lo que estás pensando —dijo Noah mientras se volvía a mirar hacia la entrada del bar como si pudiera traspasar las paredes y alcanzar las ventanas del hostal Toki-Ona.

—¿Crees que los tendrá ahí? —preguntó el ertzaina.

—No lo sé, pero Ressler tiene razón en que les gusta tenerlos cerca. Cuando registramos la casa de su familia, hallamos los sobres guardados en un archivador, en un cobertizo que se había habilitado como refugio. Estoy seguro de que nadie más que él entraba allí.

—Así que es probable que ahora también los guarde cerca, y en este momento su único lugar privado es su habitación en el hostal. Y unos sobres no son la clase de cosa que llama la atención de la patrona cuando entra a limpiar, quiero decir que no es lo mismo que coleccionar ojos o pulgares. Si pudiéramos entrar ahí y encontrar los sobres, estaríamos seguros.

—Yo entro casi todos los días, para llevar los recados. —Rafa se había detenido junto a ellos mientras hablaban y ni siquiera se habían dado cuenta.

La perra blanca y negra estaba a su lado, atenta, sin perderlo de vista un segundo. Lizarso se lo quedó mirando y el chaval le tendió la mano.

—Rafa —dijo haciendo un gesto hacia Scott Sherrington—, el a-a-ayudante.

Lizarso le estrechó la mano.

—¿Ah, sí? ¿Ayudante de quién?

El chaval sonrió.

—Del míster, por s-supuesto. Y esta es Euri, la perra de la lluvia. Mi *ama* la encontró en la lluvia, toda mojada, cuando está mojada se ve muy pequeña, pero cuando está seca ss-u pelo es muy bonito —explicó nervioso.

Después se inclinó hacia delante, casi del mismo modo en el que ellos habían estado hablando, y dijo en voz baja:

—Han salido a las ocho en punto, todos juntos, y han estado en un bar de la calle Pelota, al lado del bar Lamiak, ahora vienen para aquí, se han parado en la puerta a hablar.

Lizarso alzó la cabeza y echó una ojeada hacia la entrada, comprobando que en efecto estaban allí. Asintió mirando a Noah.

—Escucha, ayudante, ¿por qué no te tomas un mosto? —dijo Noah levantando la mano para llamar a Maite—. Y préstame atención, no quiero que vayas detrás de esos tipos y, mucho menos, que entres en la habitación de nadie, ¿me has oído?

El chaval comenzó a quejarse.

—Pero s-soy tu ayudante.

—No lo eres —dijo cortante Lizarso.

—Sí, sí que lo es —rebatió Noah atajando el puchero que había comenzado a formarse en el rostro del chico—. Eres mi ayudante, pero por eso mismo tienes que hacerme caso, los ayudantes no van por su cuenta, hacen caso siempre al detective. ¿No es verdad?

El chaval asintió.

—Sí, pero yo le conozco. Es un g-ga-gamberro.

—¿Por qué dices eso? —se interesó Lizarso.

—Tira piedras a las farolas, yo lo vi.

Noah continuó:

—Entrar a hacer un registro en una propiedad privada es una cuestión policial, lo habrás visto en las películas, siempre preguntan por la orden del juez.

—Sí —admitió mohíno.

Noah se enterneció al verlo entristecido.

—Vamos a ver, ayudante, ¿a qué hora tienes que estar en casa?

—A las di-diez.

—De acuerdo, pues hasta las diez haces todos los recados como siempre. Si los ves en algún bar, vienes y me lo dices. Tienes una estupenda tapadera con tu trabajo como recadero, y no quiero que la estropees. Si empiezan a verte en lugares donde no deberías estar sin ningún recado en las manos, pueden sospechar.

—Es-s verdad.

—A ver, repite lo que te he dicho.

El chico aspiró un par de veces de modo ruidoso antes de hablar.

—Solo en los bares donde hago recados.

—Perfecto, ahora tómate el mosto —dijo alcanzándole el vaso que Maite había dejado ante ellos—. Y a las diez, puntual en casa. Un buen ayudante tiene que descansar para estar bien despierto al día siguiente.

—Yo estoy bien despierto —dijo el chico orgulloso.

—He conocido a muchos policías que nunca lo han estado la mitad que tú.

Maite salió de la barra, le entregó una bolsa y unas monedas.

—Ve a la frutería de Karmele y tráeme dos limones y un ramillete de perejil.

Noah observó cómo el chico se erguía, lo hacía siempre que prestaba toda su atención. Cuando el chaval salía hacia la calle, Noah se inclinó hacia él y le dijo:

—Recuerda, sé discreto, ayudante.

El chico sonrió dejando al aire todos los dientes del arco superior y parte de la encía. En cuanto hubo salido del bar, Lizarso lo recriminó:

—¿Te parece buena idea? ¿En serio?

—No hace ningún mal. Es un buen chico, y más listo de lo que piensas.

—Tú verás... —dijo Lizarso poniéndose en pie y dirigiéndose hacia el baño.

En cuanto Maite vio que Mikel se alejaba, se acercó a Noah sonriendo.

—Me gusta que seas amable con Rafa, es muy buen chico y muy trabajador, hace los recados para las pensiones, los bares y hasta para el deán de la catedral, pero ya sabes, hay gente que no lo trata bien, y a mí me llevan los demonios.

—Me he comprado una radio —dijo él sin que viniera a cuento.

Maite enrojeció de pronto y sonrió, evitando mirarlo a los ojos.

Noah estaba encantado, se sintió de pronto tan nervioso que no supo qué decir. Miró hacia la puerta del bar y dijo:

—Hace buen tiempo.

Ella rio de buena gana.

—¿Buen tiempo? Pero si lleva todo el día lloviendo.

Él meneó la cabeza, incrédulo ante su propia torpeza. Cuando estaba con ella no sabía muy bien qué le pasaba, pero todo se ponía del revés.

—Bueno, me refiero a que es un buen día, comparado con mi país.

—Pues yo espero que deje de llover, porque esta noche hay fuegos artificiales en el Arenal, los tiran desde la playa de vías que hay enfrente, pero si llueve mucho los suspenderán. Los fuegos artificiales de la Semana Grande de Bilbao son famosos. Supongo que no los has visto nunca.

—No, nunca —admitió él sonriendo.

—Pues tengo pensado cerrar pronto para ir a verlos. Quizá querrías acompañarme... Seguro que te gustan mucho.

—Seguro que sí. Me encantaría, pero tengo una cosa muy importante que hacer y esta noche no podré.

El ertzaina Lizarso, que venía del baño, se plantó a su lado.

—¿Vamos? —dijo apremiante—. Hay un restaurante peruano en Barrencalle del que me han hablado muy bien, y quiero cenar antes de ir a las discotecas.

La sonrisa de Maite desapareció de su rostro. Miró a

Noah y ladeó levemente la cabeza en un gesto entre la decepción y la confirmación de algo que comenzaba a pensar.

—Pasadlo muy bien —dijo alejándose por la barra. De camino, sopló la vela que ardía a los pies de la pequeña Virgen de Begoña.

John Biblia

John Biblia aspiró el aroma del diésel escupido sin quemar por el tubo de escape de la vieja motora, mientras
navegaba descendiendo un tramo de la ría. Dedicó una
mirada pensativa hacia el bulto que transportaba y agradeció no poder oler nada más. Además de todos los residuos de los astilleros, los talleres navales y la metalurgia
que teñía las aguas del color del óxido, la mayoría de las
ciudades como Glasgow o Bilbao vertían directamente
sus aguas fecales al río por aliviaderos sin rejilla que ahora arrojaban su inmundicia a la altura de la cabeza de
John. La lluvia que había comenzado a caer con fuerza a
media mañana apenas había tenido pausa en todo el día
y, sumada a la marea casi llena en el Cantábrico, contribuía a aliviar la pestilencia de la ría al cubrir el cieno de
sus orillas y hacer huir a las ratas hacia lugares más altos.
Percibía sus pequeños ojos amarillos mirándolo entre las
grietas del muro que contenía el río. Las gotas tambori-
leaban contra la capucha de su ropa de aguas y contra la
lona con la que había envuelto el cuerpo de la chica. El
petardeo a cuatro tiempos del pequeño motor diésel de
la lancha solía resultarle tan relajante y primigenio como
el latido materno dentro del útero, o al menos así lo imaginaba él. Pero no hoy. Hoy todo estaba mal, y John no
sabía por qué. Miró receloso hacia el cuerpo amortajado
que transportaba. Todo había ido bien. Perfecto, como

debía ser, como había sido siempre, hasta la otra noche. Un escalofrío recorrió su espalda mientras lo pensaba. John divisó a lo lejos la pequeña construcción. Colgando sobre el río a la altura del Campo de Volantín, y solo desde las aguas del Nervión durante la marea alta, parecía una casita de juguete adosada a los muros de contención de la ría. Una de esas caducas construcciones que proliferaban por toda la orilla del río; en el pasado, habían sido garitas de los guardianes de barcos, puestos de vigilancia, pequeños almacenes levantados con pocos recursos para guardar todo tipo de pertrechos portuarios, y, en la actualidad, aparecían abandonadas y en algunos casos medio derruidas por todo el puerto. Aquella pequeña caseta había llamado la atención de John Biblia la primera vez que remontó la ría en la motora de la empresa desde el puerto de Santurce hasta la Campa de los Ingleses. Indagando había averiguado que su gestión perteneció a los antiguos boteros de Uribitarte. En el pasado habían utilizado la caseta para guardar objetos personales y útiles de su trabajo en las motoras que los bilbaínos llamaban «gasolinos», ahora estaban relegadas al olvido y la ruina. Su gestión había recaído desde entonces en la junta de aguas de Nervión, que había previsto originalmente su desmantelamiento. Pero, en una ciudad en la que la ría bajaba de color naranja óxido, la basura acumulada en el lecho proyectaba las aguas cada vez más arriba con cada nueva marea viva, y ratas tan grandes como gatos gordos devoraban los excrementos que se vertían directamente al agua, la idea de invertir tiempo y dinero en derribar la diminuta barraca, que no daba problemas, había quedado en el olvido. Solo tenía una pequeña fachada principal, tan ennegrecida y sucia como todas las de Bilbao, con una puerta que no habría permitido ni a un hombre bajito pasar erguido, y dos ventanucos. Aparecía empotrada por uno de sus lados bajo una escalera, que en el pasado debió de servir como embarcadero, y por el lateral opuesto tenía otro portón. John la visitó de madrugada el día después de llegar a Bilbao y comprobó que podía atracar la motora bajo el voladizo que formaba el paseo en el lateral. Quedaba oculto para cualquiera que estuviera arriba y casi invisible en la noche para el que mirase desde la otra orilla en Uribitarte. La puerta delantera estaba cerrada con un candado oxidado; la del lateral, con una cadena simplemente anudada. Con la pleamar el agua alcanzaba justo el borde exterior, aunque dentro las paredes delataban diversas marcas de mareas vivas que la habían anegado hasta diferentes alturas. La primera noche regresó de madrugada y, con un tirachinas, destrozó la media docena de farolas que se repartían entre las dos orillas, la de Uribitarte, en un lado, y la Campo de Volantín, en el otro. Después, y desde la motora, sustituyó los herrumbrosos cierres por dos cadenas y dos candados nuevos.

Mientras miraba la lona que cubría el cuerpo, suspiró aliviado. Le había costado dos días recuperar su habitual templanza. Pero desde el principio había sabido que no podía estar seguro de cómo interpretar la señal hasta que volviese a matar, solo entonces podría cerciorarse de si lo que había ocurrido se debía a algo accidental o era una señal. John se consideraba un gran analista. Estaba seguro de que la razón por la que nunca lo atraparían tenía sobre todo que ver con esa capacidad. Se había pasado la infancia pidiendo una señal del cielo, una señal que había llegado cuando ya no la esperaba. Y desde aquel instante había aprendido a observar, a interpretar, a estudiar cada hecho y todas sus posibles consecuencias. «Más vale dominarse uno mismo que conquistar ciudades.»

John sabía que no era un hombre fácil de dominar y que debía estar atento porque cada cierto tiempo, cuando algo se desbarataba, volvía a recibir una de aquellas indicaciones, un aviso a navegantes que le advertía del peligro y lo ponía a salvo. Había ocurrido después de Lucy Cross. Había vuelto a ocurrir tras el tercer crimen de la Barrowland. Ocurrió de nuevo aquella noche a orillas del lago Katrine, cuando el policía que lo perseguía cayó fulminado. Y ahora debía decidir si lo de la chica del contenedor era una señal o no.

Había regresado en la madrugada siguiente, aterrado, demudado y debilitado por la diarrea y los vómitos causados por su estado de nervios. Dudó entre abrir el contenedor o no, porque en su mente se disparaban las visiones en las que ella se recuperaba del ataque y esperaba sentada en una esquina oscura y llorando envuelta en la lona que tenía que haber sido su mortaja. Pero cuando lo abrió solo hubo silencio. Levantó la lona y la observó. Estaba muerta. Se quedó unos minutos apuntando el haz de la linterna hacia su rostro, incapaz de moverse. Ni siquiera parecía una mujer. Se había quedado encogida como un feto en el vientre de su madre, como si en el último instante hubiera regresado allí. Se arrodilló y palpó un brazo, los dedos de las manos, la mandíbula. Estaba completamente rígida, lo que, además de que le dificultaría transportarla, lo horrorizó. El *rigor mortis* solía comenzar a aparecer tres o cuatro horas después de la muerte y alcanzaba su plenitud transcurridas doce horas, así que era probable que hubiera aguantado viva toda la mañana, e incluso hasta las tres o las cuatro de la tarde. John amortajó el cadáver envolviéndolo con los plásticos y las cuerdas y evitando mirar su rostro. Lo cargó en el coche, condujo hasta la orilla donde estaba la motora y la llevó con sus hermanas al lugar donde esperaban. Y así terminaba todo.

John levantó la cabeza para observar el trecho oscuro del río en el que se adentraba. Cuando hubo rebasado la caseta viró todo a babor hasta quedar a contracorriente, acercándose a los pilares que sostenían todos los muelles, y agachó la cabeza cuando la motora se internó bajo el voladizo que formaba el paseo. De una tubería abierta en la pared brotó una masa oscura y pestilente que cayó directamente a las aguas del río, produciendo un gorgoteo denso y ahogado. La ría hedía a pesar de la lluvia y de que la marea estaba subiendo, aunque aún no había completado la pleamar. Sabía que debería haber esperado, pues solo con la marea llena se podía acceder desde una barca a la misma altura de la puerta. Amarró la embarcación en corto y se tuvo que sostener en equilibrio apoyando ambos pies en las amuras para soltar el candado de la puerta lateral. Lo sacrificado hoy no abultaba mucho, pero sus escasos cuarenta y cinco kilos resultaban difíciles de manejar cuando había que mantener el equilibrio para levantarlo a la altura del pecho. «Tenía que haber esperado», volvió a repetirse. Pero una especie de urgencia, de intranquilidad, se había instalado en su vida desde la otra noche, una sensación que no le permitía sentirse del todo a salvo, y que lo exhortaba a la vez a darse prisa y a ser más cuidadoso. La cargó al hombro como una alfombra, apoyó la parte superior del cuerpo en el borde del portón abierto y la dejó caer hacia el interior. Después se alzó sobre sus brazos y, pasando sobre el cadáver, se introdujo en el interior de la caseta. La tomó de la parte superior del torso y la arrastró hacia dentro acomodándola entre las otras, y dejando su cabeza colocada hacia Deusto y sus pies hacia el Arriaga. La caseta no era muy amplia. Aunque para pasar por la puerta era preciso agacharse, en el interior podía erguirse en pie. Tres cuerpos de ancho por uno de largo. John suspiró, comenzaba a preocuparse.

Cuando decidió que aquel era un buen lugar, lo hizo llevado por la seguridad de su estancia en Bilbao; su nueva identidad y aquella parada eran algo temporal, la señal de lo que debía hacer llegaría después, como había llegado siempre; no tuvo dudas sobre que eso ocurriría tarde o temprano, del mismo modo en que había ocurrido a las orillas del lago Katrine. Pero ahora pasaba otra cosa, algo que tenía que ver con el propósito, con el placer y con Bilbao. Nunca se había cuestionado el propósito, pero, desde la chica del jueves, el placer se había esfumado. Y aunque hoy todo había ocurrido como era habitual, sin el más mínimo fallo, la sensación placentera que había acompañado el sacrificio hasta entonces se había diluido hasta convertirse en un puro trámite. Y Bilbao, Bilbao le gustaba, y tenía que ver con ser John Murray, un pobre diablo convencido de que luchaba como los irlandeses por una causa perdida, para acabar borrachos de patria y alcohol cada noche. La vida de Murray era tan fácil, sin familia, sin pasado... Se sentía a gusto en su piel porque no recordaba nada así en toda su existencia. La camaradería masculina, la sensación de pertenencia, el respeto de otros hombres...

Se agachaba para salir por el portón lateral cuando oyó un hondo suspiro a su espalda.

Asustado se volvió hacia el interior y apuntó el haz de su linterna sobre los cuerpos. Todo estaba inmóvil. Saltó a la motora y alzándose de nuevo sobre la proa colocó la cadena y el candado. Estaba soltando la amarra cuando volvió a oír el llanto. Muy quedo, como si llegase desde muy lejos, quizá desde debajo de una mortaja apañada con cuerda y plástico. Aterrado, y olvidando por un instante la precaución de no encender una luz que podría delatarlo, apuntó el haz de la linterna hacia el pequeño portillo casi seguro de que inmediatamente alguien lo sacudiría desde el interior haciendo tintinear la cadena. Permaneció así unos segundos. Inmóvil, estremecido hasta el punto de que su cuerpo comenzó a temblar. Muy despacio, retrocedió por la cubierta y, sin dejar de apuntar la linterna hacia la puerta, encendió el motor de la lancha, la maniobró y huyó de allí.

Apenas unos segundos después de que la motora hubiera rebasado el límite de la zona oscura que John se había encargado de crear, el hombre que lo observaba desde la oscuridad, en la orilla de Uribitarte, salió de entre las sombras.

John estaba incómodo, la noche no se le había dado bien. Recostado en la cama, permanecía despierto escuchando los ecos de la música del exterior, los crujidos del hostal, la puerta de la calle, algún rezagado que llegaba incluso más tarde que él. Sacó de su bolsillo el lazo rojo de Lucy, se lo acercó al rostro y cerró los ojos. La recordó extasiado: se había recogido parte del cabello rojo con un lazo brillante del mismo color, ¡era preciosa! Aspiró profundo el aire a su alrededor. La echaba de menos, añoraba su perfume de galletas y rosas. Sonrió.

Lucy Cross daba otro paso hacia él.

—No puedo creer que me odies, pero si así fuera me daría igual, porque yo te quiero, Johnny Clyde.

«No te odio —clamaba su mente—, te amo.»

John regresó a aquella escena, intacta en su memoria como si acabara de ocurrir. Recordó sus labios calientes y cómo se quedó muy quieto para no romper el milagro de aquel beso. No estaba seguro de haber llegado a decir «yo también te quiero», aunque lo había susurrado millones de veces en los años siguientes al rememorarlo.

John aspiró profundamente y el calor que brotaba del cuerpo de Lucy penetró en él cargado del familiar aroma de galletas, de jabón de rosas, de lana limpia... Y de sangre. Y de pronto fue como si pudiera sentir en su boca el regusto metálico del flujo oscuro que brotaba entre las piernas de ella, provocando una inmediata erección entre las de él. Una arcada profunda que surgió desde lo más hondo de su estómago subió a su boca y convulsionó su cuerpo de puro asco, mientras abrazaba a Lucy con todas sus fuerzas para evitar que ella se diera cuenta. Elevó las manos hasta su pelo y tiró del lazo de raso, que se deslizó suave sobre el cabello sedoso de la niña. Ella se rio como si lo encontrase divertido, y hasta se dio la vuelta pidiéndole que volviera a ponerlo en su sitio. John lo pasó por delante alrededor de su cuello, le dio al lazo una vuelta simple y apretó.

Bilbao. Lunes, 22 de agosto de 1983

La vigilancia nocturna no había aportado ninguna novedad. Siguieron a John Murray a la discoteca Garden, en la que estuvo poco menos de una hora. Después, sin salir de Deusto, a Tiffany's, hasta las dos y media. Y a última hora, a Chentes, que parecía no tener límite horario para cerrar su puerta. El sospechoso había hablado con un par de mujeres, con la última en Chentes, durante largo rato, pero al parecer la historia no había cuajado. Habían vuelto a cruzarse en Tiffany's al exmarido de Maite, y aunque Noah no llegó a verlo, Mikel juraba que también había visto a Collin en la entrada. De ser así, en ningún momento se había encontrado con Murray. Ambos estaban de acuerdo en que todo apuntaba a que Collin desconfiaba de él, y que era probable que también lo estuviera siguiendo.

Noah había dado gracias a Dios cuando pasadas las tres y media, y después de que la última chica lo rechazara, Murray había regresado. Eran casi las cuatro cuando Noah entraba en La Estrella, con los pies terriblemente hinchados, la ropa humedecida por la lluvia que no había dejado de caer en toda la jornada y un insistente pitido en los oídos, debido a la música atronadora de las discotecas, que se mezclaba con el otro, intermitente, que llegaba a través de la ventana abierta del patio. Había tenido un sueño corto y reparador, y a las ocho ya estaba despierto escuchando en la radio a Ramontxu García, que daba los buenos días a la ciudad en otra jornada festiva. «Aunque un madrugador aguacero sorprende en este momento a los que asisten a la suelta de vaquillas en la plaza de toros, el Gargantúa, los gigantes y los cabezudos formarán parte de un vistoso y colorista festejo para pequeños y grandes en la zona del Arenal bilbaíno. Por otra parte, se celebrará la segunda corrida de rejones, y continuará la fiesta sin descanso con fuegos artificiales, charangas y alegría desbordante.» Noah apagó la radio apesadumbrado y completamente seguro de que hoy no habría una dedicatoria de Maite. Suspiró mientras observaba su imagen en el espejo, consciente de hasta qué punto lo afectaba todo lo que tenía que ver con ella. La pregunta de la doctora Elizondo volvió a resonar en su cabeza. ¿Se estaba enamorando? ¿Lo estaba ya? Bajó la mirada hasta el montón de medicamentos que reposaban sobre la repisa del lavabo y la llevó de nuevo hasta su imagen en el espejo para contestarse.

—Sería una locura.

Tras una ducha caliente, una ronda de medicamentos y un desayuno frugal, a las nueve entraba en la cabina telefónica que había junto al portal.

Escuchó la voz de Olga al teléfono.

—MacAndrews, buenos días, ¿en qué puedo ayudarle?

—Buenos días, Olga, soy el detective Gibson.

Oyó crujidos, un par de golpes metálicos, y ya comenzaba a pensar que la comunicación se había cortado cuando la chica volvió a hablar en susurros.

—¡Por el amor de Dios! ¿Dónde se había metido? Tengo muchísimas cosas que contarle.

—Lo lamento, no pude llamarla, tuve un problema de índole delicada...

—Espere un momento, señor —respondió Olga con voz perfectamente clara.

Una nueva tanda de golpeteos, siseos y crujidos.

Y de nuevo la voz susurrante.

—El viernes lo llamó una mujer, dos veces por la mañana y tres por la tarde. Solo hablaba inglés, por la voz no parecía muy joven, claro que si este tío es así de depravado... Noah casi podía ver la sonrisa de Olga disfrutando de la situación.

—¿Dejó algún recado?

—Las primeras veces fue como siempre, dígale que he llamado y blablablá, pero por la tarde dijo que era su madre, que por favor la llamase, aunque ¿quién va a creerse eso?

Le encantaba Olga, habría sido una buena detective.

—¿Y por qué no la creyó?

—Porque dejó su número de teléfono, ¿qué hijo no conoce el teléfono de su madre?

Noah sonrió.

—¿Le dio el recado?

—Pues la verdad es que no he podido dárselo hasta hoy. El viernes, el señor Murray se presentó a trabajar por la mañana, pero ha debido de pillar una especie de virus estomacal. Su ayudante nos contó que estuvo más de dos horas metido en el váter sin parar de vomitar, y... bueno, ya sabe. A media mañana tuvo que irse a casa.

—¿Le dijo eso a la mujer que llamó?

—Por supuesto que no. Como le he dicho, no me creí que fuera su madre, y no voy a darle esa clase de información a cualquiera que llame.

—Gracias, Olga, volveré a llamarla mañana.

—Espere, aún no he terminado. La misma señora ha vuelto a llamar hace diez minutos y ha dejado de nuevo el número. Parecía bastante desesperada. Además, al revisar el contestador del fin de semana he visto que al menos había seis llamadas en las que alguien dejó que saltara el contestador, pero colgó sin dejar ningún mensaje. Y con lo de hoy, estoy segura de que no es su madre. Le he pasado los dos avisos, y al señor Murray no le ha hecho mucha gracia que digamos.

Noah apuntó el número que le dictaba Olga y colgó el teléfono mientras analizaba los datos. Aunque estaba seguro de que aún estaría dormido, llamó a casa de Lizarso. Le salió el contestador.

—Apunta este número de teléfono. John Murray ha recibido al menos dos llamadas de una mujer, probablemente su madre, que insiste en que la llame. Solo quiero que compruebes de dónde es el número. No se te ocurra llamar. Nos vemos esta tarde.

Cuando salió de la cabina, había una mujer esperando bajo un paraguas negro. Noah la saludó mientras mantenía abierta la puerta, pensando que entraría a llamar, pero ella se dirigió a él muy segura.

—¿Es usted el señor Scott Sherrington?

Él la miró sorprendido. No la conocía de nada.

—Discúlpeme —dijo ella—, quizá no se pronuncia así, soy la madre de Rafa. Me llamo Icíar.

—Oh..., Icíar —acertó a contestar—. Es un nombre raro. Creo que jamás lo había oído antes.

—Es por una Virgen, la del santuario de Icíar, en Deba. Es un nombre muy antiguo. Señor Scott, me gustaría hablarle de Rafa.

Inicialmente pensó que tendría alrededor de cuarenta y cinco años, aunque luego, mientras tomaba café con ella, observó que no llevaba el pelo teñido y no tenía ni una sola cana. Eran las bolsas alrededor de los ojos las que le otorgaban ese aspecto de tener más edad. Era delgada y alta como su hijo, con el mismo pelo oscuro y fuerte, solo que ella lo peinaba en una coleta baja que sujetaba con un gran pasador de carey.

Cuando le propuso el café, la mujer miró nerviosa alrededor como si no se sintiera demasiado cómoda en su propio barrio o como si la proposición de Noah le pareciera inadecuada. Él desconocía si en Bilbao se consideraba inapropiado invitar a café a una mujer para charlar, pero apostaba a que tenía más que ver con los vecinos, así que echó a andar mientras hablaban y al llegar al Arenal ella no hizo ninguna objeción cuando Noah propuso entrar en la chocolatería Lago.

—Rafa me contó lo que ocurrió con esos chicos, y que usted lo ayudó.

—No fue nada.

—Sí que lo fue, señor Scott. Puedo serle sincera, ¿verdad?

Él asintió.

—La mayoría de la gente no entiende lo que le pasa a Rafa, y la gente no respeta lo que no entiende.

Noah asintió.

—Parálisis cerebral, Rafa me lo dijo.

—¿Y sabe lo que es, señor Scott?

—La verdad es que no lo sé muy bien, pero sé que no ha afectado la inteligencia de su hijo, Rafa me dijo que le ocurrió al nacer.

—En 1965, cuando yo estaba embarazada de Rafa, no hacían demasiados controles del embarazo, apenas alguna prueba o análisis, y además la opinión de una madre primeriza contaba menos que nada. A pesar de eso, creo que tuve un embarazo bastante normal, náuseas al inicio, aumento de peso, más sueño... Pero al final del embarazo, cuando por mis cálculos yo ya había salido de cuentas, seguía embarazada. El médico le quitó importancia emplazándome a volver una semana después, y otra, y después otra. Hacía días que me encontraba mal, me desmayé y desperté en el hospital. Cuando miraron el estado de las aguas vieron que la placenta había comenzado a corromperse. Estaba de más de diez, casi once meses según mis cuentas. Me provocaron el parto y Rafa nació aparentemente normal. Pesó tres kilos seiscientos cincuenta, un chavalote. Ya lo ha visto.

—Sí, es muy alto.

—Me lo llevé a casa y al poco tiempo comencé a notar que había algo que no funcionaba. Con el pediatra fue algo parecido a lo que me había ocurrido con el ginecólogo. Me trató como a una estúpida por ser una madre primeriza alegando que a mi niño no le ocurría nada. Pero se cansaba muchísimo al mamar, se quedaba dormido y no conseguía que aumentara de peso. Recuerdo que el médico llegó a acusarme de vaga con la lactancia. Yo lo había percibido desde el principio, pero fue alrededor del cuarto mes cuando algunas vecinas y amigas también comenzaron a darse cuenta. ¿Tiene hijos? ¿Ha cogido alguna vez un bebé en brazos, señor Scott?

—No tengo hijos, pero he cogido en brazos a los bebés de algunos amigos.

—¿Recuerda la sensación? Es como un paquete blandito y templado, los bebés tienen la forma perfecta para ser acomodados entre los brazos... Y cuando te los acercas, ellos mismos amoldan su cuerpecillo para adaptarlo al tuyo. Es instintivo. Pues bien, mi bebé era como un muñequito de madera. Su espalda, sus brazos y piernas estaban siempre tan tensos como pequeñas tablillas. Cuando lo acercaba a mi pecho y a mi cuello, el bebé permanecía tan tieso como si estuviera sufriendo una rabieta. Jamás he notado su cuerpo relajado y confiado junto al mío. Nunca gateó, con dos años y medio apenas se sostenía de pie, y tenía casi cuatro cuando pudo caminar solo. Hablaba desde muy pequeño, pero hacerlo de forma comprensible le costó un poco más... Mi marido nos abandonó más o menos entonces.

—Rafa me lo dijo, estuvimos hablando.

Ella lo miró asombrada.

—¿Se lo ha contado? Nunca habla de eso. Por supuesto, yo se lo he explicado todo, que su padre no estaba preparado, y que no debe guardarle rencor. Pero lo cierto es que fue horrible. Justo cuando tuvo edad para entrar en la escuela, intenté que asistiera al parvulario normal, pero lo rechazaron, me dijeron que no podían hacer nada por un niño como él. Y fue como si en ese momento mi marido se diera cuenta de que Rafa nunca sería como los demás niños. Me dijo que no podía más, y se marchó. No voy a decir que haya sido mejor así, por supuesto, pero creo que tampoco nos ha hecho falta. Yo he enseñado a mi hijo a caminar, a hablar, a leer y a escribir, a sumar, las notas musicales y los colores y, ¿sabe qué?, es muy listo.

—No me cabe la menor duda.

—Me fui de la casa de mis padres muy joven y me puse a trabajar. Después me casé, muy joven también. Me temo, señor Scott, que mi formación es bastante limitada. He enseñado a mi hijo todo lo que sé, pero no es suficiente, y para mí es terrible ver que está atascado cuando podría desarrollarse mucho más.

Noah la miró respetuoso. No entendía a dónde quería llegar.

—Perdone mi ignorancia: ¿no existe ninguna escuela especializada, o algo así?

—Hace años se constituyó en el País Vasco una asociación para luchar por el bienestar y los derechos de nuestros niños, en la que nos incluyeron. ¿Sabe cómo se llamaba? Asociación Pro Subnormales.

—Subnormales significa...

—Que tiene un desarrollo mental inferior al que se considera normal.

—Pero Rafa no...

—No creo que hubiera mala intención, hasta es posible que el nombre lo pusieran los propios padres. La ignorancia nos lleva a poner etiquetas a todo. Y lo peor de las etiquetas es cuando uno mismo las acepta. De cualquier modo, ni las patologías ni las necesidades de los niños con parálisis cerebral son las mismas que las de niños con síndrome de Down. Cada caso es un mundo en sí mismo. Así que hace un tiempo algunos padres de niños con parálisis cerebral comenzamos a trabajar en un proyecto para ayudarlos en su rehabilitación física y en su formación. Muchos son tan inteligentes como Rafa. Estamos seguros de que, con la debida rehabilitación física, atención académica y un buen logopeda, la mayoría de estos niños puede prosperar.

—Eso es fantástico —contestó Noah.

—Nos ha costado un inmenso trabajo y muchos años que la administración nos escuchase. Comenzamos a reunirnos en 1975, en el local de la Asociación Pro Subnormales de Bilbao, que nos lo dejaban cuando ellos no lo usaban. Al principio seríamos quince o veinte personas, poco a poco, más. Finalmente, la Diputación de Vizcaya entendió nuestros problemas y se volcó con nosotros. Desde hace unos años tenemos nuestro propio centro especializado muy cerca de aquí, se llama Aspace: Asociación de las Personas con Parálisis Cerebral. Simple.

Noah asintió con interés. Todavía no estaba muy seguro de si aquella mujer quería pedirle una donación o explicarle algo más.

—Hemos conseguido contar con varios educadores, un masajista rehabilitador, un logopeda que viene tres veces por semana para ayudarlos con la dicción y un psicólogo voluntario que acude los sábados. El centro está dotado de comedor, enfermería, aulas, zonas de juegos, hasta tenemos un pequeño gimnasio bastante rudimentario pero adecuado para ellos.

Noah llevaba un rato jugando con la cucharilla de su café.

—La felicito por su entereza y su compromiso, estoy seguro de que hace una gran labor pero no entiendo muy bien qué...

—Rafa no quiere ni oír hablar del centro.

Noah la miró realmente sorprendido. Rafa le había dado la sensación de ser bastante seguro y, desde luego, muy consciente de quién y cómo era.

—¿Por qué?

—Algunos chicos, sobre todo los que son más conscientes de sus limitaciones, lo encuentran, cómo decirlo..., humillante. Les produce vergüenza acudir a un centro especial. Rafa se cierra en banda cada vez que se lo menciono, me dice que no es tonto, y que no va a ir al centro, o todo el mundo pensará que es tonto.

—Sí —asintió Noah—. Cuando hablé con él insistió mucho en eso, en que no era tonto. Me dijo que la gente lo pensaba porque no hablaba bien. Yo le quité importancia.

—El logopeda podría ayudarlo mucho con su dicción si aceptara asistir a sus consultas, y lo mismo en la formación. Estoy segura de que está capacitado para continuar sus estudios... No son solo los chicos del otro día, ¿sabe? Ni es la primera vez. Desde que era pequeño hemos tenido que soportar las miraditas, los comentarios y, cuando no voy con él, los insultos, las risas, y no solo por parte de niños, señor Scott. La gente puede llegar a ser muy cruel. Por eso tenemos a Euri. Sé que debo dejar que salga solo, pero me quedo más tranquila si Euri va con él. Ya ha visto que no es muy grande, pero esa perra moriría por Rafa.

—La perra de la lluvia.

—¿Se lo ha contado? Rafa es sociable, ya ve que tiene un montón de recados que hacer cada día, y es algo que salió de él, por no hablar de la ayuda que supone para nuestra economía. Se levanta antes del amanecer, siempre ha sido muy madrugador. Desde pequeño, se va a dar un paseo con Euri. Es muy responsable, y no es tímido, pero no suele contar cosas íntimas. Es sorprendente lo mucho que se ha sincerado con usted.

—Me dijo que usted la encontró bajo la lluvia.

Ella sonrió abiertamente por primera vez.

—Una noche salí a tirar la basura y me la encontré. Estaba toda empapada. Más que un perro parecía una oveja *latxa* mojada...

—¿Oveja qué?

—Son unas ovejas que tienen guedejas de lana que les cuelgan hasta el suelo. Me la llevé a casa y Rafa se volvió loco con ella. Aun así, puse carteles y estuve atenta, segura de que alguien la reclamaría, porque es preciosa, ¿la ha visto?

—Sí, es muy bonita. Rafa me dijo que cuando está mojada parece muy pequeña, ¿border collie?

—El veterinario me dijo que no de pura raza, pero nos da igual. Yo nunca había tenido perro y, de verdad, no se puede imaginar cómo es con Rafa. Lo mira de un modo, lo cuida de una manera... Siempre está atenta a lo que dice, a cada uno de sus movimientos y a su estado anímico. Tiene un pelo precioso, pero muy fino, y cuando llueve acaba empapada. Le hemos enseñado a sacudirse cuando chascamos los dedos, y lo hace, cuantas veces lo indicamos —dijo riendo—. Pero el otro día vi que tenía el pelo muy sucio y la estaba bañando cuando Rafa salió, le hice prometer que volvería más tarde a por ella y así lo hizo, pero justo fue cuando lo pillaron esos chicos. —Su rostro se ensombreció—. Esos cabrones lo llamaron idiota. —Se llevó las manos a la boca como si quisiera empujar dentro aquella palabra y la furia que sentía—. Quiero que entienda que estoy orgullosa de mi hijo, lo amo como es. La normalidad no existe y, en todo caso, él es un chico normal y yo, una madre normal, y como cualquier madre me niego a quedarme cruzada de brazos viendo cómo mi hijo se estrella contra barreras que podría superar...Y aquí es donde entra usted.

Noah la miró extrañado.

—¿Yo?

—Rafa me ha dicho que es usted detective...

Noah sonrió bajando la cabeza. Así que era eso.

—Señor Scott, mi hijo sueña con ser detective desde que era pequeño, con eso y con conducir un coche patrulla. Siempre le han gustado las películas de investigaciones, ya sabe, el teniente Colombo, McCloud, Kojak... Incluso cuando era pequeño solo jugaba a los policías. Y ahora viene a casa diciendo que será su ayudante y que participa en una investigación.

Noah apretó los labios y cerró los ojos un par de segundos. Odiaba mentir, pero tendría que hacerlo.

—No soy detective, señora. Y lo cierto es que en ningún momento le dije a su hijo que lo fuera, pero él me tomó por uno, y no vi nada malo en seguirle el juego. Puede estar tranquila, le prometo que no hay nada que pueda poner en peligro a su hijo y lo sacaré del equívoco si usted quiere.

—No me ha entendido. Ya sé que no es detective, todo el mundo rumorea que hay un ojeador en Bilbao, y entiendo que por la naturaleza de su trabajo tampoco puede ir diciendo por ahí a qué se dedica. Imagino que este año, con todo el revuelo del Athletic, el mercado de fichajes se habrá puesto al rojo vivo. Somos hinchas del Athletic desde que mi hijo se empezó a aficionar con cinco o seis años, pero para el caso da igual. Yo tampoco veo nada de malo en que le siga el juego, nada le gustaría más a Rafa que ser un detective como los de la televisión.

—¿Entonces?

Ella se inclinó hacia delante, como si fuera a hacerle una confidencia.

—No deja de hablar de usted en todo el día y, después de lo que hizo por él cuando le molestaron esos chicos, se ha convertido en su héroe. Entiéndame, mi hijo se ha criado sin padre, y una madre puede hacer muchas cosas, pero también entiendo su admiración por la figura masculina.

—¿Qué quiere que haga?

—Para empezar, convencerlo para que asista al logopeda. Y después a las clases y a rehabilitación. Quiere ser detective y a usted le hará caso.

Noah extendió su mano sobre la mesa.

—Déjelo de mi cuenta. Solo encárguese de que Euri lo acompañe siempre.

Ella estrechó su mano sonriendo de nuevo.

Doctora Elizondo

La sesión de la tarde con la doctora Elizondo transcurrió en su mayor parte en silencio.

Noah había declinado sentarse; a pesar de estar exhausto, se había mantenido de pie junto a la ventana mirando hacia la pátina brillante con la que la lluvia cubría las tejas, los balcones y las calles. Noah había ido soslayando en cada visita abordar el tema que realmente lo había conducido hasta su puerta. La razón por la que cada noche se empeñaba en rememorar los detalles del momento de su muerte con la única esperanza de que detrás de la oscuridad hubiera algo. Pero hoy no podía hablar, no estaba siendo un buen día. La humedad se le había metido en los huesos y, por primera vez en el tiempo que llevaba en Bilbao, su chaqueta nueva de verano le resultó escasa.

—Doctora, por las noches se oye un pitido, como el que emite un monitor cardíaco, no se me ocurre otro símil mejor. Diría que procede de lo alto de la claraboya, si no es una de esas alucinaciones auditivas de las que hablabas, tú deberías de haberlo oído.

—*Otus scops*.

—¿Qué? —Se volvió a mirarla. Hoy llevaba el cabello suelto y se veía más rojo.

—Una pequeña lechuza, un autillo europeo, emite un sonido muy particular, hasta llamé a un experto en aves en los primeros tiempos en esta consulta.

—*Otus scops* —susurró volviéndose de nuevo hacia la ventana.

Estaba cansado. Al volver de recoger la prensa, casi a mediodía, había tenido que recostarse un rato mientras escuchaba en Radio Bilbao a Santiago Marcilla en *Hora Trece*, donde hubo una mención a que continuaba la búsqueda de la chica que faltaba de su domicilio. Hojeó los periódicos, las noticias que llegaban de Escocia no eran alentadoras. Todos los diarios llevaban en portada que el sospechoso había confesado ser John Biblia. Subyacía la prudencia oficial que aún no daba por concluida la investigación, pero no pintaba bien. Cuando sonaron las señales horarias de las tres, se forzó a comer un par de galletas, que habían tenido el mismo efecto en su estómago que si se hubiera comido un jabalí. Estar de pie aliviaba la sensación de hartazgo en el estómago.

Contestó con monosílabos a las preguntas de la doctora y, aun así, la sesión fue fructífera. Los cincuenta minutos que debía estar encerrado junto a ella lo obligaban a plantearse cuestiones que evitaba durante todo el día. Y a tomar conciencia de que, en la mayoría de los casos, tenía la respuesta para todas las preguntas o al menos la respuesta parcial. Era consciente de que su malestar estaba directamente relacionado con su metedura de pata de ayer, y la reacción de Maite. El modo en que, al pasar, había soplado la candelita que ardía a los pies de la Virgen de Begoña decía más de su decepción que mil palabras. Y la sensación de vértigo que le oprimía el estómago tenía que ver con todo lo que necesitaba decirle y no le decía. No quería hablar de Maite. Habló de Rafa y de su madre. Y del paso que había dado al sincerarse con Lizarso sobre la gravedad de su estado de salud. El apoyo del ertzaina para continuar la investigación le había producido un gran alivio. Sin embargo, seguía pesándole el hecho de no haberle contado que, según los periódicos, la policía tenía a un sospechoso detenido en Escocia. De alguna manera,

Noah creía que, si tenía que explicárselo a Lizarso, no sería capaz de contarle solo los hechos, el puro texto de la noticia. ¿O quizá ya se había enterado? Presentía que, si formulaba en voz alta la corazonada que le había llevado hasta Bilbao, la creencia profunda de que John Murray era John Biblia, la seguridad de que estaba matando de nuevo, el pálpito de que aquellas chicas desaparecidas estaban enterradas en una orilla lodosa de la ría, todo lo que se había convertido en la razón de su existencia los últimos días se desmoronaría. Sabía que sería incapaz de darle la información como un mero dato y que, si tenía que decirlo en voz alta: «La policía de Glasgow tiene detenido a un sospechoso que ha confesado ser John Biblia», sería él, antes que Lizarso, quien perdiese la fe en lo que estaba haciendo.

Viendo que la sesión no progresaba, la doctora Elizondo probó con otra cosa.

—¿Qué tal si seguimos un rato con el paciente enigma?

Él se volvió a mirarla interesado de pronto.

—Sí, muy bien.

—Ayer dijiste algo que me ha hecho pensar mucho. Que no las ataca porque tienen la regla, que las elige por eso.

Noah asintió.

—No sé cuál es su motivación, ni cómo lo logra, pero eso es lo que creo.

—Yo iría un poco más allá —dijo la doctora muy despacio—. Las elige por eso, porque las odia por eso.

—Las odia, me consta. He visto docenas de fotos de los cadáveres, lo que hace con ellas habla de un odio exacerbado.

—Pero todas las mujeres en edad fértil tienen la menstruación —expuso ella—. Tendría que odiar a todas las mujeres del mundo, hasta es probable que lo haga, pero ¿por qué en ese momento? Dijiste ayer que algunos investigadores pensaban que podía ser una reacción violenta cuando ellas se negaban a tener relaciones, yo creo que hasta es probable que no sea porque se niegan a tener sexo, sino porque aceptan tenerlo.

—Elige a las mujeres porque tienen la menstruación, después les propone tener sexo, ¿y lo que lo enfurece es que ellas acepten?

—Ni siquiera tiene por qué producirse así literalmente. Quiero decir con una propuesta y su aceptación, puede sin más ser algo que ocurre en su cabeza. El mero hecho de que acepten su compañía puede ser suficiente para él.

—Sin mediar provocación.

—No es necesaria, todo está en su cabeza. Todo lo que ocurre después bebe de ese odio tan intenso.

«¿De dónde puede provenir algo tan poderoso? —se preguntó Noah. Y la propia voz de su mente le contestó—: Solo hay dos cosas en la vida, amor y miedo.»

La doctora le estaba diciendo algo que lo rescató de sus pensamientos. Se giró para mirarla y en ese instante un intenso vahído sacudió su cabeza. Retrocedió un paso golpeando ruidosamente la ventana y, tal como había aprendido a hacer, apoyó la espalda, cerró los ojos y fue deslizándose hasta quedar sentado en el suelo.

Los abrió al notar los dedos fríos de la doctora tomándole el pulso, primero en la muñeca, después en el cuello. Fue hasta un cajón de su mesa y regresó con un estetoscopio. Lo auscultó durante un rato.

—Bueno, el pulso está un poco débil, pero nada preocupante. De todos modos, deberías descansar un rato antes de intentar volver a ponerte de pie. Estírate del todo, Noah, túmbate en el suelo.

—Es solo un mareo —trató de explicar él negándose a tumbarse.

—¿Has tomado tu medicación?

—Sí, pero he comido poco, probablemente es debilidad...

—¿Por qué has comido poco? ¿Te sientes saciado, como en una indigestión? —preguntó ella alertada.

—Un poco, pero no es eso.

Noah le tendió una mano para que lo ayudase a ponerse en pie. Ella lo hizo, aunque reticente. Lo acompañó hasta la silla.

—Vale, Noah, y si no es eso, ¿qué es?

Él bajó levemente la cabeza y miró de nuevo hacia la ventana antes de hablar.

—Tiene que ver con ella.

—¿Con ella? ¿Con esa mujer?

Noah asintió.

—Me has hablado de tus conversaciones con Rafa, con su madre, con Mikel, pero aún no has hablado con ella, ¿verdad?

—Ayer, hubo un malentendido, puede que ahora ella piense que no me interesa... Ya sé que es una tontería, pero siento como si hubiera vuelto a la casilla de salida, y eso me... no encuentro la palabra... Me... ¿descorazona? La sensación de quedarme sin tiempo es cada vez más acuciante.

—¿Y por qué no lo haces, por qué no hablas con ella de una vez?

—No lo hago por la misma razón por la que no le cuento todo a Mikel, porque decirlo en voz alta supone aceptar que me pueda estar equivocando.

—Eso es parte del juego de la vida, Noah. Arriésgate, ¿qué puedes perder?

La alarma que indicaba que los cincuenta minutos de consulta habían transcurrido sonó con un insistente pitido. La doctora lo detuvo mientras Noah caminaba hacia la puerta. Se paró allí y respondió a su pregunta.

—Lo que puedo perder, doctora Elizondo, es lo único que me queda, la esperanza de que mi corazonada no sea un error, porque si descubro que lo es, nada de todo esto tendrá sentido.

Ella se levantó y fue tras él hasta la entrada del piso.

—Escucha, Noah, deberías descansar un poco. Ese mareo no es una buena señal.

—Es solo falta de aliento, me he cansado mucho subiendo hasta aquí. Estas malditas escaleras... —dijo señalando el tramo descendente—. Si continúan inclinándose así, algún día uno de tus clientes va a precipitarse por el hueco accidentalmente.

La doctora Elizondo le siguió con la mirada mientras descendía pegado a la pared.

Wouldn't it be good to be on your side?
¿No sería bueno estar de tu lado?

Debía de llevar poco rato abierto, porque había muy poca gente en el bar, solo un pequeño grupo al lado de la puerta. Noah vio que eran el exmarido de Maite, su hija Begoña y la amiga pelirroja de esta. Noah las había visto juntas otras veces. La música sonaba de fondo como siempre, pero por encima de las notas de *Baby Jane*, de Rod Stewart, Noah distinguió una discusión airada. Y aunque todos enmudecieron al verlo entrar, le quedó claro que habían estado riñendo.

Ocupó su lugar junto a la cocina al fondo de la barra y pidió un café del que apenas tomó dos sorbos. Maite se puso a fregar, y los demás terminaron sus consumiciones en silencio. Antes de irse, las chicas se inclinaron sobre la barra para darle un beso, pero el hombre salió sin despedirse. El gesto de Maite era serio.

—¿Va todo bien?

Ella se acercó.

—No, bueno, sí, es el padre de mi hija. Había quedado con la chavala en el Arenal, pero las chicas han venido hasta aquí porque Edurne, la amiga de Bego, no se encuentra bien y quería tomar una manzanilla, y este tonto me sale ahora con que no quiere que las chicas entren al bar. ¡Ya ves tú, si lo han hecho toda la vida! ¡Qué tontería!

—¿Y qué razón te ha dado?

—Dice que no le gusta cómo las miran los hombres, que a algunos de los que vienen aquí les van las jovencitas.

Noah puso cara de circunstancias.

—A ver, que a mí tampoco me hace gracia que vengan mucho por aquí, tienen dieciocho años, son muy guapas, y también me doy cuenta de cómo las miran, es normal. Pero es que esto es una paranoia que le ha dado a este hombre, ¡que no vengan al bar!, ¡que no hablen con nadie!, y ahora está empeñado también en que vuelvan antes a casa, antes incluso que el año pasado, y es normal que las chicas se rebelen, quieren andar a su aire. Bego siempre ha sido muy responsable y nunca nos ha dado un disgusto. La chica no comprende que su padre se empeñe de pronto en limitarle el horario, y todo es porque hay un rumor de que están desapareciendo chicas.

—No es un rumor, Maite. Lo he oído en las noticias, viene en los periódicos...

—A ver, que en fiestas es normal: faltan chicas, faltan chicos, algunos no aparecerán por casa hasta que acaben. Y la chica del barrio no es la primera vez que se va de picos pardos.

Noah se irguió en su asiento.

—¿Falta una chica del barrio?

—La hija de un conocido de esta misma calle, pero es una chica bastante alocada, ya se ha ido de casa otras veces y siempre regresa. La vieron a última hora en Gaueko, con un chico.

—Bueno, quizá tenga razón en que deberían tener cuidado.

—No, si todo eso yo lo entiendo, que está bien advertirlas de que anden con ojo por ahí, pero no veas la bronca que les ha echado por venir al bar, se ha puesto como un energúmeno. Oye, pero si a la chavala le duele la tripa, y tiene que tomar una manzanilla, ¿a dónde va a ir estando yo aquí?

Noah se interesó.

—¿Le dolía la tripa?

—Cosas de mujeres —explicó ella.

Cosas de mujeres solo significaba una cosa.

—Maite, has dicho que Kintxo no quiere que hablen con los clientes. Quizá ha visto algo...

—No sé, son buenas chicas, educadas, saludan a todo el mundo. Y además Kintxo es así, desconfiado, no le cae bien nadie, y sobre todo los ingleses. Sus padres emigraron a Inglaterra cuando él era pequeño, se crio allí. Siempre dice que lo trataron muy mal, que eran muy desagradables. Os tiene un paquete que no os puede ni ver.

—Yo soy escocés —murmuró.

Ella se encogió de hombros, como si le diera igual. Era evidente que aún estaba resentida por lo del día anterior.

—Pero ¿te ha mencionado a alguien en concreto? ¿Las has visto tú hablando con alguien?

Ella lo miró extrañada, un poco enfadada también.

—No lo sé. ¿A qué viene eso?

—A nada —renunció él.

De pronto se sintió incómodo bajo su mirada adusta.

—Escucha, Maite, quería pedirte disculpas por lo de ayer. Ya sé que lo que dijo Mikel sonó como que...

Ella lo interrumpió. Un grupo de clientes entraba en el bar.

—No tienes que darme ninguna explicación, Noah —dijo dejándolo plantado.

El niño

El niño lee en la biblioteca. Lleva el carnet del Aula de Cultura Municipal desde que tiene uso de razón. Antes de que sus tías se fueran a vivir con ellos, solía esperar allí a su madre cuando salía del colegio. Ella no quería que deambulase solo por las calles porque temía que los otros niños pudieran hacerle daño; creía que algunas personas les tenían ojeriza, por su circunstancia. El niño no tiene padre, y a él no le importa, tampoco tiene abuelos, y eso sí le importa porque le importa a mamá. Vivieron solos en la casa junto al lago durante años y fueron felices, al menos él lo era. Cuando el niño cumplió cinco, un día mamá le explicó que su abuela, que había vivido todo el tiempo muy cerca sin que el niño lo supiera, acababa de morir y que sus tías, las hermanas pequeñas de mamá, vivirían ahora con ellos. Al niño le pareció bien. Sus tías, que mientras vivía su abuela le habían negado a su madre el saludo, se fueron a vivir con ellos al día siguiente de enterrar a la vieja. Eran más jóvenes que mamá, y tenían el pelo oscuro, en lugar de rojizo, como el niño y su madre. Eran bonitas, incluso tía Emily, que cojeaba por haber pasado la polio. Jugaban con él, le hacían cosquillas en la barriga hasta que se le saltaban las lágrimas. Le contaban viejas historias de su familia, la sangre a la que pertenecía, historias de pecado y vergüenza, historias de odio y venganza. El niño tuvo que dejarles su cuarto y volvió a dormir con mamá, como cuando era pequeño, tampoco le importó. Todo estaba bien, porque mamá estaba contenta. Parecía haber olvidado los años de negación y vergüenza, y justificaba el comportamiento de sus hermanas por la imposición de su honorable madre. Mamá les preparó la habitación y les encontró trabajo; a una en los barcos turísticos del lago y a la otra en el mismo hotel donde ella trabajaba. Fue entonces cuando a mamá le volvieron a ofrecer el puesto de gobernanta. Antes no había podido aceptarlo, porque no tenía con quién dejar al niño. El sueldo era mayor, el horario, nefasto. Debía salir de casa en plena noche para estar en Tarbet antes del amanecer y tener lanzado todo el trabajo para cuando los turistas más madrugadores se hubieran levantado.

En el viejo *cottage* solo había una chimenea en la sala. La cama de mamá era grande y se quedaba fría cuando ella no estaba, y entonces las tías comenzaron a llevárselo a su habitación.

Al niño le gustaban sus juegos, su piel tibia, sus pechos duros, el calor de sus vientres. Dormía desnudo entre las dos tocando sus cuerpos y guardando el secreto.

Pero a veces ellas se ponían enfermas. Malhumoradas y dolientes, se les hinchaba el vientre y les dolía la barriga. Entonces empujaban al niño bajo las mantas y medio sofocado entre la lana y sus muslos le hacían beber la sangre de lo sacrificado hasta que, aliviadas, se dormían. Al niño no le gustaba. No quería hacerlo. Lloró y se quejó, y hasta amenazó con contárselo a mamá. Entonces ellas le dijeron que había transgredido la ley de Dios, que había bebido la sangre de lo sacrificado y que Dios ya no lo perdonaría jamás, que su madre ya no lo querría, porque se había transformado en lo que ella más odiaba, y que, si contaba algo, ella se sentiría tan avergonzada y asqueada que una noche mientras estuviera dormido lo metería en un saco con piedras y lo tiraría al lago para que se ahogase, igual que a su abuelo, porque eso era lo que hacían en su familia con los degenerados.

El niño se volvió hosco. Ya no quería jugar con ellas, ya no había calor y sueño apacible. El olor de lo sacrificado lo enfermaba, y en esos días tenía la sensación de que todo en ellas, la piel, el cabello, el aliento, olía a la sangre que fluía entre sus piernas. Se quedaban en la cama el día entero con las mantas encima, sudando. Sorbían el té caliente que él les llevaba y solo se levantaban para ir al váter y cambiarse el paño ensangrentado que habían tenido entre las piernas, y que sustituían por otro seco antes de regresar a la cama. En aquellos días, el hedor que solo él parecía notar llenaba la casa como una nube apestosa que flotaba en el vapor del aliento y en el frío que se colaba entre las ventanas desportilladas. Pero lo peor era que lo sacrificado estaba muerto y se pudría en cuanto salía de sus cuerpos. Había en el baño un cubo de madera donde ellas iban dejando los paños manchados de sangre que el niño tenía que lavar, porque ellas se encontraban demasiado débiles para hacerlo. El olor era nauseabundo, le provocaba tal repulsión que, en aquellos días, el niño hacía sus cosas en el exterior de la casa, y hasta llegaba a lavarse fuera, en el pilón, para no tener que entrar al baño y ver el cubo que dejaban al lado de la taza del váter. Lo evitaba todo lo que podía, mientras se decía que no volvería a hacerlo; pero cuando los paños se iban acumulando y ya la tapa ni cerraba, era su propia madre la que le decía: «Ayuda a tus tías, están muy enfermas y sabes que yo llego agotada de trabajar».

En invierno el agua estaba muy fría y costaba más quitar las manchas, pero en verano era peor. El cubo tenía una tapa de madera, pero ellas a menudo se olvidaban de ajustarla. Las moscas entraban allí, ponían sus huevos entre los restos coagulados en los trapos. El calor aceleraba la corrupción, y más de una vez, cuando el niño volcó el contenido del cubo sobre la tabla de lavar, encontró gusanos pequeños y amarillos alimentándose de lo sacrificado. Al verlos, el niño supo hasta qué punto era horrible lo que le obligaban a hacer, porque él era como aquellos gusanos.

El niño ha pensado muchas veces en decírselo a mamá, a pesar de las amenazas de sus tías, él sabe que ella lo quiere, o lo ha querido. Pero últimamente la sorprende observándolo en silencio, como si supiera cosas horribles de él. El niño no está seguro de si son imaginaciones suyas o, en el fondo, mamá sabe lo que ocurre durante las madrugadas cuando se va a trabajar. Así que no dice nada, porque presiente de un modo íntimo que ella ya lo sabe. Eso lo pone muy triste unos ratos, otros ratos está furioso. Por eso prefiere no decírselo, porque si tuviera que comprobar que ella lo sabe...

Sobre la gran mesa vacía de la biblioteca el niño lee, casi devora cada palabra del grueso tomo que tiene delante. La señora Thompson ha torcido el gesto mientras le tendía el libro. «Creo que es demasiado complicado para ti», le ha dicho.

El niño lee con sed, con auténtica necesidad, devora las páginas con ojos pávidos de horror al reconocerse en la criatura que describe Bram Stoker.

Está desesperado, ¿debe aceptar que es un monstruo? ¿Debe asumir que ha condenado su alma? ¿Hay opción para la expiación? En las últimas semanas ha rondado por su mente la posibilidad de la confesión, de obtener el perdón de Dios. El domingo anterior se rezagó tras el oficio y estuvo a punto de pedir confesión con el pastor Pierce, pero en el último instante algo se lo impidió. Algo que no lo deja dormir y que tiene que ver con Lucy, con el día en que ella cambió y con lo que eso le hizo sentir. Hasta entonces habría jurado sobre la Biblia que detestaba lo que lo obligaban a hacer, que solo había sido una víctima propiciatoria, que lo habían conducido al pecado con engaños. Pero cuando penetró en él el aroma de lo sacrificado de Lucy, su cuerpo reaccionó como a un instinto animal y primario. Deseó beber de Lucy y a la vez la odió por ello. Ni siquiera pudo mirarla a los ojos. «Me das asco», le había dicho. Y era verdad. Le daba asco ella, se daba asco él. Había corrido hasta el baño, se había bajado los pantalones y, con los puños cerrados, se había golpeado el pene y los testículos hasta que el dolor pudo con el instinto. Y ahora, mientras leía cómo Drácula bebía de sus víctimas, lejos de sentir la aversión que le provocaban sus tías, experimentó un hormigueo entre las piernas que creció bajo la tela apretada de sus pantalones. Desde entonces, comenzó a imaginar cómo sería beber de Lucy. Ese día el niño supo que lo que sus tías le habían dicho era la verdad. Ese día supo en qué se había convertido: un engendro del mal, una aberración que solo estaba en el mundo para provocar otras.

Bilbao. Martes, 23 de agosto de 1983

Noah llevaba al menos una hora despierto, pero seguía en la cama escuchando la radio y tomando notas en su pequeño cuadernito negro. Las salidas a las discotecas le estaban pasando factura. En sus recorridos nocturnos procuraba tomar agua o un refresco, pero las horas del final del día eran terribles para su cuerpo, se agudizaban las palpitaciones, la periodicidad de los mareos y la frecuencia con que debía orinar. Todo acrecentado, porque, cuando debía llevar a cabo la vigilancia solo, el temor a perder de vista a Murray lo obsesionaba. Cuando llegaba a La Estrella, tenía los pies tan inflamados que apenas podía quitarse los zapatos. Por encima de la voz del locutor, podía oír la lluvia crepitando en la tejavana del patio. Había dejado la ventana abierta para ver al dragón respirar acompasando el movimiento de las cortinas, y para escuchar al *Otus scops*, que, con su canto, marcaba el ritmo. Noah estaba deprimido, sabía que en gran parte se lo debía a su estado, tocaba aceptarlo como algo normal. Pero, por otro lado, cuando intentaba razonar su pesadumbre, encontraba mil justificaciones para sus oscuros pensamientos. Seguir a John Murray-Biblia estaba resultándole agotador. La noche anterior Mikel estaba de guardia y no había podido acompañarlo, aunque, para compensar, Murray se había retirado antes de las dos. Pero eso lo había llevado a pensar si Murray volvería a salir una vez que regresaba a su pensión. A menos que permaneciese toda la noche vigilando ante su puerta, no tenía modo de comprobarlo. Lo hizo durante veinte minutos apostado en el portal de La Estrella, pero los pies y la cabeza le dolían tanto que al final se rindió.

No se había vuelto a saber nada de las tres mujeres desaparecidas hasta el momento; aunque la Policía Nacional solo había admitido la denuncia por dos de ellas, eran tres las jóvenes que seguían faltando de su casa. Si se confirmaba el caso de la chica del barrio que le había comentado Maite, y a la que también habían visto por última vez con un hombre en Gaueko, en la calle Ronda, serían cuatro. Noah pensó en lo atroz que alcanzaba a ser el pensamiento de un detective, que podía llegar a convertir la posibilidad de un crimen inhumano en la confirmación de algo que necesitaba saber. Y el hecho de que la policía escocesa estuviese equivocada con su detenido, de algún modo, sería un triunfo para su ego. Eso lo hizo sentir aún peor. Suspirando soltó el cuadernillo sobre la cama y se concentró en la voz jovial de Ramón García, que parecía estar de un magnífico humor. Incluso para contar que tampoco ese día la lluvia daría tregua, desgranó los actos de festejos de la jornada e informó del estado de un hombre llamado Luis Villagas, herido grave en la suelta de vaquillas en Vista Alegre, y que Noah conocía de oídas, ya que se había convertido en la anécdota de la que se hablaba en los bares.

Cuatro golpecitos leves en la puerta acompañados de la voz de la dueña de La Estrella:

—Míster Scott, su amigo está aquí.

Noah salió de la cama apoyando en el suelo los pies doloridos y se acercó a la puerta cojeando levemente.

—Dígale que voy en un momento, tengo que vestirme —dijo mientras comenzaba a ponerse los pantalones.

La voz de la propietaria sonó tan cerca que la imaginó apoyando los labios en la rendija de la puerta.

—Ya sé lo que le dije, pero he hecho una excepción por tratarse de usted, míster Scott, su amigo está aquí.

Al abrir la puerta, Mikel Lizarso, con el pelo mojado por la lluvia, sonreía con cara de circunstancias, y más aún cuando se percató de la mirada apreciativa que la propietaria de La Estrella lanzaba al torso desnudo del inspector Scott Sherrington.

—Gracias, señora, es usted muy amable —dijo Noah fingiendo no ver la cara que ponía Lizarso mientras entraba en la habitación. En cuanto cerró, el policía comenzó a reírse a carcajadas, mientras que Noah le instaba con gestos a guardar silencio.

—Bueno, bueno, ahora es cuando tienes que explicarme por qué esa encantadora bruja del oeste hace estas «excepciones con usted, míster Scott» —dijo imitando la voz meliflua de la patrona.

—Se logra con billetes verdes.

—Oh, pues parece dispuesta a cobrar en carne.

Noah negó asqueado.

—Yo solo te informo —siguió bromeando Lizarso mientras hacía un recorrido visual de la estancia. Reparó en los medicamentos alineados sobre la repisa del lavabo, la carpeta con el inequívoco logo de un hospital, la foto de una pareja que supuso sus padres y una pequeña agendita negra que Noah se apresuró a cubrir con la almohada—. Me encanta cómo has dejado esto.

—Bien, pero supongo que no has venido hasta aquí solo para criticar la decoración —dijo sentándose en la cama.

—No, tengo un par de cosas que contarte; la primera que la chica que faltaba ayer de su casa ya ha aparecido. Se había ido de fiesta con un noviete.

Noah suspiró mientras pensaba qué pasaría si las otras chicas aparecían vivas también... ¿Se había equivocado tanto?

—Bueno, me alegro por ella. Maite me dijo que eso era lo más probable. ¿Cuál es la segunda cosa?

La expresión de Lizarso era la del gato que se comió al canario; sin embargo, se contuvo.

—Tú primero. ¿Cómo fue anoche?

—Antes de que se me olvide, estaría bien que intentaras averiguar algo más sobre el exmarido de Maite. Quizá no sea nada, pero ayer Maite me contó que a él le preocupa que su hija tenga relación con los clientes del bar, hasta el punto de que no quiere que pase por allí. Le ha dicho que sabe que «a algunos les van las jovencitas» y, qué casualidad, Edurne, la chica pelirroja amiga de su hija, estaba ayer con dolor de tripas. Maite me dio a entender que tenía la regla.

Lizarso ladeó la cabeza mientras lo pensaba, y Noah continuó:

—Me dijiste que Kintxo había trabajado un tiempo para una empresa británica, pero Maite me contó que su relación con el Reino Unido va más allá. Sus padres emigraron cuando él era muy pequeño y se crio allí. Maite dice que odia a los ingleses. Estaría bien averiguar dónde vivió exactamente, en qué ciudades y en qué fechas estuvo allí, y cuándo regresó.

—¿A dónde quieres ir a parar? ¿Te parece sospechoso?

—Puede que no conduzca a nada, pero no deberíamos dejar cabos sueltos. Sobre todo porque ayer por la noche, mientras seguía a Murray, volví a ver a Kintxo en una discoteca. Iba con unos amigos, y supongo que fue casualidad, pero después de lo de ayer me lleva a preguntarme si se podía estar refiriendo a Murray, y quizá en algún momento haya visto algo más que nosotros.

—Podría ser... Pero no se me ocurre el modo de averiguarlo sin delatarnos, la única manera de saberlo pasa por preguntárselo directamente.

—No, hasta que sepamos algo más de Kintxo y su relación con el Reino Unido.

—¿Viste también a Collin?

—No, no vi a Collin en las discotecas, aunque no descarto que pudiera estar por allí, había muchísima gente. Pero cuando nuestro hombre regresó a su pensión, esperé unos veinte minutos para cerciorarme de que no volvía a salir y entonces vi llegar a Collin. Ayer Murray no salió de la calle Telesforo Aranzadi, primero estuvo en el Drugstore, es medio bar, medio discoteca.

—Lo conozco.

—Y después, en la misma calle, en la acera de enfrente, en el Bluesville, un sitio bastante elegante, por lo menos respecto a su clientela. Habló un buen rato con una mujer en el segundo, pero la cosa no debió de prosperar. A las dos de la madrugada ya estaba de vuelta en su pensión.

—Lo de que regrese tan pronto también me mosquea, pudo haber salido después...

—Sí, también lo he pensado.

—Lo que sí sé es que se ha levantado temprano. Tenías razón respecto a lo de pinchar la cabina de abajo, de momento no tenemos constancia de ninguna llamada de «el Oscuro» o de Michael, pero esta mañana muy temprano, justo un rato antes de que entrase mi relevo, a las seis menos cuarto, Murray llamó desde la cabina.

—¿Cómo puedes estar seguro de que era él?

—Porque llamó al número que me diste ayer.

Noah se puso en pie.

—¿Con quién habló? ¿Qué dijo?

Mikel sonrió y sacó un walkman del bolsillo interior de su cazadora, mientras le tendía los auriculares.

—Pues tendrás que decírmelo tú. El acento es tan cerrado y hablan tan rápido que apenas entiendo nada.

Noah se colocó los cascos y la voz de John Murray sonó en el interior de su cabeza.

«Soy yo.»

El tono era profundamente melancólico, John Murray hablaba muy bajo, sin ganas, como si le costase articular las palabras, contrastando con la alegría de la mujer al otro lado de la línea.

«¡Por fin!, estábamos preocupadas, ¿cómo estás? Te hemos dejado muchos recados.»

«Estoy bien», con tono cortante. «Presta atención, tenéis que dejar de llamarme, ¿lo has entendido? No quiero que me llaméis.»

«No te entiendo, tú nos diste este número, nos dijiste que era seguro.» La voz delataba decepción y contención.

«Pues ya no lo es, no volváis a llamarme, ¿lo has entendido?» Tajante y con un punto amenazador.

«Lo he entendido. —Sumisa—. ¿Cuándo vendrás? ¿Quieres que vayamos nosotras?»

«No, no. Aún es muy pronto, yo os llamaré.» Cansado y esquivo.

«Algún número seguro tiene que haber, estamos muy preocupadas, el dinero no durará mucho, y ya sabes que es cuestión de meses...»

«¡Dejadme en paz! —gritó iracundo—, ¿no os dais cuenta de que en mi situación bastante tengo con pensar en mí?»

«Hicimos lo que dijiste, podíamos estar en casa, pero te hicimos caso, estamos así por ti.»

La mujer gimió al otro lado de la línea. Estaba llorando.

«No, yo estoy así por vosotras, malditas seáis.»

«¿Cómo puedes decir eso, John? Lo hemos hecho todo por ti.» Silencio por parte de Murray. Durante unos segundos no se oyó otra cosa que el llanto de la mujer. Y de pronto tres golpes seguidos contra el auricular. Y la voz de Murray amenazante.

«¡Cállate! ¡Callaos todas, dejad de llorar! ¡Maldita sea!» El llanto se cortó de pronto.

«John, no lo hagas.»

«¿Que no haga qué, mamá?» Hastiado.

«Abandonarnos, John, no nos abandones.»

La llamada se interrumpía aquí.

The grass is always greener over there
La hierba siempre es más verde allá

Noah se encontraba muy mal, mucho peor que en los últimos días. Su deterioro físico era evidente, pero, de todo, lo que más le preocupaba, lo que le irritaba de un modo desconocido en él, era la sensación de darse cuenta de que estaba perdiendo habilidades mentales.

Por momentos llegaba a ser consciente de lo confuso de su pensamiento. Todo se mezclaba en su cabeza en un batiburrillo de ideas que iban y venían. La chica que había regresado a casa y que solo estaba por ahí de fiesta, el tipo que se había entregado en Escocia confesando que era John Biblia, el canto del autillo en mitad de la noche, Kintxo, que había vivido bastantes años en el Reino Unido, molesto porque «a algunos les iban las jovencitas», y Maite, que ya no encendía velitas a la Virgen de Begoña. No podía pensar. La sensación de mareo y la confusión ofuscaban su mente cada vez que intentaba razonar, y la certeza de que todo comenzaba y terminaba con Maite lo mortificaba.

Había pasado toda la mañana luchando entre la urgencia de salir al quiosco a buscar los periódicos escoceses y llamar a Olga, y el sentido común que le decía que debía descansar. La debilidad en las piernas a primera hora había derivado en un molesto hormigueo, y el entumecimiento se iba extendiendo por sus miembros según pasaban las horas. Había llegado a vestirse, pero cuando iba a salir por la puerta se sintió tan mareado que apenas consiguió regresar a la cama. El alivio inicial del descanso no había durado. Después de un rato comenzó a tener dificultad para respirar, y solo incorporándose pudo aliviarla un poco. Tragó otro par de diuréticos y una cucharada de tónico de digitalina, dedicó los siguientes treinta minutos a tratar de dominar su angustia hasta conseguir calmarse y a borrar la impresión de estar reviviendo las sensaciones del día en que murió.

En algún momento debió de quedarse dormido. La voz de Ramón García anunció que eran las cinco de la tarde, y Noah se preguntó si aquel chico nunca se iba a casa. Su pulso volvía a latir acompasado y había recuperado la sensibilidad en las piernas. Masticó cuatro galletas mientras repasaba su aspecto ante el espejo. El cinturón y los zapatos le apretaban, pero lo más llamativo eran las bolsas de líquido que se le habían formado bajo los ojos. Trató de aliviarlas mojando su rostro con agua fría. Después salió al rellano.

Comenzó a subir las escaleras hasta la consulta de la doctora Elizondo, pero antes de alcanzar la tercera planta ya estaba asfixiado. Se sentó en un peldaño intentando recobrar el aliento. Echó atrás la cabeza para ver un poco de aquella escasa luz del agosto más raro de su vida. Un halo amarillo se extendía alrededor de la claraboya, y reparó entonces en que las escaleras se habían combado tanto hacia el interior del hueco que sin duda se precipitaría al vacío si intentaba subir por allí. Permaneció inmóvil, sentado. Escuchando crujir la madera y el golpeteo suave de la lluvia en la tejavana, aspirando el olor del barniz y la cera. Aterrorizado. Porque, de todas las sensaciones que se agolpaban aquel día, la más vívida era la de estar quedándose sin tiempo. Estaba claro que el doctor Handley se equivocaba, no iban a ser unos meses, «unos meses si te cuidas».

La emoción apremiante del tiempo fugándose, la confusión mental y todas las teorías que con tanto trabajo había ido tejiendo se desmoronaban como lo que eran, quimeras. Desvaríos destinados a darle algún sentido a una vida que se le escapaba entre los dedos, y que, ahora lo sabía, era una vida inútil. Quizá no había depredador, quizá Murray no era John Biblia, quizá todo aquello fuera el desvarío de un desahuciado, desquiciado por la medicación y la depresión, buscando darle un significado ya no a su vida, sino a su muerte. Si para algo le habían servido las sesiones con la doctora Elizondo era para llegar a la conclusión de que lo que más miedo le daba era lo que no le había contado a Handley cuando se lo preguntó en el pasillo del hospital, ni a Gibson cuando quiso saber qué había sentido al morir, ni siquiera a la doctora Elizondo. Lo que había visto mientras estuvo muerto, mucho después del llanto fantasmal, del golpe que lo derribó, del frío y de la oscuridad, aquello que le asustaba más que morir. La vida entera se reducía a dos cosas, amor y miedo, y él solo tenía la segunda.

Se rindió. Cuando pudo ponerse en pie, bajó los peldaños hasta la entrada de la pensión, cogió su paraguas y salió a la calle mientras le dedicaba de nuevo una mirada a la escalera y se preguntaba cómo era posible que alguien subiese por allí.

Primero llamó a Olga desde la cabina junto al portal. John Murray había recibido un telegrama internacional. Pero no tenía modo de saber qué decía o quién se lo había enviado. Pensó que era una buena chica cuando vio cómo se preocupaba ante la decepción de Noah por no tener ninguna pista del mensaje. Salió de la cabina bajo la lluvia y muy despacio abrió el paraguas, envuelto en la confusión que lo había acompañado desde la mañana. Se dedicó a recorrer las calles adyacentes, sin rumbo, y no supo exactamente qué estaba buscando hasta que encontró otra cabina telefónica. Se detuvo ante ella consciente en ese momento de que había evitado usar la que estaba junto a su portal y que Lizarso tenía pinchada. Entró, descolgó el auricular comprobando que funcionaba, colocó en el canal de las monedas varias de un duro. Tuvo que marcar el número de teléfono que sabía de memoria hasta en tres ocasiones, porque en todas estaba comunicando. Cuando la voz familiar respondió al otro extremo, Noah se sorprendió al comprobar que estaba tan nervioso que apenas podía hablar.

—Hola, ¿a quién tenemos aquí? —preguntó Ramón García jovial.

—Hola —balbuceó.

—Vaya, pues parece que es un chico. Hola, ¿quién eres?

—Quería dedicar una canción —dijo Noah tímidamente.

—Pues has llamado al lugar adecuado, porque todas las tardes aquí, en Los 40 Principales FM, en el 89.5, le dedicamos a quien tú quieras la canción que prefieras. Solo tienes que llamar como nuestro amigo al 487210. ¿Qué canción quieres?

—*Wouldn't It Be Good*, de Nik Kershaw.

—¡Menuda pronunciación! Se nota que eres inglés, amigo. ¿Y a quién se la vas a dedicar?

Noah se dio cuenta de que estaba temblando.

—A la chica que me gusta, a Maite, que es la chica más guapa de Bilbao.

—¡Vaya, vaya! Maite. Solo nos queda saber cómo se llama el admirador de Maite.

Le faltaba el aliento y por primera vez en todo el día estuvo seguro de que nada tenía que ver con su enfermedad.

—Soy Noé, como el del diluvio.

—De acuerdo, pues de Noé para Maite: *Wouldn't It Be Good*.

Colgó el teléfono y durante unos segundos se quedó apoyado en la horquilla como si él mismo colgara del auricular. En su mente no podía evitar ver a Maite escuchando cada palabra de Nik Kershaw. Se dijo que quizá tenía que haber dedicado una canción en español, pero nadie en el mundo como Kershaw era capaz de explicar con exactitud cómo se sentía en aquel momento.

Cuando se dio la vuelta para salir de la cabina vio a Rafa con Euri; llevaba un chubasquero amarillo, aunque se había quitado la capucha, y lo observaba desde fuera sonriendo. La perra a su lado no le perdía ojo.

—Le has de-dedicado una canción a Maite —dijo a modo de saludo.

Noah asintió sonriendo, consciente de que Rafa lo observaba con atención, la cabeza ligeramente ladeada, pero sin quitarle los ojos de encima.

—¿Es tu novia?

Noah se inclinó para acariciar el suave pelaje de Euri tomándose así unos segundos para responder, mientras calibraba las consecuencias de su acto. La pregunta del chico no era descabellada. Acababa de dedicarle una canción a una mujer en la emisora de mayor audiencia de Bilbao. Acababa de admitir en público que ella le gustaba. Fue como si de pronto se diera cuenta de lo que había hecho y de las derivaciones que tendría.

—No.

«No —pensó Noah—. Maite no es mi novia ni podrá serlo nunca.» ¿Qué demonios estaba pensando cuando se le había ocurrido la idea de llamar a la radio? Miró el reloj: hasta dentro de un par de horas no había quedado con Lizarso, y ahora, de pronto, se sentía incapaz de presentarse en el bar y estar a solas con ella. Nervioso como un adolescente, cerró los ojos un segundo y suspiró consciente del embrollo en el que se había metido.

—¿Por qué no? —insistió el chico sin dejar de mirarlo.

Noah dirigió la vista al cielo, que seguía cubierto, y extendió una mano.

—Te lo cuento si me acompañas, ahora que ha parado de llover. Estoy pensando que ya llevamos tres días de fiestas y aún no sé dónde están instaladas las *fairas*.

—Se dice ferias. No hablas bien —se rio el chaval con los ojos iluminados—. Están en la calle Luis B-Briñas, cerca de Bas-surto, casi al lado de San Mamés.

—¿Está cerca?

—Para mí ss-í, para ti... es mejor ir en taxi.

Noah miró a aquel chico extraordinario impresionado por su capacidad de observación.

—Tienes razón. ¿Crees que encontraremos uno que nos lleve con Euri? Antes tenemos que pasar por el quiosco a buscar mis periódicos.

El resto de la tarde había ido bastante mejor de lo que habría cabido imaginar, teniendo en cuenta su mañana. Decidido, desdeñó las luces rojas y parpadeantes, que en su recuerdo seguían rutilando a los costados de las vías de aquel paso a nivel en Glasgow, señal inequívoca de una corazonada, o de un ataque al corazón. A pesar de la previsión de lluvia para el resto de la jornada, un claro se había abierto en el cielo bilbaíno y en el panorama interior de Noah. Llevaba quince minutos sin llover con fuerza y, aunque una especie de *smirr* muy fino lo mantenía todo mojado, todas las barracas de la feria seguían funcionando con normalidad y había grupos frente a las tómbolas comprando boletos y jugando cartones en los bingos ambulantes.

Noah cerró el paraguas y rebuscó en sus bolsillos un par de monedas para dárselas a una chica que pedía para un bocadillo. No se le escapó el modo reprobatorio en que algunos lo miraron cuando le dio el dinero. Iba descalza, chapoteando por los charcos, aunque llevaba un par de viejas Doctor Martens en una mano. Parte de la cabeza rapada, y el pelo rubio y estropajoso levantado en una cresta, probablemente con cerveza. Mientras se alejaba, Noah se fijó en el pequeño bolso de tela colgado a modo de bandolera y en los gruesos alfileres que lo atravesaban de lado a lado. Un rápido pensamiento cruzó su mente y, casi a la vez, lo perdió. Durante un rato trató de evocar la conexión con aquello, pero solo consiguió pensar en la foto de Clarissa O'Hagan que llevaba en la cartera.

Sonrió observando de lejos a Rafa, que daba vueltas en una atracción. Se sentía mucho mejor que en todo el día, y estaba seguro de que sin duda habían contribuido los titulares de los periódicos escoceses. *The Scotsman* y el *Daily Record* resaltaban en sus páginas el fiasco de la policía al comprobar que el fulano que se había confesado autor de los crímenes de John Biblia era solo uno de tantos imbéciles que llegaban al punto de responsabilizarse de la autoría de terribles asesinatos con el único afán de sentirse protagonistas.

Suspiró aliviado mientras volvía a recomponer sus teorías. Se sentía refrendado y hasta se autorrecriminó no haber sido capaz de distinguir un perfil que en todos los años en los que había perseguido a John Biblia se había encontrado al menos media docena de veces. En «La Marina» guardaban las fotos de una colección de pirados que se habían presentado en distintos momentos para confesar ser el mítico asesino. En la mayoría de los casos resultaba fácil descartarlos porque se limitaban a repetir como loros el texto de las noticias que habían ido apareciendo en los periódicos. Tipos mediocres, perdedores, desgraciados con una vida gris, que terminaban creyendo que confesar ser asesinos en serie era la única manera de brillar. Pero de vez en cuando había alguno que daba un poco más de trabajo. Quizá porque su carácter encajaba, porque su vida solitaria acompañaba o porque en el fondo deseaban con toda su alma ser él, ser John Biblia.

Sentado en un banco palpó en el bolsillo de su chaqueta los recortes de las noticias que, como siempre, había seleccionado de los periódicos antes de deshacerse de ellos, excepto de los deportivos, con los que pasearía bajo el brazo el resto de la tarde.

—¡*They are crazy*, Euri! ¡El mundo está lleno de locos! —dijo a la perra, que lo miró solemne, dándole la razón. A lo lejos vio pasar de nuevo a la chica punki. Se había puesto las botas, pero sin atar. Volvió a fijarse en el bolso y, siguiendo un impulso, sacó la foto de Clarissa O'Hagan que llevaba en la cartera y la observó largamente mientras pensaba.

Los chillidos festivos del chico lo sacaron de su ensimismamiento. Levantó una mano para saludar a Rafa, que hacía lo propio cada vez que las vueltas que daba el zigzag lo acercaban hasta el lugar donde esperaban Noah y Euri. El chaval estaba disfrutando de lo lindo, había montado en el látigo, en el pulpo, en el gusano loco y en la noria. Le había costado convencer a Rafa de que era mejor que él lo esperase mirando desde abajo, con la perra. Al principio había confundido la decepción del chico con temor a montar solo. Se dio cuenta de que únicamente deseaba compartirlo con él cuando reparó en cómo el chaval lo saludaba en cada vuelta y trataba de explicarle lo que había sentido durante el viaje mientras caminaban de una atracción a la siguiente.

Tras mirar durante unos buenos diez minutos y viendo cómo gritaban los viajeros, no se había atrevido con el barco pirata, una versión sofisticada del Balancé, que amenazaba con sacar a sus pasajeros volando por los aires, ni con los autos de choque, aunque por el brillo de sus ojos Noah se daba cuenta de que le encantaban; Rafa se tocó despectivamente el brazo derecho mientras murmuraba: «No puedo conducir». Al pasar por los puestos de tiro, el chico se quedó mirando los cientos de peluches que colgaban de techos y paredes y sonrió feliz cuando Noah le preguntó:

—¿Cuál quieres?

Rafa apuntó su dedo hacia el techo, de donde pendían varias reproducciones de un robot gigante.

Noah se acercó a la caseta y habló con el feriante.

—¿Cuántos tiros para el robot gigante?

—¿No prefieres el D'Artacán? —contestó el hombre dirigiéndose al chico.

Rafa miró con recelo al perro de peluche vestido de mosquetero que el hombre le señalaba y se acercó más a Noah para que solo él pudiera oírlo.

—Es de pequeños, prefiero el M-Mazinger Z.

—El robot —dijo Noah, firme, dirigiéndose al feriante.

Se dio cuenta de que el hombre lo estudiaba, quizá calibrando las enormes bolsas que se le habían formado bajo los ojos.

—Treinta y cinco palillos —dijo retador.

Noah sacó el dinero, pagó los balines y esperó a que el hombre colocara los palillos. El feriante comenzó a arrepentirse de no haberle pedido al menos veinte palillos más por el muñeco cuando Noah rechazó repetidamente tres de las escopetas que le ofrecía para tirar, hasta que al fin estuvo satisfecho con una.

—¿Quieres tirar tú? —le ofreció a Rafa.

El chico lo miró confuso.

—No puedo —susurró.

Noah fue derribando uno a uno los palillos. Rafa celebraba de tal modo cada acierto que para cuando rompió el que hacía el número veinte ya se habían congregado a su alrededor varias docenas de personas. La cara del feriante era un poema. Alternaba las miradas a Noah y al muñeco gigante, que ya veía perdido, con bufidos indignados ante cada acierto del inspector y cada celebración del chaval. Cuando abatió el último palillo, una gran ovación se extendió entre los que los rodeaban mientras el feriante casi le arrancaba la escopeta de las manos, antes de rescatar el muñeco con un gancho y entregárselo a Rafa.

Noah se sintió feliz paseando tranquilamente mientras disfrutaba de las miradas y las felicitaciones al chico, que portaba orgulloso el muñeco, que casi ocupaba tanto como él.

—¿Cuándo es tu cumpleaños, Rafa?

—El u-uno de febrr-eero.

—¿Y cuántos cumplirás?

Aspiró sonoramente antes de contestar.

—Dieciocho años.

—Sabes que el año que viene podrías sacarte el carnet de conducir, ¿verdad?

Rafa se detuvo girándose para que Noah pudiera verle la cara.

—No puedo cc-onducir un auto de choque, ¿cc-ómo voy a conducir un coche de verdad?

—¿Sabes qué es un vehículo adaptado?

Rafa negó.

—Conocí a un tipo en Glasgow que había perdido una pierna y una mano en un accidente, le hicieron un coche con embrague de mano, y tenía los cambios de marchas en una palanca junto al volante. Se ataba el brazo a un saliente del volante. Conducía un coche azul marino y llevaba en él a toda su familia.

El chico aspiró profundamente antes de hablar y después lo hizo muy despacio:

—Nunca he visto nada as-sí.

—Pues existe, los mecánicos los adaptan a las necesidades de cada persona.

Rafa quedó silencioso, parecía estar pensándolo.

—Créeme, tú conducirás antes de que yo aprenda a hacerlo bien después de ir toda la vida por la izquierda. Ayer tuve que llevar el coche de mi amigo Mikel y casi tengo un accidente en dos ocasiones.

—¿En serio? —preguntó divertido.

—Te lo juro. Una vez al pasar el puente, y otra al girar en una glorieta.

El chaval rio de buena gana, y Euri, contagiada por su alegría, saltó hasta su cara para darle un lametón.

—Me gus-staría mucho conducir, lo haría bien —dijo más animado.

—Rafa, ayer conocí a tu madre. Estaba un poco preocupada, le contaste que eras mi ayudante, a pesar de que prometiste que no se lo dirías a nadie.

—Y no se lo he dicho a nadie... Pero a *ama* no se le miente.

Noah sonrió.

—Tienes razón. Y no estoy enfadado por eso, pero tu madre me ha contado que no quieres ir al centro a hacer rehabilitación, ni a recibir clases.

Rafa dejó caer la cabeza sobre el pecho ocultándose en parte tras el muñeco.

Noah se detuvo obligando al chaval a hacer lo mismo.

—Rafa, mírame, ¿por qué no quieres ir?

—La gente di-di-dice que es el colegio de los tontos. —Y después mucho más bajo añadió—: Yo no s-soy tonto.

—Todos somos tontos, Rafa. Antes en la cabina me has visto dedicando una canción para una mujer que me gusta. Me has preguntado por qué no es mi novia, y te he prometido que te lo explicaría. ¿Sabes por qué no es mi novia?, porque me siento tonto. Me siento como un imbécil porque considero que no soy suficiente para ella, que no podría hacerlo bien, no podría ser un buen novio, ni un buen marido, no podría hacer nada de lo que se espera que haga...

Rafa lo miraba de hito en hito, con los ojos muy abiertos.

—Pero eso no ess verdad, tú eres un detective, atrrrapass a los malos, eres importante...

—Puede que sí, pero ¿qué más da si me siento tan inútil que eso me paraliza?

—No me gg-usta que se rían de mm-í.

—Y eso te hace tonto, Rafa. Cada vez que dejas de hacer algo, ganan ellos, ellos tienen razón.

Rafa bajó la cabeza, se notaba que estaba enfadado. Euri se movía nerviosa a su alrededor colocándose a un lado y al otro, consciente de la tensión.

—Ya te has dado cuenta de que estoy enfermo. Mi enfermedad no se puede curar, como lo que te ocurre a ti, pero la diferencia es que yo ni siquiera puedo mejorar. Y créeme, si hubiera un lugar donde yo pudiera ir, algo que pudiera hacer, alguien que pudiera ayudarme, no dejaría de intentarlo.

Rafa levantó la cabeza y lo miró. Noah le tocó el hombro percibiendo la tensión de su musculatura bajo la camisa.

—No dejas de decir que no eres tonto, pero, sin embargo, te comportas como uno si decides no mejorar.

—Vale —dijo el chico.

—¿Vale?

—Iré al centro.

—¿Y?

—A rehabilitación.

—Bien. ¿Conoces la autoescuela Kart?

Rafa asintió.

—Ayer hablé con el propietario. Me ha dicho que con diecisiete años y medio puedes ya presentarte al examen, y después puedes hacer la prueba con tu propio coche adaptado en cuanto cumplas dieciocho.

Rafa lo miraba con la boca abierta. Levantó la mano para limpiarse un poco de baba.

—El próximo lunes cuando terminen las fiestas iremos a apuntarte. Te entregarán los libros y puedes empezar a estudiar ya. Quiero que apruebes a la primera, no estoy para tirar el dinero. ¿He hablado claro?

Rafa asintió sonriendo.

—A cambio quiero que vayas a rehabilitación y que en septiembre comiences a ir a clase. Buscaremos un coche y un mecánico que lo adapte. Y tenemos que darnos prisa, yo no tengo mucho tiempo, ni siquiera sé si podré verte lograrlo, así que tendrás que darme tu palabra.

Rafa se colocó el muñeco bajo el brazo... Y extendió la mano.

—Te doy mi palabra.

Y entonces fue cuando Noah rompió la regla de los hombres escoceses para los abrazos. Y comenzó a llover de nuevo con fuerza.

A pesar de la lluvia, el ambiente festivo había tomado toda la ciudad, pero en las Siete Calles era total. Grupos de ruidosos comparseros vestidos con sus blusas de colores se agolpaban en las puertas de los bares. El de Maite no era una excepción, estaba atestado de gente, tanto que, incluso pese a la lluvia, algunos bebían en la calle resguardados bajo sus paraguas, junto a la puerta del local. Noah se detuvo de pronto antes de entrar. Pidió a Rafa que lo esperara allí un momento mientras subía a su habitación. No se le escapó la mirada indulgente del chico, probablemente más consciente que el propio Noah de lo mucho que le imponía Maite.

Noah entró en su habitación de La Estrella y rescató de debajo de un montón de ropa, que guardaba en aquel armario que parecía un ataúd, un sobre manila con la copia de la foto de boda de Maggie Davidson, la joven esposa de John Clyde. La había examinado brevemente el día en que la recogió de su buzón en Glasgow, y entonces no había visto nada que Gibson no le hubiera descrito. Una joven pálida, sin gracia, sobrada de peso y con el cabello por las orejas, metida a presión en un vestido de novia barato. Por qué John la había elegido para casarse con ella seguía siendo un misterio. Noah colocó la foto sobre la cama, sacó de su cartera la de Clarissa O'Hagan y las comparó. Después extrajo de entre su montón de calcetines la pequeña agenda negra. Buscó los nombres de cada una de las víctimas de John Biblia en 1968 y 1969 y las de la lista de mujeres desaparecidas durante aquellos catorce años y que podían encajar en el mismo perfil. Guardaba una descripción pormenorizada de cada una. No las necesitaba porque, con solo releer sus nombres, la imagen de sus rostros, la mayoría de las ocasiones en blanco y negro, volvía con tanta fuerza como si las tuviera delante.

Tenía además una relación detallada de la ropa que llevaban en el momento de su desaparición, de sus bolsos, sus zapatos, sus joyas o adornos y, en caso de llevarlos, su maquillaje y su perfume. Buscó pasando rápidamente una página tras otra hasta que encontró lo que estaba buscando. Myriam Joyce, la chica desaparecida en el campus de Edimburgo, y que había resultado ser la nieta de una benefactora de la universidad, llevaba aquel día un bolso firmado por Vivienne Westwood, negro, sencillo y caro. Releyó la descripción: atravesado por tres grandes agujas, simulando imperdibles. En ese instante fue como si Noah se trasladase por ensalmo a aquella pequeña habitación sin ventanas en Harmony Cottage. Casi sintió en sus manos el tacto de la cremallera oxidada mientras lo abría para comprobar la etiqueta con la gran V, que era entonces la firma de Westwood, y los viejos programas de la parroquia que la tía de John había guardado allí cuando llevaba aquel bolso. Se adelantó dos páginas en la agenda hasta encontrar el nombre de Clarissa y la descripción de los dos pequeños pendientes rojos de rubí, que habían pertenecido a su difunta madre y que relucían como dos gotas de sangre en las orejas de la esposa de John en su foto de boda.

Casi tropezó con una joven frente al bar de Maite.

—Señor Scott Sherrington —lo saludó la mujer.

Vestida con un blusón de fiestas, con el cabello rojo

suelto y ondulado por la humedad y bajo el paraguas, a Noah le costó un par de segundos reconocer a la doctora Elizondo. Reparó en ese instante en que no sabía su nombre de pila. Ella se apartó del grupo con el que bebía y se acercó a Noah hasta casi tocarlo.

—Te has saltado la visita de hoy.

—Me he encontrado raro durante todo el día —se disculpó él.

—¿Raro o mal?

—Las dos cosas, supongo. Antes las distinguía muy bien, pero lo que me ocurrió puso de manifiesto que tengo dificultades para diferenciar una corazonada de un ataque al corazón —dijo intentando bromear—. A las cinco me levanté y me vestí para ir a la cita, pero me fue imposible, me cuesta mucho subir, pero imagino que le costará a todo el mundo dado el estado de las escaleras. Me pregunto cómo te las arreglas para bajar. ¿No te da miedo?

Ella lo escuchaba absorta y se quedó durante unos segundos pensativa. De pronto dijo:

—Acompáñame un momento, por favor.

Noah hizo una señal a Rafa para que esperase y siguió a la doctora hasta el portal de La Estrella. La mujer abrió la puerta con su llave, entró al portal y accionó la luz.

—Vaya, ya veo que la han arreglado, casi me había acostumbrado a subir a oscuras.

La doctora Elizondo avanzó hasta colocarse en el espacio ovalado que formaba el hueco de la escalera.

—Ponte a mi lado —pidió.

Cuando él lo hizo, ella preguntó:

—Dime, Noah, ¿ves la escalera inclinada?

Noah alzó la cabeza y vio que el pasamanos se extendía en una perfecta elipse hacia los pisos superiores, tan iluminados como la primera planta. Incrédulo, subió junto a la doctora hasta el primer piso y comprobó la barandilla de nuevo. Las escaleras presentaban el desgaste en la huella normal en una casa antigua, pero nada más, estaban perfectamente horizontales.

De nuevo ante el bar, el rumor de las risas y las conversaciones era audible sobre la música festiva que sonaba de fondo. Flanqueado por Euri y Rafa, Noah se detuvo un instante antes de entrar oteando entre los parroquianos el interior y buscando a Maite. Llevaba un vestido azul y la melena hasta los hombros se había ondulado en gruesos bucles, seguramente debido a la humedad. Se reía de algo que había dicho un cliente. Una vez más, le pareció preciosa. Suspiró y tomó aire profundamente mientras intentaba contener para él la nueva sensación de estar precipitándose por una pendiente muy inclinada en una montaña rusa. Se preguntó hasta qué punto nada era real, hasta qué punto aquello era una ilusión como las escaleras que lo absorberían hacia el vacío. La conversación con la doctora Elizondo lo había dejado tocado.

—Hay dos vertientes en esto, Noah. La psiquiátrica me habla de la escalada que para ti supone buscar la respuesta a aquello que te trajo hasta mi consulta. Creo que estás muy cerca; de hecho, creo que ya la conoces, solo necesitas verbalizarla, pero lo que sea que guardas ahí dentro te produce tanto miedo como ese abismo que te tragará si te precipitas al hueco de la escalera.

Él meneó la cabeza atónito.

—Las veía realmente inclinadas, doctora.

—Te creo. La respuesta está dentro de ti, proyectas tu miedo hacia la sesión conmigo, porque sabes que ya estás muy cerca. Por alguna razón, hoy era el día, algo se ha movido a tu alrededor para hacer inevitable que hoy hablaras de ello. En la medida en que has ido acercándote a lo que te aterra, tu cerebro ha proyectado esa sensación de que te precipitarías al abismo, y hoy la ha llevado hasta el punto de paralizarte. Mañana quiero verte en mi consulta; si a las cinco no has subido, bajaré a buscarte a La Estrella. Quiero que pienses en ello Noah, ¿qué está ocurriendo?, ¿qué es distinto hoy?

Le habría gustado ser sincero.

«Hoy moriré.»

Sin embargo, le preguntó por la otra vertiente posible en su caso. Y aunque ella había sugerido que quizá se debía a un desajuste químico, Noah estaba seguro de que solo lo había dicho para calmar su desazón al darse cuenta de que no les pasaba nada raro a las escaleras. En parte sabía que su malestar también provenía de haberle prometido a la doctora que iría al hospital, cuando ya había decidido que no lo haría de ninguna manera. No tenía tiempo, había demasiadas cosas en las que pensar. Cuando salieron del portal la retuvo unos segundos más.

—Quiero hacerte una pregunta sobre el paciente enigma.

Ella esperó mientras asentía.

—Sospecho que en más de una ocasión regaló prendas de sus víctimas a mujeres de su familia. Creo que las conminó a usarlas.

—¿Crees que ellas sabían de dónde provenían?

Pensó en la foto de la joven esposa de John Clyde luciendo el día de su boda los pendientes de la madre de Clarissa, o en aquel bolso que la madre, o alguna de las tías, había llevado a las reuniones de la parroquia.

—No, no lo creo.

La doctora Elizondo lo miró fijamente.

—¿Has visto *Psicosis*, la película de Hitchcock?

—Claro.

—Pues la peluca de Bates es la clave. Norman Bates era un tipo tranquilo, hasta una buena persona, pero se ponía prendas de su madre cuando cometía sus crímenes. Era su modo de escenificar hasta qué punto ella lo dominaba y era malvada con él. Por eso tiene importancia si ellas sabían de dónde provenían las prendas. De saberlo, supondría que nuestro paciente enigma mata para ellas, entregarles las prendas sería una especie de ofrenda. Pero si nuestro paciente enigma lo está haciendo al revés que Norman Bates, y viste con prendas de sus víctimas a las mujeres de su familia que ignoran su procedencia, está claro: está proyectando en ellas esos asesinatos. Es a ellas a las que quiere matar, y hacerles llevar las prendas de sus víctimas es su modo de escenificarlo.

Noah se detuvo en la puerta del bar. Los pensamientos se mezclaban aturullados, confusos, estableciendo conexiones que iban y venían entre las víctimas, la familia de John Clyde, las chicas desaparecidas en Bilbao, la amiga de Begoña que tenía la regla... Se vio a sí mismo, clavado en la puerta del bar de Maite, intentando pensar en cualquier cosa para no afrontar la inmensa desazón, los nervios, la torpeza y la extraordinaria alegría cada vez que volvía a verla. Siempre había pensado que las mariposas en el estómago eran una licencia poética. Nunca en su vida se había sentido tan aturdido. Hasta pasó por su cabeza la posibilidad de marcharse cuando Rafa lo empujó ligeramente.

—¿Entramos?

Noah dio un paso hacia el interior del bar tratando de controlar el leve temblor de sus manos. Vio a los irlandeses, ruidosos y medio borrachos, en su lugar habitual junto a la entrada, y a Lizarso, que desde el fondo del bar alzaba una mano para llamar su atención. Entonces Maite miró hacia la entrada. Cuando sus ojos se encontraron, primero se quedó muy seria y, después, muy despacio, en su rostro se fue dibujando una sonrisa plena. En ese instante Noah Scott Sherrington se sintió tan feliz como no lo había estado en toda su vida. Mientras caminaba hacia el fondo del local vio que la pequeña velita ardía de nuevo a los pies de la Virgen de Begoña.

Lizarso estaba eufórico, se notaba que tenía novedades. Noah advirtió que apenas podía contenerse mientras Maite colocaba entre ellos dos cervezas y un refresco para Rafa. Esperó hasta que ella se hubo alejado y se inclinó para que Noah pudiera oírlo.

—Hoy se ha admitido a trámite la denuncia por la segunda chica que desapareció en la sala Arizona, por suerte han presentado una denuncia en la Ertzaintza. Con esta son tres las mujeres oficialmente desaparecidas.

Scott Sherrington dejó salir todo el aire. De nuevo aquel pálpito. Lizarso continuó:

—Se llama Alicia Aguirre, veintiocho años, casada. Su marido no estaba con ella, era una reunión de chicas, celebraban un cumpleaños. Una de sus amigas afirma que tenía la regla cuando desapareció. Había estado a punto de no asistir porque no se encontraba bien, pero tomó un calmante y mejoró.

Noah levantó la cabeza para mirarlo de frente. Lizarso lo apremió con un gesto para que volviera a acercarse.

—A la chica que cumplía años le habían regalado una Polaroid, e hizo varias fotos dentro de la discoteca —dijo sacando una del interior de su cazadora.

Noah y Rafa se inclinaron para verla. La foto era oscura, el exceso de luz que llegaba desde el lateral la había iluminado de modo irregular. Mostraba a un grupo de diez mujeres entre veinticinco y treinta y cinco años sonriendo a la cámara. Se había tomado en la zona del bar, y por el ángulo era probable que la hubiera hecho un camarero desde el interior de la barra.

—Fíjate en la gente de detrás.

Se veían las cabezas de un grupo que pasaba y a un hombre solitario que miraba en dirección a las chicas.

—Yo creo que es él —dijo Lizarso.

Noah miró brevemente al ertzaina y de nuevo la fotografía.

—Podría ser...

—También pp-odría ser el otro —opinó Rafa—. El que ss-e p-parece...

Los dos hombres se volvieron a mirarlo.

—Bien visto —celebró Noah.

—Sí, bien visto —concedió también Lizarso—. Solo que no tenemos constancia de que Collin estuviera en Bilbao el día que se tomó esta fotografía. Como te dije, apareció un día después de llegar tú, y eso es una semana después de que lo hiciera Murray. Por supuesto, podía haber estado aquí días antes. Ya te dije que aún no sabemos cómo entró en el país. Hemos preguntado a las amigas de la chica. Algunas recordaban haberla visto hablando con un hombre, como de costumbre dan una descripción vaga y hasta contradictoria. Cuando les pregunté si podría ser el hombre que aparece en la foto dijeron que sí, que no y que no estaban seguras. En lo que sí estaban de acuerdo todas es en que bebieron bastante alcohol. Pero eso no es lo más interesante que aparece en la foto, mirad otra vez.

Noah observó con detenimiento los perfiles de las personas que pasaban por detrás del grupo de las chicas. Uno de los hombres le resultaba vagamente familiar.

—¿Es...?

—Es Kintxo —afirmó el chaval.

Lizarso movió lenta y afirmativamente la cabeza.

—Y no solo eso. Esta tarde, mientras vosotros estabais por las ferias pasándolo bien, he ido a visitar a tu amigo el quiosquero de la Gran Vía para preguntarle quién estaba comprando los periódicos escoceses. Me ha dado una descripción que encaja contigo, y la de dos tipos más, uno que podría ser Murray, y del tercero me ha dado el nombre porque lo conoce de las Siete Calles: Joaquín Orueta, alias Kintxo. Dice que le llamó la atención porque llegó después de irse el otro tipo y pidió que le diera exactamente los mismos periódicos que había comprado ese.

Noah sonrió sorprendido.

—Eso, unido a los comentarios que le hizo a Maite, confirma que Kintxo está siguiendo a Murray.

Lizarso vio que Maite estaba cerca y guardó silencio hasta que se alejó de nuevo por la barra.

—No sé quién está siguiendo a quién. He rastreado la vida de los padres de Kintxo en el Reino Unido. Vivieron un tiempo en Aberdeen antes de trasladarse a Edimburgo, su padre trabajaba en una plataforma petrolífera, y adivina qué...

Noah respondió:

—Kintxo estuvo trabajando en esa misma plataforma en Aberdeen cuando estuvo fuera.

—Sí.

—Solo falta que me digas que estudió en la Universidad de Edimburgo.

Lizarso sonrió.

—No, no pasó las pruebas de acceso.

Lizarso se puso en pie al ver que los irlandeses se disponían a salir del bar alborotando y dando voces.

—No creo que hoy aguanten mucho, han empezado temprano —dijo apuntando con la barbilla al ruidoso grupo.

Noah sacó un billete y lo levantó en el aire llamando a Maite. Ella se acercó al equipo de música y tomó un casete. Lo puso sobre la barra para que él pudiera verlo. En la portada de *Human Racing*, Nik Kershaw, ladeado, miraba a la cámara desde detrás de sus cejas oscuras. Noah había oído hablar de las canciones de enamorados que algunas parejas compartían, de las de desamor con las que otros se sentían tan identificados que parecían escritas con sus propias lágrimas. Desde la primera vez que había escuchado aquella canción, Noah seguía preguntándose cómo el joven Nik había sido capaz de radiografiar toda la confusión, todo el pesar, las preguntas, los anhelos y la desesperación de un hombre sin opciones al final de su vida.

Maite sonrió tímidamente.

—Me ha encantado la canción. Y la dedicatoria.

Noah no dijo nada, se quedó mirándola en silencio, sintiendo cómo comenzaba a temblar y rogando que ella no se diera cuenta.

—No conocía a Nik Kershaw, pero después de escuchar tu canción he mandado a Begoña a comprármelo. Yo no entiendo una palabra, pero Bego habla inglés, ha ido a un buen colegio y desde pequeña lo ha practicado con su padre. Ella me la ha traducido, y es un poco rara... No sé si es romántica de alguna manera...

Noah asintió sin saber qué decir. Nervioso, avergonzado por la presencia de Rafa y de Lizarso, que no se perdían una palabra. Sentía cómo le temblaban las piernas, y un vacío en el estómago que aumentaba como si fuese a desmayarse en cualquier momento.

—Estaría bien que habláramos —dijo ella.

«*Wouldn't it be good*», pensó él, aunque no fue eso lo que dijo.

—Ahora tengo que irme... —acertó a decir torpemente y sintiéndose estúpido de inmediato.

Ella sonrió.

—No me refiero a ahora mismo, yo también tengo que trabajar. Pero más tarde...

—Maite, no puedo, te doy mi palabra de que si fuera otra cosa dejaría de hacerlo, pero lo de esta noche es muy importante... Es trabajo...

—Mikel me lo ha explicado.

Noah echó una rápida mirada a Lizarso mientras se preguntaba qué le había contado a Maite. Ella se lo aclaró.

—Lo de que tienes que entrevistar a esos futbolistas, chicos jóvenes que están por las discotecas, ya lo entiendo, es normal... Voy a ir a ver los fuegos con unas amigas, y después nos daremos una vuelta por la verbena, hacia las tres estaré en el café Brasil, cerca del Arenal...

Noah se sentía abatido.

—Maite... No sé si podré llegar.

—Sí que lo hará —interrumpió Lizarso—. Estará allí. Puntual. Yo puedo ocuparme del trabajo.

Apenas habían superado la puerta del bar, Lizarso comenzó a reírse a carcajadas coreado por Rafa, y con Euri saltando alrededor.

—¡Vaya con Romeo! Dedicando canciones por la radio.

—Le he pillado en la c-cabin-a de la calle Correo —dijo Rafa.

Lizarso lo miró fingiendo indignación.

—Para evitar que el amigo Mikel se enterara, ¿eh? ¿Y quién cojones es Nik Kershaw?

—Pues parece que es el tipo que necesitaba —respondió Noah abriendo su paraguas—, aunque parece que a ti también te debo algo. ¿Cuándo has hablado con ella?

—Bueno, vi la cara que puso el otro día cuando te dije lo de ir de discotecas. Le he explicado que tu trabajo es localizar a los jóvenes futbolistas sin que lo sepa el club.

—Odio tener que mentirle —dijo Noah apesadumbrado.

—Pues dile la verdad.

Noah resopló.

—No puedo.

—Si vas en serio, tendrás que decírselo, y no parece que ella te vaya a dejar más opciones que ir en serio. Es de esas mujeres —dijo sonriendo.

Scott Sherrington, sin embargo, no sonreía. Se daba cuenta de lo que estaba ocurriendo. Era muy fácil dejarse arrastrar por la ilusión de que las cosas podían suceder de la mejor manera, por la esperanza. Pero no había esperanza para él.

Desde la plaza Unamuno vieron que el grupo de los irlandeses se internaba en la senda de los elefantes.

Noah comprobó la hora en su reloj.

—Rafa, creo que es hora de que vuelvas a casa, seguro que tu madre ya comienza a preocuparse.

Rafa le dio la mano a Lizarso como despedida, pero cuando llegó el turno de Noah abrió torpemente los brazos a su alrededor.

Se detuvieron frente a las grandes escaleras de Mallona. Mientras miraban al chaval y a su perra subir las escaleritas pegadas al edificio, hacia el acceso de los portales, Lizarso comentó:

—Vaya, míster Scott Sherrington, parece que está haciendo usted importantes avances en las relaciones personales.

La sonrisa que se empezaba a dibujar en el rostro de Noah se oscureció cuando escuchó ladrar a Euri, y vio que el grupo de chavales que había molestado a Rafa le salía al encuentro desde la calleja que formaba el ingreso a los portales. Alertado, Mikel Lizarso se volvió a mirar, justo en el instante en que uno de los chicos arrancaba de las manos de Rafa el muñeco y comenzaba a zarandearlo. Euri ladraba como loca avanzando y retrocediendo cerca de Rafa, sin dejar que los otros críos se le acercasen. Noah ya había echado a correr hacia las escaleras y el ertzaina lo siguió. Quizá para diferenciarse de la rotunda escalinata de subida al antiguo cementerio y hasta el santuario de Begoña, el acceso a los portales de la calzada tenía amplias gradas, con una huella tan larga que parecía más una cuesta en la que se hubieran tallado algunos escalones. Noah cayó al suelo cuando llegó al quinto. Lizarso, que ya lo había adelantado, se volvió un momento a mirarlo dividido entre ayudar a Rafa o a su amigo. Jadeando, Noah levantó una mano para indicarle que continuara. Entretenidos como estaban en importunar a Rafa, los chavales ni se habían dado cuenta de su llegada. Lizarso abrió los brazos cortándoles el camino de huida y empujándolos hacia el interior del callejón, mientras indicaba a

Rafa que bajara la escalera a ver cómo se encontraba Noah.

Estaba sin aliento. Sentía el corazón desbocado, aunque acompasado, como un tambor de galeras en plena batalla. Se volvió hasta quedar sentado en el suelo empapado y aspiró profundamente el aire fresco y húmedo de aquella ciudad, siempre con una nota metálica y de hollín. Se cubrió el rostro con las manos apretándose los ojos para contener el llanto, que como una marea lo asolaba desde dentro. Así estuvo un minuto, fingiendo concentrarse en respirar e incapaz de contestar a los requerimientos del chico, seguro de que si decía una sola palabra rompería a llorar y ya no podría parar jamás. Euri, dotada del instinto del que hablaba Icíar para reconocer la ansiedad brotando desde dentro, se sentó a su lado y apretó contra Noah su cuerpo menudo de lana. Noah jadeó, pero sus esfuerzos no estaban destinados a respirar, sino a calmar, contener, aplastar la angustia que crecía en su pecho como una bola de estopa y brea ardiente. Se moría. Y como cualquier animal que se muere, pensó en volver a casa, en buscar un lugar tranquilo, en dejar de luchar. El pensamiento fue un bálsamo de paz. Logró calmar su respiración. Lentamente apartó las manos de su rostro. Euri aprovechó para darle un par de lametones en la cara, mientras Noah veía cómo Rafa descendía de nuevo las escaleras para recuperar el paraguas que había rodado hasta el inicio de la escalinata, y volvía hasta él para cubrirlo.

Lizarso se les unió enseguida. Traía bajo el brazo el muñeco. Se lo devolvió al chico.

—¿Cómo estás? —preguntó mirando a Noah preocupado.

—No es nada, he sentido un calambre en las piernas, lleva sucediéndome todo el día, se me pasará en cuanto coma algo.

Lizarso lo miró suspicaz, pero no dijo nada para no preocupar más a Rafa.

—No volverán a meterse contigo —dijo dirigiéndose al chaval y procurando distraer su atención del rostro pálido de Noah—. Cuando les he enseñado la placa se han cagado.

Rafa sonrió divertido y Lizarso continuó:

—¡Deberías haber visto cómo temblaban! Dos de ellos se han echado a llorar. Les he tomado los nombres y las direcciones, y les he avisado de que te preguntaré todos los días si han vuelto a molestarte, y de que, si vuelven a hacerlo, una patrulla de la Ertzaintza se presentará en sus domicilios a detenerlos.

Rafa, de pronto muy serio, preguntó:

—¿Lo harás? ¿Los detendrás si se meten conmigo?

Mikel sacó una tarjeta de su bolsillo y se la tendió.

—Te doy mi palabra. Si alguien se mete contigo, puedes llamarme.

Resoplando aún, Noah estiró un brazo en dirección al ertzaina para que lo ayudase a ponerse en pie.

—¿No crees que deberías esperar un poco? —dijo el policía tendiéndole la mano.

Noah se levantó y sacudió el agua del fondillo de sus pantalones.

—Estoy bien. Pero tendré que volver a La Estrella a cambiarme de ropa.

Tras jurarle que se encontraba bien, Rafa accedió al fin a marcharse. Esperaron hasta que entró en el portal.

Noah hizo un gesto hacia el lugar.

—Bien hecho lo del chico.

—No es nada —contestó Lizarso volviéndose hacia la calle Tendería.

—Aunque es probable que hagan la ronda de siempre, deberías ir tras los irlandeses, yo te alcanzo en un rato.

El ertzaina fue firme.

—¡Ni de coña, vamos! ¡Que les den por culo a los irlandeses! Te cambias y vamos a cenar.

Habría preferido estar solo. Cuando llegó a la habitación de La Estrella, los calambres se sucedían y las piernas le dolían tanto que casi no podía caminar. Se tomó un par de diuréticos con un trago del tónico de digitalina y se cambió los pantalones por otros secos. Pero su deseo de soledad no tenía tanto que ver con que Lizarso lo viera en un momento de gran debilidad como con la acuciante necesidad de llorar, de romperse en llanto. No podía seguir engañándose y no quería seguir engañándolos. Llevaba todo el día hecho una mierda, las cosas avanzaban rápido y una sensación se iba acrecentando en su pecho, una clase de desesperación que no había sentido hasta entonces, que no formaba parte de los estadios descritos en el proceso del duelo, en el proceso de morir. En ninguno de los libros que trataban la propia muerte había visto que apareciese el momento en que tienes que llorar por ti con un dolor hondo y profundo, con toda la consternación de haber perdido, con toda la amargura de saber que ya no puedes volver atrás. Solo quería llorar, llorar por él mismo y por su vida desperdiciada, llorar por los hijos que no tendría, por el tacto de la piel de Maite, por todos los besos que guardaba y que, ahora lo sabía, eran para ella y para nadie más. Se moría y quería hacerlo a solas.

Cuando ya se hubo cambiado de ropa salió de la pensión. La última mirada fue para la cama vacía y la ventana que había dejado abierta a fin de refrescar la habitación con su cortina ondulando al compás de la respiración del dragón. Del mismo modo que el día en que abandonó su piso de Earl Street en Glasgow. Hoy estuvo seguro de que, de no haber estado Lizarso con él, la muerte lo habría encontrado allí. Con la única diferencia de que hoy se habría quedado a esperarla.

Pero Lizarso estaba. En ocasiones necesitamos una puesta en escena, un ver para creer sin ningún lugar a dudas, y para Lizarso había sido el instante en que había visto a Noah desplomarse. No había tropezado, no había resbalado, solo se fue al suelo como una torre alcanzada por un rayo, por un disparo certero y mortal. Todo el optimismo que exhibía cuando salieron del bar se había desplomado tan violentamente como Noah en aquellas escaleras. No hizo falta que dijera una sola palabra, Noah estuvo seguro de que su insistencia en acompañarlo, en no dejarlo solo, tenía que ver con el hecho de que de algún modo el joven policía también presentía cuál era el destino de Noah aquella noche.

Pidieron croquetas de bacalao y chipirones rellenos en su tinta, y hasta lo acompañaron de un Paternina banda azul. Noah tragó un par de bocados a duras penas, aunque hubo de reconocer que, en cuanto la comida caliente llegó a su estómago, comenzó a sentirse mejor. Brindaron. Sin embargo, no hablaron mucho. Cuando dos hombres son amigos, como cuando dos personas se aman, pueden permanecer juntos en silencio sin que eso suponga la menor incomodidad, o quizá porque los dos presentían que solo había un tema aquella noche, el tema del que no querían hablar.

Con algo más de color en las mejillas, Noah salió a la calle, apretó los ojos y abrió de inmediato el paraguas en cuanto notó el agua en el rostro. Localizaron a la mitad de los irlandeses en el bar Guria. Hoy estaban más borrachos que de costumbre. Michael y Cillian «el Oscuro» se retiraron antes de las doce, y Murray y Collin llegaron al hostal Toki-Ona cuando daban la una. Noah y Mikel se resguardaron en el portal de La Estrella mientras esperaban. Quince minutos después, Murray volvía a salir. Estuvo un rato conduciendo bajo la lluvia sin un rumbo claro, pasando ante las discotecas, reduciendo la velocidad sin llegar a detener el coche. Lizarso se mantuvo a distancia, hoy en un Renault 5 amarillo que era de todo menos discreto. La segunda vez que pasaron frente al Holiday, el ertzaina echó el coche a un lado y paró el motor.

—Estoy seguro de que vendrá aquí, solo está dando vueltas para despistar. Es casi como si estuviera comprobando que no lo siguen —comentó.

—¿Crees que nos ha detectado?

—A nosotros no, y a Collin tampoco, pero Kintxo no es lo que se dice discreto. Tampoco creo que le preocupe demasiado. Es solo precaución.

Cinco minutos más tarde John Murray volvió a rebasarlos y aparcó cuatro plazas por delante. Vigilando desde dentro del coche, le dieron tiempo a llegar a la taquilla, comprar la entrada y entrar en la sala.

John Murray no perdió el tiempo aquella noche. Se fijó en dos chicas al poco de entrar. Mikel y Noah pudieron comprobar cómo las seguía a cierta distancia fingiendo dar una vuelta o mirar a los que bailaban en la pista. Las dos amigas estaban solas, rondarían los treinta y se apreciaba algo dispar entre ellas. Una con tacones, minifalda y un top; la otra, vaqueros, una blusa y una ligera chaqueta de punto. Parecía esa clase de asociación de última hora entre personas, quizá compañeras de trabajo, que quieren salir y se han quedado sin plan con sus grupos habituales. Bailaron un rato, y enseguida la de la minifalda se puso a tontear con un hombre que bailaba cerca y no le quitaba ojo. La otra fue retrocediendo hasta quedarse a un lado, y finalmente salió de la pista. Ni dos minutos tardó John en acercarse a hablar con ella. Noah observó que se mantenía a cierta distancia, evitando invadir su espacio. Respetuoso. Adelantaba un pie para susurrarle al oído, pero después retrocedía, sonreía y dejaba que fuera ella la que se acercara para contestarle. Todo un caballero. Los vieron dirigirse a la barra. John localizó un taburete para la chica, que se lo agradeció sin dejar de sonreír, pidió las bebidas y pagó con un billete grande. Durante la primera media hora, John la escuchó con atención y fue ella la que llevó el grueso de la conversación, aun así, parecía encantada. En un momento dado, su amiga apareció por allí de la mano del tipo que había conocido en la pista. Dijo algo a su amiga y se dirigieron hacia la zona de sofás. John pidió otra ronda de bebidas y sacó de nuevo un billete grande. Unos minutos después se disculpó con la chica y se dirigió hacia los baños.

—Voy tras él —dijo Lizarso—, tú vigila a la chica.

Noah observó cómo varios hombres la miraban durante los minutos en que estuvo sola. Pero el segundo vaso junto al suyo debió de disuadir a los merodeadores.

Lizarso regresó con la lluvia del exterior prendida en el cabello y la ropa.

—Lo hará hoy —dijo seguro.

Noah tomó aire profundamente. Sí, sabía que era eso; aquella sensación de que algo estaba a punto de ocurrir no lo había abandonado durante todo el día.

—No ha ido al baño, ha salido, ¿y sabes qué ha hecho? Ha cambiado el coche de sitio. De la misma puerta de la discoteca a tres calles más adentro, en una zona oscura y tranquila. No quiere que nadie recuerde a esa chica subiendo al vehículo. Ahora sí que está en el baño, supongo que secándose. No llevaba paraguas y no puede aparecer mojado sin una buena explicación.

Al girarse hacia la barra vieron a Kintxo, que había surgido de alguna parte y estaba al lado de la chica. Le preguntó algo y al principio ella le respondió con amabilidad, hablaron amigablemente, pero él insistió, y fue evidente que a ella le molestaba. La sonrisa se había borrado del rostro de la joven, y sus contestaciones eran tajantes. Kintxo hizo un par de gestos señalando hacia un punto de la sala, quizá hacia los baños. Vieron claramente cómo ella negaba con la cabeza. La chica miró por encima del hombro de Kintxo con cierto alivio. John Murray regresaba y caminaba en dirección a la barra. Entonces sucedió algo absolutamente inesperado. Kintxo tomó a la chica por el brazo y tiró de ella hasta bajarla del taburete en el que había estado sentada. Ella se deshizo de su agarre empujándolo mientras le gritaba. Aun por encima de la música fue audible cómo le decía: «Que me dejes en paz». El grupo de bebedores que estaba más cerca rodeó a Kintxo de inmediato, Noah vio cómo un camarero salía a toda velocidad de la barra en su dirección, y los porteros acudían a aplacar la bronca en ciernes. Buscó a John entre la gente y lo halló detenido a medio camino, sereno, observando como un espectador el modo en que se desarrollaban los acontecimientos entre Kintxo y la chica. Entonces debió de percibir algo, porque giró el rostro en dirección a Noah, como si desde allí hubiera recibido una llamada. Noah no sabría nunca con seguridad si sus miradas habían llegado a cruzarse. Las luces de la sala comenzaron a atenuarse muy rápidamente, un fundido a negro, y Noah Scott Sherrington cayó desplomado al suelo.

Kintxo

Kintxo había llegado solo a la sala Holiday, pero no tenía ganas de fiesta, un único pensamiento llenaba su mente en los últimos días. Las chicas. Llevaba en el bolsillo trasero de su pantalón varios recortes de noticias del periódico cuidadosamente plegados. No había lugar para otra cosa.

Hacía un rato que vigilaba a la pareja. En cuanto vio que el tipo se alejaba, se acercó a la chica. Estaba muy nervioso, pero intentó sonreír.

—Hola.

—Hola —contestó ella.

—Te he visto hablando con un tipo.

Ella sonrió.

—Sí, estoy con él.

—¿Es tu novio?

Ella sonrió de nuevo, encantada.

—No, bueno, hace poco que lo conozco.

Kintxo miró alrededor intranquilo. Esperaba acabar antes de que él regresara.

—Es que os he visto hablando, y su cara me suena. ¿Cómo se llama?

—Se llama John, es inglés.

—¿John Murray?

—No me ha dicho su apellido. Pero puedes esperar aquí y preguntárselo, regresará en un momento. Solo ha ido al baño. Supongo que habrá cola para entrar, como siempre.

—¿Te ha pedido que te vayas con él?

No dejó de mostrarse amistosa, pero sí de sonreír.

—Perdona, pero eso no es asunto tuyo.

Kintxo resopló impacientado mirando alrededor.

—Escúchame bien, no te vayas con ese tipo, no salgas de aquí con él.

—¿A qué viene esto? No te conozco, no sé quién eres, ¿qué me estás diciendo?

—Lo que te digo es que ese tipo es peligroso.

—¡Sí, claro! Y tú eres mi salvador con el que me tengo que ir, ¿verdad? ¡Anda, lárgate!

—No, no quiero que vengas conmigo. Quiero que regreses con tu amiga, o con quien sea, menos con ese tipo. Te estoy avisando porque estás en peligro.

Ella se hartó, sorprendida y alertada por la mención a su amiga. ¿Cuánto tiempo llevaba observándola aquel hombre? Miró alrededor como si buscase a alguien a quien pedir ayuda y entonces sonrió aliviada.

—Mira, gilipollas, aquí viene John, habla con él si tienes cojones.

Kintxo perdió la paciencia. La agarró por el brazo arrastrándola del taburete y se acercó pegándose a ella para hablarle al oído.

—Te matará, ya ha matado a otras. ¡Por Dios, no te vayas con él!

El grupo más cercano de chicos y chicas que había en la barra ya se había vuelto a mirarlos cuando él tiró de ella, pero lo rodearon alarmados al oírla gritar.

—¡Que me dejes en paz!

No pudo hacer más. Varias manos lo sujetaban por los hombros, por los brazos. Dos de los porteros de la discoteca, grandes como armarios roperos, lo pusieron contra la barra retorciéndole los brazos hacia atrás. La chica no dejaba de gritar explicando que Kintxo era un loco, y la gente se arremolinó a su alrededor para ver el espectáculo. Aun así, Kintxo se dio por satisfecho, porque cuando le dieron la vuelta llegó a ver cómo John, que lo observaba desde lejos, optaba por la huida dirigiéndose en solitario hacia la puerta de la sala. Kintxo sonrió. El falso John se batía en retirada. No iba a arriesgarse a regresar junto a la chica mientras ella le contaba a todo el que quería escuchar que aquel chalado trataba de advertirla de que su acompañante iba a matarla. Sería una decepción para ella, reparó entonces en que ni siquiera sabía su nombre, un nombre que no llegaría a aparecer en los periódicos como la siguiente desaparecida. «Uno a cero, falso John, voy a por ti», pensó Kintxo mientras lo echaban a la calle bajo la lluvia.

John Biblia

Sentado en su coche, con el motor detenido y las luces apagadas, John analizaba lo que acababa de ocurrir en la discoteca. Hacía días que venía pensando en la posibilidad de detenerse. Eran demasiadas las señales que habían estado llegando, y quizá no se había tomado el tiempo necesario para interpretarlas. Tenía que reflexionar de un modo más profundo y, sobre todo, más sincero. Sentía que todo estaba yendo muy rápido y que le faltaba tiempo para repasar cada detalle, para analizar cada gesto, los más grandes y los más pequeños. Su cabeza hervía. Recuerdos, sueños y pesadillas se entremezclaban en su mente, y no conseguía ponerles orden. Tenía el presentimiento de que algo estaba ocurriendo a su alrededor, sentía como pequeños resortes de un reloj girando en alguna parte que no alcanzaba a ver, y, sin embargo, tenía consecuencias gigantescas en su vida.

Habría jurado que todo había comenzado a ir mal a partir de aquella chica. No tenía tanto que ver con que hubiera sobrevivido a la violación y la asfixia como con el hecho de que luego él no hubiera sido capaz de rematarla. No era tan raro, él no era un monstruo, uno de esos asesinos depravados capaces de cometer aberraciones con los cuerpos. Él jamás perdía el control, solo le había ocurrido una vez, con Lucy Cross; pero desde que recibió la señal el día en que cumplía trece años había mantenido a raya aquel demonio. Mataba a aquellas puercas, sí, pero era una pulsión arrolladora que se producía en un momento álgido de repulsión. No era lo mismo liberar su ira contra una zorra lasciva, que de sobra sabía que en esos días no debía acercarse a un hombre, que asesinar a sangre fría a una joven herida, medio moribunda. Él no era así. Había una emoción imperante en su acto de castigo y era la oposición, la aversión y el odio a una práctica infame, pero no era un impío.

Sí, esa explicación habría sido válida de no haber oído el llanto. Aquella criatura moribunda, sollozando en la parte trasera de su coche, había despertado a un fantasma del pasado. Su eco había permanecido en su mente durante horas, incluso después de cerrar el contenedor, después de llegar a la pensión, después de embutirse de algodón los oídos, y de pronto había cesado. Había vuelto a oírlo dos noches atrás, cuando después de creer que todo había pasado, y tras una ejecución perfecta, lo oyó con claridad proveniente del interior de la caseta de botes. De haber sido otra clase de hombre, uno de los que no sabe interpretar señales, habría llegado a tener serias dudas sobre su salud mental.

Y esta noche, Kintxo. Era el exmarido de la del bar. Lo había visto por allí gorroneando cervezas y sacando dinero a su ex. John se recriminó no haberse dado cuenta antes de que, aunque parecía un sablista y un vago, era también un «papaíto». John no tenía hijos y tampoco tenía padre, así que no era un experto, pero había oído hablar de Kintxo en el bar y le parecía patético que se permitiera que alguien que ha abandonado a su hijo un tiempo pretendiera haber recuperado un instinto que nunca tuvo, y apareciera cuando su hijo era adulto, cuando ya no lo necesitaba, cuando ya le había ocurrido todo lo malo, cuando estaba a punto de morir, y el mismo Dios había tenido que manifestarse para evitarlo... Sonrió, se dio cuenta de que estaba divagando, pero le parecía dramático y vergonzoso a la vez aquel comportamiento de Kintxo. Aun así, John debió suponer, por el modo en que lo miró cuando lo vio hablando con la amiga de su hija, que no se conformaría con un aviso en forma de un par de frías miradas. Por una vez ni siquiera había sido John el que había dado el primer paso. La chica era preciosa, muy llamativa, con una melena roja como una princesa escocesa. No había podido dejar de admirar su belleza desde la primera vez que la vio en el bar.

Aunque Lucy era mucho más joven cuando la perdió, había algo en ella que se la recordaba. Y un día de pronto ella se giró y le sonrió. Después había vuelto a cruzársela por la calle, y siempre saludaba educada. Una tarde, mientras la chica esperaba a su amiga en el portal, se detuvo y charló un rato con ella. No llevarían hablando ni cinco minutos cuando llegó Kintxo. Él simplemente se despidió con naturalidad y se fue, pero los hombres como Kintxo, cuando encuentran su instinto paternal, se sienten padres de toda la humanidad, responsables de todos los niños del mundo y se dedican a hacer donativos al cepillo de la iglesia y a restañar las rodillas peladas de los chavales que se caen en el parque. John suponía que de ese modo calmaban su conciencia por haber sido para sus propios hijos unos padres de mierda. Hacía al menos un par de noches que empezó a ser consciente de que se encontraba con demasiada frecuencia a aquel tipo. Al principio no le había dado importancia, a pesar de llevar tan solo un par de semanas en Bilbao ya conocía a mucha gente de vista, de coincidir en los bares, en las discotecas, en los pubs. En un vividor como Kintxo tampoco le había parecido extraño. Por eso no se había esperado lo de hoy, el tipo interpretaba muy en serio su papel protector, y John se tomó un buen rato para repasar mentalmente en cuántas ocasiones estaba seguro de haberlo visto rondando y en cuántas más era probable que hubiera estado muy cerca. Hizo una lista en su cabeza y decidió que haría un par de comprobaciones antes de regresar al hostal; pero de algo estaba seguro, aunque no sabía por cuánto tiempo, tenía que parar. Había sido un necio al desdeñar la mayor de las señales recibidas, el fatídico presagio poderoso como para cruzar el mar, y la ominosa carga de la que solo había sido consciente desde que llegó a Bilbao, desde que se alejó de ellas por primera vez en su vida. Miró la bola de papel azul cielo a los pies del asiento del copiloto. Lo había arrojado allí nada más leerlo. No necesitaba volver a estirar el papel para repetir palabra por palabra lo que decía el telegrama: «John, es urgente, llama. Situación desesperada».

John no dudaba de que estuvieran desesperadas, pero sabía que cada una de aquellas palabras significaba otra cosa: «Pequeño Johnny, no puedes huir de nosotras, nunca vamos a soltarte, sal ahí afuera y haz tu trabajo, niño, si no quieres que te demos una tunda».

Los ojos se le llenaron de lágrimas y, en un intento de contenerlas, comenzó a golpear el volante mientras gritaba con todas sus fuerzas.

Primero condujo bajo la lluvia hacia la zona portuaria tras la Campa de los Ingleses. Como de costumbre, la garita de los carabineros del puerto permanecía a oscuras y sin señal alguna de que hubiera nadie dentro. Se acercó al contenedor que solía utilizar y, desde el interior del coche y usando una linterna, observó el precinto manipulado que usaba para estar seguro de que nadie había curioseado por allí. Estaba intacto. Después condujo hasta la zona de detrás del ayuntamiento, allí aparcó el vehículo. Se puso la cazadora fina que había escogido para aquella noche en que sus planes eran otros y se metió en la pechera la linterna de mano, se subió la cremallera y se alzó el cuello para protegerse de la lluvia. Apenas había caminado diez metros y ya estaba calado. Sin duda no iba vestido para andar bajo el aguacero, pero como buen escocés no se espantaba, y confió en que la lluvia que siempre le había dado amparo, unida a la oscuridad que él se había encargado de extender en la zona del embarcadero, hubiera sido suficiente para mantener alejados a los curiosos, a las parejitas que buscaban discreción y a los yonquis que solo querían encontrar un buen lugar donde chutarse. Se dirigió hacia la avenida frente a fachadas fastuosas, que hablaban del pasado residencial burgués de aquella área urbana, y atravesó la arboleda y los jardines dejando que lo tragara la oscuridad.

Fue directo hacia la orilla. Caminó pegado a la barandilla hasta llegar a las escaleras del antiguo embarcadero que dio servicio desde Campo de Volantín hasta Uribitarte. Comprobó complacido que la penumbra también reinaba en la otra orilla. Dibujaba una elipse perfecta que extendía su dominio sobre las aguas agitadas de la ría. Casi no podía ni verse los pies. El cielo cubierto de nubes y contaminación se había ocupado de esconder la escasa claridad que pudiera llegar desde allí, pero aun así no se atrevió a encender la linterna hasta que estuvo al borde de las escaleras. Entre el desuso y la lluvia aquella escalinata era una trampa mortal. Cubierta de limo y líquenes que habían crecido sobre toda su superficie, se veía teñida de verde y negro. Tapó parcialmente el foco con su cazadora y apuntó el haz hacia el suelo. Con mucho cuidado fue bajando. Aun a riesgo de estropear sus pantalones, se arrodilló agarrándose al saliente de la escalera y se asomó aprensivo, consciente de lo peligroso que era aquello. No tenía modo de comprobar la puerta lateral desde donde estaba, pero creía que al menos podría verificar la cadena en el acceso delantero de la caseta. Dirigió la luz hacia el lugar y advirtió contrariado que el saliente que formaba el paseo cubría la pequeña construcción y hacía invisible la puerta desde donde él se encontraba. Apuntó entonces el haz hacia las aguas que bajaban sucias de barro y espuma, y las vio pasar a toda velocidad allá abajo. La pleamar no se produciría hasta las cuatro de la madrugada, y solo entonces y desde el agua podría comprobar si los candados habían sido violentados. Se le heló la sangre al creer oír un quejido quedo, como el inicio de un lamento.

—Creo que me debes un par de explicaciones. —La voz a su espalda le dio tal susto que perdió el equilibrio, sintió cómo resbalaba hacia delante y fue consciente del vacío ante sus manos mientras manoteaba buscando dónde asirse.

Por un momento, estuvo seguro de que acabaría en las aguas de la ría, pero, en el último instante, su mano izquierda halló en la contrahuella del escalón el saliente metálico que durante lustros había usado el barquero para afianzar el bote. Jadeando de puro pánico, quedó sentado en la escalera arruinando definitivamente su ropa mientras trataba de pensar. Escuchó los pasos del hombre que había hablado desde lo alto del parapeto. Se estaba acercando. John se dio la vuelta, pero aún temblaba demasiado como para ponerse en pie sobre las resbaladizas escaleras. Se giró apoyando el brazo derecho en el escalón superior y apuntó con la linterna hacia el lugar desde donde había llegado la voz. Era Kintxo. John descartó que lo hubiera seguido hasta allí; de haberlo hecho, lo habría detectado en la Campa de los Ingleses, o durante todo el tiempo que había permanecido en el coche después de salir de la sala Holiday. No, Kintxo había ido allí a tiro hecho, y John supo con toda seguridad que no era la primera vez. Negó con la cabeza autorrecriminándose mientras volvía a pensar en cómo el mal agüero de aquellas brujas lo alcanzaba desde el otro lado del océano. El tipo levantó una mano tratando de proteger sus ojos de la intensa luz, pero no se arredró. Alzó la voz para que lo oyese bien a pesar de la lluvia que arreciaba y comenzó a bajar la escalera.

—Lo primero que tienes que explicarme es quién eres.

John intentó pensar rápidamente.

—Soy yo, John Murray.

Kintxo bajó otro escalón.

—Ah, no, no sé quién cojones eres, pero no eres John Murray. Conocí a Murray currando con él en las plataformas petrolíferas de la costa de Aberdeen, y déjame que te diga que ni siquiera te pareces.

John permaneció inmóvil y en silencio. Temblando. Pensando.

Kintxo bajó un escalón más, situándose a escasos dos metros de la cabeza de John.

—Murray es un apellido muy común, seguro que me confundes con otro... —dijo tratando de ganar tiempo.

—Ya, pero resulta que el John Murray que yo conozco tenía que haber llegado a Bilbao para empezar a trabajar para MacAndrews en el puerto, y me encuentro con que tú estás ocupando su lugar, así que dime de una vez quién cojones eres.

John no sabía qué hacer. Un cuerpo a cuerpo estaba totalmente fuera de lugar, nunca había sido bueno peleando, pero es que, además, Kintxo era un tipo grande y fuerte. Permaneció en silencio mientras sentía cómo toda la tramoya que había construido a su alrededor se desmoronaba.

—Tienes razón —admitió intentando ganar tiempo—. Murray me habló de este trabajo. Yo llevaba mucho tiempo en el paro, y a él le surgió otra cosa y se bajó del barco en La Rochelle; estuvo de acuerdo en que yo ocupase su lugar. Puedes preguntar al capitán Finnegan, trabaja para MacAndrews y nos trajo a los dos en el barco.

Kintxo bajó otro escalón, resbaló un poco en el verdín del suelo, pero recuperó el equilibrio. No dijo nada, podría ser que estuviese un poco borracho, o quizá solo pensaba. John confió en haber sembrado la duda con lo que le había dicho.

Por su respuesta pareció que sí.

—No sé... De cualquier modo, lo peor de todo no es que te hagas pasar por John Murray, es que creo que eres un mal tipo. Te he visto hablando con mi hija y con su amiga, y no me hace ni puta gracia.

Se detuvo a buscar algo en los bolsillos. Por un momento John temió que fuese un arma, pero era un trozo de papel con múltiples dobleces. Kintxo lo desplegó ante el haz de luz, y John reconoció de inmediato uno de los retratos robot que habían estado apareciendo en los periódicos escoceses desde hacía dos semanas.

—Yo creo que se parece bastante a ti —dijo lanzando hacia John el papel ya completamente mojado.

John se estrujaba el cerebro intentando decidir qué hacer. Movió el haz de la linterna colocándolo justo sobre el retrato y fingió estudiarlo dejando su propio rostro, y a Kintxo, sumidos por completo en la oscuridad.

—No sé quién es —mintió—, pero se parece mucho a Collin, un irlandés que vive en mi pensión. Es más alto que yo, pero algunas personas nos confunden.

Kintxo no contestó, estaba dudando. Había bajado otro escalón. Tenía los pies junto al retrato, que se descomponía como pulpa bajo la lluvia, pero John no desplazó el haz de luz. Como un murciélago, lo intuía moviéndose despacio, puede que un poco bebido, pero no tan borracho como para no controlar. Esperó unos segundos mientras rogaba que la duda hubiera calado en él. Entonces Kintxo se inclinó para mirar de nuevo el retrato, que estaba junto al rostro de John, y dijo:

—Te lo advierto, que no te vuelva a ver...

John se agarró con fuerza a los tobillos de Kintxo y tiró de él. El hombre se desplomó primero hacia atrás, quedando sentado en la escalera, pero debía de estar bastante menos borracho de lo que John había calculado porque respondió lanzándose hacia delante; en ese momento agarró por el cuello a John, que, aprovechando la inercia y el tirón de su enemigo, se alzó todo lo rápido que pudo y con todas sus fuerzas le golpeó en la cabeza con la linterna. Kintxo emitió un sonido como de aspiración. Y no dijo nada, pero se inclinó un poco hacia delante. John lo golpeó de nuevo. No veía nada, pero oyó los huesos quebrándose bajo la carne de su rostro. Siguió golpeándolo hasta que notó cómo se aflojaba la mano que le sujetaba el cuello. Después, el tipo se le vino encima. La cabeza de Kintxo quedó apoyada en el hombro de John como si fueran una extraña pareja de baile, después todo el peso del cuerpo venció y arrastró a los dos hombres escaleras abajo.

John soltó la linterna mientras intentaba por todos los medios agarrarse a algún lugar. Sintió cómo un par de sus uñas se separaban de la carne en el intento. Kintxo pesaba al menos veinte kilos más que él. Se escurrió y quedó atravesado a lo largo de los primeros escalones que se internaban en el agua. Su cuerpo frenó a John, que pataleó aterrorizado al sentir el agua helada de la ría en los zapatos. Quedó inmóvil, jadeando, esperando, escuchando. Sentía bajo sus manos la alfombra esponjada y mucosa que formaban las algas que en los últimos escalones se mezclaban con los líquenes y el musgo. No podía oír nada más que la lluvia y su propio corazón latiendo tan fuerte que producía en el oído interno la sensación de estar oyendo latigazos. No veía nada. Poniendo todo el cuidado del mundo en no volver a resbalar, se giró lentamente y encontró la linterna, aún encendida, cinco escalones más arriba. Sin arriesgarse a erguirse y temblando de pies a cabeza, se arrastró gateando hasta alcanzarla. Por instinto se la llevó al pecho, como si fuera alguna clase de salvavidas. Después reparó en que estaba llena de sangre y de algo blanquecino, como un moco que había quedado adherido al foco. Pensó que debía apagarla, una luz tan potente como aquella danzando en medio de la oscuridad podría verse perfectamente desde el otro lado del río. Puso el dedo en el conmutador, pero no se atrevió, no quería quedarse a oscuras allí.

Tenía que pensar y debía hacerlo rápido. Se quitó la cazadora y al sacar el puño enganchó con la manga las uñas que se habían roto y estaban medio colgando; se arrancó una. Maldijo colocándose la mano bajo la axila para contener el dolor. Le llevó un minuto largo y ominoso en el que su mente, que trabajaba a toda velocidad, no dejaba de repasar los aspectos funestos del infortunio que se cernía sobre él. Como una puta maldición. Controlado el dolor, usó la cazadora para envolver con ella la linterna amortiguando así la luz y consiguiendo una base sobre la que no rodase para dejarla apoyada en la escalera. La luz era escasa, pero acostumbrado como estaba a la oscuridad fue más que suficiente. Tenía que ocuparse de Kintxo. Con la mitad del cuerpo sobre el último escalón y la otra en el agua, la figura oscilaba medio varada en el remanso que formaba el antiguo embarcadero, que contrastaba con la fuerza con que bajaba el río, alimentado por la lluvia constante de los últimos días. Como los niños pequeños, John bajó de nuevo arrastrando el trasero sobre las algas y el limo hasta que sus pies tocaron el agua. La parte izquierda del rostro de Kintxo era la que quedaba hacia tierra. John no tuvo ninguna duda de que estaba muerto. Una zona semejante a la superficie de un puño sobre la frente, y un poco más allá del nacimiento del pelo, se veía completamente hendida hacia dentro. La intensa lluvia que caía en aquel momento no lograba arrastrar la densa masa mucosa que brotaba de la herida. Tenía que empujarlo para que las aguas lo arrastraran. Con la punta del pie John le golpeó en la cara. El cuerpo no se desplazó de su sitio, pero la cabeza del hombre osciló volviéndose hacia el otro lado.

Un pensamiento cruzó su mente como un rayo. John abrió la boca aspirando todo el aire que pudo. Miró boqueando la figura inerte mientras regresaba la reminiscencia que había estado rondándole desde el instante en que había visto a aquel hombre desplomarse ante sus ojos en la discoteca. Como una moviola con efectos especiales incluidos, John regresó a aquella noche a orillas del lago Katrine, en la que un rayo procedente del mismo cielo había fulminado al tipo que lo perseguía, igual que había ocurrido hoy. Sobrepasado por la certeza de su precognición, John sintió cómo su cuerpo temblaba extasiado por la tensión acumulada en la pelea, por el pálpito de mal agüero que había ido creciendo en los últimos días hasta pesar como un maleficio. Se sintió de nuevo el elegido, se afianzó entre la escalera y la pared que contenía el río. Mientras lo hacía no podía dejar de pensar en las ratas que se ocultaban en las grietas a su espalda. Con una mezcla de asco y profunda furia encogió sus piernas y las estiró con todas sus fuerzas, pateando el cuerpo de Kintxo. El cadáver se desplazó flotando hasta el límite de las escaleras, donde lo engulló la corriente, que se lo llevó río abajo.

John se arrastró pesadamente escaleras arriba, presa de intensos temblores, que hubieran hecho imposible que se pusiera de pie de haberlo intentado. Tomó la linterna y la cazadora y ascendió gateando hasta el descansillo superior de la escalera. Decidió que era el momento de apagar la luz, pero antes hizo un recuento de daños. Sus zapatos y sus pantalones estaban empapados y sucios del moco verde oscuro de las algas y el musgo, pero eso era lo de menos: la cazadora y la camisa estaban completamente cubiertas de sangre. Había tanta, y se sentía tan encharcado, que era probable que hubiera llegado hasta su ropa interior. Miró el reloj, poco más de las tres de la madrugada, y en plenas fiestas patronales de la ciudad. La intensa lluvia había empujado a sus casas a muchos, pero los bilbaínos, como los escoceses, tenían una resistencia natural a la lluvia que se volvía un superpoder si se mezclaba con alcohol; entonces el aguante estaba fuera de todo rango, a pesar de que llovía de un modo que en cualquier otro lugar habría dejado la calle desierta. Volver a casa de aquella guisa quedaba totalmente descartado. Jadeando de pura frustración tomó la decisión. Se quitó toda la ropa excepto los zapatos y los pantalones. Tenía razón, la sangre había penetrado hasta su piel. Usó la parte de atrás de la camisa para frotarse el cuerpo bajo la intensa lluvia. Después hizo un hatillo con la ropa y apagó la linterna. Como en una pesadilla infantil, en cuanto la oscuridad lo rodeó sintió a su alrededor una presencia tan palpable como antes lo había sido la de Kintxo. Un rumor. Un suspiro. Y un llanto muy suave que, John sabía, procedía del interior de la caseta. Vaciló un instante pensando en regresar a la escalera para lanzar el hatillo, pero a la vez supo que por nada del mundo volvería a acercarse a aquel sitio a oscuras.

Comenzó a caminar hacia la avenida, dominando el impulso de correr en la penumbra. Justo antes de alcanzar el límite de la zona a oscuras, localizó la tapa de registro de una alcantarilla. Maldiciendo de nuevo su sino, introdujo sus dedos heridos en la hendidura de la tapa jadeando de dolor y autoconmiseración. Tiró de ella hasta desplazarla poco más de cinco centímetros. Empujó, casi embutió, las prendas en el interior. Le costó un poco más que la linterna entrase por la estrecha abertura y desapareciera para siempre. Cuando lo consiguió se irguió y ayudándose con los pies volvió a colocar la tapa en su sitio. Suspiró temporalmente aliviado, consciente de que las dificultades no habían acabado. Estaba medio desnudo, completamente empapado, y se sentía tan débil y apaleado como si acabase de escapar del infierno. Sin embargo, aquella noche no había hecho más que empezar para él. Debía regresar a la pensión, había cosas que bajo ninguna circunstancia podía abandonar allí, y después tenía que pasar desapercibido hasta que llegase una señal. Iba cruzando por mitad de la calle cuando vio venir a una cuadrilla de chicas y chicos vestidos con los blusones iguales de una comparsa. Dudando entre seguir o volverse atrás, se percató de que ya era tarde, una de las chicas lo señalaba. John llegó a la acera cabizbajo, y, al subir, seguramente algo del limo que llevaba prendido en los zapatos lo hizo resbalar. Trastabilló recuperando el equilibrio y provocando las carcajadas de la cuadrilla.

—¡Menuda trompa, amigo! Mejor que te vayas a casa.

John ni siquiera levantó la cabeza, siguió caminando haciendo eses y fingiendo algún traspié. Al fin y al cabo, un irlandés completamente borracho paseando bajo la lluvia sin camisa no era lo más raro que podía verse en aquellas fiestas en Bilbao.

Collin

Envuelto en un impermeable oscuro, había permanecido oculto en la negrura, apoyado en una de las columnas que sostenían las jardineras que adornaban el paseo. Tenía un gran paraguas negro, pero había optado por cerrarlo porque el crepitar de la lluvia sobre la tela tensa producía un golpeteo ensordecedor que le impedía escuchar la conversación entre los dos hombres. De poco había servido. El estruendo de la lluvia apenas le había dejado oír más que el murmullo que probaba que estaban hablando. Cuando vio a Kintxo bajando las escaleras se acercó un poco más. No pudo distinguir lo que decían, pero Collin estaba seguro de que los trazos del haz de luz de la linterna durante la pelea habían sido visibles desde la luna. Imperdonable descuido por parte de Murray. Estuvo tentado de aplaudir cuando vio que después envolvía la linterna en su chaqueta. El resto de sus acciones, tras matar a Kintxo, casi las había adivinado. Inicialmente, él habría optado por lastrar el cuerpo, pero después tuvo que reconocer que el conocimiento de Murray de la naturaleza de la ría era muy superior al suyo. Desde su privilegiada atalaya sobre el paseo, había llegado a vislumbrar el cadáver. Un solo momento, en el lugar donde terminaba la elipse de oscuridad, justo un instante antes de que las corrientes del Nervión lo succionasen hacia el fondo. A aquella velocidad estaría en el Cantábrico en pocos minutos.

Vio a John marchar y cruzar la avenida, fingiéndose borracho. Tenía su gracia. Collin regresó al embarcadero y también usó una pequeña linterna para inspeccionar las escaleras. Había algo a mitad del camino. Bajó con cuidado y, aunque lo intentó, no pudo recuperarlo del suelo, con solo tocarlo el papel se descompuso entre sus dedos. El rostro que aparecía impreso era indescifrable, pero Collin había visto suficientes pasquines de busca y captura como para reconocer lo que estaba viendo. Con la punta de sus dedos removió la foto hasta convertirla en una pasta que arrojó al río. Volviendo atrás, inspeccionó el lugar donde Murray se había desnudado. Estaba limpio. Después examinó la alcantarilla. A la luz de su pequeña linterna comprobó los símbolos troquelados en la tapa y chascó la lengua con disgusto. Introdujo los dedos en la hendidura y apartó la cubierta hasta la mitad. No era una alcantarilla, era un registro de hidrantes, un hueco de unos setenta centímetros de profundidad atestado de llaves de riego y descarga. Miró durante unos segundos las prendas ensangrentadas mientras negaba decepcionado.

El niño

El niño cumple trece años. Observa su rostro en el pequeño espejo del baño mientras su madre y sus tías lo esperan
en la entrada para acudir al servicio religioso del domingo. Sus voces le llegan a través de las rendijas del viejo
portillo desvencijado que hace de ventana. Observa la
mirada que le devuelve el espejo. Un niño guapo que
pronto será un chico, el pelo castaño se le alborota en el
flequillo. Tiene un par de dientes un poco torcidos y nunca sonríe. Su rostro impertérrito refleja una calma que ha
aprendido a fingir desde muy pequeño. El niño se permite, sin embargo, sonreír tristemente a su reflejo, casi
aplaudiendo su magnífica interpretación, porque el niño
que exterioriza tanta calma está por dentro desesperado.

No puede más. Hace un mes que desapareció Lucy
Cross y dos semanas desde que suspendieron las búsque-
das. John no ha dejado de pensar en ella ni un instante.
Cuando cierra los ojos vuelve a verla muerta a sus pies,
su cuerpo derrumbado boca abajo entre las rocas del
arroyo. El agua moja su pelo como si hubiera decidido
lavárselo allí. El horror de lo que ha hecho y el peso de la
culpa lo tienen enfermo. Ha perdido peso, y cada domingo utiliza la excusa de su aspecto enfermizo para no acudir al servicio religioso. Hoy no le ha servido. Su madre
y sus tías han insistido hasta que no le ha quedado más
remedio que ceder. Lleva puesto su traje bueno de los

domingos, que en sus hombros parece colgado de una percha. Ha perdido tanto peso que cuando se saca el cinturón de las trabillas los pantalones se deslizan por sus caderas. John mira a su alrededor.

El lavabo está agrietado, el portillo, desencajado, y las gotas de agua condensadas que se forman bajo la cisterna han chorreado sobre la tapa de madera del retrete durante años, hasta deformarla con su humedad y dibujar en ella cercos oscuros de moho negro. John no sabe si podrá sostener su peso, pero lo hace, al menos durante un rato. Se ajusta el cinturón al cuello y lo ata al tubo de cobre de la vieja cisterna. Entonces, la tapa del inodoro cede, podrida como está, e incluso el escaso peso de John es suficiente para desencajarla de sus goznes. Uno de sus pies queda en el interior del retrete; el otro cuelga afuera mientras patalea. Duele. Creía que lo angustioso provendría de sus pulmones, de la sensación de sentir estallar los alveolos, pero donde más duele es en la espalda. Su columna vertebral cimbrea con espasmos eléctricos e incontrolables que le harían gritar si pudiera. Y justo en el instante en que parece que ya no podrá soportarlo más, John pierde la consciencia con un poderoso estertor que arranca de la pared las chavetas podridas que soportan la cisterna y los quince litros de agua que contiene. La cisterna, el niño y la tubería retorcida se precipitan al suelo.

John no llega a oírlo, pero el estruendo es grandioso.

Cuando John despierta aún tiene el pelo mojado y está en el dormitorio de su madre. El doctor Baker se ha sentado a su lado, y el niño piensa que seguramente lo han trasladado allí porque sería incómodo explicarle al galeno por qué un chaval de trece años duerme con sus tías. Baker es un buen hombre. Manda a las mujeres fuera y durante más de una hora charla con el niño, que, sin embargo, no dice ni una palabra. Tiene la garganta en llamas. Baker habla y John le presta atención, porque desde su primera frase demuestra su extraordinaria clarividencia. El doctor sabe que era amigo de Lucy Cross y entiende por lo que está pasando. Es la primera vez en su vida que alguien le muestra empatía. Después le habla de los niños que ha traído al mundo y de los pacientes a los que ha cerrado los ojos. Baker entiende lo inevitable de la vida y de la muerte, y el propósito de cada una. Y después dice algo que lo cambia todo: «Uno puede tomar decisiones respecto a cuándo quiere morir; sin embargo, nadie consigue seguir vivo tan solo con proponérselo. Que estés vivo ahora es el propósito de alguien por encima de ti, estás vivo de milagro».

El niño se queda todo el día metido en la cama de su madre. Pensando en Dios y en su voluntad. El doctor Baker ha indicado a las mujeres que no lo molesten, que lo dejen descansar. El niño las oye susurrar en la salita y espera hasta oír el tintineo de los platos de la cena para salir de la habitación. Las mujeres interrumpen sus cuchicheos cuando lo ven aparecer, cubierto tan solo por los calzoncillos, su cuerpo empieza a mostrar los signos de la adolescencia, y él es consciente de que ni en un millón de años se habría mostrado así ante ellas un día antes. Su piel es blanca y sin marcas, como la de un niño pequeño, pero en sus ojos hay algo que nunca han visto y produce desazón, porque contrasta con su aspecto general, que podría ser hasta patético. Con el cuello adornado por la marca que se está volviendo marrón, en el lugar donde el cinturón le ha mordido la piel, el muchacho avanza como un pequeño emperador. El niño toca el hombro de su madre, que lo mira interrogante. El niño no habla, pero le indica otra silla junto a una de sus hermanas. Su madre se encoge de hombros, no entiende lo que quiere decir. El niño cierra el puño y con todas sus fuerzas golpea la mesa haciendo saltar las cucharas dentro de los platos y sobresaltando a las tres mujeres. Su madre se lleva la mano al pecho y, silenciosa, se levanta y le cede el sitio a la cabecera de la mesa. El niño se sienta, toma la cuchara y con un gesto de intenso dolor consigue sorber un poco de sopa. Después mira una a una a las mujeres. Ellas bajan la cabeza. Luego forma un puño con la mano y alza el pulgar sobre su hombro para indicar a su espalda. El niño habla y su voz ya no es la del niño, está ronca y destemplada.

—Saca tus cosas de mi habitación —le dice a su madre.

John se da cuenta de que el niño ha muerto esa mañana, y no le importa. Desde ahora, nadie volverá a considerarlo un niño, ni siquiera él mismo. Toma otra cucharada de sopa y sonríe, a pesar de lo mucho que duele.

Bilbao. Miércoles, 24 de agosto de 1983

—Maite.

Ella se inclinó sobre Noah sonriendo. No podía decir otra cosa que su nombre, pero no hizo falta más. Notó las puntas de sus cabellos rozándole el pecho y se sintió feliz.

—Maite —repitió.

—Hola, Noah, abra los ojos.

La habitación era amplia y no tenía ni puerta ni ventana, pero sí una gran cristalera por la que pudo ver el techo de la estancia contigua. Había un montón de gente allí, contó cuatro hombres y uno más ante él. El que hablaba.

—Hola, Noah, soy el doctor Sánchez, ¿sabe dónde está?

Hablaba con un acento raro, quizá de Andalucía. Noah suspiró.

—Supongo que en un hospital.

—En el hospital de Cruces, en Bilbao. ¿Sabe por qué está aquí?

Dudó.

—Bueno, creí que...

—Creyó que se moría, ¿verdad?

—Estuve fatal todo el día, parecía... —dijo en un susurro.

—¿Parecía el final?

Noah contestó con otra pregunta.

—¿Cuánto tiempo he estado...?

—Inconsciente solo unos minutos, pero después lo mantuvimos sedado para que descansara y para poder efectuarle algunas pruebas que entrañan ciertas molestias si uno está consciente. Es miércoles 24 de agosto, es casi mediodía, y sigue lloviendo. Por cierto, ¿quién es Maite? No ha dejado usted de llamarla.

Noah sonrió.

—¿Qué pruebas me han hecho? Me duele todo.

—Se lo explicaremos con detalle, pero primero tengo buenas noticias para usted, y otras no tan buenas.

Noah se preguntó si a todos los cardiólogos les daban el mismo cursillo para dar malas noticias. Aquel discurso le sonaba.

—Estos son los doctores Martín, Trujillo, Ferraz y Punset, son cardiólogos expertos en insuficiencia cardíaca avanzada. —Los médicos saludaron con un leve gesto de césares romanos—. Se encuentran en Bilbao para participar en un congreso que comenzará el próximo lunes, pero estos días imparten cursos sobre sus técnicas aquí en Cruces y se han interesado en su caso. Por una parte, es evidente que no era el final, está usted vivo —dijo sonriendo—. Por otra parte, podría haber muerto si su amigo no llega a traerlo al hospital, pero no habría sido por la miocardiopatía que padece, sino por el modo en que ha estado tomando la medicación. No es extraño que se sienta mal.

El logo de la carpeta que el médico sostenía en las manos le resultó familiar.

—Por suerte su amigo recordaba haber visto en su habitación sus informes médicos. Cuando llegó aquí no teníamos muy claro qué le sucedía. Y debo decirle que ha sido una temeridad por su parte viajar en su estado, pero sobre todo ha corrido mucho peligro al no estar bajo control médico.

Otro de los cardiólogos, puede que Punset, tomó la palabra.

428

—Los medicamentos que le recetaron son peligrosos en sí mismos, la literatura está plagada de crímenes perpetrados con digitalina, pero créame que con diuréticos también se podría llegar a matar. Estoy seguro de que su cardiólogo se lo dijo. Este tipo de medicación tiene que ser ajustada constantemente, dependiendo de las necesidades de cada paciente, que van variando según pasan los días.

—Soy el único responsable —se autoinculpó Noah.

El médico se armó de paciencia antes de hablar.

—Señor, soy consciente de la terrible carga emocional que supone una enfermedad como la que usted padece y su circunstancia. Pero no puede tomar esos medicamentos como si fuesen golosinas. Los diuréticos han hecho descender sus niveles de potasio y magnesio hasta límites muy peligrosos. Los mareos, los calambres, la confusión mental, la depresión, la taquicardia se los ha causado la falta de potasio, no la miocardiopatía. La intoxicación por la digitalina siempre se debe a su propio mecanismo de acción, que es uno de los mecanismos de producción de taquicardias auriculares y ventriculares. El aumento del tono vagal puede producir bloqueos en el nodo auriculoventricular. La suma de estos dos efectos origina las típicas arritmias de la intoxicación digitálica, la taquicardia auricular por bloqueo AV.

Noah levantó una mano deteniéndole.

—Más despacio, por favor. No entiendo nada.

El doctor Sánchez tomó la palabra de nuevo.

—Seguramente ha notado náuseas, vómitos, diarrea, problemas de visión, escotomas o visión de halos amarillentos, además de confusión y decaimiento. Está usted intoxicado. Ha tomado una sobredosis de todo y ha estado a punto de matarse. ¿Lo entiende ahora?

Noah asintió.

—Vamos a cambiarle el diurético —dijo el médico mirando brevemente el gesto de asentimiento de los demás—.

Quiero que tome furosemida, un comprimido al día. También voy a cambiarle la digitalina por otra en comprimidos. Hemos visto que la llevaba en una petaca. Si ha estado tomándosela a tragos, lo raro es que no se haya matado. Un solo comprimido al día. Uno solo. También hemos comprobado que falta un comprimido de nitroglicerina. Vamos a cambiárselo por otro más seguro: Cafinitrina. Puede usarlo para mejorar la disnea si se siente muy ahogado.

Extendió una mano hasta tocar el hombro de Scott Sherrington, como si en el fondo lamentase reñirle.

—Ha podido matarse, Noah, pero a pesar de todo tengo buenas noticias.

—Ya empezaba a perder la fe —bromeó él.

—Le hemos realizado una analítica completa, algunos de los resultados han llegado ya, hemos pedido repetir algunos y precisar otros, los tendremos en las próximas horas, mientras tanto queremos que se quede en observación.

»La otra prueba que le hemos hecho es un cateterismo. Es un examen arriesgado, pero más preciso que el ecocardiograma. A través de una aguja se instala un introductor en la femoral, por el que se van metiendo y sacando los catéteres. Así llegamos hasta las cavidades derechas del corazón y la arteria pulmonar, para medir las presiones y las resistencias pulmonares, que en su caso son muy importantes.

»No lo aturullaré con información técnica, hemos comprobado la presión capilar pulmonar. Hemos sondado las dos arterias coronarias inyectando contraste para ver cómo circula la sangre y hemos comprobado que no hay ninguna obstrucción. Al comparar los resultados con el ecocardiograma en modo M que le practicaron en Edimburgo se aprecia lo que se llama un bloqueo de rama izquierda. Por comparación, el diámetro del ventrículo izquierdo ha aumentado y la fuerza con que proyecta la sangre su músculo cardíaco ha disminuido.

—Eso es malo —dijo Noah.

—No es bueno —intervino otro de los cardiólogos—.
Pero también hemos comprobado, y estas son las buenas
noticias, que no hay lesiones en las coronarias, válvulas normales, presión capilar pulmonar normal y resistencias pulmonares arteriales tres unidades Wood. Quédese con este
dato, es importante.

Noah puso cara de no entender.

—Cuando hay insuficiencia cardíaca, como su corazón no es capaz de bombear la sangre del todo bien hacia
la aorta, la presión dentro de las cavidades izquierdas
aumenta y se transmite hacia el pulmón. Dicho de modo
vulgar, lo encharca, y eso es lo que produce el ahogo.

—¿Y esas son las buenas noticias?

Los cardiólogos se miraron entre sí. El mayor de todos tomó la palabra pidiendo con un gesto permiso para
sentarse en la cama.

—Noah, ¿ha oído hablar del trasplante cardíaco?

—Claro, mi médico de Edimburgo me dijo que es
poco menos que ciencia ficción.

—Admito que pueda parecerlo. La historia del trasplante cardíaco moderno comienza en la década de los
sesenta con el doctor Christiaan Barnard, en Ciudad del
Cabo. Otros médicos habían experimentado en Francia
y Estados Unidos con animales, pero Barnard fue el primero que se atrevió a hacerlo con humanos. De hecho,
estuvo en esa época en España y enseñó su técnica al doctor Martínez-Bordiú. Él realizó el primer trasplante que
tuvo lugar en España, en un paciente que tenía miocardiopatía dilatada, como usted. Sin embargo, aunque la
técnica quirúrgica de trasplante apenas ha cambiado desde entonces, los pacientes morían por rechazo del órgano,
al ser un elemento extraño al huésped, y la reacción in-
munológica del rechazo hacía que el corazón trasplantado dejara de funcionar en pocos días.

—Me lo dijo el doctor Handley.

—Pero eso está cambiando, señor Scott Sherrington,

con el desarrollo de fármacos antirrechazo. Inmunosupresores, que administrados de por vida consiguen disminuir el rechazo, y creemos que harán que los pacientes puedan seguir viviendo años y décadas con una calidad de vida más que aceptable.

Noah dirigió su pregunta al médico más joven.

—¿Es eso cierto?

—Lo es, Noah. El primer trasplante cardíaco usando inmunosupresores se llevó a cabo en Barcelona el pasado mes de mayo, y pocas semanas después se hizo el segundo en Madrid, a una niña granadina de once años. Ambos pacientes siguen vivos y con una buena esperanza de vida.

Noah se incorporó un poco más. Otro de los médicos, Trujillo, creía recordar, tomó la palabra.

—Después del trasplante los pacientes reciben un tratamiento inmunosupresor potente con tres fármacos: prednisona, ciclosporina y azatioprina, cuyas dosis se van disminuyendo poco a poco durante el primer año.

—Lo entiendo, pero ¿por qué me están contando esto?

—Antes le he dicho que, de todos los resultados obtenidos de cateterismo, el más importante era el que tenía que ver con las resistencias pulmonares, en su caso 3 Wood. El resto de los resultados de sus analíticas sanguíneas, el estado de sus riñones y su hígado son buenos. Aunque parezca una contradicción, goza usted de buena salud y, por supuesto, está el hecho incuestionable de que su enfermedad no tiene cura. No mejorará. Y la muerte es inminente en su caso. La suma de todos estos aspectos lo hacen candidato perfecto para un trasplante.

Noah los miró de uno en uno, tratando de asimilar todo lo que le habían explicado.

—Un trasplante.

—Un cardiólogo extractor toma el órgano de un donante en muerte cerebral, en medio hay un montón de cuestiones técnicas para transportar el órgano, y otro cirujano lo implanta en el receptor. En este caso usted.

Otro de los médicos se adelantó.

—Lo primero y más importante es saber si usted tiene alguna objeción.

Noah lo miró abatido. Después negó.

—No, como se ha encargado de decir con toda claridad su colega, mi muerte es un hecho inminente. —Se encogió de hombros—. No tengo nada que perder.

Los médicos asintieron satisfechos.

Noah levantó una mano.

—Y... ¿Cómo sería? ¿Qué habría que hacer? ¿Cuáles serían los pasos?

—Bueno —se adelantó el doctor Sánchez—. Hay mucho trabajo por delante. En primer lugar, lo que llamamos un estudio de indicación de trasplante, en el que repetiríamos todas las analíticas para asegurarnos, en la medida de lo posible, de que todo salga bien. Un estudio por parte del anestesista y de un internista experto en infecciones, pero sobre todo nuestra principal labor será que usted reciba toda la información y entienda a qué se compromete, porque en los meses posteriores a la operación, y durante todo el año siguiente, vivirá prácticamente entrando y saliendo del hospital. Además del tratamiento con inmunosupresores, en las primeras semanas, cada pocos días habrá que realizarle una biopsia del corazón. A través de un catéter que se introduce por la vena femoral a la yugular y con una pinza se extraen unos fragmentos de miocardio para estudiarlos histológicamente y ver si hay rechazo o no. Según los resultados se aumentan o disminuyen las dosis de inmunosupresores, pero tiene que saber que estos fármacos disminuyen la respuesta inmunitaria. Tendrá mayor riesgo de sufrir infecciones graves, por lo que habrá de mantener unas medidas de asepsia importantes, sobre todo durante los tres primeros meses tras el trasplante.

—Creo que podría hacerlo.

Otro de los cardiólogos repuso:

—No es suficiente con que lo crea, tiene que estar

seguro, este aspecto es algo que nos preocupa, dado que desde que la enfermedad le fue diagnosticada no se ha cuidado usted demasiado, no ha acudido a consultas médicas para ajustar la medicación. Con toda seguridad parte del daño sufrido se lo ha causado usted mismo. Tenemos que estar seguros de que comprende y asume no solo los riesgos, sino la responsabilidad que esto supone.

Noah dejó salir todo el aire mientras lo pensaba. Tenían razón.

—Es cierto que cuidar mi salud no ha sido mi prioridad, pero comprendan que no albergaba ninguna convicción de que eso sirviera para nada más que para prolongar mi sufrimiento. Es muy diferente cuando hay esperanza.

—Lo entendemos perfectamente. Digamos que, si se compromete, empezaremos a trabajar. Tenemos que estar listos porque, aunque pueden pasar semanas, o meses, antes de que aparezca un donante compatible, también es algo que puede ocurrir en cualquier momento —dijo el doctor Martín.

—Me comprometo. Haré todo lo que haya que hacer.

—Pues lo primero es trasladarlo de hospital. En el de Cruces nunca se han llevado a cabo protocolos de este tipo, así que hemos pensado en la Clínica Universitaria de Navarra, en Pamplona, está relativamente cerca, una ambulancia tardará tres horas en llevarlo hasta allí y cuando llegue habrá un equipo esperándolo para comenzar de nuevo con todo el estudio.

—¿Hoy?

—Sí, hoy mismo. Como le he dicho queremos empezar con todo cuanto antes, para que esté listo si surge un órgano compatible.

—No puedo irme hoy —dijo mirando en rededor, como si en cualquier rincón de aquella habitación se hallase la razón de su argumento—. ¿No podríamos esperar unos días?

—Noah, acabamos de explicarle lo complicado que

434

es todo esto, y cuál es su situación. Voy a reajustarle toda la medicación, pero su enfermedad empeora día a día, y sus índices Wood de resistencia pulmonar de los que le hablaba, y que son tan importantes para nosotros, siguen aumentando, están en tres, si lo hacen por encima de cuatro o cinco harán inviable el trasplante.

—No creo que vaya a ser mucho tiempo, solo unos días más.

Los médicos se miraron entre ellos preocupados. Fue el de más edad el encargado de hablar. En su voz era palpable su enorme decepción:

—No sé qué tiene pensado, Noah, pero más vale que se tome bien la medicación, porque, si continúa tratándose como hasta ahora, no puedo asegurarle que le queden por delante esos días de los que habla. Tiempo es lo único que no tiene.

—Solo unos días más, por favor. Si quieren puedo firmar ahora mismo mi compromiso, lo que necesiten...

Lizarso entró en el cubículo de observación y se lo quedó mirando.

—¡Joder, qué susto me has dado!

A pesar de que le habían dicho que era mediodía, allí no había luz natural achacó en parte a los fluorescentes la extraordinaria palidez del ertzaina. No pudo evitar sonreír.

—Encima te ríes —dijo el policía acercándose—. Creí que te morías, ¡cabrón! No tiene gracia.

Noah tendió una mano hacia él, y Lizarso la tomó apretándola.

—No me río —contestó Noah—, es que me he dado cuenta de que me quieres, y eso me hace feliz.

—Pues podías habérmelo preguntado y haberte ahorrado el numerito, casi me cago encima. —Lizarso le soltó la mano y endureció el rostro—. En serio, Noah, creí que te morías.

—Sí, yo también.

—Espero que no te importe que haya entrado en tu habitación, vi los informes el otro día cuando fui a La Estrella. Lo recordaba, se lo comenté a los médicos y dijeron que era muy importante.

—Está bien. ¿Qué pasó cuando caí? ¿Cómo terminó lo de Kintxo? Lo último que recuerdo es a Murray regresando del baño. Lo vio todo, hasta creo que me vio a mí.

—No estoy muy seguro de que sea demasiado conveniente que hablemos de eso ahora.

—¡Por el amor de Dios! ¡Me estoy muriendo! ¿Crees que cambiará algo que me lo cuentes o no? —exclamó haciendo un gesto para que Lizarso se sentara en la cama.

El ertzaina resopló, era evidente que estaba agotado. Se dejó caer.

—La verdad es que desde el momento en que te desmayaste no presté demasiada atención. Vi cómo los porteros echaban a Kintxo a la calle. A Murray no lo volví a ver, imagino que al percatarse del revuelo que se había montado se largaría; a la que sí vi fue a la chica, estaba entre el grupo de curiosos que nos rodearon cuando los de la ambulancia te sacaban de allí. No vi a nadie con ella. Le pregunté si estaba bien y qué le había dicho el tipo aquel. Me dijo que era un chalado que quería ligar y que insistía en que no se fuese con su acompañante porque la mataría.

—Pues ya no hay duda, Kintxo tuvo que ver algo que le pareció muy sospechoso. Quizá no tanto como para ir a la policía, pero lo suficiente para tratar de evitarlo.

Lizarso lo miraba pensativo.

—¿Qué significa eso de que crees que Murray te vio?

—No estoy seguro. Es una corazonada. Él observaba de lejos lo que ocurría entre Kintxo y la chica, yo lo observaba a él. Un segundo antes de desplomarme, noté cómo la luz se oscurecía, como si desapareciese el mundo y, en ese instante, juraría que él volvió la mirada hacia

436

donde yo estaba, como si se sintiera vigilado, como si me hubiese detectado.

—¿Crees que podría reconocerte?

—Siempre he creído que no, la circunstancia en la que nos vimos en medio de la tormenta, casi a oscuras, llenos de barro, mojados... Sin embargo, él estaba conmigo cuando tuve el primer ataque, estoy seguro de que ver a alguien desplomándose del mismo modo tuvo que sonarle al menos familiar. Y hay otra cosa que no pude decirte anoche; primero, porque estaba Rafa y, luego, las cosas sucedieron tan rápido... He descubierto que estuvo regalando ropa de sus víctimas a las mujeres de su familia. Cuando registramos su casa había una caja llena de prendas pasadas de moda, cosas que ellas se habían dejado al huir. Me llamó la atención un bolso muy particular, ayer vi a una chica que llevaba uno parecido y lo recordé. Lo creó en los años setenta una diseñadora cercana a los Sex Pistols. Era una pieza única. Y cuando lo revisé en la casa de Clyde encontré en su interior objetos personales de su madre o sus tías. Creo que también le regaló los pendientes de una de las víctimas a su joven esposa. Los llevaba en la única foto que hallamos del día de su boda.

—¡Joder!

—Eso no es todo, la doctora Elizondo opina que hay algo enfermizo en hacer vestir a sus familiares prendas de sus víctimas. Cree que ellas son el objeto de su odio. Lleva toda su vida matando a mujeres que las representan.

—¡Joder! —volvió a exclamar Lizarso—. Por cierto, ¿quién es la doctora Elizondo?

Noah sonrió.

—Es mi psiquiatra.

—¿Tú vas al psiquiatra? —se sorprendió Lizarso.

—Bueno, me estoy muriendo, persigo a un asesino en serie y me he enamorado por primera vez en mi vida. Admitirás que es de locos.

Lizarso asintió poniendo cara de circunstancias.

—Pero también me está ayudando con el caso, está haciendo una especie de diagnóstico remoto basándose en todo lo que sabemos de él. Ella lo llama «estudio de personalidad probable». Eso, unido a la conversación que pudimos escuchar cuando habló con su madre, confirma en parte lo que Elizondo opina, que es una extraña relación familiar en la que la dependencia y la servidumbre van en ambas direcciones. La doctora cree que haber roto el vínculo con las mujeres de su casa por primera vez en su vida le ha dado una perspectiva muy diferente. La secretaria de MacAndrews me dijo que Murray recibió ayer un telegrama de Estados Unidos. No sabemos lo que decía, pero sí que le sentó muy mal. Creo que, a pesar de las advertencias de John, han vuelto a ponerse en contacto. La sensación que puede tener al recibir un telegrama después de pedirles que no llamen más es la de que nunca van a dejarlo en paz, que siempre encontrarán la manera de mantener los lazos con él. Creo que lo están agobiando.

—Estaría muy bien saber qué dice ese telegrama.

—Creo que ellas se han convertido en una carga para John, es la primera vez que vive fuera de la influencia de esas mujeres, y creo que le gusta. Pienso que la doctora Elizondo tiene razón, John es ahora un hombre libre. En palabras del gran Robert Ressler, está a punto de evolucionar, no puedo saber en qué dirección, si desaparecerá o se acelerará matando hasta que lo atrapemos, pero yo apostaría más por lo primero. Puede que esté harto, pero el hombre que vi ayer noche observando desde lejos lo que ocurría era la pura parsimonia. Siempre he sabido que lo que distinguía a John Biblia es que tenía un propósito, y creo que su propósito está transformándose en otro.

—¿Qué va a pasar ahora? —preguntó Lizarso haciendo un gesto que englobaba la estancia del hospital.

—Descansaré unas horas mientras llegan los resultados de las analíticas, después me mandarán a casa.

—¿No van a hacerte nada más?

—Ya te dije que no pueden hacer nada por mí —dijo evitando mencionar la conversación que había tenido con los cardiólogos—. Me han ajustado la medicación, seguramente me encontraré mejor.

—Pero...

Noah atajó lo que fuera a decir.

—Escucha, Mikel, hay algo que quiero decirte, es respecto a la conversación que tuvimos el otro día. No sé qué me pasó, no era yo. Supongo que estoy algo amargado, pero siempre he intentado ser un buen policía, y es porque siempre he creído en la justicia, en lo que está bien. Me hice policía para proteger y servir, y es lo único que he hecho bien en mi vida, lo único de lo que no me arrepiento. Así que olvida todas las gilipolleces que te dije, el idealismo está bien, al fin y al cabo, ¿qué es un hombre si no tiene una idea en la que creer?

Con la boca cubierta por una mano, Lizarso dejó salir todo el aire por la nariz de forma sonora.

—No creas que no le he dado vueltas.

—Pues deja de hacerlo, estaba ofuscado y equivocado.

—No, no lo estabas.

Noah lo miró sorprendido.

—Quizá por eso mismo me jodió tanto. No sé si fue una de tus putas corazonadas, pero el caso es que pusiste el dedo en la llaga.

Noah esperó en silencio.

—Llevo un año en la Ertzaintza, pertenezco a la primera promoción. Mi primer día como policía, cuando salí de la academia, con el uniforme nuevo en mi moto de patrulla de carreteras, ¿sabes qué fue lo primero que hice? Conduje hasta mi pueblo, en Aia. No sé cómo se podían sentir los caballeros medievales cuando se dirigían a una liza, con la armadura puesta y montados en su caballo, pero creo que tenía que estar cerca de lo que yo experimenté aquel día. Responsabilidad, orgullo, honor.

Paré en la taberna vestido con mi uniforme, entré y pedí un café. Todos los hombres que había en el bar se acercaron a felicitarme, me dieron la mano y me palmearon la espalda.

—Entiendo lo que dices, fue una torpeza por mi...

Mikel lo interrumpió alzando una mano.

—Un par de meses después, nos llamaron un día porque unos trabajadores de Neumáticos Michelin, de la planta de Hernani, habían irrumpido en la Diputación de Guipúzcoa, en San Sebastián. Llevaban semanas concentrándose en los jardines, frente a la puerta principal, debajo de los arcos si llovía, y siempre de forma pacífica. Pero ese día había un pleno, bastantes diputados reunidos, y no sé por qué les dio por entrar reclamando hablar con el diputado general. Serían unos cincuenta y se quedaron allí en pie, interrumpiendo el pleno, pero sin ningún tipo de violencia. En total se trasladaron dos dotaciones. Entramos en el edificio, los identificamos y les pedimos que salieran, pero dijeron que no se irían sin hablar con el diputado. Como se comportaban de modo pacífico, nos replegaron a la recámara tras la sala principal, y allí nos quedamos esperando. Nada más entrar reconocí a mi tío, el hermano de mi padre; llevaba al menos treinta años trabajando en Michelin, y también me vio, pero los dos disimulamos, tampoco era cuestión de ponerse a saludarse allí. Noah, yo siempre he respetado la lucha de los trabajadores en esta tierra. Vayas a donde vayas te dirán que aquí se trabaja duro, pero lo que han conseguido los obreros en el País Vasco no se ha logrado en demasiados lugares más... Y lo han hecho dejándose la piel en las empresas, pero reclamando lo suyo. La lucha obrera en el País Vasco es motivo de orgullo, porque cuando los trabajadores presionan para obtener mejores condiciones en un convenio todo el pueblo los apoya. Creo que, de alguna manera, todo el mundo entiende que ese tejido forma parte de una red que nos engloba a todos, y cuando los obreros de una empresa van a la huelga, va a la huelga todo el mundo. Sus esposas no van a comprar, los niños no van a la escuela, el comercio cierra, no hay transporte. Paralizan el país. La patronal lo sabe, probablemente por eso los trabajadores del País Vasco han conseguido las mejores condiciones laborales posibles, pero no abusan. Aquí se trabaja y se tiene un sentido del honor de ser obrero que, quizá tengas razón, nos hermana un poco con los irlandeses.

»Llevábamos allí más o menos una hora y de pronto llegó la orden de desalojarlos. Todos nos miramos, y después a nuestro jefe. ¿Cómo qué desalojarlos? Algunos empezaron a protestar diciendo que no iban a salir ahí a echar a esa gente a porrazos. Entonces nos explicaron que no haría falta, íbamos a tirar unos botes de humo, un gas disuasorio, saldrían y todo habría acabado en un minuto. Ni siquiera teníamos máscaras, solo el casco.

»Noah, te juro por mi padre que no sé qué cojones tiramos aquel día, pero en cuanto aquello empezó a salir creíamos que nos moríamos. Se metía en los ojos, en la nariz, en la boca, picaba, ardía, penetraba en los pulmones y los cerraba impidiendo respirar. Nuestro jefe tenía razón, ni siquiera hizo falta un minuto. En unos segundos estaba todo el mundo fuera, incluidos nosotros. Todos enloquecidos por el pánico, manifestantes, diputados y los propios ertzainas. La mayoría corrió hacia el parque de la plaza de Guipúzcoa buscando agua. Muchos acabaron en el estanque de los patos intentando quitarse de la piel aquella mierda.

»Hijos de puta fue lo más bonito que nos dijeron, pero lo que más me dolió es que nos llamaron traidores. Cipayos. Cuando pudimos, fuimos recogiendo a los compañeros que estaban tirados por el césped, nos metimos en los furgones y nos fuimos, casi huimos, de allí. Recuerdo las caras de mis compañeros dentro del furgón. Avergonzados, desolados, tosiendo medio jodidos por aquel veneno. Salió en todos los periódicos. Cuando volví al bar de mi pueblo, unos directamente me negaron el saludo, otros me preguntaron cómo podíamos haber hecho algo así.

»Al cabo de unos días unos compañeros lo llevaban mejor, otros peor. El jefe nos dio una charla, nos dijo que eso no volvería a pasar, iban a descartar aquel gas y nos dotarían de máscaras para la próxima vez. Algunos compañeros aplaudieron. Yo tuve que salir a vomitar. En los días siguientes llegué a plantearme seriamente abandonar el cuerpo. Entonces fue cuando me propusieron entrar a formar parte de los adjuntos a Interior. Me vine con el grupo de cabeza. Todavía hoy, mi tío no me habla, mis primos a duras penas. Mi padre sí, pero yo sé que se avergüenza. Me dijo que no era buena idea que fuese por la taberna.

—Lo siento mucho —dijo Noah.

—Así que ya ves, acertaste de pleno. Aquí estoy bien, siento que estamos en el buen camino, de alguna manera formando lo que será el Departamento del Interior del Gobierno Vasco algún día. De momento es como si estuviésemos jugando a los espías, intentando recabar información, tocar bola, pero avanzamos. Eso es bueno y malo a la vez. No sé si mis compañeros se lo plantean en esos términos, pero yo no puedo dejar de pensar en qué pasará el día que asesinen al primer ertzaina, porque ahora sé que ocurrirá.

Noah suspiró. No dijo nada porque, justo en ese instante, el médico, acompañado de una enfermera, irrumpió en el cubículo sin puerta. No esperó a que Lizarso saliera.

—De acuerdo, Noah. Ya tenemos los resultados de las analíticas que faltaban, y todo sigue apuntando en la misma dirección que hablamos por la mañana, pero, permíteme que te tutee, es tu decisión, así que vamos a darte el alta. La enfermera te entregará todas las recetas de los nuevos medicamentos. Recuerda tomarlos como te hemos indicado.

Después, dirigiéndose a Lizarso, añadió:

—Si aprecias a tu amigo, deberías tratar de convencerlo, es cuestión de vida o muerte, y no es una frase hecha.

Maite

Maite bajó la persiana de su bar desde dentro, hasta dejarla a dos palmos del suelo. Fuera la lluvia caía intensamente en un aguacero que al rebotar lanzaba las gotas de nuevo hacia arriba. Suspiró melancólica. La lluvia siempre le había gustado, pero ya llevaba..., ¿cuántos días?, cinco, seis, sin parar. Regresó detrás de la barra para subir el volumen de la música. Aquel solía ser un momento grato. Iba limpiando el interior de la barra mientras aún permanecían en el local los últimos clientes. Después bajaba la persiana dejando solo una rendija para que ventilase y, mientras terminaba de recoger, se quedaba sola en su negocio. El negocio que había levantado con su propio esfuerzo, que le había permitido mantener a su hija y sacar adelante su vida sin depender de nadie. El local estaba algo avejentado, había sido el bar del viejo casino, las plantas superiores estaban condenadas desde hacía años, pero ella había conseguido alquilar el bajo por un buen precio y más tarde comprarlo. Un momento agradable de la rutina diaria. El cansancio acumulado durante la jornada se evaporaba cuando volvía a estar sola, subía la música mientras barría y fregaba el suelo o hacía las cuentas del día. A veces, cuando terminaba, bajaba la intensidad de las luces y se sentaba un rato en el centro del local pensando en cómo lo pintaría la próxima temporada o en los arreglos que le quería hacer en cuanto juntase un poco más de dinero. Entonces se sentía feliz.

Mientras preparaba el cubo para fregar el suelo, se volvió a mirar, desilusionada, la candelita que ardía a los pies de la Virgen de Begoña.

—¡Ay, *Amatxu*! —dijo muy bajito.

Admitió entonces que su tristeza no provenía de la lluvia. Era una mujer vasca, ya había pasado otras fiestas bajo la lluvia. Llovió el día de su boda con Kintxo, y el día en que nació su hija Begoña; llovía el día en que por primera vez abrió su bar. No, no era la lluvia, eso nunca la había frenado. Sacó el cubo de la zona de la barra y comenzó a fregar el suelo; la tristeza pasó a ser enojo a medida que pensaba en lo tonta que había sido. Se había enamorado de aquel tipo como una cría. Tenía treinta y cinco años y no recordaba haberse sentido así desde que era una adolescente. Escurrió de nuevo la fregona y frotó con fuerza hasta hacer desaparecer las manchas del suelo. Su enfado iba en aumento. Cuanto más lo pensaba más tonta se sentía. Era evidente que él no tenía ningún interés en ella, y no entendía cómo había estado tan ciega para no darse cuenta. La había dejado tirada dos veces, con la diferencia de que hoy ni siquiera había aparecido por allí con una disculpa absurda. De modo inconsciente se volvió hacia el lugar que Noah solía ocupar. Suspiró al pensar en él. Había en su manera de mirar una tristeza silenciosa y serena que era un misterio para ella. Creía haber visto una timidez sincera, cuidadosa. Y Maite se preguntó cómo podía parecer tan honesto, tan auténtico, y aquel beso... Si era un embaucador, tenía el método más refinado de cuantos había oído hablar alguna vez. En aquellos años, y tras la barra de un bar, había frustrado los avances de todo tipo de rufianes, canallas y hombres buenos. Se daba cuenta de lo descabellado que era, de que si su propio relato fuese el de una amiga le habría dicho: «¡Hija, tú estás loca! ¿Cómo puede ser que te hayas enamorado tú? ¿Cómo puede ser que no pienses en otra cosa? ¿Cómo puede ser que creas que lo amas? ¿Cómo puede ser?».

Metió la fregona en el cubo, después la retorció con saña en el escurridor. Volvió a dirigir una mirada a la candelita dedicada a la Virgen de Begoña, y mientras los ojos se anegaban en lágrimas siguió frotando el suelo con fuertes pasadas llenas de rabia.

Wouldn't it be good if we could live without a care?
¿No sería bueno poder vivir sin preocupaciones?

El trayecto entre la puerta de urgencias del hospital de Cruces y el coche, que estaba relativamente cerca, los dejó empapados. Noah no había querido esperar a pesar de que Lizarso insistía en que tenía un paraguas en el maletero. En cuanto estuvieron sentados el ertzaina preguntó:

—¿A qué se refería el médico con eso de que debería intentar convencerte? ¿De qué tengo que convencerte, Noah?

Noah dejó salir todo el aire por la nariz antes de decidirse a hablar. Lizarso había sido sincero, era su amigo, al fin y al cabo, se lo debía.

—Hay una operación.

—¿Una operación que puede curarte?

—Bueno, puede curarme y puede matarme, pero eso en mi caso es lo de menos, voy a morir igual.

—¡Pero eso es estupendo! —exclamó con alegría genuina—. Me habías dicho que no podían hacer nada.

—Mikel, me han elegido porque estoy *in extremis*. Encajo perfectamente con lo que necesitan: por resistencia, por edad, por mi situación física y porque me queda muy poco. Pero no es la panacea, es una operación muy complicada, muy peligrosa, apenas se han realizado algunas, no sé si has oído hablar alguna vez de los trasplantes.

—Sí, hace unos meses apareció en la prensa. Es increíble, Noah; por supuesto que es peligroso, imagino que muy complicado, pero mejor eso que la otra opción, ¿no?

Noah permaneció en silencio.

—¿Y por qué te tengo que convencer? Estás convencido, ¿verdad?

—Querían trasladarme a un hospital de Pamplona hoy mismo, de haber aceptado, a esta hora ya estaría allí. Mikel Lizarso se quedó en silencio mirándolo. El único sonido era el de la lluvia golpeando con fuerza contra el coche. El agua bajaba como una riada por el parabrisas, no se veía nada hacia fuera.

—No, sé lo que estás haciendo, sé lo que pretendes, y te entiendo, sabes que te entiendo, pero ayer cuando te desmayaste en la discoteca pensaba que estabas muerto, ¡joder!, no te encontraba el pulso. Ese médico no exagera cuando dice que es de vida o muerte.

—Va a hacer algo, se dispone a matar a otra chica, o a huir, o las dos cosas...

—No lo atraparás si estás muerto.

Noah cerró los ojos y apretó los labios.

—Algo está a punto de ocurrir, tengo una corazonada.

Lizarso puso el motor en marcha y miró a Noah preocupado.

—Amigo, solo espero que esta vez no te equivoques.

Aparcaron cerca de la iglesia de San Nicolás. Mikel sacó el paraguas del maletero, y Noah no puso ninguna objeción mientras lo acompañaba hasta la puerta del hostal. Cuando llegaron, una franja de luz dorada se colaba bajo la persiana del bar de Maite y por los altos ventanucos sobre la puerta. Los hombres se detuvieron, Lizarso observó a Noah, que contemplaba aquel retazo de luz.

—¿Crees que podrás subir tú solo la persiana?

Noah le sonrió.

—¡Lárgate!

—¿Me llevo el paraguas o te lo dejo? Creo que ahí dentro te va a caer una buena.

—¡Que te vayas de una vez!

En el rostro de Lizarso se dibujó una enorme sonrisa. Dejó a Noah junto a la fachada y se alejó, aunque aún se volvió una vez sonriendo.

You must be joking, you don't know a thing about it
Debes estar bromeando, no sabes nada de todo eso

Noah se inclinó un poco y tiró de la persiana hacia arriba. Maite fregaba el suelo de espaldas a la puerta. En la radio sonaba de nuevo *Amor de hombre*.

—¡Está cerrado! —dijo mientras se volvía. Al verlo hizo un gesto primero de gran sorpresa, después se quedó quieta, en silencio.

Noah comenzó a hablar.

—Maite, tengo muchas cosas que explicarte y, si me das la oportunidad, te las contaré todas esta noche.

Ella bajó la mirada, decepcionada.

—No me debes ninguna explicación. Vuelve mañana, está cerrado.

Noah se giró, pero no salió del local. Bajó la persiana a su espalda y se volvió de nuevo hacia ella.

—Maite, acaban de darme el alta del hospital de Cruces. —Levantó en la mano derecha la bolsa de plástico con el logo del hospital en la que llevaba la carpeta con sus informes, las recetas y la chaqueta con el revólver que se había quitado. La dejó sobre una de las banquetas—. He pasado allí toda la noche y todo el día, voy a decirte lo que he venido a decir, porque no sé si tendré otra oportunidad para hacerlo. Y luego, si tú quieres, me iré.

Ella lo miró y sintió que su respiración se aceleraba. Le pareció que estaba muy guapo. Vestía un pantalón oscuro y una camisa blanca remangada por debajo de los codos. La lluvia le había ondulado el pelo, que se veía negro y brillante, en contraste con su piel tan pálida y aquellos ojos azules, orlados por el rojo de las ojeras que se extendían alrededor. No parecía enfermo, quizá insomne, quizá cansado, pero no enfermo. Asintió sin sonreír. Autorizándole a hablar. Aunque ni en un millón de años habría imaginado lo que él diría.

Noah avanzó hasta quedar frente a ella, cerró los ojos durante un par de segundos, como si estuviese reuniendo valor o buscando dentro de sí las palabras.

—Maite, te quiero.

Ella abrió la boca sorprendida y se llevó la mano al pecho.

—¡Ay, *amatxu maitia*!

—Es la verdad —continuó él—. Creo que te quiero desde la primera vez que entré en tu bar. No puedo dejar de pensar en ti, y solo soy feliz cuando te veo. Ya sé que esto no se hace así, que te mereces que te invite a cenar, que te lleve a bailar, que te compre flores, que te corteje y que me declare como es debido, lo mereces todo, pero no tengo tiempo, Maite.

Ella bajó la mirada hasta sus manos y vio que aún llevaba puesto un apósito de esparadrapo en el lugar donde había tenido la vía. Alargó su mano y tomó la de él, entonces notó cómo temblaba. Maite nunca había visto temblar a un hombre. Al acercarse más comprobó lo bien que olía y lo alto que era. En cuanto ella se alzó de puntillas Noah se inclinó y la besó. Cuando la soltó ella sonreía. Él no. Suspiró profundamente, aún afligido.

Ella lo miró sin entender qué le ocurría.

—Yo también te quie...

Noah puso los dedos sobre su boca, deteniéndola.

—Antes de nada, hay otra cosa que debes saber. Estoy enfermo, Maite, esa es la razón por la que he pasado todo el día en el hospital, esa es la razón por la que no acudí a la cita ayer noche. Estoy enfermo y me moriré si te hago el amor.

Maite sonrió.

—Yo también me moriré.

Noah rompió a reír a carcajadas, ella lo miraba sonriendo, desconcertada. La risa de Noah se extinguió de pronto y solo consiguió sonreír tristemente mientras los ojos se le llenaban de lágrimas.

—No, Maite, es literal. Me moriré de verdad.

—¿Qué dices? —preguntó ella alarmada.

—Por eso no puedo amarte, Maite, esa es la razón por la que no te lo he dicho antes, la razón por la que no puedo estar contigo.

Entonces ella volvió a besarlo, y volvió a hacerlo otra vez cuando Noah intentó replicar, una y otra vez, y otra, y otra más... Y así fue como Noah comprobó que la doctora Elizondo también tenía razón sobre Maite. No era la clase de mujer que dejaba que nadie decidiese por ella.

Bilbao. Jueves, 25 de agosto de 1983

Estaba amaneciendo y seguía lloviendo como si no fuera a dejar de hacerlo jamás. Como cada mañana en los últimos días, Noah pensó en el tiempo que podía quedarle. No tenía ni idea de cuánto sería, pero había algo que sí sabía aquella mañana, y era que había pasado la noche más dulce de su vida. Jamás habría imaginado que dos amantes podían besarse tanto. Nunca había besado tanto a nadie, nunca había recibido tantos besos. Tenía los labios de Maite impresos en cada recoveco de su cuerpo. En las manos, en los pies, entre el cabello, en los ojos, en las puntas de cada uno de sus dedos, en el hueco de la nuca, en la base del cráneo. Y en la boca. Tenía su aroma, su saliva y su calor impresos con besos en cada centímetro de su piel, y supo que jamás en su vida había sido tan amado. La miró dormitando a su lado y sonrió maravillado por la fuerza de aquella mujer que, como había sabido desde la primera vez que la vio, jamás le daría tregua, y a la que jamás le negaría nada. Mientras viviera.

Al principio se había resistido, de alguna manera creía que se lo debía, le debía la verdad sobre sus sentimientos, pero también sobre su esperanza de vida. Si como decía la doctora Elizondo era egoísta elegir por los demás, no habría sido honesto no darle todos los elementos de juicio. Al final descubrió que había dado igual que tratase de hacerle entender todo lo que le contó, todas las explicaciones, hasta abrió ante ella el informe médico. Ella lo escuchó con atención formulando de vez en cuando alguna pregunta. Miró los informes y los prospectos de los medicamentos, pero a cada réplica de él respondía siempre igual, con más besos. Solo hubo una cosa de la que no le habló, y fue de aquella remota posibilidad de recibir un nuevo corazón en su pecho. También habría sido egoísta, sabía que, si le hubiera dado un clavo ardiendo, ella lo habría abrazado dispuesta a inmolarse en él. En un momento dado ella tomó las llaves del bar en una mano y a él con la otra.

—Begoña duerme hoy en casa de Edurne. Quiero que pases la noche conmigo. Eso sí que podrás hacerlo. ¿Verdad?

Noah asintió.

No hicieron el amor, pero no durmieron. Se besaron y hablaron, y entre beso y beso, Noah se lo contó todo, todo, todo de verdad: cómo se conocieron sus padres, su escuela de primaria, sus primeros amigos, el absurdo accidente con un calentador que había terminado con la vida de sus padres, su anhelo por ser policía, y la mujer que pudo ser su esposa, John Biblia, todo el tiempo que llevaba persiguiéndolo, y la noche en que llegó por un instante a atraparlo, el llanto fantasmal que ambos oyeron y lo que experimentó cuando murió.

—¿Cómo fue, Noah? ¿Qué hay allí?

Y lo que no había podido decirle al doctor Handley, lo que no había querido decirle a Gibson, lo que aún no le había explicado a la doctora Elizondo, lo que le había hecho despertar aterrorizado cada noche, la parte del sueño vivido que no quería volver a revivir, lo que creía que nunca le podría contar a nadie, se lo contó a Maite como si siempre hubiese sido la única destinataria de esa historia, con la misma naturalidad con la que surgía en su mente, con palabras que nunca había usado para explicar el miedo, y menos en una lengua que no era la suya.

—Primero fue como un golpe cálido de viento. Como si una ola de aire templado me hubiera atravesado. No sentí dolor, no sentí nada. De pronto todo estaba oscuro, aunque de algún modo yo era consciente de mí mismo. Entonces la oscuridad que me rodeaba me envolvió completamente, como una gelatina fría, y comenzó a meterse por todos los poros de mi piel para hacerme suyo. Según me iba ganando, yo dejaba de ser yo y me iba convirtiendo en nada. Fue terrorífico, porque hasta el último reducto de mi corazón, de mi cerebro o de mi alma luchaba por no desaparecer, por no morir, no quería, no se entregaba a la muerte.

»Entonces me trajeron de vuelta. Y desde ese día cada vez que me duermo despierto sin saber si he muerto o no. Mis padres me bautizaron en la Iglesia presbiteriana, pero nunca me he considerado un creyente. Nunca me había preocupado, Maite. He sido policía toda mi vida, tenía asumido que un día podría recibir un disparo y morir, como tantos otros, tirado en un callejón. Pero ahora me asusta, ahora que se me acaba el tiempo, soy consciente de que apenas he sido nada en esta vida. No es que espere ir al cielo ni nada por el estilo, pero habría preferido ser agua del océano o arena en la playa, una partícula en las tripas de un pez. Si al menos morir fuera como dormir, como descansar, pero no lo es, Maite. No hay nada allí. Solo la oscuridad presta a devorarme, a meterse por mis poros hasta hacerme suyo.

Maite lo abrazó muy fuerte y le habló segura.

—Si llega ese momento, será distinto. Ahora eres algo importante en esta vida, en mi vida, eres mi amor, Noah, y eso tiene que servir para algo.

Después se dedicó a recorrer su cuerpo con dedos fríos y besos templados.

—Sellaré todos los poros de tu piel con amor, te haré un escudo de besos, y la muerte no te alcanzará. Te lo prometo, mi amor. Te haré mío y te reclamaré como parte mía, en este mundo y en el otro.

Noah sonrió.

—Ya ha sido distinto. Ayer, cuando desperté en el hospital lo primero que vi fue a ti, lo primero que escuché fue tu voz. El médico me dijo que había estado llamándote todo el tiempo mientras estaba sedado.

El teléfono sonó en algún lugar de la casa, y Maite salió de la cama para contestar mientras decía:

—Seguro que es Begoña. Siempre me llama cuando se despierta.

Oyó su voz en la distancia, el tono maternal y cariñoso con el que respondía a su hija. Sonriendo como un crío se inclinó sobre el lugar donde aún permanecía la huella de su aroma y aspiró profundamente, deseando tan solo que volviera a su lado.

Ella regresó enseguida, desnuda y destemplada, recorrió la habitación, pero antes de meterse en la cama encendió la radio.

La voz del locutor llenó la habitación por encima del sonido del agua en los cristales.

«La lluvia sigue desluciendo los festejos de la semana grande, pero a pesar de todo el Arenal bilbaíno se inunda de público durante la *sokamuturra* al mediodía, y por las noches se vive con intensidad la fiesta. Si anteayer el torero Manolo Vázquez se despedía emotivamente de la plaza de Bilbao y cortaba la primera oreja de la feria, ayer el triunfador fue Ruiz Miguel, que hizo disfrutar al respetable. Ni los más viejos del lugar recuerdan una semana grande tan pasada por agua.»

Noah notó que estaba un poco más seria que antes.

—¿Va todo bien?

—Sí, era Begoña, que está un poco preocupada por su padre. ¿Recuerdas lo que te conté el otro día sobre lo pesado que se estaba poniendo últimamente con los horarios, insistiendo en acompañarlas a casa...? Quedan cada noche en el Arenal, él las recoge y las trae aquí o a casa de Edurne. Ayer no apareció. Y ahora me dice la cría que lo ha llamado a su casa y no coge el teléfono.

Por un instante, Noah volvió a ver a Kintxo tratando de disuadir a aquella chica de que se fuera con Murray. Apoyándose en el codo miró a Maite.

—¿Suele hacer cosas así?

—Antes sí, cuando Begoña era más pequeña, a veces estaba semanas sin tener noticias de él. Pero cuando regresó de trabajar en las plataformas petrolíferas estaba cambiado. No sé si al ver que la niña se iba haciendo mayor tomó conciencia de que se la estaba perdiendo o que él mismo maduró. La verdad es que en los últimos años ha estado muy pendiente de ella, aunque nunca se había puesto tan pesado como ahora. Y ya ves, después de darles tanto la tabarra, no se presenta.

—¿Y a ti no te preocupa?

—Conozco a Kintxo, siempre ha sido un fiestero, y la cabra tira al monte. Claro que esto no se lo voy a decir a mi hija, pero puede que esté durmiendo con alguna o que le haya tocado un bingo y esté por ahí gastándose el dinero. Yo apuesto más por lo segundo, cuando vi que ayer no se presentaba en el bar a pedirme nada ya me pareció raro. Como decía mi madre: «Ya aparecerá cuando tenga hambre».

Noah ya le había explicado que estaba en Bilbao persiguiendo a un hombre peligroso. En ese momento valoró la posibilidad de decirle que estaba seguro de que era Murray, y de que Kintxo también lo creía, por el modo en que intentó convencer a la joven de la discoteca de que se fuera con él, y lo sospechoso que le parecía que después de haber conseguido frustrar sus planes ahora no se presentara. Lizarso le había dicho que había presenciado cómo los porteros lo echaban a la calle, quizá Maite tenía razón y estaba durmiendo en casa de alguna amiga o celebrando su suerte en el juego. No quería asustarla. Así que se inclinó y la besó de nuevo. Mientras, en la radio volvía a sonar *Amor de hombre*. Ella canturreó la letra: «Ay, amor de hombre, que estás haciéndome llorar una vez más».

—No sé por qué te gusta tanto. El amor no debe hacer llorar. —Elevó una mano hacia su rostro y la acarició—. Yo nunca te haré llorar, Maite.

—Pues entonces no te mueras, porque, si lo haces, puedes estar seguro de que lloraré por ti como no lo ha hecho nadie en el mundo.

John Biblia

Había llamado muy temprano a la oficina, antes incluso de que abrieran. Dejó un mensaje en el contestador. Hoy no iría a trabajar. Estaba enfermo. Y no había mentido. Había llegado al portal de su pensión en plena noche. Calado hasta los huesos y medio desnudo, esperó atento en la oscuridad, hasta cerciorarse de que no había nadie despierto. Tras una ducha en la que se había frotado como si fuera a arrancarse la piel, se vendó los dos dedos heridos, incapaz de quitarse del todo la uña que había quedado separada como las pequeñas alas de un insecto posado sobre su dedo, solo prendida por la base. Deshizo la cama y metió en su bolsa una muda de ropa, todo el dinero que tenía, la documentación a nombre de Robert Davidson que obtuvo meses atrás de la original, y la que le había robado al cadáver de John Murray. Se arrodilló ante la cama como un niño bueno que va a decir sus oraciones e introdujo la mano por un corte en el colchón. El sobre tenía dentro otros cuatro, y en cada uno de ellos, una sola palabra: *Bilbao*. John se colocó el sobre en la cintura asegurándose de que quedaba cubierto por la chaqueta ligera que se puso a continuación, después hizo un recorrido visual por la habitación en la que había sido John Murray y se dispuso a salir mientras cavilaba sobre el hecho de que había sido más feliz llevando la piel de aquel desgraciado que en toda su vida anterior. Apagó la luz.

Justo cuando iba a salir se percató de que había un sobre en el suelo. Seguramente la dueña de la pensión lo había deslizado por debajo de la puerta, había pasado sobre él sin darse cuenta. Lo tomó aprensivo mientras volvía atrás para poder leer el mensaje. ¿Cómo lo habían localizado? Estaba seguro de no haberles dicho en ningún momento dónde se alojaba. ¿Hasta dónde llegaban los miembros serpenteantes de aquellas hidras? Imaginaba que la culpa la tenía aquella telefonista chismosa de MacAndrews. Sí, estaba seguro de que había sido así. Llevaba toda la semana pasándole mensajes de sus llamadas, incluso un telegrama. Si una madre llamaba al trabajo de su hijo diciendo que tenía que ponerse en contacto con él, con urgencia, quién no iba a facilitarle la dirección del hostal donde paraba su vástago.

Sobrepasado por la angustia, retrocedió hasta tocar el jergón y se sentó a oscuras. Era una costumbre que había adquirido cuando era muy pequeño. Detenerse en la oscuridad, junto al profundo pilón y frente al lago, para dejar que los pensamientos fluyesen en la absoluta quietud, contrastando con la vorágine desatada en su interior. El tacto del papel le quemaba la piel y penetraba hasta la carne viva de sus uñas medio arrancadas. Aun a oscuras podía distinguir la ropa colgada, en el gancho tras la puerta, el libro a medio leer sobre la mesilla y el logo de MacAndrews en el chaleco abandonado en la silla bajo la ventana. Sintió una profunda melancolía y pensó cuánto le habría gustado poder quedarse. Seguir siendo John Murray, hablar cada tarde de política con sus amigos, seguir revisando contenedores, charlando con estibadores y contramaestres, navegando en su pequeña lancha ría arriba y abajo. Era la primera vez en su vida que experimentaba la sensación de vivir fuera de la tela de araña que ellas habían tejido alrededor del pequeño Johnny.

Ahora, desde fuera, había comenzado a entender muchas cosas. En un principio creyó que todas sus desdichas se habían desencadenado a partir de la chica que no había podido matar. Si cerraba los ojos volvía a verla muerta, encogida en postura fetal, como una niña pequeña que se ha quedado dormida llorando. Para intentar resolver sus dudas, había salido a buscar a una nueva víctima. La ejecución había sido perfecta, pero algo en el interior de John estaba cambiando. Tenía aquel llanto grabado a fuego en la memoria, la frágil semblanza del cadáver encogido como un infante, las rodillas plegadas, los puños levemente apoyados en el rostro. La imagen de ella se fundía en sus sueños con la de aquel otro niño, el niño que había desterrado a un lugar muy profundo de su mente y que había permanecido todo el tiempo allí sin que él lo viera. El niño que lloraba sin hacer ruido para evitar enfurecerlas y que aterido de frío se dormía envuelto en la ajada manta de la leña. Ahora se daba cuenta de que podría seguir consumando su tarea para siempre, pero ya no tenía ningún sentido, porque por primera vez en su vida, desde Lucy, fue consciente de que había matado a un ser humano. El placer, el sentido del deber cumplido, la pulsión, todo se había esfumado. De pronto se encontró preguntándose si lo había habido alguna vez o si el irrefrenable deseo de castigarlas provenía no tanto de la necesidad de administrar escarmiento como de la de apagar el dolor del niño que debía arrancar la sangre de los trapos menstruales o del pequeño obligado a beber de lo sacrificado.

Maldiciéndolas, encendió la lamparita y abrió el sobre. El mensaje era breve: «Edurne lo ha llamado dos veces, ha dejado su teléfono».

John aspiró ruidosamente el aire de aquella habitación, estupefacto ante la sorpresa. Edurne, la princesa escocesa de cabellos rojos. A ella sí le había dicho dónde se alojaba. Se guardó la nota en el bolsillo y, tras escuchar los crujidos de la casa y asegurarse de que no había nadie más despierto, salió de la habitación. Llovía con fuerza, pero aún no había comenzado a amanecer. Se dirigió a la plaza Unamuno. Al pasar por la esquina, se acercó a las bolsas de basura amontonadas unas sobre otras junto a la escalera de Mallona, sacó el sobre de debajo de su ropa y lo metió en la primera que encontró abierta.

Euri

Rafa se despertó con los lametones de Euri en su cara. La apartó un par de veces, pero ante la insistencia del animal terminó por espabilarse.

—¿Qué te pasa, b-bonita?

La perra lloriqueó indicándole la puerta.

—¿Quieres salir, b-bonita?

Euri dio un par de vueltas sobre sí misma, excitada. Rafa se sentó en la cama y miró hacia fuera, aún no había amanecido.

—Es-s muy temprano Euri, ¿estás s-segura?

Medio dormido comenzó a ponerse la ropa. Fue hasta la entrada y tomó las llaves, el chubasquero y la correa de Euri.

La voz de su madre llegó desde la habitación.

—¿A dónde vas, cariño? Es muy temprano.

—Euri tiene pis. Subo enseguida.

—Llueve mucho.

—A Euri no le importa, y a mí tampoco.

—Llévate el chubasquero, y haz que se sacuda antes de entrar.

Euri intentó hacer pis en cuanto salió, pero Rafa tiró de ella para que no lo hiciera tan cerca del portal. Cuando se asomó hacia las escaleras vio a Murray que venía desde Tendería en línea recta, no había nadie más en toda la calle. No era la primera vez que lo veía durante uno de sus paseos con Euri al amanecer. Como el día que lo vio romper las farolas frente a la ría. Rafa retrocedió un paso hacia la oscuridad que formaba el callejón de entrada a los portales. Vio cómo Murray se dirigía directamente al montón de bolsas de basura que aún no había recogido el camión que pasaba de mañana por el Casco Viejo. El hombre miró alrededor, como si temiese que alguien pudiera verlo, sacó algo de debajo de su ropa y lo metió en una de las bolsas abiertas anudando después los extremos. Se fue apresurándose bajo las cortinas de lluvia que barrían la calle.

You've got no problem
No tienes ningún problema

Noah apagó la radio para poder oír a Maite. Quería saborear la quietud de la casa a primera hora, la sensación de la presencia de la mujer que, aun sin verla, era la dueña y señora del lugar. Quería sentir el efecto y la emoción de formar parte de su vida por un momento. Sentado en la cama, e iluminado por el estaño de la luz de aquella mañana, miró alrededor y por un instante tuvo una visión del futuro que podría haber tenido a su lado, y le gustó. Sorbió el café que ella le había traído antes de meterse en la ducha y se concentró en escucharla tarareando bajo el agua templada mientras la lluvia seguía golpeando en los cristales. Se sintió feliz. Miró la hora y se sorprendió al ver que eran más de las nueve. La escasa luz que llegaba desde el exterior invitaba a pensar que era mucho más temprano, en un día en el que no llegaría a amanecer del todo. Salió de la cama y se puso la ropa interior mientras dirigía su voz hacia el baño.

—Maite, ¿puedo usar tu teléfono?

—Claro, puedes usar lo que quieras, estás en tu casa.

Noah sonrió, estaba seguro de que el noventa y nueve por ciento de las ocasiones en que se usaba esa frase no era del todo sincera, pero supo con seguridad que Maite lo decía de todo corazón.

Marcó el número de la oficina de MacAndrews.

—Hola, soy yo. Si no puedes hablar di que era alguien que se ha confundido y te llamo dentro de quince minutos.

—Tranquilo, estoy sola en la oficina, las otras chicas se han cogido el día y el señor Goñi está en el otro despacho. Hoy el seductor no se ha presentado a trabajar, ha llamado muy temprano, antes de que yo llegara, y ha dejado un mensaje en el contestador. Dice que está enfermo, que hoy no vendrá y que no cree que pueda hacerlo mañana. De otro, habría pensado que era una excusa, mañana es viernes de disfraces, pero la verdad es que lleva unos días encontrándose mal, parece un alma en pena, y hoy su voz me ha parecido bastante creíble.

—¿Han vuelto a llamarlo esas mujeres?

—No, pero acaba de recibir otro telegrama. ¿Quieres saber qué dice?

—No, Olga, has hecho más que suficiente, puedes meterte en un lío muy gordo si llega a enterarse. Leer el correo de los demás es un delito.

—No en este caso; el señor Murray dio orden de no aceptar ningún telegrama que llegase a su nombre. Ayer por la tarde devolví uno. Por eso probablemente el que ha llegado esta mañana no está a nombre de John Murray, sino del inspector naval de MacAndrews. Oficialmente soy su secretaria y estoy autorizada a gestionar cualquier correo que llegue a la empresa.

—¿Qué dice?

—Parece una oración: «No nos abandones».

Cuando colgó el teléfono marcó el número de Lizarso.

—Creo que de algún modo la familia de John sabe que va a desaparecer —dijo tras contarle el contenido del telegrama—. Hoy no ha acudido a trabajar, ha llamado diciendo que está enfermo, y hay otra cosa: Kintxo no se presentó a recoger a su hija y a la amiga anoche. Maite cree que no hay de qué preocuparse.

—¿Y tú?

—Pues la verdad es que no sé qué pensar...

—Te he llamado a La Estrella, la bruja del oeste me ha dicho que no estabas.

—Estoy en casa de Maite.

Casi pudo ver a Lizarso sonreír al otro lado de la línea.

—No puedes imaginar cuánto me alegro.

Noah se turbó, un poco pudoroso. Afortunadamente, Lizarso cambió de tema.

—Si te he llamado no ha sido por cotillear, es por Rafa, estoy preocupado por él. Me ha telefoneado muy temprano, estaba tan nervioso que he tenido que hacerle repetir el mensaje tres veces antes de entender lo que decía. Me ha dicho que tiene las pruebas, las pruebas de que Murray es John Biblia. Le he pedido que no se mueva de casa, ahora iba a salir para allá. Noah, no sé en qué lío se ha metido, quizá no ha sido buena idea darle alas, Rafa no es como los demás. Es...

—Ni se te ocurra —advirtió Noah.

—Es frágil, Noah.

—Lo sé. Nos vemos allí.

Noah colgó el teléfono y se dirigió de nuevo a la habitación. Maite acababa de salir de la ducha. Dejó caer la toalla con la que se envolvía cuando lo vio entrar. El teléfono sonó de nuevo en el pasillo.

—La madre que me... —protestó ella mientras se ponía la toalla de camino a contestar. Tardó apenas un par de minutos. Cuando regresó a la habitación su rostro estaba demudado.

Noah se preocupó de inmediato.

—Era de la Guardia Civil del Puerto de Santurce. Dicen que la Cruz Roja ha sacado un cuerpo del agua, un hombre de unos cuarenta años. Lleva la documentación de Kintxo. Está muerto. Me han pedido que vaya a reconocerlo.

Maite quiso que la acompañase. Noah volvió a telefonear a Lizarso para avisarle de la noticia y de que no podría acudir a casa de Rafa. Llamaron a un taxi y de camino recogieron a Begoña, que no dejó de llorar en todo el trayecto. Sentado junto al conductor se giró para ver a Maite que abrazaba a su hija. Se mantenía serena y acariciaba la cabeza de su niña como si fuese muy pequeña.

El puesto de la Guardia Civil estaba en el edificio de la Junta del Puerto, desde allí las acompañaron en un Patrol hasta la pequeña caseta que ocupaba la dotación de la Cruz Roja del puerto. Un guardia les mostró, en una bandeja, la documentación, la cartera, un anillo de sello con iniciales y una cadena de oro que el difunto había llevado al cuello.

Begoña redobló su llanto al ver los objetos.

—Son del *aita*, *ama*.

Maite asintió mirando al guardia.

—Si han reconocido los objetos, el último paso es que uno de ustedes reconozca el cuerpo, para estar del todo seguros.

Maite se soltó del abrazo de su hija.

—Yo lo haré.

—Tengo que advertirle —dijo el guardia— de que presenta un fuerte golpe en la cabeza. Ha deformado en parte el cráneo y puede no resultar tan fácil su identificación.

La chica sollozó desesperada al escuchar al guardia, que quedó fulminado por la mirada que le echó Maite.

—¿Por qué tiene un golpe? ¿Quién lo golpeó? —preguntó Begoña.

—Puede que nadie, lo más probable es que se lo hiciera al caer. La ría baja muy alta y con mucha fuerza, las riberas están resbaladizas, y había bebido bastante.

—¿Cómo puede saber eso? —preguntó Maite.

—Los análisis lo confirmarán, pero nos consta que anteanoche se peleó en una discoteca. Los porteros lo echaron a la calle de madrugada por meterse con una chica. Por su aspecto creemos que lleva en el agua desde entonces.

—No es verdad —dijo Noah interponiéndose entre

el guardia y Begoña y dirigiéndose a la chica—. Yo estaba en esa discoteca y lo presencié todo. Tu padre trató de prevenir a una chica, pero hubo un malentendido y ella lo malinterpretó.

—Bueno, ¿entonces quién lo hará? —se impacientó el guardia.

—Yo —contestó Maite.

—Quizá yo podría —se ofreció Noah.

Pero ella no dio lugar a discusión.

—No, ya has oído, tal vez no sea tan sencillo, tú quizá lo has visto media docena de veces. Tenemos que estar seguras. —Fulminando de nuevo con la mirada al guardia civil, pasó por delante y siguió al enfermero de la Cruz Roja.

—Lo siento —se disculpó el tipo repartiendo sus miradas entre Noah y la muchacha—. Es mi deber advertirles.

Se despidió de Maite con un intenso abrazo junto al taxi que las llevaría de vuelta a casa. Noah deseaba estar a su lado más que nada en el mundo, pero vio la entereza de la mujer que amaba y la desolación de Begoña, que apenas podía caminar hundida por la pena, y entendió que debía dejarles su tiempo y su espacio.

Había decidido lo que haría allí mismo: mientras el guardia tomaba los datos a Maite, vio por la ventana un gran remolcador que enfilaba hacia la ría a un carguero de gran tonelaje que le resultó familiar. Miró el calendario para asegurarse.

«Si hoy es jueves y esto es Bilbao, ese es el *Lucky Man*.»

El taciturno capitán Finnegan hizo un gesto de asentimiento autorizándolo a entrar cuando lo vio de pie frente a la escotilla del puente. Estaba tomando notas en su libro de bitácora, y si se sorprendió al verlo no lo dejó traslucir.

—Scott Sherrington —dijo a modo de saludo, aunque inmediatamente continuó con lo que estaba haciendo, dejando que los segundos pasaran lentos.

Noah no se inmutó. Se colocó tras el timón y se metió las manos en los bolsillos como signo de respeto. Había dos lugares en el mundo donde no se debía tocar nada: el escenario de un crimen y un puente de mando.

Esperó paciente a que el capitán terminase dándole tiempo a guardar el libro en el pañol y a enroscar suavemente el capuchón de la pluma con la que había escrito.

Noah recorrió con la mirada la zona portuaria de la Campa de los Ingleses.

—Dicen que este lugar recibe su nombre del hecho de que en otros tiempos hubo un cementerio. Aquí enterraban a los marinos británicos que morían en Bilbao.

—Creí que era por el fútbol.

—Eso también —aceptó Noah.

Después, y al más puro estilo Finnegan, le preguntó:

—¿Es usted miembro del IRA, capitán?

—No —respondió.

—¿Simpatizante tal vez?

—No —contestó con la misma calma que si estuviera rechazando un café.

—La policía de aquí cree que al menos en alguna ocasión ha traído hasta Bilbao a algún miembro del IRA.

—Podría ser... —admitió—. No es algo que pregunte cuando alguien sube a mi barco.

—También creen que alguno de esos hombres pudo traer con él un cargamento de armas.

—No en mi barco.

—Quizá...

—Tengo control de toda la carga que entra y sale. Si un cargamento de armas, o de lo que fuera, viajara en mi barco, yo lo sabría.

Noah suspiró. ¡Qué complicado era hablar con aquel hombre!

—Tal y como sospechaba, el tipo al que perseguí hasta aquí ha resultado no ser John Murray.

Lester Finnegan no se inmutó. Continuó mirándolo en silencio.

—Sospecho que el verdadero John Murray sigue sin reclamar en el depósito de cadáveres de los bomberos del puerto de La Rochelle. Murray era un trabajador de las plataformas petrolíferas que fue reclutado como inspector naval por MacAndrews, empresa a la que pertenece este barco.

El capitán tomó aire profundamente y Noah supo que había dado en la diana.

—Supongo que, además de los contenedores de carga y del personal que debe moverse entre un puerto y otro, la empresa le habrá pedido en alguna ocasión que transportase cosas de otra índole: piezas, recambios, extintores, material de oficina, objetos personales, libros de asiento o incluso correo...

El capitán asintió.

—Lo preparan en bultos o en valijas y al llegar al puerto de destino alguien de la oficina viene a recogerlo. Es más barato que el correo ordinario, e infinitamente más seguro.

—Y dígame, capitán, cuando el trabajador de MacAndrews John Murray embarcó en el *Lucky Man*, ¿lo hizo acompañado de bultos de la empresa con destino a Bilbao?

La cara de sorpresa del capitán Lester Finnegan fue genuina.

Asintió sin decir nada.

—Creo, capitán, que si el hombre que bajó de su barco en este puerto no era John Murray, es poco probable que supiera que debía llevarse con él la carga que subió a bordo.

John Biblia

Había vagado durante las primeras y desapacibles horas de la mañana. No parecía verano. La luz escasa y las temperaturas en descenso pusieron pronto de manifiesto lo inadecuado de su atuendo. Con la ropa de nuevo calada, había buscado un bar lo suficientemente alejado del Casco Viejo. Quería estar a cubierto y tomar un café que le permitiera entrar en calor, incluso se había comprado un diario para tener algo que hacer, para parecer ocupado. Los titulares se repartían entre los festejos y la política. El *lehendakari* calificaba de desafortunadas las palabras del secretario de Estado para la seguridad, Rafael Vera; hablaban de tensión con el gobernador de Vizcaya por la orden de ondear las banderas en el consistorio. Trató en vano de concentrarse lo suficiente para tomarse el respiro que tanto necesitaba, pero, nervioso y desconfiado, tragó el café casi hirviendo y abandonó el periódico sobre la mesa. No podía permanecer demasiado tiempo en ningún sitio. Salió de nuevo bajo la lluvia. Pasaba de mediodía cuando llegó a la puerta del hotel. El lujoso Carlton era lo más alejado de la pensión Toki-Ona que podía imaginar. Hasta que decidiera qué iba a hacer necesitaba un lugar donde sentirse a salvo, y el suntuoso hotel era el último sitio donde lo buscarían. Usando la documentación de su cuñado, tomó una habitación. Se sentía refrendado en su decisión al ver la atestada recepción. Había muchos hombres más o menos de su edad, de distintas nacionalidades. El recepcionista le dijo que formaban parte de un numeroso grupo de médicos que irían llegando en las próximas horas para una gran convención que se celebraría en la ciudad.

—¿Quizá es usted médico? —había preguntado en un penoso inglés.

Y John había asentido sin decir nada más.

Cuando entró en la suite y despidió al botones, echó el cerrojo, se apoyó en la puerta y se escurrió hasta quedar sentado en el suelo. Estaba agotado, herido, muerto de miedo. Repasó todo lo que sabía, lo que recordaba de cada noticia que había leído en la prensa en los últimos días. No podía ser, aquel hombre estaba muerto, él mismo lo había comprobado. Y, sin embargo, cuando lo vio desplomarse en la discoteca, algo le resultó tan familiar que no había dejado de barrenarle la cabeza hasta que, al ver el cadáver de Kintxo, había sabido por qué. John creía en las señales. Estaba convencido de que el cielo le enviaba una. Lo había hecho aquella noche cuando las doncellas salían de sus tumbas, un rayo mandado desde el cielo acabó con aquel poli, y el mismo Dios había vuelto a fulminar a aquel tipo, si es que era él, ahora que lo perseguía de nuevo. John no podía estar absolutamente seguro, era algo con lo que había aprendido a vivir, pero también sabía que no hacía falta, era mejor estar a salvo que tener la certeza. No podía seguir pensando, era consciente de lo dañado que estaba, de las consecuencias de su lucha cuerpo a cuerpo con Kintxo, de los golpes, los rasguños, las uñas saltadas, la vida abandonada. Tenía que recuperarse, tenía que hacerlo para poder pensar. A duras penas llegó hasta la inmensa cama. Se arrojó sobre ella y en menos de un minuto estaba dormido.

I'd stay right there if I were you
Yo que tú me quedaría ahí mismo

El resto de la mañana se complicó bastante. Bajó a la bodega con el capitán Lester Finnegan. El contramaestre recordaba que había sido el propio Murray el que había elegido dónde poner las dos pesadas cajas. Un ángulo alejado, seco y oscuro. Después, simplemente había dado por hecho que en algún momento mandarían a alguien de MacAndrews a buscarlas. Pero las cajas no eran de MacAndrews, ni siquiera de Murray. Después de decidir con el capitán lo que harían, se reunió con sus amigos.

Comió con Rafa y con Lizarso en un restaurante llamado Guria, un establecimiento de los de siempre que se había trasladado, unos días antes de comenzar las fiestas, desde Barrencalle Barrena a la Gran Vía. Hubo de reconocer que era el mejor plato de bacalao que había probado en su vida. La sobremesa se había alargado mientras discutían los pasos que darían a continuación. Noah estaba exhausto.

Tras explicar en qué circunstancias había sido hallado el cuerpo de Kintxo, escuchó con creciente preocupación el relato de cómo Rafa había visto a John deshaciéndose de sus trofeos en la basura, cómo los había recuperado y cómo lamentaba no haber podido seguirlo para saber a dónde iba. Noah dio gracias a Dios de que hubiera sido así, mientras pensaba que quizá Lizarso tenía razón y había sido un error dar alas al chico. Sin aplastar el entusiasmo general, se vio obligado a convencerlos de que unos tampones y unas compresas manchados de sangre y metidos en sobres solo probaban que John Murray era John Biblia para ellos. Para la policía únicamente sería prueba del gusto más que cuestionable de la colección de Murray, les habría parecido sin más que era un cerdo y ellos unos pirados. La teoría de que habían pertenecido a las chicas desaparecidas era solo eso: una teoría. Y si no se llegaban a recuperar los cuerpos, no habría modo de establecer que les habían pertenecido.

Después, tuvo que explicarles el descubrimiento en el *Lucky Man* y convencer a Lizarso de la conveniencia de no hacer nada por ahora, y eso se había complicado más de lo que había esperado. Cuarenta pistolas Colt M1911 y munición, un regalito del IRA a ETA, seguramente financiado desde Nueva York. En cuanto se lo dijo a Lizarso había tenido que contenerlo para que no corriese a un teléfono. Le había costado lo suyo persuadirlo de que no podían dar la voz de alarma, de momento.

Estaba claro que el capitán Finnegan no quería meterse en líos y mantendría la boca más cerrada de lo que ya era habitual en él. Y a Noah tampoco le interesaba tener que pasar horas dando explicaciones a la policía de quién era John Murray, por qué sospechaba que estaba muerto y quién creía que era el fulano que llevaba su nombre. Lo último que necesitaba era a toda la policía del País Vasco buscando a John Murray-Biblia por terrorismo. El argumento que terminó de convencer a Lizarso fue que las armas solo podían relacionarse con el verdadero John Murray, un hombre que yacía muerto en el depósito de cadáveres de los bomberos de La Rochelle en Francia. Destapar el descubrimiento del armamento podía poner en peligro la operación antiterrorista que el Gobierno vasco intentaba llevar a cabo. Si se descubría que el verdadero Murray estaba muerto, no se podría demostrar ninguna relación con Michael, «el Oscuro» y Collin y, antes de que se dieran cuenta, habrían desaparecido. Si era veraz la información sobre el encuentro de las cúpulas de ambas bandas en la frontera francesa, lo más prudente era no mover ficha por ahora. Las armas no irían a ningún lado, debido a las fiestas de la ciudad no estaba previsto que el *Lucky Man* zarpase hasta la semana siguiente.

Si las cosas eran como Noah creía, John Biblia estaba soltando amarras y se disponía a partir. Había matado a Kintxo, las mujeres de su familia no dejaban de agobiarlo, se había disculpado para no asistir al trabajo y se había deshecho de sus trofeos. Esto último era lo que más le preocupaba. Los trofeos de un asesino estaban, según las enseñanzas del agente Robert Ressler, cargados de simbología y significado. Renunciar a ellos podía apuntar, como suponía Lizarso, a que había huido ya. Pero Noah tenía la corazonada de que aún no había terminado su trabajo, de que dejaba tarea por hacer. De haberse largado, ¿qué necesidad tendría de justificar en MacAndrews que faltaba porque estaba enfermo? No, Noah creía que deshacerse de sus trofeos había sido para John Biblia lo mismo que para el emperador Constancio quemar sus naves, una declaración de intenciones que hablaba claramente de no volver atrás. Las personas que mejor lo conocían en el mundo, las mujeres de su familia, lo sabían, de ahí el ruego del telegrama: «No nos abandones». Porque eso era lo que iba a hacer John Biblia, haría arder todo a su espalda, como el emperador Constancio; no pensaba dar un paso atrás.

Noah estaba muy cansado, así que insistió en que pidieran un taxi a la puerta del restaurante, quería mostrarles algo que había visto cuando regresaba de su encuentro con el capitán Finnegan y no se sentía con fuerzas para caminar bajo la lluvia. A pesar de que eran un poco más de las cinco de la tarde, el cielo estaba tan oscuro que parecía que fuera a anochecer, y llovía con fuerza.

—Dicen que en Guipúzcoa está cayendo de lo lindo. Ya empieza a haber problemas en Deba y en Orio —dijo Lizarso.

Noah dio las indicaciones al conductor.

—Quiero que nos lleve hasta el muelle Campa de los Ingleses y regrese por la orilla del río lo más pegado posible al paseo Uribitarte.

El taxista no tuvo reparos. Cuando volvían por la vía paralela al paseo, Noah le pidió que aminorase la marcha mientras oteaba por la ventanilla buscando algo.

—Ahí está —dijo de pronto—, pare el coche.

Salió bajo la lluvia caminando hacia el paseo junto al río mientras Lizarso se empeñaba en vano en cubrirlo con el paraguas. Boquiabiertos, Rafa y el ertzaina miraron hacia donde señalaba Noah.

—Cuando Rafa nos dijo que había visto a John rompiendo las farolas de esta zona, no entendí el propósito. Comprobé desde la otra orilla que en efecto era así, y que también se había encargado de destrozar las luces de aquel lado en el Campo de Volantín. Pero mi error estuvo en hacerlo desde la otra orilla. Me asomé y vi que había un embarcadero que coincidía exactamente con el de la orilla de enfrente, pero nada más. Cuando desembarqué del *Lucky Man* la primera vez, un taxi me condujo por el centro de la ciudad. En el tiempo que llevo en Bilbao nunca había pasado por esta parte del paseo. Pero hoy he visto eso —dijo señalando hacia una pequeña construcción encastrada justo debajo del paseo, de modo que resultaba invisible desde arriba. A pesar de que las escaleras del embarcadero estaban muy cerca, su forma evidenciaba que el acceso solo era posible desde el agua y con la pleamar.

—Es la caseta de los bo-boteros del gasolino —dijo Rafa—. La gente llamaba as-ssí a los botes que cruzaban desde Campo de Volantín hasta aquí.

Lizarso repartía sus miradas entre la caseta abandonada y el semblante preocupado de Noah.

—¿Qué estás pensando?

—Descarté este lugar cuando lo vi porque no había buen acceso a las zonas cenagosas entre los arcos que sostienen el paseo. Creí que las llevaría a un escenario, salvando las distancias, lo más parecido al que eligió para enterrar a sus anteriores víctimas. Me asomé al embarcadero de enfrente y bajé un poco las escaleras. Era solo eso, un lugar para que los viajeros subieran y bajaran del bote, no se podía llegar a la zona porticada y fangosa de debajo del paseo. Cuando Olga me confirmó que solía moverse entre el puerto y la Campa de los Ingleses en una barca, estuve seguro de que lo hacía así. Aprovechar para enterrarlas en las orillas lodosas cuando la marea está baja me pareció que sería el modo de actuar más similar a lo que había hecho junto a su casa. A John le gustaba tener su cementerio particular cerca, pasar todos los días por él. Y después del buen resultado que le dio allí, estaba seguro de que aquí intentaría algo parecido. Pero no vi esa caseta.

—¿Crees que están ahí? La marea está casi llena, pero creo que está bajando, es difícil saberlo con el caudal que lleva el río, las marcas habituales no sirven. Luego haré una llamada y lo consultaré. Pero si la pleamar acaba de producirse, volverá a haber otra hacia las cinco de la madrugada.

—No estoy del todo seguro, pero, si no, ¿qué propósito tendría garantizarse que toda la zona esté a oscuras durante la noche? Es un buen lugar, sin acceso. Además, la ría apesta, con todos los vertidos que hay en la zona es fácil que el olor de la putrefacción pase inadvertido. Por otra parte, también es cierto que no podía dejarlas ahí eternamente, debía de tener otro plan.

Bajaron del taxi en el Arenal. A pesar de lo triste del día y de la lluvia que no cesaba, comprobaron al pasar el puente que en la zona de *txosnas* desde el teatro Arriaga, y extendiéndose por toda la Ribera, el ambiente festivo seguía como si nada.

En la parte vieja el estado de las calles no era mucho mejor. Antes de recorrer cincuenta metros Noah ya tenía los pies empapados. Desde los aleros de los tejados chorreaba el agua haciendo un ruido, casi metálico, al chocar contra el suelo encharcado. En las esquinas de algunas casas, las bajantes desde los tejados desaguaban directamente en el suelo. Y la luz de aquel día, que no había llegado a serlo del todo, comenzaba a fugarse poco a poco. Cuando llegaron a las inmediaciones de la catedral, Noah sintió una enorme añoranza al ver la persiana bajada del bar de Maite. Necesitaba estar con ella. Eran casi las seis de la tarde cuando entraron en el portal de La Estrella. Se sentía agotado, pero tuvo que reconocer que el ajuste de la medicación estaba haciendo efecto. Sus tobillos presentaban un aspecto casi normal a pesar de que llevaba en pie desde muy temprano y de que hacía un par de horas que tenía que haber vuelto a tomarse sus medicinas. Cambió de mano la bolsa de la farmacia en la que se había surtido de camino a casa para agarrarse al pasamanos, y muy despacio comenzó el ascenso hasta su pensión acompañado de Rafa, que no quería dejarlo solo de ninguna manera, y Lizarso, que lo miraba todo el tiempo como si en cualquier momento fuera a desplomarse de nuevo. A pesar de su lenta escalada, Noah comprobó que los dos preferían subir tras él, no supo si como deferencia o por seguridad. Cuando alcanzaron el descansillo del primer piso vieron que en el inicio del siguiente tramo había sentada una mujer que se puso en pie nada más verlos.

—Doctora Elizondo —dijo Noah casi sin aliento.

Antes de decir nada, ella se fijó en los hombres que lo acompañaban.

—Oh, no te preocupes, puedes hablar con tranquilidad, son mis amigos. Rafa y Mikel Lizarso, ya te he hablado de ellos —la tranquilizó él.

Tras las presentaciones, Elizondo se centró en Noah.

—Me alegro mucho de verte. —Sonó muy sincera—. Cuando vi que no acudías a la consulta vine a La Estrella, como te prometí. He estado trabajando en distintas hipótesis sobre el comportamiento del paciente enigma y reparé en que había un aspecto extraordinariamente revelador que podía ser crucial. Entonces fue cuando tu patrona me dijo que te habían ingresado en un hospital, que tu amigo había venido a buscar los informes médicos. Ella no supo decirme en qué hospital estabas, así que llamé a todos, pero cuando conseguí localizarte en Observación de Cruces ya te habían dado el alta. He venido esta mañana, pero tampoco estabas, así que decidí sentarme aquí hasta que aparecieras.

—Han ocurrido tantas cosas, doctora, que no sé por dónde empezar. Creo que lo mejor será que hablemos dentro —dijo Noah sacando la llave.

La puerta se abrió desde el interior, lo que dio a todos la impresión de que la propietaria de La Estrella había estado escuchando desde el otro lado toda la conversación. La mujer le sonrió con aquella expresión tan suya, entre el recato y la ñoñería.

—Bienvenido, míster Scott, me alegra que finalmente lo suyo no haya sido más que un sustillo. —Después, torciendo el gesto, miró al nutrido grupo que lo acompañaba.

—Por haber estado usted en el hospital puedo dejar que entre su amigo, pero ya conoce las normas respecto a las mujeres.

—Soy su médico —dijo Elizondo exhibiendo ante sus ojos un carnet.

—Oh, sí, es usted la doctora de arriba, ya me pareció cuando vino —dijo haciendo un gesto hacia la escalera, y consciente de qué clase de doctora era—, pero creí...

Noah tomó de la cintura a Elizondo y la empujó hacia el interior del pasillo, quedando detenido frente a la propietaria. Lizarso pasó tras él.

—Yo soy el amigo —dijo encogiéndose de hombros.

—Yo soy el ayudante —dijo Rafa imitando el gesto.

Antes de que la mujer pudiera decir nada, Noah sacó la cartera.

—Con todo este jaleo se me había pasado que hoy se cumple una semana de mi estancia aquí. Le pagaré otra por adelantado —dijo poniéndole el dinero en la mano, después sacó un par de billetes verdes más y los agregó al montón—. Y esto por las molestias.

—Por cierto —dijo ella melosa—, me pidió que le avisase cuando quedara libre la habitación que da a la calle. El caballero que la ocupaba ya se ha ido.

Noah dudó.

—Puede pasar a verla más tarde, si quiere. La puerta está abierta. Si prefiere pensárselo, tómese su tiempo, no creo que la alquile pronto. La clase de gente que busca una habitación durante las fiestas no es recomendable. Vómitos, gritos, risas. Ya sabe que esta es una casa decente y cómo me gustan a mí las cosas.

La dejó en mitad del pasillo murmurando buenos deseos para su salud y celebrando su generosidad.

Doctora Elizondo

La escasa luz cenicienta que llegaba a través de la claraboya por el patio era insuficiente. Noah accionó la luz del techo. El destello mortecino de una bombilla de ciento veinticinco voltios dejó caer sobre sus cabezas un halo lánguido. Se sentó en la cama con evidente alivio y encendió también la lamparita de la mesilla. Al ver a sus amigos allí, Noah tomó conciencia de lo pobre de la estancia. Las cortinas agrisadas, el ruidoso jergón, el armario que parecía un ataúd doble, el pequeño espejo de barbero. Lizarso se apoyó contra el lavabo, Rafa en el quicio de la ventana y la doctora pidió permiso a Noah con un gesto, que ya había visto en otros médicos, para sentarse a los pies de la cama.

—Cuéntanos, doctora.

—Fue el dato que me diste cuando hablamos la última vez, el relativo a que el paciente enigma había regalado prendas de sus víctimas a las mujeres de su familia. No existe mucha documentación relativa a las motivaciones de los asesinos para llevarse trofeos. El hecho de que los denominemos así parte de la similitud con la caza, pero no tiene por qué ser exactamente de ese modo en todos los casos. En unos podría ser una recompensa, pero también un recuerdo, algo que el asesino utiliza para rememorar el momento de la muerte. Los atesoran, se los ponen y, en algunos casos, los utilizan para excitarse sexualmente.

»El hecho de que desee que sean las mujeres de su familia las que se los pongan me hizo pensar inmediatamente en la proyección, como con el ejemplo de la película *Psicosis* que te puse. Bates se pone la peluca y la ropa de su madre para ser ella. Cuando el paciente enigma viste a sus familiares con la ropa de sus víctimas, nos está diciendo que el verdadero objetivo de su ira son ellas. Mantengo lo que te dije.

—En las escasas dos semanas que lleva en Bilbao —apuntó Noah—, las relaciones con sus familiares han cambiado mucho. Nos consta que dejó instrucciones antes de abandonar su casa y que volvió a ponerse en contacto con ellas desde el puerto de Liverpool. En cuanto llegó a Bilbao se incorporó al puesto de trabajo en MacAndrews, y él mismo les proporcionó su nueva identidad y un número de teléfono de la empresa en la que trabaja. Ellas dejaban sus recados para que las llamara, casi a diario. Pero algo ha pasado en estas dos semanas. Por las demandas de ellas, se diría que fue distanciando los contactos. Los recados reclamando que, por favor, se pusiera en contacto se redoblaron. Lizarso interceptó una llamada en la que, muy irritado, les prohibía volver a telefonear a la empresa. Ellas le han obedecido, pero solo en parte, en los últimos días han comenzado a mandarle telegramas. La persona que le entregó el primero dijo que recibirlo le sentó muy mal. Tanto que no podía ocultar su enfado. Dio orden de no aceptar ningún telegrama a su nombre, pero ellas no parecen dispuestas a rendirse y han comenzado a mandarlos a la empresa.

La doctora asintió valorando la información, mientras se volvía para escuchar a Lizarso que preguntaba.

—Lo que no entiendo es por qué, si lo que desea es matarlas a ellas, no lo ha hecho todavía.

—El mejor ejemplo vuelve a ser Norman Bates —respondió la doctora—. Una relación de dependencia cimentada en años de abuso, sometimiento y maltrato.

Bates mató a su madre, pero eso no fue suficiente para librarse de ella. Creo que el paciente enigma se ha deshecho de sus familiares de modo casual, cuando se ha visto obligado a huir; sin pretenderlo ha roto el cordón umbilical que los unía, y él no quiere restablecerlo. Quizá vivir su vida le haya descubierto facetas de él mismo que ni siquiera conocía.

—Entonces, cada vez que mata a una chica, de algún modo las está castigando a ellas —dijo Lizarso.

—Sí, pero no solo eso. Esa es la clave reveladora a la que me refería. No es solo que ellas sean las destinatarias de su ira —aclaró Elizondo—. Norman acuchillaba a las mujeres que le resultaban atractivas para escenificar el sometimiento y control al que lo tenía sujeto su madre.

Todos asintieron.

—El paciente enigma mata de un modo casi calmado, después de la violencia inicial. Es una forma de matar cercana, lenta, en la que se necesita proximidad y tiempo, es probable que las víctimas pierdan la consciencia bastante antes de estar muertas, por lo que debe seguir apretando para asfixiarlas, muy cerca de ellas, contemplando cómo se les va la vida. Es un tipo de muerte muy cruel y personal, y no requiere tanta furia e ira como un acuchillamiento. No sé si me entendéis, es más reposado, como el rencor, como el resentimiento.

Noah asintió.

—Como la venganza.

—Eso es —estuvo de acuerdo ella—. Pero la clave está en que también las viola, hay una agresión sexual que habría estado completamente fuera de lugar en el caso de Norman Bates, porque el tipo de sometimiento que su madre tenía hacia él no era sexual.

—¿Cree que John sufrió abusos? —intervino Lizarso.

—Prefiero llamarlo paciente enigma, y sí, creo que sufrió abusos sexuales, y la clave de su animadversión

483

recae en el hecho de que todas sus víctimas tuvieran la menstruación.

—Oh, Dios mío —acertó a decir Lizarso mientras fruncía los labios en un gesto de asco—. Entonces...

—Los abusos que sufrió el paciente enigma están directamente ligados con la sangre menstrual —aseveró la doctora.

—Se lleva los tampones y las compresas manchados, pero al principio, cuando dejaba abandonados los cadáveres, arrojaba sobre ellos tampones y toallitas limpias. En alguna ocasión los colocó estratégicamente en la espalda o en las axilas —rememoró Noah.

—Es un mensaje —afirmó Elizondo—. Y dice: «No deberíais hacerlo».

Noah asintió.

—Yo siempre he creído que de algún modo esa era la razón por la que las elegía. Pero sigue siendo un misterio para mí cómo puede saberlo.

—¿Recuerdas lo que hablamos sobre el estrés postraumático? —dijo Elizondo, dirigiéndose primero a Noah y después a todos—. Hace años que se habla de su existencia, pero fue después de que los soldados norteamericanos comenzaran a regresar de Vietnam cuando los cuadros de esta dolencia empezaron a ser tan frecuentes como para poder estudiarlos y documentarlos. Las personas que han sufrido una situación traumática, en la que se han visto gravemente amenazadas o han sentido que su vida estaba en peligro, desarrollan en ocasiones un trastorno por el que vuelven a revivir una y otra vez las sensaciones y circunstancias del hecho que motivó su trauma. Es realmente terrorífico, porque los pacientes relatan estar viendo, escuchando y sintiendo la misma sensación de aquel momento, por lo que su reacción a menudo es de gran temor, o incluso de violencia al intentar defenderse. De todo ello, lo más llamativo es que el desencadenante a menudo es una pequeña señal, una que pasaría desapercibida para cualquiera, pero que ellos relacionan con el momento del trauma. Puede ser un sonido, una palabra, un tono de voz, pero también un olor, un perfume, un hedor... El instinto de supervivencia los ha hecho expertos en reconocerlo, en distinguir esa señal entre un millón. La capacidad para detectar las situaciones de peligro y adelantarse a ellas ha sido clave en la evolución humana, es parte de nuestra evolución. La supervivencia de las especies depende de su capacidad para evitar a su depredador, y la supervivencia del depredador depende de su capacidad para detectar a su presa.

—¿Estás diciendo que las huele? —preguntó Noah.

—Sí, pero no solo eso, si su trauma está relacionado con los abusos en esa circunstancia, habrá aprendido a detectar cómo se visten, sus movimientos, el modo en el que se comportan. Señales que, aunque puedan ser imperceptibles para la mayoría, sin duda están ahí. Y estoy segura de que seríamos capaces de detectarlas si nuestra vida o nuestra seguridad dependieran de ello.

—Las corazonadas no existen, son información e instinto —dijo Noah.

—¿Y qué cree que hará a partir de ahora? Se está distanciando de su familia, se ha deshecho de sus trofeos —preguntó el ertzaina.

—Va a intentar renacer.

—Renacer —repitió Noah.

—Cree que tiene derecho a una nueva vida; en los últimos días ha descubierto que puede vivir de otra manera, está rompiendo vínculos y lo siguiente será desaparecer para aparecer en otro lugar con una nueva identidad, y vivir la vida a la que cree que tiene derecho. Lejos de ellas, liberado.

Noah consultó su reloj y miró a Lizarso.

—Tienen que estar a punto de salir para su ronda habitual. Deberíamos bajar ya.

—De eso nada —se opuso Lizarso haciendo una señal

a Rafa—. No hace ni veinticuatro horas que te han dado el alta del hospital y apenas has podido subir la escalera. Tú no vas a ir a ninguna parte. Te quedarás aquí con la doctora. Rafa y yo nos vamos, si veo algo raro te llamaré, y espero que estés aquí para coger el teléfono.

Rafa se acercó a Noah para darle un abrazo antes de salir.

En cuanto se fueron, la doctora se volvió a mirar a Noah.

—Y ahora hablemos de ti.

Maite

Maite dejó resbalar suavemente la mano sobre el cabello de su hija. Hacía un rato que había dejado de llorar. Desde que habían regresado de la identificación había ido alternando los periodos de llanto con otros en los que evocaba recuerdos de su padre. No había sido capaz de convencerla de que comiera algo, pero hacía un rato había aceptado tomar un colacao. Abrazadas sobre la cama de Maite miraban la tele sin volumen. Begoña la sorprendió por su comentario.

—*Ama*, Noah parece majo.

—Lo es —respondió con cautela.

—Te gusta mucho, ¿no?

Tardó en responder. Begoña se incorporó para mirarla.

—Si ya sé que sí, se te nota. No sé por qué no dices nada. Luego quieres que yo te cuente mis cosas...

—Es que no creo que hoy sea el día adecuado para hablar de eso.

—No sé por qué, ¿crees que me chupo el dedo? *Aita* siempre será mi padre, pero creo que nunca fue tu marido, y si lo fue dejó de serlo hace mucho tiempo.

—Bego, no creo que tengas que preocuparte de eso ahora.

—Claro que tengo que preocuparme, tengo que preocuparme de ti, como tú de mí, ahora solo nos tenemos la una a la otra —dijo triste.

—Tienes razón —concedió Maite suspirando.

—A ver, *ama*: *aita* andaba con otras mujeres.

—¿Tú estabas enterada?

—Pues claro, ha llegado a presentarme a dos novias, dos con las que fue un poco más en serio.

—No lo sabía.

—Una de Indautxu, la otra de Leioa. La última, la Navidad pasada.

—No me habías dicho nada...

—Total, ¡para lo que le duraban!

Rompieron a reír durante un rato.

—Te aviso porque igual mañana en el funeral aparecen tres o cuatro.

Rieron de nuevo. Y Begoña tomó un pañuelo para enjugarse las lágrimas que eran ahora de risa mientras añadía:

—¿Te imaginas, todas vestidas de luto?

Cuando por fin pudieron dejar de reír se abrazaron.

—Pues eso, *ama*, que Noah me parece muy majo, y que me ha parecido un encanto por sacarle la cara al *aita* cuando el guardia dijo eso. Él nunca molestaría a una chica.

—Claro que no, *maitia*.

—Era muy protector y no solo conmigo. Tenías que ver cómo se puso cuando vio a ese irlandés tonteando con Edurne.

Maite se separó un poco de su hija para verle la cara.

—¿Qué irlandés?

—Uno de los amigos de Michael, el más joven. Habla muy bien español. Al principio solo nos saludaba, pero a Edurne le gusta...

—Es muy mayor para vosotras, y no me habías dicho nada...

—Dirás que es muy mayor para Edurne, yo no tengo nada con él, además todavía no teníamos el nuevo pacto de contarnos todo. Si tú me cuentas lo tuyo, yo te cuento lo mío.

Maite suspiró y sonrió.

—De acuerdo, me gusta Noah, me gusta mucho, muchísimo.

I got it harder
Lo tengo más difícil

Como en cada ocasión, el encuentro con la doctora Elizondo lo había dejado afectado. En su mente se mezclaban los hechos conocidos en torno a John Biblia, las hipótesis que en aquellos catorce años se habían ido modificando o descartando y la teoría de la doctora Elizondo sobre el origen de la pulsión que lo llevaba a matar. Y, por otro lado, la conversación que habían mantenido cuando Rafa y Lizarso se fueron. Las palabras de la doctora aún resonaban en su mente.

—Le dijiste a Rafa que, si hubiera una sola oportunidad de curarte, siquiera de mejorar, irías a donde fuera, harías lo que fuera necesario. Tus oraciones han sido escuchadas. Esos médicos te han dicho a dónde tienes que ir y qué tienes que hacer. Me temo, señor Scott Sherrington, que según tus propias reglas estás obrando como un tonto.

Noah no contestó.

—Y ahora, además, está Maite. Lo que os ha ocurrido es extraordinario, Noah.

—Lo sé.

—¿Y vas a renunciar a eso por seguir persiguiendo a un tipo que casi te cuesta la vida?

Noah la miró sorprendido.

—Creí que tú lo entenderías, acabo de escucharte hablar de él y estabas tan fascinada como yo mismo. Lleva catorce años matando mujeres. En su casa había diecinueve sobres y había cuatro más dentro del que Rafa encontró en la basura. Veintitrés, veintitrés mujeres brutalmente asesinadas. No puedo dejarlo ir sin más.

—Mi implicación en el caso del paciente enigma no tiene nada que ver, ahora mi paciente eres tú. Y no te pido que lo dejes ir, Lizarso puede encargarse, y yo lo ayudaré.

Noah cerró los ojos y meneó la cabeza sin decir nada.

—Ya sé lo que te pasa —dijo ella—. Es tu ego, ¿es eso? No puedes permitir que después de perseguirlo todo este tiempo sea otro el que termine deteniendo a John Biblia.

—No se trata de eso, doctora, no sé si sabes lo complicado que es. Si no muero durante la operación, es muy probable que lo haga en las siguientes semanas por cualquier infección, pero lo que más me tortura es saber que ingresar en esa clínica ahora mismo no me garantiza que llegue un corazón compatible. Lo más probable es que muera como un inválido, esperando en una cama a que alguien fallezca para que yo pueda vivir.

Ella lo miró de hito en hito.

—Es eso. Crees que alguien debe morir para que tú vivas.

—De algún modo es así.

—No, no lo es, Noah. El donante ha vivido su vida, una vida que ha terminado sin que tú intervengas, sin que tu deseo o tu intención de que muera o siga viviendo cuenten en absoluto. La donación de órganos se produce solo después de que exista una total garantía de que no hay vuelta atrás.

—No hay nada después, doctora.

Ella lo miró sorprendida sin entender muy bien a qué se refería.

—Eso es lo que vi cuando estuve muerto, eso es lo que ha estado torturándome este tiempo, que lo vi, doctora, vi lo que hay tras la muerte. No hay nada. Al principio solo oscuridad y frío, después la oscuridad te devora y dejas de ser, te transformas en parte de ella, sientes con todo el dolor de tu alma cómo vas dejando de ser hasta desaparecer. Pasas a ser nada. —Hizo una pausa y después susurró—: Y tengo muchísimo miedo.

La doctora Elizondo lo escuchaba con la boca abierta. Desolada. Nunca pensó que respondería así a un paciente, y lo hizo exactamente igual que el doctor Handley cuando Noah le pidió la verdad.

—Oh, Noah. Lo siento.

La suave llamada en la puerta le hizo adivinar la presencia de la propietaria de La Estrella, como un espectro victoriano, inclinada hacia delante para escuchar por las rendijas.

—¿Sí?

—Míster Scott, su amigo lo llama por teléfono.

Noah fue hacia el aparato. Lizarso parecía preocupado.

—John no ha salido con ellos. Los otros tres están tan tranquilos, medio borrachos ya, como si no pasara nada. Estamos en la senda de los elefantes. En el bar anterior he llamado al hostal Toki-Ona, preguntando por Murray. La patrona ha dicho que se encuentra mal, lleva todo el día acostado y ha pedido que no lo molesten. ¿Tú qué crees?

Sopló todo el aire fuera de sus pulmones.

—No sé.

—Pues una de dos, o está tan malo que no ha podido salir o la doctora tiene razón y se ha largado ya.

De regreso a su habitación pasó ante el cuarto que había quedado vacío. Además de una ventana que daba a la calle, era más amplio, tenía un ropero más grande y una cama de matrimonio. Con las palabras de Lizarso aún resonando en su mente, y alumbrado solo por la luz del pasillo a su espalda, fue hacia la ventana y separó el visillo para mirar afuera. Cuadraba justo frente a la pensión Toki-Ona. A lo lejos oyó el teléfono, que sonaba de nuevo, y cuando se giró vio a la propietaria de La Estrella detenida frente a la entrada obstaculizando la escasa luz que llegaba desde el pasillo. Ella accionó la luminaria del techo. Noah comprobó que era tan escasa como la de su propia habitación. El rostro de la casera mostraba una clase de tensión que al principio no supo identificar.

—Una mujer ha llamado preguntando por usted —dijo áspera.

Noah dio un paso para salir al pasillo, pero la propietaria lo detuvo.

—Ya ha colgado. Ha dicho que era su novia.

Noah no pudo evitar sonreír.

—¿Ha dejado un recado?

—Sí, que lo espera abajo.

Cerró la puerta de la habitación a su espalda y pasó rozando a la propietaria, que parecía reticente a apartarse.

—Me quedo la habitación. Me cambiaré en cuanto regrese.

—Recuerde que es más cara —dijo fastidiosa—. Y la prohibición de traer mujeres sigue vigente.

Noah se giró un instante para dedicarle una sonrisa magnífica.

Bajó todo lo rápido que pudo. Abrió la puerta del portal, pero allí no había nadie. Se asomó a la calle y entonces reparó en que por debajo de la persiana del bar de Maite se proyectaba un pequeño reguero de luz. Vio sobre la persiana un cartel que avisaba del cierre por defunción. En cuanto traspasó la puerta, Maite se echó en sus brazos y se fundieron en un apasionado beso.

—Llevo todo el día pensando en ti —dijo Noah.

—Y yo.

—Te quiero —le salió del alma.

—Y yo a ti —contestó ella riendo y pegándose más a su cuerpo, hasta que Noah se separó un poco.

—Será mejor que pares, Maite, que no pueda hacer el amor es literal.

Ella rio coqueta.

Noah la miró estudiando su rostro.

—¿Cómo estás?

—Bueno...

—¿Y Begoña?

—A ratos. Unos, llora; otros, me abraza mimosa como una niña pequeña. No ha querido comer nada en todo el día. Ahora la he dejado viendo la televisión. Yo he bajado a poner el aviso en la puerta, y porque me han llamado de la Asociación de Comerciantes, dicen que en algunos locales de la Ribera los desagües están revocando debido a las lluvias. Pero aquí está todo bien.

Noah la estrechó de nuevo contra su cuerpo y estuvieron así unos minutos. Abrazados, besándose, sonriendo.

—Hay algo que quiero decirte. Entiendo que debes estar con tu hija, que eso es lo que debes hacer, pero quiero que sepas que daría cualquier cosa por dormir de nuevo a tu lado. Lo que me quede de vida.

—¡Pero si no dormimos! —bromeó ella.

—Pues lo que sea, pero quiero estar a tu lado.

—Será pronto. Deja que pase mañana. Se celebrará el entierro, será un trago duro, pero Begoña está bien. Entera, fuerte. Me he dado cuenta de que tengo una mujer en casa y de que no se le escapa una.

—Maite, ¿tú quieres que yo... vaya mañana?

—No, Noah, estaremos nosotras, la familia de Kintxo, amigos de él, estaremos bien, no te preocupes. Pero te agradezco el ofrecimiento y que le dijeras a Begoña que su padre no molestó a aquella chica. Me puedo creer muchas cosas de Kintxo, pero esa no. Noah, yo sé que no me has dicho quién es el hombre que persigues para que no me asuste, pero hoy Begoña me ha contado algo. Dice que el enfado de su padre, el otro día, estuvo motivado porque vio a ese irlandés, el más joven, hablando con las niñas, sobre todo con Edurne.

—Es probable que ya no tengáis que preocuparos. Hasta es posible que se haya ido ya.

Ella lo miró muy seria.

—Has venido desde muy lejos tras él, ¿te irás de nuevo a perseguirlo?

Noah pensó en todo lo que le había dicho la doctora Elizondo y en las decisiones que debía tomar antes de que se acabara el tiempo.

—Maite, hay algo que tengo que contarte, no hoy, no es el momento, ahora debes volver junto a tu hija, pero te doy mi palabra de que, si se ha ido, no lo perseguiré. No voy a moverme de tu lado, el tiempo que me quede será para ti. Pero además haré todo lo que pueda para que ese tiempo sea el máximo.

Desde el desagüe de los fregaderos brotó un sonido gorgoteante, como de ahogo y movimiento en algún lugar allá adentro.

—¿Alguna vez se te ha inundado el bar?

—No, pero es que nunca había llovido así en tan poco tiempo. A este paso tendrás tu diluvio, Noah. Espero que también tengas un arca.

Bilbao. Viernes, 26 de agosto de 1983

La nueva cama más grande también le resultó más hostil. Quizá porque después de un rato mirándola se percató de que la colcha floreada se parecía bastante a aquella otra que había heredado del anterior inquilino en el apartamento de Glasgow. Aquella bajo la que se imaginó muerto de haber decidido quedarse allí. Estaba muy cansado y, aunque sabía, por una mezcla de intuición y aprehensión, que no sería capaz de dormir en toda la noche, la prudencia también le había llevado a pensar que, por su bien, debía tumbarse algunas horas en la madrugada. Retiró del todo la colcha, pero no conforme con eso, en un arrebato, la sepultó en el fondo del armario. Echaba de menos a Maite como se echa de menos el hogar. Era raro y maravilloso a la vez, porque solo había pasado una noche con ella. Sin embargo, la añoraba como se añora lo familiar, todo lo que tiene que ver con el calor, con la seguridad y con el amor.

Pasó las primeras horas de la noche sentado junto a la ventana observando el portal de la pensión y las luces tras los cristales del primer y segundo piso. No sabía qué habitación ocupaba John, y al ver los resplandores tenues de las lamparitas nocturnas a través de la lluvia, Noah rogó que aún estuviera allí. Miró alrededor receloso, había algo extraño en aquel cuarto, pensó que tenía que ver con cómo olía. No había huella olfativa del anterior inquilino y eso debería haber estado bien, pero producía una sensación de mausoleo cerrado, en el que hacía mucho tiempo que no había vida. Añoró el aroma de la ropa limpia que entraba por la ventana del patio y se percató entonces de que también echaba de menos al pequeño *Otus scops*, que con su canto parecía mantener tutelado el latido de su corazón.

Según avanzaba la madrugada, las luces se fueron apagando, pero el descanso para Noah no llegaba. Se encontraba cada vez peor. Un leve mareo acompañaba a la sensación de estar a punto de vomitar una indigesta comida, a pesar de que, desde aquellas sabrosas lascas de bacalao del mediodía, no había vuelto a ingerir nada. Los pies no estaban inflamados, pero una constante sensación de hormigueo recorría sus piernas. Experto como se había hecho en tomarse el pulso, lo notó bastante acelerado, y al consultar su reloj comprobó que solo habían pasado tres horas desde su última dosis de digitalina. Nada iba bien. La sensación apremiante de que algo extraordinario estaba a punto de pasar lo obligaba a respirar hondo, tomando grandes bocanadas de aire que intercalaba con suspiros, siempre insuficientes. Se preguntó cuánto de ese estrés postraumático, del que había hablado la doctora Elizondo, había en lo que estaba sintiendo.

¿Acaso solo rememoraba las señales de un momento extremadamente angustioso? ¿Era aquella lluvia incesante de fin del mundo? ¿Una puta colcha que le habría servido como mortaja era suficiente para desencadenar toda aquella aprensión? Intentó razonar su angustia mientras enumeraba las sensaciones de aquella otra noche cuando, mientras esperaba a que se bajaran las vallas del paso a nivel, vio cruzar a toda velocidad el Capri naranja de John Clyde, y el modo en que todo se había precipitado desde aquel instante. Decidió que no, sin duda las últimas dos semanas había vivido demasiados momentos angustiosos como para poder soslayarlos, pero la corazonada estaba tan clara que podía masticarla. A su mente regresaban una y otra vez las imágenes de las doncellas del lago saliendo de sus tumbas, el modo en que John había levantado los brazos bajo la lluvia como una estrella del rock y aquella caseta a la que solo se podía acceder durante la pleamar.

Nunca el ser humano está tan solo como de madrugada. Las horas más aprensivas y oscuras. La suave luz de la lamparita que había dejado encendida en la mesilla comenzó a volverse tiniebla, y el miedo a morir regresó. Cualquier atisbo del calor de los besos que ella le había dado se esfumó, el pequeño espacio que había guardado para la esperanza en la promesa de esforzarse en vivir que le había hecho se evaporó a la misma velocidad que sus fuerzas. Mientras sentía cómo el miedo le ganaba terreno, notó que su respiración se aceleraba y una capa de sudor frío cubría todo su cuerpo, como una mortaja mojada. Completamente vencido por la desesperación y la certeza de estar muriéndose comenzó a oír un tambor. Un tambor lejano que tañía cada vez más rápido y desacompasado. Entonces se dio cuenta de que no era un tambor, de que era su pulso retumbando en el oído interno mientras la taquicardia se apoderaba del mando en su corazón. Se sintió el único hombre de la tierra despierto en mitad de la noche, en medio de una soledad tan grande que solo deseó salir raudo bajo la lluvia, a pesar de que sabía que hacerlo lo mataría, que era probable que no llegara; quiso correr con todas sus fuerzas, deseó cruzar las calles hasta la casa de Maite y llegar hasta ella, para que lo reclamara como le había prometido, para morir en sus brazos, para no hacerlo solo, para no dejar de ser. Intentó tomar aire mientras una intensa sensación de opresión le aplastaba el pecho. Temblando y apenas dueño del control de sus manos, sacó una de esas pequeñas pastillas perladas. Se la colocó debajo de la lengua percibiendo cómo la amargura del medicamento atravesaba la suave mucosa bajo su lengua como una barrena de profundidad que perforó el vaso sanguíneo que allí se encontraba.

John Biblia

Despertó bajo la suave tibieza de las sábanas de cuatrocientos hilos del hotel Carlton. Había dormido completamente desnudo y su primera sensación fue de pura sensualidad. Entre las cortinas se colaba la luz grisácea de la mañana. Miró el reloj y sonrió sorprendido por la hora. Desde el instante en el que se había arrojado sobre la cama, solo recordaba haberse despertado una vez. En plena noche, con los ojos pegados de sueño y cubierto de sudor. Se percató de que aún llevaba puesta la ropa, y hasta los zapatos mojados con los que había llegado al hotel. Se puso en pie lo justo para despojarse de todo y, desnudo, se metió entre las suaves sábanas blancas. En cuestión de segundos volvió a dormirse. Habría dormido cuarenta días con sus cuarenta noches, sabiendo que su sueño era una travesía por el desierto, una necesidad de autogestarse como un hombre nuevo para ser capaz de renacer.

Deslizó las manos sobre su piel y bajo las sábanas y halló su sexo duro y turgente. Estirándose, accionó el hilo musical insertado sobre la cabecera y puso la radio. Salió de la cama y apartó los gruesos cortinajes que arrastraban varios centímetros en el suelo. El cristal se veía colmado de gotas de lluvia, y John levantó una mano para acariciarlas desde el interior. El locutor contaba que, entre la jornada pasada y el día de hoy, habían caído tantos litros de agua en Bilbao como en todo el año anterior, y seguiría lloviendo. John aspiró profundamente el aire más fresco junto al cristal. Apoyó la frente y sintió la humedad mientras pensaba en el hombre que lo había perseguido desde la orilla del lago Katrine tras volver de la muerte y que, en otro lugar del gran Bilbao, miraba la lluvia a través de un cristal muy parecido, mientras pensaba en él. John estaba seguro. Y la certeza no le hizo sentirse acosado, ni perseguido, ni hostigado. Tomar conciencia de su presencia le había hecho replantearse un montón de aspectos en los que se tenía que haber parado a pensar hacía tiempo. Había obrado de modo impetuoso, sin detenerse a interpretar las señales, sin pararse a deliberar. Había dejado que la inercia lo arrastrara, consumiendo sus fuerzas como el niño que había sido, llorando hasta el amanecer.

Cuando aquella noche las damas del lago abandonaron sus tumbas debió haberse dado cuenta. Una señal tan portentosa no podía estar tan solo destinada a que cambiase el escenario. La tormenta las liberaba, las sacaba de sus sepulcros haciéndole entender que aquello había terminado; pero el pobre John, el torpe John, el tonto John, había seguido haciendo lo único que sabía hacer, lo que durante mucho tiempo había creído que era su cometido.

Las señales no eran benévolas, no eran evidentes, no eran sencillas de comprender ni fáciles de acatar. Desde aquella original, cuando pendía colgado por el cuello de la cisterna de Harmony Cottage con trece años, o la primera vez que vio un retrato robot suyo en un periódico, o la noche en que las damas salieron de sus tumbas, hasta aquella otra en que una pobre desgraciada no murió y John no pudo matarla. El cielo había tenido que mandarle la señal de la manera más cruel para hacerle entender que no era lo que siempre había creído ser. John no era un monstruo, no era un vampiro, ni un íncubo, no era una bestia, ni un desalmado. Había necesitado bajar al infierno, temer por su vida, volverse loco de angustia, para ser consciente de que, a casi tres mil kilómetros de su casa, la motivación para matar había perdido significado. En los últimos días se había preguntado si alguna vez lo había tenido, o si no habían sido simplemente el dolor y la angustia buscando una espita para fugarse. Hoy tenía la respuesta.

Probablemente junto con aquel hombre que miraba por una ventana llena de lluvia como la suya, en aquella oscura ciudad, John era la persona que más sabía en el mundo sobre pulsiones, deseos y bajas pasiones. Sobre la fuerza indómita que impulsa a un sujeto a llevar a cabo una acción para satisfacer la tensión interna. Durante años había intentado comprenderlo no para justificarse, no había nada que justificase lo que había hecho con Lucy; el único objetivo de aquella búsqueda era calmar la necesidad que solo se veía gratificada un momento, unas horas, unas semanas, unos meses. John no era uno de aquellos tarados que describía la literatura; pervertidos sexuales coleccionistas de cadáveres, nigromantes desquiciados, pobres diablos enterrados en desechos. John era distinto, porque John había amado, y ahora lo sabía, no nació siendo un monstruo. Ellas lo habían creado, ellas lo habían alimentado con sangre, con lo sacrificado, con lo muerto y coagulado. Ellas lo habían bautizado en sangre vampirizándolo. John entendía y admiraba al hombre que como él oteaba entre la lluvia tras el cristal, comprendía su deseo de detenerlo, porque era el mismo que John albergaba. Supo que de alguna manera estaban hermanados en su objetivo, los dos querían acabar para siempre con John Biblia. Tomó el teléfono y ordenó té, zumo de naranja, tostadas, mantequilla, mermelada, huevos fritos, quesos, jamón y pastelitos. Tenía que estar fuerte. Hoy liberaría a sus damas.

You couldn't dream how hard
I got it
No podrías ni imaginar
lo difícil que lo tengo

Noah subió el volumen del aparato. La radio llevaba horas con las alertas y, aunque la mayor parte de los problemas se centraban en la provincia colindante, ya se hablaba de zonas de montaña en las que los ganaderos comenzaban a tener dificultades por el desbordamiento de arroyos y pequeños afluentes. Oficialmente, los actos de esa jornada seguían en pie, pero a mediodía tuvo que suspenderse la *sokamuturra* en el Arenal, porque según las noticias el camión que transportaba las reses se encontraba retenido a la altura de Deba. De guardia ante la ventana, la única diferencia con la noche eran unos cuantos grados más de temperatura y de saturación de luz. Noah echaba de menos al dragón respirando desde el patio interior y la cadencia soporífera con la que abombaba y recogía las cortinas, marcándole, como un chamán, las pautas adecuadas para respirar. Hoy no hubo amanecer, no hubo despertar, quizá por eso había obviado el recuento de daños de cada mañana. Como un piloto que se ha quedado sin combustible y renuncia a mirar el altímetro. Sentía las horas contadas, consumiéndose como los fósforos de la cerillera del cuento, mientras dejaba el tiempo pasar encadenado a su puesto de vigía.

Con la luz de la mañana y el aroma del café recién hecho pareció revivir. La propietaria de La Estrella le había traído una taza humeante junto a *El Correo Espa-*

ñol-*El Pueblo Vasco* a eso de las nueve. Ojeó a saltos la portada mientras sorbía el café sin perder de vista la puerta del Toki-Ona. En titulares, el capitán general de Burgos declaraba en un discurso: «La autoridad militar es la encargada de la defensa de la bandera». Buscó en la página de sucesos alguna novedad y terminó arrojando el periódico sobre la cama. Había mantenido una breve conversación con Lizarso, que lo había llamado hacia las diez de la mañana. Y otra, más breve aún, con Maite, antes de salir para el entierro. Pero había procurado colgar enseguida, por la misma razón por la que no había dormido, convencido de que justo en el intervalo en que cerrase los ojos, en que se apartase un instante del cristal, ocurriría algo. Eran las dos y media de la tarde cuando aquel algo al fin ocurrió.

Vio a John salir del hostal Toki-Ona. Antes de cruzar el portal se había cubierto la cabeza con la capucha de un chaquetón de aguas. Noah reconoció en la manga y en la espalda el logo de MacAndrews, y vio que portaba una bolsa negra de basura, no demasiado voluminosa. Noah tomó, imitándolo, su propia versión del chaquetón de aguas que le había regalado el capitán Lester Finnegan y salió tras él.

John caminaba a buen paso, pero Noah no tuvo problemas para alcanzarlo al llegar al Arenal. Docenas de personas se habían congregado allí. Noah no supo si para algún acto festivo o para ver la ría, que bajaba atronadora y tan turbia que sus aguas parecían de color naranja de óxido, de arcilla y de barro. Sintió su embate, como un soplo arrebolado que lo empujó inmisericorde al cruzar el puente. Biblia no se daba excesiva prisa, pero parecía saber perfectamente a dónde iba. Cuando alcanzaron la plaza Circular siguió recto por la Gran Vía. La avenida ascendía en ligera inclinación, que a cualquiera le habría pasado casi desapercibida y que para Noah supuso una escalada. La distancia con John fue aumentando a medida que lo hacía su frecuencia cardíaca, y su respiración se iba tornando en jadeo. Scott Sherrington avanzaba abriendo la boca, procurando que el aire fresco y húmedo le proporcionase la cantidad de oxígeno que le faltaba. Por suerte, y aunque la avenida se encontraba animada, no había ni muchísimo menos tanta gente como en las inmediaciones de las Siete Calles.

Los paseantes y los curiosos parecían aquella tarde atraídos inexorablemente hacia las agitadas aguas de la ría. Tuvo que esforzarse cuando vio que llegaban a la plaza Moyúa. Si John giraba allí hacia una de las calles que desembocaba en la elipse, lo perdería. Cuando alcanzó la esquina, Noah estaba sin aliento. Se detuvo en la confluencia de la explanada y la calle Ercilla y observó cómo John atravesaba cruzando por cada calle adyacente. Mientras esperaba en el paso de cebra de la alameda de Recalde, Noah se apresuró tras él, ahogado, al ver que continuaba circundando la rotonda hacia la siguiente avenida; aunque, antes de alcanzar la calle Elcano, y para la infinita sorpresa de Noah, entró por la puerta principal del Gran Hotel Carlton. Noah sentía tanto calor en el rostro, y tanta angustia en el estómago, que de un manotazo echó atrás la capucha del chaquetón para dejar que la lluvia fría aliviase la febril sensación. Sintió que la plaza comenzaba a girar muy rápido. Intentando recuperar el control, se inclinó hacia delante apoyando las manos en las rodillas. De pronto fue como si una campana de vacío hubiera caído sobre él. A la falta de aire, se unió la sensación de estar sumergido, los oídos completamente taponados y una vibración intensa, como de terremoto bajo el agua. Un repetitivo claxon atrajo su atención obligándolo a mirar. Una furgoneta azul se había detenido junto a la acera, casi a su lado. El empañado de los cristales le impedía ver el interior y solo se dio cuenta de que eran Lizarso y Rafa cuando el chico abrió la puerta haciéndole señales para que subiera.

—¿Por qué no avisas? —lo abroncó el ertzaina en cuanto estuvo dentro.

Noah se echó hacia atrás tratando de estirarse al máximo en el espacioso asiento trasero, detrás de Rafa y al lado de Euri. Luchó por mantener los ojos abiertos mientras el sopor del mareo lo vencía inexorable. Manoteó la manija de la puerta y tuvo el tiempo justo de abrirla para vomitar, en el canal pluvial que corría junto a la acera, poco más que agua con color de café, pero tan ácida que le dejó en la boca un regusto a metal oxidado muy parecido al de la sangre.

Su deplorable aspecto no apaciguó a Lizarso, que lejos de calmarse se volvió a mirarlo con gesto de reproche.

—¡Mira en qué estado estás! ¡Eres un imprudente! ¿Es que quieres matarte?

Debió de contagiar su tensión a la perra, que incluso en el estrecho espacio dio un par de vueltas sobre sí misma y ladró nerviosa.

—No le grites —pidió Rafa afectado—. ¿N-no ves que está mm-muy mal?

—¿Que no le grite? —repitió el ertzaina tratando de dominarse, al ver el nerviosismo del chico.

—Todo... muy rápido —jadeó Noah con la frente anegada de sudor, mientras intentaba desprenderse del voluminoso y chorreante chaquetón.

—Pues menos mal que Rafa estaba atento... Os vio a los dos cuando salíais, os siguió a pie, y fue casualidad que me viera llegando a San Antón. ¿Dónde se ha metido?

Noah levantó una mano temblorosa señalando hacia la entrada principal del hotel. Rafa y Lizarso miraron hacia allí y después se volvieron de nuevo a mirar a Noah, incrédulos.

Maite

Miró entristecida los platos intactos de comida sobre la mesa. Había cocinado más por tener algo que hacer que porque hubiera pensado en algún momento que alguna de las dos iba a probar bocado. Se asomó a la sala para ver a Begoña. Envuelta en una manta y casi en postura fetal, miraba hacia la pantalla del televisor. Maite sabía que no prestaba atención a la programación, pero al menos había dejado de llorar. Verla así le trajo recuerdos de sábados de su infancia, cuando esperaban pacientes a que terminasen los informativos y pusieran los dibujos animados que ella adoraba. Días felices sin preocupaciones. Pensó que parecía más pequeña y frágil de lo que era en realidad, pero sin duda aquella mañana había pasado por una dura prueba.

Llegaron hasta el cementerio de Vista Alegre siguiendo al coche fúnebre en un taxi. El resto de los familiares y algunos amigos íntimos de Kintxo ya esperaban allí. La incesante lluvia, que parecía arreciar a cada minuto que pasaba, había limitado los saludos y las conversaciones, y mantenido la distancia entre los presentes, que se abrigaban como podían bajo sus paraguas. El agua caía con tanta fuerza que las coronas de flores sujetas al exterior del vehículo fúnebre aparecían anegadas y tan deslucidas como chorreantes estandartes, con los pétalos aplastados. El atronador golpeteo del aguacero sobre la tela tensa de los paraguas producía una sensación de vacío ensordecedor. La familia de Kintxo tenía en propiedad un pequeño panteón en la parte más septentrional del cementerio. El suelo alrededor de las tumbas estaba compuesto por una gruesa capa de gravilla de mármol, blanca y tan brillante que el agua arrancaba diminutos fulgores de las pequeñas piedras. Cuatro operarios habían retirado la gruesa losa dejándola reposar sobre la tumba contigua. Mientras tendían las sogas con las que bajarían el ataúd, todos se volvieron al oír el crujido de las piedras bajo el peso de los seis hombres que lo portaban. Begoña emitió un lastimero gemido al verlos venir y ya no paró de llorar mientras acercaban la caja a la fosa. Pero el sufrimiento alcanzó su cénit cuando comenzaron a descender el ataúd. Maite tuvo que sostenerla, como a un muñequito de trapo mojado. Se doblaba sobre su estómago mientras lloraba con hondos y sentidos sollozos, contagiando su angustia a los presentes, que se volvían a mirarla, seguros de que nadie como ella sentía aquella pena. Con los pies hundidos en los charcos que se iban formando entre la grava, Maite sostuvo a su niña mientras el cura rezaba el responso de difuntos, y también cuando los operarios volvían a colocar la gruesa losa sobre la sepultura. Cuando los empleados de la funeraria amontonaron las coronas, que de tan caladas parecían trapos mojados sobre la tumba. La sostuvo cuando la lluvia arreció tanto que los impactos del agua sobre el paraguas comenzaron a traspasar la tela, salpicando sus cabellos y sus rostros, de diminutas gotitas, como vaporizadas. La sostuvo mucho tiempo después de que cesara la compasiva insistencia de los familiares, empeñados en sacarlas del cementerio. La sostuvo hasta que solo quedaron ellas dos y aquella sensación de muerte y soledad fue lo único. La sostuvo hasta que Begoña le pidió que se fueran de allí.

Mientras guardaba en el frigorífico los platos de comida sin tocar, volvió a revivirlo. Sí, sin duda había sido una dura prueba. Lo que Maite no tenía modo de saber en aquel instante era que la prueba más dura de aquel día aún estaba por llegar. El sonido del teléfono la sacó de sus pensamientos. Recordaría más tarde que en aquel instante había deseado que fuera Noah.

Escuchó el mensaje de su interlocutora y suspiró fastidiada. Cuando colgó se dirigió al pasillo a buscar sus botas de agua. Aún envuelta en la manta, Begoña se asomó a la puerta de la sala.

—*Ama*, ¿quién era?

—Era Miren, la de la mercería de al lado del bar. Dice que en la calle el agua ya sube un palmo y que en su tienda ha comenzado a salirse por el váter y por el lavabo. Me ha dicho que ha cerrado y se va a casa. Voy a ver cómo está el bar y a levantar un poco las cosas más bajas por si el agua sube más.

—Voy contigo.

Maite la miró estudiando la palidez de su rostro.

—¿Estás segura?

—Sí, no quiero quedarme aquí sola, además me vendrá bien entretenerme.

John Biblia

Wouldn't It Be Good sonaba en la radio y John pensó que
sí, que estaría muy bien. Desnudo ante el espejo de su
habitación en el hotel Carlton, llevaba un rato observando su reflejo. De vez en cuando se giraba un poco para
ver parte de la espalda, los hombros, el trasero. Levantaba una mano y se tocaba el rostro, o la deslizaba hacia
atrás sobre el cabello teñido de oscuro. En el suelo, la
ropa que se había arrancado a tirones la tarde anterior,
como si se despojase de una piel ajena. Se dio cuenta
entonces de que llevaba mucho tiempo sin verse, hasta
era posible que no hubiera vuelto a ver al auténtico John
desde aquel día en que se miró al espejo herrumbroso del
baño en Harmony Cottage, antes de colgarse por el cuello. La piel pálida aún conservaba rojeces en los lugares
donde se había frotado para eliminar toda la sangre de
Kintxo; de algún modo la seguía percibiendo, a pesar
de que ya se había duchado cuatro veces. Detestaba la sangre. A su espalda, el fulgor plateado de la luz hiriente de
agosto reflejándose en la lluvia entraba por el balcón que
daba a la plaza Moyúa. Se acercó al ventanal y apoyó la
frente en la cristalera. Notaba en los pies la suavidad de
la moqueta que cubría el suelo, y el ambiente templado
y lujoso de su suite rodeando su piel y, en contraste, el
frescor de la lluvia. Un locutor que dijo ser Luis Bengoa
Zubizarreta aseguraba en ese instante desde Radio Bil-

bao que la lluvia llevaba ciento veinte horas cayendo sin pausa.

El balcón le proporcionaba una vista magnífica, pero, aun así, lamentó que estuviera tan lejos del río, que seguramente bajaría ya muy lleno. En la radio comenzaban a plantear la posibilidad de mover los coches de algunas zonas inundables, donde se solía aparcar, y de las cercanías de la ribera. Como una proyección había venido a su mente la imagen de las marcas que las sucesivas subidas de agua habían ido dejando en el interior de la antigua caseta de los boteros. Y esa imagen había comenzado a perfilar lo que cada vez le parecía una idea mejor. Cuando cerraba los ojos volvía a ver el cuerpo de Kintxo tragado por las aguas de la ría. En su mente agitada se mezclaba con los de las damas del lago saliendo de sus tumbas arrastradas hacia las profundidades del Katrine. Suspiró agradecido ante el hallazgo que aquello suponía. Repasó los pros y los contras, consciente de que, si las liberaba como a las damas del lago, cabía la posibilidad de que alguno de los cuerpos fuera encontrado. Pero ahora le daba igual, como le había dado igual cuando la tormenta desenterró a sus doncellas. No llevaban ni ropa, ni joyas, ni un solo objeto que pudiera relacionarse con las que habían sido; el avanzado estado de descomposición ya las había vuelto anónimas, y la acción del agua turbulenta haría el resto. Debía dejarlas ir. Y celebró el momento en el que supo cómo tenía que hacerlo: solo debía abrir las puertas de la caseta de botes y permitir que las aguas la anegasen; del mismo modo que en el lago, ellas saldrían solas cabalgando las corrientes, y las aguas las arrastrarían con el ímpetu de aquel Nervión indomable hasta el fondo de las fosas más profundas del golfo de Vizcaya, en el Cantábrico. Pero aún no, debía tener paciencia. John aspiró el suave perfume del lujo a su alrededor, consciente de que a pesar de estar en la misma ciudad se encontraba a un millón de años luz del hostal Toki-Ona.

Miró reticente su ropa amontonada en el suelo, como si fuese el atuendo de un extraño que debía volver a ponerse. Pero tenía que hacerlo, por última vez tenía que regresar a la ría. Sintió un escalofrío al recordar el llanto que había creído oír brotando del interior de la caseta. Pasó los dedos sobre su piel, que se había erizado con solo recordarlo. Detenido de nuevo ante el espejo la acarició, feliz de ser él mismo, satisfecho al haber encontrado la señal. Consciente por primera vez en su vida de quién era y por qué hacía lo que hacía. Lúcido como nunca antes, volvió a acariciarse el rostro, el pecho, las caderas, los labios; llevó la mano hasta sus genitales, que ahora no eran un arma. John se tocó tomando conciencia de que el deseo que siempre había anhelado sentir partía de él mismo. Mientras miraba su cuerpo desnudo en el espejo de aquella suite, John se masturbó, arrobado por la sensualidad de su propia piel, sin necesidad de violencia ni de miedo. Cuando terminó, tomó el teléfono y ordenó más comida, se sentía como uno de aquellos bendecidos por los milagros de Lourdes, que relataban una apetencia insaciable al salir de su estado vegetativo y resurgir con el alma limpia. Al colgar reparó en la nota de Edurne junto al aparato. Levantó el auricular y dejó sonar el pitido de la señal para marcar, mientras pensaba dónde sería seguro citarla. No quería acercarse demasiado al Toki-Ona y tampoco deseaba que la conversación se alargase. Solo quería verla. Marcó el número y casi suspiró aliviado cuando le salió un contestador en el que una voz masculina advertía a los distribuidores que la tienda y el almacén estarían cerrados hasta el final de la Aste Nagusia. El mensaje que dejó grabado fue breve, un lugar y la hora. Decidió darse una ducha mientras esperaba la comida.

John se estaba secando cuando oyó la llamada en su puerta. Sonrió, se envolvió la toalla alrededor de la cintura y abrió al servicio de habitaciones.

La sonrisa se le heló en la cara.

Cubierto de pies a cabeza con la ropa de aguas de MacAndrews, Collin abrió ante su cara la bolsa de plástico que portaba y le mostró las prendas ensangrentadas hechas un gurruño en su interior.

—Creo que tienes algunas cosas que explicar, John Murray.

John retrocedió mientras palidecía. Medio desnudo, descalzo y mojado, se sintió pequeño ante la imponente figura de Collin, que siguió avanzando mientras cerraba la puerta a su espalda.

—Me ha costado horas de llamadas dar contigo. ¿Cuál es tu nombre ahora? ¿Robert Davidson? Intercepté esa documentación la primera vez que registré tu habitación.

—Collin, yo... No...

Collin le apuntó con un dedo acusador mientras negaba meneando la cabeza.

—Yo ya sé lo que hiciste, pero quiero oírtelo decir.

John cerró los ojos.

—Soy un asesino —dijo.

Sintió la mano fría de Collin posándose en su hombro.

—No, eres un soldado, igual que yo.

John abrió los ojos, confundido.

Collin hizo un nudo a la bolsa y la arrojó a un rincón del cuarto, después se desabrochó el chaquetón, lo dejó caer y fue a sentarse a los pies de la gran cama.

—¿Quién era ese Kintxo y de qué lo conocías?

John pensó rápidamente mientras recomponía en su cabeza todo lo que recordaba que había dicho Kintxo sobre Murray.

—Lo conocí hace un par de años, trabajamos juntos en las plataformas petrolíferas de Aberdeen. Entonces parecía un buen tipo, pero cuando llegué aquí comenzó a hacerme comentarios raros. Me dijo que sospechaba de la gente con la que yo andaba. Siempre estaba por los bares, no trabajaba, hasta oí rumores de que podía ser un informador.

—Sí, yo también los he oído.

John suspiró aliviado.

—Traté de encauzarlo, pero era un bocazas que hablaba demasiado.

—¿Le hablaste de las armas?

John no contestó, lo miró en silencio mientras intentaba entender a qué se refería. Collin debió de interpretar el desconcierto en la cara de John como prudencia.

—Soy el contacto, ¡joder! Es a mí a quien tienes que entregárselas. Si no, ¿cómo iba a saberlo? ¿Se enteró ese tipo de algo de las armas, sí o no?

—No —contestó.

—Y si no lo sabía, ¿por qué fue hasta el escondite?

Podía deducir que Collin había presenciado cómo mataba a Kintxo, pero ¿creía que el lugar donde ocurrió era un escondite de armas? John dudó. Estaba claro que el tranquilo e introvertido John Murray que había conocido durante el transcurso del viaje en el *Lucky Man* distaba mucho de ser el hombre sin vida y sin pasado que John había supuesto. En cuanto vio cómo lo miraba mientras se quitaba la camiseta en el camarote que compartían, había dado por hecho que la introspección del marino se debía en buena parte a su condición sexual. Equivocadamente, había supuesto que un hombre tímido y cortado como Murray no podría tener más secretos que su homosexualidad. John se había hecho un experto en distinguir a los que tenían aquella clase de hambre y daba igual que fueran hombres o mujeres; cuando un individuo cree que por fin le gusta a alguien, es fácil que acepte que lo acompañes a casa, que suba a tu coche, que vayáis a una zona oscura (o al interior de un contenedor) y hasta que él mismo se quite la ropa. Supo que Murray había sido un tipo bastante más complicado de lo que había pensado inicialmente en cuanto llegó a Bilbao y los irlandeses fueron a buscarlo a su pensión para llevarlo con ellos; lo que no pudo imaginar entonces es que el solitario

John Murray estuviese tan comprometido con la causa. Decidió que las razones de Murray y las suyas podían ser exactamente las mismas.

—Fue por algo que Kintxo dijo. Me hizo sospechar que quizá había estado siguiéndome en otras ocasiones y husmeando por allí. Regresé para comprobarlo. Desafortunadamente, él me siguió y pasó lo que viste.

—¿Por eso te largaste del hostal?

—No quería salpicaros con esto.

Collin pareció pensarlo. Cuando volvió a hablar, su tono fue mucho más amistoso.

—El cuerpo apareció flotando ayer en el puerto de Santurce, pero tranquilo, no creo que puedan relacionarlo con nosotros de ninguna manera. Nadie te vio. Tengo que reconocer que fue buena idea reventar todas las farolas, y por suerte yo estaba allí para terminar de limpiar —dijo alzando las cejas en dirección a la bolsa en el rincón.

Sin saber qué hacer, John resopló y dijo:

—Gracias.

—No hay de qué. Y olvídate de esas estupideces del asesinato, no eres un asesino, eres un soldado, un combatiente. Ya aprenderás. Matar a un hombre cuerpo a cuerpo nunca es fácil. Seguramente, nuestros amigos Michael y Cillian, con toda su demagogia, se cagarían encima si tuvieran que hacerlo. Dadas las circunstancias no lo has hecho mal. Tu misión era traer las armas hasta aquí y has cumplido.

Collin se levantó de donde estaba y comenzó a inspeccionar los restos de comida del almuerzo de John. Tomó un trozo de beicon frito y reseco y comenzó a masticarlo.

—Cuando llegué tuve mis dudas respecto a ti, tengo que reconocerlo. Por una parte, me parecía muy arriesgado encargar a alguien sin experiencia que trajera un alijo. Es verdad que tu puesto en esa empresa es una ventaja para moverte por el puerto, pero aun así... Luego, al ver que pasaban los días y no decías nada, fuiste ganando puntos. He de admitir que el escondite es bueno, y ha sido todo un acierto no intentar sacarlas por ninguno de los accesos portuarios. Tenemos información que apunta a que las están buscando. No saben exactamente qué, ni cuántas, pero lo de la reunión con la cúpula de ETA en Bidart es *vox populi*. Las sacaremos hoy.

—¿Las sacaremos?

—Tú y yo.

—¿Y Michael y Cillian?

—Michael no es de fiar, no es mal tipo, pero cuando bebe es un bocazas. Esa fue la razón por la que lo mandamos aquí, y Cillian, ya lo has visto, se pasa borracho la mitad del tiempo. Voy a dejar a esos dos aparte. Mañana me acompañarás a Francia y les llevaremos el regalito.

John se quedó en silencio. Collin lo miró a la cara y sonrió como si hablase con un crío pequeño.

—Las pistolas, amigo. Yo también prefiero un AK-47, pero nuestros hermanos vascos prefieren las pipas.

Collin se llevó la mano a la espalda, sacó un arma y se la tendió.

John se quedó mirándola sin atreverse a tocarla.

—Es para ti, si vas a acompañarme tienes que ir armado.

John cogió el arma como si fuera un insecto.

Collin lo miraba divertido.

—Vamos, guárdatela, es tuya.

John bajó la mirada. Seguía cubierto solo por la toalla con la que había salido de la ducha. Se dirigió al montón de ropa en el suelo. Se agachó, tomó la cazadora y guardó la pistola dentro.

—¡Por el amor de Dios! ¿Qué se supone que estás haciendo? ¿Es que no te han enseñado ni lo básico? —dijo arrebatándole la prenda y sacando de nuevo la pistola—. ¿Cómo te guardas un arma sin comprobarla primero? ¡Ni siquiera sabes si está cargada!

—Lo siento —se disculpó John—, no tengo experiencia con armas.

Collin había tomado la pistola por el cañón y se la tendió de nuevo.

—Cógela —ordenó poniéndosela otra vez en las manos.

John obedeció, aunque de un tirón Collin se la arrebató de nuevo.

—Cógela más fuerte, joder, como si fueran a quitártela, y usa las dos manos.

Las manos de John temblaban levemente y Collin observó sin piedad hasta que estuvo satisfecho.

—Ahora comprueba el cargador.

John ladeó el arma para mirarla. Pero Collin volvió a sujetar el cañón manteniéndolo recto y apuntando a su propio estómago. Deslizó la mano hasta la culata y apretó un pequeño botón. El peine del cargador se deslizó por debajo de la pistola hasta la mano de Collin. Lo alzó en el aire ante los ojos de John.

—Ahora debes contar las balas, este cargador es de ocho. ¿Cuántas ves aquí?

—Siete.

—Eso es porque una se ha quedado en la recámara, si no lo compruebas, esa bala podría volarte tu propio pie cuando te colocaras la pistola en la cintura. Ahora dispárame.

La sorpresa en la cara de John fue genuina.

—Vamos, imagina que tienes que dispararme, ¿qué harías?

John puso el dedo sobre el gatillo y levantó el arma hasta la frente de Collin.

El irlandés sonrió.

—Tienes pelotas —dijo alzando la mano para quitarle de nuevo el arma, pero esta vez John la tenía bien agarrada—. Bien hecho, pero has cometido dos errores —dijo Collin asiendo de nuevo el cañón y empujándolo hasta que casi apuntó al suelo—. Cuando dispares, el arma saldrá proyectada hacia arriba, más si nunca has disparado, así que, si quieres volarle a alguien la cabeza, será mejor que le apuntes a los huevos. Y la más importante —dijo tocando con la punta de su dedo índice una diminuta palanquita junto al gatillo—: antes de disparar comprueba que has quitado el seguro. Un consejo más de regalo: no dejes nunca que nadie te apunte si no has comprobado antes que lo tiene puesto.

John retiró el seguro y estaba alzando de nuevo el arma cuando llamaron a la puerta. Casi por arte de magia otra pistola apareció en la mano de Collin, amartilló el arma y apuntó hacia la entrada en una décima de segundo.

—Es el servicio de habitaciones —lo tranquilizó John, mientras volvía a poner el seguro, consciente de que no tenía nada que hacer. Al menos por ahora.

Collin se guardó el arma y sonrió.

—Me vendrá bien comer algo, y tú, será mejor que te vistas, vamos a salir.

John se detuvo.

—¿Vamos a salir ahora?

—Claro, vamos a sacarlas ahora.

—Es mejor que esperemos a la noche.

—¿Esperar a la noche? ¿Dónde has estado metido? El río está a punto de desbordarse. La policía está avisando a todo el mundo de que se aparte de las riberas. Tenemos que hacerlo ya.

Lizarso también pensaba en ese momento en las autoridades y en que, gracias a la torrencial lluvia y a que a esas horas estaban ocupadas en alertar a todo el mundo de que quitase los coches de las proximidades del río, nadie vino a importunarlos. Sintonizó Radio Euskadi y escuchó las últimas noticias. Daban por hecho que la ría se desbordaría con la pleamar. En el tiempo que permanecieron esperando en el interior de la Transit, en la confluencia de la calle

Elcano con la plaza Moyúa, habían comenzado a formarse importantes balsas que ralentizaban el tráfico. Desde su puesto de conductor Lizarso no perdía de vista la puerta del hotel Carlton. Además, podía ver a Rafa, que se había bajado del coche y permanecía apoyado en la esquina de un comercio de la avenida Recalde, y por el retrovisor a Noah, que se concentraba en respirar con los ojos cerrados.

—De verdad que no te entiendo, tío. En un momento estás luchando por tu vida, como debe ser, y al siguiente te la juegas de una manera estúpida, como si no te importara nada ni nadie, ni siquiera tú mismo.

—Te doy mi palabra —susurró Noah— de que no tuve tiempo de nada. Ni siquiera yo lo esperaba. Estaba convencido de que había huido, pero por otra parte sentía un poderoso pálpito de que algo iba a suceder, como una conjunción de astros, algo tremendamente poderoso y mortal.

—Sí, yo también he leído *Julio César*. ¿Cómo cojones no va a ser poderoso y mortal si estamos persiguiendo a un asesino en serie? Hablo de ti, ¡joder! Esta mañana la doctora Elizondo me dijo que ayer parecías convencido de someterte al tratamiento.

Noah abrió los ojos y levantó la cabeza.

—¿Has hablado con Elizondo? —preguntó sorprendido.

—Sí, claro que he hablado con Elizondo —contestó imitando su tono—. Me preocupo por ti, todos lo hacemos. ¿O acaso crees que Rafa, como no te dice nada, no está preocupado? Cuando salimos de tu pensión ayer, estuvimos hablando. ¡Joder, Noah! No te puedes imaginar lo importante que eres para ese chaval. Yo ya me temía que harías algo por el estilo, así que le pedí que no perdiera de vista tu portal. Estoy seguro de que ni ha dormido, y si no llega a ser por él...

Noah acarició el pelaje de Euri, que sentada a su lado oteaba fuera de la ventanilla pendiente de su dueño.

—Te juro que esta noche pasada, mientras hacía guardia, decidí que, si el tipo había huido, hoy iría al hospital, que lo intentaría.

—¡Mira! —dijo Lizarso interrumpiéndolo y señalando hacia la puerta del hotel.

John y Collin salieron cruzando hacia la calle Ercilla y comenzaron a descender la avenida. Rafa ya se acercaba a la furgoneta.

John se resguardaba bajo un paraguas con el escudo del hotel y Noah se dio cuenta de que el hombre al que había tomado por John había sido muy probablemente Collin con la ropa de aguas de Murray. Lizarso arrancó el motor y los siguió a distancia y muy despacio, de un modo que habría llamado la atención cualquier otro día, pero que con las balsas y los inmensos charcos que se estaban formando era casi el modo de conducir de la mayoría. Los vieron torcer hacia la calle Colón de Larreátegui y, descendiendo, llegaron hasta las proximidades del puente del Ayuntamiento, por el que cruzaron.

El Nervión bajaba impresionante, su color naranja habitual había ido tornando hacia el amarillo y el marrón de las laderas arcillosas que había arrastrado en su camino. Noah vio el barco *Consulado de Bilbao*, que, amarrado frente al ayuntamiento, cabeceaba mecido por el ímpetu de las aguas. Se había fijado otras veces en la nave, pero nunca le había parecido tan espectacular, quizá porque la línea de flotación casi estaba pareja en altura al muelle, la medida de su puntal lucía sobresaliente.

Los dos hombres cruzaron frente al ayuntamiento.

—¿A dónde van? —susurró Noah al verlos meterse en las calles de detrás del consistorio, hacia Matico.

En Uribarri, y a pesar de que aún era temprano, la discoteca Ovni tenía las luces de la fachada encendidas, y por un momento pensaron que quizá iban allí, pero entonces vieron que justo delante de la puerta estaba aparcado el coche blanco que MacAndrews había asignado a John Murray. Cuando subieron al vehículo, el recorrido fue prácticamente a la inversa, solo que, tras pasar el puente, siguieron por el paseo de Uribitarte hacia el muelle de la Campa de los Ingleses. Una vez que el coche entró en el recinto portuario tuvieron que conformarse con observarlos a distancia. Noah volvió a ponerse su chaquetón de aguas, salió de la furgoneta bajo el aguacero y permaneció muy quieto escuchando y tratando de adivinar algún movimiento entre el tupido velo de lluvia. Una inmensa sonrisa se dibujó en el rostro de Noah cuando oyó el petardeo de la lancha motora al ponerse en funcionamiento.

—No puedo creer que vaya a llevarlo allí, pero ya sé a dónde van —dijo regresando rápidamente al coche—. Da la vuelta y acelera.

Maite

El agua no había subido en la calle donde vivían, pero según se iban acercando hacia la catedral el nivel de los charcos fue aumentando hasta que, en efecto, les llegó al tobillo. Cuando pasaron por la calle Tendería vio que el agua estaba a punto de alcanzar el escalón de acceso al bar. Maite levantó la persiana y la bajó tras ellas cuando estuvieron dentro. Encendieron las luces y empezaron rápidamente a trabajar. En un momento Begoña puso la radio, la Ser se oía fatal, sintonizó Radio Nacional, pero al cabo de unos minutos también comenzaron las interferencias que hacían fluctuar la voz del locutor. Levantaron sobre la barra las cajas de cartón, las garrafas de aceitunas, los paquetes de café, las servilletas de papel y todo lo que ocupaba la parte inferior de la barra. El agua comenzó a entrar en el bar como un pequeño charquito de pocos milímetros que, sin embargo, se extendió con rapidez hasta el fondo del local.

Corrieron a la cocina poniendo en alto todos los alimentos y los utensilios de las estanterías más bajas. Begoña se detuvo con los ojos muy abiertos.

—*Ama*, el agua me está entrando dentro de las botas.

Cuando terminaron con la cocina, el agua les alcanzaba las rodillas.

Maite se asomó un momento a la barra, que estaba un poco más alta, para comprobar los aparatos.

—Creo que deberíamos quitar la luz, el agua ya ha entrado en la barra, me preocupan los motores de las cámaras. Podría haber un cortocircuito.

Begoña dirigió su mirada hacia el viejo panel de luces.

—*Ama*, tenemos los pies en el agua, no podemos tocar eso o acabaremos fritas.

Maite estuvo de acuerdo. Aquel cuadro eléctrico databa de los tiempos en que el edificio se usó como casino, al menos cien años atrás. Había docenas de conmutadores inservibles y un arcaico sistema de plomos que Maite sustituía cada vez que se fundían, y aunque en los últimos años habían ido apañándolo con pequeñas chapuzas, cambiar la instalación eléctrica era uno de los proyectos que tenía para su bar. Tomó una escoba y con el mango fue accionando las llaves y los conmutadores dejando el bar completamente a oscuras, a excepción de la escasa luz que entraba por los ventanucos sobre la puerta del local. El almacén quedaba separado del resto por una gruesa puerta de vaivén. Maite usó una caja de cerveza para asegurar la hoja y permitir que la escasa luz penetrase hasta la bodega. Descubrió apenada que algunas de las cajas de cartón que almacenaba allí ya estaban bajo el agua. La bodega constaba de un altillo elevado a dos metros del suelo, que prácticamente cubría la misma superficie que el almacén, aunque Maite casi nunca lo usaba, porque las escaleras eran demasiado empinadas y la altura no permitía mantenerse en pie. Aupada sobre los primeros peldaños se sostuvo en equilibrio mientras Begoña le iba pasando botellines que rescataba de cajas de cartón hechas pulpa.

Cuando terminaron, salieron de nuevo al bar. Maite levantó la persiana y se asustó al comprobar la fuerza que el agua llevaba en la calle. Miró a su hija.

—Es muy peligroso salir, Begoña. Nos quedaremos aquí y esperaremos a que baje el agua. Nunca ha subido más de cincuenta o sesenta centímetros en el Casco Viejo. Estaremos bien.

Bajó de nuevo la persiana y cerró las puertas asegurándolas, después fue hasta el teléfono y llamó primero a La Estrella. La propietaria le respondió muy seca que Noah no estaba y colgó. Maite suspiró tratando de pensar, no sabía a quién llamar. Lo cierto es que no se podía hacer gran cosa, tal y como estaba la calle, lo único era comunicarle a alguien que estaban allí por si las cosas se ponían peor. Se le ocurrió que hacía años que tenía amistad con una anciana vecina de rellano en su portal. Ella seguro que estaba en casa. Marcó su teléfono y al segundo toque respondió.

—Rosa, soy Maite.

—¿Quién es?

—Rosa, soy yo, Maite, está lloviendo muchísimo, el agua me llega casi a la cadera, no creo que suba más, pero si las cosas se complican llama a la Policía Municipal y di que estamos...

—¿Quién es?

—Rosa, soy Maite, ¿no me oyes? Begoña y yo estamos en el bar.

La línea quedó en silencio. Maite miró desconcertada el teléfono y accionó varias veces la horquilla, intentando restablecer la comunicación. Probó a marcar de nuevo, pero la línea estaba muerta.

Cuando escuchó la voz temblorosa de Begoña se dio cuenta de que comenzaba a asustarse.

—¿Qué ha pasado? ¿Qué te ha dicho?

—No lo sé, la línea se ha cortado, no sé si me ha oído, Rosa está un poco sorda —dijo Maite pensativa—. Quizá deberíamos haber llamado a tu amiga Edurne.

Begoña apretó los labios y ladeó la cabeza.

—No creo que esté en casa —dijo consultando su reloj—, sus padres están fuera y me ha llamado antes para decirme que iba a quedar con el irlandés ese.

—¿Lo dices en serio? Pues espero que no haya podido salir por la lluvia. Mira bien lo que te digo, quizá que llueva así es una suerte.

En la entrada, la fuerza del agua empujó la persiana contra la puerta interior haciendo que algunos de los cristales saltaran por la presión.

Instintivamente, retrocedieron hacia el almacén y subieron al altillo. El espacio no les permitía permanecer de pie y, sentadas, el techo rozaba sus cabezas, pero al menos estaban secas. Se quedaron allí encogidas y quietas, hablando en susurros, como en una iglesia, y tratando de distinguir algo entre los tintineos y los golpes sordos de los objetos que en el bar comenzaban a flotar. La puerta del almacén, que permanecía abierta trabada con la caja que Maite había dejado a tal fin, se cerró de pronto, sumiéndolas en la más absoluta oscuridad.

Edurne

La mayoría de la gente tiene un concepto de la buena y la mala suerte bastante equivocado o, cuando menos, sesgado. La repetición del error como dogma puede llegar a convencernos de que tenemos mala suerte o de que somos tremendamente afortunados solo porque desconocemos las demás opciones.

Se podían contar con los dedos de una mano las veces, hasta donde alcanzaba la memoria, que había caído una gran nevada en Bilbao. Al estar al nivel del mar Cantábrico, era tierra de abundantes lluvias que en minutos deshacían los escasos copos que llegaban a cuajar. Pero el día en que nació Edurne todo salió mal. Cayó sobre la ciudad una de esas históricas nevadas que paralizaron la vida cotidiana durante un par de días. Sus padres solían contarlo como una anécdota el día de su cumpleaños y en las comidas familiares. El ayuntamiento no tenía quitanieves ni sal; los autobuses no llevaban cadenas y los pocos taxis que daban servicio estaban rifados. Por suerte vivían entonces a dos kilómetros escasos de la clínica donde debía nacer. Cuando su madre se puso de parto, de madrugada, y en medio de la nevada, condujeron el coche familiar hasta que los neumáticos patinaron y se salieron de la calzada dando contra la marquesina de una parada de autobús. No sufrieron ningún daño, pero el vehículo quedó trabado allí. Hicieron a pie el último kilómetro y cuando entraron a urgencias aquello estaba desierto. Apenas media docena de enfermeras y un médico de medicina general que habían llegado a trabajar el día anterior y aún no habían regresado a sus casas. Avisaron al ginecólogo, por supuesto, pero sus caras denotaban que no llegaría a tiempo. Cuando el parto fue inminente, comprobaron alarmados que el bebé venía de nalgas. En aquellos tiempos no se conocía el sexo de la criatura hasta el momento del alumbramiento, y aunque jamás se lo habían confesado, albergaban la esperanza de que fuera un niño. La madre de Edurne recordaba el nerviosismo de las enfermeras y la cara de circunstancias del médico mientras ella, primeriza y aterrada, lloraba llamando a su madre, y su marido se fumaba dos cajetillas de cigarrillos en la sala de espera. Un parto terrible, largo y agónico, que, sin embargo, dio como resultado una bebé sana, pálida y pelirroja como una princesa escocesa, y un montón de puntos de sutura. La llamaron Edurne en conmemoración de aquel día.

«Qué le vamos a hacer, no llegaste con buena suerte, hija.»

Y así fue contada su historia durante toda su vida, sin saber que aquella niña llevaba la buena estrella grabada en la frente.

Porque las caras de circunstancias de las enfermeras cuando llamaron al ginecólogo no eran debidas solo a las dificultades meteorológicas. El ginecólogo, aturdido y confuso, contestó a la llamada y hasta se subió a su coche para trasladarse hasta el hospital. Amaneció dormido en su interior cuando el intenso frío lo despertó horas después de que Edurne hubiera llegado al mundo. Se rumoreaba desde hacía tiempo que el doctor usaba más fármacos para él mismo que para sus pacientes. Tres meses más tarde fue despedido tras dos episodios abominables: en el primero, dejó caer al suelo a un bebé durante el parto; en el segundo, una madre y su criatura perecieron por su mala praxis al presentarse en el quirófano totalmente colocado. No trascendió, hubiera sido mala publicidad para la clínica.

Aquel 26 de agosto de 1983, resguardada bajo la cornisa del cine Trueba, Edurne esperó y esperó, observando asombrada cómo la cantidad de agua que bajaba por Colón de Larreátegui se iba transformando de corriente a regato y, por momentos, en un auténtico arroyo. Durante algo más de media hora, mantuvo la esperanza de que John llegase. Después siguió allí solo porque no se veía capaz de cruzar y bajar la calle Ripa hacia el puente.

Los padres de Edurne, que se encontraban pasando unos días en la costa cántabra, señalarían aquel 26 de agosto como otro día fatídico en sus vidas, porque su negocio, una de las mejores zapaterías del Casco Viejo, fue uno de los primeros locales en inundarse: se echó a perder toda la mercancía de la tienda y el gran almacén contiguo.

Y así fue como la familia de Edurne siguió cultivando la absurda idea de que tenían mala suerte, sin saber que, por segunda vez, una tormenta los había salvado de un destino infinitamente peor.

John Biblia

John tuvo dudas cuando vio la fuerza con que la corriente bajaba por el río. El nivel de las aguas estaba bastante por encima del de la pleamar, para la que todavía faltaban horas; pero podía hacerlo, había navegado toda su vida en las aguas del lago. John abandonó el paraguas y saltó a la lancha buscando un impermeable de trabajo que guardaba bajo la tapa del motor. Y ahí fue donde percibió la primera señal de aprensión en Collin, aunque en ese instante no estuvo del todo seguro, no hasta la segunda.

Antes de arrancar el motor tuvieron que achicar el agua de lluvia que se había acumulado dentro de la embarcación, aunque llovía tanto que el gesto tenía algo de despropósito. John accionó la llave del encendido mientras rogaba que el motor ahogado no se pusiera en marcha. Pero lo hizo. En cuanto soltaron la amarra, la corriente arrastró la lancha río abajo y aunque John, firmemente agarrado al timón, evitó llevarla hacia el centro del cauce, en favor de las orillas, notaba la colosal fuerza de la corriente, que por debajo era diez veces más potente. El agua tenía el color del barro y se veía tan densa como si un inmenso lodazal de arcilla se deslizase bajo la superficie. Un objeto, seguramente una gruesa rama de las muchas que venían arrastradas por las aguas, impactó contra la barca desestabilizándola levemente.

Por un instante John vio el pánico en el rostro de Collin, que se sentó asegurando una de sus manos en la atadura de una de las defensas que colgaban en un costado de la lancha. La mente de John iba a mil por hora. A medida que se acercaban a la caseta era consciente del poco margen de maniobra que tenía, pero no sentía miedo, al contrario. Una especie de excitación crecía en su interior. Se retiró la capucha del chubasquero y, con el cabello pegado al cráneo por la lluvia, y fuertemente asido al timón, John se sintió tan poderoso y sensual como aquella noche en la que había alzado los brazos saludando a la tormenta, a orillas del lago Katrine. Aquella mirada en el rostro de Collin había venido cargada de información. Se notaba a la legua su falta de experiencia marinera, la tez empalidecida delataba el temor que le producían las aguas turbulentas. «Hasta es probable que el paleto irlandés no sepa nadar», pensó. John había visto aquella expresión muchas veces. Criado a la orilla de un lago poderoso y traicionero, sabía reconocer a los que jamás habían sentido el suelo tambalearse bajo sus pies.

Cuando divisó la caseta se pegó todo lo que pudo a la margen izquierda para evitar la corriente que se empeñaba en arrastrarlos hacia el centro del río. Rebasaron las escaleras del antiguo embarcadero y, en cuanto llegaron frente a la caseta, John viró tratando de maniobrar la lancha hacia el espacio bajo el paseo, que se había reducido considerablemente debido a la altura de la marea. El agua ya levantaba un palmo por encima del suelo exterior de la caseta, y a John no le costó imaginar el suave balanceo de los cuerpos mientras comenzaban a flotar. Echó a la orilla una amarra a todas luces insuficiente para inmovilizar la lancha y, antes de que Collin pudiera reaccionar, tomó un bichero, lo enganchó a una de las arandelas de amarre de la caseta y tiró con todas sus fuerzas hasta que la embarcación, poco a poco, se fue acercando a la construcción. Después, y usando una sola mano, sacó del bolsillo una llave que le tendió al irlandés.

—Tendrás que hacerlo tú, el motor no tiene fuerza suficiente para sostenernos con esta corriente. Si suelto el bichero, que nos arrastre será el menor de nuestros problemas.

Tal y como había supuesto, comprobó por su gesto que, para Collin, la posibilidad de que el agua los llevase, y quizá los echara a pique, era terrorífica.

El irlandés tomó la llave y se dirigió a la popa de la embarcación, que John había arrimado contra la puerta lateral de la caseta. El agua estaba tan alta que sus cabezas rozaban arriba. Collin se arrodilló sobre la caja que formaba la popa. El agua subía tan rápido que, si esperaban un poco más, no tendría tiempo de abrir el candado antes de que la embarcación quedase aprisionada contra el techo que formaba el paseo sobre sus cabezas. Collin tocó el candado con las puntas de los dedos. John lo vio manipularlo estirándose aprensivo. Lo quitó arrojándolo al interior de la embarcación y comenzó a tirar de las cadenas. En cuanto la puerta quedó liberada, la presión del agua del interior la empujó hacia fuera y quedó abierta. El hedor los golpeó con su carga siniestra y su mensaje mortal. John, que observaba cada gesto del irlandés, vio que primero retrocedía como si hubiera recibido un golpe, después comenzó a girarse lentamente. John llegó a ver el gesto instintivo con el que se llevaba la mano a su riñón derecho para recuperar su pistola. El rostro crispado de horror, sorpresa y asco, tanto asco que a medio camino se vio sacudido por una náusea intensa, se doblegó en una poderosa arcada y vomitó el festín del servicio de habitaciones.

En ese instante John soltó el bichero, y la embarcación se vio sacudida hacia delante arrastrada por la corriente. Collin cayó por la borda dejando su pistola sobre la cubierta y desapareció bajo las aguas. De un tirón John soltó el amarre y se puso al timón permitiendo que las aguas arrastrasen un poco la embarcación hasta sacarla de debajo de los arcos que sostenían el paseo. Acelerando al máximo el motor, intentó remontar los escasos cinco metros que lo separaban de las escaleras del antiguo embarcadero, pero la fuerza del agua era tal que, incluso con la maquinaria a tope, apenas conseguía desplazarse del sitio. Aseguró la palanca y el timón y, usando de nuevo un bichero, se estiró de un modo parecido a como lo había hecho el difunto Collin. Debía alcanzar aquella vieja arandela de amarre, que ya le había salvado la vida la otra noche cuando estuvo a punto de precipitarse desde el embarcadero. Metro y medio lo separaba de las resbaladizas escaleras; metro y medio que la embarcación, con el motor a tope, no era capaz de cubrir debido al embate de la riada.

Volvió la mirada hacia la caseta y pudo ver que por la puerta abierta salía flotando uno de los cuerpos envuelto en la lona verde. Las aguas del Nervión lo acogieron como una ofrenda engulléndolo inmediatamente. John sonrió y, refrendado por su buena suerte, tomó impulso y saltó hacia la escalera. El golpe contra la orilla afilada del exterior le desgajó completamente la pernera, y estuvo seguro de que también la piel. Las puntas de sus dedos en carne viva chocaron con fuerza contra el cemento rugoso, que ya le había arrancado las uñas la otra noche. John jadeó de dolor mientras tomaba conciencia de la importancia de no doblegarse en aquel momento. Una pierna había quedado colgada en el vacío, solo sus dedos heridos estaban afianzados, el otro pie comenzaba a resbalar sobre el limo mucoso que cubría las escaleras del antiguo embarcadero. Rezó con todo su ser al dios que no escuchaba a los niños e, impulsándose con las pocas fuerzas que le quedaban, consiguió levantar la rodilla lo suficiente para enclavarla en el borde afilado de hormigón. Sintió cómo se desgajaba su carne, pero logró ponerse a salvo, mientras que la motora se ladeaba y era engullida por la fuerza del agua, que, como a una pequeña cáscara de nuez, le dio la vuelta alejándola, arrastrada por la riada.

De haber sido otro lugar, de haber sido otro momento, John se habría concedido unos segundos para saborear la dulce sensación de tomar tierra como un náufrago. Pero aquel sitio le producía tanto temor que la certeza del peligro siguió planeando sobre él como un ave de mal agüero. Estaba dolorido y mojado; al principio no se había dado cuenta, pero se percató entonces de que el agua estaba subiendo rápidamente y lo cubriría en segundos si no se daba prisa. Sobreponiéndose al dolor gateó escaleras arriba, repitiendo como una coreografía aprendida los pasos de la otra noche. Cuando alcanzaba el paseo sintió que el agua le cubría las manos.

Stay out of my shoes if you know what's good for you
Mantente fuera de mis zapatos si sabes lo que te conviene

El recorrido de vuelta hacia la zona del ayuntamiento había sido bastante más penoso que el de ida. A los charcos y enormes balsas se sumaban ahora los desagües revocando y las alcantarillas que habían perdido sus tapas, empujadas por el ímpetu del agua que brotaba desde su interior. El tráfico estaba detenido en muchas de las calles. Los semáforos no funcionaban. Intentaban ver algo a través de cristales empañados, pero los limpiaparabrisas de la Transit no daban más de sí para apartar la inmensa cortina de lluvia que en ese momento caía sobre Bilbao. La radio hablaba de crecidas río arriba, poblaciones aisladas por aluviones de agua, locales anegados en la ribera, y caos. La señal de las emisoras iba y venía de modo intermitente. Lizarso cambió de Radio Euskadi a Radio Nacional, con la misma suerte. Hacía veinte minutos que un gran apagón se había extendido por toda la ciudad dejando a oscuras los domicilios y las calles, donde las farolas se habían encendido temprano por la falta de luz. La gente marcaba los mismos números en los que días antes pedían canciones para lanzar angustiosas llamadas a familiares o para contar cómo sus negocios se estaban inundando sin que pudieran hacer nada. Los números de protección civil, de la policía y de los bomberos habían colapsado. Se veían vehículos detenidos por todas partes, con sus luces de emergencia y los motores en marcha. Los rostros sobrecogidos de los conductores, que sin saber qué hacer ni a dónde dirigirse asomaban entre las porciones de vaho arrancadas de los cristales, mirando a aquel cielo indiferente que se desplomaba sobre la ciudad, como en un diluvio universal. El Nervión se desbordó justo cuando alcanzaron la recta del paseo de Campo de Volantín, y el agua comenzó a extenderse tan rápido por la llanura como el fuego por la pólvora. Faltaba un trecho para alcanzar la zona del embarcadero, y había coches detenidos delante y detrás de la furgoneta. Noah limpió con la mano el vaho de su cristal y, entre la lluvia y los promontorios de cemento que sostenían las jardineras del paseo, vio a un hombre que, como si emergiese del suelo, se ponía en pie. Noah abrió la puerta de la Transit y salió bajo la lluvia, que con su estruendo ahogó las voces de Lizarso y Rafa.

—¡Que Rafa no salga del coche! —gritó esperando que ellos pudieran oírlo.

Collin

Le había tomado por sorpresa. En el momento en que retiró las cadenas y la puerta quedó abierta, el hedor procedente de la caseta había sido tan intenso que le había hecho vomitar. No era la primera vez que olía la muerte; en un primer instante había llegado a pensar que quizá la inundación había causado que un colector roto hubiera terminado descargando allí.

Incluso a la escasa luz de aquella tarde de diluvio, había llegado a percibir la forma alargada e inflamada que tenían los cuerpos en avanzado estado de descomposición. Había más de uno, no había tenido tiempo de contarlos, el olor a muerto le puso en alerta de inmediato. Se estaba volviendo, había llegado a alcanzar su arma sobre el riñón derecho, pero entonces la embarcación dio un fuerte cabeceo y perdió el escaso equilibrio que tanto le había costado mantener sobre la cubierta encharcada. El tirón hacia atrás y de costado lo precipitó por encima de la aleta de babor.

John tenía razón en algo: Collin el irlandés no era un buen nadador. Desde que tocó el agua su cuerpo fue como el de un títere desmadejado. Perdió de pronto la noción del arriba y abajo, no podía oír nada que no fuera el rugido del agua y no podía ver, aunque sus ojos estaban abiertos por el pánico. Sintió cómo era absorbido de inmediato. Los brazos y las piernas revueltos en un aspa continua, y entonces percibió cómo la fuerza que lo sacudía disminuía un poco. Sacó una mano del agua y, al toparse con un objeto, se agarró al bichero que había quedado colgado del gancho del embarcadero bajo el paseo. Se aferró con las dos manos hasta que los nudillos se le blanquearon, emergió tosiendo aterrado. Miró alrededor y vio que, por algún efecto de la corriente, el río lo había succionado empujándolo hacia la diminuta zona de exclusión más calma, bajo los arcos.

Sujetándose con todas sus fuerzas inclinó la cabeza hacia atrás para intentar ver dónde se había metido Murray. En ese momento la embarcación pasó flotando a la deriva y se ladeó volcando y dejando la quilla de la lancha boca arriba.

No tenía modo de saber qué había pasado ni si Murray había corrido incluso peor suerte que él, pero suponía que había conseguido llegar a las escaleras del embarcadero abandonando la motora después.

Collin analizó su situación. Estaba atrapado en aquel pequeño remanso junto a la caseta agarrado al bichero con todas sus fuerzas, no tenía más salida que ir hacia el interior de la construcción. Abandonar la protección bajo el paseo y nadar diez metros a contracorriente quedaba descartado. Ya había experimentado el poder del agua, y era imposible. La otra opción consistía en dejarse arrastrar hasta, quizá con suerte, alcanzar alguna de las escaleras que bordeaban el paseo. Pero el modo en que la corriente subacuática lo había succionado le hizo pensar que acabaría en el mar Cantábrico antes de que terminase el día.

Su única posibilidad pasaba por llegar al saliente delantero de la caseta, que formaba un voladizo ante el portón frontal. Si lo lograba y conseguía alzar su cuerpo hasta el tejadillo, tendría alguna oportunidad de alcanzar el paseo. La pequeña distancia que suponía doblar la esquina era insalvable. No había allí modo alguno de asirse, y de sobra sabía que sus fuerzas no serían suficientes para luchar contra la corriente.

Alzándose sobre sus brazos se apoyó en el pequeño pretil de piedra que recorría el bajo del paseo y, venciendo su repulsión, se lanzó hacia la parte abierta de la caseta. El agua subía rápidamente y dentro ya alcanzaba cuarenta centímetros. Los cuerpos, como momias plastificadas, flotaban en el escaso espacio tambaleándose como si se disputasen quién saldría primero. El hedor era insoportable. Collin empujó la puerta frontal, que se tambaleó zarandeada por el envite de las aguas. Con la espalda en la pared trasera comenzó a patear la endeble puerta, seguramente ya muy debilitada por la acción de las sucesivas mareas vivas; al tercer empujón se desprendió de las antiguas bisagras, que quedaron colgando del marco poroso y amarillento, y se ladeó enganchada de la otra hoja por las cadenas que la habían sujetado. El agua entró en la construcción con más fuerza y Collin vio los cadáveres amortajados que se movían virando como macabras traineras. Uno, envuelto en lona verde y tan inflamado que las cuerdas que lo sujetaban se habían tensado hasta desaparecer entre los bultos abombados, salió flotando hacia las aguas y fue arrastrado río abajo de inmediato. Los otros dos cuerpos giraron hasta quedar atravesados, trabando la puerta lateral. Collin se asomó al saliente, mientras veía venir las aguas crecidas que dejarían la caseta bajo sus dominios. Saltó estirando las manos y anclando los dedos en el borde de hormigón. Hizo acopio de todos sus ánimos para impulsarse hacia arriba y agarró la barra de hierro del balcón del paseo a la vez que el agua lo propulsaba como si tuviera un elevador bajo sus pies. Con las fuerzas que le quedaban se afianzó en la barandilla envolviéndola con sus brazos, mientras soportaba el empuje de la avenida de agua que en ese momento lo cubrió hasta la cintura.

The heat is stifling, burning me up from the inside
El calor es sofocante, y me quema por dentro

Solo faltaban los truenos y los rayos para iluminar la repentina noche que había caído sobre Bilbao, pero, por lo demás, el escenario era idéntico al de aquella otra noche en que Noah murió mientras intentaba detener a John Biblia. Avanzó parapetándose en las jardineras, mientras el corazón se le aceleraba y todas las sensaciones que conformaban la más perfecta de las puestas en escena de un estrés postraumático se ponían en funcionamiento a su alrededor. Sobre el torrencial sonido de la lluvia al caer, y aquel otro atronador del Nervión saliéndose de su cauce, Noah escuchó su corazón zas, zas, zas, como cadenciales latigazos. Se apartó la capucha del chaquetón, necesitaba libres todos los ángulos de visión. El agua le caía por el rostro con tanta fuerza que dolía, y lo obligaba a entornar los ojos para ver algo y a revivir aquella sensación que había llegado a odiar. Pensó que el hombre junto a la orilla se movía con dificultad, ¿o quizá se recreaba mirando cómo la corriente arrastraba fuera de su nicho a las damas de Bilbao?

Noah sabía que era John, porque solo podía ser John. Una corazonada del tamaño de Bilbao lo asoló y supo que para uno de los dos había llegado el momento. La fuerza del pálpito fue tal que su pulso se aceleró por efecto de la adrenalina mientras sentía cómo los costados de su perímetro de visión se fundían a negro. Un intenso mareo lo sacudió y le hizo perder el equilibrio. Se apoyó en una de las altas jardineras, cerró los ojos y se concentró en respirar profundamente por la nariz tratando de vencer el vahído que lo dejó unos segundos fuera de combate.

No era una dama del río lo que había llamado la atención de Biblia. Por un segundo pensó que se trataba de una alucinación, pero la distintiva ropa de aguas que llevaba Collin lo ayudó a identificar al hombre que, aferrado a la barandilla de hierro del paseo, luchaba para no ser arrastrado por las aguas.

John lo miró disgustado. Hasta negó con la cabeza como ante un crío recalcitrante. Llevó la mano al arma que portaba en el costado, apuntó, la bajó un poco para absorber el retroceso, quitó el seguro y disparó.

Sentado en el suelo encharcado, Noah se inclinó para tratar de ver algo mientras el corazón se le aceleraba y una intensa sensación de opresión comenzaba a extenderse palpitando desde el centro del pecho, como una luz de alarma encendida. Le faltaban menos de cincuenta metros para llegar hasta él cuando vio a John levantar el brazo hacia la ría, como si estuviera haciéndole una señal a alguien. Lo bajó señalando a sus pies y disparó un arma que Noah no había visto desde aquel ángulo. Reconoció el inconfundible sonido del disparo, aunque estuvo seguro de que nadie había oído la detonación, perdida entre el magnífico estruendo de la crecida. No podía ver contra quién disparaba, aunque solo podía ser contra Collin. Con el corazón a mil y agazapado tras la jardinera, Noah tomó el revólver que llevaba sobre el riñón derecho y, tal y como había hecho aquella otra noche, se lo acercó al rostro para infundirse la fuerza y el valor suficientes para terminar con aquello. El mareo había desaparecido, el corazón latía muy rápido pero acompasado, y las frías rachas de aire que cabalgaban las aguas del Nervión refrescaban su piel, haciéndole sentir despierto y despejado. Se irguió y, sujetando el arma con las dos manos, avanzó hacia John de lado. El agua le llegaba a las rodillas.

John se sentía borracho de euforia, todas las señales del cielo coincidían sobre su cabeza como el presagio del nacimiento de un nuevo mesías. Sostenía aún el arma en la maltrecha mano derecha. A pesar de lo mucho que pesaba, se recreó en el disparo perfecto, y en la cara de estupefacción de Collin, mientras seguía uno a uno todos los pasos que este le había enseñado. Exaltado como en el bautismo de su renacimiento, levantó los brazos y el rostro al cielo. Y entonces oyó aquella voz:

—John Clyde, tira el arma. ¡Quedas detenido!

John cerró los ojos y comenzó a negar con la cabeza. Profundamente contrariado. Volvió a oír la voz:

—John Clyde, tira el arma.

Pero John no tiró el arma, aunque tampoco la esgrimió, colgaba flácida, como abandonada u olvidada en su mano. En lugar de obedecer se fue girando lentamente hasta quedar frente a Scott Sherrington, con una expresión de fastidio e impaciencia en el rostro que logró desconcertar al inspector.

—No, no, te equivocas, no soy John Clyde —dijo con convicción.

—¿Prefieres John Biblia?

El rostro de John se contrajo como si lo hubiera insultado.

—No entiendes nada —dijo levantando ambas manos ante la cara. Miró la pistola, casi sorprendido, como si no esperara que estuviera allí, y apuntó al policía.

Completamente empapado por la lluvia, y con la camisa y la fina cazadora pegadas al cuerpo como una segunda piel, John parecía menudo y extraordinariamente más joven de lo que era. Recordaba un poco al retrato robot que Scott Sherrington había estudiado mil veces, pero, observándolo, supo también por qué las mujeres se iban con él. Incluso con la pernera del pantalón rota y sucia de limo y sangre, y apuntando un arma, subyacía en John algo pulcro, casi virginal.

Noah no se dejó conmover. Amartilló el revólver y se ladeó ligeramente flexionando los brazos. Habló con calma y decisión.

—Tira el arma, John, o te juro por Dios que no tendré ningún reparo en matarte.

Llegó a pensar que la mención de Dios había tenido algo que ver. John no bajó el arma, pero movió lentamente el brazo derecho hasta dejar a Noah fuera de tiro. Entonces disparó. Esta vez Noah oyó la detonación con toda claridad. Instintivamente se giró a mirar al lugar hacia donde John había dirigido el tiro.

Rafa aún estaba en pie. Por un segundo estuvo seguro de que no lo había alcanzado, pero entonces un pétalo oscuro se abrió en su frente, dejando su gesto detenido entre el dolor y la sorpresa. Cayó de espaldas amortiguado por la altura del agua que seguía creciendo. Noah corrió hacia él mientras sentía cómo el mundo comenzaba a oscurecerse a su alrededor, alcanzó a ver a Euri saltando junto al cuerpo, completamente empapada, y a Lizarso que avanzaba sosteniendo su Star con una sola mano. Noah cayó de rodillas al lado del chico e intentó mantener la cabeza de este fuera del agua, mientras el corazón se le rompía definitivamente. Se llevó una mano al pecho, advirtiendo cómo el dolor lo destrozaba, aplastándolo, ahogándolo, y por último explotando en una ola de dolor que detuvo su corazón con la misma fuerza devastadora con la que el Nervión destruía la ciudad. Su último pensamiento fue una mezcla de muchos. Pero, sobre todo, pensó que morir con dolor era lo justo cuando se moría de pena.

Mikel Lizarso

Desde el instante en que Noah abrió la puerta y saltó fuera de la furgoneta, el ertzaina Mikel Lizarso supo que todo iría mal. Después no sabría explicarlo, pero tuvo una de esas corazonadas de las que hablaba Scott Sherrington. Quizá porque como en las fatídicas conjunciones de planetas, justo en ese instante el Nervión comenzó a desbordarse, quizá porque, seguramente fascinado por el espectáculo del agua cubriendo el paseo y viniendo hacia ellos, el conductor que venía detrás no frenó a tiempo y chocó contra la furgoneta. Quizá por el modo en que Euri se puso a ladrar; pero más que nada porque aún resonaba en sus oídos la advertencia de Noah antes de cerrar la puerta: «Que Rafa no baje del coche».

Vio que el conductor que le había alcanzado salía de su vehículo y venía hacia su puerta llevándose las manos a la cabeza. Había perdido de vista a Noah, y Euri ladraba como loca. Lizarso bajó la ventanilla para intentar localizar a su amigo entre la lluvia, pero el otro tipo se interpuso justo delante deshaciéndose en disculpas e insistiendo en que tenía seguro. Bajó de la furgoneta, se identificó como ertzaina y le ordenó que volviera a su coche mientras la oleada de agua proveniente del río casi les llegaba a las rodillas. El tipo no escuchaba, seguía con su perorata sobre el seguro y Mikel trataba de atisbar algo por encima de su hombro. Y debió de ser ahí, en ese lapso, mientras apartaba al fulano que tenía delante enseñándole su placa y se volvía hacia el interior de la furgoneta para advertir a Rafa de que se quedase allí, cuando comprobó que en algún momento el chico había salido seguido por su perra. Se giró hacia el paseo y los localizó cincuenta metros más adelante. Echó a correr frenado por las oleadas de agua lodosa que llegaban desde la orilla, lo llamó repetidamente, aunque el estruendo de la lluvia, los pitidos de los coches y el rumor como el ronquido de un monstruo que llegaba desde el río absorbieron su voz. Sacó el arma cuando vio a Noah apuntando a John Biblia, y llegó a estar a escasos dos metros de Rafa cuando aquel hijo de puta apuntó al muchacho y disparó. Lo vio caer impelido por la fuerza del disparo y oyó gritar a Noah de un modo que no olvidaría jamás. Rafa estaba muerto. Lo supo con la absoluta certeza de las corazonadas. Después, todo sucedió con extrema lentitud, como si alguien hubiera ralentizado la velocidad con la que giraba el mundo. Vio a John que avanzaba penosamente en dirección a la calle principal luchando contra el empuje de la corriente lateral, que casi le llegaba a la cadera y que era cada vez más fuerte. Vio la Star, como una extensión de su brazo apuntando a John Biblia, vio el punto de mira, quitó el seguro y trazó con la mirada el recorrido que después haría la bala. Apretó el gatillo.

El impacto en el pecho no tumbó a John, pero lo hizo trastabillar retrocediendo ladeado. El arma cayó de su mano sin fuerza, y se recogió el brazo contra el cuerpo con un gesto de protección, casi como si estuviera abrazándose. Hubo algo más, una de esas cosas en las que en los años siguientes Lizarso pensaría muchas veces. John alzó la cabeza como si hubiera oído algo, algo que solo él podía oír. Su rostro reflejó un pavor que el ertzaina no había visto antes. Miró a su alrededor como ido y siguió retrocediendo hasta el lugar donde había estado la barandilla, que ya era invisible. Vio cómo las turbulentas aguas del Nervión lo arrancaban del lugar arrastrándolo hacia el cauce.

Entonces el ertzaina Mikel Lizarso se volvió hacia donde estaban sus amigos. Euri ladraba enloquecida tirando de la manga de su dueño, intentando llevarlo hacia la parte que menos cubría; Noah seguía de rodillas, casi cubierto por el lodo. Pensó que lloraba abrazado a Rafa, pero cuando se fue acercando descubrió que yacía desmayado sobre el cuerpo del chico. Se agachó a su lado tratando de encontrarle el pulso en el cuello. No lo halló.

El tipo que había chocado con su furgoneta permanecía fuera, observando, seguramente alertado por los ladridos de Euri y por la curiosidad de ver qué hacía un ertzaina corriendo hacia la orilla desbordada. Al percatarse de que había allí más gente, había logrado convencer a media docena de hombres para que se acercasen a ayudarlos. Los vio palidecer cuando descubrieron la herida de Rafa. No había agujero de salida. De no ser por el ominoso círculo oscuro abierto en su frente habría parecido que dormía. Cuando los hombres lo alzaron del suelo, Lizarso vio que en torno a su boca se inflamaban pequeñas pompas rosadas de baba y sangre. Aún respiraba. No podía saber si Noah lo hacía. Aunque se había inclinado hasta pegar el oído a su pecho, no había conseguido oír más que un leve rumor, como si la corriente del Nervión circulase de alguna forma subterránea en el fondo del pecho de su amigo. Tomándolos de los brazos y los pies fueron sacándolos hacia la carretera.

A duras penas pudieron abrir las puertas traseras de la furgoneta, que habían quedado dañadas debido al choque, colocaron los dos cuerpos en la trasera, y el conductor del vehículo de atrás, sintiéndose en parte responsable, utilizó su propio cinturón para asegurar los dos portones.

—No creo que consigas llegar a un hospital, la calle está atascada de coches y las alcantarillas reventadas, pero es que, además, la policía habrá cortado el puente. El agua ya debe montar por encima.

—Pasaré, soy ertzaina.

El tipo no dijo nada más. Se quedó allí en pie, bajo la lluvia y con el agua hasta las rodillas. Lo vio maniobrar y enfilar el paseo desaparecido bajo el agua, en sentido contrario, convencido de que el pobre diablo no había entendido nada.

Maite

Cuando se quedaron a oscuras Begoña se abrazó con fuerza a su madre, pero no gritaron. Conscientes de la importancia de saber lo que ocurría, aguzaron el oído tratando de percibir algo que les diera una señal de lo que estaba sucediendo. Durante unos minutos no fue más que un rumor, un susurro lejano. Sí que gritaron cuando el agua las alcanzó. Begoña comenzó a llorar y Maite sintió cómo las lágrimas le ardían en los ojos, pero se contuvo; si ella también se abandonaba al pánico, su hija moriría de miedo. El agua comenzó a subir muy rápido, estaba en la cadera, les llegaba al pecho, al cuello, hasta que en un determinado momento, para respirar, tuvieron que inclinar la cabeza hacia atrás para que el agua no les cubriera la boca.

Permanecieron así, inmóviles, en la oscuridad y cogidas de las manos, mientras Maite se atormentaba pensando el modo estúpido en que había arrastrado a su pequeña a la muerte. Había sido muy torpe al decidir resguardarse allí, pero otro pensamiento la asoló: si el agua había alcanzado más de dos metros dentro de su bar, ¿qué estaba pasando fuera? El paisaje que se dibujó en su mente era tan aterrador que no pudo evitar gemir. Su angustia actuó como un percutor disparando las emociones de ambas. Escuchó a su hija llorar, y al apretarla contra su cuerpo sintió que temblaba. Le emocionó su valentía, su templanza, porque, aunque estaba aterrada, lloraba de un modo quedo, como un ratoncito ahogándose en el agua.

Extendió las manos hacia donde creía que podía estar su rostro y con las yemas de los dedos distinguió las lágrimas ardientes que brotaban de sus ojos.

—No llores, mi amor, es peor.

El ratoncito dejó de llorar.

—Tienes razón —susurró.

Entonces se dieron cuenta de que el agua había bajado un poco, de que, aunque aún les llegaba al cuello, les permitía mantener la cabeza erguida y seguir respirando. En los siguientes minutos, poco a poco el agua fue bajando hasta que les quedó de nuevo a la altura del pecho.

—Todo saldrá bien —se atrevió a decir Maite—. El agua está bajando y vendrán a buscarnos, ya lo verás.

Acababa de decirlo cuando percibió algo raro. Alzó la mano y supo que lo que había sentido era una gota cayendo sobre su cabeza. Sacudió cuanto pudo el agua de su mano y volvió a colocarla sobre su pelo para cerciorarse. Había una gotera que chorreaba desde el piso superior. La certeza le resultó terrorífica, porque si había agua sobre sus cabezas, el mundo allí fuera había cambiado más de lo que su mente era capaz de imaginar. Un ruido sordo retumbó propagándose en el agua. Y apenas unos segundos después otra vez, y de nuevo, llegando a producirse con una cadencia que a Maite le recordó al oleaje golpeando en una escollera muy muy lejos. Aquel ruido sordo aumentó como si alguien estuviera accionando una gran batidora dentro del agua, y se fue haciendo más grave, más intenso. Maite agarró a Begoña y la abrazó protegiendo la cabeza de la chica contra su pecho.

Tuvo un pensamiento y unas palabras. El pensamiento fue para Noah, las palabras, para su hija.

—Te quiero, mi vida —fue lo último que dijo antes de que las paredes del antiguo casino se les vinieran encima.

Mikel Lizarso

Cuando Lizarso volviera a recordarlo, ni siquiera guardaría memoria de haber pasado el puente, pero sin duda lo hizo. Tiempo después hasta recordaría haber visto el barco *Consulado de Bilbao* cabeceando a la deriva antes de irse definitivamente a pique, mientras la gran avenida de agua, que inundaría la ciudad hasta la segunda planta de sus edificios, llegaba al Arenal. Sin oír, sin ver, sin sentir. Calado hasta los huesos y conduciendo a contracorriente en algunos tramos. Recordaba, sin embargo, con gran claridad otras cosas: que ni una vez se había vuelto a mirar los cuerpos, que en la radio sonaba la banda sonora original de la película *Blade Runner*, que cuando vio que el agua montaba por encima del capó elevó una plegaria: «No te pares, no te pares» y que Euri aulló todo el camino. No, lo último no lo recordaba con tanta nitidez, fue más bien que se percató de que lo había estado haciendo cuando alcanzaron la entrada de urgencias del hospital de Cruces, porque, en ese preciso segundo, Euri enmudeció. Como si hubiera comprendido que todo su esfuerzo ya no tenía sentido. Metió el hocico entre sus patas delanteras y se ovilló en el asiento del copiloto, temblando. La pequeña y valiente Euri, la perra de la lluvia, con su pelaje empapado parecía aún más pequeña. Juraría que entre ese instante y el momento en que un enfermero abrió la puerta interrogándolo habían pasado horas. Recordaba haberse identificado, recordaba las torpes señales hacia la trasera de la furgoneta, pero no estaba seguro de haber dicho mucho más. Después, las camillas, los estetoscopios, el personal médico arremolinado sobre los cuerpos, y una prisa propia de urgencias y que a Lizarso le pareció totalmente incongruente. Una enfermera se dirigió a él.

—Usted, el ertzaina. ¿Es donante de sangre?

Asintió.

—¿De qué grupo?

—Cero negativo.

—Pues entre, vamos a necesitarlo.

Se quedó de pie, inmóvil ante las puertas batientes de urgencias, mucho tiempo después de que las camillas hubieran desaparecido, y solo se movió cuando notó el hocico frío de Euri empujándolo en el hueco de la mano. Juntos atravesaron la puerta. Lo que recordaba con toda claridad era que alguien les había salido al paso diciéndoles que el perro no podía entrar allí y cómo había sacado su placa y le había contestado:

—Es ertzaina.

Maite

El estruendo que siguió al derrumbe fue grandioso. No sabría nunca cuánto tiempo permanecieron así, sumidas en la oscuridad. Ensordecidas por el estrépito. Sentía el cuerpo de su hija temblando junto al suyo, intentó abrir los ojos, y pareció que estuvieran sepultadas bajo toneladas de arena; un leve parpadeo le produjo la sensación de cientos de pequeños cortes lacerando su córnea. Los cerró apretándolos de nuevo. Aspiró profundamente buscando aire y los pulmones le ardieron como si hubiera respirado fuego.

—*Ama...* —le llegó la voz ronca de Begoña.

Maite tiró de la pechera de su propia camisa empapada cubriéndose la boca.

—Bego, respira a través de la camiseta y no abras los ojos. —Decir aquellas palabras le costó un ataque de tos. La boca le sabía a yeso y a hongos, y la piel del rostro le quemaba con una sensación tensa y lacerante a la vez.

Quedaron atrapadas en una bolsa dentro del derrumbe, pero era imposible calcular cuántas toneladas de escombros tenían por encima, ni cuán estable era la burbuja en la que se encontraban. Intentando mantenerse serena fue probando a moverse lentamente. Seguían con el agua hasta la cintura, pero ahora era una espesa papilla de escombro, polvo y yeso.

*The sweat is coming through each
and every pore, I don't wanna be
here no more*
El sudor sale por cada poro,
ya no quiero estar aquí

El dolor físico, que en un instante le había parecido insoportable, cesó de pronto cuando su corazón se rompió;
pero el otro, el de la inmensa pena que sentía por la muerte de Rafa, siguió atenazándole el pecho como un cepo
dentado. Noah lloraba desconsolado. Se había cubierto los
ojos con las manos para no tener que ver la obscena herida que perforaba su frente, la frente de su niño, que, en
ese momento lo supo, era su hijo en la muerte. Negarse a
mirarlo no le sirvió de mucho, tenía sus grandes y brillantes ojos oscuros clavados en el alma. Desde muy lejos oía
ladrar a Euri. Vio a Lizarso, con la Star en la mano y el
brazo extendido hacia John. Vio la bala y el recorrido de
un tiro certero que alcanzó en el pecho de Biblia. Vio a
John aterrado ante la certidumbre de su muerte, arrastrado por las aguas, mientras oía aquel pavoroso llanto, que
en efecto era solo para él. Vio a Lizarso que se inclinaba
sobre los cuerpos desmadejados buscándoles el pulso y vio
las lágrimas que se mezclaban con las gotas de lluvia en
el rostro de aquel hombre que era su amigo. Vio a los
hombres que venían corriendo desde la carretera y, medio
a rastras, sacaban los cuerpos del agua y los metían en la
trasera de aquel furgón de color azul con las puertas abo-
lladas. Euri comenzó a aullar.
    Y entonces Noah se volvió para ver Bilbao. Vio la
gran avenida de agua que se derramaba por las laderas y

que arrasaba la ciudad. Vio cómo subía el agua destruyendo las *txosnas* de fiestas instaladas en toda la ribera. Vio el torrente de agua sucia reventando las ventanas del glorioso teatro Arriaga y llenando sus estancias de lodo y ramas, de plásticos y sedimentos pesados enterrados durante cientos de años en el lecho del río. Vio las laderas de las colinas que rodeaban las Siete Calles derrumbándose en una mezcla de grava, árboles arrancados y cemento desgajado, y el Casco Viejo sepultado bajo toneladas de barro y desechos. Vio los coches que flotaban a la deriva, a los hombres subidos a los tejados de los talleres, a las mujeres llorando tras los visillos de las cocinas, la mirada triste de los animales arrastrados a la muerte, a los vecinos que se ahogaban dentro de sus tiendas, a los que eran tragados por el aluvión desde sus casas demolidas, a los que nunca serían encontrados. Mil quinientas toneladas de lluvia. Cinco metros de altura en algunos lugares. Cayeron seiscientos litros de agua por metro cuadrado en unas horas. Noah vio el diluvio. Y lloró por aquella ciudad, por los cadáveres envueltos en lona que flotaban en el río, por los perros ahogados, por Rafa, por Lizarso, por la doctora Elizondo, por su vida desperdiciada, por Maite, su amor recién encontrado. Euri seguía aullando, y su quejido se convirtió en lo único importante, en el ancla que lo mantuvo aferrado al hilo de vida que sostenía su corazón fibrilando.

Noah lloró hasta que las lágrimas le limpiaron los ojos, y entonces, por encima de toda la destrucción, Noah pudo ver. Vio al ertzaina Lizarso conduciendo a contracorriente con su nefasta carga en la trasera del furgón y, elevándose un poco más, pudo ver a Maite y a Begoña cubiertas de una capa de polvo de cemento, abriéndose paso hacia un agujero en el techo del viejo casino y saliendo de entre las ruinas. Sonrió al ver a aquella mujer que era su mujer, y a aquella chica que habría sido su hija, y desterró definitivamente su pena al ser consciente de cuánto amor se llevaba. A lo lejos Euri seguía aullando. Miró hacia atrás para ver una vez más aquel *finis mundi* que destruiría la ciudad, y hasta tuvo un atisbo del renacimiento que vendría, del *auzolan* en las calles, del orgullo y la esperanza que volverían a levantar Bilbao. Pero decidió no seguir mirando, prefería ver el sol que empezaba a sosegarle el alma y se dirigió hacia allí. El calor le calmó la mente y, poco a poco, fue templándolo y eliminando de su piel cualquier recuerdo del frío. Aún podía oír los aullidos de la perra de la lluvia. Pero había mucha gente esperándolo al sol, a lo lejos creyó distinguir a sus padres que le sonreían, y a otras personas que recordaba vagamente, pero que estuvo seguro de que habían formado parte de su vida. Vio a un grupo de mujeres entre las que reconoció a Clarissa O'Hagan, con el cabello suelto brillando al sol, y Noah se sintió satisfecho, porque pensó que estaba guapa con el pelo peinado así. Se volvió una vez más a mirar la ciudad que sucumbía bajo la destrucción del diluvio y decidió que ya no tenía miedo, que iría hacia el sol.

«Noah», escuchó con perfecta claridad la voz de Maite, que lo llamaba, que lo reclamaba como había jurado, como se reclama lo propio. Y a pesar de la calidez del sol que le templaba el alma, a pesar de que ya casi había decidido ir hacia allí, se volvió para regresar junto a ella.

Entonces vio a Rafa de pie ante él. No había rastro en su frente de la obscena herida que presentaba el cuerpo del furgón, pero además había perdido la rigidez en sus miembros y en su rostro. Noah quiso hablarle, pero se dio cuenta de que no podía, porque ya no había palabras. Rafa le sonrió, como si supiera cosas que Noah no sabía. Siempre fue un chico listo. Levantó la mano y tocó a Noah en el pecho, y justo en el instante en que lo hacía, Noah oyó respirar al dragón. Supo que lo había estado acompañando todo el tiempo, y casi pudo sentir el suave frufrú de un millón de cortinas que componían la pleura de aquella criatura, que había permanecido adormecida desde que Noah desembarcó en Bilbao. Supo que estaba despertándose, que aquel ser mitológico, poderoso y casi eterno tenía para acompañar a sus poderosos pulmones un potente corazón. Euri enmudeció y, durante unos segundos, Noah tan solo percibió el silencio, el silencio total y absoluto de la muerte, el silencio que conseguía tragarse el clamor de la ciudad que perecía bajo el agua, y entonces, cuando creyó que aquel silencio sería para siempre, Noah comenzó a oír el corazón del dragón. Bum, bum. Bum, bum. Retronando con tanta fuerza que hacía vibrar el aire alrededor. Bum, bum. Bum, bum. Noah quería saber, quería entenderlo, así que volvió para mirar de nuevo, para comprender aquel prodigio que hacía que el corazón del dragón latiera en su pecho.

Oyó con claridad la voz que lo llamaba, y hasta creyó reconocerla.

—Noah, ¿estás despierto? Abre los ojos.

Obedeció.

—Hola, Noah.

Incluso parcialmente oculto por la mascarilla quirúrgica, Noah reconoció al doctor Sánchez.

—Hola, doctor.

El médico sonrió satisfecho volviéndose a mirar a los otros tres médicos que lo acompañaban.

—Bueno, tu saludo ya me demuestra que sabes quién soy y dónde estás. ¿Cómo te sientes?

—¿Y mis amigos? —La voz le salió en un susurro.

—Podrás verlos enseguida, pero antes contesta, ¿cómo te sientes?

Noah lo pensó unos segundos.

Se sentía agotado, y el escaso esfuerzo de saludar a los médicos había despertado en su pecho un dolor agudo y lacerante, que iba *in crescendo*, como la pleamar.

—Terriblemente cansado, y me duele el pecho.

—Las dos cosas son normales, pero no dejaremos que te duela. Procura no moverte —dijo el médico alzando una mano a un punto sobre la cabeza de Noah. Accionó la ruedecilla del suero y Noah vio cómo el goteo se aceleraba hasta ser casi un pequeño chorro.

El dolor que había ido creciendo a oleadas, como una marea, retrocedió a esconderse en la oscuridad.

—¿Mejor?

Noah asintió cerrando los ojos, aliviado.

—Enseguida te dejaremos dormir, pero antes tengo aquí a algunas personas que llevan horas esperando para verte. Han estado muy preocupados por ti. Es un poco complicado en la UCI, pero creemos que los tranquilizará comprobar lo bien que estás. Solo cinco minutos, después tienes que descansar.

Noah asintió.

Maite, Lizarso y la doctora Elizondo se habían puesto sobre su ropa batas verdes como las de los médicos. Maite tenía la melena recogida con un gorro y una mascarilla le cubría el rostro. Noah sonrió al verla. Levantó una mano hacia ella. No se le escapó la manera en que Maite miraba a los médicos, como pidiendo permiso. Cuando asintieron, tomó la mano de Noah entre las suyas. Llevaba guantes quirúrgicos, pero incluso a través del látex Noah notó sus manos fuertes y muy frías.

—Hola, amor mío —dijo ella.

—Hola —respondió él sonriendo—. Aún estoy aquí.

—Ya te dije que no te dejaría ir, que te reclamaría, ahora eres mi territorio.

—Te oí llamándome.

Incluso con la mascarilla percibió la enorme sonrisa.

—No puedes imaginar cuánto me alegra verte —le dijo la doctora.

—Estaba equivocado. Hay algo allí —dijo dirigiéndose a Maite y a la doctora Elizondo.

—¿Qué hay, Noah? —preguntó la última.

—Sol.

—Siempre lo creí —dijo ella con seguridad.

Los médicos retrocedieron cediendo a Lizarso el lugar junto a la cama. El ertzaina apretó suavemente la mano de su amigo. Con solo mirarlo, Noah percibió que los ojos de Lizarso denotaban el cansancio, el desvelo y algo más. Parecía vencido, la piel agrisada, los ojos tristes. Noah pensó que había envejecido diez años. Supo por qué. El último recuerdo consciente de Noah era Rafa postrado sobre el agua con un disparo en la frente. No había nada que preguntar, ya conocía la respuesta. Aun así susurró su nombre.

—Rafa.

Escuchó cómo el ertzaina tomaba aire. Cabeceó como indeciso entre negar o asentir.

—No lo consiguió, Noah. Era muy fuerte y aguantó bastante, aún respiraba cuando llegamos al hospital. Estuvieron mucho rato con él, intentándolo, pero...

Noah cerró los ojos apretándolos con fuerza. Dos gruesas lágrimas escaparon bajo sus pestañas.

—Oía los aullidos de Euri —susurró Noah—, no dejé de oírla todo el tiempo. Como si ella lo supiera todo...

—Así es, si hubieras podido verla... No se ha separado de mí desde aquel momento, la llevé a su casa, pero ni siquiera quiso entrar. Está esperándome ahí fuera.

Noah se rehízo para preguntar:

—¿Y John?

—Muerto. Lo alcancé en el pecho. Cayó al agua y la ría lo arrastró.

—¿Lo han encontrado?

—Sí, muy cerca de una de sus víctimas, flotando en el Cantábrico. Esos plásticos en los que las envolvía las hacían visibles incluso entre el barro. Había otro cuerpo trabado en el interior de la caseta. Suponemos que había más, no sabemos cuántas, fueron arrastradas por el agua, pero aparecerán, hay un operativo de búsqueda enorme.

Hizo una pausa y miró a los médicos y después a Maite y a la doctora.

—Tienes que saber que la riada fue a más, hubo una gran inundación que alcanzó cinco metros en algunos lugares. Hay decenas de muertos y muchos desaparecidos, la cifra aún no se ha cerrado, están emergiendo cadáveres todos los días.

Noah frunció el ceño, confundido.

—Creí que lo había soñado.

—Es más bien una pesadilla —dijo la doctora Elizondo—. La destrucción es extraordinaria, la ciudad ya no es como la conociste. Hay toneladas de barro y piedras en las calles; todo el comercio y los bares del Casco Viejo se han visto afectados. Muchas personas se han quedado sin casa y se han perdido miles de puestos de trabajo. Te habría traído el periódico, pero no han podido imprimirlo.

Noah abrió los ojos, asombrado, buscando la mirada de Maite.

—¿Vosotras estáis bien? ¿Begoña?

—Sí, estamos bien, no te preocupes de eso ahora. Cuando estés mejor ya te contaré nuestras aventuras. El bar del casino ya no existe, habrá que empezar de cero, pero nosotras estamos bien, y estaremos esperándote en casa para cuidarte cuando salgas del hospital.

Como por ensalmo Noah se vio transportado hasta aquel lugar, y al instante en el que había deseado que fuera su hogar. Hasta la cama que habían compartido una sola noche, la tibieza de la mañana, la voz de Maite cantando bajo la ducha, el rumor de la lluvia en los cristales del balcón y el aroma del café. Recordó cuánto había deseado perpetuar aquel momento, que aquellas fueran sus sábanas, su cama, su casa. Estaba bien tener un lugar a donde volver. Sonrió consciente de cómo unas palabras podían cambiarlo todo.

—¿Cómo te sientes? —preguntó Lizarso.

—No lo sé, es una sensación extraña. Me encuentro bien, pero tengo un dolor aquí —dijo llevándose la mano al pecho—, me duele todo el tiempo, en cuanto me muevo, de un modo raro, nunca me había dolido así.

Los médicos, capitaneados por el doctor Sánchez, rodearon la cama de nuevo.

—Noah, queríamos que tus amigos te acompañaran para explicarte algunas cosas. El dolor lacerante que sientes es completamente normal, es dolor quirúrgico, es muy agudo los primeros días, pero después se irá moderando y desaparecerá, es lo que se siente tras una operación.

—Pero ¿me habéis operado?

Los médicos asintieron.

—Ya conocías la gravedad del estado en el que te encontrabas en los días previos, cuando llegaste aquí el día 26 tu estado era muy crítico.

—Muerte súbita —susurró Noah.

—No, esta vez fue un ataque al corazón más... llamémoslo «típico».

—Pero estuve muerto, lo sé, porque esta vez tengo recuerdos.

Los médicos se miraron entre ellos y de nuevo fue el doctor Sánchez el encargado de hablar.

—Se produjo una taquicardia motivada por el estrés del momento, y el músculo cardíaco comenzó a fibrilar. No es un paro total, pero la fibrilación es un movimiento muy débil y exiguo, parecido a un temblor, pero insuficiente para mantener el riego y la presión. Por suerte tu amigo te trajo muy rápido. Ese era tu estado al ingresar, decidimos operarte.

—Pero... ¿Cómo que me habéis operado? No entiendo nada. Dijisteis que en este hospital no se llevaban a cabo procedimientos cardíacos...

—Recuerda que cuando hablamos firmaste la autorización para el tratamiento. Nuestro deber era intentar salvarte, y se dieron varias felices casualidades como que todos estos eminentes cardiólogos se encontraran en la ciudad.

—Dijisteis que no había ninguna operación que pudiera solucionar una miocardiopatía dilatada. Tú me lo dijiste. Todos lo dijisteis —insistió Noah.

—Y no la hay, Noah. Tú llegaste *in extremis*, los cardiólogos estaban aquí, ya te habíamos realizado el estudio de idoneidad para el trasplante... —El médico se detuvo un instante y miró a Maite, a Lizarso y, por último, a la doctora Elizondo, casi rogando ayuda antes de continuar—. Y hubo un donante compatible.

Noah dejó salir todo el aire en un suspiro y cuando habló parecía que se estuviera ahogando. Casi más para sí mismo que para los demás dijo:

—¿Me habéis trasplantado?

Maite se interpuso entre Noah y los cardiólogos.

—Era tu única posibilidad, Noah, si no, habrías muerto.

Miró detenidamente a Maite.

—Ya estaba muerto... lo recuerdo.

Y mientras Noah lo decía, volvieron a su mente las imágenes de la ciudad pereciendo bajo las aguas, los aullidos lastimeros de Euri, el sol que brillaba por encima de los montes con una promesa de eterna primavera, los que lo esperaban allí, un millón de cortinas hinchadas como la pleura de un dragón y de pronto, con toda nitidez, Rafa. Cerró los ojos para atrapar el recuerdo que se diluía. Rafa sonrió antes de alzar su mano hacia él.

Cuando abrió los ojos, vio que Maite lo miraba preocupada. Le hizo un pequeño gesto indicándole que se apartara para poder ver a los médicos. Cuando habló, y a pesar de la debilidad, su tono había recuperado la templanza y convicción habituales en el inspector Scott Sherrington. Noah preguntó como un policía:

—¿Quién fue el donante?

Los médicos se miraron negando antes de contestar.

—No podemos darte esa información. Noah, lo lamentamos, pero el protocolo es muy cla...

—¿Quién fue el donante? —insistió cortando la explicación.

—Nunca facilitamos esa información, es parte del procedimiento, firmaste el consentimiento —dijo firme el doctor Sánchez.

Entonces oyó el suspiro con el que Maite se rompía. Una lágrima cayó desde su rostro sobre la mano de Noah que ella sostenía. La doctora Elizondo había cerrado los ojos. Buscó a Lizarso y encontró todas las respuestas en la mirada de su amigo. Dirigiéndose a los médicos trató de ser de nuevo el inspector Scott Sherrington.

—¿Quién fue el donante? —repitió mientras sus ojos se arrasaban en lágrimas.

—Noah, nunca facilitamos esa información —repitió el médico flaqueando.

Noah rompió a llorar amargamente.

—Por favor —rogó.

El médico asintió.

La voz de Noah se desgarró.

—¿Cómo habéis podido?

—Noah, hicimos lo que pudimos por salvarlo, pero falleció y era el donante idóneo.

—Era un niño. —La voz de Scott Sherrington tembló de indignación.

—Era tan alto y fuerte como tú, y de tu mismo grupo sanguíneo.

—Un niño —repitió.

—Su madre autorizó la donación.

Noah cerró los ojos mientras repetía.

—No, no, no.

Los bips de la máquina que controlaba su pulso eran cada vez más rápidos. Una alarma comenzó a sonar sobre su cabeza y en el control de enfermería.

Noah lloraba amargamente, Maite trataba de cogerle la mano, pero él se la llevó al pecho, al lugar donde ahora el dolor era insoportable.

—Tenéis que quitármelo, quitádmelo —masculló entre lágrimas.

Lizarso se tapó el rostro y se cubrió la boca mientras miraba alarmado a Maite. Ella se inclinó sobre Scott Sherrington.

—No hagas eso, Noah, no lo hagas —rogó Maite—. No desperdicies la vida. Ahora no es solo la tuya.

Cuatro enfermeras de urgencias venían corriendo empujando un carro. Los bips del monitor cardíaco continuaron acelerándose. Los médicos apartaron a Lizarso y a Maite y se inclinaron sobre Noah.

Él cerró los ojos, consumido por el dolor, mientras el médico hundía en su brazo la aguja y le inyectaba un fármaco que lo arrastró de inmediato a la inconsciencia. Su último pensamiento fue una mezcla de los bips del monitor cardíaco y el rostro grisáceo de una pequeña lechuza mientras se preguntaba cómo era posible que hubiera allí un *Otus scops*.

Abrió los ojos y fue como mirar a través de un prisma de múltiples caras, todas borrosas. Vio a Rafa. Se ocultaba en parte tras una mascarilla quirúrgica, llevaba puesta una bata verde y uno de aquellos gorros que no conseguía ocultar por completo su cabello fuerte y oscuro. Sus ojos sonreían llenos de curiosidad y amor.

—Rafa —susurró.

—Hola, míster —lo saludó Icíar.

Noah quedó en shock unos segundos.

—Creí que eras...

—Y lo soy, en parte, como lo es Euri, y como ahora lo eres tú.

Noah quedó en silencio.

—Me han dicho que te disgustaste mucho al saberlo. Y por eso, aunque me han explicado no sé qué del protocolo, he pensado que tenía que venir a verte.

Noah suspiró.

—Rafa te quería —dijo ella.

Noah comenzó a llorar. Y ella extendió una mano hacia la suya y, después, con infinito cuidado puso la otra sobre su pecho.

—En el poco tiempo que compartisteis, albergó más ilusión y esperanza en su corazón que en toda su vida. Noah, me siento feliz de saber que el corazón de mi hijo sigue latiendo, pero sobre todo de que late en ti, en un amigo, en el pecho de alguien que lo quiso de verdad.

Noah cerró los ojos.

—Me voy de Bilbao —dijo ella.

Abrió los ojos.

—¿Te vas?

—Soy de un pequeño pueblo de Guipúzcoa, Icíar, ¿te acuerdas? Allí viven mis hermanas. Estaba aquí solo por él, en las ciudades las personas como Rafa tienen más oportunidades. Además, con la riada, me he quedado sin empleo. El taller donde trabajaba está destruido. Los dueños aún no saben si podrán reabrirlo.

—Déjale un número de teléfono a Maite. Para que sepamos de ti.

Ella hizo un gesto ambiguo y Noah estuvo seguro de que no lo haría.

—Antes de irme quiero pedirte un favor.

—Claro. Lo que quieras.

Ella volvió a poner la mano sobre su pecho y, poco a poco, se fue inclinando hasta escuchar su latido.

—No lo rechaces, Noah, deja que la esperanza, la ilusión y toda la bondad de mi hijo sigan latiendo. Prométemelo.

Sin atreverse a abrir los ojos, y mientras sentía latir en su pecho el poderoso corazón del dragón, Noah hizo aquella promesa.

NO ES EL FIN

Semanas más tarde

Algunas cosas que el médico dijo y que Maite preguntó:

Médico: Estamos muy satisfechos, Maite. Todo va muy bien, no hay rechazo, no hay infecciones... De momento tiene que permanecer una larga temporada en el hospital, casi dos meses más, y una vez que le demos el alta y se vaya a casa, por lo menos durante el primer año, tendrá que regresar constantemente para ir haciéndole pruebas. Será engorroso, pero creemos que pronto podrá estar llevando una vida casi normal.

    Maite: Doctor, tengo una pregunta, la verdad es que me da un poco de vergüenza —se mordió el labio nerviosa—, pero una vez que le den el alta hospitalaria, ¿cuándo cree que Noah podrá hacer el amor?

Algunas cosas que el médico dijo y que Noah preguntó:

Médico: Todo va muy bien, Noah. No hay rechazo, ya sabes que tendrás que permanecer aún un tiempo en el hospital y durante el próximo año tu vida será un ir y venir haciéndote pruebas, pero estamos muy satisfechos. Creemos que podrás llevar una buena vida.

    Noah: Doctor, tengo una pregunta. Una vez que vaya a casa, ¿cuándo cree que podré hacer el amor?

Nota de la autora

Como novelista, y mientras escriba ficción, revisaré, reescribiré y reimaginaré la historia, ese es mi trabajo. Pero por respeto a los profesionales que forjaron la historia verdadera debo contaros que el primer trasplante cardíaco de la época moderna, con uso de inmunosupresores, se hizo en el Hospital de la Santa Creu i Sant Pau de Barcelona, en mayo de 1984, a cargo del equipo del doctor Josep Maria Caralps. Pocas semanas después se hizo el segundo trasplante cardíaco en el Hospital Universitario Puerta de Hierro de Madrid, a cargo del equipo de los doctores Diego Figueroa y Luis Alonso Pulpón, en una niña granadina de once años, que todavía hoy sigue viva y haciendo una vida normal. He tenido la inmensa suerte de contar con la asesoría de uno de los médicos que asistió a ese trasplante, entonces como un joven residente, y al que doy cumplidas gracias en los agradecimientos.

En el País Vasco no existe ningún hospital que hiciera, o haya hecho, trasplantes de corazón. Sus pacientes se remiten al Hospital Universitario de Valdecilla, en Santander, o a la Clínica Universitaria de Navarra, en Pamplona.

He sido fiel a los datos históricos, pero me he permitido adelantar la acción justo un año, para hacerla coincidir con la gran inundación de Bilbao.

La historia del trasplante cardíaco moderno comenzó

en la década de los sesenta con el doctor Christiaan Barnard en Ciudad del Cabo. Barnard fue el primero que se atrevió a hacerlo en humanos y por eso ha pasado a la historia de la medicina. Él enseñó su técnica al doctor Cristóbal Martínez-Bordiú, y este realizó el primer trasplante en España en un paciente que sufría miocardiopatía dilatada. Aunque la técnica no ha variado mucho desde entonces, los pacientes morían por rechazo al órgano. La revolución en el trasplante cardíaco fue el desarrollo de los fármacos antirrechazo, llamados inmunosupresores.

Y mi amado Nik Kershaw publicó su *Wouldn't It Be Good* como parte del álbum *The Riddle* en 1984, pero también me he tomado la «licencia literaria» de incluirla como banda sonora de la trama de esta novela que transcurre un año antes.

Fragmento de *Wouldn't It Be Good*, la canción de Nik Kershaw

I got it bad
You don't know how bad I got it
You got it easy
You don't know when you've got it good
It's getting harder
Just keeping life and soul together
I'm sick of fighting
Even though I know I should
The cold is biting
Through each and every nerve and fiber
My broken spirit is frozen to the core
I don't wanna be here no more
Wouldn't it be good to be in your shoes
Even if it was for just one day?
Wouldn't it be good if we could wish ourselves away?
Wouldn't it be good to be on your side?
The grass is always greener over there
Wouldn't it be good if we could live without a care?
You must be joking
You don't know a thing about it
You've got no problem
I'd stay right there if I were you
I got it harder
You couldn't dream how hard I got it
Stay out of my shoes

If you know what's good for you
The heat is stifling,
Burning me up from the inside
The sweat is coming through each and every pore,
I don't wanna be here no more.

*

Lo tengo mal
No sabes lo mal que lo tengo
Lo tienes fácil
No sabes cuándo lo tienes bien
Se está poniendo difícil
Tan solo manteniendo la vida y el alma juntas
Estoy harto de pelear, aunque sé que debería
El frío muerde a través de cada nervio y fibra
Mi espíritu roto está congelado hasta la médula
Ya no quiero estar aquí
¿No sería bueno estar en tus zapatos?
¿Aunque solo fuera por un día?
¿No sería bueno si pudiéramos desearnos desde lejos?
¿No sería bueno estar de tu lado?
La hierba siempre es más verde allá
¿No sería bueno poder vivir sin preocupaciones?
Debes estar bromeando, no sabes nada de todo eso
No tienes ningún problema
Yo que tú me quedaría ahí mismo
Lo tengo más difícil
No podrías ni imaginar lo difícil que lo tengo
Mantente fuera de mis zapatos si sabes lo que te conviene
El calor es sofocante, y me quema por dentro
El sudor sale por cada poro, ya no quiero estar aquí.

Agradecimientos

En cada una de mis novelas la documentación se lleva una buena parte de mi vida, pero en ninguna hasta la fecha tanto como en esta, por ello es imprescindible hacer llegar mi agradecimiento a todas las personas que han puesto a mi disposición sus conocimientos, sus experiencias, sus confesiones y su ilusión.

A la Ertzaintza, la policía autonómica del País Vasco. Y especialmente a Josu Bujanda Zaldua, jefe de la Ertzaintza, y a Jon Ziarsolo, director de la Oficina Central de Inteligencia. Gracias por vuestro apoyo y por vuestra sinceridad. Obtener el testimonio de profesionales de la policía con vuestro bagaje, que hablen del idealismo y de la ilusión sobre la que se cimentó una obra como la Ertzaintza, ha supuesto para mí un privilegio. Y más aún comprobar que aquel espíritu, el orgullo del joven ertzaina que regresaba a su pueblo subido en su moto, con su uniforme nuevo y recién salido de la academia, prevalece en vosotros. No cambiéis. Al ertzaina Pedro Gorbea, por abrir para mí el cajón de la memoria, por ser un policía honesto y un buen hombre y, sobre todo, por prestarme a Euri. Ahora vive también en mi corazón y creo que pronto en el de muchos de mis lectores. Al ertzaina Rubén Anidos, por ser, una vez más, colaborador indispensable y puente hasta los profesionales que entrevisté para esta novela.

A la asociación Aspace y en particular a Mari Jose Pousada, la primera persona con parálisis cerebral que conocí. Cuando yo tenía cuatro años, Mari Jose solía estar en mi casa, a menudo mi madre cuidaba de ella mientras la suya trabajaba. En aquellos tiempos los niños con parálisis cerebral no recibían ningún tipo de formación. Un día, mientras mi madre me tomaba la lección de lectura en una de aquellas cartillas escolares en las que aprendíamos a leer, descubrimos que Mari Jose estaba aprendiendo a la vez, tan solo escuchándome. Aún recuerdo las lágrimas de su madre Carmen cuando la mía le mostró cómo la niña leía reconociendo cada una de las letras. A Javier Pagaza, una persona con parálisis cerebral con una vida muy interesante, magnífico carácter y un carisma grande como Bilbao. Un honor conocerte. A Andrés Izarra, uno de los socios fundadores de Aspace Bizkaia, por su orientación sobre la situación social y económica en el momento en que decidieron crear esta asociación. Andrés es padre de un hombre de cincuenta años con parálisis cerebral y, a estas alturas de la historia, es también gran amigo mío. A la psicóloga Lorena Benítez por aportarme su experiencia con personas con parálisis cerebral, y cómo ven ellas el mundo y la sociedad en la que viven. Gracias por tu sensibilidad y tus maravillosas dotes de comunicación. A la doctora Marta Pascual, médica rehabilitadora con más de veinte años de experiencia con personas con parálisis cerebral. Por aportar la dimensión más técnica en cuanto a lo que es la parálisis cerebral y por arrojar luz sobre el desconocimiento que aún se tiene respecto a este tema. Gracias por tu trabajo. Y a Esther Turrado Monedero, responsable de comunicación de Aspace Bizkaia, que fue vital para ponerme en contacto con todas las maravillosas personas de Aspace que tanto me han hecho aprender.

Al periodista César Coca, por su colaboración en la documentación relativa a Bilbao de los días previos a la inundación de 1983. César puso a mi disposición recuerdos propios, unos cuantos paseos por Bilbao, un escondite perfecto y el extenso archivo del periódico *El Correo*, antes conocido como *El Correo Español-El Pueblo Vasco*. Las cosas se me habrían complicado mucho sin tu ayuda.

Mi agradecimiento a la empresa de transporte naval MacAndrews, en la persona de Diego Ruigómez, director general de Containerships CMA-CGM Group. Gracias por tu amabilidad y por poner tanto buen hacer a mi disposición. Espero que podáis disculparme por usar vuestra intachable firma como elemento imprescindible en mi novela, pero el modo en que formáis parte de la historia de Bilbao os ha convertido de alguna manera en mi «coartada» para esta novela.

Al doctor Manuel Anguita, eminente cardiólogo, uno de los buenos, de los que estuvo en aquella mítica operación de primer trasplante exitoso en España. Expresidente de la Asociación Española de Cardiología, cardiólogo en el hospital Reina Sofía de Córdoba y un santo varón por la extraordinaria paciencia necesaria para explicar cardiología avanzada a una profana como yo. Gracias por tu ayuda y por tu amistad. Me quito el sombrero.

A Ramón García y, a través de él, a todos los profesionales que hacían y siguen haciendo radio, por toda la música que me disteis en mi adolescencia. Y porque, cuando todo falla, queda la radio. Creo que nunca os podréis hacer una idea de hasta qué punto fue importante.

A Jabi Elortegi, director del documental *1983 Euskadi inundada*, por tu magnífico y sobrecogedor trabajo al recoger historias tan impresionantes como la de Jon y Miren Elizondo, que fueron los protagonistas reales y supervivientes del derrumbe del Casino de Bermeo, tal y como se relata en esta novela en la piel de Maite y Begoña.

Al escritor Ian Rankin, al que conocí curiosamente por su grupo, The Dancing Pigs, y después personalmente en el festival literario Quais du Polar de Lyon, y al que doy las gracias por su novela *Black and Blue*, que en 1997 me puso sobre la pista de John Biblia. No te equivocabas, amigo: creo que aún sigue vivo y, como tú dijiste, no es el único.

A Andrew O'Hagan por su brillante ensayo *Los desaparecidos*, que fue capital para entender la impronta que la presencia (y posterior desaparición) de John Biblia causó en la sociedad escocesa.

Una vez más, al inspector de la Policía Foral, Patxi Salvador, experto en balística y armas, por ayudarme en este particular viaje en el tiempo.

A Pedro García Fernández, psicólogo especialista en abusos y antropólogo, por su inestimable ayuda para desentrañar algunos aspectos del comportamiento de John Biblia que fueron precisos cuando realizaba el perfil de personalidad probable de este individuo. (Que no se me olvide: Pedro es también un excelente guionista de cómic.)

A mi amigo el escritor Santiago Posteguillo, por su ayuda en las hazañas bélicas del emperador Constancio. Nunca me cansaré de escucharte. Gracias, maestro.

A Anna Soler-Pont, mi agente desde hace once años, mi agradecimiento para ti tiene muchas razones: me has acompañado en el camino a cada una de mis metas, me has enseñado que los senderos que llevan a la consecución de los sueños son infinitos, que jamás vas a rendirte y que siempre juegas en mi equipo. Hemos reído, hemos brindado, hemos trabajado mucho, pero este año también hemos llorado juntas y eso me ha dado una dimensión del amor a tus autores que me hace sentir que serás siempre mi socia, mientras me queden historias que contar, sueños que cumplir y vida por vivir.

A la diosa Mari. Es lo justo. Soy su cronista.